서울역

서울역

발행일	2019년 6월 19일		
지은이	장준혁		
펴낸이	손형국		
펴낸곳	(주)북랩		
편집인	선일영	편집	오경진, 강대건, 최승헌, 최예은, 김경무
디자인	이현수, 김민하, 한수희, 김윤주, 허지혜	제작	박기성, 황동현, 구성우, 장홍석
마케팅	김회란, 박진관, 조하라		
출판등록	2004. 12. 1(제2012-000051호)		
주소	서울시 금천구 가산디지털 1로 168, 우림라이온스밸리 B동 B113, 114호		
홈페이지	www.book.co.kr		
전화번호	(02)2026-5777	팩스	(02)2026-5747

ISBN	979-11-6299-748-2 03810 (종이책)	979-11-6299-749-9 05810 (전자책)

이 도서의 국립중앙도서관 출판예정도서목록(CIP)은 서지정보유통지원시스템 홈페이지(http://seoji.nl.go.kr)와
국가자료공동목록시스템(http://www.nl.go.kr/kolisnet)에서 이용하실 수 있습니다.
(CIP제어번호: CIP2019023636)

(주)북랩 성공출판의 파트너

북랩 홈페이지와 패밀리 사이트에서 다양한 출판 솔루션을 만나 보세요!

홈페이지 book.co.kr • **블로그** blog.naver.com/essaybook • **원고모집** book@book.co.kr

서울역

장준혁 단편집

북랩 book Lab

소음

점심 무렵 성주는 잠에서 깨어 소파에 누운 자세로 한참을 원룸 한쪽에 가득 쌓여 있는 캔버스들을 쳐다보고 있었다. 어제 새벽까지 글을 쓰다가 참치 캔에 소주 두 병을 마시고 오랜만에 깊은 잠을 잤는데, 잠결에 소파 근처 벽에 기대어 세워 둔 캔버스를 발로 툭 건드려 캔버스 여러 개가 도미노처럼 바닥에 우르르 큰 소리를 내며 쓰러지는 바람에 놀라 잠에서 깨어났다.

지난 십 년간 그린 백몇십 점의 그림들을 따로 보관할 수 있는 작업실이나 창고가 없기 때문에, 그 많은 그림은 성주가 움직일 수 있는 소파를 제외하면 얼마 안 되는 원룸의 좁은 바닥을 숨이 막힐 정도로 서서히 잠식해 오고 있었다. 지난번엔 그 그림들이 모두 일어서 움직이더니 점점 커져 방 안을 가득 채우고 맨 앞에 있던 그림 속 여인이 느닷없이 성주에게 달려들어 목을 조르는 악몽을 꾼 적도 있었다. 성주는 씻지도 않고 누운 자세 그대로 멍하니 천장과 그림들을 그렇게 한참 번갈아 바라보았다. 정말 복권이 당첨돼서 큰 집 아니면 작업실을 구하거나, 아예 그림을 내다 버리거나, 그마저도 힘들면 이젠 그만둬야겠다는 생각을 너무 많이 쌓여 물감들이 접착제처럼 달라붙기까지 하는 그림들을 보며 자주 했다.

얼마 전 동묘 중고 거리를 지나다 길가에 아무렇게나 버려진 듯 놓여 있는 오래된 유화 그림을 보고 성주는 그동안 그려온 그림들의 미래 모습을 생각해 보지 않을 수 없었다.

십 년을 넘게 정성을 들여 그려온 그림이지만, 누군가의 눈엔 쓰레기보다 못한 것들로 보일 수도 있겠다는 생각이 들었다. 또한 팔리지 않는 그림들을 보고 친구들이 저 그림들은 나중에 다 어떻게 처리하려고 계속 그림을 그리냐 했던 말들도….

그때 성주는 십 년이나 이십 년 후에 모은 돈을 다 털어 사람 많이 다니는 인사동 유명한 화랑에 전시를 한 번 해보고 그래도 안 팔리면 가장 아끼는 초기 그림 작은 거 몇 개만 남겨두고 지인들에게 나눠 주거나 술집에서 술하고 싼값에라도 바꿔 먹을 생각이었다. 인사동 유명한 갤러리에 전시를 해보고 싶은 이유는, 그간 전시를 하며 성주의 그림을 보러 온 사람이 없었기 때문에 사람들이 북적대서 그림들이 우울해하지 않는 전시를 한 번이라도 해보고 싶은 아쉬움 때문이기도 했다. 그것도 아니면 나이 들어 산 속에 들어가 '나는 자연인이다' 방송에 나오는 사람들처럼 내가 살 집을 직접 지을 때 몇 개는 닭장 지을 때 울타리로 사용하고 몇 개는 흙집 창호지 문이나 미닫이문 대용으로 사용하고, 그래도 남으면 추운 겨울날 피아노를 부숴 벽난로에 넣어 때울까 고민하는 장면이 나오는 고전 영화 속 가난한 가정 이야기처럼 땔감처럼 아궁이에 넣어 내 한 몸 잠시라도 뜨겁게 해줄 수 있으면 그것으로 만족할 수 있을 것 같다고 친구들한테 말했던 기억이 났다. 내 정신이 맑을 때, 그렇게 저 많은 그림을 다 정리하겠다고 말했다. 동묘 거리 그림들처럼 벽에 기대어 비나 먼지를 뒤집어쓰고 주인을 기다리는 신세가 되게 하진 않겠다고 다짐했다.

지난 십여 년간 화가가 되겠다고 밤을 새며 그림에 몰두하던 즐겁고 행복했던 순간들이 눈물이 날 정도로 생생하게 떠올라 오히려 허무하게 느껴졌다. 전시를 하기 위해 추가 근무까지 마다하지 않으며 밤새워 돈을 벌어 설레는 마음으로 전시를 준비하고 전시장에 그림을 걸던 그 가슴 떨리던 순간들, 전시장에서 우연히 엿듣게 되었던 악담과 혹평의 말들, 그리고 결정적으로 그림을 쉬게 만든 "이런 그림들은 안 팔려. 누가 이런 걸 사? 그 말 몰라? 팔리지 않는 그림은 쓰레기라고 유명한 컬렉터가 말했어. 쓰레기라고…."라고 말해주었던 청담동 갤러리 대표님의 진심 가득한 혹독한 충고까지.

출출해서 라면을 끓여 먹을까 생각도 했지만, 일어나 움직이기엔 몸도 여기저기 아픈 것 같고 만사가 귀찮고 무의미하게 생각돼 벌써 한 시간 째 그렇게 누워만 있었다. 지난 몇 주간 의욕을 잃고 게을러진 성주는 그런 자신의 모습이 동물의 세계에서 가끔 만나는 나무늘보 같다고 생각했다. 뭘 해도 되는 건 하나 없고, 그런 자신의 노력을 알아주는 사람 하나 없어 무의미하고 허무한 날들의 연속이었다. 사실 그런 자신의 삶이 최근의 일만은 아니었다. 회사를 관두고 십 년 넘게 그림을 그린다고, 글을 쓴다고 지내온 지난 삶이 갑자기 한심하고 허무하게 느껴져 도저히 소파를 박차고 일어날 수가 없었다. 오래전부터 친구가 말하던, 그렇지만 그냥 흘려들었던 그 헛짓거리 좀 그만하고 정신 차리란 말이 이제야 조금씩 맘에 와닿는 것 같았다.

성주는 디자인을 전공하고 관련 회사에 취업해 직장 생활을 했지만, 적성에 맞지 않았다. 게다가 마감 기한을 지켜야 하는 숨 막히는 업무 환경과 상사와의 갈등으로 몇 년을 못 버티고 회사를 관뒀다. 대신 그림을 그려 화가가 되겠다는 오래된 꿈을 택했다. 그리고 거의 십 년간 오후와 저녁 시간에는 그림을 그리고 시간당 수당이 높은 밤과 새벽 시간에 식당이나 편의점 알바를 하며 지내왔다. 최근엔 알바 구하기가 어려워져 몇 년간 그림을 그리지 않고 그림에 비해 돈이 거의 들지 않는 글을 쓰고 있다. 제대로 된 정규직을 다녀본 적이 없고, 여러 가지 알바로 연명해왔기에 돈이 될 만한 고급 기술을 배운 적이 없다. 때문에 제대로 된 직장에 취직할 수 있는 나이도 지났고 그럴 실력도 없었다. 몇 년 전 친구 말대로 중장비 운전 기술이라도 배워둘 걸 하는 후회도 밀려왔다. 그때는 한 살이라도 젊어 머리가 맑고 의욕과 감성이 넘치고 머리가 잘 돌아갈 때 그림을 그려야 한다고 생각을 했다. 캔버스와 물감, 그리고 작업실을 빌릴 돈만 벌 수 있다면 충분하다고 생각했다.

그림이 팔린 적은 없었다. 사촌 누나가 찾아와 그림 한 점을 사준 적이 있지만, 대관료를 내고 나니 남는 게 없었다. 그림이 어쩌다 팔려도 대관료를 생각하면 늘 밑지는 장사였다. 그림을 정식으로 배운 적이 없어서 그런지 성주보다 훨씬 엉성하게 채색한 그림들도 미대를 나온 작가의 그림이면 다들 뭔가 독특하고 특색이 있다고 말해주는 반면, 성주는 아무리 열심히 그리고 채색을 공들여 해도 '미대를 나오지 않아서인지 기본기가 부족해 보인다'거나 '좀 배우면 더 잘 할 것도 같은데'라는 아리송한 말만 해주곤 했다. 그렇게 십 년 동안 꿈속을 걷듯 허송세월만 보냈다. 나이가 들어가니 알바 자리도 구하기 쉽지 않았고, 성주가 오랜 기간 근무했던 편의점 심야 알바도 임금 인상으로 인해 야간 수당과 주휴 수당을 감당하기 어려웠는지 몇 개월 전부터 주인이 직접 새벽 시간에 나오면서 잘리고 말았다. 당장 수입이 줄어드니 작업실 월세, 그리고 비싼 캔버스와 물감을 살 돈이 부족해서 점점 그림을 그리지 못하게 되었다.

그러다 신문에서 며칠 만에 쓴 소설이 베스트 셀러가 되었다는 어느 작가의 기사를 읽고 글 쓰는 것만큼 돈이 안 드는 창작 활동은 없을 것 같다는 생각이 들어 글을 쓰겠다고 맘을 먹었다. 그렇게 그림과 멀어졌다. 글 쓰는 건 작업실도 필요 없고 비싼 캔버스와 오일 물감을 살 필요가 없었다. 종이와 펜만 있으면, 아니 그것이 없어도 휴대폰에 메일 앱을 띄워 글을 쓰면 되었다. 무자본으로도 가능한 개인 사업자가 바로 글을 쓰는 작가였다. 돈을 벌 가능성은 그림보다도 더 낮다고 생각했지만, 적어도 그림만큼 돈이 나가지는 않았다. 돈이 없는 성주에게는 그림보다는 글이 더 오래 버틸 수 있는 창작 활동처럼 보였다. 글을 쓴 지 2년 만에 독특한 소재의 소설을 썼지만, 무명작가의 책은 아무도 관심을 가져 주지 않았다. 서점에선 받아주지도 않아서 성주가 책을 낸 사실은 본인과 출판사밖에 모른다.

소설은 워낙 쟁쟁한 작가나 뛰어난 신인 작가들이 많아서 형식이나 구성이 자유롭고 소재 선택도 다양한 시를 써보겠다고 생각하고 있지만, 출판사 대표는 시집은 소설보다 훨씬 더 팔기 어렵고 서점에서 받아줄 가능성도 낮아 돈이 전혀 안 된다며 관심조차 보이지 않는다. 그래도 그냥 쓰고 있다. 성주가 그린 그림을 갤러리 대표에게 보여줘도 이런 그림은 돈이 안 된다 말하고, 소설을 써도 이런 내용의 소설은 돈이 안 된다 말하고, 아직 쓰지도 않은 시 역시 돈이 안 될 거라 모두 말한다. 성주는 자기가 하겠다는 것마다 왜 다들 돈이 안 된다고 말하는지 모르겠다고 생각했다. 다들 돈, 돈 할 정도로 돈이 중요한 건 알겠지만, 성주 인생에선 돈이 최우선 순위가 아니었다. 그래서 이 모양으로 살고 있는 것 같았다. 자신이 돈이 없어 보여 그런 말을 하는 거라는 생각도 해보았다. 자신이 돈 많은 사람이었다면 이런 헛짓거리, 돈 버리는 짓거리 해서 돈 날리고 시간 날려봐야 가진 돈으로 먹고 살면 되니 상관 안 할 텐데. 어쩌면 돈이 없고 불쌍해 보여서 진실되게 말해주는 것일 수도 있겠구나 하고 혼자 새벽에 술 마시면서 생각했다. 그리고 그렇게 말해준 사람들이 고마운 사람들일 수도 있겠다고 생각한 적도 있었다.

문학을 전공하거나 수십 년 글 쓴 사람들처럼 문학적으로 뛰어난 글을 쓸 자신이 애초부터 없어서 차별화되고 독특한 소재의 시를 써보기로 맘 먹었다. 팔리지 않는 그림을 십 년 넘게 그렸는데 뭐 이 정도쯤이야 하는 생각으로. 시집도 한번 내보면 어디 가서 누가 뭐 하는 사람이냐고 물으면 그래도 시를 쓰는 시인이라 할 수 있고, 그러면 나 같은 백수라도 조금은 다르게 보이지 않을까 하는 생각도 있었다. 내가 쓴 시집 하나 들고 다니기 위해서 시를 쓰려고 하니 몇 편은 쉽게 써졌는데, 아직 책으로 엮을 만한 분량은 쓰지 못했다. 한 삼십 편의 시를 더 써야 한다. 최근엔 주머니 사정이 더욱 안 좋아져 커피숍 대신 집에서 주로 글을 쓰는데 윗집 소음 때문에 많은 애를 먹고 있었다.

성주가 이곳으로 이사 온 지는 몇 년 안 됐다. 첫사랑 주경이가 살았던 추억이 많은 동네로 이사를 왔다. 성주가 가장 그리워하고 행복했던 추억과 익숙한 공간을 느낄 수 있는 곳이었다. 희망과 사랑이란 감정을 가장 많이 느끼게 해줬고 여전히 성주 마음속 많은 자리를 차지하고 있는 이 동네에서의 기억들을 떠올리며 살면, 이제는 곁에 없는 주경이를 그나마 조금 더 가까이 느낄 수 있을 것 같고 조금은 더 행복해질 수 있을 것 같았다. 가끔 동네를 산책하면 오래전 주경이를 이곳까지 바래다주었던 기억. 더웠던 여름 늦은 밤 잠깐 놀이터에서 기다리라고 말하고 주경이가 집에서 부모님 몰래 수박을 썰어 접시에 갖고 나왔던 기억이 떠올라서 놀이터를 지날 때마다 웃음을 짓곤 했다.

돈이 부족해 보증금을 줄여서 이 동네에 있는 낡고 허름한 오피스텔 가장 작은 평수로 이사를 왔다. 6평 원룸 구조라 비좁았지만, 창 밖으론 동네 놀이터가 내려다보이고 놀이터 주변의 높은 나무들이 무성하게 가지를 펼치고 있기에 여름이면 푸른 나뭇잎들을 볼 수 있어 좋을 것 같았다. 이름은 오피스텔이지만 몇 년 전까지 고시원으로 사용된 건물로, 70년대 지어진 낡은 건물이었다. 일용직 노동자나 성주처럼 혼자 사는 알바생, 늙고 병든 독거 노인들이 주로 살았다. 가족이

사는 경우는 조금 큰 평수를 제외하곤 드물었다.

성주는 첫사랑을 잊지 못했다. 회사를 관두고 그림을 그린다고 알바로 연명해왔기에, 누구를 만나 결혼을 생각할 수 있는 상태나 환경 속에 놓인 적이 한 번도 없었다. 변변한 직장이 없었으니 헛된 꿈만 꾸고 살아온 것 같았다. 성주는 첫사랑의 아픈 기억에서 벗어나지 못하고 그 이별로 인한 슬픔에 허우적거리며 살아왔는지 모른다. 주경과의 기억을 지우고 새로운 사랑을 시작해 볼 생각으로 뇌세포를 파괴하고 기억력을 지우는데 효과가 있을 만한 나쁜 행동은 다 해보았다. 기억력 유지나 회복에 좋다는 습관들과 반대되는 행동을 하며 생활했다. 술을 위가 아닌 뇌 속에 들이부어 머릿속을 백지장처럼 하얗게 포맷 한 번 했으면 좋겠다고 생각한 적도 많았다. 머리를 수없이 벽에 부딪히기도 하고 매일 필름이 끊길 정도로 술을 마시기도 했다. 주경을 잊기 위해, 주경과의 추억을 지우기 위해, 그래서 새로운 출발을 하기 위해.

그렇지만 지워진 기억은 그녀와 헤어지며 느꼈던 슬픔과 고통뿐. 잊혀진 안 좋은 기억들의 부피만큼 그녀와의 좋은 기억들은 더 커지고 더 선명하게 살아남아 그녀가 더 자주 떠올랐다. 그리고 결국 무언가에 이끌리듯 그녀가 살았던 동네로 이사까지 왔다. 혹시 꿈속에서라도 우연히 그녀를 한 번 마주칠 수 있지 않을까 하는 그런 막연한 기대감에.

⁕

쿵. 쿵. 쿵. 쿵…. 스윽. 스윽. 스윽…. 쿵. 쿵. 쿵….

윗집에서 또 소음이 들려오기 시작했다.

주로 저녁 이 시간대에 들려온다. 어른은 아닌 것 같고 학교에서 돌아온 학생이 내는 소음 같았다. 성주는 글을 쓰다 화가 나서 윗집에 올라가 따지려다 꾹 참았다. 이곳에 이사 온 지 몇 년 되었지만 처음에는 저녁 시간과 심야 시간까지 아르바이트를 했기 때문에 윗집 소음을 접할 일이 없었다. 지난해부터 근무 시간이 줄며 저녁 시간에 종종 집에 있게 되면서 처음 윗집 소음을 접하게 되었는데, 당시엔 소설을 쓸 무렵이어서 소음이 시작될 때면 근처 커피숍에 책이나 노트북을 들고 가서 책을 읽고 글을 쓰다가 늦은 시간 집으로 돌아와 자는 식으로 소음을 피하며 살 수 있었다. 그러나 최근 알바 자리가 새벽 편의점 일만 남고 소득이 줄면서 성주는 커피숍 대신 저녁 시간에도 집에서 글을 쓰는 시간이 많아졌고, 그만큼 윗집 소음에 시달리는 날이 많아졌다. 최근에 시집 출간을 준비하며 성주는 집에서 주로 글을 썼는데, 저녁 시간마다 들려오는 참기 힘든 윗집 소음 때문에 신경이 극도로 예민해져 있었다. 가을엔 잠시 밖에 나가서 운동을 하거나 산책을 하다 돌아오기도 했지만, 추운 겨울 동안은 집에 머물러야 했다. 결국 어떻게 해도 피할 수 없는 윗집 소음 때문에 성주는 이러다 노이로제에 걸리지는 않을까 걱정할 정도로 심한 스트레스를 겪고 있었다.

오늘도 성주는 바람 부는 초봄의 추운 날씨이지만 집에서 소음에 시달리느니 잠시 외투를 걸쳐 입고 밖에 나가 공원에서 길고양이들하고 노는 걸 선택했다. 편의점에 가서 고양이 먹이 캔이나 맛살을 사서 던져 주고 고양이들이 가까이 다가오면 벤치 위로 올라오게 해서 같이 놀곤 했다. 외로움이 커지는 밤에 성주가 가장 편하게 불러서 같이 놀 수 있는 친구는 고양이들이었다. 동네에 길고양이들은 많은데 주인 없이 떠도는 강아지가 공원에 돌아다니는 건 본 적이 없었다. 어릴 적 목줄도 없이 동네를 자유롭게 떠돌아다니던, 그 많던 동네 개들이 가끔은 생각나고 그리워졌다. 여자들이 저녁이 되면 공원에 강아지를 데리고 나와 산책을 다니는데, 가끔은 강아지들이 너무 귀여워서 장난을 걸고 싶을 때도 있었다. 하지만 괜히 나이 먹은 남자가 강아지를 핑계로 여자에게 추근대는 걸로 보일 수 있지 않을까 걱정돼 한 번도 그런 적은 없었다. 그래도 가끔 사교성 좋고 애교 많은 강아지들이 목줄을 끊어버릴 듯 벌떡 서서 두 발로 낑낑대며 성주한테 애써 다가오는 모습을 볼 때면 그렇게 귀엽고 고마울 수가 없어 눈 딱 감고 다가가 강아지 머리를 잠깐 쓰다듬어 준 적은 몇 번 있었다. 가끔 공원 근처 편의점에서 냉동 만두나 육포, 소시지를 전자레인지에 돌려서 먹고 나면 손에 음식 냄새가 배는지 강아지들이 손의 냄새를 맡고 다가와서 꼬리를 열심히 흔들 때도 있었다. 가끔은 아주 멀리서도 그 냄새를 맡고 성주에게 다가와 꼬리를 치는 목줄 안 한 강아지들도 있었다. 줄 건 없고 다가가서 손이라도 조금 핥으라고 해주고 싶지만, 그러다 괜히 물리기라도 할까 봐 선뜻 손을 내민 적도 없었다. 그럴 때마다 성주는 개들의 후각이 참 대단하다는 생각을 했다.

성주는 군 시절 이등병 때 고참이 말하는데 웃었다는 이유로 막사 밖으로 불려 나가 화장실 뒤편 컴컴한 데서 주먹으로 세게 맞은 적이 있다. 그때 왼쪽 고막과 코뼈를 다쳤는데 왼쪽 귀가 잘 안 들리기 시작했고 후각도 많이 나빠졌다. 웃는 얼굴에 침 못 뱉는다는 옛말이 틀릴 수도 있다는 걸 그때 알았다. 고참은 이빨 나갈지 모르니까 이를 꽉 악물라고 말하더니 잠시 뜸 들이다가 체중이 한껏 실린 돌덩어리 같은 주먹을 날렸는데, 정말 눈 감고 주먹 기다리는 그 몇 초간이 얼마나 긴장되고 떨리던지… 아마도 체중을 실어서 때리기 위해 몇 발자국 뒤로 물러났다 몸을 날리며 때린 것 같은데, 광대뼈가 함몰되지 않은 게 이상할 정도로 세게 맞아 눈이 퉁퉁 부어올랐다. 눈을 감으란 말은 안 했는데 반사적으로 눈을 감지 않았다면 하마터면 눈알이 빠져나갈 뻔할 정도로 세게 맞았던 것 같다. 밤에 근무 마치고 내려오다 컴컴해서 나무에 얼굴을 부딪혔다고 말하라고 그 고참은 시켰다.

다음 날 부은 얼굴을 보고 열 받아서 인사계를 찾아가 이실직고할까 잠시 고민했지만, 얼마 전 비슷한 일로 이등병 고참이 인사계를 찾아갔다가 고추 달린 사내놈이 뭐 그딴 일로 여길 찾아왔냐고 귀싸대기를 몇 대 맞기만 하고 그냥 소득 없이 돌아왔다던 고참 말이 떠올라 그냥 참았다. 가끔 인생을 살며 부당하거나 억울한 일을 당할 때마다 그 시절 그 사건이 생각나곤 했다. 그때 왼쪽 귀를 다친 이후, 성주는 영화관이나 노래방처럼 시끄럽고 밀폐된 공간에 거의 가지 못했다. 볼륨이 조금만 높아져도 왼쪽 귀에서 스피커 찢어지는 파열음이 계속 들려 고통스러웠고, 조금만 그 공간에 있어도 두통이 심해져서 버틸 수가 없었다. 그래서 소리에 더 예민해져 층간 소음에도 민감하게 반응하는 건 아닐까 생각한 적도 있었다. 성주가 이등병 때 그 구타 사건으로 고막을 다쳐 귀가 잘 들리지 않는 걸 아는 고참은 없었다. 새벽 경계 근무를 나갈 때 불침번이 고참들 잠을 깨우면 욕을 바가지로 얻어먹기 때문에 보통 근무자를 깨울 때는 취침 중인 근무자에게 조용히 다가와 귀에다 대고 아주 작은 소리로 이름을 부르거나 입을 휘파람 불 때처럼 동그랗게 모으고 귀에다 약하게 바람을 불어 깨웠는데, 성주가 한 번은 그걸 못 듣고 한참을 일어나지 못해서 다음 날 불침번 고참에게 불려 나가 군기가 빠졌다고 두들겨 맞은 적이 있었다. 그 이후로 성주는 잘 안 들리는 왼쪽 귀를 대신해 잠결에도 그 작은 호명 소리나 입김의 감촉을 놓치지 않기 위해 더 많은 신경을 쓰고 잤고, 그 때문에 더 소리나 소음에 예민해진 것 같았다. 그 일 이후로 고참이 아무리 우스워 보이거나 웃겨도 웃지 않고 참을 수 있는 기술 아닌 기술을 익히게 되었다. 시도 안 써지고 이렇게 공원에서 아무 생각 없이 백수처럼 멍 때리고 있으면 가끔 이런 쓸데없는 군 시절 기억들이 떠오르곤 했다.

'지금쯤 윗집 학생은 잠들었겠지'라고 생각하고 성주는 집으로 향했다. 가는 길에 있는 신축 건물 공사장의 커다란 가림판에 길게 붙어 있는 총선 포스터가 눈에 띄었다. 이번에는 서너 명의 후보가 아니라 열 명도 넘는 후보들이 국회의원 선거에 출마를 했다. 가만히 왼쪽에서 오른쪽으로 포스터의 인물들을 바라보다 맨 끝 후보 몇 명의 이력과 사진을 살펴보곤 성주는 속으로 어이없어 웃음이 나왔다. 누군지도 잘 모르겠고 아무리 좋게 봐주려고 해도 당선 가능성이 전혀 없어 보이는 사람들인데 도대체 무슨 생각으로 선거에 나오는 걸까 하는 생각이 들었다. 그러다 갑자기 그런 생각이 들었다. 자신도 저기 포스터 맨 끝에 얼굴을 내민 후보들에 비해 나을 것 하나 없는 사람이란 생각이. 몇 년째 소설 원고를 써서 여기저기 출판사에 보내봤지만 연락 온 곳은 없었다. 지난해 그렇게 공들여 쓴 시를 신문사 신춘문예에 보낸 적도 있지만 당선될 거란 생각은 전혀 없었다. 그냥 친구나 주변 사람들에게 신춘문예에 참여해봤다는 말을 한 번 해보기 위해 투고를 했던 것일지도 모른다는 생각이 들었다. 저들도 안 될 걸 뻔히 알면서 "국회의원 선거에 한 번 출마했다."고 가족이나 친척, 친구들한테 자랑하기 위해 그랬을지도 모른다. 성주는 저들과 달리 그런 허풍을 떨만한 사람이나 인맥조차도 없는 초라한 백수 신세였다. 팔리지도 않을 그림을 전시한다고 밤새워 그림을 그리고, 아무도 읽지 않을 책을 쓴다고 뜬 눈으로 희망에 부풀어 밤을 지새우며 한 문장 한 문장 정성스럽게 수정하고 다듬던 자신의 모습을 저들이 바라봤다면 조금 전 성주가 포스터 속 사진을 보고 품었던 생각을 그들도 똑같이 했을 것이다.

⌘

 늦은 밤 성주는 싱크대 옆 작은 식탁에 앉아 노트북을 펼치고 글을 쓰고 있다. 얼마 전까지는 조용히 책을 보거나 노트북을 펼치고 작업하는 손님들이 많아 글도 더 잘 써지는 것 같고 집중도 잘 되는 집 근처 스타벅스에 자리를 잡고 커피 한두 잔을 마시면서 주변 테이블에 죽치고 앉아 글을 쓰는 손님들로부터 동료 의식과 묘한 경쟁심을 느끼며 밤늦게까지 글을 쓰곤 했다. 하지만 최근엔 늦게까지 문을 여는 커피숍도 거의 없고, 수중의 돈도 떨어져 한 달 밥값보다 더 나오는 스타벅스 커피값이 부담돼서 분위기 좋은 카페와는 너무 다른 이 비좁고 지저분한 방구석에 틀어박혀 글을 쓰고 있었다. 그리고 그런 자신의 신세가 돈이 없어 빵을 훔치다 구치소에 구금된 좀도둑마냥 처량하고 갑갑하게 느껴지곤 했다. 그래서 예전엔 듣지 못하던 윗집 소음을 자주 접하게 되었고, 시집 원고 제출 마감도 임박해서인지 그 부담감 때문에 소음에 더 예민해지는 것 같았다. 그렇지만 오늘은 일요일이어서 그런지 윗집 아이가 일찍 잠이 든 것 같았고 사방이 조용했다.

간만에 집중해서 시를 쓰려는데 하필이면 케이블 영화 채널에서 성주가 좋아하는 옛날 한국 영화를 상영해주는 시간이었다. 성주는 의자에서 일어나 창가로 다가가 커튼을 쳤다. 안 그래도 창이 별로 없어 늘 어두운 방은 희미한 달빛과 가로등 불빛마저 막혀 더 어두워졌다. 오늘 상영하는 영화는 1967년 이만희 감독이 찍은 흑백 영화 '귀로'였다. 신성일이 출연한 이만희 감독의 영화 '휴일'을 너무 좋아해서 여러 번 인터넷으로도 찾아 감상했던 성주는 보통 때보다 더 집중해서 영화를 감상했다. 인천에서 서울로 출퇴근하는 여자 주인공 때문에 서울역이 자주 배경으로 등장했다. 지금과는 많이 다른 오십 년 전 서울역 주변 풍경을 감상할 수 있어 좋았다. 얼마 전에 봤던 1934년 영화 '청춘의 십자로'에서 본 서울역과는 조금 다른 풍경이다. 서울역 주변은 시대에 따라 하루가 다르게 빠르게 발전했고 시루에 콩나물 자라듯이 고층 건물들도 주변에 즐비하게 섰지만, 서울역 구 역사 건물은 30년대 영화나 60년대 영화, 최근 영화에서도 변치 않은 그 모습 그대로였다. 그래서 좋았다. 빠르게 변해가는 세상 속에서 옛 모습 그대로 변치 않고 우리 주변을 지켜주는 것들이 많았으면 좋겠다는 생각을 했다. 그래서 사람들이 변해버린 고향의 모습에 마음 아파하고, 모교를 찾고, 산과 고궁을 찾으며 마음의 위안을 얻는 것 같았다. 백 년 가까이 변하지 않는 모습으로 서 있는 영화 속 서울역 건물처럼 주경이도 오래전 그 모습 그대로, 영원히 남아줬으면 좋겠다고 성주는 바랐다.

영화 '귀로'를 감상하던 성주는 얼마 전 이 채널에서 어떤 흑백 영화를 보다 시상이 떠올라 지난해 달력 뒷면에 써두었던 시가 떠올랐다. 마침 그 시를 시집에 실어야 할지 말아야 할지 고민 중이었는데, 영화 1부가 끝나고 광고가 나오는 사이 성주는 휴대폰을 왼손으로 쥐고 오른손 검지 하나로 천천히 그 시를 휴대폰 자판 위에 두드려 국문학을 전공한 고등학교 선배에게 카톡으로 보냈다.

흑백영화

안 불러도 어김없이
또 찾아온 주말
늦은 밤 아니 이른 새벽
벽시계 초침 소리

꺼져가는 내 맥박처럼 우렁차게 울려대는
심심하고도 야속한 밤이면
사냥에 나서는 숲 속의 부엉이처럼
눈을 크게 뜬다 부릅뜬다
손님을 맞듯 창문을 크게 연다
안녕하세요!
이 시간이면 오래된 흑백영화가
상영되는 케이블 채널을 켠다
이내 난
1960년대 종로 거리를 걷는다
대폿집에서 슬픈 표정의 아리따운 여배우와
사랑에 빠지고, 클럽에서 트위스트 춤을 추고
지금은 찾아볼 수 없는 풍경의
광나루, 마포 강변, 남산공원, 광화문 광장에서
사랑을 나눈다
아버지와 함께, 아버지가 되어
이제 그만 보고 자요~
내일 출근 안 해요?
뭔 재미로 그런 옛날 영화를 봐요?
대답 없는 나
창문이 바람결에 저절로 닫힌다.

이제 아버지가 가시나 보다
아무도 찾지 않는 흑백영화가
이제는 볼 수 없는 아버지를
아버지가 걷던 거리를
아버지와 함께했던 기쁨과 슬픔의 사건들을
아버지의 흑백 사진 가득한 앨범처럼
말없이 얘기해 준다
아버지, 안녕히 가세요
다음 주 흑백영화관에서 또 봬요

　형! 이 시 어때? 괜찮아? 사람들이 뭐 일기 같은 이런 평범한 글을 시집에 넣었냐고 뭐라 욕하진 않을까? 이런 평범한 글도 시라고 해도 될까? 남들도 그렇게 생각해 줄까?
　얼마 전 회사를 관두고 편의점을 시작한 선배는 야간에 나가 아침까지 근무를 해서 밤이나 새벽에도 부담 없이 카톡을 보내 의견을 물을 수 있는 성주의 유일한 말동무였다. 늦은 시간이라 졸고 있는지 답은 없었다. 아마 좋다고 그럴 것이다. 늘 그렇게 답을 준다. 성주가 그리는 그림이고 글이고 다 좋다는 뻔한 반응을 보이지만, 가끔은 빈말이라도 옆에서 그런 말을 해주고 응원해주는 선배가 있어서 성주는 든든하고 좋았다.

쿵. 쿵. 쿵. 쿵…. 스윽. 스윽. 스윽. 쿵. 쿵. 쿵….

열한 시가 넘은 늦은 시간인데 갑자기 윗집에서 소음이 들려오기 시작했다. 발이나 주먹으로 바닥이나 벽을 두드리거나 걸으면서 이동할 때 나는 소리 같았다. 독특한 걸음걸이에서 나는 소리 같았다. 저녁 시간은 그래도 참을 수 있겠는데 이런 늦은 시간의 소음은 성주도 참기 힘들었다. 이 소음 때문에 요새 부쩍 신경이 예민해지고 날카로워진 성주는 요새 가뜩이나 시상도 안 떠오르고 문장 한 줄도 제대로 안 써지는 이유가 다 윗집 소음 때문인 것 같다는 피해망상적인 생각이 들 정도였다. 보통은 금방 소음이 멈추는데 오늘은 이상하게도 계속해서 소음이 들려왔다. 보통 때 같으면 홧김에 참치 캔에 소주 한잔하며 참겠지만, 점점 커지는 소음 때문에 화가 치밀어 오른 성주는 문을 열고 비상구를 통해 순식간에 윗집 문 앞까지 달려갔다. 문 앞에 서서 초인종을 누를까 고민하고 있는데 밑에서 들리던 쿵쿵 소음이 문 앞에 서니 훨씬 더 크게 들렸다. 신경질적인 목소리로 소리치며 주먹이나 발로 바닥을 치고 있는 것 같았다. 여자아이 목소리였다. 여자아이와 엄마가 싸우는 것 같았다. 딸은 화가 났는지 발로 바닥을 차고 주먹과 머리로 벽을 세게 치거나 부딪히고 있는 것 같았다. 엄마는 그런 딸 옆에서 그러지 말라고 계속 말리고 있는 것 같았다.

성주는 참지 못하고 초인종을 눌렀다. 그리고 잠시 기다렸다. 인기척은 있는데 기다려도 아무 대답이 없었다. 성주는 더 이상 화를 참지 못하고 순간 발로 몇 차례 세게 문을 걷어찼다. 문 쪽으로 가까워지는 발소리가 들리더니 이내 조용해졌다. 아마도 아줌마가 문 반대편에 서서 인터폰으로 밖을 내다보고 있는 것 같았다.

"누구시죠?"

인터폰으로 아주머니의 겁먹은 듯 경계심 가득한 작고 느린 음성이 흘러나왔다.

"아랫집인데요. 깊은 산 속 전원주택에 혼자 사시는 것도 아닌데 늦은 시간엔 좀 조용히 해주시면 좋겠습니다."

"죄송합니다. 잘 알겠습니다. 주의할게요. 죄송합니다."

여자는 놀랐는지 연신 죄송하다며 그렇게 말했다. 커다란 목소리의 덩치 큰 낯선 남자의 방문에 놀랐는지 문을 열고 나와 보지는 않았다.

화가 덜 풀린 성주는 잠시 서 있다가 집 앞 편의점에서 술이라도 한잔 할 생각으로 복도 가운데 엘리베이터가 있는 곳으로 천천히 걸어가 버튼을 눌렀다.

승강기는 성주가 사는 6층을 지나 7층에 멈춰 섰다. 문이 열리자 성주는 승강기에 올라 1층 버튼을 눌렀다. 아주 느린 속도로 내려가던 승강기는 5층에서 멈췄고 이내 문이 열렸다. 중년의 대머리 남자와 여중생으로 보이는 딸이 탔다. 순간 성주는 놀라서 헛기침을 하며 고개를 숙이고 뒷걸음질 쳐서 승강기 구석으로 몸을 바싹 붙였다. 그리고는 승강기 금속 벽면에 비친 자기 얼굴을 쳐다보는 것처럼 머리를 손으로 매만지는 시늉을 했다. 잠시 어색한 침묵이 흘렀다. 그 모습을 바라보고 있던 중년의 남자가 거울에 비친 성주와 눈이 마주친 순간 성주에게 "안녕하세요." 하고 인사를 하더니 딸에게 말했다.

"은주야, 아저씨한테 인사해야지. 이웃끼리는 서로 인사하고 지내야 하는 거야."

딸이 마지못해 인사를 하자 성주도 고개를 돌려 어색한 인사를 나눴다. 또다시 어색한 침묵이 흘렀고, 승강기가 1층에 도착해 문이 열리자마자 성주는 여학생과 아저씨에게 아무 말 없이 목례를 한 뒤 빠른 걸음으로 오피스텔 밖으로 뛰어나갔다.

성주는 2주 전에 있었던 일이 떠올랐다. 밤늦게 글이 잘 안 써져 케이블 채널 영화를 보며 식탁에 앉아 반찬 가게에서 떨이로 사 온 멸치볶음을 안주 삼아 소주를 마시고 있는데 갑자기 현관문 손잡이가 위아래로 천천히 움직이는 소리가 들리더니 현관문 번호키 덮개가 위로 들리고 누군가 번호를 계속해서 누르는 소리가 들렸다. 순간 빈집털이라고 생각한 성주는 인터폰으로 현관문 밖을 내다보았다. 현관문 앞에는 중년의 남자가 고개를 숙여 현관문 보안 키 버튼을 뚫어지게 바라보며 계속해서 누르고 있었다. 성주는 술김에 홍분해서 반사적으로 문을 박차고 밖으로 달려나갔다. 갑자기 열린 문에 그 남자는 뒤로 벌렁 자빠지고 성주는 그 남자 위에 올라타서 팔꿈치로 목을 몇 차례 가격한 후 두 손으로 목을 세게 조르기 시작했다. 예상 밖으로 남자가 저항을 하지 않아 성주는 남자를 일으켜 세운 뒤 벨트 안에 손을 넣어 단단히 움켜잡고 "경찰서로 가자."고 말한 뒤 엘리베이터에 태워 1층으로 내려왔다. 그때 갑자기 그 남자가 "어디 가시는 거냐?"고 비틀거리며 물었다.

"어딜 가긴? 경찰서 간다. 왜?" 성주가 큰 목소리로 퉁명스럽게 말하자 그 남자는 "여기가 내 집인데 내가 왜 경찰서를 왜 가야 하냐."고 물었다.

남자에 비해 덜 취한 성주는 만취한 그 남자가 말할 때 입에서 풍겨 나오는 독한 술 냄새를 느낄 수 있었다. 제대로 몸도 못 가누는 그 남자는 커다란 검정 비닐봉지를 손에 꽉 쥐고 있었다.

"이건 뭐야? 훔친 물건이야? 아니면 여기에 흉기 넣어 둔 거야?"

성주가 남자 손을 비틀어 비닐봉지를 빼앗아 열어 보며 말했다. 봉지 안에는 어린이들이 좋아하는 과자가 한가득 들어 있었다. 강도는 아닌 것 같았다. 진짜 여기 살면 집을 찾아가서 문 열고 들어가 보라고 말하며 성주는 꽉 쥐고 있던 남자의 벨트를 풀어 주었다. 남자는 비틀거리며 엘리베이터 앞에 서서 5층을 눌렀다. 승강기가 5층에 도착하자 남자는 성주와 같은 호실 문 앞에 서서 현관문 보안키 덮개를 열고 능숙하게 암호를 눌렀다. 순간 문이 열렸다.

"아빠! 왜 이렇게 늦었어? 과자 사 왔어?"

안에서 귀여운 여자아이의 목소리가 들려 왔다. 그 남자는 술김에 5층 대신 6층을 누르고 성주의 집 문 앞에서 맞지도 않는 비밀번호를 계속 눌렀던 것 같다.

그 사건 이후 혹시라도 그 남자를 엘리베이터에서 만나면 어떡하나 걱정했는데 하필 딸과 함께 오늘 만나게 되었다. 그때 그 남자가 아무리 취했어도 성주가 팔꿈치로 목을 여러 차례 가격했던 걸 혹시라도 기억하고 경찰서에 폭행죄로 신고하면 어떡하나 싶어 성주는 며칠 동안 걱정했다. 다행히 그 남자는 그날 너무 취해 그날의 일을 잘 기억하지 못하는 것 같았다. 아니, 그런 척 하고 있는 건지도 몰랐다. 요샌 벌금이 강화돼서 한 대당 3백만 원까지도 나온다는 얘기도 있어, 만약 경찰서에 불려 가면 성주는 천만 원이 넘는 벌금을 내야 할지도 모른다고 걱정했다. 백만 원도 아니고 천만 원이라니. 성주에겐 집 보증금을 빼도 내기 어려운 큰돈이었다. 이사 온 지 몇 년이 지났어도 이 낡고 허름한 건물 안에서 서로 인사하고 지내는 사람이 아직까지 한 명도 없었는데, 하필이면 마주칠 때마다 불편한 그날의 사건이 떠오를 그 남자와 인사를 나누고 지내야 하는 사이가 되었다고 생각하니 성주는 마음이 갑갑해졌다. 성주는 앞으로 운동도 할 겸 술에 취하거나 무거운 짐을 든 경우를 빼곤 엘리베이터 대신 계단으로 뛰어다녀야겠다고 속으로 다짐했다. 그 남자 덕에 두 다리도 튼튼해지고 몸도 건강해질 것 같았다. 그렇게 생각하니 불편한 그 남자가 감사한 사람이 될 수도 있겠단 엉뚱한 생각이 들었다. 좋은 일이건 나쁜 일이 건 받아들이기 나름이었다. 성주는 편의점 파라솔에 앉아 컵라면에 소주를 마시며 그렇게 생각했다.

성주는 점심 무렵 잠에서 깨어 식사도 거르고 동네 공원에 나와 산책을 하고 벤치에 앉았다. 새벽 근무가 끝나면 인터넷이나 케이블 채널의 영화를 보다가 남들이 일어날 무렵 잠이 들고, 남들이 점심을 먹을 무렵 일어나서 하루를 시작했다. 공원에 나오기 전, 오랜만에 건물 지하의 어두운 복도 끝에 있는 문을 열면 나오는 분리수거 실에 들렀다. 그리고 얼마 전 고장 난 세탁기 옆 종이박스에 가득 쌓아두었던 배달 음식 그릇, 소주병, 참치 캔, 라면 봉지, 종이 포장지, 음식물 쓰레기 등을 분리해서 버렸다. 재활용을 위해 남은 우유를 마시고 수돗물로 그 안을 헹구거나 참치 캔 속을 깨끗이 비우고 물을 부어 헹굴 때마다 마치 그것들을 위해 염을 하는 것 같다는 생각이 들 때도 있었다. 그것들의 마지막 가는 길을 위해 정성을 들여 씻어 주었다. 수고란 생각은 하지 않았다. 힘들게 박스 가득 담아 들고 온 지난 몇 주간의 각종 쓰레기들이 순식간에 성주의 눈 앞에서 사라졌다. 조명이 어둡고 곰팡이 냄새 퀴퀴하게 번지는 이 지하 수거실에 내려오기 위해 승강기에 오를 때마다, 성주는 왠지 맘이 무거워지고 알 수 없는 우울함과 경건함 때론 고소공포증과도 같은 두려움을 느꼈다. 방금 박스 안에 있다 순식간에 분리되어 사라진 쓰레기들처럼 언젠가 자기 몸을 이루는 탄소, 수소, 인, 그 외 모든 것들도 이렇게 분해되어 사라지는 날이 올 것 같다는 생각이 들었다. 그런 생각이 들 때마다 다른 사람은 몰라도 단 한 사람, 주경이만큼은 자신과 함께 보낸 시간들의 아주 작은 파편이라도 기억해줬으면 했다. 그러면 그나마 덜 무섭고 인생이 덜 허무할 것만 같았다.

이 시간이면 공원에 늘 나오는 할아버지들이 계셨다. 할머니들은 두세 명이 함께 벤치에 앉아 담소를 나누곤 하는데 할아버지들은 주로 혼자 벤치에 앉아 계셨다. 그렇게 한 시간이나 두 시간 동안 공원을 산책하는 주민들이나 아이들이 노는 모습을 지켜보다 조용히 일어나서 돌아가신다. 그런 할아버지들 사이에서 유독 부러움을 사는 할아버지가 한 분 계셨는데, 나이 든 딸이 밀어주는 휠체어에 앉아 산책을 나오시는 분이었다. 그분은 딸의 부축을 받고 휠체어에서 일어나 느린 걸음으로 공원을 몇 바퀴 산책하신 뒤 근처 맥도날드에서 커피를 드셨다. 가끔 그런 할아버지들의 모습을 지켜보던 성주는 자연스럽게 자신이 나이가 들어 병들고 아프고 외로울 때의 모습을 떠올리곤 했다. 이렇게 생활하다 보면 저 할아버지들처럼 혼자 의자에 앉아 지나가는 동네 사람들의 모습을 지켜보며 죽음만 기다릴 날이 금방 다가올 것 같다는 생각이 들 정도로 성주의 하루하루는 무의미하고 무료한 삶처럼 느껴질 때가 많았다. 그래도 가끔 동네 아이들이 노는 모습을 보고 있으면 그런 우울한 생각에서 잠시 벗어날 수 있어 좋았다. 드론이나 연을 날리는 아이들, 보드를 타는 학생들, 그리고 기타를 연주하며 노래를 부르는 학생들을 바라보고 있으면 '나도 저런 시절이 있었지.' 하는 생각에 미소가 절로 지어졌다. 직접 하지 않고 보고 듣고 바라만 보아도 대리만족을 느낄 수 있고 무력감을 떨쳐 버릴 수 있어 좋았다. 그래서 나이 든 사람들이 바깥 공기도 쐬고 햇볕도 쬘 겸 해서 아이나 어린 학생들이 노는 모습을 그렇게 한참 바라보다 돌아가는 것인지도 모른다는 생각을 했다.

문득 성주는 가끔 동네 찜질방에서 마주치는 나이 든 아저씨가 생각났다. 찜질방에서 달세 내고 기거하는 분인데, 고시원 같은 곳이 주무시기 더 편할 텐데 왜 시끄럽고 어수선한 찜질방에서 지내시는 거냐고 물었던 적이 있다. 그러자 그분은 혼자 고시원에 누워있으면 너무 외롭고, 가끔은 어둡고 조용한 작은 관 속에 혼자 죽으려고 누워 있는 것 같아 그게 싫고 무서워서 사람 많이 지나다니는 이곳에서 잠을 잔다고 했다. 찜질방에서 지내면서부터는 더 이상 외롭지도 않고, 자기도 사회 속에서 함께 살아가는 것 같아서 더 이상 쪽방과 고시원을 찾지 않을 거라고 말했다. 아직 사람 많은 곳보다는 아무도 없는 한적한 공간이 더 편하고 좋은 성주는 자신이 그 아저씨 정도의 지독한 외로움을 겪어보지 않아서 그런 것 같다고 생각했다. 나중에 그 아저씨처럼 나이가 더 들어 주변에 자신을 돌봐줄 사람이 아무도 없고, 자기가 챙기고 돌보아야 하는 삶의 구심점이 될 만한 누군가도 없다면 성주도 그 아저씨처럼 그냥 지나가는 사람들의 얼굴만 봐도 맘의 위로가 느껴질지도 모르겠다고 생각했다.

지난 십여 년간 그림을 그리고 글을 쓰며 열심히 살아왔건만, 지나고 보니 아무것도 이룬 것이 없구나 하는 허탈한 마음이 들 때가 많았다. 나이가 들수록 하루, 일주일, 한 달 그리고 일 년이 어찌나 빨리 흘러가는지 달력을 넘길 때마다 놀랄 때가 많았다. 공원에서 노는 저 아이들처럼 성주도 어렸을 때는 하루하루가 정말 길게 느껴졌는데, 요새는 아침에 눈을 떠서 하는 일도 없는데 금방 밤이 와서 잠을 자는 것처럼 느껴질 정도로 시간은 화살마냥 쏜살같이 흘러갔다. 나이가 들수록 왜 이렇게 시간이 빨리 흘러가는 것일까 생각을 해본 적이 있다. 어렸을 때는 신기한 것도 많고 궁금한 것도 많아서 접해 보지 않은 많은 것들이 눈에 들어오고, 그걸 받아들이고 저장하느라 하루하루 새로운 기억들이 많이 쌓여갔다. 젊은 시절 직장 생활을 할 때는 좋건 싫건 회사를 나가서 좋은 일이든 싫고 힘든 일이든 해야 했고, 때론 맘에 맞는 동기와 때론 함께 일하기 싫은 동료나 상사와 함께 하며 아주 많고 다양한 감정을 느끼고 기억들을 남기며 사느라 하루가 길었다. 하지만 나이 들어 보니 그런 다양한 관계들은 다 정리됐고, 더 이상 신기하고 새로울 것도 없었다. 편하고 익숙한 관계와 일만 찾게 되고 점점 혼자 지내는 시간이 많아지다 보니 새삼 기억하고 쌓일 그런 인상적인 장면들이나 관계들이 없어져 하루가 짧게 느껴지는 것 같았다. 안빈낙도 무위도식의 평안한 삶이라고도 할 수 있지만, 다른 한편으론 어리고 젊은 시절에 비해 무료하고 지루한 하루하루의 연속이라고도 말할 수 있었다.

얼마 전 맥도날드 2층에서 성주 옆자리에 앉아 담소를 나누던 여섯 분의 할머니들이 떠올랐다. 옹달샘이란 모임 이름까지 있는, 어린 시절 학교 동창 모임 같았다. 한 할머니의 "우리 매번 동네에서만 모이지 말고 날 잡아 함께 여행을 떠나자."는 말에 옆에 계신 할머니가 "우리 내일이면 곧 아흔인데 어딜 가나?"고 답했다. 그러자 옆에 계시던 또 다른 할머니가 그런 말 말라면서 "우리 나이 정도 모임에서 한 명도 아픈 사람 없이 정정하게 걸어 다니는 건 축복이며, 이렇게 움직일 수 있을 때 같이 여행 갈 수 있으면 얼마나 좋은 일이냐?"고 말씀하셨다. 자연스레 대화의 주제는 '어디로 여행을 갈까'로 바뀌었고, 최근 개통한 KTX 타고 강릉 바다 여행을 가자는 분과 어떻게 최신 노래를 아셨는지 노래 여수 밤바다 들어 봤냐며 한 번도 못 가본 여수에 가고 싶다 말하는 분, 그리고 너무 먼 곳은 가기 힘들 테니 가까운 양평에 콘도를 빌려 가자는 분으로 나뉘었다. 그렇게 의견이 통일되지 않아 여행 장소를 두고 격론을 벌이는 모습은 영락없이 이십 대 처녀들의 앳된 모습 그대로였다. 만나고 싶은 사람도 딱히 없고 가고 싶은 곳도 없는 자신보다 그 할머니들이 훨씬 젊어 보인다고 성주는 속으로 생각했다. 나이가 어리다고 젊은 것이 아니라, 하고 싶은 게 많은 사람이 젊은 거란 말이 맞는 것 같았다.

마침 동네 공원에서 같은 층에 사는 아이가 놀고 있었다. 지난 가을 그 아이가 연을 날릴 때 연을 잡아주며 친해졌다. 오늘은 학교 친구랑 같이 놀러 왔는데 연을 날리다 말고 갑자기 둘이 잔디밭에서 씨름을 했다. 얼굴과 머리 그리고 신발과 옷에 온통 흙과 누런 잔디 이파리가 묻어도 둘은 아랑곳하지 않고 계속 뒹굴며 놀았다. 성주는 아이들이 집에 들어가면 엄마한테 혼이 나겠구나 하는 생각을 하다가 갑자기 그런 생각이 들었다. 저 아이 엄마는 저렇게 더러워져서 집에 돌아온 아이를 보며 왜 이렇게 지저분하게 놀다 왔냐고 으레 한 번 크게 소리 지르고 화를 내겠지만, 그래도 자기 자식이라고 옷 갈아입히고 씻기고 뛰어노느라 배는 안 고팠는지 궁금할 것이다. 그리고 뜨끈한 밥 어여 해서 먹이고 싶을 테고 밥 먹는 예쁜 모습 쳐다보며 행복을 느끼겠지. 그렇게 때론 사고도 치고 화도 나게 하지만, 자주 흐뭇한 미소를 짓게 하고 사는 재미와 보람을 안겨 주는 저 말썽꾸러기 아이 때문에 하루하루 정신없이 다양한 감정과 사건으로 가득한 삶을 살 것이다. 그리고 그 기록들을 사진 앨범에 추억의 사진들을 꽂듯 맘 속에 기록하는 즐거움과 보람으로 바쁘게 살아가겠지. 그렇게 정성을 쏟을 사랑스런 아들이 있어 그 아줌마는 덜 외롭고 덜 무료하고 긴 하루하루를 보내겠지. 그게 행복이겠지.

出판사에 원고를 전달하기로 한 날이 얼마 남지 않아 성주는 저녁 식사도 거른 채 방 안에서 열심히 원고를 다듬고 있었다. 요 며칠 이상하리만큼 잠잠하던 윗집에서 갑자기 쿵쿵 소리와 함께 날카로운 외침 소리가 들려 왔다. 이어서 바닥을 질질 끄는 듯 불규칙한 소음을 내며 걷는 발자국 소리와 주먹이나 머리로 벽을 치는 듯한 둔탁한 소리가 들려왔다. 가뜩이나 원고 마감에 쫓겨 잠도 제대로 자지 못해 한껏 예민해진 성주는 위층에서 들려오는 소음에 극도로 신경이 날카로워져 홧김에 옷도 제대로 차려입지 않고 위층으로 뛰어 올라가 윗집 현관 앞에 서서 초인종을 누르려 손을 뻗었다. 그때 갑자기 여자아이 고함 소리가 문 반대편에서 들려와 성주는 멈칫하고 서서 가만히 문에 귀를 대고 흘러나오는 대화를 엿들었다.

"왜 안 사주는 건데? 왜? 왜 맨날 돈 없다고 하는 건데? 왜 우리는 남들처럼 돈 벌어다 주는 아빠가 없는 거야? 왜? 그리고 왜 날 이렇게 낳아 놨어? 언제까지 이렇게 걸어 다녀야 하냐고! 그냥 죽어버리고 싶다고!"

딸 아이의 목소리가 들렸다. 작은 목소리로 미안하다고 말하며 딸을 진정시키기 위해 달래고 있는 엄마의 목소리가 작은 울음소리에 섞여 좁은 현관문 틈 사이로 한숨처럼 새어 나왔다. 성주는 잠시 조용히 서서 안에서 흘러나오는 그 소리를 엿들었다. 중간중간 샤워기에서 쏟아져 나온 물이 대야에 가득 고인 물에 세차게 부딪히는 듯한 소리가 들렸다. 엄마가 화장실 옆에 커다란 대야를 두고 샤워기를 길게 밖으로 빼 와서 대야에 따뜻한 물을 받아 아이를 씻기거나 다리를 주무르고 있는 듯했다. 보통은 발을 끌며 걷는 독특한 소음만 들렸는데 아주 가끔 아이가 화를 내며 물건을 던지거나 벽이나 바닥을 쿵쿵 치며 큰 소음을 내는 경우도 있었다. 특히 오늘은 딸이 신경질적으로 화를 내며 벽을 머리나 주먹으로 세게 치면서 자해를 하고 있는 듯했다. 그럴수록 엄마는 어쩔 줄 몰라 딸을 진정시키기 위해 달래고 말리는 것 같은 소리가 애타게 들려왔다. 몰래 남의 집 가정사까지 엿듣게 된 것 같아 성주는 갑자기 미안한 생각이 들었다. 그리고 계속해서 미안하다는 말을 하며 딸 아이를 달래고 있는 힘 없는 엄마의 목소리가 안쓰럽게 느껴졌다. 말리다 지쳤는지 엄마는 더 이상 아무 말 않고 작게 흐느끼고 있었다. 잔뜩 화가 나서 조용히 해달라고 윗집 아주머니에게 따지러 왔던 성주는 우연히 윗집 여자와 딸의 싸움을 엿듣고 나자 아이 엄마가 애처롭고 측은하게 느껴졌다. 자신이 밑에서 소음 때문에 겪었던 고충과는 비교하기도 어려운 고통이 느껴져 오히려 아이 엄마에게 동정심까지 느껴졌다. 아까 딸에게 미안하다고 말하던 엄마의 아무 색깔 없는 목소리가 너무 힘이 없고 삶의 기운이 느껴지지 않아 이러다 이 집에서 뭔 일이라도 나는 건 아닌가 하는 걱정까지 들었다. 성주는 조용히 발길을 돌려 1층으로 내려왔다.

성주는 공원 벤치에 앉아 서서히 지는 저녁노을을 바라보며 흥분되었던 맘을 천천히 가라앉혔다. 그리고 윗집 소음에 대해 한참을 생각했다. 그리고 다짐했다. 더 이상 윗집의 소음 때문에 화를 내거나 맘의 평정을 잃지 않겠다고. 어딘가 불편하거나 아파 보이는, 히스테리 가득한 딸 아이와 함께 살면서 그 울분을 다 받아주고 힘들게 하루하루를 살고 있을 그녀가 안쓰러웠다. 얼굴 한 번 보지 못한 윗집 여자가 측은하고 가여워 그렇게 다짐한 것도 있지만, 그게 성주 자신을 위해서도 좋은 일이라고 생각되었다. 앞으로 윗집에서 소음이 들릴 때마다 자기는 지금 고향 집에 와 있고 위층에서 사랑스런 조카들이 신나게 뛰어놀고 있는 것이라 상상하기로 했다. 그래. 어릴 땐 신나게 뛰어놀면서 크는 거지. 그렇게 생각하자고. 아니면 늘 어두운 방에서 죽음과도 같은 고요 속 미동도 없이 웅크리고 누워 마치 관 속 송장처럼, 아니 하루하루 종말을 기다리는 병자처럼 보내고 있는 자기를 위해 위층 형수가 "도련님 바깥 날씨도 좋은데 시원한 공기 마시며 운동 좀 하고 오세요."라고 말하는 것으로 여기기로 했다. 자기를 생각한 형수가 어서 일어나 문을 열고 나가 수많은 생명의 움직임과 살아 움직이는 소리를 듣고 생명의 기운을 얻어오라고 안부를 묻듯, 어서 외출하고 오라고 노크해 주는 거라 생각하기로 했다.

텔레비전을 보거나 라디오를 듣지 않는 한 성주의 방에선 아무런 소리나 소음이 들리지 않았다. 가만히 생각해 보면 소음은 살아 있다는 것이다. 소음은 움직임이고 숨이 붙어 있는 생명이 몸부림치는 증거인 것이다. 천장이나 벽을 뚫고 그 위나 안의 생명을 볼 수는 없지만, 우린 그 소리만으로도 생명을 느낄 수 있다. 바위 같은 침묵과 고요가 죽음이라면 규칙적이고 활기찬 소음이야말로 생명의 맥박과도 같은 것이다. 성주의 방 안을 잠식한 거대하고 오래된 침묵과 고요가 죽음의 그림자를 닮은 질식할 것 같은 진공 상태라면, 윗집에서 들려오는 소음이야말로 생명의 소리이자 숨결인 것이다. 꺼져가는 램프에 기름을 붓고 채워 주는 그런 생명의 따뜻한 온정과도 같은 손길인지도 모른다. 그렇게 성주는 차차 윗집의 소음을 받아들이고 그것에 무뎌지기로 마음먹었다. 얼마 지나지 않아 더 이상 소음을 못 듣고 못 느끼게 되었으면 좋겠다고 생각했다.

몇 주가 흘렀다. 끝나지 않을 것만 같았던 첫 시집 원고 작업도 마무리되고 성주는 원고 초안을 이메일로 출판사에 보냈다. 혹시나 늦게 열어볼까 문자 메시지로도 원고 발송을 알렸다. 공대 출신 무명작가의 첫 시집을 기다리거나 잘 팔릴 걸 기대하는 독자나 출판 관계자는 아무도 없었다. 그래도 성주는 곧 자신의 첫 시집이 손에 쥐어질 거라는 들뜬 기대감과 원고를 쓰느라 몇 달간 짊어졌던 부담감에서 벗어나 오랜만에 홀가분한 마음으로 제대로 된 아침 겸 점심을 먹기 위해 단골 식당으로 향했다. 이 동네로 이사 와서 주말에 공원에서 운동을 하고 거의 매주 들리던 식당이다. 매일 영양실조로 굶어 죽지 않을 정도의 수준으로 집에서 대충 먹고 지내는 성주지만, 그래도 가끔 영양 보충을 하거나 맛있는 음식이 먹고 싶고 가족의 정이 그리울 때면 고향에 내려가 어머니가 해주시는 집 밥을 먹는 심정으로 비교적 손님이 뜸해 한가한 주말에 그 식당을 찾았다. 넓지 않은 아담한 식당 안에는 70대 후반으로 보이는 주인아주머니와 중년의 딸이 각자 주방과 홀에서 분주히 오고 가며 일했는데, 유쾌한 대화와 웃음소리가 끊이지 않았다.

성주는 주로 비교적 손님이 뜸한 늦은 시간대에 그 식당을 찾았는데, 저녁 영업을 준비하기 위해 두 모녀가 테이블에 마주 보고 앉아 고소하고 따뜻한 김이 모락모락 피어나는 커다란 전기밥솥 뚜껑을 열고 쟁반 가득 쌓아 놓은 스테인레스 밥공기에 흰 밥을 주걱으로 하나하나 정성스럽게 밥을 퍼 담는 모습을 정겨운 시선으로 바라보곤 했다. 갓 지은 밥에서 피어나는 그 따뜻한 밥의 냄새는 너무 좋았다. 그 냄새를 맡을 때마다 성주는 어릴 적 밥상 옆에 쪼르르 둘러앉아 배고프다며 어서 밥을 달라 재촉하는 형제들의 성화에도 예쁘게 흰 주걱으로 밥그릇 가장자리를 몇 번이고 꾹꾹 눌러서 담아 주시던 젊은 시절 어머니의 모습이 떠올랐다. 딸이 얼마나 엄마에게 살갑게 대하는지 아무리 바빠도 모녀 사이에 대화가 끊기는 법이 없었다. 가끔 식사하며 그 대화를 엿듣는 것도 성주에겐 즐거움이었다.

"엄마 내가 유치원 다닐 때 아빠랑 아차산 밑 광나루 유원지 모래사장으로 놀러 갔던 거 생각나? 아빠가 자라 잡아준다고 강가에서 한참을 헤매던 거 기억 안 나?"와 같이 주로 아버지가 살아 계시고 딸이 어렸을 때 엄마, 아빠와 함께 여행 다니거나 놀러 가서 겪었던 일들에 대한 회상이 대화의 주제였다. 갈 때마다 매번 비슷한 질문을 딸이 엄마에게 하곤 했는데, 주인아주머니는 딸이 물을 때마다 잠시 생각을 하곤 그 기억들이 떠오를 때마다 엷은 미소를 지으며 답하곤 했다. 이 동네에서 성주를 유일하게 반겨주는 사람도 그 주인아주머니였다. 언제부터인가 성주가 자주 찾아뵙지 못하고 이젠 늙고 병들어 거동조차 불편하신 고향의 어머니를 대신해 집 밥으로 따뜻한 가족의 정을 조금이라도 느끼게 해주는 고마운 분이었다. 형제 중 혼자만 장가도 못 가고 제대로 된 직장도 다니지 못해 돈벌이도 시원치 않아서 성주는 설날 외에는 거의 고향에 내려가지 않았다. 전화로 안부 인사를 대신하고 고향에 내려가지 않은 적도 여러 번 있었다. 늘 혼자 와서 반찬 가리지 않고 하나도 남김없이 허겁지겁 맛있게 밥을 먹고 가서 그런지 주인아주머니는 성주가 식사를 할 때면 항상 뭐 더 필요한 건 없는지 자주 묻곤 했다. 가끔은 성주가 앉은 테이블 맞은편에 앉아 성주가 식사하는 모습을 바라보며 막걸리를 한 잔 하시기도 했고, 이것저것 성주에게 궁금한 것들을 묻거나 흘러간 옛날 가요나 그 노래를 부른 가수들에 대한 이야기를 하며 성주의 말동무가 되어주시기도 했다.

처음 식당에 갔던 날, 성주를 보고 환하게 웃으며 주인아주머니가 한 말을 성주는 잊지 못한다.

"우리 젊은 친구 부인은 좋겠어. 이렇게 든든하고 인물도 좋은 신랑을 뒀으니. 자네는 고향이 어딘가? 나는 안동인데."

성주는 속으로 마누라 있는 남자가 주말에 여기 혼자 와서 식사를 하지 않을 거란 걸 아주머니도 잘 아실 텐데 그냥 그렇게 인사치레로 얘기하셨다고 생각했다. 그게 아니라면 빨

리 짝 찾아 장가가라는 덕담이라고 생각해 아직 결혼을 하지
않고 혼자 지낸다는 얘기를 일부러 하지 않았다. 콧노래를 부
르며 식당에 도착해 문을 당겼는데 문은 열리지 않았다. 고
향 집 같은 그 식당 문은 굳게 닫혀 있었다. 오늘은 사정이
생겨 문을 닫았나 하고 성주는 가게 안을 들여다보았다. 가
게 안의 테이블이나 의자 등 집기들이 사라지고 없었고, 출입
문 손잡이 옆 유리창에 '임대문의'라는 종이가 붙어 있었다.

  성주는 갑자기 얼마 전 일이 생각났다. 아니 지난해부터
주인아주머니가 조금 이상했다. 가끔 주말 저녁 늦게 식당
에 올 때면 아주머니가 주방 근처 홀에 혼자 앉아 멍하니 계
실 때가 있었다. 문을 조용히 열고 들어오는 편인 성주가 식
당 안으로 들어와도 알아채지 못할 때도 있었다. 한 번은 앉
아서 졸고 계신 아주머니께 인사를 드렸더니 깜짝 놀라 일어
나시더니 시키지도 않은 막걸리 한 통을 테이블에 가져다주
신 적이 있었다. 그냥 무르지 않고 갖다 주신 막걸리를 먹을
겸 해서 잔을 가져다 달라고 말했는데 아주머니가 웃으며 들
고 오신 건 막걸리 사발이 아닌 작은 소주잔이었다. 그 이후
로 가끔 식당에 오면 아주머니는 없고 손님 거의 없는 썰렁
한 가게를 따님 혼자 어두운 표정으로 지키고 있을 때가 있
었다. 주인아주머니가 안 보이면 성주는 밖에서 안을 들여다
보다 그냥 돌아가곤 했다.

그런데 오늘 그 가게 문 앞에 '임대 문의'라는 종이가 붙어 있고 가게 안 집기는 다 사라지고 없었다. 한동안 성주는 멍한 상태로 가게 안을 들여다보았다. 한참을 그렇게 서 있었다. 식당을 돌아 나오며 성주는 요새 불경기라 손님이 줄어서 장사가 잘 안 돼 가게가 문을 닫았기를 바랐다. 그걸 바란다는 것도 이상한 일이었지만, 성주는 그렇게 정든 식당과의 이별을 받아들여야 했다.

  첫사랑 주경을 잊지 못해 찾아온 이 동네, 아무도 아는 사람 없던 이 동네에서 유일하게 정을 나누고 의지하던 식당이 그렇게 성주를 홀로 남겨 두고 아무런 인사 없이 떠나갔다. 얼마 전까지만 해도 동네 공원 한구석에 아이들이 만들어 세워 놓은 눈사람이 성주를 보면 환하게 웃으며 반기듯 서 있었는데 어김없이 찾아오는 따뜻한 계절을 이기지 못하고 사라진 것처럼, 주인아주머니도 흐르는 세월을 거스르지 못하고 눈사람처럼 성주 앞에서 사라진 것만 같아 마음이 허전하고 아팠다.

허탈한 마음에 끼니도 거르고 성주는 식당 건물을 나와 근처 공원을 한참 걸었다. 곧 봄이 올 것 같았다. 공원 나무 사이에는 남도로 꽃구경을 가자는 동네 산악회 플래카드가 걸려 있었다. 문득 아주 오래전 주경이와 진해로 벚꽃 구경을 갔던 기억이 떠올랐다. 팝콘 기계 안에서 그 많은 옥수수가 동시다발적으로 터지며 팝콘 꽃으로 피어나는 것처럼, 탐스런 벚꽃이 만개한 진해 풍경에 들떠 그 많은 36장 필름을 금방 다 써버리고 서울로 돌아왔다. 기대감에 들떠 사진을 현상하기 위해 사진관을 찾았지만, 초점이 안 맞거나 흔들리고 빛이 들어온 사진들을 빼고 제대로 건진 사진은 몇 장 없었다. 지금은 갖고 있지 않지만, 잘 나온 사진 속 벚꽃을 배경으로 밝게 웃던 주경이의 모습이 아직도 눈에 선했다.

그 이후로 성주는 꽃 구경을 한 번도 가본 적이 없었다. 예전 다니던 회사 야유회 때 광양으로 매화 축제 구경을 갔는데 그 멋진 풍경을 바라보며 성주는 아름다움 대신 낯선 슬픔을 느꼈다. 무의식적으로 디지털카메라를 꺼내어 자기를 향해 환하게 웃고 있는 듯한 꽃들을 찍었지만 주경이가 없는 사진은 설명하기 힘든 공허한 서러움만 전해줄 뿐이었다. 사진을 찍고 남겨도 그 아름다운 풍경과 순간을 공유할 주경이가 없다는 사실은 성주를 더욱 슬프게 할 뿐이었다.

아직은 젊어서인지 아니면 세월이 흘러도 사그라지지 않는 미련 때문인지, 아름다운 풍경은 성주를 더욱 슬프게 했고 그 슬픔은 그런 멋진 풍경들로부터 그렇게 성주를 멀리멀리 밀어 떼어 놓곤 했다.

나뭇가지에서 작은 새싹들이 작고 예쁜 얼굴을 내밀기 시작했다. 겨우내 누렇게 변해 있던 공원 잔디밭엔 민들레와 쑥이 군데군데 잡초처럼 파란 싹을 틔었다. 민들레 싹을 볼 때면 어릴 적 어머니가 봄에 무쳐주시던 고들빼기와 생김새가 닮아 성주는 항상 고개를 숙여 혹시 고들빼기가 아닐까 하고 자세히 들여다보곤 했다. 그럴 때마다 봄이 오면 입맛을 돋아주는 냉이, 달래, 민들레, 고들빼기 같은 풀들이 지천으로 피어나던 어릴 적 동네 주변 들판과 야산이 생각나곤 했다. 한참을 걷다 허기를 느낀 성주는 갓 지은 뜨끈한 흰 쌀밥에 매콤달콤 씁쓰름한 맛을 뽐내는 봄나물들이 먹고 싶었지만, 결국 또 선택한 것은 공원 입구에 있는 맥도날드였다. 성주는 근처 식당이 사람들로 북적일 때나 조용히 커피 마시며 종이에 시고 글이고 끄적거리고 싶을 때면 이곳을 자주 찾았다. 근처 커피 가게들은 이곳처럼 실내가 넓지 않아 항상 사람이 붐볐고. 그래서 실내 공기는 탁하고 후텁지근했다. 그곳을 찾은 이들은 노트북과 책을 테이블에 펼쳐 놓고 열심히 공부를 하거나 서로의 눈을 바라보며 사랑을 속삭이거나 그동안 밀린 이야기들을 주고받는 사람들로 가득했다.

맥도날드 문을 열고 들어올 때마다 늘 마주치는 성주 또래의 여자 점장이 보내는 시선이 때론 부담스럽고 쑥스러워 자주 들르지는 않았다. 그것도 아주 가끔 가게가 가장 한가한 오후 3시나 4시 사이를 택해 조용히 문을 열고 들어와 가장 구석 자리에 있는 키오스크로 주문을 한 뒤, 항상 자리가 비어있는 2층 비상구 쪽 창가의 2인용 작은 테이블에 앉아 창밖의 공원 풍경을 바라보며 혼자 커피를 마시거나 햄버거를 먹었다. 햄버거는 자주 먹지 않았다. 어쩌다 가끔 먹으면 먹을 때는 맛있어 좋지만, 먹고 나서 식도를 타고 오랫동안 밀려오는 그 느끼함과 위 속에서 느껴지는 더부룩한 거북함 때문에 자주 먹지 못했다. 그럴 때마다 왜 지난 십 년 넘게 그림을 그려 전시했을 때나, 지난번 소설 책을 출간했을 때 아무런 성과도 없는 결과에 허탈감을 느끼고 주변의 무시를 당하면서도 여기 이 맥도날드 햄버거를 먹을 때처럼 다시는 먹지 말아야지 하는 생각조차 들지 않았을까 하고 스스로를 이상하게 생각했던 적도 여러 번 있었다.

이곳에 오면 성주가 늘 앉는 2층 자리에서 늘 마주치는 알바생이 있다. 성주가 주로 오는 오후 3시경에 출근하는데, 귀에 이어폰을 꽂고 음악을 들으며 무표정한 얼굴로 탈의실이 있는 2층으로 올라와서 유니폼으로 옷을 갈아입고 나와 2층 매장 청소와 정리를 담당하는 소녀. 마른 체형에 앳되고 작은 얼굴을 한 아담한 키의 고등학생 소녀로 보이는데 눈에 띄는 독특한 걸음걸이 때문에 손님들이 가끔 그 알바생의 일하는 모습을 성주처럼 걱정스런 시선으로 훔쳐보곤 했다. 두다리 모두 불편해 보였는데 아마도 어릴 때 기형적인 안짱다리로 태어난 것 같았다. 무릎 아래 두 다리 모두 눈에 띌 정도로 심하게 안쪽으로 휘어 있었다.

성주가 맥도날드를 들르는 시간은 가장 한가한 시간대여서 어떤 때는 2층에 성주와 그 알바생 둘 뿐일 때도 있었다. 가끔 눈이 마주치면 숫기 없어 보이는 그 학생은 부끄러운지 바로 눈을 피하곤 했다. 서로 말을 걸거나 인사를 한 적은 한번도 없었다. 그러고 보니 예전에 2층에서 근무하시던 할아버지나 이 학생이나 말이 없이 조용한 편이었다. 한 번도 그학생의 목소리를 들어본 적이 없었다. 1층 주방에 일하는 직원들은 큰소리로 대화도 하고 잘 웃고 떠들며 바쁘게 일했는데 왜 2층 직원은 항상 조용할까 생각한 적도 있었다. 바쁜 1층에 비해 한가한 편인 2층은 근무자가 한 명이라서 이야기를 할 상대가 없으니 당연히 그럴 것 같다는 생각도 들었다. 마포 걸레로 바닥을 닦고 손걸레로 커다란 유리창을 닦다가 힘들면 식판 반납하는 곳 바로 옆 작은 테이블에 앉아 잠시 쉬었다가, 다섯 시가 넘어 손님들이 밀려오기 시작하면 테이블 위에 손님들이 먹다 흘린 음식물 부스러기와 쓰레기를 치우고 쓰레기 버리는 곳 위에 식판이나 컵들이 많이 쌓이면 식판을 여러 겹으로 포개어 쌓고 그 위에 또 컵을 여러 겹으로 높이 포개어 들고 아슬아슬한 걸음으로 이마에 땀이 송글송글 맺힌 채 주방이 있는 1층까지 들고 내려갔다 오르기를 쉼 없이 반복했다.

얼마 전 휴일 때는 가족 손님과 단체 손님이 2층을 꽉 메워서 그 알바생이 매우 바빴던 적이 있었는데, 그래서인지 식판도 보통 때보다 훨씬 더 많이 쌓고 플라스틱 컵을 그 위에 너무 많이 쌓아 올렸다. 무거운지 낑낑대며 조심스레 식판을 들고 계단을 내려가는데 그 모습이 너무 불안해 보여 성주는 하마터면 자리에서 벌떡 일어나 도와줘도 되겠냐고 물을 뻔한 적이 있었다. 그렇지만 성주는 아주 당황하고 무안했던 오래전 기억이 떠올라 그렇게 하지 못했다. 성주가 학생 때 지하철 입구에서 가파른 계단을 내려가기 위해 한참을 서서 계단을 지팡이로 두드리고 서 있는 어느 시각 장애인 아저씨를 보고 다가가서 "제가 도와드려도 될까요?" 하고 팔을 잡았는데, 그 아저씨는 "나 혼자 할 수 있으니까 그냥 가던 길 가!"

라며 짜증 섞인 큰 목소리로 버럭 화를 냈다. 그 기억 때문에 그날 이후론 한 번도 누구를 돕겠다고 선뜻 나선 적이 없었다. 대신 성주는 묵묵히 열심히 일하는 그 학생을 간간히 따뜻한 눈길로 훔쳐보며 맘 속으로 응원을 해주었다. 문득 그런 생각이 들었었다. 저 학생의 엄마가 그 무거운 식판을 들고 힘들게 뒤뚱거리는 걸음으로 계단을 조심스레 내려가는 딸의 뒷모습을 본다면 어떤 생각이 들까 하는…. 그 소녀에게 무심한 매장 손님들이나 도와주고 싶어도 그러지 못하는 자기처럼, 그냥 뒤에 가만히 서서 그 모습을 아무렇지 않게 바라만 보고 있을 수 있는 엄마는 아마도 세상에 단 한 명도 없을 거라는 생각도.

오랜 시간 그 소녀를 이곳에서 만났기 때문일까. 언제부터인가 혹시라도 그 소녀가 눈에 띄지 않으면 그 소녀를 찾게 되었고, 혹시 어디가 아픈 건 아닌지, 어제 집에 가는 길에 돌부리에 걸려 넘어져 다친 건 아닌지, 아니면 혹시 일 처리가 느리다고 혼나거나 힘들어서 그만둔 건 아닌지 별의별 생각이 다 들며 그 소녀의 안부가 궁금해지기 시작했다.

지난 겨울 늦은 오후, 성주는 갑작스럽게 내리기 시작한 심한 눈보라에 갇혀 세 시간을 넘게 이곳에서 창 밖을 내다보며 눈이 그치길 기다린 적이 있었다. 그때 퇴근 시간이 된 그 소녀가 두꺼운 패딩을 입고 털모자 위에 패딩 모자까지 덮어 쓴 뒤 목도리로 목을 돌돌 동여 메고 1층 출입문 안쪽으로 나와 심한 눈보라가 약해지길 기다리면서 초조한 듯 옷깃을 연신 여미고 발을 동동 구르며 십 분이 넘게 밖을 쳐다보고 있는 모습을 본 적이 있었다. 춥고 바람 부는 어두컴컴한 세계로 선뜻 불편한 발을 내딛지 못하고 있는 그 소녀를 바라보며, 성주는 아직 어린 나이에 그 소녀가 너무 무거운 삶의 무게를 짊어지고 살아가는 건 아닌지 안타깝고 미안한 마음이 들었다. 그래서 잠시나마 슈퍼맨이나 스파이더맨처럼 정의의 사도가 되어 그 소녀를 등에 업고 망토를 펄럭펄럭 휘날리며 하늘 높이 날아 그 소녀의 집까지 빠르고 안전하게 데려다주는 멋진 상상을 하기도 했다.

그때 처음 성주는 젊었을 땐 느껴보지 못했던, 아니 얼마 전까지도 전혀 상상 못했던 낯선 감정인 '누군가를 곁에 두고, 지켜보고, 보살피고, 도와주고 싶다'는 생각이 들었다. 동정과는 다른 감정이었다. 누군가 자신의 관심과 손길을 필요로 하는 대상이 있었으면 하는 생각을 그때 처음 했다. 저 눈보라를 뚫고 힘겹게 집까지 걸어가고 있을 그 소녀를 생각하며 그 소녀가 눈길에 넘어지지 않게 손을 잡아 주고 말동무가 되어 주고 춥지 않게 바람을 막아 주고 싶었다. 그 소녀가 앞으로 걸어가야 하는 길. 그 앞 길이 좀 더 평탄하고 수월할 수 있도록 곁에서, 그리고 뒤에서 묵묵히 지켜봐 주고 싶었다. 어쩌면 성주에게도 자신의 도움을 필요로 하는 누군가가, 또는 그런 가족이 필요한 것일지도 몰랐다. 그런 대상이 있었다면 성주도 목적의식을 가지고 더 열심히 살았을지도 모른다. 지금껏 자기 앞가림도 제대로 못하고 살아오며 한 번도 생각해 보지 못했던 그런 생각에 성주는 가끔씩 무방비 상태로 휩쓸리곤 했다.

하루 종일 무표정 또는 시무룩한 표정으로 일하던 그 소녀도 근무 시간이 끝나면 탈의실에서 유니폼을 벗고 사복으로 옷을 갈아입은 뒤 출근하며 뺐던 이어폰을 귀에 다시 꽂은 채 퇴근을 한다. 그때는 발걸음도 왠지 경쾌해 보이고 입가에 미소도 살짝 띄우며 2층 홀을 가로질러 계단을 내려간다. 근무 중에는 한 번도 볼 수 없는, 그래서 신기하기까지 한 그 소녀의 밝게 웃는 모습을 볼 때면 성주도 덩달아 기분이 좋아졌다. 집으로 가는 길이 즐거운 건 고된 하루 일이 끝나서이기도 하겠지만, 집에 도착해 문을 열고 들어서면 그 소녀를 반갑게 맞아줄 가족이 기다리고 있기 때문일 것이다. 맛있는 저녁을 함께 먹으며 소중한 딸의 오늘 하루는 어땠는지 혹시 힘들거나 무료하진 않았는지 별의별 시시콜콜한 것까지 다

캐묻고, 대답을 귀 기울여 들어주며 오후 내내 무표정했던 아이를 언제 그랬냐는 듯 밝고 쾌활한 딸로 금세 변신시켜 줄 소중한 엄마가 있기 때문일 것이다.

꽃무늬

성주는 공원 둘레를 몇 바퀴 천천히 도는 걷기 운동을 끝내고 늘 가는 벚나무 아래 벤치에 앉아 붉게 물들기 시작하는 저녁노을을 잠시 감상했다. 그때 교복을 입은 한 무리의 여중생들이 횡단보도를 뛰어 공원에 나타나더니 공원 한가운데를 가로질러 빠르게 뛰어가고 있었다. 잠시 후 조금 작은 체구의 학생이 한참을 뒤쳐져 그 무리를 쫓아 달려오고 있었다. 앞서가는 무리 중 몇 명의 친구들은 빠르게 뛰어가다가도 가끔 뒤돌아서서 그 친구를 바라보고 까르르 웃더니 뭐라 말하며 놀리기도 했다. 뒤쳐진 친구가 속도를 높여 거리를 조금씩 좁혀 오면 앞선 친구들은 다시 속도를 내어 그 거리를 도로 벌리기를 반복했다. 나쁜 의도가 없는 그냥 친구들 사이의 장난처럼 보였다. 한참을 뒤쳐져 뒤따르던 그 소녀가 잠시 걸음을 멈춰 서서 숨을 고르더니 친구들을 향해 갑자기 크게 소리쳤다.

"같이 가! 나도 같이 가자고!"

그 모습을 멀리서 말없이 지켜보던 성주의 눈가에 갑자기 눈물이 고였다.

문득 얼마 남지 않은 인생을 함께 살아갈 누군가를 앞으로 만날 수 있을까 하는 쓸쓸한 생각이 들었다. 주경과 헤어지고 나서 새로 여자를 사귀어 보라는 주변의 충고와 좋은 사람 소개해 주겠다는 제의들도 호기롭게 다 무시했던 젊은 시절의 꿈 많던 성주는 이제 없고, 어느덧 마흔을 훌쩍 넘긴 중년의 쓸쓸한 성주가 홀로 지는 해를 바라보며 그런 우울한 생각을 하며 앉아 있었다. 어쩌면 이렇게 혼자 살다 어느 날 갑자기 아무도 모르게, 아니 자신도 모르게 숨이 끊겨 별 볼 일 없는 우울한 인생을 끝낼 날도 얼마 남지 않은 것 같다는 생각이 들었다. 얼마 전까지는 느껴 보지 못했던 낯설고 힘든 감정이 밀려왔다.

지난해 무더웠던 여름, 먹다 남은 배달 음식이 아까워 버리지 못하고 다음 날 먹었다가 장염에 걸려 일도 나가지 못하고 며칠을 소파에만 누워 있었던 적이 있었다. 고열과 복통이 너무 심해 일어설 수도 없어 소파에 엎드려 누워 지내야만 했다. 성주가 맛있게 먹은 생선 알이 성주의 위 속에서 물고기

악마로 부화하여 자신과 자신의 엄마와 형제를 삼켜 버린 것에 대한 앙갚음으로 커다란 이빨을 드러내며 성주의 위를 계속 물고 흔드는 것 같은 통증이었다. 다시는 성주가 좋아하는 생선을 먹지 못하게 하려는 듯 그 물고기 유령은 성주의 위벽에 뜨거운 지옥 불에 지진 인두로 '생선 섭취 불가'라는 낙인을 찍고 있는 것 같았다. 그 정도로 지독한 통증이었다. 냉장고까지 갈 기운이 없어 물도 마시지 못한 채 이틀을 누워 있었는데, 간신히 기다시피 화장실을 가서 소변을 보니 시커먼 혈변이 나와 이러다 죽는 건 아닌가 덜컥 겁이 나기도 했다. 병원을 갈까 생각도 했지만 도저히 혼자 힘으로 일어나 걸어서 병원까지 갈 엄두도 나지 않았고, 그렇다고 앰뷸런스를 부르려니 괜히 동네 소란스러울 것만 같고 창피할 것 같았다. 그래도 여차하면 119에 전화를 해야겠다는 생각에 휴대폰을 손에 꼭 쥐고 소파에 누워 하루를 더 버텼더니 기적처럼 서서히 장염 증상은 사라졌다.

그때 그렇게 혼자 크게 아파서 놀라고 당황했던 경험 때문인지 늘 혼자 살아와 혼자가 익숙하고 편한 성주였지만, 그래도 남은 인생은 누군가와 함께 살아 보고 싶다는 생각이 들었다. 그림을 그만둔 뒤 멋모르고 첫 소설을 쓰느라 정신없이 지냈고, 지난 몇 달간 시집 출간을 준비하며 바쁘게 지내오다 시집 원고를 출판사에 보내고 나니 요 며칠 동안 특별히 할 일이 없었다. 만날 사람도 없이 혼자만의 시간을 보내며 생각이 많아져서 이런 우울한 생각들이 독버섯처럼 피어난 것 같다는 생각을 하며 애써 잊어 보려도 했지만 맘처럼 쉽지만은 않았다.

아주 가끔 친한 친구들이 와이프나 애인을 데리고 나와 함께 만났을 때도, 시끄럽고 정신없는 아이들로 가득한 선배의 집에 놀러 갔을 때도 한 번도 아쉽다거나 그런 모습이 부럽다고 생각한 적이 없던 성주였다. 그럴수록 앞으로 남은 인생도 혼자 살겠다고 다짐했는데, 더 이상 노총각 소리도 못 듣는 나이가 되고 보니 성주도 자기도 모르게 조금씩 생각이 바뀌어 가는 걸 느낄 수 있었다.

맥도날드 알바 소녀를 보며 처음으로 가슴 속 깊은 곳에 억눌러 숨겨 왔던, 함께 살아가는 것의 의미와 보람 같은 그런 낯선 감정과 생각들이 터져 올라오기 시작했다. 더 이상 그걸 억누르지 못하는 자신의 변화한 모습에 성주 자신도 놀랐다. 그냥 그런 감정을 순순히 받아들이며 살아야 할 것 같다는 생각도 했다. 어쩌면 자신에게도 가족이 필요한 때가 되었는지 모른다고 성주는 생각했다.

공원에서 동네 아주머니들이 강아지를 산책시키는 모습을 잠시 구경하다 성주는 집으로 발길을 돌렸다. 이렇게 강아지들이 노는 모습을 바라보는 걸로 강아지를 키우고 싶은 마음을 대신하곤 했다. 강아지를 한 마리 얻어 키우고 싶다는 생각이 간절했지만, 성주가 집을 비운 사이 혼자 외롭게 시간을 보낼 강아지를 생각하면 자신의 처지가 떠올라 선뜻 용기를 내지 못했다. 복도를 걸어 집으로 걸어가는데 이웃집의 작은 창문 사이로 갈치를 굽는 고소한 냄새가 복도 가득 퍼져 나왔다. 성주가 너무나 좋아하는 갈치구이였다. 가끔 청국장이나 생선찌개 냄새가 창문을 통해 복도로 흘러나올 때는 그 냄새가 싫어 빨리 집으로 들어가 창문을 닫고 환기를 시키곤 했는데, 성주는 너무 먹고 싶은 갈치구이의 냄새라도 더 맡기 위해 일부러 복도로 난 창문을 더 활짝 열었다. 곧 그 갈치구이를 맛있게 먹을 이웃집 아이가 부러웠다. 가족을 위해 식사를 준비하고 있는 옆집 아주머니의 모습을 상상하자 갑자기 서글픈 맘이 밀려왔다. 아까 먹은 햄버거의 느끼함이 아직 입가에서 가시지 않아 성주는 개운한 김치에 얼큰한 국물을 곁들인 저녁이 먹고 싶어졌다. 냉장고를 열어 보고 찬장을 뒤져 보았지만, 먹거리라고는 오래전에 사서 쉰내 풀풀 나는 포장김치와 참치 캔 몇 개, 그리고 소주 두 병뿐이었다. 성주는 돌아서서 소파로 가 세상 편한 자세로 드러누워 잠깐 그 고소한 갈치구이 냄새를 크게 심호흡하듯 감상했다.

갑자기 자신의 초라한 처지에 성주는 서글퍼졌다. 그리고 첫사랑 주경의 얼굴이 떠올랐다. 헤어진 지 십몇 년이 흘러 이젠 얼굴도 잘 기억나지 않는 주경의 모습을 애써 떠올려 그려 보았다. 그때 주경과 헤어지지 않고 둘이 가정을 이뤘다면 지금쯤 어떻게 살고 있을까 하는 쓸데없는 상상도 해보았다. 아마 주경이 닮은 예쁜 딸과 자신을 쏙 빼닮은 덩치 큰 아들을 낳았을 것이다. 그리고 이웃집처럼 저녁 식사를 함께 하기 위해 주경이는 주방에서 콧노래를 흥얼거리며 밥과 찌개와 반찬을 준비하고 있을 것이고, 아이들은 학교와 학원을 들른 뒤 집에 와 손을 씻고 저녁을 먹기 위해 식탁에 둘러앉아 배고프다고 칭얼대며 어서 밥을 달라 보채고 있겠지. 자신은 아마 회사에서 일이 늦게 끝나 저녁을 같이 먹지는 못했을 것 같았다.

그래. 주경이와 헤어지지 않고 가정을 이뤘다면 어렵게 들어간 그 디자인 회사를 삼 년도 다니지 않고 그렇게 쉽게 그만두진 않았겠지. 아무도 알아주지 않고 돈벌이도 안 되는 그림을 그리고 글을 쓴다고 쓸데없는 고집을 부리진 않았겠지. 인생이 어떻게 달라졌을지는 모르지만, 분명 가족이 모든 것의 중심이 되었을 테고 가족들이 먹고 살 돈을 벌기 위해 더 열심히 일하고 더 높은 연봉을 받기 위해 승진에 목을 매며 살았을 거란 생각이 들었다. 그리고 이렇게 남의 집 생선 굽는 냄새를 맡으며 소파에 누운 채 참치 캔이라도 뜯어 밥 대신 소주라도 한잔 마실까 하는 한심한 생각을 하고 있진 않을 것 같았다. 어느덧 마흔을 넘기고 점점 줄어드는 심야 알바로 근근이 연명하며, 팔리지 않을 걸 너무 잘 아는 글을 쓰고 있는 소위 백수 같은 한심한 인생이 성주의 지금 현실이었다. 누군가를 만나 가정을 꾸려 행복한 삶을 꿈꾸는 건 이미 물 건너간 일이란 생각이 들어 성주는 더 우울해졌다. 그럴수록 주경이가 더욱 그리워졌고 어떻게 지내고 있을지 궁금했다. 좋은 사람을 만나 행복한 가정을 꾸려 잘 살고 있기를 변함없이 바랐다.

지난 십몇 년간 주경이 그리울 때마다 성주는 자기가 부족해서 헤어진 것이라고 자책하며 애써 주경을 잊으려 노력하며 살았다. 딸의 미래를 위해 그만 주경이를 잊고 놓아달라 말하던, 그땐 야속하게만 들렸던 주경이 아버지의 그 말이 맞았는지도 모른다. 주경이와 헤어지고 지금껏 허튼 꿈만 쫓으며 살아온 자신의 모습을 되돌아보며, 성주는 분명 주경이

자기보다 나은 사람을 만나 잘 살고 있을 거라 믿었다. 이별이 많이 아프고 힘들었지만 그때 주경을 떠난 것이 옳은 선택이었다고 믿었다. 주경이가 더 행복할 수 있는 선택이었다면 두말할 필요 없이 옳은 선택이었다.

한참을 소파에 누워 생각에 잠겨 있던 성주는 서서히 시장기를 느꼈다. 김치와 참치 캔을 꺼내 다른 반찬이 있어도 올려놓을 곳이 없을 것만 같은 작은 식탁에 앉아 밥 대신 소주를 머그컵에 따라 마시기 시작했다. 주경이 그리워 울적해진 성주는 오늘 시집 원고를 제출하고 나자 앓던 이가 빠진 듯 맘도 편해져서 빠른 속도로 소주 두 병을 비웠다. 술이 부족해 한잔 더 하고 싶어진 성주는 근처 단골 주점에서 계란말이와 오돌뼈 안주를 시켜 사람들의 울고 웃는 표정과 즐겁게, 신나게 떠드는 소리를 안주 삼아 소주를 딱 한 병만 더 마실 생각으로 밖으로 나왔다. 단골 주점으로 걸어가다 걸음을 멈추고 지갑을 열어본 성주는 길에 잠시 서서 생각을 하다 발길을 돌려 집 근처 편의점 파라솔 구석 자리에 앉았다. 봄은 왔지만 아직 밤에는 쌀쌀한 날씨라 편의점 앞 파라솔 자리를 찾은 손님이라곤 성주뿐이었다. 오래전 카드가 정지당한 성주의 지갑에 든 돈은 오천 원짜리 한 장뿐이어서, 성주는 편의점에서 소주 한 병과 컵라면을 사서 얼큰한 컵라면 국물로 추위를 녹이며 소주를 마셨다. 은행 인출기에서 돈을 찾아둔 지도 오래됐지만, 계좌에 돈이 얼마나 남아 있는지도 성주는 가물가물했다.

가끔 보는 동네 길고양이 한 마리가 조용히 다가와 먹을 걸 던져 달란 눈치로 성주를 계속 쳐다보며 꼬리를 흔들었지만, 게 맛살이나 소시지를 사줄 돈이 없어 미안해진 성주는 애써 시선을 외면하고 밤하늘 별들을 바라보며 소주를 마셨다. 고양이도 기다려봐야 별 소득이 없다는 걸 알았는지 금세 자리를 떠났다. 저 검은 고양이는 술에 취해 소시지나 고양이 캔을 사서 함께 놀아주려고 찾을 때면 안 보이다가, 지갑 없이 운동 나왔을 때면 성주를 찾아와 먹을 걸 내놓으라고 애교를 부리곤 했다. 고양이도 자기처럼 운이 없는 놈이라고 성주는 생각했다.

그래 나는 운이 없을 뿐이야. 내 그림을 보면 바로 사고 싶어 할 사람들이 세상 어딘가에 많이 있을 거야. 내 소설을 보고 놀랄 영화 제작자들도 많이 있을 거라고. 다만 저 고양이와 나의 관계처럼 뭔가 인연이 안 닿아 연결되지 않고 있을 뿐이라고. 그렇게 스스로를 위로하며 성주는 별빛과 봄바람을 친구 삼아 소주를 마셨다.

급하게 마신 술에 갑자기 취기가 한꺼번에 몰려온 성주는 파라솔 의자에 앉아 꾸벅꾸벅 졸기 시작했다. 예전에도 추운 날 여기서 한참을 졸다가 감기에 걸려 고생한 적이 있었던 성주는 밀려드는 졸음을 애써 쫓고 일어나 집을 향해 비틀거리며 걸어갔다. 엘리베이터 승강기에서 내려 복도를 지나 현관문 키 번호를 고개 숙여 간신히 누르고 집 안으로 들어와 침대에 잠시 걸터앉아 천천히 숨을 골랐다. 화장실로 들어가 씻고 잘까 아니면 그냥 잘까 생각하는데 갑자기 침대에서 낯선 움직임이 느껴졌다. 누군가 침대에 누운 채 몸을 자기 쪽으로 돌리는 것 같은 진동이 성주의 엉덩이에 전해졌다. 너무 놀란 성주는 침대에서 벌떡 일어났다. 술이 확 깨는 것 같았다. 뭔가 이상했다. 성주는 외출하기 전 늘 불을 켜놓고 나가는 버릇이 있었다. 그런데 방 안은 조명이 꺼져 있어 어두웠고 집 안 가득 낯선 화장품 냄새가 은은하게 떠다니고 있었다. 그때 침대에서 여자가 몸을 일으키며 놀라 소리를 질렀다.

"누구세요?"

비명 소리에 놀란 성주는 뭔가 잘못되었다는 걸 직감적으로 깨닫고 뒤도 돌아보지 않고 현관문을 열고 나와 달아나듯 그곳을 빠져나왔다. 성주는 정신을 차리고 복도 가운데 있는 비상구로 가서 층수를 확인했다. 성주의 집이 있는 6층이 아니라 7층이었다. 성주가 사는 집의 바로 윗집인 것 같았다.

성주는 마음을 진정시키고 천천히 발소리를 줄여 다시 그 집 앞에 다가갔다. 맞다. 지난번 소음 때문에 화가 난 성주가 뛰어 올라와 발로 세게 걷어찼던 그 문이 맞았다. 문에 붙어 있는 성당 스티커가 기억났다.

"아니 이렇게 층수 버튼이 오래되고 낡았으니 층 숫자가 안 보이지."

성주는 오래된 오피스텔 건물만큼이나 오래된 낡은 승강기를 타고 6층으로 내려가며 미간을 찌푸린 채 층수 버튼 위 흐릿한 숫자들을 유심히 바라보며 중얼거렸다. 6층에서 내려 집으로 들어온 성주는 웃옷을 벗고 휴대폰을 찾아보았으나 외투 속 주머니에 늘 넣어두는 휴대폰이 보이지 않았다. 이를 어쩌나? 조금 전 놀라 뛰쳐나오며 윗집 침대 위에 휴대폰을 놓고 나온 것 같았다. 그때, 갑자기 어떻게 자기가 윗집 문을 열고 안으로 들어갈 수 있었는지 의문이 들었다. 아무리 생각해도 이상하다는 생각이 들었다. 성주는 그냥 여느 때처럼 현관 키 번호를 눌렀다. 하지만 너무 늦은 시간이라 윗집에 다시 찾아가 사과하기도 그렇고, 취기가 다시 올라와 정신이 몽롱해진 성주는 내일 아침 일어나 다시 생각하기로 하고 침대에 누워 잠이 들었다.

다음 날 아침 늦잠에서 깨어난 성주는 윗집으로 직접 올라가 사과를 하고 휴대폰을 돌려받을까 고민하다 지난번 소음 때문에 올라가서 문을 발로 찼던 일과 어제의 뜻하지 않은 주거 침입 건 때문에 미안하고 부끄러워 직접 대면하기보다는 경비실을 통해 윗집과 이야기하기로 했다.

경비실 아저씨가 인터폰으로 윗집 아주머니를 연결해 주었다. 성주는 인터폰을 통해 어제 너무 취해 층수를 혼동해서 실수로 아주머니댁에 들어가게 된 것 같다고 사과의 말을 전하며 침대에 휴대폰을 두고 온 것 같은데 죄송하지만 경비실에 맡겨주실 수 있냐고 부탁했다.

"어떻게 저희 집 현관문 암호를 아셨죠?"

윗집 여자가 물었다.

"아니 저도 그게 조금 이상한데⋯ 저는 그냥 저희 집 들어갈 때처럼 똑같이 번호를 누르고 들어간 것 같습니다."

성주가 대답했다.

"비밀번호가 어떻게 되는데요?"

"0523이요. 제 생일인데요."

성주가 답했다.

"아 희한하네요. 저희 집 암호랑 같네요. 휴대폰은 이따 경비실에 맡겨둘게요. 그리고 현관문 암호는 서로 바꾸는 게 좋겠어요."

오해가 풀린 듯 다소 누그러진 목소리로 여자가 답했다.

성주도 속으로 어떻게 비밀번호 네 자리가 같을 수 있을까? 윗집 딸 아이의 생일인가? 궁금했지만 더는 묻지 않고 윗집 여자에게 죄송하고 감사하다는 말을 여러 번 하고 인터폰을 끊었다.

오후에 성주는 경비실을 통해 휴대폰을 돌려받고 감사와 사죄의 표시로 근처 베이커리에서 생크림 케이크를 하나 사서 윗집 아주머니에게 전해 달라고 경비실에 맡겼다.

그 일이 있은 후 성주는 윗집 여자가 궁금해졌다.

오피스텔을 드나들며 입구에서 마주치는 경비 아저씨와 복도에서 청소를 하시는 아주머니에게 윗집 여자에 대해 물어봤으나 잘 모른다는 답변을 들었다. 이 건물 관계자들은 아는 것이 있어도 모른다고 할 것 같았다. 그녀에 대한 이야기는 뜻밖의 장소에서 들을 수 있었다. 한 달에 한 번꼴로 들르는 오피스텔 건물 1층에 있는 단골 미용실에 이발을 하러 가서였다. 성주가 딸과 함께 사는 7층 여자에 대해 아는지 미용실 사장님에게 묻자, 파마 약을 바르고 비닐을 뒤집어쓴 채 잡지를 읽으며 사장님과 수다를 떨고 계시던 아주머니 두 분이 합세해 그녀에 대한 이야기를 돌아가며 성주에게 들려주었다.

"아! 거기? 다리가 조금 불편한 그 여학생하고 사는 여자 말하는 거죠? 그 학생하고 엄마하고 둘이서만 사는 집? 이 오피스텔에 엄마하고 딸하고 사는 집이 별로 없지. 거의 남자 혼자 지내는 곳이 많아서. 그 집 아줌마가 옛날에 이 동네에 살았어. 그 여자가 내 중학교 후배일 거야. 그 여자 젊었을 땐 집도 잘 살았지. 이 동네에서 가장 큰 집에서 살았으니까. 그런데 어느 날 갑자기 동네에서 사라졌어. 그리고 얼마 후에 아버지 사업이 망하고 가세가 기울었지. 그리고 부모님 돌아가시고 몇 년 지나서 딸 아이 하나 데리고 조용히 이 동네에 다시 돌아온 거야."

잡지를 읽고 있던 아주머니가 말했다.

"결혼했다는 얘기도 없었고 같이 산다는 남자도 본 적 없는데, 어느 날인가 다 큰 딸 아이 하나 데리고 나타났더라고.

좀 이상했어."

사장님이 말했다.

"미혼모겠지."

옆에 앉아 잡지를 보던 다른 아주머니가 손톱을 깎으며 말했다.

"나도 이 동네 오래 살아서 그 여자 어릴 적부터 봐왔지. 대학교 졸업할 무렵이었던가? 하여튼 가출을 했는지 갑자기 동네에서 사라졌어. 원래 사귀던 남자가 있었는데 집안의 반대가 심했는지 헤어진 것 같고, 선봐서 곧 결혼할 것 같더니만 갑자기 여자가 사라졌어. 무슨 사정이 있었는지는 모르겠지만 애가 다리도 불편하지만 정서적으로도 좀 불안해서 엄마가 애를 놔두고 어디 돈벌이 나갈 수 없어서 집 안에 틀어박혀 수선실에서 재봉틀 일거리 받아다 하고 퀼트 이불 만들어 파는 걸로 생계를 이어가는 것 같던데. 그런데 벌어봐야 얼마나 벌겠어? 요샌 일거리도 거의 없는 것 같던데. 아마도 정부에서 주는 생계 지원 자금도 받을 거야. 아빠 없이 커서 그런지 아이가 혼자 못 있는 것 같더라고. 집에 와서 엄마가 안 보이면 난리 친다고 그러더라고. 엄마랑 잠시도 떨어져 있지를 못해서 엄마가 거의 집에서만 지내는 것 같아."

"아이는 엄마랑 자주 이곳에 와서 머리를 하는데, 엄마는 거의 머리를 안 해. 아주 가끔 커트만 하고 가지. 아이가 더 크면 들어갈 돈도 이것저것 많아질 텐데. "

이발이 끝나고 전기면도기로 성주의 주변 머리와 구레나룻 수염을 다듬어 주며 사장님이 말했다.

"가끔 동네 사람 다 잠든 새벽 시간에 조용히 내려와서 저기 저 편의점 파라솔에 앉아서 혼자 새우깡에 소주 마시다 가기도 한다고 들었어. 술도 자주 마시는 것 같더라고. 걱정이야. 제대로 먹지도 않는지 삐쩍 말랐는데 사는 게 힘든지 술까지 많이 마시는 것 같으니. 저러다 저 집에서 뭔 일 일어나는 거 아니냐고 걱정하는 아줌마들도 있어."

이렇게 며칠 동안 궁금했던 그 여자에 대한 이야기를 성주는 우연히 미용실에서 들을 수 있었다. 역시 미용실은 동네 사랑방이란 말이 맞는 것 같았다. 미용실에서 이발을 하며 귀 기울여 들었던 그 여자에 대한 많은 이야기 중에 성주의 머릿속을 떠나지 않는 말이 있었다.

결혼한 적이 없다고….

그런데 그 아이는?

며칠 후 성주는 편의점에서 컵라면을 몇 개 사 들고 집으로 돌아오는 길에 엘리베이터 앞에서 교복을 입은 한 여학생과 마주쳤다. 서로 층수를 누르려다가 동시에 손을 뻗는 바람에 손이 살짝 닿았다. 여자아이가 부끄러운 듯 쑥스런 미소를 지으며 고개를 옆으로 돌렸다. 잠시 후 그 학생이 먼저 7층을 눌렀다. 성주는 6층을 누르려다가 그냥 가만히 서 있었다. 그 아이가 혹시 윗집 학생일지도 모른다는 호기심 때문에. 그리고 만약 윗집 아이라면 어떤 아이인지 알고 싶어서. 어떻게 생긴 아이인지 궁금해서 살짝 곁눈질로 아이를 훔쳐보았으나 고개를 돌리고 있어 얼굴을 보지는 못했다. 승강기 문이 열리고 소녀가 먼저 승강기 안으로 걸어 들어갔다.

지난번 소음 때문에 화가 나 따지러 윗집에 뛰어 올라왔을 때 문 앞에서 상상했던 대로, 심하게 절룩거리며 걷는 그 아이의 두 다리는 많이 불편해 보였다. 7층으로 올라가는 승강기 안에서도 성주는 계속 그 아이의 얼굴이 궁금해 몰래 훔쳐보았지만 얼굴을 계속 돌리고 휴대폰을 쳐다보고 있어 아이의 얼굴은 제대로 볼 수 없었다. 하지만 간간히 승강기 벽면에 비친 아이의 옆 모습은 어딘가 아파 보였지만 귀엽고 사랑스러웠다. 처음 본 아이였는데, 신기하게도 오래전부터 알고 지낸 것 같은 친근하고 편안한 느낌이 들었다. 아이의 귓

불이 특이하게 생겼는데 어릴 적 같은 이유로 부처님 같다고 친구들한테 놀림 받던 일이 생각나 성주는 속으로 웃었다. 문득 이 아이도 친구들한테 그런 놀림을 받으면 어쩌나 하는 걱정이 들었다.

승강기가 7층에 도착해 문이 열리고 그 소녀가 천천히 먼저 걸어 나갔다. 성주도 얼떨결에 따라 내렸다. 승강기에서 내린 그 아이는 성주의 집이 있는 오른쪽방향 복도로 걸어갔다. 벽을 오른손으로 짚고 허리를 꼿꼿이 세운 채 마치 메트로놈처럼 몸을 좌우로 흔들며 천천히 걸어가는 모습을 성주는 뒤에서 조용히 바라보았다. 아이는 예상대로 성주 바로 윗집 현관 앞에 서더니 현관 키 암호를 누르고 집 안으로 사라졌다.

그동안 성주를 그렇게 괴롭혔던, 그래서 때론 악마의 발자국이나 몸부림으로 여기기도 했고 때론 유령의 중얼거림이나 잠꼬대처럼 느껴졌던 그 듣기 싫은 소음을 내던 악마가 이렇게 앳된 모습의 귀엽고 연약한 소녀였다는 사실이 성주는 쉽게 믿어지지 않았다. 성주의 맘 속에 오랜 시간 자리 잡고 성주를 괴롭혀왔던 시끄러운 유령과 악마도 따뜻한 봄 햇살에 눈이 녹아내리듯 신기루처럼 사라질 것만 같았다.

한 달간의 원고 교정 작업이 끝나고 며칠이 더 지나서 드디어 시집이 인쇄되어 출간되었다. 성주는 설레는 맘으로 아주 오랜만에 아침 일찍 일어나 외출 준비를 하고 시내에 나가 서점 몇 군데를 둘러 보았다. 출판사에선 성주의 시집을 아주 적은 수량만 찍어냈고, 소수의 서점에만 성주의 시집이 시집 코너 매대 구석에 깔렸다. 곧 서점 매대에서 치워져 사라질 운명이란 걸 이젠 성주도 잘 알았다.

집에 돌아온 성주는 현관문 앞에 놓인 택배 상자를 발견했다. 출판사에서 보내온 저자 증정본이었다. 한 권을 꺼내 들어 페이지를 여러 번 넘겨 보고 혹시 인쇄가 잘못된 페이지는 없는지 계속 페이지를 넘기고 종이 냄새도 맡아보았다. 만나서 너무도 반가운 시집을 그렇게 계속 만지작거렸다. 30부 넘게 온 증정본을 누구에게 선물로 줄까 생각을 했지만 선뜻 떠오르는 사람이 없었다. 대학 친구들이나 예전 직장 동료들은 선물로 줘도 시큰둥한 반응을 보일 것 같고 끝까지 읽지도 않을 것 같았다. 아무리 생각해도 성주의 시집을 기쁘게 받아주고 읽어줄 사람은 떠오르지 않았다. 얼마 전 갑자기 문을 닫은 단골식당 주인아주머니에게 전해드리면 분명 좋아하실 것 같은데 이젠 만날 수 없는 주경이처럼 그 역시 소용없는 일이었다.

출출해진 성주는 냄비에 물을 끓여 김치도 없이 컵라면을 먹고 소파에 누워 창 밖을 바라보았다.

갑자기 창 밖에 눈이 내렸다. 개나리가 꽃봉오리를 활짝 터뜨릴 정도로 따뜻했던 최근 며칠간의 날씨는 겨울이 가고 완연한 봄이 성큼 찾아온 걸 느끼게 해주었는데, 어젯밤부터 갑자기 구름이 끼고 바람이 불더니 먼 여행길을 떠났던 겨울이 다시 찾아온 것마냥 꽃샘 추위와 함께 펑펑 눈이 내리기 시작했다. 방금 떠나간 겨울을 그리워해 아직도 잊지 못하고 있던 사람들을 위한 앵콜 공연이란 생각이 들었다.

성주는 소파에서 일어나 창가로 다가가 눈 내리는 놀이터를 조용히 바라보았다. 갑자기 옛 생각이 떠올랐다. 오래전 이맘때, 마지막으로 주경과 사랑을 나눴던 그날이 떠올랐다. 눈이 내리던 그날 오후, 둘은 모텔 침대 위에서 커다란 유리창 밖으로 눈이 내리는 풍경을 바라보며 뜨겁게 사랑을 나눴다. 창 밖으론 작은 초등학교 운동장이 내려다보였다. 잎 떨어진 앙상한 나뭇가지들이 우드 블라인드처럼 둘이 사랑하는 모습을 은밀하고 아슬아슬하게 가려주었다. 성주는 고등학생 때 반 친구들과 동네 삼류극장에서 봤던, 잊을 수 없는 프랑스 영화 속 한 장면을 주경에게 들려주었다. 영화 속 남녀 주인공이 커다란 창문이 있는 2층 호텔 침대에서 바쁘게 거리를 오가는 행인들을 내려다보며 달콤한 밀어를 주고받고 사랑을 나누던 장면이 꽤나 로맨틱했다고 말해주었다. 그 이야기를 가만히 듣고 있던 주경은 아무 말 없이 창 밖 초등학교 운동장에서 까르르 떠들며 놀고 있는 아이들을 내려다보며 뜬금없이 자기도 저런 예쁜 아이가 있으면 좋겠다는 말을 했다.

그날 저녁 성주와 주경은 DVD 방에 들러 영화 '부베의 연인'을 봤다. 영화가 끝나고 주경이 물었다.

"부베의 연인처럼 14년이라는 긴 시간을, 사랑하는 사람을 위해 기다려 줄 사람이 있을까?"

"모르겠어. 마라처럼 그렇게 오래도록 한 사람을 기다릴 수 있는 여자가 정말 얼마나 있을까?"

성주의 솔직한 대답에 주경은 살짝 실망하는 표정을 지었다. 지금 돌이켜 생각해 보니, 그냥 빈말이라도 "정말 사랑한다면 아마 그럴 수 있겠지"라고 주경에게 말해주지 않은 게 후회됐다.

며칠 후, 창 밖 나뭇가지 위에서 시끄럽게 울어대는 까치 한 마리 때문에 성주는 낮잠에서 깨어났다. 이렇게 낮잠에서 갑작스레 깰 때면 성주는 가끔 두통이나 알 수 없는 우울감에 시달리곤 했다. 그럴 때면 창문을 열고 시원한 바깥 공기를 마시며 잠을 쫓거나 주전자에 물을 끓여 믹스 커피 한 잔을 마시며 창 밖 풍경을 멍하니 바라보곤 했다.

"선주야! 빨리 올라와! 밥 다 됐어! 식기 전에 어서 올라와!"

갑자기 윗집 창문이 열리더니 윗집 여자가 놀이터를 향해 크게 소리를 질렀다. 아마도 딸에게 어서 올라와 밥 먹자고 소리치는 것 같았다. 성주는 공원에서 놀고 있는 아이들을 찬찬히 내려다보았다. 지난번 엘리베이터에서 만났던 윗집 아이가 혼자 시소에 앉아 있었다. 얼마 전에 공원 놀이터의 낡고 오래된 놀이 기구들이 새것으로 교체되었는데, 시소도 아주 예쁜 모양의 새 기구로 바뀌어 있었다.

"엄마 조금만 더 놀다 갈게! 엄마도 잠깐 내려오면 안 돼? 나 새 그네도 타보고 싶은데 뒤에서 좀 밀어줘. 이 시소 예쁘지 않아?"

소녀가 고개를 들어 엄마에게 손을 흔들며 큰소리로 외쳤다.

"빨리 내려와, 엄마. 엄마랑 같이 조금만 더 놀고 싶어."

"안 돼! 빨리 올라와서 밥 먹어, 찌개 다 식어!"

윗집 여자가 말했다.

지난번 엄마랑 싸울 때의 그 신경질적인 아이는 온데간데 없고 아이처럼 순수하고 귀여운 목소리와 표정을 지은 윗집 소녀가 엄마에게 연신 손을 흔들며 웃으며 말했다.

아이의 그런 변덕이 왠지 사랑스럽게 느껴졌다. 저런 예쁜 변덕이라면 언제든 받아줄 수 있을 것 같았다. 그래서 엄마들이 힘들게 아이를 키우면서도 웃을 일이 생기고 보람도 느끼겠구나 하는 생각을 했다.

잠시 정적이 흘렀다. 아이는 멍하니 시소에 앉아 그네를 타며 신나게 놀고 있는 동네 아이들을 부러운 시선으로 바라봤다. 엄마한테 혼나기 전에 시소에서 일어나 밥 먹으러 집에 올라갈 생각인 것 같았다. 아이는 고개를 들어 엄마를 찾아보았지만 창가에 엄마의 얼굴은 보이지 않았다.

엄마는 잘 알고 있었다. 다리가 불편해도 새로운 놀이기구를 타보고 싶을, 아직은 어린 딸의 마음을. 시소와 그네는 딸 혼자 탈 수 없다는 것과 딸이 동네에서 같이 놀자고 말을 걸

친구가 없다는 사실을.

　잠시 후 커피를 마시며 시소에 앉은 그 소녀를 계속 쳐다보고 있던 성주의 눈에 아이 엄마로 보이는 윗집 여자의 모습이 눈에 들어왔다.

　쨍그랑!

　순간 커피잔을 들고 있던 성주의 손이 떨리며 잔을 바닥에 떨어뜨리고 말았다. 성주는 가슴이 뛰어 숨을 제대로 쉴 수 없었다. 마치 감전이라도 된 듯 한참을 미동도 하지 않고 멍하니 서서 창 밖을 바라보았다. 갑자기 현기증을 느낀 성주는 넘어지듯 비틀거리며 소파에 누워 천장을 올려다보았다. 한참을 그렇게 하염없이 천장이 뚫어져라 위를 올려 보았다. 너무 놀라고 진정이 안 돼 한참을 누워 있어야 했다. 성주의 눈에서 굵은 눈물이 흘러내렸다. 지난 세월 동안 잊고 지냈던, 아니 꾹 참아왔던 눈물이 봇물 터지듯 한꺼번에 밀려 올라와 끝없이 성주 볼 위로 흘러내렸다.

꽃샘추위가 가고 며칠 사이에 놀이터 주변엔 진달래꽃과 벚꽃이 만개하였다. 성주는 오랜만에 동네 부동산에 들러 아저씨에게 인사를 했다.

"어? 글 쓰는 작가님 오셨네. 아니 그림 그린다고 했던가?"

나이 드신 아저씨는 안경을 살짝 내려 성주의 얼굴을 빤히 쳐다보며 말했다. 몇 년 전 이곳에 방을 구할 때 돈이 넉넉지 않았던 성주는 여러 번 음료수를 사 들고 이 부동산을 찾아와 보증금과 월세가 가장 싼, 작은 평수의 물건이 나오면 바로 전화로 알려 달라고 아저씨에게 부탁을 했다. 그때마다 이런저런 대화를 많이 나눴기 때문에 아저씨도 성주가 오래 그림을 그리다가 얼마 전부터 그림은 접고 글을 쓰기 시작한 가난한 작가 지망생이란 걸 잘 알고 있었다.

"네. 얼마 전 시집을 출간했습니다. 나중에 한 권 들고 다시 오겠습니다."

"그래, 축하하네. 어떤 시를 썼는지 아주 궁금한데. 정말 축하하네. 그리고 시집 받으면 꼭 읽어 볼게. 글을 쓴다는 게 얼마나 어렵고 대단한 일인지 나도 잘 알지. 시 한 편을 쓰기 위해 수백 번을 고쳐 썼다는 시인도 있잖아. 조지훈 시인도 승무라는 시를 쓰기 위해 승무 춤을 여러 번 감상하고 승무도 그림에서 영감을 얻고 영산회상인가 국악 공연을 보고 나서야 그 시를 완성할 수 있었다고 하던데. 하여튼 글을 쓰는 사람들은 보통 사람들은 아닌 것 같아. 그러니까 자네도 너무 서두르지 말고 좋은 글이 나올 때까지 계속 정진해 보라고. 그런데 자네가 부동산엔 웬일인가? 이사 가려고?"

"네. 멀리 가는 건 아니고 근처에 방 두 개나 세 개 있는 조금 넓은 평수의 오피스텔이나 빌라를 알아보려고 왔습니다."

"아니, 자네 혼자 사는 거 아니었나? 아니면 곧 결혼하는 건가? 책이 좀 팔렸어?"

"아니요. 글 쓰는 건 이제 관둘까 합니다. 당분간이면 좋겠지만 저도 잘 모르겠어요."

"그래 잘 생각했어. 모름지기 젊은 사람은 일이 있어야 돼. 매일 아침 일찍 나가서 저녁에 녹초가 되어 집으로 돌아와 푹 쉴 수 있는 그런 일이 있어야 돼. 그래서 일이 소중한 만큼 휴식을 취할 수 있는 집도 중요한 거야. 나도 손님들의 요구에 가장 잘 맞는 집을 최선을 다해 열심히 찾아 연결시켜 주면서 보람을 느끼는 거고."

"더 늦기 전에 돈 되는 기술을 배워 볼까 생각 중이에요. 조금 넓은 집으로 이사 가려면 알바 자리도 더 알아봐야 할 것 같고, 미래를 위해 지게차나 중장비 운전도 배워두면 좋을 것 같아요."

방금 전에 힘들더라도 의지를 갖고 끝까지 글쓰기에 정진해 보라 격려하시던 아저씨의 의외의 반응에 성주는 속으로 조금 놀라며 말했다.

"그래, 아주 잘 생각했어. 요새 나이 좀 있는 사람들도 지게차 운전 많이 배우더라고. 그쪽이 수요가 아주 많대. 아주 잘 생각했어. 그런데 방 두 개 딸린 집이라고? 자, 이리 와 보게. 여기 이 사진들이 방 두 개짜리 빌라고 이쪽은 여기 오피스텔에서 가장 큰 평수 평면도야."

주인아저씨는 자리에서 일어나 벽에 붙어 있는 여러 평면도 사진들을 성주에게 차례차례 보여 주었다.

따르릉. 테이블 위의 전화벨이 울렸다. 아저씨는 전화를 받으러 급히 자리로 돌아갔다. 성주는 지금 살고 있는 가장 작은 평수의 오피스텔 평면도 사진을 잠깐 바라보다 우측과 위쪽에 있는 넓은 평수의 여러 평면도를 꼼꼼히 살펴보았다.

"아주머니가 볼일이 있으신 것 같은데 안 들어오시네."

부동산 아저씨가 전화를 끊고 창 밖을 내다보며 중얼거렸다.

"저 젊은 아줌마 오랜만이네. 좀처럼 밖으로 잘 안 나오는데 간만에 딸하고 나오셨네. 그런데 저 아줌마 무슨 좋은 일이 있나? 저렇게 웃는 모습은 처음 보는 것 같은데."

아저씨는 창 밖을 내다보며 말했다.

창 밖에는 윗집 여자와 딸이 아이스크림을 먹으며 동네 놀이터에서 놀고 있는 아이들을 바라보다가 가끔 부동산 안을 궁금한 듯 번갈아 들여다 보았다. 갑자기 비둘기 여러 마리가 푸드득 날아올라 놀이터 주변을 몇 바퀴 돌더니 나뭇가지 위에 나란히 앉았다. 아저씨의 오래된 책상 위에 놓여 있는 손잡이 달린 80년대 구식 라디오에서 낮은 목소리의 디제이 오프닝 멘트가 끝나고 노래가 흘러나왔다. 성주가 어렸을 때, 아버지가 자주 부르시던 노래였다.

비둘기처럼 다정한 사람들이라면
장미꽃 넝쿨 우거진 그런 집을 지어요
메아리 소리 해맑은 오솔길을 따라
산새들 노래 즐거운 옹달샘 터에~

성주는 흘러나오는 노래에 맞춰 콧노래를 부르며 부동산 벽에 붙어 있는 방 두 개짜리 평면도를 한참 동안 바라보았다.

그대 내 품에

이 부장이 식사 후 자주 들르던 저가 커피 가게가 몇 주 전 문을 닫았다. 고급 원두커피를 싸게 판다고 해서 손님은 그럭 저럭 많았는데 아무래도 남는 게 없었던 것 같다. 양 옆에는 순댓국밥집과 실내포장마차가, 좀 더 안쪽으로 들어가면 단 란주점과 고급 바들이 즐비한 유흥골목 입구의 그 커피숍 자 리에 어떤 가게가 새로 들어올지 이 부장은 골목을 지날 때 마다 궁금했다. 오 과장과 김치찜을 저녁으로 먹고 야근을 하러 사무실로 돌아가던 중에 이 부장은 얼마 전까지 공사 중이던 그 커피숍 자리에 새롭게 이자카야가 문을 연 것을 보았다. 오늘이 개업식 날인지 '돈 세다 잠드소서', '2호점 주인공은 나야 나', '100호점은 뉴욕에'와 같은 개업 축하 리본이 달려있는 화환들이 입구에 놓여 있었고, 가게 사장으로 보이는 여인과 예쁜 알바생이 가게 문 앞에서 지나가는 손님들의 눈길을 잡기 위해 웃으며 서 있었다. 길거리 홍보는 처음인지 둘의 인사는 어색해 보였다. 이 부장은 여사장의 미모에 놀라 오늘 밤늦게까지 작성해서 내일 발표해야 할 자료 작성은 어느새 잊어버리고 오 과장에게 "우리 한 잔만 딱 하고 갈까? 새로 생긴 술집에 대한 예의고 의리잖아."라고 말하며 가게 안으로 성큼 들어섰다. 두 사람이 그 가게의 역사적인 첫 손님이 되는 순간이었다. 사장과 알바생 역시 개시 손님을 따라 가게 안으로 들어와 환하게 웃으며 인사를 했다. 사장은 키가 크고 하얀 피부에 긴 생머리를 늘어뜨린 30대 후반 정도 되어 보이는 여성이었고, 단발 머리 알바생은 아직 학교를 다니고 있을 것 같은 앳된 외모의 아가씨였다. 이 부장의 눈에는 키 크고 여성스런 원숙미가 훨씬 느껴지는 여사장이 들어왔고, 아직 젊은 오 과장은 어린 알바생에게서 시선을 떼지 못했다.

가게 이름은 일본어로 '사쿠라'라고 적혀 있었다. 문을 열고 들어가면 가게 이름에 맞게 벚꽃이 풍성하게 달려있는 나무 모형 화분이 서 있었고, 일본 여행 가서 사 온 것 같은 고양이 인형과 기모노를 입은 인형들로 다찌 바가 장식되어 있었다. 연기가 나거나 불로 가열하는 조리과정이 필요한 음식들은 별도의 환기 장치가 있는 밀폐된 작은 주방 공간에서 만들어졌고, 그릇에 담아내기만 하면 되는 문어 초회나 타코 와사비 같은 간단한 안주들은 여사장이 주로 서 있는 출입구 쪽의 오픈 주방에서 담아 내왔다. 오픈 주방 뒤로는 병과 팩에 담긴 정종들이 진열되어 있었다. 가게 주인과 대화를 하고 싶은 맘에 여사장이 서 있는 오픈 주방 바로 앞 다찌 바에 앉아서 주문을 했다. 대나무가 그려진 검은 천이 가리고 있는 작은 조리 주방에는 경상도 사투리를 쓰는 주방 알바가 한 명 있었고 서빙은 알바생이 전담하는 듯했다. 사장은 바쁜 시간에 나와서 주방이나 홀 중 더 바쁜 쪽을 도와주기로 한 것 같았다.

"부장님, 알바생이 완전 제 스타일인데요. 피부도 까무잡잡하고 건강미 넘치는 게 아주 끝내주는데요."

볼륨 있는 가슴을 한껏 도드라지게 드러내 보이는 꽃무늬 블라우스를 입은 알바생이 앵두 같은 입술을 뽐내며 자기도 자기 예쁜 걸 안다는 표정과 다소 퉁명스러운 듯한 말투로 주문을 받았다. 최근 잦은 술자리로 가벼워진 주머니 사정을 생각해서 술 메뉴판 가장 뒤 페이지의 가장 구석에 있고 잘 안 보이는 작은 글씨로 적혀 있는 소주를 시키려다, 첫눈에 호감을 느낀 여사장에게 손님으로서의 첫인상이 중요할 것 같아 이 부장은 맘을 바꿔 중간 가격대의 정종을 한 병 시켰다. 안주는 알바생이 추천한 삼겹살 숙주볶음을 골랐다. 6시를 조금 넘긴 이른 시간이라 다른 손님들이 들어오기 전까지 이 부장은 노트북 자판을 두드리며 가게에서 틀 음악들을 선곡하고 있는 여사장과 잠시 대화를 나눌 수 있었다.

"실례지만 뭐하시던 분이죠? 이런 장사 하시던 분 같아 보이진 않는데요?"

"웹 디자이너로 일했어요. 홈페이지 구축하는 웹 에이전시 회사에서 십 년 정도 근무하다 그만두고 다른 곳에서 커피 가게 열었는데, 하루 종일 고생해서 커피하고 토스트 팔아봐야 남는 게 없어서 고민하던 차에 술집 하는 친구가 요새 뜨고 있는 오뎅 바나 이자카야를 강남에서 열면 돈 많이 벌 수 있을 거라 추천해줘서 열게 됐어요. 가끔 저녁에 술 생각나시면 들러주세요."

"네. 탁월한 선택이십니다. 제가 딱 이런 술집을 원했는데 드디어 이곳에도 생겼네요. 너무 자주 들른다고 뭐라 하기 없기입니다."

"네."

여사장은 웃으며 말했다.

빨리 사무실 가서 자료를 만들어야 된다고 옆에서 계속 재촉하는 오 과장 때문에 이 부장은 아쉽지만 정종 한 병을 금세 비우고 사무실 자리로 돌아와서 자료를 만들었다. 옆에서 열심히 자료를 만들고 있는 오 과장과 달리 이 부장은 방금 인사하고 나온 사쿠라의 예쁜 여사장 얼굴이 노트북 화면에 자꾸만 아른거려 도저히 일에 집중할 수 없었다. 오 과장이 자료를 완성하길 기다리며 창가로 다가가 이자카야 사쿠라가 있는 골목을 내려다보았다.

"오 과장, 언제 끝날 것 같아? 빨리 끝내고 사쿠라 들러서 딱 한 잔만 더 하고 헤어질까?"

"부장님, 내일 아침 일찍 회의인데 괜찮겠어요? 내일 하루 종일 피곤할 것 같은데. 물론 저야 좋죠."

"그래? 그럼 빨리 대충 만들고 가자."

개업 첫날인데도 밖에서 안쪽 오픈 주방이 훤히 보이는 구조라서 그런지, 오픈 주방에 서 있는 여사장의 미모에 끌려 들어온 취객들로 가게는 만석이었다. 화장실로 가는 뒷문 구석 자리에 둘은 자리를 잡고 꼬치구이 안주와 소주를 주문했다. 주문이 밀려서인지 안주는 한참을 기다려도 나오지 않았고, 이 부장과 오 과장은 서빙하느라 바쁜 여사장과 알바생을 각자 아무런 말 없이 쳐다보며 금세 소주 한 병을 비웠다. 다찌 자리에 앉아 자신의 미모를 우러러보고 있는 손님들을 향해 연신 행복한 여신 미소를 날리고 있는 여사장을 보고 이 부장은 마치 그녀가 자기 애인이라도 되는 것처럼 묘한 질투심과 경쟁심을 느꼈다.

"오 과장, 우리 내기 하나 할까?"

이 부장이 뜬금없이 말했다.

"뭐요?"

시선을 알바생에게 고정시킨 채 오 과장이 답했다.

"오 과장은 저 알바생이 맘에 들지? 난 여사장이 맘에 드니까 각자 저 알바생과 여사장을 꼬드겨서 누가 먼저 노래방 가서 같이 듀엣곡 부르는지 내기 한 번 하자고. 물론 단둘이서만 가야 되는 거야. 손님들 노래 녹음해서 USB에 담아주는 노래방들 많잖아? 어때?"

"네. 좋아요."

아직 나이가 젊고 호감형 외모의 오 과장은 큰 목소리로 내기에 응했다.

"그런데 이기면 뭐가 있는 거죠?"

"지는 사람이 술 사기. 오 과장이 지난번 가보고 싶다던 역삼동 고급 바에 가서 몰트위스키 한 병 사기로 하는 거 어때?"

오 과장은 내일 오전 회의 자료를 집에 가서 한 번 더 수정해야 한다고 말하곤 꼬치구이 안주가 나오자마자 빠르게 먹더니 그만 일어서자고 했다. 둘은 사쿠라를 나와 전철역으로 향했다. 보통 때 같으면 오 과장과 함께 지하철 2호선을 타고 가다 교대역에서 헤어져 3호선으로 갈아타 집으로 갔겠지만, 지하철 유리창에 자꾸만 여사장이 나타나서 빨리 가게로 다시 오라 손짓하는 것만 같아 이 부장은 여사장의 마법에 걸린 듯 자기도 모르게 발길을 돌려 다시 2호선 반대편 방향의 열차를 타고 회사 근처 역에 내렸다. 마감 시간 무렵이면 손님들도 다 가고 가게가 한가해져 사장과 대화를 나눌 여유가 있을 거란 생각에 사쿠라를 향해 비틀거리며 걸었다. 그러고 보니 오늘 저녁에만 벌써 사쿠라를 세 번째 방문하는 것이었다. 자기 같은 손님만 몇 명 있어도 이 가게는 잘 될 것 같다는 생각을 속으로 하며 추위를 느낀 이 부장은 사장님 바로 앞 다찌 자리에 앉아 뜨끈한 히레사케 한 잔과 문어 초회를 안주로 시켰다. 이 부장의 예상대로 대부분의 손님은 집으로 돌아가고 가게 안은 언제 북적댔냐는 듯 한가했다. 홀 구석 자리에서 한창 이야기꽃을 피우고 있는 남녀 커플 손님과 이 부장만 있는 가게 안에 복어 지느러미를 가스 불에 굽는 고소한 냄새가 퍼졌다. 마감 정산하느라 바쁜 여사장에게 술 취한 이 부장은 말을 걸었다.

"가게 오픈하시느라 고생 많으셨을 텐데 몸보신 할 겸 고기나 한번 같이 먹으러 가실래요? 청담동 근처 한우 식당으로 꽃등심 먹으러 가요. 설화 꽃등심 어때요? 아니면 치마살이나 안창살, 그리고 구워 먹으면 최고라는 살치살도 아주 맛있으니까 날 잡아서 같이 가죠."

"저 고기 안 좋아해요. 안 먹어요. 채식해요."

매출 결산을 하며 가만히 듣고 있던 여사장이 대답을 했다.

"사실 저도 인간을 위해 희생되는 말 없는 동물들을 생각해서 오래전부터 채식을 해야겠다고 생각해왔는데, 사장님의 말을 듣고 보니 지금 이 순간부터 채식을 당장 실천해야겠다는 생각이 드는군요."

여사장의 대답을 듣고 잠시 아무 말 없이 생각에 잠겼던 이 부장이 혀 꼬인 발음으로 말했다.

"아니요. 이 가게 계속 오실 거면 그러실 필요 없어요. 여기 와서 안주 드시려면 채식하시면 안 되죠. 우리 가게엔 베지테리언을 위한 안주가 없거든요."

"아 그렇죠. 그럼 안 되죠. 고기를 안 드시면 그냥 식사라도 한 번 같이해요. 이 근처 우거지 해장국 아주 맛있게 하는 곳 알거든요. 가게 열기 전에 가서 저녁 식사 같이 해요."

여사장은 대답 없이 돈 통에서 두툼한 지폐 다발을 꺼내 열심히 세고 있었다.

"우거지 해장국에 고기가 들어갔을까 봐 그래요? 고기 빼고 우거지 더 달라고 하면 그렇게 해주니까 한 번 같이 먹으러 가요. 국물이 정말 끝내줘요. 아 그런데 이름이 뭐예요, 사장님?"

"카드 전표에 이름 찍혀 있어요."

"에이, 아까 봤는데 남자 이름 같던데. 가족 이름으로 가게를 여셨나 봐요. 진짜 이름이 뭐예요? 어차피 본명은 가르쳐주시지 않을 것 같으니 편하게 부를 수 있는 이름이라도 하나 알려주세요."

"네. 유리라고 불러주세요."

"저는 이영호라고 합니다. 미국 회사에 다니고 있고요. 제 이름이 외우기 어려우시면 아라비아 숫자 3개만 기억하시면 돼요. 2, 0, 5요. 제가 지금 사는 집도 205동이고, 출장 가면 호텔이나 모텔도 205호실 달라고 얘기해요. 다들 높은 층을 선호하는데 저는 엘리베이터 기다리는 것도 싫고 불이라도 나면 창문 깨고 뛰어내리기 좋은 2층을 선호합니다. 제 이름 2 0 5 꼭 기억해 주세요. 유리 씨."

"네! 이 부장님."

사쿠라가 오픈한 날에만 무엇에 홀린 듯 세 번이나 가게에 들렀던 이 부장은 다가올 카드 결제일이 부담돼 이번 달은 사쿠라 방문을 자제할까도 생각했지만, 술에 취하면 자기도 모르게 혼자서 사쿠라에 들러 하루를 마무리하곤 했다. 특별히 고객과의 약속이 없으면 업무 끝나고 저녁 먹을 겸해서 이곳에 들러 식사 대용으로 오뎅 탕이나 일본식 전 혹은 튀김 안주를 시켜놓고 음악을 들으며, 알바생들보다 두 시간 정도 늦게 출근하는 여사장을 기다리며 멍 때리거나 흘러나오는 음악에 맞춰 흥얼대며 천천히 취해갔다. 그렇게 보고 싶은 사람을 기다리며 천천히, 그리고 조용히 술에 취해가는 건 이 부장이 처음 느껴보는 잔잔한 일상의 행복이었다. 그런데 이번 주엔 피크 타임에도 여사장이 보이지 않았다. 사장님 몫까지 알바생이 바쁘게 홀과 주방을 오가며 서빙을 하고 설거지를 도왔다. 말 상대가 없어 이 부장은 다찌 바에 조용히 앉아 시원한 하이볼 칵테일 한 모금에 타코 와사비를 한 조각씩 젓가락으로 집어 먹으며 흘러나오는 일본 음악을 듣고 있었다. 잠시 알바생이 한가한 틈을 타 여사장에 대해 물었다.

"사장님, 오늘 안 나와?"

"네. 가게 오픈 준비하신다고 고생하시고, 오픈하고 나서도 쉬지 않고 계속 일하시더니 결국 뻗으셨어요. 체력이 좋은 편도 아닌데 과로하신 것 같아요."

"익숙하지 않아서 그러겠지. 안 쓰던 근육을 무리하게 쓰니까 아픈 거지. 한 달 정도는 해야 괜찮아질 텐데."

알바생 이름은 미화였다. 고향은 부산이고 부모님의 뜻을 따라 교육대학을 다니다 적성에 맞지 않아 자퇴하고 미국에 어학연수를 가서 몇 년 놀다가 한국에 돌아와 연극 학원에서 연기를 공부하고 있다고 했다. 대학로 연극 무대에 서 보는 게 꿈이라고 말하는 미화는 이 부장의 예상과 달리 나이가 많았고, 짧은 머리에 헬스 트레이너같이 볼륨 있고 단단한 몸매를 뽐내는 당찬 성격의 여자였다. 가냘프고 연약해 보이는 예민한 성격의 여사장과 달리 미화와는 금방 친해졌다. 가끔 초콜릿이나 아이스크림을 사다 주곤 했고, 미화가 담배 피우러 건물 옆 주차장을 다녀올 때면 대신 카운터를 봐주기도 했다.

이 부장은 가끔 술에 취하면 미화라는 이름 대신 자기가 지어준 별명인 달러(dollar)로 그녀를 부르곤 했다. 미화는 이 부장이 지어준 달러라는 별명을 싫어했다. 지난번엔 이 부장이 미화에게 "미국에서 장사했으면 이름이 달러니까 큰돈 벌었을 텐데 왜 한국에 돌아왔냐"고 농담을 하자 미화는 어이없다는 듯 인상을 쓰며 "그럼 요새 인기 많은 드라마에 나오는 배우 이일화 씨를 만나면 부장님은 '이 엔'이라고 부르시겠네요. 그리고 이일화 씨는 일본 가서 사업하면 대박 나는 거예요?"라고 물었다.

"그렇지! 역시 달러는 외국물을 먹어서 그런지 똑똑해. 하나를 가르쳐 주면 열을 아네!"라고 이 부장은 맞장구를 쳐주었다.

하이 볼 칵테일 두 잔을 비우고 배가 불러진 이 부장은 소주 한 병을 더 시켜 천천히 마시며 가게 안 인테리어 장식들을 하나하나 찬찬히 바라보았다. 가게 안의 저 많은 장식품과 물건들을 여사장은 도대체 어디서 다 구해왔을까 하는 생각이 문득 들었다. 저 물건 하나하나에 여사장의 사랑과 여행, 인생의 추억이 깃들어 있진 않을까 하는 생각도 해보았다. 여사장이 살아온 인생이 궁금했다. 그렇게 한참을 멍 때리며 오늘은 혹시 여사장이 나오지는 않을까 기대하며 소주를 마셨다. 어느새 가게 안의 손님들은 다 빠져나가고 이 부장 혼자만 남았다.

"아니, 잔을 가져다주었으면 잔에 마셔야죠. 왜 병째 마셔요?"

미화가 심심한지 생각에 잠긴 이 부장에게 말을 걸었다.

"어 내가 그랬나? 그거야 내 맘이지. 내가 가끔 집 앞 편의점에서 소주를 사서 파라솔 의자에 앉아 병나발을 부는 습관이 있어서 그래. 편의점에서 소주잔은 잘 안 주잖아. 그리고 병나발 부는 게 위생적이고 편하고 좋잖아. 수많은 사람들이 입을 맞춘 잔에 입을 갖다 대는 것보다 더 깨끗하잖아. 술잔에 따라 마시려면 병을 잡고 잔에 붓고 병을 놓고 잔을 들고 입에 털어 넣는 5단계 동작이 필요하지만, 나처럼 마시면 병을 잡고 입에 부으면 되니까 얼마나 간편하고 효율적이야!"

"사장님이 마시는 전용 잔을 드릴 걸 그랬나요?"

"아 그래? 그런 잔이 있으면 진작 좀 내오지 그랬어? 그럼 내가 왜 병나발을 불겠어?"

"에이, 농담이지. 그런 잔이 어딨어?"

"달러야. 너 그런데 요새 말이 좀 짧다? 왜 가끔 반말하고 그러니? 오빠가 아무리 젊어 보인다고 해도 너보다 나이가 많아도 한참 많을 텐데."

"나도 내 맘이죠. 아니 허구한 날 이 자리에 앉아 우리 사장님 기다리며 멍 때리는 모습이 안쓰러워 보여서 '저 미화는 왜 반말했다가 존댓말 했다가 왜 저럴까?'라는 쓸데없는 생각이라도 좀 하라고 그런 거에요. 가끔 멍 때리는 모습 보면 아무 생각 없는 사람 같아 보일 때가 있어요. 그리고 젊어 보이긴요. 딱 부장님 나이만큼 보여요."

"아니, 멍 때리는 게 아니고 뭘 생각 중인 거라고. 작품 구상 중이라고 말해야 할까?"

"무슨 작품이요?"

"내가 취미로 그림을 그리는데, 이렇게 틈만 나면 다음엔 어떤 작업을 할까 작품 구상을 하곤 하지."

미화를 그윽한 눈길로 바라보며 이 부장이 말했다.

"미화, 잘 나온 사진 있으면 몇 장 보여줘 봐. 몸매가 잘 나온 걸로. 휴대폰에 사진 저장해 둔 거 있을 거 아냐? 휴대폰 사진 좀 보여줘. 저기 모니터 옆 휴대폰이 미화 거 아냐?"

이 부장은 손가락으로 휴대폰을 가리키며 말했다.

"그런데 저게 무슨 핸드폰이지?"

"아이폰인데요."

"아이폰? 왜 아이폰을 쓰지? 미화가 이제 아이도 아닌데. 아이 폰을 쓰면 안 되지. 학생 폰도 아니고 아이 폰이 뭐야? 어른 폰을 써야지."

"뭐라고요? 하나도 재미없거든요."

미화는 어이가 없다는 듯 실눈을 뜨며 이 부장을 째려봤다.

"내게는 아무에게도 말하지 않은 특수한 재능이 있어. 투시가 가능하거든."

가늘게 뜬 눈으로 미화를 바라보며 이 부장이 말했다.

"지금 이렇게 미화의 모습을 바라보면 내 눈에는 멋진 누드 작품이 떠오르거든. 미화 덕분에 다음번 그림 작업에 대한 아이디어가 떠올랐어."

"에이, 뻥치고 있네. 우리 사장님한테 어떻게 작업을 걸까 머리 쥐어짜고 있었겠죠. 그리고 지금 성희롱인 거 알고 말씀하시는 거죠?"

"미안해. 예술과 외설의 경계는 항상 모호하지. 그런데 사장님은 언제부터 나오시는 거야?"

"에이, 맨날 사장님만 찾아. 여자 앞에서 다른 여자 이야기하는 거 실례인 건 알죠?"

"미안해. 달러."

미화가 마감 준비를 하는지 쓰레기를 꽉꽉 눌러 담은 대형 쓰레기 비닐 봉투를 주방에서 낑낑대며 들고나왔다. 봉투가 무거운 지 이 부장 앞에서 쓰레기봉투를 내려놓더니 "아이고 무거워." 하며 손목을 푸는 시늉을 했다.

"오라버니. 너무 많이 담아서 무거운데 저기 건물 뒤 주차장까지 같이 들어줄래요?"

"그래. 내가 이 쓰레기봉투를 힘껏 잡고 있을 테니 미화가 나를 거기까지 업고 가줄래?"

"뭐야? 진짜! 말이야 방구야?"

미화는 번쩍 봉투를 들더니 빠른 걸음으로 문을 열고 뛰어나갔다. 이 부장은 재빠르게 쫓아가 봉투를 빼앗아 들고 미화와 함께 건물 뒤편 주차장으로 향했다.

쓰레기를 버리고 미화는 담배를 물어 폈다.

"미화 어디 사니? 혼자 살아?"

"아니요. 어디 사는지는 비밀. 부장님은 어디 살아요?"

"궁금해? 미화 마음 속 깊은 곳 지하도 오번 출구 근처에 살지."

"어머. 유치해."

"그런데 그 출구로 올라가는 에스컬레이터가 오랫동안 공사 중이라 미화 마음 속 깊은 곳에서 헤어나오질 못하고 있어."

"어머, 그것도 우리 사장님한테 써먹으려고 준비한 거죠? 반응 떠본다고 나한테 연습한 거죠? 지금?"

귀엽다는 듯 웃으며 미화가 물었다.

"아니야. 그런데 괜찮았어? 방금 웃겨서 씨익 웃은 거 맞지? 집에 가다 다시 생각하면 갑자기 웃음이 빵 터질지도 몰라."

이 부장은 어느덧 마흔이 넘은 노총각이 되었고, 오 과장은 아직은 30대 중반의 예비 노총각이다. 군대에서 고무신을 거꾸로 신은 첫사랑에게 받은 상처 때문인지 이 부장은 그 후 쭉 솔로 생활을 이어왔고, 오 과장은 자기가 아직 결혼에 대한 걱정을 할 나이는 되지 않았다고 생각했다. 노총각을 비만에 비유하면 이 부장은 고도 비만이고 오 과장은 과체중에서 비만으로 넘어가는 단계에 걸쳐 있다고 둘은 농담 삼아 얘기하곤 했다. 가끔 술자리에서 오 과장은 이 부장에게 이제는 정신 좀 차리시고 좋은 여자 소개 많이 받아서 얼른 맘정하고 장가가라고 잔소리를 자주 했다. 상대적으로 느긋한 오 과장은 주변에서 여자를 만나보란 말에도 이 부장처럼 크게 신경 쓰지 않고 운동과 취미 관련 동아리 활동을 적극적으로 즐겼고, 집에서는 강아지도 키우며 별 외로움을 못 느끼며 살았다.

오랜만에 둘은 사쿠라 다찌 자리에 나란히 앉아 새우튀김과 닭 꼬치구이 안주에 시원한 생맥주를 마시며 오 과장이 키우는 강아지에 대해 이야기를 나누고 있었다. 지금 키우고 있는 푸들 쿠키가 너무 외로운 것 같아서 푸들 한 마리를 더 입양해 키울까 생각 중이라고 오 과장이 말하자 이 부장은 한 마리 키우기도 힘들 텐데 두 마리는 어떻게 키우려고 하냐며 강아지 짝 찾아줄 생각 말고 오 과장부터 빨리 선보고 소개팅해서 짝을 찾으라고 말했다. 오 과장은 이 부장이 자기한테 그런 얘기할 처지가 되냐고 되레 큰소리치며 선배나 빨리 대충 골라서 얼른 장가라고 말했다. 그리고 푸들 한 마리 더 생기면 이름을 인절미라고 짓겠다고 하면서 강아지 한 번 키워보면 선배도 강아지에 대한 생각이 완전히 달라질 거라고 소리 높여 말했다.

이 부장이 강아지 털 날리고, 여기저기 오줌과 똥 싸고, 밤이고 새벽이고 복도 발자국 소리 듣고 짖어대는 걸 어떻게 참냐고, 나 같으면 절대 같이 못 산다고 이야기하려는 찰나 큰소리로 떠드는 둘의 이야기를 엿듣고 있던 여사장이 갑자기 대화에 불쑥 끼어들었다.

"어머! 오 과장님. 강아지 키우세요? 어떤 종이에요?"

"푸들이요. 갈색 푸들인데 이름이 쿠키에요."

"이름이 너무 예뻐요. 저도 포메라니안하고 장모 치와와 두 마리 키우는데…. 오 과장님 강아지 키우실 줄은 몰랐어요."

여사장이 오 과장을 바라보는 호감 가득하고 다정한 눈빛을 옆에서 지켜본 이 부장은, 여사장이 강아지 둘을 키우는데 휴대폰 배경 화면도 강아지 사진이라고 지난번에 미화가 해준 말이 갑자기 떠올라 둘의 대화를 가로막으며 말했다.

"어, 사장님 강아지 키우세요? 강아지 하면 저 이영호죠. 제가 강아지를 엄청 좋아해서 어렸을 때 동네 형들하고 띠 얘기를 하고 와서 엄마한테 왜 나를 개띠로 낳아주지 않았냐고 따진 적도 있어요. 어릴 때 우리 집에 큰 마당이 있었는데 아버지가 푸들하고 치와와 여러 마리를 키우셨죠. 제가 그놈들… 아니, 그 아이들 밥과 물을 항상 챙겨줬어요. 겨울이 되면 혹시 춥지나 않을까 걱정돼서 제가 덮고 자던 담요나 입고 다니던 점퍼를 개집에 넣어주었다가 엄마한테 빗자루로 호되게 맞은 적도 있어요. 엄마한테 맞는 건 하나도 아프지 않았어요. 우리 아이들이 내 점퍼를 깔고 따뜻하게 잘 수 있다는 생각을 하면요. 그렇게 제겐 항상 강아지들이 먼저였어요. 하여튼 먹을거리 하나라도 생기면 먼저 그 아이들부터 챙겨주고, 심심하지 말라고 틈만 나면 같이 놀아주고 했어요. 내가 없으면 개들이 밥을 잘 안 먹어서 개들 밥 줄 시간엔 꼭 내가 옆에서 먹는 모습을 지켜봐 주곤 했어요. 나이 들어서도 강아지를 너무 좋아해서 친구들이 이름 대신 저를 '견 선생'이라고 부르기도 했어요. 요새도 힘들거나 외롭고 그럴 때 동네를 산책하는 강아지들의 그 순수하고 맑은 눈을 바라보고 있으면 정말 모든 고민이나 스트레스가 한순간에 사라지는 것 같아요."

애견가인 여사장은 이 부장의 추억담을 보통 때와 달리 아주 진지하게 들어주었다.

"아 그러세요? 저도 마당 있는 집이 늘 부러웠어요. 우리 아이들을 좀 더 좋은 환경에서 뛰어놀게 해주고 싶은데 그러지 못해 늘 미안했죠. 마당이 있으면 얼마나 좋겠어요? 좀 더 자주 놀아 줄 수 있을 텐데. 가게를 열고 나서는 낮에 산책도 함께 못 가고 인적이 드문, 아니 강아지 친구들 거의 없는 썰렁한 공원을 이른 새벽에 놀러 갈 때면 맘이 아파요. 요샌 저를 기다리며 늘 집에서 외롭게 있을 우리 아이들 생각하면…."

갑자기 여사장의 눈에 살짝 눈물이 고였다. 여사장은 잠시 천장을 바라보는 척하며 마음을 진정시키려는 듯했다.

"저, 그 외로운 아이들 한 번 보러 사장님 집에 놀러 가면 안 될까요? 저도 요새 많이 외로운데. 제가 그 아이들 친구가 되어 같이 놀아줄 수 있을 것 같기도 하고요."

"네?"

여사장의 표정이 갑자기 차갑게 바뀌었다. 여사장은 고개를 돌려 노트북에서 음악을 선곡하는 척하며 대화에서 빠져나가려고 했다.

"아니면 새벽에 어디서 운동하세요? 밤에 위험할 텐데 제가 술 안 마시는 날엔 가끔 공원에 가서 강아지들하고 같이 놀아줄게요. 아니면 몸 안 좋으시거나 주말에 멀리 여행 갈 일 있을 때 아이들을 저한테 맡겨주세요. 제가 잘 먹이고 잘 놀아 줄게요."

옆에서 이 부장의 말을 한심하다는 표정으로 듣고 있던 오 과장은 담배를 한 대 피우겠다며 자리에서 일어나 밖으로 나갔다.

"아니요. 제가 집 비울 때 우리 아이들 맡기는 곳이 있어서요. 말씀은 고맙지만요."

"아니 강아지 맡기면 돈 들잖아요. 저한테 맡겨주세요. 저한테 맡겨주시면 무료로… 아니, 사실 따지고 보면 강아지들이 심심한 저랑 놀아주느라 수고하는 거니까 제가 돈을 드릴게요."

여사장은 어이없다는 표정을 지으면서도, 한편으로 아이들에 대한 그런 관심이 고맙기도 해서 잠깐 이 부장의 얼굴을 쳐다보곤 '우리 강아지들이 낯을 많이 가려서 안 된다'며 살짝 웃으면서 거절했다.

이 부장은 '강아지들도 사장님 닮아서 저한테 이렇게 낯을 가리는 거냐?'고 따지듯 말할 뻔하다가 속으로 꾹 참고 "정 그러시면 나중에 강아지들 사진이라도 보여주세요. 알았죠? 그건 되죠?"라고 웃으며 말했다.

이 부장은 오랜만에 생맥주를 마셔서 그런지 소변이 마려워 자리에서 일어나 "저 화장 좀 고치고 오겠습니다."라고 여사장에게 말하곤 뒤돌아 벨트를 풀며 뒷문 화장실로 걸어갔다. 그리고는 혼잣말로 구시렁거렸다.

"내가 이래서 맥주를 안 마신다니까. 마셔도 취하진 않고 들어간 만큼 오줌만 계속 나오고."

～∽◎∽～

오늘 이 부장은 중요한 고객과의 저녁 약속이 있었다. 쌀쌀한 날씨 때문인지 고객은 저녁만 먹고 일찍 집에 들어가겠다고 말하고는 자리에서 일어섰다. 왠지 계약이 잘 안 될 것 같은 불길한 마음에 심란해진 이 부장은 먼 길을 돌아와 사쿠라에 들렀다. 이 부장의 마음처럼 흐리고 바람 부는 쌀쌀한 날씨라 모처럼 가게 안엔 손님이 거의 없었다. 이 부장은 다찌 자리에 앉아 추운 날이면 으레 주문해서 마시는 히레 사케로 몸과 맘을 녹이고 있었다.

오늘은 무슨 일이 있는지 미화가 안 보이고 커튼 사이로 살짝 보이는 주방 알바는 모처럼 찾아온 한가한 밤을 휴대폰 게임을 즐기며 보내고 있었다. 미화가 안 나와서 그런지 여사장은 홀에서 서빙을 하고 빈 병과 그릇을 치우느라 바빴다. 타코 와사비 안주에 히레 사케를 세 잔이나 빠른 속도로 비우고 나니 마감을 한 시간 정도 남긴 가게 안에 손님이라곤

이 부장뿐이었다. 가게 안에는 주로 경쾌한 일본 팝이나 70 80 느낌의 서정적인 일본 발라드곡이 섞여 흘러나왔다. 가끔 서정적인 발라드 가요를 나이 든 손님들이 틀어달라고 신청하면 마지못해 틀어주곤 했는데, 분위기가 처지는 음악이나 옛날 트로트 느낌의 오래된 곡들은 손님들이 신청해도 거의 틀어주지 않았다. 마침 여사장이 주방에서 설거지를 끝내고 매출 현황을 보기 위해 모니터를 들여다보고 있었다.

"사장님, 안 바쁘시면 노래 한 곡만 틀어주실래요?"

이 부장이 말했다.

"어떤 곡이요?"

이 부장이 평소에는 듣지 않는 쇼팽의 피아노곡을 신청하자 클래식 곡처럼 느리고 분위기 가라앉는 곡을 틀면 항의하는 손님들도 있고 술 마시는 속도도 느려지는데다 곡들이 너무 길어서 틀어드리기 곤란하다고 여사장은 말했다.

"지금 아무도 없잖아요? 저밖에요."

"그래도 클래식은 좀 곤란해요."

"왜요?"

"제가 별로 안 좋아하거든요."

"아. 큰일 날 뻔했네요. 사장님이 안 좋아하시는 곡을 신청할 뻔했으니. 가요는 괜찮죠?"

"네 가요는 좋아해요."

"그러면 인트로가 감미로운 강타의 노래로 틀어주세요. '북극성'이나 '사랑은 기억보다' 같은 곡들이요. 사람들은 강타하면 H.O.T를 떠올리겠지만, 저는 강타가 솔로 데뷔 후에 발표한 감성적인 발라드곡이 더 좋아요. 가사도 시적이고 멜로디도 상당히 고급스럽고 감미로워요. 안칠현은 가수나 엔터테이너로서도 뛰어나지만, 작사 작곡을 너무 잘해서 제작자로나갔어도 성공했을 것 같아요. '어느 날 가슴이 말했다'라는 곡의 도입부는 거의 클래식 작품 같아요. 정말 강타 최고의작곡인 것 같아요."

여사장은 나이 든 이 부장의 강타에 대한 칭송에 의외라는 표정을 지으면서도 강타의 곡들을 좋아하는지 별말 없이 노트북 자판을 두드려 이 부장이 신청한 두 곡을 연이어 틀어주었다.

강타보다 서너 살 어린 여사장의 나이를 생각해 보면, 여사장도 십 대 시절 H.O.T의 팬이었을 것 같았다. 노래 '북극성'의 피아노 인트로가 흘러나오자 여사장은 잠시 눈을 감고음악을 감상했다. 이 부장은 그런 여사장의 모습을 바라보며여사장의 여성스런 매력에 더욱 더 푹 빠져들었다.

"강타 정말 대단한 것 같지 않아요? 가끔 강타가 쓴 노래들을 들을 때면 어떻게 어린 나이에 저런 멋지고 섬세한 가사와가슴 울리는 멜로디를 만들 수 있었을까 하고 감탄할 때가 많아요."

이 부장은 노래를 작은 소리로 따라 부르며 강타에 대한 칭찬을 계속했다.

"정말 그런 것 같아요. 그런데 남자 손님이 강타 노래를 신청한 건 처음인 것 같아요. 특히 부장님처럼 나이 든 분이. 그런데 강타를 언제부터 좋아하셨어요?"

여사장이 물었다.

갑자기 이 부장은 심호흡을 크게 한 번 하고 여사장의 눈을 뚫어져라 쳐다보며 마치 미리 연습한 대사를 읊듯 낮은 목소리로 말했다.

"지가요. 오래전에 사랑했던 여인과 헤어지고 너무 마음이 찢어질듯 아파 국밥집에서 소주를 마시고 있는데 갑자기 이 노래가 라디오에서 흘러나왔걸랑요."

그러더니 이 부장은 갑자기 손으로 가슴을 탁 치는 시늉을 하며 "그런데 강타의 이 노래가 아주 그냥 내 가슴을 강하게 강타했걸랑요."

잠시 침묵이 이어졌다.

"아이참! 지금 그 옛날 드라마에 나왔던 주현 아저씨 흉내 낸 거죠? 그 서울뚝배기 드라마에 나오는 안동팔 아저씨요. 이런 거 별로 재미없으니까 앞으로 저한테 이러지 않으셔도 돼요."

"아니, 재미없어요?"

멋쩍은 듯한 표정을 지으며 이 부장이 말했다.

"그런데 그 드라마는 어떻게 알아요? 사장님이 알 만한 드라마가 아닌데. 나도 어렸을 때 방송했던 드라마라서 그때 본 적은 없고 인터넷에서 연예인들이 흉내 내는 거 보고 따라 한 거예요."

"그 드라마 우리 엄마가 아주 좋아하는 드라마인데 요새 케이블 채널에서 재방송하잖아요. 저도 가끔 엄마랑 같이 봐요. 그러고 보니 부장님이 우리 엄마 또래 취향인가 봐요? 그리고 저 웃기려고 노력하지 않으셔도 돼요."

무안하고 머쓱해진 이 부장은 강타의 음악에 계속 심취해 있는 것처럼 잠시 눈을 감고 노래를 듣다가 시선을 돌려 벽 찬장에 진열되어 있는 술병들을 바라보았다. 마침 북극성 노래가 끝나고 강타의 '사랑은 기억보다' 노래가 시작되었다. 가만히 노래를 듣고 있던 이 부장은 그 노래에서 가장 좋아하는 가사 부분이 흘러나오자 자기도 모르게 소리를 내어 따라 부르기 시작했다.

내 눈을 봐요.
오랜 시간 함께 했던
내가 보이지 않나요?

볼 순 없나요?

　순간 조용히 해달라고 주의를 주기 위해 검지 손가락을 입술에 대고 이 부장 쪽으로 얼굴을 돌리던 여사장과 시선이 마주쳤다. 이 부장은 여사장의 주의에도 아랑곳하지 않고 술김에 용기를 내어 목소리만 약간 낮추어 마치 립싱크를 하듯 입 모양으로 강타의 노래를 따라 부르며 계속해서 여사장의 눈을 쳐다보았다. 여사장은 순간 놀라서 당황한 표정을 짓더니 급히 조리실 커튼을 걷고는 안으로 들어가 버렸다. 이 부장의 신청곡이 끝나고 존 레논의 'Oh My Love' 노래가 흘러나왔다. 이 부장도 좋아하는 곡이었다. 이 부장은 여사장이 주방에서 나오길 기다리며 그 노래의 도입부인 'Oh my lover for the first time in my life' 가사를 따라 불렀다. 마침 여사장이 주방에서 방울토마토를 몇 개 손에 들고나와 입에 한 개씩 넣고 오물오물 씹으며 모니터를 쳐다보았다.

　"사장님, 마지막으로 한 곡만 더 신청해도 될까요? 조갑경하고 남자 가수가 듀엣으로 불렀던 '사랑의 대화'. 그 노래 알면 틀어 주실래요? 이젠 안 따라 부를게요. 그 곡만 듣고 정말 집에 가겠습니다."

　계속 옆에서 치근덕거리는 이 부장이 귀찮았는지 노래를 듣고 가겠다는 말에 여사장은 하던 일을 멈추고 얼른 노래를 검색해 틀어줬다.

나는 그대를 사랑해
그대 곁에 있고 싶어요
나도 그대가 좋아
이 세상 모두가 변한다 해도
난 그대만 생각할래요
그대 반짝이는 두 눈을 보면
내 마음 나도 모르게 포근해
그대 미소 짓는 얼굴을 보면
내 마음도 흐뭇해 그대여

사랑의 대화 노래가 흘러나왔다.

"이거 완전 오래된 노래인데 두 가수의 케미가 너무 좋은
거 같지 않아요? 제가 사랑하는 사람이 생기면 노래방 가서
듀엣으로 이 곡을 꼭 한 번 불러보고 싶어요. 사장님은 노래
방 좋아해요? 노래방 가면 주로 어떤 노래 불러요? 가장 좋
아하는 노래는 뭐예요?"

이 부장의 말을 못 들은 척 모니터 매출 현황을 뚫어져라
쳐다보고 있던 여사장은 '사랑의 대화' 노래가 끝나자 음악을
잠시 멈추고 길고 하얀 손가락으로 피아노를 치듯 노트북 자

판을 두드려 노래를 검색했다. 잠시 후 정적을 깨고 아름다운 현악 선율이 흘러나왔다. 이 부장도 학생 시절 많이 들어봤던 곡이었지만 제목이 기억나지는 않았다.

별 헤는 밤이면
들려오는 그대의 음성

"이 곡이에요? 사장님이 가장 좋아하는 노래가?"

이 부장이 물었다. 여사장은 대답 대신 고개를 끄덕이며 살짝 웃었다. 어느새 자정이 넘었다. 한 곡만 더 듣고 가겠다던 이 부장은 그 이후로도 마치 조각상처럼 미동도 하지 않고 졸며 스피커에서 노래 열 곡이 더 흘러나올 때까지 계속 고개를 숙이고 앉아 있었다. 이 부장의 턱을 아슬아슬하게 괴고 있던 오른손이 미끄러지듯 빠지자 놀라 잠에서 깬 이 부장은 졸음과 술에 취해 게슴츠레한 눈으로 여사장을 빤히 쳐다보며 혹시 아까 먹은 방울토마토 몇 알이 오늘 저녁 식사였냐고 물었다.

"그거 먹고 괜찮겠어요? 그러니까 삐쩍 말랐죠. 출출하면 우리 나가서 같이 뭐 먹을래요? 살찔까 봐 걱정되면 그냥 가볍게 닭 꼬치나 은행구이 먹으며 술이나 한 잔 같이 할까요?"

이 부장은 술에 취해 계속 치근덕댔다.

"그런데 여기는 왜 은행구이를 안 팔죠? 제가 은행구이를 너무 좋아해서 이 동네 이자카야를 다 가봤지만 여기처럼 은행구이 안주가 없는 곳이 대부분이에요. 제가 예전에 자주 가던 동네 이자카야 사장님에게 은행구이란 제목으로 즉흥적으로 시를 써서 그 가게 벽에 붙여주고 온 적도 있어요. 아마 아직도 붙어 있을 거예요. 한 번 들어보실래요?"

"아니요. 너무 취하신 것 같은데 나중에 들려주세요."

여사장의 대답을 못 들었는지 이 부장은 양복 속 주머니에서 휴대폰을 꺼내 술집 벽에 붙어 있는 A4 용지에 굵은 네임펜으로 적은 그의 은행구이 시 사진을 자랑하듯 여사장에게 보여주었다. 그리고 노안 때문인지 팔을 쭉 뻗어 휴대폰을 눈에서부터 최대한 멀리 둔 상태로 크게 확대한 사진을 아래로 천천히 내리며 혀 꼬인 발음으로 시를 낭송하기 시작했다.

은행구이

서울역에서 한강대로를 따라
오래전 지어진 낡은 건물들을
두리번두리번 구경하며 운동 삼아
어두워지기 시작한 저녁 거리를 걷는다
때로는 거리의 사람들보다도

내 눈에 먼저 들어오는 건
오래된 낡은 집과 옛날 건물들
때로는 그것들이 생명을 가진
사람처럼 친구처럼 느껴질 때가 있다
언젠가는 사라질…
너희들도 오래오래 살아남아라

쥐라기 때부터 지금까지 가장 오래
살아온 거대식물
거리의 은행나무와 대화를 하며
거리를 걷는다
오래된 생명의 신비함을 생각하다가
갑자기 은행구이가 먹고 싶어져서
남영동 후암동 갈월동 청파동 원효로의
술집들을 돌아다니며
은행구이 안주를 찾아 헤맨다
한 시간을 넘게 돌아다녀도 여름이라 그런지
은행구이는 끝내 나타나지 않았다
은행구이에 시원한 맥주 한 잔 하고 싶었는데
너무도 서러워서
난 길에서 눈물을 흘릴 뻔했다

마음을 추스르고 롯데리아로
기어들어가 밀크셰이크를 원샷 했다

시 낭송이 끝났다. 잠시 침묵이 흘렀다. 이 부장은 시를 읽
으며 그때의 기억이 다시 떠올라 감정이 격해졌는지 아무 말
없이 휴대폰 사진을 계속 응시하고 있었다. 이 부장의 눈가에
살짝 눈물이 고였다.

"끝난 거예요? 결국 은행구이를 먹지 못했네요?"

여사장은 흘러나오는 일본 팝 음악을 들으며 조금 전 설거
지를 끝낸 접시들을 마른 수건으로 닦으며 말했다.

"네. 결국 못 먹었죠. 세상 일이 다 내 맘대로 되는 건 아니
잖아요. 저기요. 사장님. 쉬는 날에는 주로 뭐 하세요? 강릉
이나 속초는 너무 먼 것 같고 우리 가까운 인천 소래포구나
아니면 김포 대명포구 가서 싱싱한 회나 아니면 조개나 새우
구이 먹으러 한 번 같이 갈까요?"

여사장은 아무 말 없이 주방 오더 마감할 시간이라고 말하
며 뭐 더 필요한 건 없는지 형식적으로 물으며 계산서를 건
넸다.

"필요한 거요? 많죠. 그중에서 가장 필요한 건 저에 대한
사장님의 관심과 애정이죠."

여사장은 무표정하게 이 부장이 건네는 카드를 받아 계산

을 하고 주방에서 열심히 마감을 하고 있는 알바생에게 정리 잘 하고 가라고 말했다. 이 부장에게도 어서 집에 들어가시라고 인사하더니 갑자기 외투를 걸쳐 입고는 가게를 나섰다. 몇 시간 째 화장실 한 번 다녀오지 않고 가게 안의 인테리어라도 된 것처럼 같은 자세로 앉아 있던 이 부장은 거의 반사적으로 잽싸게 일어나 그녀를 따라나섰다. 근처에 산다고 미화에게 들었던 것 같은데 그녀는 큰길에 서서 택시를 향해 손을 흔들고 있었다. 택시 한 대가 서고 그녀가 뒷문을 열고 들어가 앉아 문을 닫으려는데 이 부장이 가쁜 숨을 몰아쉬며 갑자기 나타나 택시 뒷문 손잡이를 잡아 활짝 열고 그녀를 안쪽 자리로 밀어 넣으며 택시에 올라탔다.

"어머, 왜 그러세요?"

"날씨도 춥고 비도 올 것 같은데 이런 날이면 택시 안 잡히니까 같은 방향이면 같이 타고 가다 내려요."

"어느 쪽으로 가시는데요?"

"사장님 가는 쪽이요."

"아니, 제 집이 어딘지는 아세요?"

"그게 아니고 어차피 사장님 집에 내려 드리고 갈 거니까 어느 쪽이든 방향은 중요하지 않죠."

"제가 언제 이 부장님한테 집에 데려다 달라고 했어요?"

빨간 신호에 걸려 택시가 횡단보도 앞에 잠시 선 사이 이 부장은 여사장 쪽으로 가까이 다가가 귓속말로 물었다.

"우리 노래방 갈까요?"

"네? 노래방이요? 이 늦은 시간에요?"

"네 아까 제가 마지막으로 신청했던 그 노래 '사랑의 대화' 가 부르고 싶어졌어요. 우리 같이 불러요."

"어머. 부장님 무슨 수작이에요? 점잖게 보이시는 분이 왜 그러세요? 제가 물 장사 처음 한다고 어리숙해 보여서 이렇게 막 들이대시는 거예요? 안 그래도 친구가 혹시라도 손님들이 가게 끝나고 같이 한 잔 더 하러 가자고 하면 절대 따라가지 말라고 그랬는데 저 그렇게 쉬운 여자 아니에요. 요새 가게 자주 오셔서 가장 비싼 정종 많이 팔아주시는 점잖으신 은행 지점장님도 몇 번 같이 식사하자고 하셔도 제가 다 괜찮다고 말씀드리는데. 저하고 아직 그렇게 친하지도 않으면서 왜 그 러시는 거예요?"

"아 네 잘 알겠습니다. 제가 실수를 좀 한 것 같습니다. 앞 으로 저도 조심하고 더 잘 할 테니까 우리 노래방 가서 딱 한 시간만 놀다 가요. 그리고 저희 회사에도 돈 잘 쓰는 전무님 하고 부사장님 계신데 제가 꼭 가게 모시고 가겠습니다."

"아저씨, 아니 기사님! 저기 저 사거리 횡단보도 앞에서 잠 깐 차 좀 세워주세요."

몇백 미터도 가지 않아 둘이 탄 택시는 섰고 이 부장은 거

스름돈은 괜찮다고 말하며 만 원짜리 지폐를 건넸다. 술 취해 소란스러운 이 부장 때문에 곤란했던 여사장도 택시를 바꿔 탈 생각으로 따라 내렸다.

둘이 내린 곳은 회사 근처 최고급 호텔 바로 앞이었다.
"우리 저기 호텔 노래방 가서 딱 한 시간 만 노래 부르다 가요."
방금 전 여사장에게 한 말을 잊었는지 이 부장은 여사장에게 노래방을 가자고 말 안 듣는 아이처럼 또 졸라대기 시작했다. 회사 임원들을 데려오겠다는 이 부장의 허풍 같은 약속 때문인지 거절하다 여사장도 지친 건지 아니면 노래 부르는 걸 좋아해서인지 여사장은 못 이기는 척 이 부장을 따라 호텔 로비 구석에 있는 가라오케 안으로 들어갔다. 고급스런 흰 와이셔츠를 잘 다려 입은 잘생긴 웨이터가 가라오케 입구에서부터 이 부장과 여사장을 굉장히 고급스런 장식들로 가득한, 넓고 아늑한 룸으로 안내했다. 조명이 어두워 노안 때문에 글자와 숫자는 잘 보이지 않아 술과 안주 사진만 눈에 크게 들어오는 메뉴판을 넘기다 이 부장은 정종처럼 보이는 술 한 병과 치즈, 올리브 안주를 주문했다. 마지못해 따라 왔다는 표정으로 이 부장과 멀찍이 떨어져 앉은 여사장은 소파에 앉자마자 테이블 위에 놓인 노래 선곡집을 쥐어 들더니 열심히 페이지를 넘기며 부를 곡을 찾는 듯했다. 그런 여사장의 표정도 금세 밝아졌다.

술과 안주가 들어왔다. 밀폐된 이 멋진 공간 안에 사랑스런 그녀와 단둘이 있다는 설레고 들뜬 마음에 점점 취기가 오른 이 부장에게 정종은 오늘따라 어두운 조명 아래 더욱 예뻐 보이는 여사장의 얼굴처럼 더 달콤하게 느껴졌다. 따뜻한 룸 안의 히터 열기와 임계점에 거의 다다른 취기에 푹신한 최고급 소파에 편하게 기대어 앉은 이 부장의 눈은 서서히 감기기 시작했다. 그녀가 선곡을 끝내고 노래를 부르기 시작하면 이 부장은 '그대 내 품에'를 찾아 그녀 몰래 예약 버튼을 누를 생각이었다. 그리고 그 노래의 반주가 시작되면 그녀에게 자연스럽게 다가가 '한동안 잊고 지냈지만 내가 가장 사랑했던 노래를 사장님 덕분에 오늘 다시 만나게 되었다'라고 말하며 그녀에게 감사 인사를 한 뒤 함께 불러주실 수 있겠냐고 정중하게 고개를 숙여 한 손을 내밀며 부탁할 생각이었다. 이렇게 오늘 여사장과 노래방을 트면 앞으로 사쿠라 근처 노래방에도 자주 갈 수 있을 테고, 머지않아 그녀와 듀엣으로 부른 곡도 녹음할 수 있을 것만 같았다. 몇 주 후면 그 노래를 듣고 크게 놀랄 오 과장의 모습을 볼 수 있을 것이고, 멋진 바텐더들이 자기 좀 더 봐달라고 들이대고 달려든다는 그 고급 바에 가서 오 과장이 사주는 고급 몰트위스키를 마실 수 있을 것이라 상상하며 옅은 미소 가득한 얼굴로 이 부장은 여사장이 노래를 고르는 사랑스런 모습을 가만히 지켜 보고 있었다.

잠시 룸 안에 짧지 않은 침묵이 흘렀다.

신중하게 노래를 고르던 여사장은 시끄럽던 이 부장이 더 이상 말도 걸지 않고 조용해지자 고개를 돌려 이 부장의 상태를 잠시 살피더니 마이크를 들고 일어서 홀 중앙으로 걸어 나가 흘러나오는 반주에 맞춰 경쾌하게 몸을 흔들며 노래를 부르기 시작했다.

한참 후 웨이터가 다가와 이 부장의 어깨를 세게 흔들며 그만 일어나시라고 여러 번 말하는 소리에 이 부장은 깊은 잠에서 깨어날 수 있었다. 이 부장이 한 잔도 마시지 않은 샴페인은 거의 다 비어 있었다. 여자 손님은 신나게 노래 부르시다가 먼저 가셨다는 말과 함께 오늘 비싼 샴페인을 시키지 않으셔서 얼마 안 나왔다고 이 부장에게 말하며 웨이터는 계산서를 건네주었다.

7만 원이었다. 이 부장은 "얼마 안 나왔네." 중얼거리며 지갑에서 오만 원 한 장과 만 원 두 장을 꺼내 웨이터에게 내밀었다. 돈을 세어 본 웨이터는 조금 큰 목소리로 이 부장에게 말했다.

"손님, 7만 원이 아니고 70만 원입니다."

～

집에 돌아온 이 부장은 그날 밤 꿈을 꿨다. 꿈속에서도 이 부장은 여사장과 단둘이서 회사 근처 노래방에 앉아 술을 마시고 있었다. 테이블 위엔 캔 맥주 다섯 개와 서비스 안주로 나온 새우깡이 투박한 나무 무늬 그릇 가득 담겨 있었다. 술에 취한 듯 흥겨워 보이는 여사장은 이 부장에게 연신 건배를 권하며 자기를 위해 '그대 내 품에' 노래를 불러줄 수 없겠냐고 물었다. 이 부장은 웃으며 기꺼이 불러줄 테니 그 노래 끝나고 자기랑 듀엣으로 조갑경과 이정석의 노래 '사랑의 대화'를 함께 부르자고 여사장에게 말했다. 이 부장은 유재하의 '그대 내 품에'를 노래방 기계 화면에 뜨는 가사도 쳐다보지 않고 두 눈을 감은 채 열창했다. 얼마나 집중해서 몸을 위아래로 흔들며 열창을 했던지 이마와 등에 땀이 났고, 땀에 흥건히 젖은 흰 셔츠 안으로 우람한 이 부장의 등 근육이 선명히 드러났다. 이 부장의 열창에 감격해서 가만히 노래를 듣고 있던 여사장이 갑자기 자리에서 일어나 마치 자석에 끌리

듯 이 부장에게 다가왔다. 마침 "그대 내 품에~" 가사 부분이 흘러나오자 노래에 너무 심취한 여사장은 흥분을 억누르지 못하고 이 부장의 땀에 젖은 넓고 뜨거운 가슴에 와락 안겼다. 여사장은 뜨거운 감동의 눈물을 흘리며 행복감에 젖어 이 부장의 가슴에 얼굴을 파묻고 이리저리 비벼대며 흔들어 대기 시작했다. 그녀의 빨간 립스틱이 이 부장의 흰 셔츠 위에 화려하고 강렬한 추상화를 그리기 시작했다. 노래방 천장에 달린 미러볼 조명 위의 천장이 갑자기 뻥 뚫린 것처럼 어두워지더니 갑자기 밤하늘이 보였고, 그 넓고 푸른 밤하늘은 반짝이는 별들로 가득했다. 이 부장은 여사장의 갈비뼈가 뻐근하게 눌릴 정도로 뜨겁게 그녀를 끌어안았다. 순간 기분이 너무 업 된 이 부장은 갑자기 하늘을 나는 듯한 기분을 느꼈다. 문득 저 멀리 보이는 가장 반짝이는 별 하나를 따다 그녀에게 사랑의 증표로 전해 주고 싶다는 생각이 든 이 부장은 힘껏 하늘을 향해 점프를 했다. 그 순간 '쿵!' 하는 충돌 소리와 '앗!' 하는 외마디 비명 소리에 이 부장은 달콤한 잠에서 깨어났다.

호텔의 가라오케에서 용케 살아 돌아온 이 부장은 너무 취해 옷도 벗지 못한 채 냉수를 마시고 식탁에 앉아 졸다 그만 미끄러져 식탁 아래서 잠이 들었다. 꿈에서 깨며 일어나다 그만 식탁 아랫면에 세게 머리를 부딪혔다. 머리가 너무 아팠다. 비록 꿈이었지만 그녀를 세게 끌어안고 있던 자신의 박력 있는 모습이 떠올라 너무 행복했다. 침대로 돌아가 이 부장은 다시 깊고 꿀맛 같은 토요일 오후의 낮잠을 즐겼다.

잠에서 깬 이 부장은 해장도 하고 식사를 할 겸 동네 식당 골목에 들러 순댓국을 먹었다. 밥을 먹는데 계속 어제 가라오케에서 술에 취해 먼저 잠이 든 자신의 한심한 모습이 떠올랐다. 어제 결제한 금액이 뜬 휴대폰 문자 메시지를 몇 번을 다시 보며 이러다 카드도 정지당해서 마이너스 통장 만들어야 하는 건 아닌지 걱정했다. 당분간 정신 차리고 사쿠라 가는 것도 자제하며 술도 적당히 마셔야겠다고 다짐했다. 그렇지만 혹시 다시 있을지 모를, 노래방에 가는 기회를 대비해서 여사장이 가장 좋아하는 노래 '그대 내 품에'를 연습해 보고 싶었다. 마침 식당 건물 2층에 노래방이 있었다. 토요일 저녁이라 가족 손님과 학생 손님으로 노래방은 붐볐고, 가장 큰 룸 하나만 비어 있다고 진하게 화장을 한 노래방 여사장이 풍선껌을 씹으며 말했다. 혼자 온 손님한테 그 큰 룸을 내어 주기는 좀 그렇고, 도우미를 부르고 술도 좀 팔아주면 그 방을 써도 된다고 사장이 말하자 술이 덜 깬 이 부장은 얼떨결에 알았다고 말하고 방으로 들어가 자리에 앉았다. 시키지도

않은 과일 안주와 육포 안주가 나오고 맥주 열 캔이 들어왔
다. 한 눈에도 이 부장보다 나이가 훨씬 더 들어 보여 아가씨
라고 부르기 부담스런 도우미 아줌마가 한 명 들어오고 도우
미 아가씨가 언니라고 부르는 노래방 주인도 이 부장 옆에 앉
아 맥주를 마시기 시작했다. 이 부장은 '그대 내 품에' 노래를
예약해 달라고 말하고 무대에 나가 먼저 노래를 불렀다.

> 별 헤는 밤이면 들려오는
> 그대의 음성
> 하얗게 부서지는 꽃가루 되어
> 그대 꽃 위에 앉고 싶어라

> 밤하늘 보면서 느껴보는
> 그대의 숨결
> 두둥실 떠가는 쪽배를 타고
> 그대 호수에 머물고 싶어라

고음 부분이 부담스러워 키를 낮춰 노래를 부르고 있는데
도우미 아가씨가 젊은 사람이 분위기 처지게 왜 그렇게 구슬
픈 노래를 부르냐며 갑자기 이 부장이 반의반도 아직 부르지
못한 노래를 끄더니 선곡집도 쳐다보지 않고 외워둔 노래 번

호를 리모컨 버튼으로 계속해서 누르더니 심수봉의 '남자는 배 여자는 항구', 김수희의 '남행열차' 같은 노래를 여러 곡 예약하고 탬버린과 엉덩이를 열심히 흔들며 그 메들리 같은 노래를 연속해서 부르기 시작했다. 도우미 아가씨의 노래가 끝나자 노래방 사장이 이 부장의 어머니가 좋아하는 윤시내의 '열애', 김세희의 '나비 소녀' 같은 7080 노래들을 번갈아 불렀다. 돈까스, 탕수육 등 배달 안주가 추가로 들어오고 계속되는 도우미 아가씨와 여사장의 건배 제안에 이 부장은 어제 마신 술의 취기까지 함께 올라오며 꾸벅꾸벅 졸기 시작했다. 술에 취한 나이 든 도우미 아가씨와 노래방 사장님의 흥에 겨운 노랫소리는 밤이 깊도록 끝날 줄 모르고 계속 흘러나왔다.

호텔 가라오케 사건 이후, 여사장 얼굴 보기도 쑥스럽고 가라오케와 동네 노래방에서 몇 달 치 카드값에 해당하는 큰돈을 이틀 새 써버려 카드 결제 대금이 걱정된 이 부장은 한동안 사쿠라에 들르지 않았다. 그래도 가끔 회사 근처에서 동료들과 술을 마시다 취하면, 마치 이 부장의 구두 굽에 목적지가 사쿠라로 입력되어 있는 내비게이션이 장착되어 있는지 자기도 모르게 발길이 사쿠라 앞으로 향한 적이 몇 번 있었다. 그래도 처음 몇 번은 가게 앞까지 가서도 굳은 의지로 여사장의 눈에 띄지 않고 용케 되돌아서곤 했다. 그럴 때마다 김유신이 어느 기생에 빠져 술집을 자주 드나들다 어머니한테 꾸중을 듣고 마음을 고쳐먹었는데, 어느 날 습관처럼 김유신 장군을 태운 말이 그 술집 앞에 멈춰 서자 김유신이 크게 노하여 그 말의 목을 칼로 베었다는 일화가 생각나서 자신의 발을 망치로 내려치고 싶다는 생각이 들기도 했다. 그리고 자신에게 그런 꾸지람을 해줄 어머니나 형이 가까이 없다는 사실도 마음에 걸렸다.

그러나 굳은 결심은 오래가지 못했다. 굳은 결심도 술에 취하면 술을 이기지 못했다.

고객사에 중요한 행사가 있어 모처럼 가장 아끼는 A급 정장과 셔츠, 명품 타이를 메고 출근한 날. 이 부장은 행사 후 고객과의 거나한 술자리가 끝나고 집으로 가는 길에 거리의 상점 윈도우에 비친 평소와 다른 자신의 모습에 혹시라도 사쿠라 여사장과 미화가 심장 폭격당할지도 모른다고 생각해 이 멋진 모습을 얼른 두 사람에게 보여주고 싶은 마음에 설레는 마음을 가득 안고 서둘러 사쿠라로 향했다. 며칠 동안 이 부장의 마음 속 의사결정을 전담하는 신경 물질 곳곳에 김유신 장군의 일화 같은 부비트랩을 두루두루 심어두었지만, 사쿠라 여사장을 봐야 한다는 강렬한 유혹은 그 모든 억제 장치를 다 무력화시키고 결국 이 부장을 천국이자 지옥 같은 사쿠라의 끈적거리는 거대한 입 속으로 발을 들여놓게 했다.

사쿠라를 알기 전, 이 부장은 외모에 그렇게 신경을 쓰지 않았다. 여사장에게 첫눈에 반하고 나서야 가끔 서점에 들러 남성잡지를 펼쳐 여성의 호감을 얻는 방법이나 패션 센스에 대한 내용을 읽었고 좋은 정장에 관심도 생겼다. 그리고 백화점에 들러 명품 넥타이도 몇 개 사고 평소 뿌리지 않는 향수도 아낌없이 뿌렸다. 백 팩 대신 고급 가죽으로 된 서류 가방을 들고 다니기 시작했고, 이발도 7천 원짜리 프랜차이즈 이발소가 아닌 연예인들이 자주 온다는 청담동 고급 미용실에 가서 했다. 외모만 놓고 보면 거의 환골탈태 급의 변화였다.

다찌 자리에 앉아 이 부장은 여사장의 시선을 끌기 위해 괜히 헛기침을 여러 번 하며 메뉴판을 들여다보고 있었다. 오랜만에 보는 이 부장이 반가운지 미화는 웃으며 밝게 인사하면서도 검붉게 변한 이 부장의 얼굴을 살피더니 "술 많이 드신 것 같은데 시원한 물 한 잔 드시고 오늘은 일찍 들어가세요."라고 말했다. 요새 카드값 때문에 평소와 다르게 긴축 생활을 하며 겪었던 자격지심 때문인지, 아니면 고급 정장에 어울리는 고급술을 마셔야겠다는 허세 때문이었는지 그 말에 순간 감정이 욱해져 이 부장은 메뉴판에서 가장 비싼 사케 한 병과 가장 비싼 안주를 시키며 미화에게 말했다.

"미화, 내가 요새 돈 버느라 너무 바빠서 자주 못 왔어. 미안해. 돈이 많으면 뭐해. 돈 쓸 시간이 없는데. 나 보고 싶어서 많이 힘들었던 건 아니지?"

미화는 오랜만에 듣는 이 부장의 허풍에 예의상 살짝 웃어주었다. 여사장은 잠시 자리를 비웠는지 보이지 않았다. 여사장이 나타나길 기대하며 설레는 마음으로 이 부장은 혹시나 안주 소스가 셔츠나 타이에 튈까 봐 조심조심 안주를 먹으며 처음 먹어보는 최고급 정종의 은은하고 고소한 맛을 음미했다. 오늘은 여사장을 봐도 먼저 인사하지 않고 여사장이 자기한테 다가와 아는 척할 때까지 아무 말 없이 생각에 잠긴 듯 자리에 앉아 있을 생각이었다.

창 밖을 보니 갑자기 비가 내리기 시작했다. 우산도 안 챙겨왔는데 이따 집에 갈 때 고급 양복이 젖을까 걱정하면서도 이 부장은 계속해서 원샷을 했다. 갑자기 문이 열리며 여사장이 우산을 접으며 들어왔다. 비에 머리와 블라우스가 젖은 여사장의 모습은 마치 이 부장을 기다리며 방금 샤워를 마치고 나온 듯 요염하고 섹시해 보였다. 이 부장은 여사장을 보자마자 반갑게 인사를 건넸다.

"사장님, 오늘따라 왜 이렇게 예쁜 거예요? 요새 무슨 약 먹어요? 예뻐지는 약 같은 거요. 어제 한 이십 알 먹고 잔 거는 아니죠?"

"호호호 오랜만이에요. 이 부장님. 그런 예뻐지는 약이 있다면 제가 꼭 먹어야겠는데요."

여사장은 빈말이라도 예쁘다는 말은 싫지 않은지 살짝 웃었다.

"아니 나도 어제 예뻐지는 약 먹고 잤는데 왜 나한테는 그런 말 안 해요?"

옆에 있던 미화가 심술 난 표정을 지으며 말했다.

"아 그래? 미안해. 미화. 예뻐지는 약도 가끔은 부작용이 있다고 하던데."

"뭐라고요? 이 아저씨가."

"농담이지. 미화. 내가 여기 사쿠라에 누구 때문에 오겠어? 미화 때문이지."

이 부장의 농담에 삐친 미화는 담배를 피우러 밖으로 나갔다. 미화를 보러 사쿠라에 온다는 이 부장의 말에 괜히 무안해진 여사장은 시선을 돌리더니 은행 지점장 일행이 있는 테이블로 걸어가서 반갑게 웃으며 대화를 나눴다. 갑자기 취기가 오른 이 부장은 정신이 몽롱해지며 바로 앞 진열대의 술병들이 빙글빙글 회전하는 것 같은 어지러움을 느끼다 잠이 들고 말았다.

"손님 일어나시죠. 이제 그만 가셔야죠"

굵은 저음의 억센 경상도 사투리에 놀라 잠에서 깨었을 때, 이 부장은 홀 바닥에 대자로 뻗어 있었다. 주방 알바생의 말에 따르면 지점장과 수다 삼매경에 빠진 여사장을 기다리며 정종 한 병을 다 마신 이 부장은 너무 취해 잠이 들어 다찌에서 졸다 미끄러져 바닥으로 떨어졌는데 미화와 여사장이 다가와 아무리 흔들어 깨워도 일어나지를 않자 여사장이 자기에게 잘 보내드리라고 말하고 먼저 퇴근했다고 했다. 비까지 내려 홀 바닥이 빗물과 흙으로 지저분해진 상태여서, 이 부장의 양복은 물에 젖고 흙이 묻어 더러워져 있었다. 이 부장은 창피해서 도망치듯 사쿠라를 빠져나왔다.

호텔 가라오케 사건에 더해 지난번 술에 취해 사쿠라 홀 바닥에서 잠들었던 사건 때문에 이 부장은 또 한동안 사장님과 미화 얼굴 보기가 민망해서 사쿠라를 가지 않았다. 이번엔 꽤 오랫동안 발길을 끊을 수 있을 것 같았다. 하지만 세월이 약이라고 시간이 흐르며 창피한 기억도 서서히 흐려지던 어느 날, 사무실에 출근한 이 부장의 자리에 여직원들이 가져다 놓은 사탕 몇 개가 있었다. 그러고 보니 여성이 남성에게 사탕을 선물한다는 화이트데이였다. 문득 여사장이 자기를 위해 예쁜 사탕을 준비해 놓고 사쿠라에서 자기가 언제 오나 눈이 빠지게 기다리고 있을 것 같다는 생각이 들었다. 이 부장이 자주 앉는 사쿠라 다찌 바 자리 테이블 위에 예쁘게 포장된 사탕이 카드와 함께 어서 오라 손짓하며 자기를 기다리고 있는 것 같은 환영이 눈에 아른거렸다.

　이직하는 친한 동료 환송회에서 아쉬움에 소맥 여러 잔을 마시고 취해 버린 이 부장은 화장실을 다녀오겠다고 나와 무의식중에 걷고 또 걸어 어느새 사쿠라 다찌 바에 앉아 있었다. 여사장은 보이지 않았다. 가게 안에 혹시 예쁜 포장지에 싸인 사탕은 없나 여기저기 둘러보았지만 없었다.

　지난번 잘 들어가셨냐고 걱정스런 눈길로 인사하며, 다음부터는 너무 과음하시지 말라며 미화가 말했다. 이 부장은 쑥스러운 웃음을 지으며 다음부터는 조심하겠다고 말하곤 생맥주를 시켜 천천히 마셨다. 손님이 많지 않아 미화는 오픈 주방 안에 앉아서 고개를 숙이고 무언가를 집어 먹고 있었다. 기린처럼 고개를 쭉 빼 들고 바라보니 예쁜 도시락에 든 김밥과 아주 작게 썬 샌드위치를 한 손으로 집어 먹으며 누군가와 메시지를 주고받고 있었다.

"그거 뭐야? 저녁 먹는 거야? 어디서 사 온 거 같진 않은데. 미화가 만들어 온 거야? 미화한테 이런 면도 있었어? 와 맛있겠다!"

"아뇨. 사장님이 가져다주신 거에요."

"사장님은 어디 가셨는데?"

"근처에서 저녁 약속 있으시대요. 끝나고 오신다고 했어요."

"아 그래? 맛있겠다. 나 김밥 한 개만 먹어봐도 돼?"

"한 개 주면 정 없으니까 두 개 드세요."

미화가 이쑤시개로 김밥 두 개를 작은 접시에 담아 이 부장에게 건넸다.

"고마워! 와 진짜 맛있다."

김밥을 맛본 이 부장은 엄지를 들어 보이며 미화에게 말했다.

"사장님이 미화한테 잘해주시는구나. 알바생 먹으라고 이렇게 도시락 챙겨주는 사장님이 어디 있어?"

우걱우걱 김밥을 씹으며 이 부장이 말했다.

"네, 가끔 이렇게 김밥이나 샌드위치 만들어서 가져다주세요. 음식 솜씨는 좋은 것 같아요."

"김밥을 얻어먹었으니 나도 미화에게 보답으로 맛있는 거 사주고 싶은데… 미화 이번 주말에 뭐해?"

"바빠요. 주말엔 문센 가서 수채화 배워요."

"아~ 문센. 아문센 말하는 거야? 탐험가? 아니. 그 사람은 아닐 테고. 문센이 뭐야?"

"어머, 문센도 몰라요? 역시 아재 맞네. 문화센터를 문센이라 줄여 말합니다, 아재님."

"문화센터를 문센이라고 한다고? 그걸 어떻게 알아들어? 그래. 그림 그리는 여자 왠지 멋져 보이니까 수업 빠지지 말고 잘 배워. 나중에 그림도 보여주고. 그리고 나 산토키 곱빼기로 한 잔 부탁해."

"네? 산토키가 뭐예요?"

"나도 미화식으로 줄여서 한 번 말해본 건데 모르겠어?"

"네. 산토끼 말하는 거예요?"

"아니 산토리 위스키 투 샷 달라는 뜻이었어."

"아! 네, 네. 못 알아들어서 죄송합니다. 고객님. 잠시만 기다려 주세요."

미화는 진열장에서 위스키병을 꺼내어 계량컵에 위스키를

눈금에 맞춰 두 번 따른 후 유리잔에 부어 건네주었다.

"미화 주말에 배고프거나 심심하면 연락해. 오라버니가 맛있는 거 사줄 테니까."

미화는 "네." 하고 시큰둥한 표정을 지으며 영혼 없는 목소리로 대답하곤 말없이 휴대폰으로 누군가와 메시지를 주고받으며 김밥을 먹었다. 그런 미화의 모습을 보고 있자니 이 부장은 미화도 그렇고 여사장도 그렇고 둘의 사이가 조금 이상하다는 생각이 문득 들었다. 여사장이 늦게 나와서 미화 혼자 있을 때 여사장에 대해 물으면, 가끔 미화는 짜증스런 말투로 여사장이 명품을 좋아하고 사치가 심하고 늘 병을 안고 산다는 둥 험담조로 이야기를 할 때가 있었다. 꼭 남자들은 저런 부류의 여자들은 걸러야 한다고 말해주고 싶어 하는 것 같았다. 그렇지만 여사장이 출근하고 홀에 손님이 별로 없어 한가한 시간에는 둘이 주방에 들어가서 맛있는 걸 같이 만들어 먹기도 하고 항상 웃고 떠들며 사이좋게 지내는 것 같았다. 그리고 지난번 미화가 아파서 못 나온 날 오 과장과 함께 들렀을 때, 오 과장이 담배 피우러 나간 사이 여사장에게 우리 돈 잘 버는 총각 오 과장하고 미화 연결시켜주면 어떻겠냐고 넌지시 물어본 적이 있었는데 그때 여사장의 대답도 좀 의외였다.

"알바생이라고 너무 쉽게 생각하지 마세요. 미화네가 엄청

부자예요. 고향 가면 그 지역 유지예요. 이모부가 서울에서 큰 사업을 하시는데 곧 거기 들어가서 일할 것 같아요. 아무래도 미화 사귀려면 재산이 좀 있어야 할 거예요. 안 그러면 그 집 어른들이 상대도 안 해줄 거에요. 오 과장님 모아 놓은 재산 많아요?"

미화를 감히 넘보지도 말라는 선전포고처럼 들렸다. 이 부장은 그렇게 부자인데 여기 매일 나와 밤 늦은 시간까지 아르바이트를 하고 있다는 게 선뜻 이해되지 않았다.

여사장의 말에 이 부장은 진지한 표정으로 여사장을 바라보며 오 과장에 대해 얘기했다.

"아니, 사장님이 우리 오 과장에 대해서 잘 모르는구나. 저희가 여기 와서 매번 싼 술만 마시고 비싼 안주 시키지도 않지만 이래 봬도 아주 큰 미국 회사 다니고 있잖아요. 미국 사람들도 우리 회사 이름 얘기하면 다 알아요. 우리 오 과장 연봉이 얼마나 되는 줄 아세요? 그리고 얼마나 돈이 많은 사람인데요. 제가 오 과장 이름 얘기한 적 없어요?"

"이름이 뭔데요?"

"오 과장 이름이 경원이에요. 오경원. 오백억, 오천억, 아니 오조 원보다 더 큰 오경원이라고요. 머리도 똑똑하고 성실하고 인물도 좋고 미래가 창창한 친구라 나중에 사업하면 오경원만큼 큰 돈 벌 친구라고요."

"안 그렇게 생기셨는데 이 부장님 허풍도 부리시네요. 허풍 특집으로 생활의 달인에 출연하셔서도 될 것 같아요."

웃으며 여사장이 말했다.

가끔 손님들이 미화에게 술 한 잔 받으라고 말을 걸거나 조금이라도 추근대거나 하면 여사장은 정색을 하며 여기 그런 곳 아니라고 차갑게 말하며 계속 그러실 거면 당장 나가시고 다음부터 여기 오시지 말라고 말하며 화를 내기도 했다.

오 과장은 첫눈에 호감을 느꼈던 미화에게 잘 보이려고 가끔 저녁 식사도 거른 채 가게에 와서 미화가 싫다고 말려도 청소하는 걸 도와주기도 했다. 키가 닿지 않아 청소하기 힘든 천장 에어컨도 오 과장이 신발 벗고 의자에 올라가 몇 번 닦아준 적도 있다고 했다. 그렇게 미화의 환심을 사려고 노력했지만, 미화는 맘을 열지 않았고, 직설적인 성격이라 싫어도 좋은 척할 줄 몰라서 오 과장이 가끔 상처받기도 했다. 그렇게 오 과장은 열리지 않는 미화의 마음에 지쳐갔고 더 이상 예전처럼 사쿠라에 자주 오려 하지 않았다.

미화가 도시락을 먹는 사이 그렇게 멍하니 여사장과 미화, 그리고 오 과장에 대한 생각을 하고 있는데 갑자기 가게 문이 열리더니 조금 나이 들어 보이는 여사장 또래의 멋진 여성이 들어와 이 부장 바로 옆 다찌 자리에 앉아 따뜻한 정종 한 잔을 주문해 마시기 시작했다. 짧은 머리 헤어 스타일에 보이시한 매력이 넘치는 외모였다. 고급 향수를 진하게 뿌리고 와서인지 그녀가 들어오자마자 금세 어묵탕 냄새나 튀김 기름 냄새 대신 가게 안은 그녀의 몸에서 피어나는 달콤한 장미꽃 향기로 가득 채워졌다. 이미 어디서 술을 많이 마시고 온 듯 숨을 내쉴 때마다 그녀 입에선 알코올 냄새가 진하게 흘러나왔다.

"많이 취하신 것 같은데 천천히 드세요. 그러다 취하시겠어요."

낯선 여인이 혹시 만취할까 걱정되기도 하고, 은근히 자연스런 합석을 기대하며 이 부장은 술김에 그녀에게 말을 걸었다.

그 말을 옆에서 듣고 있던 미화가 이 부장을 보며 소리 없이 웃었다.

"네."

그 여인은 잠깐 고개를 돌려 묘하고도 알 수 없는 슬픈 표정의 얼굴로 짧게 대답을 하고는 잠시 말없이 흘러나오는 사랑 노래를 감상하듯 눈물을 글썽이다 갑자기 두 손으로 양 볼을 괴고 졸기 시작했다. 잠깐이었지만 마주친 그녀의 끈적

거리는 깊고 강렬한 눈빛에 이 부장은 마음이 끌렸지만, 왠지 과묵해 보이고 느린 말투와 강해 보이는 그녀의 인상 때문에 쉽게 다가가기 어려운 타입의 여성이란 생각이 들었다. 첫사랑이 그리워 슬픔에 잠겨 있는 것 같았다.

그때 갑자기 가게 문이 열리더니 여사장이 들어왔다.

"많이 기다렸어?"

취한 여자 손님은 여사장의 친구 같았다. 담배를 피러 나간 그 여인과 여사장은 다정한 말투로, 가끔은 서로 언성을 높이며 대화를 나눴다. 여자 손님이 들어오자마자 여사장은 걱정되는 시선으로 여자 손님을 잠깐 바라보다 여자 손님의 외투와 가방을 챙기고 부축해서 데리고 나가 가게 앞에서 택시를 잡아 태워 보냈다.

⚬⚭⚬

며칠 후 회사 근처에 있는 고객사 미팅을 끝마친 오후 5시경. 이 부장은 좀 더 빠른 대로변 길 대신 사쿠라가 있는 안쪽 골목길을 따라 회사로 돌아가고 있었다. 가게 앞을 지나며 혹시라도 일찍 나와서 오픈 준비를 하는 미화가 보이면 인사라도 하고 커피라도 한 잔 사다 줄 생각이었다. 주방 알바는 보통 미화보다 늦게 나왔다. 그렇게 들여다본 가게 안에는 미화 대신 여사장이 청소를 하고 있었다. 오늘 미화에게 사정이 생겨 여사장이 가게에 일찍 나온 듯했다. 너무 반가운 나머지 이 부장은 커피숍에 들르는 대신 바로 문을 활짝 열고 들어와 여사장에게 인사를 했다.

"안녕하세요? 오늘은 웬일로 이렇게 일찍 나오셨어요? 미화 씨한테 무슨 일이 있나 봐요?"

"네. 고향에서 친구가 올라왔는데 버스 터미널까지 배웅해 주고 저녁에 온다고 했어요."

"그래요? 혼자 청소하시려면 힘들 텐데 제가 좀 도와드릴까요?"

여사장의 대답을 기다리지 않고 이 부장은 양복 웃옷을 벗어 던지고 넥타이까지 푼 뒤 일을 돕기 시작했다. 괜찮다는 여사장의 만류에도 이 부장은 물티슈를 몇 장 뽑아 홀 중앙 천장에 있는 에어컨 송풍구 부위의 먼지를 깨끗이 닦고 필터를 분리해서 밖으로 가져 나가 바닥에 몇 번 세게 내려쳐 묵은 먼지들을 말끔하게 털어냈다.

"여기 에어컨이 높이 달려 있어서 청소하기 쉽지 않을 텐데 제가 가끔 이렇게 청소해드릴게요. 여기 필터 청소도 가끔 해주시고 나중에 칫솔 같은 걸로 더 꼼꼼히 닦아 주면 좋아요. 송풍구 쪽 덮개도 먼지 쌓이면 보기 안 좋으니까 자주 닦아 주세요. 여기 먼지 껴서 더러우면 손님들이 가게 청소 제대로 안 한다고 생각하니까요."

"안 그러서도 되는데…. 하여튼 감사해요."

여사장은 싫지 않은 표정을 지으며 이 부장이 에어컨 청소하는 과정을 옆에서 꼼꼼히 지켜보았다.

"그리고 여기도 와서 좀 봐주세요."

이 부장은 생맥주 냉각기 뒤 그릴의 먼지를 물티슈로 꼼꼼히 닦아 냈다.

"여기도 먼지가 많이 끼면 열기가 안 빠져 과열돼서 냉각기 성능이 안 좋아질 수 있으니까 가끔 청소해 주세요. 생맥주 관은 매일 깨끗한 물을 케그에 담아 연결해서 관 청소해 주는 건 잘 알고 계시죠? 안 그러면 맥주 맛이 달라질 수 있어요. 귀찮아도 꼭 하셔야 돼요. 그리고 이런 곳. 열기 많이 나는 곳에 먼지나 음식물 부스러기도 잘 치우셔야 돼요. 안 그러면 습하고 따뜻하고 먹이 많은 곳을 벌레들이 좋아해서 이 근처에 알을 깔 수도 있어요."

"아니, 어떻게 그런 걸 다 아세요?"

여사장이 신기하다는 듯 이 부장을 쳐다보며 말했다

"친한 동생이 호프집을 해서 잘 알아요."

한 시간 넘게 땀을 흘리며 이 부장은 에어컨 청소, 가게 밖

벽면에 걸린 실외기 그릴 먼지까지 빗자루로 털어주고 여사
장과 미화의 손이 닿지 않을 것 같은 가게 벽면 윗부분을 물
걸레로 닦아 주었다.

"그리고 여기 전구들 나가면 얘기해 줘요. 제가 와서 갈아
줄게요."

"네. 전구는 우리 주방 직원에게 부탁하면 될 것 같아요."

"그래요. 다른 거 뭐 아무거라도 제가 도와줄 일 있으면 언
제든 연락주세요."

이 부장은 슬쩍 여사장의 휴대폰 번호를 받아낼 생각으로
먼저 자기 명함을 건넸다.

"진작에 명함 드렸어야 했는데 지금 드리네요. 사장님은 명
함 없어요?"

"여기 가게 명함 있는데."

여사장은 가게 전화번호와 약도가 나와 있는 명함을 이 부
장에게 건넸다.

"아니 이거 말고 사장님 휴대폰 번호 있는 명함은 없어요?"

"네. 가게 명함에는 가게 전화번호만 있어요. 개인 명함은
따로 없어요. 가게로 전화하실 일 있으면 이 가게 전화로 연
락 주세요."

이 부장은 휴대폰 번호는 다음에 받아야겠다고 생각했다.

"출출한데 근처 식당에 가서 같이 저녁이나 먹을까요?"

"아니요. 오늘 미화가 늦게 와서 주방 직원 오기 전까지 할 일이 많을 것 같아요. 조금 이따가 식재료 배달하시는 아저씨도 오실 시간이 돼서요."

"그럼 여기서 뭐라도 만들어 먹을까요?"

"먹을 게 라면 밖에 없는데…. 라면 먹을래요?"

갑자기 영화 속 유명한 대사가 생각이 난 이 부장은 살짝 미소를 지으며 웃었다.

"왜 웃어요?"

"그 영화 안 봤어요? 이영애하고 유지태 나오는 영화요. 제목이 '봄날은 간다'였던가?"

"아니요."

이 부장은 씨익 소리 없이 웃으며 여사장의 눈을 바라보았다.

"그런데 왜 웃어요?"

"아니요. 사장님이 저한테 '라면 먹고 갈래?'라고 하셔서 갑자기 그 영화 속 장면이 떠올랐거든요. 잠깐 설레고 심쿵했어요. 나중에 그 영화 보시면 알 거에요."

"네? 전 무슨 말인지 잘…."

"라면이요? 라면 좋죠. 그런데 그냥 라면 말고 짜장 라면 같은 건 혹시 없어요?"

"짜파게티요?"

"네. 제가 매운 라면은 못 먹어서요. 지난번 주방에서 미화가 신라면 끓여 먹을 때 재채기가 계속 나와서 혼났어요. 밖에 잠깐 나가 있다 왔죠. 매운 냄새 맡으면 재채기에 콧물까지 나와서요."

"그래요? 가게에 신라면밖에 없는데…. 그럼 잠깐만 기다려요. 제가 사 올게요."

여사장은 근처 편의점에 가서 짜파게티 두 개를 사와 금방 주방에서 끓여 예쁜 그림이 그려진 일본 그릇에 담아 들고 나왔다. 이 부장 그릇 속 면이 여사장 것의 두 배는 되어 보였다. 너무 맛있어 이 부장은 입에 짜장 소스를 묻혀가며 금세 그릇을 다 비웠다.

"와! 누가 끓여주는 라면 정말 오랜만에 먹어봐요. 너무 맛있었어요."

천천히 젓가락으로 몇 가닥씩 깨작깨작 면을 먹고 있던 여사장은 자기 그릇에 남은 면을 젓가락으로 크게 떠서 전부 이 부장에게 건네줬다.

"이것도 마저 드세요. 저는 벌써 배가 부른걸요."

이 부장은 사양할까 생각하다 여사장이 젓가락으로 집어 먹던 면을 맛본다는 묘한 기분에 사양 않고 건네받은 면까지 맛있게 다 먹었다. 한 시간 넘게 열심히 가게 일을 도와줘서 그런지 평소 무표정하고 가끔은 조금 쌀쌀맞은 태도로 자신을 대하던 여사장이 짜장 라면을 먹는 동안은 아주 친근하고 편안하게 느껴졌다. 드라마 속 썸을 타기 시작하는 주인공 연인들처럼 여사장이 자기를 챙겨주는 것 같은 마음이 들어 기쁘고 설레는 마음에 회사로 돌아가는 발걸음이 가벼웠다.

　회사로 돌아가는 길에 횡단보도 앞 보도블록 사이로 토끼풀들이 예쁘게 새싹을 내밀고 있었다. 이 부장은 아주 작은 손을 흔들고 있는 토끼풀 이파리를 하나 땄다. 초여름이 되어 순수하고 하얀 토끼풀 꽃이 피면 그걸 따서 예쁜 토끼풀 꽃반지를 만들어 여사장에게 선물해야겠다고 생각했다. 그때까지 더 정성을 들여 노력해서 여사장의 마음을 얻어야겠다고 다짐하며, 이 부장은 그런 사랑의 행운을 가져다줄 네 잎 클로버가 혹시 없는지 고개를 숙여 토끼풀을 바라보았다. 네 잎 클로버의 꽃말이 행운이란 건 다 알아도, 세 잎 클로버의 꽃말이 행복을 뜻하는지 모르는 사람이 많을 것 같았다. 어쩌면 행운보다 행복이 더 소중한 것일 텐데. 이 부장은 여사장을 알게 되어 요새 행복을 느끼는 자신을 생각하며 여사장을 알게 된 건 행운이요 행복이라고 생각했다. 그런 생각을 하니 세 잎 클로버든 네 잎 클로버든 모두 소중하고 감사하게 느껴졌다. 이 부장은 차들이 쌩쌩 무서운 속도로 달리는 차도 앞에 어떻게 이렇게 예쁜 토끼풀들이 자라났을까 생각하다 문득 그런 생각이 들었다. 이곳에 아스팔트가 깔리고 보도블록이 덮이기 전, 이 들판에는 해마다 봄이 오면 토끼풀과 쑥, 돌나물, 머위들이 지천으로 피어나서 아주머니들이 바구니를 끼고 쑥과 나물을 뜯어다 쑥떡, 쑥 부침개나 돌나물 무침을 만들어 먹었던 시절이 있었겠구나 하는 생각을. 토끼풀이 보도블록 작은 틈 사이로 새롭게 피어난 게 아니라, 원래 이곳이 그런 풀들이 무성하게 피어나던 넓은 들판이었는데 아스팔트와 보도블록이 그 들판을 가리고 있는 것뿐이라는 생각을. 그런 생각을 하니 오래전 이곳에서 나물 뜯던 아주머니, 할머니들의 웃음소리가 들리는 것 같기도 했다. 여사장을 알고 나서 자기답지 않다고 생각되는 낯선 감정이나 깊은 고민에 휩싸일 때가 많았던 이 부장은 그런 감정들이 어울리지 않는 곳에 피어난 토끼풀처럼 갑자기 생겨난 것이 아니라 그간 살아오며 이 부장 맘 속에 늘 자리 잡고 있던, 그렇지만 애써 잊고 억누르며 살았던 오래된 감정들일 수 있겠구나 하는 생각을 했다.

며칠 동안 이 부장은 여사장이 끓여 준 짜장 라면의 달콤한 환상에서 깨어나지 못하고 있었다. 점심 때 직원들이 짜장면 먹으러 가자고 하면 다른 거 먹으러 가자고 우기며 메뉴를 바꾸곤 했다. 당분간은 여사장과 함께 짜장 라면을 나눠 먹던 그 행복한 기억과 그 맛을 조금이라도 잃지 않기 위해 중국집에 가지 않을 생각이었다. 오늘도 동료와 근처 국밥집에서 순댓국을 먹고 회사 앞에서 대화를 나누고 있는데, 식사를 마치고 돌아오던 오 과장이 이 부장을 발견하곤 무슨 큰일이라도 난 것처럼 헐레벌떡 달려와서 말했다.

"이 부장님! 있잖아요. 거기 사쿠라 사장님 말이에요. 그 사장님이 글쎄…."

"왜 이리 호들갑이야? 무슨 일인데?"

"사쿠라 여사장이요. 거기 가끔 오는 그 키 크고 멋있게 생긴 은발의 그 지점장하고 그렇고 그런 사이래요. 같이 살고 있을지도 모른대요."

"뭐야? 누가 그러는데?"

믿고 싶지 않은 여사장의 소문에, 이제 서로 썸 좀 타기 시작하는 건 아닌가 하고 조금 전까지 형언할 수 없는 행복감에 젖어 있던 이 부장은 짜증 섞인 큰소리로 오 과장에게 화를 내며 말했다.

"기술부서 애들이 어제 사쿠라 갔는데 옆 테이블 아저씨들이 얘기하는 걸 들었대요. 그 테이블 아저씨가, 여사장하고 그 지점장하고 밤에 커피숍에서 나오는 걸 봤대요."

"아니 호텔도 아니고 커피 정도는 같이 마실 수도 있는 거지 뭐…."

"그래서 그 손님들이 미화한테 사장님 요새 누구 만나시는 분 있냐고 물었는데, 글쎄 미화가 '아니요'도 아니고 '몰라요'도 아니고 그냥 아무 말도 안 했대요. 좀 이상하지 않아요?"

"미화가 잘 몰라서 대답 안 했을 수도 있지."

"아니 그건 그냥 그렇다고 인정하는 거죠. 아니라면 아니라고 했거나 모른다고 했어야죠."

"오 과장, 미안한데 그런 얘기는 앞으로 굳이 나한테 얘기하지 않아도 돼. 그 손님이 잘못 본 걸 수도 있잖아. 세상에 비슷하게 생긴 사람들이 어디 한둘이야?"

이 부장은 갑자기 화를 내며 돌아서 사무실로 올라갔다.

오후 내내 사무실에서 보고자료를 만들던 이 부장은 아까 오 과장이 한 말이 계속 머리에 떠올라 일도 손에 잡히지 않았다. 아까 오 과장에게 버럭 화를 낸 게 미안해서 퇴근 시간도 되기 전에 오 과장에게 술 한잔하자고 문자를 보냈다. 이 부장의 발길은 자연스럽게 사쿠라 쪽으로 향했다. 사쿠라에 거의 다다랐을 무렵 오 과장은 갑자기 사쿠라 근처에 있는 순댓국집 앞에서 발길을 멈췄다.

"부장님 오늘 순댓국하고 순대곱창볶음에 소주 한잔하시죠."

이 부장은 이미 사쿠라 가게 문 손잡이를 잡고 서 있었다.

"왜? 여기까지 왔는데 그냥 사쿠라 가지. 게다가 나 점심에 순댓국 먹었는데."

"사쿠라 가면 돈이 너무 많이 들어요. 여기 국밥집에서 먹는 거보다 서너 배 나오잖아요."

오 과장은 얼마 전에도 동료들하고 와서 자기가 결제했는데, 이번 달 카드 값이 너무 나올 것 같아 걱정이라고 하며 그냥 국밥집에 들어가자고 했다.

"그냥 여기 가서 순댓국 국물에 소주 한잔해요. 여기선 둘이서 3만 원이면 떡을 치는데 사쿠라는 안주 두 개만 시켜도 십만 원 돈 나오잖아요. 사쿠라에서도 소주 마시고 싶은데 부장님이 맨날 비싼 정종 시키니까 그렇죠. 아니 다른 데선 정종 드시지도 않으면서 왜 맨날 사쿠라에선 정종 시키는데요? 그리고 사쿠라 가자고 하셨으면 좀 사주셔야지, 번갈아 내는 것도 부담스러워요."

"야, 그걸 몰라서 물어? 그리고 떡을 친다 그런 말 좀 하지 마. 다른 데선 괜찮은데 사쿠라 안에서 여사장 있을 땐 말 좀 점잖게 가려서 하라고. 그런 저속한 말 쓰면 옆에 있는 나도 도매금으로 이상한 사람으로 여사장이 볼 거 아냐."

"거 참. 여사장 엄청 신경 쓰시네요. 저는 미화 단념했어
요. 그래서인지 더는 사쿠라 가고 싶지 않아요. 그 노래방 내
기는 없던 걸로 해요."

"그래. 오늘은 그냥 사쿠라 가서 정종 한 병만 마시자고.
아까 일도 있고 하니 오늘 술은 내가 살게. 오늘 오 과장 먹
고 싶은 안주 다 시켜."

오 과장은 아무리 찍어도 넘어오지 않는 미화를 이젠 포기
한 것 같았다. 이 부장이 술값을 낸다는 말에 오 과장은 어
차피 지난번 자기가 냈으니 오늘은 부장님이 계산할 순서라
고 구시렁거리며 마지못해 끌려가는 척 사쿠라 안으로 들어
갔다.

평소 시키지 않던 비싼 안주가 세 개나 한꺼번에 나왔다.
술을 따라 주는 이 부장에게 오 과장이 작심한 듯 말했다.

"부장님. 요새 여기 사장님한테 빠져서 너무 흥청망청 돈
쓰고 업무도 소홀히 하는 것 같아요. 과장 조금 보태서 완
전 넋 나간 사람 같아요. 요샌 블루클럽에서 이발 안 하고 젊
은 직원들하고 청담동 고급 미용실 가신다면서요? 구두도 최
근에 새 거 몇 개 사고, 안 뿌리던 향수도 뿌리고, 셔츠와 넥
타이도 못 보던 명품들만 보이고. 너무 펑펑 돈 쓰는 거 아녜

요? 돈 모아서 지금 10년 넘게 타고 다니는 차 팔고 빤스 사서 가끔 나 집까지 태워주신다고 했잖아요. 이러다 새 차는 고사하고 지금 타고 다니는 똥차 팔아서 카드값 내셔야 되는 건 아네요?"

"오 과장 걱정 마. 오 과장 안 볼 때 열심히 일하고 있으니까. 그리고 내가 달러 빚을 내서라도, 아니 72개월 할부로라도 벤츠 사서 오 과장 태워 줄게. 아니 오 과장한테 여자친구 생겨서 데이트한다고 하면 차도 언제든지 빌려줄게. 그리고 또 빤스는 뭐야? 내가 빤스 빤스 한다고 오 과장도 빤스라고 하면 어떡해? 미안해. 나부터 말을 좀 품위 있게 해야 되는 건데. 다 내 잘못이야."

이 부장이 변명하듯 말했다.

"그리고 일도 그래요. 실적 마감도 얼마 안 남았는데 실적 초과 달성해서 내년에는 승진해야 할 것 아니에요? 이러다가 승진은 고사하고 회사에서 잘리면 어떡해요? 술 마실 때마다 올해는 최고 실적 달성해서 상무 승진하고 또 곧 전무 승진해서 저 끌어주신다고 하더니, 이래서야 제때 승진이나 할 수 있겠어요? 정말 요샌 제가 줄을 잘 서고 있는 건가 하는 그런 걱정도 들어요."

"그래. 나도 잘 알아. 내가 오 과장 맘 왜 모르겠어. 나 생각해서 오 과장 이런 말 해주는 거 다 고맙게 생각해. 그런데 정말 그런 걱정 안 해도 돼. 지금 처음이라 그런 거고 좀 지나고 적응되면 말이야. 아니 내 말은 잠깐 좀 이러다가 언제 그랬냐는 듯 다시 옛날의 나로 돌아갈 거니까 너무 걱정하지 말란 거야. 딱 한두 달만 더 그냥 지켜봐 줘. 회사한테는 미안한 일이지만 난, 아니 지금 내 인생에서 가장 중요한 건 일보다, 아니 그 무엇보다 여기 사쿠라 사장님이라고. 내가 한 번이라도 여자에 빠져서 이렇게 허우적대는 모습 누구한테 보여준 적 있어? 그리고 나도 이제 40대 초반인데 이렇게 내 맘을 완전히 빼앗은 여자는 본 적이 없었어. 지금 이 여자를 놓치면 두 번 다시 함께 살고 싶은 생각이 드는 여자를 만나지 못할 것 같다고. 회사에서 잘리면 다시 직장을 구하던 막노동이라도 해서 살 수 있겠지만, 저 여자만큼은 지금 놓치면 두 번 다시 못 만날 것 같다는 생각이 든다고. 한마디로 지금 난 저 여자에게 올인 했다고. 알아? 올인! 올인 했다고! 그 드라마 봤지? '올인'이란 드라마 말이야. 욘사마 나온 그 드라마 말이야. 그런 가슴 절절하고 뜨거운 사랑을 나도 해보고 싶다고. 내 나이 마흔이 넘었는데 아마 이번이 마지막 사랑이 될 것 같아."

"욘사마요? 올인은 카지노 배경으로 이병헌 나온 드라마 아녜요?"

"아, 그런가? 배용준이 거긴 안 나왔었나? 아니 뭐 그게 중요한 건 아니잖아."

"그건 겨울연가죠."

"그래 겨울연가. 남이섬 나오는 그 드라마…."

"드라마 올인 보신 건 맞아요?"

"아니. 사실 그 드라마도, 겨울연가도 본 적은 없지."

"아니 드라마 본 적도 없으시면서 올인 올인 하시면 어떻게 해요? 항상 이렇게 어설프니 어디 제대로 연애 한 번 하시겠어요? 연애도 잘 하려면 계획도 준비도 철저히 잘 해야 된다고요. 걱정돼서, 그리고 잘 되었으면 하는 맘에 드리는 말씀이니까 서운해하시진 말고요. 그만 가시죠. 저 내일 아침 일찍 회의가 있어서요."

"그래? 알았어. 하여튼 내가 한 말은 잊지 말라고. 조금 불안하더라도 나 믿고 열심히 일하고 잘 따라 오라고. 내가 남은 기간 고객 찾아가서 무릎 꿇고 살려달라고 비는 한이 있더라도 큰 계약 따내서 실적 채우고 승진도 꼭 할 테니까. 내가 잘 되면 오 과장은 끝까지 꼭 챙길 테니까."

오 과장이 담배 피우러 간 사이, 오 과장과 대화를 하느라 여사장을 제대로 쳐다보지 못했던 이 부장은 여사장의 일하는 모습을 한참 바라보았다. 그냥 이렇게 바라보는 것만도 좋았다. 가끔 자신감이 떨어질 때면 여사장이 자길 안 좋아해도 좋으니 이렇게 외롭고 허전할 때 가끔 사쿠라에 들러 여사장의 모습을 이렇게 멀리서라도 조용히 바라만 볼 수 있어도 좋겠다는 생각도 했다. 정말 탐스럽게 핀 벚꽃처럼, 여사장은 겨울처럼 춥고 어둡기만 했던 이 부장의 마음에 따뜻한 봄소식을 알려준 꽃 같은 존재였다. 한참을 여사장을 바라보다 이 부장은 화장실을 다녀왔다. 오 과장은 통화를 하며 여전히 밖에 서 있었다. 이 부장은 미리 계산을 하기 위해 카드를 미화에게 건넸는데 결제가 안 됐다. 한도 초과였다. 마침 오늘 지갑에 현금도 없었다. 담배를 피고 들어온 오 과장이 가방을 들고 외투를 입으며 일어서는데 이 부장이 말했다.

"하여튼 오늘 내가 한 말 잊지 말라고. 걱정 말라고. 그리고 미안한데 오늘 여기 계산은 오 과장이 좀 하지. 내가 지갑을 두고 온 것 같아. 다음에 내가 술도 사고 노래방도 쏠게."

"네? 부장님이 사신다고 해서 오늘 안주도 비싼 걸로 여러 개 시켰잖아요."

이 부장은 헛기침을 하며 여사장과 미화에게 인사를 하는 둥 마는 둥 대충 하고 시선을 피한 채 얼른 가게 밖으로 나갔다.

오 과장과 헤어져 집으로 돌아가는 길에 이 부장은 많은 생각에 잠겼다. 사실 지난해 실적 부진으로 이 부장의 보스가 교체되고 나서, 올해도 실적이 좋지 않으면 사표 쓸 각오 하라는 얘기를 새로 온 보스로부터 거의 매일 듣고 살았다. 미국 회사라 회계 마감이 한국 회사들과 달라 곧 다가올 5월 인데, 올해 실적 역시 모세의 기적 같은 이변이 없다면 달성 하기 어려운 상황이다.

얼마 전까지만 해도 아주 멀게만 느껴졌던 꽃 피는 5월에 맞이해야 할 암담한 미래가 아주 가까이 현실로 다가와 이 부장의 숨통을 조이고 있었다. 갑자기 이 부장 앞에서 흔들 리고 있는 지하철 손잡이가 교수대 올가미처럼 보였다. 지난 해부터 아무리 노력해도 성과가 나타나지 않아서 거의 자포 자기 상태가 되었을 때 사쿠라를 알게 되었고, 여사장에게 호감과 연정을 느꼈다.

여사장을 더욱 더 사랑하게 되면서, 실적 부진으로 회사 잘리고 백수가 되면 정말 저 멋진 여자에게 다가갈 방법이 전 혀 없겠구나 하는 생각에 이 부장은 매일 새롭게 각오를 다 지며 마지막 남은 희망의 끈을 놓지 않고 남은 계약을 성사 시키기 위해 고군분투 중이었다. 남들의 눈에는 사쿠라에 자 주 들르며 흥청망청 사는 것처럼 보이겠지만, 이곳에 와서 여 사장을 바라보며 열심히 일하고 회사에서 악착같이 살아남 아 승진하고 성공해서 저 여자의 마음을 얻겠다는 동기부여를 얻어 가고 있다는 건 아무도 모를 것이다. 그만큼 여사장은 풍전등화 같은 이 부장의 현실에 등대와도 같은 존재였다. 여사장의 존재가 이 부장을 정신없게 하고 때론 혼란스럽게도 하지만, 지금 비바람 치는 망망대해에 빠져 허우적대는 이 부장에게 생명의 숨을 불어 넣어주는 산소통 같은 존재는 바로 여사장 하나뿐이었다. 여사장이 없었다면 이 부장은 진작에 회사를 때려치우고 폐인처럼 술만 마시고 있었을지도 모른다.

※

이 부장은 모처럼 낮에 고객사에서 계약 한 건을 성사시키고 기분이 좋아져 저녁 일찍 사쿠라에 들렀다. 사장님은 언제 나오냐고 물으려고 했는데 미화는 눈이 마주치자마자 "사장님 오늘 약속 있으셔서 늦게 나오세요."라고 선수를 쳤다. 저녁 식사가 될 만한 야끼 교자 만두와 돼지 숙주볶음 안주를 시켜 오랜만에 시원한 생맥주에 소주를 조금 부어 마시는, 이 부장 스타일의 소맥을 만들어 마셨다. 어둑어둑해지는 기분 좋은 저녁 풍경 속 거리를 지나가는 여인들의 모습

을 내다 보았다. 아직 이른 시간이라 가게가 한가해서 이 부장은 미화에게 노래를 신청했다.

"미화, '연안부두' 노래 한 번만 틀어줄래?"

"연한 두부요? 우린 그런 안주 없는데."

"아니 두부 말고 노래 말이야. 연안두부… 아니 미화가 그러니까 나까지 헷갈리네. 두부 말고 부두라고."

"연안부두요? 그런 노래도 있어요? 언제적 노래인데요? 혹시 제가 태어나기도 전에 나온 노래는 아니죠? 우리 할아버지 좋아하시는 해방 전 가요 '비 내리는 고모령' 나오던 시절 노래는 아니죠?"

"아니, 그렇게 오래된 노래는 아니고. 그래도 70년대 나왔으니까 미화가 태어나기 전 노래겠네."

"원래 이런 노래 틀어주면 안 되는데 손님도 없고 사장님도 없고 하니 오늘 한 번만 특별히 틀어드릴게요."

"그래 고마워. 역시 나 생각해 주는 건 미화뿐이야."

어쩌다 한번 오는 저 배는 무슨 사연 싣고 오길래
오는 사람 가는 사람 마음마다 설레게 하나
부두에 꿈을 두고 떠나는 배야
갈매기 우는 마음 너는 알겠지
말해다오 말해다오 연안 부두 떠나는 배야

오늘 계약 건으로 기분이 들뜬 이 부장은 자기도 모르게 흘러나오는 노래에 맞춰 콧노래를 불렀다.

"아이 쫌. 따라 부르지는 마시고요. 젓가락 하나 갖다 드려요?"

"알았어. 미안. 조용히 감상할게."

눈을 감고 연안부두 노래를 들으려는데 갑자기 문이 확 열리며 지난번 혼자 다찌 자리에 앉아 술을 마시던 여사장의 친구가 만취한 얼굴로 들어왔다. 미화는 그 손님이 들어오자마자 연안부두 노래를 끄고 일본 가요를 틀었다. 사장 친구는 정종 한 병을 시키더니 연속으로 몇 잔을 들이켰다.

"아이참. 노래 좀 막 감상하려고 하는데 끄면 어떡해?"

이 부장은 미화에게 작은 소리로 투덜대며 옆자리에 앉은 그 여자 손님을 가만히 바라보았다.

'만나는 사람과 잘 안 되나?'

속으로 생각하며 그 여자 손님이 이별의 아픔을 겪고 있다고 생각했다. 갑자기 Francoise Hardy의 'Comment Te Dier Adieu' 샹송의 가사가 생각난 이 부장은 미화에게 마지막으로 샹송 한 곡만 틀어 달라고 부탁했다. 미화는 또 이상한 곡 신청하시는 거 아니냐고 툴툴거리면서도 제목이 외국 말이라 어려우니 종이에 써달라며 메모지와 볼펜을 건넸다. 이 부장도 노래 제목 철자가 기억이 나지 않아 휴대폰으로 제목을 검색해서 쳐다보며 종이에 알파벳으로 삐뚤삐뚤 제목을 베껴 써서 미화에게 건넸다.

"우리 말로 '어떻게 안녕이라 말할까?'라는 곡인데, 들으면 미화도 분명히 아는 곡일 거야."

이 부장은 메모지에 노래 제목을 적으며 말했다. 잠시 후 노래 반주가 흘러나오자 미화도 곡을 아는지 어깨를 살짝살짝 흔들었다.

"미화, 멜로디나 리듬은 경쾌하게 샹송으로 편곡된 곡이지만 원곡은 아주 슬픈 팝송이야."라고 이 부장은 말하며 휴대폰으로 샹송의 한글 가사를 찾아 자신의 어깨에 바싹 붙어 함께 노래를 듣고 있던 미화에게 보여주었다.

> 넌 내게 조금 더 설명해 주어야 해
> 내가 어떻게 안녕이라 말할지
> 부싯돌 같은 내 마음은 쉽게 뜨거워지지만
> 내화 유리 같은 네 심장은 불에도 견딜 수 있지
> 난 몹시 힘들어 난 이별을 결심하고 싶진 않아
> 네 앞에서 울고 싶지 않아
> 어떻게 너에게 안녕이라 말하지
> 나에겐 설명이 더 필요해

"이 노래 참 좋은데요? 가사도 좋고요. 연안부두 같은 노래 말고 이런 샹송 좋아하니까 가끔 좋은 곡 있으면 소개해 주세요."

"그래? 미화가 좋다니 다행이네. 그런데 이 노래 부른 가수 나이가 올해 거의 여든이 다 되었을 텐데? 이 노래는 나도 태어나기 전에 나온 노래야."

"어머, 그렇게 오래된 노래에요?"

"원래 좋은 노래는 시간을 뛰어넘는 법이지."

놀라는 미화에게 이 부장이 말했다.

잠시 후 여사장이 급히 가게로 뛰어 들어왔다. 친구의 옆자리에 앉은 여사장은 친구를 위로하며 어깨를 다독여주다가도 가끔씩 소리 높여 다투기도 했다. 다찌 자리 반대편 구석에 멀리 떨어져 앉은 그 둘의 대화 소리는 시끄러운 음악 소리에 묻혀 이 부장의 귀에는 들리지 않았다. 친구의 술잔을 빼앗고 여사장은 시원한 얼음물을 그녀에게 계속 권했다. 그러다 갑자기 친구가 일어서더니 인사도 없이 가게 밖으로 나가버렸다. 이번엔 여사장도 친구를 따라 나가지 않고 그냥 자리에 앉아 고개를 숙이고 몇 번 큰 한숨을 쉬더니 어두운 표정으로 술병의 남은 술을 마시기 시작했다. 슬픈 듯 고민에 잠긴 여사장의 모습을 바라보던 이 부장은 말을 건넬 생각도 못하고 조용히 음악을 들으며 가끔 여사장의 모습을 몰래 바라보며 술을 마셨다. 몇 번이나 여사장 자리 옆으로 가서 술을 같이 하자고 말할까 고민했지만, 처음 보는 여사장의 심각한 모습에 이 부장은 괜히 휴대폰을 바라보며 오랜만에 팔로워가 열 명도 안 되는 SNS에 들어가서 혹시 누가 남긴 댓글은 없나 살펴보다가 미화가 일하는 모습을 멍하니 쳐다보며 여사장에게 다가갈 기회를 엿보고 있었다.

시간은 흘러 미화가 퇴근하기 위해 옷을 갈아입으려 화장실로 가고 손님들도 대부분 나갔다. 가게 안에는 깊은 생각에 잠긴 여사장과 그런 여사장의 모습을 관찰하고 있는 이 부장 둘만 남았다. 계속 술을 마시고 있는 여사장의 모습이 슬슬 걱정되기도 했지만, 여사장이 술에 취하면 위로하는 척 다가가 '나가서 술이라도 한잔 같이 하자'고 해볼 생각에 이 부장은 여사장을 계속 쳐다보며 호시탐탐 기회를 노리고 있었다. 미화가 퇴근을 하고 여사장은 좀 더 생각에 잠겨 술을 마시다 취기가 올라오는지 갑자기 일어서 주방 알바에게 오늘은 좀 일찍 퇴근하겠다고 말하더니 가방과 옷을 챙겨 일어났다. 이 부장에게 먼저 퇴근한다고 말하며 어서 들어가시라고 인사를 하며 가게 문을 나서려고 했다. 이 부장도 자리에서 일어서며 저도 마침 집에 가려던 참이라고 말하곤 계산을 하고 여사장을 따라나섰다.

"술을 많이 마신 것 같은데 괜찮아요? 혼자 집에 갈 수 있어요? 제가 집 근처까지 바래다 드릴게요. 택시부터 잡을까요?"

"아니요. 괜찮아요. 저 술 잘 마셔요. 집도 멀지 않아요. 오늘은 술도 깰 겸 그냥 걸어가려고요."

"그러면 제가 근처까지 같이 가줄게요. 밤도 어두운데 술취한 여자 혼자 보내기 걱정돼요."

"괜찮아요. 부장님. 어서 들어가세요. 지난번처럼 갑자기취해서 아무 데서나 주무시지 말고요."

"아무 데서나라뇨? 사쿠라가 제게 아무 데나 인가요? 이제사쿠라는 제 마음의 중심이자 안식처라고요. 제 마음 속 해님과 달님이 떠오르는 고향과도 같은 곳입니다."

여사장은 갑자기 고개를 숙여 인사를 다시 하더니 빠른 걸음으로 걷기 시작했다. 이 부장은 여사장의 뒤를 몰래 따라갔다. 술에 취한 여사장은 뒤도 돌아보지 않고 경쾌한 걸음으로 공원 옆 원룸이 많은 주택가 골목으로 건너가기 위해횡단보도 앞에서 비틀거리며 신호를 기다리고 있었다. 그때마침 배달 오토바이가 여사장 근처를 지나기 위해 경적을 울리자 반사적으로 뒤를 돌아본 여사장과 이 부장은 눈이 마주치고 말았다.

"아니 이 부장님! 아직 집에 안 가셨어요? 왜 여기 계세요?"

"걱정돼서요. 집에 잘 들어가는지만 확인하고 갈게요"

"아니요. 저 술 되게 세요. 이 부장님보다 술 훨씬 잘 마실걸요? 걱정 안 하셔도 되요. 제가 취해 보여요?"

"아니요."

이 부장의 예상, 그리고 간절한 기대와 달리 여사장은 정말 멀쩡해 보였다.

"그럼 우리 근처 식당에 가서 따끈한 국물에 소주 한 잔 같이 하고 헤어질래요?"

이 부장이 말했다.

"이 부장님은 정말 한 번에 그냥 알았다고 하는 적이 없어요. 그래서 뭐 꼭 나쁘다는 건 아니고… 그냥 어쩔 때 보면 사람이 순수한 건지 아니면 철들지 않은 애들 같기도 하고. 그래서 귀엽기도 해요."

여사장이 웃으며 말했다.

"저기 저 해장국집 가서 소주 한잔해요"

이 부장이 여사장의 팔을 잡아끌며 말했다.

"좋아요. 그러시죠. 저도 드릴 말씀이 있고."

여사장은 콩나물 해장국을 그리고 이 부장은 선지 해장국을 시켰다.

"처음 술을 같이 하네요. 영광입니다."

이 부장이 여사장에게 소주를 따라 주며 말했다.

"네, 저도 가게 손님과 이렇게 술을 같이 마시는 건 처음인 것 같아요. 우리 같이 술 마신 건 비밀이에요."

"그럼요. 절대 말 안 할게요."

"그리고 내일 주방 알바가 고향에 내려간다고 밤 9시에 일찍 퇴근한대요. 그래서 내일 제가 9시부터 주방도 봐야 하거든요. 힘든 하루가 될 것 같으니까 우리 금방 일어나요."

"네 알았어요. 사장님은 술 대신 해장국 국물로 속 풀어요. 그런데 오늘 무슨 일이 있었어요? 왜 가게에서 그렇게 술을 혼자 많이 마셨어요? 친구 때문에 그래요? 친구가 힘들어 보이던데."

"아니요. 힘들지 않은 사람이 어디 있겠어요? 다들 그렇게 사는 거죠. 그 친구도 시간이 지나면 괜찮아지겠죠."

"네 그렇죠. 다들 힘들죠. 그래도 힘들 때 찾아올 수 있는 친구가 있다는 게 얼마나 좋아요? 사장님이 친구분한테 많은 힘이 되는 것 같아요."

여사장은 아무런 대답 없이 갑자기 소주잔을 비우더니 이 부장이 따라 주기도 전에 소주를 자기 잔에 따라 연거푸 두 잔을 더 마셨다.

"부장님은 사는 게 행복하세요?"

술잔을 비우기 위해 잔을 입에 갖다 대려던 이 부장은 갑작스런 여사장의 질문에 놀라 하마터면 술잔을 떨어뜨릴 뻔했다. 이번엔 이 부장이 답을 할 수 없었다. 아니, 무슨 생각으로 여사장이 그 질문을 했는지 이 부장은 당황스러웠다. 당신 때문에 매일 밤 설레는 맘에 잠 못 이루고 고민도 많지만, 그래도 당신 덕분에 요새 너무 행복하다는 솔직한 말을 해주고 싶었다. 그러나 그 말은 입 밖으로 나오지 않았다. 그리고 보통의 감성과 생각이 있는 여성이라면 누구라도 이 부장의 그런 절절한 사모의 감정을 쉽게 알아차릴 수 있을 거라 생각했다. 잠시 어색한 침묵이 이어졌다. 그리고 갑자기 아까 여사장이 했던 "저도 드릴 말이 있고." 그 말이 떠올랐다.

이 부장은 궁금했다. 여사장이 하려는 말이 무엇인지. 지난번 가게 청소를 도와준 날 짜장 라면을 함께 먹고 나서 호의적으로 변한 것 같은 여사장의 시선과 그로 인해 너무도 행복한 순간을 보내고 있는 이 부장은 여사장이 하려는 말이 뭘까 너무 궁금해졌다. 어쩌면 오늘 밤이 이 부장에게 인생 최고의 날이 될 수도 있고 그 반대일 수도 있을 거란 생각에 기대감과 불안감이 동시에 밀려오기 시작했다.

"부장님, 그런데요 왜 대답을 안 해요? 행복하시냐고 제가 물었잖아요?"

여사장은 취기가 올라오는지 얼굴이 살짝 붉어지고 갑자기 발음도 꼬이기 시작했다.

"그럼 행복이 뭐예요? 행복한 인생은 뭘까요?"

대답 없는 이 부장의 눈을 바라보며 여사장이 재차 물었다.

"행복한 인생이요? 요새 저 같은 인생이겠죠. 사랑하는 사람이 있어 설레고, 내일이 기다려지고, 보고 싶고, 안고 싶고, 갖고 싶고…. 행복한 인생이 뭐 따로 있겠어요? 행복한 순간들이 많은 하루가 행복하듯, 행복한 날이 많은 삶이 행복한 인생이겠죠. 저에겐 요새 행복한 순간들이…."

"그렇죠. 행복만큼 중요한 게 또 있을까요? 그런데 만약 제가 행복하기 위해서 택한 선택이 남을 아프게 할 수 있다면, 부장님은 어떻게 하시겠어요? 그래도 저의 행복이 더 중요한 거겠죠?"

여사장은 이 부장의 말을 중간에 끊고 진지한 표정으로 되물었다.

"물론 너무 사랑해서 그 사람을 위해 희생하며 행복을 추구하는 관계도 있겠지만, 그래도 본인의 행복만큼 중요한 건 없겠죠"

이 부장의 대답을 들었는지 못 들었는지 갑자기 여사장은 꾸벅꾸벅 졸기 시작하더니 테이블에 머리를 대고 잠이 들었다. 이 부장은 문득 여사장이 소문으로 들은 나이 든 지점장과 자신 사이에서 갈등하고 있는 건 아닌가 생각했다. 자신 때문에 힘들어하고 있는 건지도 모른다는 생각이 들어 맘이 편치만은 않았지만, 그래도 여사장이 자신에게 와주길 맘 속으로 바랐다. 평소 조심스럽게 행동하던 여사장이 자기 앞에서 한쪽 볼을 테이블에 맞대고 잠이 든 모습을 바라보니 너무 귀엽고 사랑스러워 보였지만, 한편으론 피곤해 보이기도 하고 요새 자기 때문에 심란한 건 아닌가 해서 안쓰럽게 느껴졌다. 이 부장은 테이블 위의 안주와 술잔을 한쪽으로 치워 여사장이 잠깐이라도 편하게 잠을 잘 수 있게 해주었다. 그리고 잠든 모습을 계속 바라보다 무심결에 오른손을 뻗어 테이블 위에 있는 그녀의 왼손을 따뜻하게 잡아주었다. 잠결에 여사장은 이 부장의 손을 가끔씩 꼬옥 세게 잡기도 했다. 차가웠던 여사장의 손은 땀이 날 정도로 곧 따뜻해졌다.

30분쯤 잤을까 갑자기 여사장이 잠에서 깨어 일어나 주변을 살폈다. 잠이 덜 깬 듯 여기가 어딘가 하는 표정으로 눈을 가늘게 뜨고 가게 안을 둘러 보더니 앞에 앉아 자신을 바라보고 있는 이 부장을 쳐다보았다.

"제가 잠깐 졸았었나 봐요. 늦었는데 그만 가시죠."

정신을 차린 듯 여사장은 화장실을 다녀오겠다며 일어섰다. 이 부장은 여사장의 가방을 들고 카운터에서 계산을 하고 여사장이 나오길 기다렸다. 식당을 나와 여사장은 조금만 더 가면 집이니까 여기서 헤어지자며 이 부장에게 인사를 했다. 이 부장은 아무 말 없이 그냥 여사장이 돌아서 비틀거리며 골목길 안으로 걸어가는 모습을 바라보다 어느 정도 거리가 생기자 여사장의 뒤를 다시 따라가기 시작했다.

넓은 주택 마당에 서 있는 커다란 벚꽃나무가 골목 쪽으로 무성한 가지를 뻗어 골목길 중간에서 탐스러운 하얀 벚꽃들이 만개한 채 아름다운 자태를 뽐내고 있었다. 골목이 좁아서 벚꽃나무 가지에 촘촘히 매달린 무수한 벚꽃이 금방 이 부장의 눈 위로 떨어질 것 같은 함박눈송이처럼 컴컴한 밤하늘에 탐스럽게 떠 있었다. 사쿠라 가게 입구에 있는 모조 벚나무 가지에 붙어 있는 헝겊 꽃잎들과는 다른, 화려하고 요염하기까지 한 아름다운 벚꽃의 향연이었다. 여사장도 잠시 그 나무 밑에서 하늘을 올려다보며 밤의 벚꽃을 감상했다. 순간 이 부장은 여사장에게 달려가서 뒤에서 와락 끌어안았다. 놀라 돌아서는 그녀를 가슴에 품고 입술에 키스를 하였다. 술에 취해서인지 아니면 밤의 벚꽃의 아름다움에 취해서인지 그녀 역시 뜨겁게 이 부장의 입술을 탐했다. 이 부장은 여사장을 담벼락 쪽으로 밀어붙이며 뜨겁게 그녀를 포옹했다. 이대로 시간이 영원히, 아니 잠시라도 멈춰줬으면 좋겠다는 생각을 하는 순간 그녀의 핸드폰 벨이 울렸다. 벨 소리에 놀란 여사장이 휴대폰을 꺼내기 위해 몸을 숙이며 둘은 떨어졌고 계속 울리던 벨 소리도 곧 멈췄다.

"부장님, 이만 돌아가세요. 그리고 미안한 말이지만, 저는 부장님의 마음을 받아줄 수가 없을 것 같아요. 아니 절대로 그럴 수 없어요. 그러니까 부장님의 맘 다치지 않게, 그래서 내 마음도 아프지 않게 저를 너무 많이 생각하지 말아 주셨으면 좋겠어요. 저 때문에 누군가 상처받는다고 생각하면 가슴이 아파요."

"왜죠? 맘 속에 두고 있는 사람이 있나요? 아니면 잊지 못하는 아픈 사랑 때문인가요? 아니면 정말 소문처럼 같이 지내는 남자가 있는 건가요?"

이 부장이 다소 흥분한 어조로 말했다.

"아니 무슨 말이에요? 제가 남자랑 살고 있다니요? 누가 그런 말을 해요?"

"아니에요. 그냥 해 본 소리예요. 그 말은 못 들은 걸로 해 주세요."

"오늘은 늦었으니 어서 돌아가세요. 저는 여기서 조금만 더 가면 돼요."

그녀는 계속 뒤돌아서 이 부장에게 어서 집으로 들어가라고 말하며 발길을 옮겼다. 비틀거리는 그녀가 걱정돼서, 그리고 그녀의 집을 이번 기회에 알아두고 싶은 마음에 이 부장은 자리에 서서 그녀가 걸어가는 모습을 가만히 지켜보았다. 오십여 미터를 걸었을까. 갑자기 여사장이 걸어간 방향에서 여자 목소리가 들려왔다. 여사장이 살고 있는 집인 것 같았다. 이 부장은 얼른 전봇대 뒤로 몸을 숨겨 소리가 나는 쪽을 바라보았다. 한 여인이 문 앞에 서서 여사장을 기다리고 있다 그녀를 보고 뭐라 큰 소리로 말하는 것 같았다.

"아니 왜 이렇게 늦었는데? 술은 또 얼마나 마신 거야?"

여사장은 미안한 듯 아무 말 없이 비틀거리며 고개를 숙이고 서 있었다.

"왜 전화는 안 받아? 어디 있다가 지금 오는 거냐고? 그래 이번엔 잘 얘기해서 보낸 거야? 다신 찾아오지 못하게 잘 얘기했냐고."

여사장은 아무 말 없이 고개를 끄덕이다 갑자기 울음을 터뜨리고 흐느끼며 그녀에게 안겼다. 차가운 말투로 여사장에게 질문을 쏘아붙이던 그녀는 비틀거리는 여사장을 다정하게 안더니 아무 말 없이 그녀 등을 부드럽게 쓰다듬어 주었다. 잠시 후 둘은 대문 안으로 사라졌다. 먼 거리라 얼굴은 잘 보이지 않고 목소리만 희미하게 들렸지만 그 목소리는 어디선가 들어본 목소리 같았다. 갑작스런 낯선 여인의 등장과 뜻밖의 장면에 놀라 술이 깨버린 이 부장은 한참을 그 벚꽃 나무 아래에 서서 여사장을 마중 나온 그 여자가 누구일까 생각하다 집으로 발길을 돌렸다.

복잡한 심경에 이 부장은 그날 새벽 거의 뜬눈으로 밤을 새웠다. 다음 날 점심을 먹는 대신 사우나에서 잠깐 낮잠을 자고 온 이 부장은 저녁 약속이 없어 일찍 회사에서 퇴근했다. 어제 만취해서 귀가한 여사장의 안부가 궁금해서 이 부장은 자기도 모르게 사쿠라가 있는 골목으로 향했다. 어젯밤 여사장이 한 말과 낯선 여인의 등장으로 놀라고 복잡해진 마음 때문에 이 부장은 맨정신으론 사쿠라에 가기가 좀 그래서 근처 국밥집 창가 자리에 앉아 저녁 식사도 할 겸 순댓국에 소주를 마시며 사쿠라 주변이 보이는 창 밖의 풍경을 바라보았다. 소주를 마시며 어젯밤 일들을 다시 차근차근 생각하기 시작했다. 갑자기 자기를 너무 많이 생각하지 말아달란 여사장의 말이 떠올랐다. 왜 그런 말을 했을까 생각하다 문득 헤어지고 나서 골목에서 여사장에게 큰 소리로 말하던 여인의 목소리가 귓가에 계속 맴돌았다. 분명 어디선가 들었던 목소리 같았다.

가게 앞 도로 공영 주차장에는 90년대 출시된 구형 지프차가 서 있었다. 오래된 지프차에 관심이 많은 이 부장은 요즘에는 보기 쉽지 않은 클래식한 디자인의 지프차 외관을 잠시 바라보았다. 순간 지프차 건너편 편의점 문이 열리더니 미화가 식용유와 세제를 사 들고 나왔다. 순간 이 부장은 깜짝 놀랐다. 어젯밤 그 목소리, 어디선가 들어본 듯한 그 여자의 목소리가 미화의 목소리와 비슷했던 것 같았다. 평소 가게 안에서 듣던 밝고 공손한 말투가 아니라 화가 난 높은 톤의 목소리였지만, 어딘가 미화의 목소리와 닮은 것 같았다. 어두워 얼굴을 자세히 볼 순 없었지만 이상하게 그 여자가 미화일 수도 있단 생각이 들어 잠을 제대로 못 자 피곤한 이 부장의 이마와 등에 식은땀이 맺히기 시작했다.

'아니야. 그럴 리가 없지. 내가 어제 취해서 잘못 들었을 거야.'

여사장 얘기만 하면 가끔 짜증스런 표정을 짓고, 손님들이 여사장의 사생활에 대해 물어보기라도 하면 험담하듯 안 좋은 이야기까지 다 말하는 미화가 여사장과 같이 지낼 리 없었다. 미화는 여사장보다 일고여덟 살은 더 어린데 그런 투로 말하진 않았을 것이다. 그리고 목소리가 비슷한 사람도 세상에 많지 않은가? 어제 너무 취해서 뭔가 잘못 들었을 거라고 이 부장은 생각하며 소주 한 병을 더 시켜 연거푸 잔을 비우기 시작했다. 갑자기 그런 생각까지 하고 있는 자신이 서럽고 슬프게 느껴졌다. 여사장을 알고 나서 그동안 그녀 덕분에 행복하고 설레던 순간들, 그리고 그녀와 함께 하는 미래를 상상하며 행복을 꿈꿨던 그 순간들이 어쩌면 신기루처럼 한순간에 사라질 수 있을 것 같은 생각이 들었다. 도저히 감당할 수 없을 것 같은 아픈 상상이었다.

국밥집을 나와 이 부장은 길 건너 호프집에서 노가리 안주에 시원한 생맥주를 마시며 사쿠라 안을 들여다봤다. 보통 때 같으면 식사나 1차 술자리가 끝나고 혹시 자리가 없을까 봐 부리나케 사쿠라로 달려가 남은 빈자리 중 여사장이 가장 잘 보이는 자리에 앉아 술을 마시고 있겠지만, 오늘은 그럴 수 없었다. 어제 일들 때문에 왠지 발길이 쉽게 떨어지지 않았다. 봄비치고는 세찬 비가 갑자기 내리기 시작했다. 우산이 없는 사람들은 신문지나 가방으로 머리를 가리고 바쁘게 뛰기 시작했다. 잠시 후 거리에는 사람이 거의 보이지 않았고 근처 식당들도 보통 때보다 일찍 문을 닫기 시작했다. 이 부장은 내리는 비를 바라보며 사쿠라 가게 안을 여전히 바라보고 있었다. 비가 와서 그런지 가게에 남아 있던 얼마 안 되는 손님들도 금방 다 나가고, 가게 안에서 미화가 혼자 테이블을 정리하고 있었다. 마감 시간이 한 시간 정도 남았지만 오늘은 손님이 끊긴 것 같았다. 여사장의 모습은 홀에 보이지 않았다. 계속 가게 안을 들여다봤지만 여사장은 홀에 없는 것 같왔다. 갑자기 어제 여사장이 했던 말이 떠올랐다. 오늘 주방 알바가 고향에 내려간다고 일찍 퇴근해서 여사장이 대신 주방을 봐야 한다고 했다.

여사장은 대나무 그림이 그려진 저 감색 커튼 뒤 주방에 있는 것 같았다. 갑자기 여사장의 얼굴이 보고 싶었다. 어젯밤 헤어진 지 하루밤에 지나지 않았는데 몇 주, 아니 몇 달을 못 본 것처럼 그녀가 보고 싶었고 그녀의 안부가 너무도 궁금했다. 술을 좀 더 마시고 술김에 용기를 내서 가게 안으로 들어가야겠다고 이 부장은 생각했다. 생맥주 한 잔을 더 시키고 소주도 한 병 시켜서 생맥주를 몇 모금 마시고 비워진 맥주의 양 만큼 소주를 부었다. 그리고 원 샷을 했다. 짜릿하게 식도를 타고 위로 흘러간 소맥이 순식간에 혈관을 타고 퍼지는 것 같았다. 갑자기 가슴이 뛰고 호흡도 거칠어져서 당장이라도 쓰러질 것처럼 어지러웠다. 머리가 빙빙 돌기 시작했다. 이 부장은 정신을 차리고 곧 주방 커튼을 열고 나올 것만 같은 여사장의 모습을 놓치지 않기 위해 호프집 문을 열고 나와 차가운 비를 맞으며 사쿠라 안을 들여다보았다. 사쿠라가 빙빙 돌고 있는 것 같았다. 이 부장의 눈 앞에서 사쿠라가 순간 붕 떠 하늘로 날아가 사라져 버릴 것만 같았다. 몹시 어지러웠다. 지난 몇 달 동안 이 부장에게 등대와도 같았던, 사랑과 희망으로 튼튼하고 높게 쌓아 올린 탑들로 가득한 황금

궁전이 신기루처럼 와르르 무너져 영원히 사라져 버릴 것 같은 지독한 두려움과 슬픔이 엄습해 왔다.

　미화가 홀 청소를 끝내고 의자를 테이블에 차례차례 올린 뒤 화장실에서 옷을 갈아입고 나왔다. 갑자기 주방 커튼이 열리더니 여사장이 앞치마를 풀고 나와서 단정하게 묶은 머리를 풀고 화장실로 갔다. 여사장도 옷을 갈아입고 가게로 들어오자 미화는 가게 안의 조명을 순서대로 끄기 시작했다. 마지막으로 여사장은 리모컨으로 온풍이 나오는 에어컨을 껐다. 그리고 둘은 입구 벚꽃나무 장식 아래 서서 옷매무새를 고치기 시작했다. 거리의 가로등 조명에 희미하게 보이는 둘의 모습을 이 부장은 하염없이 비를 맞으며 바라보았다. 비는 더욱 거세졌다. 구두가 다 젖고 양복 속 셔츠까지 젖기 시작했다. 마침 호프집 환풍구 옆에 붙어 있는 거리 쪽 야외 스피커에서 흘러나오던 경쾌한 팝송이 끝났다. 잠시 정적이 흐르더니 익숙한 반주 음악이 흘러나왔다. 가게 안 벚꽃 나무 아래에서 여사장과 미화는 평소 볼 수 없는 아주 다정한 모습으로 서로를 마주 보며 이야기를 나누고 있었다. 갑자기 미화가 여사장에게 가까이 다가섰다. 사쿠라 꽃에 가려 둘의 얼굴이 잘 보이지는 않았지만, 이상하게도 그 둘이 무얼 할지 이 부장은 알 것만 같았다. 둘은 서로 얼굴을 맞대고 있는 것

같았다. 이 부장은 가게 안 구석을 좀 더 잘 들여다보기 위해
왼쪽으로 발을 몇 걸음 옮겼다. 늘 화려하게 피어 있는 가게
안의 벚꽃에 가려, 머리 위를 타고 흐르는 빗물과 섞인 눈물
에 가려 둘의 모습이 잘 보이진 않았지만 이 부장은 알 수 있
었다. 벚꽃나무 아래서 둘은 달콤한 키스를 나누고 있었다.

스피커에선 이 부장이 한 달 넘게 여사장을 위해 연습했던
유재하의 노래 '그대 내 품에'가 흘러나왔다.

> 내 취한 두 눈엔
> 너무 많은 그대의 모습
> 살며시 피어나는
> 아지랑이 되어
> 그대 곁에서 맴돌고 싶어라
> 만일 그대 내 곁을 떠난다면
> 끝까지 따르리라
> 저 끝까지 따르리 내사랑
> 그대 내 품에 안겨 눈을 감아요
> 그대 내 품에 안겨 사랑의 꿈 나눠요
> 어둠이 찾아 들어 마음 가득
> 기댈 곳이 필요할 때

그대 내 품에 안겨
눈을 감아요...
그대 내 품에 안겨
사랑의 꿈을 나눠요

서울역

　내일부터는 이런 식당에 더 이상 못 올 것 같았다. 아마도 오늘이 식당에서 식사를 하는 마지막 날이 될 것이다. 서울역에 도착한 날 이런 식당에는 들르지 않겠다고 굳게 다짐했다. 아니, 이런 일반인들이 출입하는 식당에 누추해진 몰골과 몸에서 풍기는 냄새 때문에라도 얼굴에 철판을 두르고 큰 맘을 먹지 않는 한 들어오기 힘들 거라 예상했다. 하지만 서울역 입성 나흘 만에 예전에 자주 사 먹던 우거지 해장국이 너무 먹고 싶었다. 도저히 참을 수 없어 주변 노숙인들의 눈길을 피해 빠른 걸음으로 한참을 청파동 쪽으로 걸어 내려가 오래되고 허름한 식당에 들어와서 준민은 해장국을 주문했다.

남몰래 신발 깔창 밑에 숨겨둔 지폐를 미리 꺼내 나갈 때 빠르게 계산하기 위해 점퍼 바깥 주머니에 넣어 두었다. 비상시를 대비해 분실하기 쉽고 부피가 나가는 지갑보다는 안전한 신발 속 깔창 밑에 오만 원권 몇 장과 만 원권 여러 장을 숨겨 두었다. 아무도 냄새나는 노숙자의 신발 속에 돈이 있을 거라 생각하지는 않을 것 같았고, 만약 있는 걸 알아도 누가 신발을 벗기면서까지 돈을 훔쳐 갈 생각을 하겠는가? 그러나 노숙 생활을 시작한 뒤 처음으로 해장국을 먹으러 식당에 들어선 준민은 앞으로 이 비상금이 거의 쓸모 없을 것 같다는 생각이 들었다. 노숙 나흘 만에 수염이 잡초처럼 무성하게 자랐고, 한 번도 씻지 않은 얼굴은 꾀죄죄했으며, 머리 악취뿐만 아니라 두꺼운 겨울 점퍼를 뚫고 몸 여기저기서 심한 악취가 서서히 퍼져 나오기 시작했다. 이런 냄새 나는 거지 같은 몰골로 어디 돈 쓸 만한 장소를 들어간다는 건 웬만한 용기가 있거나 정말 얼굴이 두껍지 않고서야 불가능할 것 같았다. 필요할 때 쓰기보다는 맘을 덜 불안하게 하기 위해 비상금을 지니고 있다 생각하는 것이 맞을 것 같았다. 앞으로 손님이 가득한 이런 식당에 들어올 일은 정말 없을 것 같았다. 그래. 분명 오늘이 식당에 들어와서 이 맛있는 우거지 해장국을 먹는 마지막 날이 될 것이다. 그런 생각을 하니 얼마 전까지 큰 감흥 없이 먹던 우거지 해장국이 오늘따라 훨씬 더 맛있게 느껴졌다. 우거지 한 줄기 한 줄기를 젓가락으로 소중하게 집어 그 맛을 천천히 음미하며 꼭꼭 씹어 삼켰다. 얼큰하고 뜨끈한 국물 맛은 며칠간 서울역에서의 추위와 배고팠던 기억을 일순간에 날려주는 독주나 마약처럼 느껴졌다.

서울역 주변 노숙인들은 점심시간 쯤 제공되는 무료 배식으로 하루의 허기를 때우거나 저녁에 소주나 막걸리를 마실 때 함께 먹는 새우깡이나 생라면 같은 걸로 저녁을 대신하곤 했다. 가끔 저녁에도 종교 단체에서 배식 봉사를 오는 경우도 있지만, 준민 역시 나흘 동안 노숙인들이 나눠주는 과자와 편의점 컵라면으로 끼니를 때웠다. 노숙하고 맞은 첫 아침, 처음으로 노숙자 무리에 끼어 무료 배식을 먹을 때, 예전 신병 훈련소에서 군대 짬밥을 처음 먹던 때가 생각났다. 군인들의 군기를 잡기 위해 일부러 그랬는지 아니면 부족한 예산 때문이었는지 모르겠지만, 군대에서의 첫 식사는 군인들이 똥국이라 부르던 건더기 없는 진한 된장국에 김치와 두부조림, 그리고 정체를 알 수 없는 작은 생선 한 토막이 전부였다. 처음엔 그 훈련소 음식들이 적응이 안 돼서 두 끼는 참고 건너뛰었다. 그러나 시장기가 반찬이라고, 입소 다음 날부터 먹기 시작한 짬밥은 그렇게 맛있을 수가 없었다. 그래도 봉사단체

가 제공하는 음식들은 얼마 전까지 사회에서 사 먹던 식당이
나 레스토랑 음식과 비할 순 없겠으나 그때 먹은 훈련소 음
식보다는 훨씬 맛있고 정성이 느껴지는 음식이었다. 그래도
서울역에서 제공되는 배식 음식과 노숙인들의 식사 패턴에
적응하려면 훈련소에 들어가 식사에 적응하던 시절처럼 준민
에게 조금 더 시간이 필요할 것 같았다.

　가장 맛있어서 아껴 먹는 우거지를 젓가락으로 다 집어 먹
고 나서야 준민은 뚝배기 그릇 밖으로 튀어나온 돼지 뼈다귀
를 하나 꺼내 손으로 잡고 뜯기 시작했다. 얼마 전까지만 해
도 좋은 옷을 입어 단정한 모습이었기에 식당에서 식사를 할
땐 품위나 남의 시선을 생각해서 뼈다귀를 손으로 잡고 뜯은
적이 없었는데, 복장이 변하고 남의 시선을 의식 안 해도 되
는 노숙자 신분이 되다 보니 그런 거 안 따지고 그냥 두 손으
로 뼈다귀를 잡고 입 주변에 양념과 국물을 여기저기 묻혀가
며 뼈에 달라붙은 얼마 안 되는 살코기와 힘줄을 마치 사자
가 방금 먹다 남기고 간 물소 사체를 운 좋게 발견한 열흘 넘
게 굶은 하이에나처럼 게걸스레 뜯고 뼛속 골수까지 맛있게
쪽쪽 빨아 먹었다.

　오래되어 누렇게 변색된 식당 벽지에는 금주의 명언으로

"남을 용서할 수 없는 사람은 자기가 앞으로 지나가야 할 다리를 파괴하는 사람"이란 말이 적혀 있었다. 멋진 말이라 생각하고 준민은 한참 그 명언을 바라보며 맘 속에 담아두려 애썼다. 반대쪽 벽에 걸려 있는 오래되고 작은 브라운관 텔레비전에선 서부 영화의 한 장면이 나오고 있었다. 그 영화를 보고 있는 사람은 나이 많은 식당 주인아저씨뿐이었다. 식당 손님들은 밥을 먹거나 일행과 마주 보며 이야기하기 바빴다. 준민 역시 서부 영화를 좋아했다. 서부 영화가 총잡이들이 총 쏘고 말 타고 달리고 결투하는 장면만 나오는 오락영화라고 생각하는 사람들이 대다수일 것이다. 그 정도로 영화 속 대사는 적지만, 의외로 간결하고 폐부에 빠르게 날아와 꽂히는 함축적인 명대사들이 많았다. 그런 장르적 특성에 목숨을 걸고 총싸움에 임해서 얻은 금은보화를 들고 사막의 오아시스와도 같은 살롱을 찾아 술을 마시고 2층에 올라가 멋진 여인을 탐하는 서부 영화가 준민은 왠지 좋았다. 정말 목숨을 걸고 열심히 싸우고 투쟁해야 내가 얻고 싶은 걸 결국엔 쟁취할 수 있다는 걸 말해주는 영화 같았고, 무엇보다 서부 영화에 나오는 여주인공들은 모두 아름답고 멋졌기 때문이다. 갑자기 많이 웃었던 서부 영화 속 장면들이 떠올랐다. 결투가 끝나면 죽은 사람을 치우는 사람들이, 옆에서 결투를 쭉 지켜본 뒤 결투자 중 한 사람이 총에 맞아 뻗자 냉큼 다가

가선 옷을 벗기고 권총이나 시계 등 돈 될만한 물건들을 빠르게 수거해 주머니 속에 넣고 그 시체를 수레에 실어 먼 땅에 묻는 장면이었다. 그런데 시체를 처리하는 두 남자의 대화가 아직도 기억에 남을 만큼 인상적이었다. 결투에 임한 사람 중 한 명이 노숙자 마냥 지저분하고 냄새나는 사람이었는데, 총을 늦게 뽑는 바람에 상대편의 총알을 맞고 뒤로 나자빠져 죽었다. 그 장면 이후 나오는 시체 치우는 사람들의 대화가 아직도 기억에 남았다.

"왝! 이놈 냄새가."

"욱! 아이고 숨을 못 쉬겠네."

동시에 손으로 코를 막으며 그들이 말했다.

"몸에서 왜 이리 악취가 나는 거야? 이 인간 방금 총 맞아 죽은 거 맞지? 어째 공동묘지 시체들보다 더 썩은 냄새가 나는 거야?"

다른 영화에선 어느 오지 부대에 새로 부임한, 말끔한 차림의 기병대 장교가 막사에 들어서는데 어느 누추한 차림을 한 사병의 몸에서 냄새가 심하게 나자 갑자기 그에게 다가가서 물었다

"자네! 마지막으로 씻은 게 언제인가?"

"네? 저요?"

잠깐 기억을 더듬어 생각하다가 입을 연 그 꾀죄죄한 몰골

의 사병이 한 대답이 가관이었다.

"7개월 전에 씻었던 것 같습니다."

영화에 나온 그런 장면을 봤을 땐 너무 웃겨 자지러지게 웃었지만, 식당 거울에 비친 자신의 몰골을 본 준민은 그때처럼 마냥 웃을 수가 없었다. 그 홍보는 대사 속 대상이, 그 장면에 나온 씻지 못한 주인공이 자기일 수도 있을 거란 생각이 들었다. 그때 당시 서부에선 잘 생기고 돈 많은 남자만큼이나 깨끗한 남자, 깨끗하게 세탁한 옷을 입고 몸에 조금이라도 향수를 뿌린 깔끔한 남자가 외모나 돈, 권력 등을 다 떠나서 여자들에게 인기가 많았을 것 같다는 상상을 해보았다. 지금 자신의 몰골과 반대라면 말이다. 그만큼 서부 영화에 나오는 악당들이나 오지 또는 사막에 근무하는 기병대 병사들은 지저분한 모습으로 나오는 경우가 많았다.

뼈에 붙어 있던 살코기를 다 발라 먹고, 한 번에 들이켜기 좋을 정도로 적당히 식은 해장국 국물을 준민은 숟가락이 아닌 그릇째 들어 벌컥벌컥 마셨다. 오랜만에 뼈다귀를 들고 뜯었더니 어금니 사이에 고기가 끼어 이쑤시개로 빼내려고 여러 번 쑤셔보았다. 허나 빠지지 않았다. 그래도 며칠 동안 안 씻은 더러운 손가락을 입으로 집어넣어 그걸 빼내고 싶진 않았다. 이따 아무도 모르게 마련해 둔 서울역 사물함에 가서,

이곳에 오기 전 편의점에서 구입해둔 여행용 세면도구 세트를 꺼내 화장실에 가서 양치질을 해야 할 것 같았다. 사물함 자판기에 자기만의 사물함이 있는 노숙자는 거의 없을 것 같았다. 작은 사물함이라 할지라도 자기만을 위한 공간이 있다는 사실이, 이 허허벌판 넓은 서울역 광장에서 노숙을 해야 하는 준민에겐 마치 자기 집이 있는 것처럼 적지 않은 위안과 안정감을 주었다. 낯설고 추운 이곳 서울역 광장에서 가끔 남의 눈을 피해 자기 물품들이 몇 가지 들어 있는 사물함을 들여다볼 때면 이곳에서 택시를 타면 금방 갈 수 있는, 얼마 전까지 살던 집 안을 들여다보고 있는 듯한 따뜻함과 포근함을 느꼈다. 바닥에 종이박스를 깔고 오래 누워 있거나 하루 종일 잠을 자도, 아무렇게나 짐을 쌓아두어도 뭐라 하는 사람이 없는 이 넓은 서울역 광장에서 비록 작지만 이렇게 나만의 공간이 있다는 건 특별한 의미를 가졌다. 가끔은 이런 생각도 했다. 새벽녘 추울 때면 마법을 걸어 몸뚱이를 작게 만들고 그 사물함 속으로 들어가 여벌 겨울옷으로 준비해둔 새 점퍼 주머니에 들어가 침낭 속에 누워 있는 것처럼 편하고 따뜻하게 잠을 자는 상상을. 가끔은 가로수 가지 위에 걸려 있는 작고 예쁜 새집을 볼 때마다 준민은 몸뚱이가 작아지는 마법의 약이 있으면 얼마나 재미있을까 하는 상상을 하곤 했다.

나흘 전 굳은 마음으로 준민이 서울역으로 처음 나온 그 날은 평년처럼 온화했던 날씨가 갑자기 돌변해 기온이 갑자기 큰 폭으로 떨어져 매우 추운 날씨였다. 준민은 며칠 동안 면도도 하지 않고 씻지도 않았다. 이발을 안 한 지는 벌써 몇 달째가 되어 가고 있을 무렵이었다. 일부러 머리를 지저분하게 길렀다. 그래야 서울역 노숙자 무리에 좀 더 자연스럽게 들어가 무리의 일원으로 빠르게 동화될 수 있을 것 같았다.

서울역으로 가기 전, 동묘 중고거리에 들러 저렴한 겨울옷을 살 계획으로 지하철을 타고 종로에서 내려 동대문 쪽으로 걸었다. 때마침 시장기를 느껴 메뉴 가격을 문에 크게 써 붙인 근처의 허름한 중국집에 들어갔다. 혼자 식사를 하는 노인들과 중국 동포들이 눈에 많이 띄었다. 저렴한 메뉴 몇 개가 투박한 손글씨로 적혀 있는 메뉴판을 보고 준민은 3천 원짜리 짬뽕을 주문했다. 앞으로 시작될 노숙 생활에 대한 걱정을 잠시나마 잊을 수 있을 정도로 짬뽕은 맛있었다. 먼저 커다란 홍합과 바지락을 건져 먹고 오징어와 양파 건더기를 젓가락으로 천천히 건져 먹은 뒤 그릇째 들어서 국물을 마시고 젓가락으로 면을 건져 먹는 것을 반복했다. 마치 입영 전에 마지막으로 사회 음식을 먹던 때처럼 비장하고 엄숙한 맘으로 뜨거운 짬뽕을 땀까지 뻘뻘 흘려가며 먹었다. 그리고 곧 그리워질 그 맛을 잊지 않기 위해 천천히 맛을 음미하고 기억하며 먹었다.

짬뽕을 거의 다 먹어갈 무렵에야 바로 옆자리에 앉은, 60대로 보이는 나이 든 커플의 대화가 귀에 들어왔다.

"아이고 이 아저씨야. 그러다 죽어요. 왜 밥을 안 먹는데? 이렇게 뼈만 남아서. 당신은 손이 없어? 발이 없어? 왜 밥 안 챙겨 먹고 굶고 지내는데?"

배를 굶고 살아서인지 풀이 죽어 보이는 삐쩍 마른 아저씨 앞에서 아주머니는 소주를 연신 들이켜며 짜장면을 깨작깨작 천천히 먹는다고 아저씨를 타박하고 있었다. 같이 산 지는 몇 년 안 되어 보였고 남자는 실직해 일을 쉬고 있는 것 같았다.

"그럼 아침에 밥이라도 안쳐 놓고 나가."

가만히 혼나고 있던 아저씨가 고개를 들어 아주머니를 바라보더니 항변하듯 말했다. 괜한 푸념이었을까? 조금 전보다 더 지독한 폭풍 잔소리가 쏟아졌다.

"야, 이 인간아! 내가 얼마나 바쁘게 사는지 알면서도 그딴 소리가 나와? 제발 죽으려면 나 없을 때 내 눈에 안 띄는 먼

곳에 가서 확 뒈져버려. 나 있을 때 괜히 나 놀래키지 말고."

"밥이라도 안쳐 놓으면 오뚜기 짜장 소스 사다가 비벼서 밥을 먹든지 해볼게. 나가기 전에 오 분만 시간 내면 되잖아?"

"당신이 쌀 씻어 밥하면 되지 왜 자꾸 똑같은 소리 하는데?"

"혼자 집에 누워 있으면 움직이기도 싫고 밥 먹기도 싫다고."

일방적으로 당하고만 있는 아저씨가 측은하고 답답하기도 해서 준민은 속으로 아저씨에게 "햇반 사드세요."라고 얘기해 주고 싶었다. 하지만 오뚜기 짜장 소스를 아는 사람이 햇반의 존재를 모를 리 없을 거란 생각이 들었고, 저렇게 계속 밥이라도 해달라고 부탁하는 건 아마도 마지막 남은 알량한 아저씨의 자존심일 거란 생각이 들었다. 자기를 챙겨주길 바라는, 아직도 자기를 사랑하는 맘이 남아 있는지를 묻는 외롭고 슬픈 비명이자 외침처럼 들렸다. 밥은 안쳐 놓고 나가란 말이 갑자기 아직도 '나를 사랑하기는 하는 거니?'라는 말처럼 들렸다. 한때는 불같이 뜨거웠을, 그래서 살이라도 떼어 먹여줄 수 있을 것 같았던 시절이 이 커플에게도 분명 있었을 거란 생각이 들었으나, 이내 저 아저씨도 서울역에서 남은 인생을 보내게 될 운명은 아닐까 하는 걱정이 들어 괜히 맘이 울컥해진 준민은 남은 국물을 한 번에 다 들이켜고 일어나 계산을 하고 나왔다.

식당에서 나와 신설동 방향으로 십여 분을 걸으니 동묘가
나왔다. 오랜만이었다. 학창시절 삼국지를 읽고 관우를 특히
좋아해서 호기심에 한 번 와본 곳이다. 짬뽕을 먹을 때 이마
와 머리에 송글송글 맺힌 땀방울이 찬 바람에 식자 한기를
느낀 준민은 몸을 한껏 웅크리고 빠른 걸음으로 동묘 담벼락
옆 작은 골목으로 들어간 뒤 조금 더 걸어갔다. 구제거리가
나왔다. 거리 주변에는 옷뿐만 아니라 싸고 맛있는 먹거리들
이 넘쳤다. 중고등학생 시절, 근처에 있는 황학동 벼룩시장으
로 빽판이라 부르던 복제판 엘피를 많이 사러 왔는데, 이곳에
도 그 시절 인기 많았던 빽판과 오래된 엘피 판들이 가득했
다. 옛날 대통령들의 사진도 액자에 담아 팔고 있었다. 시중
가격의 반도 안 되는데 속은 더 푸짐한 샌드위치를 팔았고,
번데기와 고기 튀김 등을 파는 오래된 점포들도 눈에 들어왔
다. 방금 짬뽕을 먹지 않았더라면 다 들러서 한 번씩 먹어보
고 싶은 음식들 천지였다. 구제거리에는 싸고 품질 좋은 중고
옷들이 넘쳐났다. 서민들이나 빈티지를 좋아하는 젊은이들,
그리고 주머니가 가벼운 노숙자들에겐 정말 천국 같은 곳이
라는 생각을 했고, 브랜드 있는 중고 점퍼를 살까 오래된 군
인 야상을 고를까 잠시 고민하다 실용적인 측면보다는 그래

도 아직은 멋을 내고 싶은 맘이 남아 있어서 오래된 큰 군인 야상을 사 입었다. 비니 스타일의 털모자와 방한용 등산 양말도 몇 켤레 샀고, 양말을 여러 겹 신어도 발을 넣을 수 있는 넉넉한 사이즈의 중고 트래킹 화도 만 원을 주고 샀다. 인적이 뜸한 골목 끝 문 닫힌 상가 유리문에 비친 자신의 모습을 바라본 준민은 이제 서울역에 갈 준비가 다 된 것 같다고 생각했다. 수많은 노숙자 관객들이 있는 서울역 광장 런웨이에서 펼쳐질 자신의 노숙자 입문 축하 워킹을 준비하며 포즈 연습을 하고 있는 것 같기도 했다.

준민은 곧 서울역으로 향했다. 어디로 떠나기 위해서가 아니라, 서울역이 최종 행선지요 종착역이었다. 동묘역에서 1호선 전철을 타고 서울역에 내렸다. 문득 어릴 적 종로에 지하철이 개통되었다고 해서 이모의 손에 이끌려 택시를 타고 종로역에 와서 신설동까지 지하철을 잠깐 타보고 돌아왔던 기억이 떠올랐다. 종로 거리 전봇대에 붙어 있는 어느 영화 포스터에 좋아하던 개그맨 아저씨가 나왔다고 좋아하면서 바라보던 기억 그리고 쥐포를 리어카에 산처럼 쌓아놓고 팔던 노점상 아저씨의 큰 외침 소리가 아직도 또렷하게 들리는 듯했다. 지하도 출구 쪽으로 걸어 올라오며 혹시라도 아는 사람을 만날까 하는 걱정에 무의식적으로 고개를 푹 숙이고 걸었다. 광장 쪽 1번 출구 대신 태평로 쪽 3번 출구로 나와 편의점 옆 오래된 빌딩들이 줄지어 서 있는 거리를 잠깐 서성였다. 주유소 주변에 버려진 자동차 부품 종이박스를 몇 개 주워 모았다. 이따 밤에 깔고 잘, 침대나 매트리스 같은 역할을 해줄 소중한 박스들이었다.

　서울역 광장으로 건너가기 위해 다시 지하도 입구로 가던 준민은 잠시 멈춰 서서 건너편 광장을 바라보았다. 십몇 년 전 이맘때도 준민은 이곳에서 한참을 서성였다. 이제는 희미해져 가는, 그렇지만 잊지 못할 오래전의 기억을 잠시 떠올려 봤다. 너무도 사랑했던, 그래서 너무도 아팠고 잊을 수 없는 그날의 기억을. 곧 죽을 것처럼만 느껴졌던, 아니 차라리 죽는 게 덜 고통스러울 것만 같았던 그때 그 이별의 고통과 혼자 남겨졌다는 허전함과 불안함에 잠 못 이루던 그 시련의 날들도 이젠 한때의 추억으로 아무렇지 않게 떠올릴 수 있게 된 사십 대의 늙고 낡아 버린 남자가 되어 준민은 이곳에서 오랜만에 서울역 광장을 담담히 바라보았다. 준민이 이곳 서울역으로 오게 된 것도 평생 잊지 못했고 죽을 때까지 잊지 못할 것 같은 첫사랑 주희 때문인지도 모른다. 벌써 이십 년 가까이 시간이 흘렀다니. 그런 찰나와도 같은 시간이 한 번 더 흐르면 인생의 끝이 얼마 남지 않은 노인이 되어 있을 테고, 그때도 지금 이 순간처럼 아련한 사랑의 감정을 안은 채 살고 있을까 하는 가슴 아린 허무함이 밀려왔다. 어찌 보면 인생의 황금기 같은 젊었을 적의 추억도 여름날 소낙비를 몰고 오는 번개와 같이 짧고 강렬한 찰나의 순간처럼 덧없게 느껴졌다. 준민은 더 어두워지기 전에 서둘러 걸음을 옮겨서 서울역 지하도로 향했다. 그리고 광장으로 가는 1번 출구 계단을 천천히 걸어 올라갔다.

푸드득푸드득. 한 무리의 비둘기가 날아가는 소리에 준민은 잠에서 깼다. 행인들이 던져 준 새우깡을 먹던 수십 마리의 비둘기들은 한 꼬마가 던진 빈 음료수 캔에 놀라 순식간에 하늘로 날아올랐다. 그리고 광장 위에서 멋진 편대 비행을 하듯 큰 원 모양으로 회전하며 날더니 구 역사 건물 측면 벽에 가로로 길게 나 있는 긴 홈에 일렬로 차례차례 사뿐히 내려앉아 쉬었다. 그런 긴 홈이 그 벽에만 몇 개 더 있어, 비도 피할 수 있고 오후엔 햇빛도 즐길 수 있는 비둘기만의 공동 주택처럼 보였다. 준민은 나른한 잠에서 깨어 서울역 광장을 천천히 둘러 보았다.

광장에는 대낮부터 여기저기서 술판을 벌이고 있는 노숙자들과 그들을 대상으로 전도 활동을 펼치고 있는 교회 신도들이 보였다. 얼마 전까지 같이 노숙하다가 시설에 입소해서 공공근로 자격으로 일당을 벌기 위해 주변을 청소하고 있는 사람들도 보였다. 그들은 이곳에서 노숙할 때 친하게 지냈던 얼굴들을 만나기라도 하면 청소하다 말고 몸 잘 보살피라며 걱정 어린 표정으로 따뜻한 말을 걸어 주기도 하고, 옆에 술병이라도 놓여 있으면 술 좀 그만 마시라고 잔소리를 하며 술병을 빼앗아 가기도 했다. 갑자기 술을 뺏긴 한 노숙자는 이것만 마시고 술을 끊겠다고 소리치면서 갑자기 벌떡 일어나더니, 공공근로 나온 아저씨를 쫓아가 페트병 소주를 되찾아와선 다시 자리에 돌아와 술병을 안 보이게 이불 속 깊숙이 숨겼다. 아무 데서나 소변을 보다가 경찰과 실랑이를 벌이고 있는 노숙자도 가끔 보였다. 예전엔 밤에 화단에서 큰 볼일을 보는 사람도 있었다고 하지만, 요샌 거의 그런 일은 없고 가끔 아무 데나 소변을 갈겨대는 사람들 정도만 보였다. 그래서인지 커다란 플라스틱 페인트 통을 여기저기 갖다 놓고 거기다 소변을 보고 통 안에 소변이 가득 차면 근처 하수구에 부어 버리곤 했다. 벽에 갈기나 그 통에 소변을 보나 벽 근처에 가면 지린내가 나기는 마찬가지였다.

그간 씻지 않고 옷도 갈아입지 않아서인지 준민의 모습 역시 광장에서 지내고 있는 노숙자들의 초라한 행색과 크게 다를 바 없었다. 서서히 그들 무리 속에 동화되어 가고 있는 것 같았다. 어제 오후엔 전국 각처에서 이곳저곳을 떠돌다 결국 서울역에 모여 안식을 취하고 있는 그들의 피곤하지만 평안한 얼굴을 바라보며 몇 년 전에 봤던 티벳인들의 신앙생활을 다룬 다큐멘터리를 떠올렸다. 노숙자의 얼굴에서 다큐멘터리에 나왔던 수행자들의 자유와 깨달음이 묻어나는 얼굴이 연상되기도 했다. 티벳인들은 죽기 전에 한 번이라도 교만함을 버리고 참회를 갈구하는 고행의 예법인 오체투지로 수백에서 천 킬로미터가 넘는 거리를 몇 개월에서 길게는 일 년 넘게 이동해 그들의 성지인 라사 지역의 조캉 사원에 가보는 걸 삶의 목적으로 생각한다고 한다. 욕심을 버리고 깨달음을 얻기 위한 기나긴 고행의 여정 끝에 조캉 사원 앞에 선 티벳 수행자의 얼굴이 겹쳐 보이는 노숙자들의 얼굴도 간혹 만날 수 있었다. 어쩌면 그들에겐 이 서울역이 티벳인들의 성지 조캉 사원처럼 마음에 안식을 주는 그런 곳일 수도 있겠다는 생각을 해보았다. 준민도 젊은 시절 바쁜 직장생활에 쫓겨 정신이 피폐해지고 힐링이 필요한 순간마다 언젠가 나이 들어 여유가 생기면 세속의 욕심을 버리고 괴나리봇짐 하나 달랑 메고 세계를 떠도는 수행자이자 방랑자 같은 삶을 꿈꾼 적이 있었다. 그런 욕심 없는 무위도식의 평온한 마음 세계를 자주 갈구해 왔다.

준민의 오랜 취미는 오래된 흑백 영화를 감상하는 것이다. 옛날 영화 속 명동이나 종로 거리의 모습을 보며, 젊은 시절 그 거리를 활보했을 아버지를 추억하곤 했다. 30년대 무성영화, 그리고 50년대, 60년대의 흑백 영화 속에서도 서울역은 예나 지금이나 변함없는 모습으로 등장했고 아직도 같은 자리에서 그 모습을 지키고 있다. 서울역처럼 변함없는 모습으로 오랜 기간 영화 속에 등장하는, 서울의 상징과도 같은 건축물은 시청, 명동 성당, 신세계 백화점, 한국은행 등 몇 곳밖에 없었다. 몇 달 전 봤던 60년대 영화 '귀로'에 나오는 남대문 교회도 예전 모습 그대로 아직 서 있으나, 교회 앞에 거대한 대우빌딩이 들어서며 예전처럼 서울역 광장에서 그 멋진 교회 건물을 바라볼 수는 없게 되었다. 어쩌면 추억의 올드 무비를 사랑하고, 그 영화 속 배경이나 건물까지 눈여겨 관찰하는 영화 마니아들에겐 이 오래된 서울역 건물이야말로 영화 속에 자주 등장하는 수많은 건물들 중에서도 종갓집 같은 상징성을 갖는 건물이란 생각도 했다. 그만큼 오래된 영화 속에서도 서울역은 똑같은 모습으로 등장했다. 그런 서울의 상징적인 곳에서 준민은 어느덧 일주일 넘게 노숙 중이다. 정말이지 이곳에서 노숙 생활을 하게 될 줄은 꿈에도 생각 못했다.

서울역은 만남과 헤어짐의 메카 같은 곳이다. 누군가를 만나기 위해 먼 길을 거쳐 이곳에 도착한 사람들은 서울이나 근처 목적지로 가서 그리운 사람들을 만나고, 다시 이곳을 거쳐 고향이나 그리운 가족에게 돌아간다. 오늘도 역시 서울역 광장은 그런 사람들로 가득했다.

바람이 들지 않는 구 역사 구석진 곳 벽에 기대어 따뜻한 한낮의 겨울 햇살을 즐기며 준민은 잠깐 졸았던 것 같다. 겨울이지만 바람이 불지 않는 한낮에 햇볕을 쬐고 있으면 따뜻한 봄처럼 느껴졌다. 군대에 있을 시절 휴일이면 애인이나 가족이 면회 오는 동료들의 경우에는 외출을 나갔지만, 준민처럼 자대 배치 이후 아무도 면회를 오지 않는 병사들은 휴일에 소일거리를 찾는 것도 하나의 일이었다. 준민은 휴일이면 주로 간부 숙소 근처 화초를 보관하는 온실에 짱 박혀서 재미없는 진중문고 책을 읽곤 했다. 휴일에 그 온실 안을 찾아오는 병사나 간부는 아무도 없었다. 따뜻한 햇살, 고요한 정적, 그리고 유리에 맺힌 물방울에 반사되어 부서지는 태양 빛을 즐기며 그 온실 안에서 꿈쩍하지 않은 채 앉아서 졸거나 책을 읽고 있으면 무료함을 달랠 순 없어도 마음만은 아주 편안했다. 서울역 벽에 기대어 졸던 준민은, 그 시절 온실에서 책을 손에 쥐고 졸던 자신의 모습이 문득 생각났다.

광장에서 그럭저럭 별일 없이, 순탄하게 며칠을 보냈다. 무리하고 떨어져 구석진 곳에 혼자 자리를 잡고 술도 거의 마시지 않고 조용하게 지내서 그런지 말을 걸거나 시비를 거는 사람은 거의 없었다. 해가 떨어져서 어두워지면 노숙자들은 하룻밤을 보낼, 자기 몸을 누일 한 평도 안 되는 거처를 찾기 위해 분주해진다. 대개는 오랜 기간 자리를 잡고 한 곳에서 겨울을 나고 계절을 나지만, 준민처럼 최근에야 이곳 서울역에 온 탓에 잘 곳을 찾아 헤매는 사람들도 더러 있었다. 준민은 며칠 전 오십 대 후반으로 보이는 문래동 공구상 골목 출신의 인상 좋은 서 씨 아저씨와 우연히 친해져 처음으로 그 아저씨를 따라 무료 배식을 받아 함께 식사도 하고, 저녁엔 같이 어울려 술도 마셨다. 밤과 새벽에는 몹시 추운 겨울 날씨지만 오후가 되어 햇볕이 들면 어느 정도 한기를 피할 수 있어 견딜 만했다. 추운 밤만 잘 견디면 될 것 같았다. 추운 겨울밤만 아니면 굳이 시설에 들어갈 필요를 못 느낄 노숙자도 많을 것 같았다. 준민도 서 씨 아저씨와 지하도 아래 차가운 바깥바람이 미치지 않아 덜 춥고 냉기가 덜한 곳에 자리를 잡고 주유소 근처에서 주워온 종이박스들을 깔고 벽에 기대어 앉은 자세로 잠을 청하곤 했다. 야상 안에 두꺼운 옷을 껴입어서 지하도의 추위는 어느 정도 견딜 만했다. 준민은 침낭까지는 미처 생각을 못했는데, 큰 백 팩을 메고 다니는 비교적 젊은 노숙자들은 밤이면 침낭을 꺼내 들어가서 잠을 잤다. 조금 추운 날이면 그 침낭을 가진 노숙자가 부럽게 생각될 때도 있었다. 이곳에 오기 전 캠핑을 좋아했는지 아웃도어용 고급 침낭을 갖고 있는 노숙자도 있었고, 시에서 나눠준 것 같은 비교적 저렴하고 가벼워 보이는 침낭을 갖고 있는 사람도 있었다. 침낭 속에 들어가 자는 노숙인 다음으로 부러운 사람은 어디서 구해 왔는지 아주 커다란 냉장고 종이박스의 윗부분만 뜯어내서 한때 유행했던 캡슐 호텔처럼 그 긴 종이박스 속에 들어가 잠을 자는 노숙자들이었다. 그 냉장고 종이박스 겉면을 비닐로 여러 번 감고, 안에 작은 각목 조각을 구해 부목처럼 지지해주면 냉장고 종이박스 집도 최소 1년 정도는 사용할 수 있을 내구성 좋은 집이 될 것 같았다. 이곳에서 며칠 동안 추위에 떨며 지내다 보니 종이박스 집조차 탐나고 부러워지기 시작했다. 저런 종이박스도 시에서 나눠주는 건지, 아니면 가전제품 유통하는 회사에서 이곳 노숙자들을 위해 기부한 건지, 그도 아니면 어디서 돈을 주고 사

오는 건지 궁금했지만, 그걸 어디서 구했냐고 물어보기도 뭐
해 차마 묻진 못했다. 그런데 얼마 전 서 씨 아저씨가 박스 필
요하면 저 구 역사 뒤 대형 마트에 가서 구해오면 된다고 알
려줘서 궁금했던 종이박스의 출처를 알 수 있게 되었다. 운
좋으면 커다란 냉장고 박스도 구할 수 있다고 했다. 아웃도어
침낭에서 자는 노숙자가 타워팰리스에서 사는 거라면, 저 냉
장고 종이박스 안에서 자는 노숙자는 강남 아파트 사는 사람
들 같았고, 잠자는 모습만 보면 준민은 이곳 서울역 노숙자
중에서도 서민 축에 속하는 것 같았다.

노숙자 중에는 아주 가끔 집에 들르거나 지인들에게 용돈
을 받아 가끔 먹거리나 술을 사는 사람들이 있었고, 기초수
급 자격이 있는 노숙자중에는 주거 지원비 명목으로 받은 돈
을 술을 마시거나 담배를 사는데 다 써버려 머물던 여인숙
이나 쪽방에서 쫓겨나 다시 광장으로 돌아와 배회하는 이들
도 있었다. 시에서 운영하는 쉼터는 웃옷을 벗고 자도 될 정
도로 난방 시설은 잘 되어 있었지만, 일찍 자고 일찍 일어나
야 하고 술, 담배도 맘대로 할 수 없었다. 자기만의 공간 없이
모두 다 같이 어울려야 하기 때문에 술을 좋아하거나 갑갑한
게 싫어서, 아니면 그저 혼자 조용히 지내고 싶은 마음에 시
설을 꺼리는 사람들이 많았다. 게다가 쉼터 시설도 수용가능

인원이 넉넉지는 않아서, 오래 있으면 눈치가 보인다며 자리를 양보하고 다시 거리로 돌아오는 사람들도 있었다. 노숙자들도 자기만의 공간을 갖고 싶어 하는 건 인지상정인 듯했다. 그래서일까? 어디서 그렇게 많은 종이박스를 구해오는지, 서울역에서 오래 생활해 온 노숙자들은 대개 종이박스를 테이프로 붙여 사무실 파티션 같은 울타리를 만들고 그 안에 들어가 잠을 자고 생활을 했다.

전국적으로 해마다 겨울이 되면 많은 노숙자들이 동사를 한다지만, 요새 서울역에서 얼어 죽는 노숙자는 거의 없다고 들었다. 아무래도 서울역이란 상징성 때문에 시에서 더 많은 관심을 기울이고, 경찰들도 한파 주의보가 발령되면 순찰을 많이 돌며 자원봉사자들의 봉사도 집중되는 곳이라 그런 것 같았다. 어쩌다 취객들이 술에 취해 길에서 자다 차에 치이거나 저체온증으로 사망하는 경우는 뉴스에서 들어 봤어도, 노숙자가 얼어 죽었다는 이야기는 없었다. 오랜 노숙 생활을 해온 사람들은 조끼를 안에 두 개 이상 끼어 입고 점퍼도 두 개 이상 끼어 입는 경우가 많기 때문에 웬만한 추위가 아니면 참고 견딜 만하다고 했다. 정말 춥고 배고팠던 5~60년대 시절의 노숙에 비하면 이곳의 생활도 많이 변했을 것이다. 요새 겨울옷은 훨씬 바람도 잘 막아주고 보온성도 좋아졌으며, 그 시절 없었던 지하도가 생겨 눈과 비바람을 피해 덜 추운 곳에서 밤을 보낼 곳이 생겼다. 최근엔 시설 좋은 민자 역사가 새로 생기며 따뜻한 대합실, 쇼핑몰, 그리고 마트 등 노숙자들이 겨울을 편히 지낼 곳도 많아졌고 쇼핑몰과 대형 마트 앞에 쌓아둔 종이박스도 쉽게 구할 수 있었다. 가끔 복지단체나 시에서 노숙자들을 위해 겨울옷이나 침낭, 담요 등을 나눠주기도 하니 이 모든 것들은 옛날에는 상상하기 어려운 일이었을 것이다.

아침에 광장에서 낡은 점퍼의 팔 부분을 당구장에서 흔히 보던 팔 토시 모양으로 잘라내어 그걸 양쪽 발목 부분에 끼워 입는 한 노숙자를 보았다. 기발한 아이디어 같았다. 노숙하다 보면 새벽에 발목 부위가 특히 시릴 때가 많았기에, 준민도 나중에 낡아서 버려야 할 점퍼가 생기면 그 아저씨처럼 팔 부분을 토시처럼 잘라내어 발목 부분에 껴입고 다녀야겠다고 생각했다. 밤에 잠자리 때문에 싸우는 경우는 거의 없었다. 대부분 자기 자리가 있어 옷가지나 담요, 아니면 종이박스로 자리 표시를 해놓기도 하지만, 누가 자기가 누웠던 자리에 자리를 잡고 누워 있어도 대개 그냥 다른 곳으로 가서 새로 자리를 잡기 때문이다. 그 얘기를 처음 들었을 때 노숙자들은 상처를 안고 사는 사람들이 많고 그 아픔을 잘 알기 때문에 다른 누구에게 그런 상처를 주지 않으려고 해서일지도 모른다는 생각을 했다. 회사에서 쫓겨나거나 가정이 해체되는 아픔을 겪었거나 이런저런 이유로 자기가 있을 곳이 사라지는 상처를 겪은 노숙자들이다. 노숙자가 되어서도 월셋방이나 쪽방에서 지저분하고 안 씻는다는 이유로, 또는 월세가 없어 쫓겨나거나 도망쳐 나오는 경우가 많았다. 쫓겨나 본 아픔을 잘 알기에 남에게 그런 아픔을 주는 걸 피하는 것 같았다.

오래전 을지로 지하도를 지나다 준민은 병에 걸린 것처럼 보이는 어느 노인 노숙자가 바닥에 깔고 자는 종이박스 구석에 자기 이름과 고향 주소, 그리고 주민번호 앞자리를 적어 놓은 걸 보고 한참을 서서 그 자리를 뜨지 못했던 적이 있었다. 주민증을 분실했을까? 혹시라도 잘못되면 그래도 주검이라도 다시 고향에 돌아가고 싶은 마음과 어느 누구라도 자신의 죽음을 알아주길 바라는 맘에 그렇게 써놓았을 거라는 생각에 마음이 아팠다. 중3 때 크리스마스라고 친구들과 명동 시내에 구경을 왔을 때 롯데 백화점 건너편에서 봤던 아주머니의 모습도 생각났다. 젊은 아주머니였는데 머리에 스카프를 두르고 갓난아이를 보자기에 싸매 등에 업은 채 고개를 숙이고 차가운 보도 바닥에 무릎 꿇고 있었다. 그때는 어려서 그 아주머니가 왜 그러고 있는지 알 수 없었고, 그래서 옆에 서서 아주머니와 우는 아기를 한참 쳐다봤다. 어린 마음에 '울고 있는 갓난아이가 추위에 잘못되면 어떡하지?' 하는 걱정이 들어, 오랜만에 친구들과 나온 명동 나들이가 즐겁지만은 않았다.

오래전 기억들을 생각하다 보니 준민은 술에 취해 얼어 죽을 뻔했던 기억이 문득 떠올랐다. 몇 년 전 아주 추웠던 어느 겨울날, 운영하던 회사가 자금난에 허덕일 때 건강도 좋지 않은 상태에서 강남역 부근에서 혼자 술을 마시며 신세 한탄을 하다가 문득 첫사랑이 너무 보고 싶어져서 소주를 물 마시듯 여러 병 마시고 만취해서 비틀거리며 걸었다. 그러다 근처에 사는 선배 집에 전화를 걸어 술 사 들고 갈 테니 조금만 기다리라 말하고 걸어갔는데, 얼마 못 가 공사장 구덩이를 피하지 못하고 떨어져서 발목이 부러져 옴짝달싹 못하는 신세가 되었다. 준민은 발목 통증이 너무 심해 일어설 수 없었다. 비명을 지르고 살려 달라고 아무리 소리를 질러도 칼바람이 부는 추운 새벽 어두컴컴한 공사장 부근을 지나는 사람은 아무도 없었다. 이러다 얼어 죽는 건 아닌가 걱정하던 준민은 결국 취기를 이기지 못하고 잠이 들어버리고 말았다. 전화를 받고 맥주를 마시며 준민이 오길 기다리던 선배는 한참을 기다려도 준민이 나타나지 않자 오다 그냥 다른 곳으로 샜나 보다 생각하고 잠이 들었다고 했다. 하지만 기다리며 맥주를 너무 많이 마신 탓에 그 선배는 새벽에 잠에서 깨어 소변을 봤는데, 혹시나 준민이 오는 길에 술에 취해 어디서 엎어져 자고 있진 않을까 하는 생각에 집을 나와 강남역 방향으로 걸어오다 공사장 구덩이에서 신음하며 쓰러져 있는 준민을 극적으로 발견할 수 있었다고 했다. 소주를 물처럼 마시다 천국으로 가는 급행열차를 탈 뻔했던 준민은 선배의 식도를 타고 위와 장 속으로 흘러 들어가 소변으로 변신해 자기를 밖으로 다시 꺼내 달라며 자는 선배를 깨운 여러 병의 맥주 천사 덕분에 극적으로 그 열차에서 뛰어내려 돌아올 수 있었다. 맥주를 마시면 취하지는 않고 오줌만 마려워서 준민은 맥주를 지금도 거의 마시질 않지만, 맥주 덕에 그때 다시 살아나서인지 맥주를 볼 때마다 생명의 은인처럼 느껴져 항상 고마운 생각을 하며 마신다. 그때 그 여러 병의 맥주 은인들이 아니었다면 아마 준민은 구덩이에서 동사하여 이미 이 세상 사람이 아니었을지도 모른다.

준민은 계단 옆 화단석 위에서 주워온 신문지를 돌돌 말아 베개처럼 베고 종이박스 위에 누워 파란 하늘 위를 떠가는 구름을 잠시 바라보았다. 바람에 흘러가는 구름을 바라보고 있으니 맘이 편안해졌다. 이곳에 와서 생긴 버릇이라면, 행인들이 읽다 버리고 간 신문을 주워서 들고 다니다 자리에 가져와 날짜순으로 쌓아 놓는 것이었다. 누구에게는 아무짝에도 쓸모없는 쓰레기에 불과하겠지만, 정해진 일거리가 없는 이곳 노숙자들이나 준민에게 있어 신문을 보는 건 세상 돌아가는 것도 알 수 있고 시간 보내기에도 아주 좋은 소일거리였다. 비나 눈이 올 때면 네 등분해서 접으면 괜찮은 우산이 되어 주고, 김밥이나 과자에 막걸리를 먹을 때 바닥에 깔면 훌륭한 식탁보가 되어 주기도 했다. 가끔은 돌돌 말아 빗자루처럼 지저분한 바닥을 쓸기도 했고, 차가운 바닥에 여러 겹 깔면 따뜻한 방석이 되었으며, 한낮엔 강렬한 태양 빛을 막아주는 선글라스나 차양이 되어주기도 했다. 더운 여름날에는 좋은 부채가 되어줄 것 같다는 생각도 했다. 무엇보다 돌돌 말면 밤에 피곤한 머리를 누일 수 있는 베개가 되고, 넓게 펼쳐서 여러 겹 겹쳐 덮으면 따뜻한 이불로 변신하며, 관심 없는 정치면이나 재테크면 뉴스를 보고 있으면 돈 들이지 않고도 수면제를 먹은 것처럼 잠이 스르르 오게 해주었다. 거리에 버려져 아무도 거들떠보지 않는 신문지 뭉치 하나조차 그렇게 쓸 곳이 넘치는 귀한 물건이라 생각했다. 그렇게 서울역에서 신문은 준민에게 소설 「노인과 바다」에 나온 샌디에고 할아버지의 오래된 신문지 친구처럼 좋은 말벗이 되어주고 소중한 친구가 되어 주었다.

밤에 광장 구석에 있는 화장실을 다니며 알게 된 건데, 겨울에 수도가 얼지 말라고 화장실 안에 난방을 틀기 때문에 실내가 따뜻했다. 그래서 그곳에서 자는 사람들도 더러 있었다. 냄새에 둔감하거나 화장실 문 여닫는 소리와 발자국 소리에 깨지 않을 정도로 예민하지 않은 사람은 화장실 끝 구석진 칸 안에 들어가 문을 잠그고 용변 보는 자세로 변기에 걸터앉아서 잠을 자고는 했다. 주로 출입문에서 가장 먼 안쪽 사로가 덜 춥고 사람들이 덜 찾기 때문인지 다른 사로에 비해 인기가 있었다. 그래도 자는데 문을 자주 두드려서일까? 어떤 사람들은 신발을 벗어 신발 코가 바깥쪽에서도 살짝 보이게 놓아두곤 했다. 그렇게 안에 자기가 있다는 걸 표시하고 자는 사람들도 있었다. 준민은 어젯밤에도 그 화장실에서 소변을 보다 그 안에서 자고 있을 노숙자를 생각하며, 어쩌면 한 평도 안 되는 그 작은 공간이 그곳에서 새벽 추위를 피해 웅크린 자세로 잠을 자는 노숙자들에겐 달팽이 집처럼 안전하고 든든한 껍질일 수도 있겠다는 생각을 했다.

며칠 전, 화장실에서 나와 잠시 별을 보며 주변을 서성이던 준민 눈에 재미있는 광경이 들어왔다. 한 젊은 노숙자가 서울역 근처 식당 밖에서 유리창을 통해 식당 안을 계속해서 주의 깊게 관찰하고 있었다. 누구 아는 사람이 안에서 식사를 하고 있나 싶은 생각에 그 노숙자를 쳐다보고 있는데 갑자기 식당 출입문이 열리며 손님 두 명이 이쑤시개를 입에 물고 나왔다. 그러자 문이 닫히기도 전에 그 젊은 친구는 식당 안으로 뛰어 들어가더니 식탁 위에 있는 국밥의 남은 국물을 한 번에 들이켜 마시고는 얼른 뛰쳐나왔다. 그러더니 식당 밖 주변을 서성이며 꺼억 꺼억 몇 번 트림을 크게 하더니 다시 아까와 같은 그 자세 그대로 식당 안을 들여다보기 시작했다. 이번에는 어느 젊은 커플이 문을 열고 나왔는데, 이번에도 역시 잽싸게 식당 안으로 들어가더니 남은 우동 국물을 마시고 손님이 남기고 간 물만두 한 개까지 손에 쥐고 순식간에 가게 밖으로 나왔다. 정말 몇십 초도 안 걸리는 짧은 시간 안에 이뤄진 번개와도 같은 동작이라 가게 직원이 알아차리기 어려울 것 같았다. 설사 알아도 막기 어려울 것 같았고 막을 이유도 없을 것 같았다. 그 속도가 워낙 빠르기도 하고, 가게 입장에서도 음식물 처리를 대신해 주니 나쁠 것 같지만은 않았다. 마치 그 젊은 노숙인과 식당의 관계가 악어의 이빨 사이에 낀 고기 찌꺼기를 청소해 주는 악어새와 악어 같은 관계처럼 보였다. 그 이후로도 몇 번 더 그 젊은 친구의 기행을 지켜봤는데, 가끔 만두나 김밥을 남기고 가는 손님들이 있으면 그걸 얼른 집어 주머니 속에서 새우깡 같은 과자 봉지를 꺼내 그 안에 집어넣었다. 그렇게 주머니 속에 넣어 다니다가 배고플 때 꺼내어 먹기도 했다. 한 번은 식당 근처에서 그의 모습을 바라보고 있는 준민과 눈이 마주쳤는데, 그 친구는 준민에게 다가와 주머니에 넣어 둔 비닐봉지를 꺼내어 보이며 만두 먹고 싶지 않냐고 물었다.

솔직히 먹고 싶은 맘이 컸지만, 그 비닐봉지가 더러운 건 아닌지 노숙자답지 않게 위생 문제가 걱정되었고 무엇보다 그렇게 훔치듯 가져온 음식을 나눠달라고 하기엔 자존심이 상해서 참았다. 그렇지만 배도 고팠고 준민은 만두라면 환장하는데 만두를 먹은 지 하도 오래돼서 먹고 싶은 마음만큼은 간절했다. 이곳에 오기 전에는 가을이면 집 앞 편의점 파라솔 아래서 편의점 냉동만두를 전자레인지에 돌려 뜨끈해진 만두를 입에 넣고 호호 불면서 컵라면 국물을 한 모금 마시거나 조금 식은 만두 한두 개를 뜨거운 컵라면에 넣어서 라면 국물을 잔뜩 머금은 만두를 입에 넣고는 했다. 그걸 안주 삼아 캔맥주에 소주를 조금 부어 만든 캔 소맥을 마시던 그 즐거움도 생각났다.

하루는 추워서 불장난을 하다 그랬는지 아니면 실수로 담배꽁초가 신문지 더미에 떨어져 불이 붙었는지, 비교적 덜 추워서 노숙자들이 추운 날이면 모여드는 지하도 안쪽 전철 개찰구 쪽에서 신문지 더미와 종이박스가 불에 탄 적이 있었다. 그때 매캐한 연기가 위로 솟구쳐 스프링클러가 작동돼 잠을 자던 노숙자들 위로 한여름 폭우 같은 물줄기가 쏟아져 내렸다. 옷과 신발, 종이박스는 물에 흠뻑 젖고, 바닥은 물바다가 되었으며, 연기가 지하도 내부를 가득 채워 그 안에 있던 노숙자들이 긴급하게 밖으로 대피하는 소동이 있었다. 그날 준민도 추위를 피해 서 씨 아저씨와 지하도 벽에 기대어 졸다가 연기와 스프링클러 때문에 어수선해진 지하도를 급히 빠져나왔다. 광장 구 역사로 가서 바람이 덜 부는 건물 벽 사이에 앉아 벽에 등을 기댄 채 맑고 시원한 바깥 공기를 한껏 들이켰다. 그래도 다행히 준민은 바지 아래만 조금 젖었을 뿐이고, 서 씨 아저씨는 운 좋게 거의 물에 젖지 않았다. 하필 최근 들어 가장 추운 날 그런 소동이 일어나서 준민은 오랜만에 한겨울의 맹추위를 제대로 느끼며 새벽을 보내야 했다. 눈치껏 신 역사 대합실에서 몇 시간만 몰래 추위를 피하고 올까도 생각했지만, 승객들에게 폐를 끼치고 싶지 않았고 노숙자들을 발견하는 즉시 밖으로 내보내는 청원 경찰의 단속에 걸리는 것도 싫어 오늘은 그냥 이곳에서 추위를 참아 보기로 했다. 몇 시간만 참으면 해가 뜰 것이다. 준민은 몸보다는 맘이 편한 걸 택했다. 하지만 해뜨기 직전이 가장 춥다는 걸 군 시절 전방 철책 경계 근무를 섰던 준민은 잘 알았다.

옆에서 벽에 기대 졸던 서 씨 아저씨가 갑자기 일어서더니 아까 급하게 뛰쳐나오느라 담배를 지하도에 두고 온 것 같다며 담배를 구하러 갔다. 기초 수급자이거나 노가다를 뛰는 노숙자들은 담배를 사서 피기도 하지만, 돈 없는 노숙자들은 담배를 주로 얻어 피거나 꽁초를 주워 피고는 했다. 이곳 노숙자들은 대개 술을 많이 마시고 담배도 많이 폈는데, 돈이 생기면 도박을 하거나 게임방이나 실내 경마장에 가서 돈을 날렸다. 노숙자들과 가끔 어울리다 안 좋다는 건 다 찾아서 하게 된 사람도 더러 있었다. 미래가 없다고 생각해서인지 자기 몸을 돌볼 줄 모르고, 그러다 어디에 병이 나도 크게 후회하지도 않는다고 한다. 후회를 한다는 건 아직 미래를 생각한다는 것이고, 그건 자기를 사랑한다는 것이다. 후회나 자책도 그런 면에서 희망적이고 의미가 있는 거란 생각을 준민은 이곳에서 처음 하게 되었다.

준민은 담배를 피우지 않았다. 군 시절 고참들이 여러 번 권했는데도 피우지 않았다. 후임이 한 명이라도 더 담배를 피워야 소대에 담배 보급이 더 나올 테고, 담배가 떨어지면 후임들한테 얻거나 뺏어 피울 수 있었기에 고참들은 대개 담배를 피지 않는 신병들에게 담배를 가르치려고 했다. 그럼에도 준민은 끝까지 담배를 피우지 않았다. 당시 동기에게조차 말하지 않았던 그 이유는, 우선 담배 연기가 싫었고 좋은 냄새를 풍겨도 모자랄 판에 내 몸에서 안 좋은 냄새를 풍기고 싶지 않았기 때문이다. 하지만 결정적인 계기는 따로 있었다. 매달 초 담배 보급이 나오기 직전, 그러니까 월말은 나눠준 담배가 떨어질 무렵이었다. 그때 돈이 없는 이등병이나 집에서 돈을 부쳐주지 않는 사병들은 친한 동기들에게 담배를 빌려 피우거나 남이 피우고 버린 꽁초를 주워 피곤했다. 당시 이등병 월급은 몇천 원이었다. 준민은 더웠던 어느 해 7월의 마지막 날, 내리는 비를 맞으며 탄약고 경계 근무를 서다가 우연히 목격한 불편한 장면을 아직도 잊지 못한다. 초소는 야트막한 언덕 위에 있었는데, 저 아래 내무반과 그곳에서 오십 미터쯤 떨어진 곳에 서 있는 오래된 화장실 풍경이 그대로 눈에 들어오는 곳이었다. 비 오던 그날, 비에 젖어 질척거리는 땅을 왔다 갔다 하며 이등병 여러 명이 참새들이 이삭을 찾아 쪼아 먹는 것처럼 젖지 않은 담배꽁초를 찾기 위해 머리를 땅에 처박은 채 여기저기 돌아다녔다. 마른 담배꽁초를 구하지 못한 그들의 다음 수색 타깃이 되는 보물창고는 다름 아닌 지독한 냄새가 나는 화장실 창문틀이나 변기 옆 쓰레기 통이었다. 거길 뒤져서 긴 꽁초라도 발견하면 좋다고 시시덕 거리며 지저분하고 고약한 화장실 냄새 배었을 그걸 돌려가 며 입에 물고 나눠 피는 모습을 보고 그때 준민은 결심했다. 고참들이 아무리 강요해도 담배는 피우지 않으리라고. 술은 아무리 좋아하고 마시고 싶어도, 쓰레기장을 뒤져 빈 병 안 에 남은 술을 마실 사람은 없을 것이다. 하지만 담배에 미친 사람들은 화장실 쓰레기통도 뒤져 피울 만큼 심각한 중독 상 태에 빠진다는 걸 그때 느꼈다. 처음 서 씨 아저씨가 광장에 서 주워온 꽁초를 피우는 걸 보고 준민은 "바다에 떨어진 걸 주워 피면 더럽지 않나요? 남이 피우던 건데?" 하고 물었다. 아저씨의 대답은 의외였다.

"다 요령이 있어. 나도 돈 떨어지고 아는 사람들이 전부 자 고 있어 얻어 피기 어려울 땐 아주 가끔 주워서 피우기도 하 는데, 가능하면 예쁜 아가씨들이 피우다 버린 걸 바로 뛰어가 서 주워 피지. 시커먼 남자들 피우던 것보다는 여자들 게 아 무래도 좋아. 필터에 루즈 자국 묻어 있는 꽁초들이 최고지. 기왕이면 담배도 피고 간접 키스도 하고 좋잖아? 님도 보고 뽕도 따고 말이야."

    스프링클러에서 쏟아져 나온 물에 젖은 바지 밑 부분이 추위에 어느새 딱딱하게 얼어버렸다. 문득 군 시절 한겨울에 각개 전투 훈련을 받던 기억이 났다. 철조망 밑으로 포복해서 적의 가상 진지까지 이동하는 훈련이었는데, 중간중간 물웅덩이와 도랑이 있었다. 겨울이었지만 한낮의 태양 빛과 군인들의 처절한 몸부림에 깨져 버린 얼음 때문에 전투복은 흙탕물 범벅이 되었고, 고지에 도달해 몸을 일으켜 세웠을 땐 무섭게 불어오는 칼바람과 추위에 모두 부들부들 몸을 떨었다. 그 시점에서 훈련 조교들은 젖은 전투복을 시원한 겨울바람에 빨리 말리라며 두 팔 두 다리 모두 벌린 자세로 훈련병들을 일렬로 세워 놓고 어릴 적 부르던 '어머님의 마음'이라는 동요를 부르게 했다.

    낳으실 제 괴로움 다 잊으시고
    기를 제 밤낮으로 애쓰는 마음
    진자리 마른 자리 갈아 뉘시며
    손발이 다 닳도록 고생 하시네
    하늘 아래 그 무엇이 넓다 하리오
    어머님의 희생은 한이 없어라

    눈을 부릅뜨고 눈물을 참아보려 애써도, 노래를 부르다 보면 결국 대부분의 아들 눈엔 눈물이 주르륵 흘러내렸다. 그렇게 힘든 훈련이 끝나고 영하의 산 속 야영지에 있는 개인용 야전 텐트로 돌아가 흙탕물 범벅이 된 옷을 벗고 여분의 잘 마른 전투복으로 갈아입은 후 따뜻한 침낭에 들어가 누웠을 때의 그 안락하고 포근했던 순간은 잊을 수가 없다.

얼마 전에 본 '나는 자연인이다'라는 TV 프로그램에서 하루 중 어느 순간이 가장 행복하냐고 진행자가 자연인에게 물었는데, 그의 답이 인상적이었다. 별 것 없어 보이는 하루하루를 사는 것 같지만, 그래도 하루를 열심히 살고 나서 저녁에 잠자리에 누울 때 가장 행복하다고 그는 말했다. 그의 대답을 들은 준민의 머릿속에 고된 훈련이 끝나고 추운 야영지에서 따뜻한 침낭 안에 몸을 집어넣고 잠을 청하던 그 순간이 떠올랐다. 희한하게도 사회에서 하루를 정말 열심히 일하며 보냈을 때나 이곳 서울역 광장에서 하는 일 없이 빈둥대며 하루를 보냈을 때나 밤에 잠자리에 누워 담요를 덮고 잠을 청할 때면 준민은 허무한 감정을 밀어내고 마음 속 가득 차오르는 단순한 행복을 느끼곤 했다. 차가운 밤하늘의 별을 바라보며 두꺼운 종이박스 위에 몸을 눕히고 담요 몇 겹 아래 따뜻한 공간에서 잠이 들 때면 오늘도 이렇게 하루가 갔구나 하는 허무한 안도감과 내일 배식엔 무슨 반찬이 나올까 하는 작은 설렘 같은 것이 생겨 행복을 느끼며 잠이 들곤 했다.

그렇지만 오래전 훈련 야영지에선 너무 고단해서 그 안락한 순간을 느낄 수 있는 시간이 단 몇 분도 안 됐다. 다들 바로 곯아떨어졌다. 이른 아침 나팔 기상 소리에 잠에서 깨어 일어나 정신없이 흙탕물에 젖어 밤새 빳빳하게 얼어버린 훈련복을 아직은 침낭 속 온기가 남아있는 다리에 다시 껴입을 때 느낀, 바로 벗어 던지고 싶을 정도의 소름 끼치도록 싫었던 축축한 냉기는 아직도 잊을 수 없다. 발뒤꿈치와 발바닥 물집이 벗겨져 여기저기 벌겋게 속살을 드러낸 발을 차갑게 얼어버린 군화 속에 억지로 집어넣고 걸을 때마다 작은 신음 소리를 안으로 삼키며 훈련장으로 비틀비틀 내려갈 때의 그 처절한 기분은 몇 번이고 같은 계절을 거치며 그 훈련을 반복해도 익숙해지지 않아 어떻게든 피하고 싶은 경험이었다.

해가 뜨기까지는 아직 두어 시간이 남았다. 바람은 별로 안 불었지만 정말 추웠다. 준민은 야상 모자를 뒤집어쓰고 고개를 푹 숙여 잠깐이라도 잠을 청해 보았다. 그렇지만 너무 추워서 잠은 오지 않았고 오히려 멀뚱멀뚱 정신만 맑아졌다. 문득 살아오며 가장 춥고 배고팠던 이등병 시절의 기억들이 떠올랐다.

신병 훈련이 끝나고 몹시 추웠던 어느 겨울날, 준민은 한참을 커다란 트럭 짐칸에 실린 채 칼바람을 온몸으로 맞고 있었다. 오줌보가 터질 뻔할 정도로 소변을 참고 몸을 바들바들 떨면서 먼 거리를 이동하여 강원도 깊은 산골에 있는 부대로 자대 배치를 받았다. 부슬부슬 겨울비까지 내리던 그 추운 겨울날, 몇몇 고참들은 막사 밖에서 웃통을 벗고 알몸으로 겨울비를 맞으며 역기나 아령을 들고 운동을 하고 있었고, 몇몇은 푸시 업이나 평행봉 운동을 하고 있었다. 마치 미국 영화에서 봤던 교도소 안 갱단 재소자들이 운동하는 모습을 보는 듯했다.

그날 저녁 준민의 자대 생활 적응을 도와줄 두 달 고참이 함께 씻으러 가자며 수건 하나를 들고 준민을 막사 밖으로 데리고 나왔는데, 주변을 아무리 살펴봐도 세면장 같아 보이는 시설은 전혀 없었다. 아무 말 없이 앞서 걷는 고참을 따라 걷다 보니 막사에서 조금 떨어진 곳에 구덩이를 깊게 파서 대충 슬레이트 판으로 지붕을 덮어 놓은 반지하 시설이 보였다. 그 지하 내부로 연결된 계단을 따라 머리를 숙이고 들어가니 벽돌을 쌓아 시멘트를 발라 만든 커다란 욕조 같은 수조가 구석에 있는 지하 세면장이 나타났다. 한국전 직후에 지은 막사라는데, 아마도 한겨울 추위에 물이 얼지 않도록 하기 위해 땅을 파고 그곳에 세면장을 지은 것 같았다. 뜨거운 물을 기대하고 따라갔던 건 지금 생각해 보면 너무 순진한 착각이었다. 샤워기는 고사하고 수도꼭지 같은 것 하나 보이지 않았다. 바가지로 물을 떠 세수를 하거나 물을 몸에 끼얹어 씻는 것 같았다.

마침 그날은 날씨도 추워 그 수조 물 위엔 두꺼운 얼음이 얼어 있었다. 다행히 방금 누가 얼음을 깨고 씻고 갔는지 욕조 위 얼음 한가운데에 빙어 낚시할 때 볼 법한 커다란 구멍이 하나 뚫려 있었다. 그 구멍에는 아주 얇은 살얼음이 덮여 있었다. 고참이 씻는 시범을 보여 준다며 갑자기 옷을 벗으며 말했다.

"겨울엔 일 분 내로 씻어야 돼. 안 그러면 감기 걸릴 수도 있어. 그런데 이렇게 냉수욕을 하면 오히려 감기에는 절대로 안 걸려. 우리 소대원 중에 감기 걸려 고생한 사람은 한 번도 못 봤어. 경계 근무 서다 동상 걸리거나 옴 때문에 고생은 해도 감기는 절대 안 걸려. 그게 다 이 냉수욕 덕분이라고. 그리고 옴 안 걸리려면 잘 씻고 모포도 잘 털어야 돼. 옴 걸리면 한겨울에도 연병장에서 일인용 텐트 치고 옴 나을 때까지 추위에 벌벌 떨면서 혼자 지내야 돼. 알았어? 자, 나 씻을 테니 잘 봐. 먼저 이렇게 손에 물을 묻혀서 가슴에 조금 뿌려. 심장 보호해야 하는 건 말 안 해도 잘 알겠지? 그리고 재빨리 비누를 몸에 칠하라고. 비누가 얼어서 거품이 안 나니까 비누를 물에 적시고 원시인들이 나뭇가지로 불 피우듯 열나게 비누를 비벼야 해. 그리고 몸에서 열이 날 정도로 거품 많이 나게 잽싸게 박박 비누칠을 해. 그걸 삼십 초 안에 다 끝내야 해. 그리고 바가지로 물 퍼서 이렇게 끼얹어. 그리고 한 번 더. 아이고 추워! 마지막으로 대충 수건으로 닦고 막사로 총알처럼 재빨리 뛰어가는 거야. 여기서 수건으로 몸 닦는다고 시간 지체하다간 감기 걸릴 수 있으니까. 알았지? 이렇게 씻는 거라고. 이걸 다 일 분 안에 끝내야 돼. 난 먼저 막사로 갈 테니까 그럼 어서 씻고 와."

그러더니 고참은 발가벗은 채로 수건과 옷을 들고 잽싸게 계단을 뛰어 올라갔다.

그 다음 날 훈련으로 더러워진 전투복 바지를 빨기 위해 그 지하 세면장 바닥에서 두 달 고참과 찬물에 한 번 행군 바지를 얼음처럼 딱딱하게 언 세탁비누로 거품이 생기라고 힘껏 문지르고 있는데 제대를 앞둔 아주 고약한 인상의 말년 병장이 입에 담배를 물고 어슬렁어슬렁 걸어 들어와 갑자기 바지 벨트를 풀고 자기 얼굴만큼이나 시커먼 물건을 꺼내더니 바닥에 전투복을 펼쳐 놓고 열심히 빨래하고 있는 준민과 그 두 달 고참 바로 옆에 있는 배수구를 조준해서 소변을 갈

기기 시작했다. 시커먼 물총에서 나온 레이저 같은 힘찬 오줌이 사방으로 막 튀어 준민의 팔과 얼굴에도 튀었다. 밖이 너무 추워 바람을 피할 수 있는 세면장으로 들어와 소변을 보며 담배를 피울 생각이었던 것 같았다. 담배도 일부러 후임들 얼굴 쪽으로 계속해서 도넛 모양 연기를 만들어 뿜어대는데, 그것도 모자라 갑자기 몸을 돌려 방구를 뺑뺑 큰 소리로 얼굴을 향해 뀌어 대기까지 했다. 준민 옆에서 가만히 빨래를 하던 고참이 이등병 신분을 잊고 화가 났는지 "여기 세면장인데 소변보시면 어떡합니까?"라고 조금 큰 목소리로 따졌더니 바로 돌아온 그 고참의 답변을 아직도 준민은 잊을 수가 없다.

"야 이 새끼들아! 내가 오줌을 누면 여기가 화장실이 되고 내가 여기서 담배를 피우면 여기가 흡연실이 되는 거야! 알았어?"라고 하더니 그 병장을 올려다보던 두 달 고참의 어깨를 발로 툭 차고 잠깐 노려본 뒤 휙 돌아 나가 버렸다. 준민은 다른 고참들의 이름은 잊어도 아직도 그 고참의 이름과 그때의 얼굴을 잊지 못했다.

"이등병 땐 항상 뛰어다녀야 돼. 알겠어? 고참이 부르면 무조건 달려가고, 뭘 지시하거나 시키면 큰 목소리로 복명복창하고, 아무런 토 달지 말고 무조건 빠른 동작으로 해내야 돼. 알겠니?"

두 달 고참은 틈나는 대로 준민에게 군 생활 적응에 필요한 자세나 태도에 대해 이야기해주었다.

"내가 시킨 대로만 하면 무사히 이등병 생활이 끝나고 너도 곧 밑으로 후임이 들어올 거야. 그리고 내가 수시로 전투모 검사를 할 테니 고참들이 옆에 있건 안 보이건 항상 부지런히 뛰어다녀야 돼. 알겠어?"

그리고는 자기 전투모를 벗어 보이더니 모자 안쪽 챙 테두리가 땀에 절어 검게 변해 있는 걸 손가락으로 가리키며 말했다.

"나도 너처럼 졸병 시절에는 항상 뛰어다녔어. 그랬더니 겨울에도 항상 이마에 땀이 나고 이렇게 모자 안 챙이 검게 더러워졌지. 이게 절대 부끄러운 게 아냐. 이렇게 여기 챙이 더러워야 네가 열심히 졸병 생활을 했다는 증거라고. 그렇게 열심히 뛰어다니면 정말 국방부 시계도 빨리 지나가. 알겠어?" 하며 등을 툭툭 쳐주며 미소 지은 얼굴로 말해주던 그 고참의 목소리가 아직도 준민의 귀에 들리는 듯했다. 얼마나 깨끗한지가 아니라 얼마나 더러워졌는지가 합격 기준이었다. 그러다 주변 노숙자들의 모습을 돌아본 준민의 입에서 갑자기 어이없는 웃음이 터져 나왔다. 더러운 걸로 칭찬받는다면 여기 이 사람들이야말로 칭찬받아야 하는 게 아닐까 하는 생각이 들었다. 늘 고참들한테 얻어맞고 기합받으며 지내던 이등병 시절이 떠오르자 갑자기 준민은 눈물이 핑 돌았다. 그땐 그 소대 막사 안의 고참과 동기, 후임들이 세상의 전부인 것만 같았는데 언제 세월이 그렇게 흘렀는지. 지나고 보니 짧은 인생 뭐 그리 잘 살아 보겠다고 그땐 그리 아웅다웅 다투고 고생하며 힘든 시절을 아무 불평 없이 참고 지냈는지. 그리고 그때 그 고맙고 싫었던 고참들이 모두 다 그리운 건 또 뭔지.

그 고참의 애정 어린 충고에도 불구하고 준민은 얼마 지나지 않아 서울 뺀질이라는 듣고 싶지 않은 별명을 얻게 되었다. 자대 배치를 받고 얼마 후 휴전선 철책 부근 천몇백 미터 고지로 떠났던 혹한기 훈련. 십 년 만의 혹한이란 말대로 새벽 경계 근무를 나가는데 지휘소 텐트 밖에 걸려있는 온도계는 영하 33도를 가리켰다. 바람까지 엄청 불어 체감 온도는 그보다 훨씬 더 낮았다. 설상가상으로 준민 바로 뒤 근무 순번이 말년 병장 두 명이었는데, 그 엄청난 추위 때문이었는지 둘 다 근무 시간에 아예 나오지 않아 세 시간을 연속으로 준민은 그 추위에 혼자 경계 근무를 서야 했다. 고참들처럼 혹한기용 타이즈나 멋쟁이 고참들이 암암리에 사용하던 여성용 스타킹도 하나 없어 군복 안은 맨살 그대로였고, 경계 근무를 나갔던 준민은 동상에 걸리지 않기 위해 시선은 경계 지역을 보면서도 두 손을 계속 비벼대고 군화 속 발가락도 계속 꼼지락거려야 했다. 탈영 사고가 자주 일어나는 부대여서 처음 자대 배치받자마자 중대장은 신병들을 불러 모아 놓고 얼마 전 탈영한 이등병이 부대 인근 밭 한가운데 수숫대 쌓아 놓은 곳 안에 숨어 잠을 자다가 다리에 심한 동상이 걸렸는데 결국 다리를 절단해야 했다는 얘기를 들려주었다. 그러면서 절대 탈영하지 말라고 신신당부했다. 그 말이 기억난 준민은 쉴 새 없이 손과 얼굴을 비벼대고 발을 꼼지락거렸다.

평생 경험해 보지 못한 혹독한 추위 속에서 세 시간을 서 있다 경계 근무를 마치고 야영지 일인용 텐트로 돌아와 자려는데 준민은 너무 춥고 목이 말라서 잠이 오지 않았다. 따뜻한 물 한 잔이 너무 절실하고 그리웠다. 텐트 안 수통의 물은 꽁꽁 얼어 있었다. 혼날 각오를 하고 새벽 지휘소 텐트로 찾아가 당직 근무 중이던 젊은 장교분에게 물 한 잔 마셔도 되겠냐고 물었는데, 그 장교분은 웃으며 난로 위에서 뜨거운 김을 힘차게 내뿜고 있는 주전자를 들더니 준민에게 따뜻한 물을 한 잔 따라 주었다. 그러더니 준민의 군복에 달린 계급장을 보곤 "졸병이라 훈련이 힘들지? 추울 텐데 여기 난로 근처에서 몸 좀 녹이고 가."라고 무심한 듯 다정하게 말해 주었다. 너무 고마웠다. 잠시나마 따뜻한 서울 집이 생각났다. 그러나 얼마나 피곤했는지 준민은 자기도 모르게 난로 주변에서 불을 쬐다 그만 잠이 들고 말았다. 그날 이후 준민에겐 한동안 서울 뺀질이란 별명이 따라붙었다. 아직도 준민은 그때 그 장교의 따뜻한 말 한마디가 가끔 떠올랐다. 정말 힘든 순간 따뜻한 말 한마디가 평생 잊을 수 없는 고마움이 될 수도 있다는 걸 그땐 몰랐다. 다음 날 준민은 얼굴과 귀, 코, 그리고 손과 발에 심한 동상이 걸린 걸 알았다. 얼마 지나지 않아 검붉게 변한 피부가 갈라지며 터졌고, 이내 부어오르면서 간지럽기 시작하더니 고름이나 진물 같은 것이 흘러나왔다. 전날 동상에 걸리지 않기 위해 경계 근무 내내 쉴 새 없이 움직이고 비벼댈 때 깜박했던 곳이 한군데 있었는데, 신기하게도 중요한 그곳은 동상에 걸리지 않고 멀쩡했다.

"안 추워?"

담배를 입에 물고 연기를 뿜으며 서 씨 아저씨가 나타났다. 용케도 금방 담배뿐만 아니라 아직 온기가 조금 남아있는 붕어빵까지 구해 왔다. 장사를 마치고 들어가는 붕어빵 장사 아주머니한테 남은 걸 얻어온 것 같았다.

"담배는 어떻게 구하셨어요?"

"지나가는 사람들한테 한 개비만 달라고 해도 다들 그냥 지나가길래 꽁초라도 주워 피우려고 했지. 그때 마침 나이 지긋하신 분이 지나가길래 담배 좀 달라고 말했더니 세 개비나

주더라고. 나이 좀 드신 분들이 고생도 많이 해봐서 맘이 좀 더 너그럽지."

준민의 물음에 아저씨는 담배 연기를 하늘 높이 뿜으며 말했다. 노숙자가 담배를 달라고 하면 보통은 모른 척하고 지나가거나 노숙자 주변을 피해 아예 멀리 돌아가는 사람들이 더 많았다. 아저씨가 돌아다니며 구걸하는 모습을 본 적은 없지만, 다른 노숙자들은 인근 건물 입구에 회수하라고 내어놓은 배달 음식 그릇을 배달하는 사람들이 가져가기 전에 봉투를 풀어 남은 음식이 있으면 먹기도 했고 담배는 화장실 입구나 인근 피씨방을 돌아다니며 얻어 피곤했다. 나이가 들어 힘이 없는 노숙자들 중에는 꽁초를 주워 피거나, 광장에서 담배를 좀 달라고 하거나, 그도 아니면 절하듯 엎드려 구걸해 번 돈으로 담배나 술을 사는 사람들이 간혹 있었다. 구걸은 불법이고 걸리면 벌금형이지만, 구걸을 단속하는 경우는 드물었고 단속을 해도 노숙자들의 경우 주거지가 일정치 않은 경우가 많아 벌금 고지서를 보내는 것도 일이라고 들었다. 벌금 통지서를 운 좋게 전달해도 돈을 낼 수 없는 노숙자들은 대개 노역으로 벌금형을 대체한다고 들었다. 그러나 이곳에 있으면서 노숙자가 구걸하는 모습은 보기 힘들었고, 단속하는 모습 또한 준민은 거의 보지 못했다.

노숙자들이 구걸하는 모습을 볼 때면 준민은 예전 회사 근처 지하도에서 늘 마주치던 머리숱이 거의 없던 노숙자 아저씨가 생각났다. 그때는 그 아저씨가 정말 불쌍해 보였다. 늘 지하도에서 보던 얼굴이라 하루라도 그 자리에서 안 보이면 뭔 일이 생겼나 하고 걱정이 될 정도였다. 장난치다 걸린 학생이 불려 나와 복도에 서서 손들고 벌을 받듯 항상 그 아저씨는 불쌍한 얼굴로 지하도에 서 있었다. 힘들면 조금 앉아 있거나 눕거나 엎드려 있어도 될 것 같은데 늘 서서 자신의 처지가 부끄러운 듯 시선은 정면을 향하지 않았다. 항상 눈을 내리깔고 양옆을 번갈아 가며 쳐다봤다. 그 아저씨를 그 차디찬 거리로 내몬 건 이 사회의 잘못일 수도 있는데, 그 아저씨는 마치 모든 잘못은 자기에게 있다는 듯 그렇게 항상 미안한 표정으로 서 있었다. 그 모습을 볼 때마다 준민은 왠지 미안하고 맘이 편치 않았다. 그래도 매일 그 자리에 나와 그 자세로 그 아저씨가 서 있을 수 있었던 건, 매일 도움을 주는 사람들이 있었기 때문일 것이다. 수입이 없으면 그 아저씨도 진작에 그곳을 떴을 테니 말이다. 그리고 보니 이곳 노숙자들과 가끔 대화를 할 때도 시선을 오래, 차분하게 마주치며 얘기를 나눠본 적이 없는 것 같았다. 서로 친해지기 전까지는 대개 시선을 다른 곳으로 돌리며 얘기하거나 아예 눈을 마주치지 않고 다른 한 곳을 뚫어져라 응시하며 말하는 경우가 많았다. 그 아저씨뿐 아니라 오래전 대학 시절 학교 정문 앞 지하도에 늘 서 있던, 원만이 형이라고 부르던 그 동네 형도 생각이 났다. 원만이 형은 유명했다. 늘 검은 군복을 입고 한쪽 다리를 떨며 가만히 서 있다가 사람이 지나가면 아주 짧게 낮고 굵은 목소리로 "백 원만"이라고 말했다. 배우 정윤희가 나온다고 해서 친구들끼리 동네 삼류극장으로 몰려가서 봤던 영화 '안개 마을'에서 안성기가 연기했던 깨철이의 모습과 완전 흡사했다. 원만이 형은 그 깨철이처럼 덩치도 크고 인물도 좋았다. 가끔 천 원을 주면 천 원은 받지 않는다는 소문도 돌았다. 오직 백 원 동전만 받는다고. 그래서 학생들이 그 형을 원만이 형이라고 부르게 되었다고 한다. 누구는 정신이 조금 이상하다고 했고, 누구는 그가 멀쩡한 사람이라고 했다. 준민이 초등학교를 다닐 때 학교 앞 육교 위에 어린 거지 아이들이 깡통을 들고 구걸하던 모습들을 흔하게 볼 수 있었는데, 지금 생각해 보니 다들 거지 왕초 휘하에 있던 앵벌이들 같았다. 저녁에 거지 소굴로 돌아가면 왕초한테 깡통에 있는 돈을 다 상납하고 몰래 신발 속에 돈을 숨겨 두었다가 들키기라도 하면 얻어맞는 어린 거지들의 만화를 준민도 본 기억이 있었다.

진짜 생선을 먹은 것도 아닌데 아저씨가 건네준 붕어빵을 먹고 나니 갑자기 오랜만에 양치질이 하고 싶었다. 생선 가시

대신 팥 찌꺼기가 어금니 사이에 낀 것 같았다. 내일 사물함에 들러 세면도구 세트 안의 칫솔을 꺼내 화장실에 가서 잠깐 양치질을 할까도 생각을 했지만, 이 몰골로 역사 안 화장실에 들어가면 사람들이 이상하게 생각할 것 같아서 참아볼까도 생각했다. 안 씻는 건 처음 며칠 머리가 근질거리고 등이 가려운 것만 잘 참으면 일주일 정도 지나니까 더 이상 근질거리지도 않고 씻고 싶은 마음도 사라졌다. 그리고 처음 며칠간 머리와 몸에서 나던 냄새도 사라져 이제는 나지 않는 건지 아니면 냄새에 적응이 되거나 코가 막혀 못 맡는 건지는 몰라도 더 이상 신경 쓰이지 않았다. 아마도 추운 겨울이라 그런 것이라 생각했다. 땀을 많이 흘리는 여름이었다면 어디든 가서 씻어야 했으리라. 아마도 이틀도 버티지 못했을 것이다. 여름은 더위와 땀, 악취, 그리고 모기나 파리, 나방 같은 벌레 때문에 힘들 것 같지만, 겨울은 추위만 잘 견디면 여름보다는 훨씬 지낼 만할 것 같았다.

"멕시코에 가실 준비는 다 되어 가나요?"

주희는 늘 그렇듯 존경과 감사의 마음으로 수녀님을 바라보며 물었다.

"네 이번 달 말에 가니까 준비가 거의 끝나 있어야겠죠. 저는 뭐 짐이 많은 것도 아니라 준비할 게 별로 없어요. 주희 씨는 어때요? 준비 잘 하고 있어요?"

"네. 틈틈이 수녀님이 일러주신 대로 잘 준비하고 있어요. 집만 제때 잘 나가면 될 것 같아요. 짐은 다 정리해서 줄 건 나눠주고 버릴 건 버리고 그렇게 정리하고 있어요."

"그래요. 잘 준비해요. 모르는 거나 내가 도와줄 거 있으면 언제든 얘기하고요. 주희 씨가 저와 함께 멕시코에서 생활한다고 생각하니 너무 든든하고 의지가 돼요. 그런데 정말 한국을 떠나 몇 년 동안 외국에서 지내도 괜찮겠어요? 너무 급하게 결정한 건 아닌가 해서요."

"아니요. 많이 생각하고 또 생각하고 내린 결정이에요. 절대 후회하거나 실망시키는 일은 없을 거예요."

"그래요. 내가 도와줄 거 있으면 언제든 말해줘요. 그리고 이번 주말 배식 봉사는 을지로 지하도에서 하니까 잊지 말고요."

"네. 수녀님. 감사합니다."

주희는 수녀님 방에서 나와 늦은 저녁 아무도 없는 예배당에 홀로 앉아 기도를 드렸다. 그러나 오늘은 기도에 앞서 많은 생각들이 떠올랐다. 이번 해외 봉사 결정에는 현실적이 이유도 있었다. 몸만 빠져나오듯 이혼하고 나서 작은 원룸에 홀로 사시는 어머니와 함께 지내며 주희는 늘 일을 해야 했다. 마음은 이미 진작부터 종교에 귀의해서 남은 인생을 봉사하며 살고 싶다 생각했지만, 엄마를 부양해야 하는 현실에 자기 생각만을 앞세울 수는 없었다. 돈을 벌어야 했다. 직장 경력이 없는 여자가 사무실에 앉아 편하게 할 수 있는 일을 찾기는 어려웠다.

친한 동네 언니들에게 부탁해서 마트나 옷 가게에서 아르바이트를 했고, 어머니가 병원에 다니기 시작해 돈이 더 필요해지면서 학교 때 전공을 살려 영어 번역 알바도 밤과 주말을 이용해 했다. 그러다 어머니가 돌아가시고 갑작스레 혼자 되고 주희의 나이도 어느덧 마흔을 넘기며 예전에 하던 아르바이트 자리도 더 이상 불러 주는 곳이 없었다. 출판 시장도 불황이라 그런지 번역 일감도 줄었다. 동네 언니나 후배들이 술집이나 노래 주점에 나가서 좀 더 편하게 돈을 번다는 얘기를 심심치 않게 듣기도 했지만, 주희는 그렇게 돈을 벌고 싶지는 않았다. 그렇게 여러 고민을 하며 지내다 오래전부터 꿈꿔왔던 오지 해외 봉사를 떠올리게 되었다. 수녀님들이 봉사를 다니는 아프리카나 남미의 조용하고 가난한 마을에서 남은 인생 봉사를 하며 살 수 있다면 스스로 좀 더 떳떳하고 보람 있는 인생을 살 수 있을 거라 생각했다. 그곳에선 큰돈이 없어도 한국보단 잘 곳과 먹을 것을 해결하기 훨씬 수월할 것 같았다. 이번에 수녀님을 따라 오지로 몇 년간 떠나기로 한 결정에는 남들에게는 말하고 싶지 않은 그런 현실적인 이유도 있었다. 지금 가장 믿고 따르는 수녀님 곁에 계속 함께 있고 싶다는 맘이 가장 우선이었지만, 현실적으로 따지면 이곳에서 더 이상 혼자 돈을 벌며 살아갈 자신이 없어 원치 않게 떠밀려 나간다는 느낌도 조금은 들었다. 제대로 된 직장 경력 하나 없는 마흔 넘은 여자가 여러 가지 의미로 부끄럽지 않은 인생을 살아가기엔 한국은 너무 힘든 곳이었다. 처음에는 힘들겠지만 수녀님 근처에 방을 하나 얻어 살며 함께 봉사하고 기도하고 의지하며 살다 기회가 되면 사찰의 공양주 보살님들처럼 밥이나 세탁 같은 일을 도와주며 수도원에서 수녀님과 함께 숙식을 해결할 기회가 오면 좋을 것 같았다. '스님으로 10년 수행하는 것보다 공양주로 3년 일하는 공덕이 더 크다'는 말이 있을 정도로 보살 역할을 하는 건 힘들겠지만, 수녀님과 함께라면 어떤 난관도 슬기롭게 이겨나갈 수 있을 것 같았다.

많은 생각이 떠올랐지만 주희의 기도는 계속되었다. 엄마에게 좀 더 잘해 드리지 못했던 일들과 엄마와 함께 웃고 울며 보낸 많은 추억들이 떠올랐다. 사랑 없이 결혼해서 무미건조한 결혼 생활을 이어가다 마마보이 같은 남편과의 성격 차이와 고부 갈등 때문에 헤어지고 나서는 전 남편을 생각해 본 적이 없었는데, 막상 이곳을 떠나려니 남편에게 서운하게 느꼈던 일보다는 자신이 잘못했던 일들만 떠오르고 그 사람에게 처음으로 미안하다는 생각까지 들었다. 그렇게 나쁜 사람은 아니었던 것 같았다. 돌이켜보면 엄마에게 의지하는 우유부단한 성격만 빼면 성실하고 착한 사람이었다. 둘 사이에 시어머니의 기원대로 아이가 생겼더라면 주희 인생도 크게 달라졌을지도 모른다. 아이를 키우고 아이에게 의존해서 아이 크는 재미에 정신없이 살다가 아이가 결혼하고 그 아이가 아이를 낳으면 또 그 아이를 돌보다 늙어 버리는 대다수 여인들의 평범하지만 안정되고 보람된 삶을 살게 되었을지도 모른다. 시어머니를 따라 여러 절에 다니며 아들 하나 낳게 해 달라고 불공을 열심히 드렸다. 그렇지만 아이는 생기지 않았고, 주희의 맘고생은 심했다. 다시 떠올리거나 돌아가고 싶지 않은 기억들이었다.

잡념을 억누르고 주희는 계속 기도를 드렸다. 돌아가신 엄마를 위해, 그리고 한때 함께 살았던 전 남편을 위해서 기도를 했다. 그리고 늘 맘 속에 간직하고 살았고 앞으로도 그럴 것 같은, 잊을 수 없는 첫사랑의 건강과 안녕을 위해서도 기도를 했다.

멕시코에서의 새로운 인생에 대한 기대감과 막연한 불안감이 교차하며 성모 마리아를 향한 주희의 기도는 계속됐다. 정말 이번 결정이 올바른 결정인지 속으로 여러 번 되묻기도 했지만, 이미 되돌릴 수 있는 상황은 아니었다. 부동산에 방을 빼겠다고 벌써 몇 주 전에 이야기를 했고 새로운 세입자가 곧 들어오기로 되어 있었다. 전세 보증금을 돌려받아야 멕시코에서 방을 얻고 한동안 생활할 수 있는 자금이 생겼다. 오늘 밤 주희의 기도는 끝이 날 것 같지 않았다. 살짝 찡그린 주희의 얼굴과 이마에 땀방울이 맺히기 시작했다. 주희를 내려다보는 성모 마리아의 얼굴에 잔잔한 미소가 번졌다. 성당 밖에선 한 줄기 바람이 복잡한 주희의 마음을 어르고 달래듯 첨탑 십자가에 걸려 잠시 스치듯 머물다 지나갔다.

며칠째 저녁에 주변 노숙자들이 나눠준 빵이나 과자, 가끔 식어버린 편의점 만두나 컵라면을 먹으며 지냈더니 항상 배가 고프고 밤이 깊어질수록 내일 배식이 기다려졌다. 그래도 뱃속이 가벼워서 몸도 가볍고 속이 더부룩하거나 소화불량에 걸리는 일은 없었다. 예전에는 불필요하게 많은 양의 식사를 하며 살았던 것 같다는 생각이 들었다. 계속 이곳에서 지내다 보면 살도 빠질 것 같았다. 그렇지만 가끔은 예전에 자주 먹던 음식들과 술이 생각났다. 추위 때문에 맥주나 막걸리보다는 소주가 더 간절했지만 잘 참고 지내왔다. 노숙자들은 보통 취사도구가 없어 편의점 가서 컵라면을 사 와서 먹는 경우가 많았는데, 따뜻한 편의점 안에서는 먹기 힘들어 바람 부는 이곳 광장까지 들고나오다 금세 식어버리는 경우가 많았다. 그럴 때마다 양은 냄비에 라면을 넣고 팔팔 끓여 파 썰어 넣고 달걀도 하나 풀어 뜨끈할 때 호호 입으로 불어먹던 제대로 된 라면이 먹고 싶었다. 가끔 여러 재료를 더 넣어 맛있게 라면을 끓여 먹는 상상을 하는 것만으로도 준민의 기분은 좋아졌다.

라면 생각을 하니 여러 기억들이 떠올랐다. 주로 춥고 배고팠던 군 시절의 기억들이었다.

자대 배치받고 며칠 지나지 않아 밤에 취침을 하는데 제대를 앞둔 말년 병장 고참이 새벽에 일어나더니 내무반 안에서 고체 연료로 반합에 라면을 끓이고 있었다. 라면 끓이는 냄새에 준민은 잠에서 깼고, 잠자는 척 그 냄새를 음미하다 실수로 그만 몸을 살짝 뒤척였는데 그 소리에 라면을 먹던 고참이 다가와 어깨를 툭 치며 따라 오라고 손짓하더니 건더기는 거의 다 건져 먹고 국물만 남은 반합을 건네주며 미안하다며 국물이라도 마시라고 말했다. 다른 고참들 깨지 않게 불침번이 쳐다보는 가운데 소리 내지 않고 반합 뚜껑에 따라 고참이 먹고 남긴 라면 국물을 마셨는데 얼마나 국물이 맛있었는지 아직도 그 맛을 잊을 수가 없다. 고체 연료는 구하기 쉽지 않아 고참들은 대개 막사 밖으로 나가서 페치카라고 부르던 벽난로의 분탄 투입구를 열고 반합에 라면을 넣어 끓여 먹곤 했는데, 정말 마술처럼 몇 초 만에 라면이 확 끓더니 바로 맛있게 익었다. 정말 신기했다.

라면 하면 늘 가장 먼저 떠오르는 고참이 있었다. 별명이 라면 귀신이었다. 경상도 어느 깊은 산골 출신의 다부진 체격의 고참이었는데 짝짝이 눈에 얼굴은 시커멓고 말수가 적은 편이었다. 그 고참을 보고 처음 놀랐던 일은 탄약고 제초 작업을 같이하다 낫질에 풀 속에서 메뚜기들이 놀라 뛰어오르면 그걸 잽싸게 손으로 낚아채 입으로 가져가 우걱우걱 맛있게 씹어 먹는 장면을 봤던 것이다. 경계 근무를 서기 위해 철책으로 가다 풀숲에 살모사라도 나타나면 바로 손으로 머리를 잡아 이빨로 뱀 머리를 몇 번 뜯더니 껍질을 쭈욱 벗겨 나중에 구워 먹거나 배고프지 않으면 그냥 풀숲에 던져 버리곤 했다. 뱀을 구워 먹을 때는 먹어 보란 얘기도 하지 않고 허겁지겁 먹곤 했는데, 입 주위에 검댕이 묻힌 채 짝짝이 눈으로 씨익 웃을 때면 가끔 소름 끼칠 때도 있었다. 요새 유행하는 '나는 자연인이다' 같은 방송을 볼 때면 그 고참이 오지 어느 깊은 산 속 동굴에서 고라니 가죽으로 만든 옷을 입고 물고기나 산토끼, 멧돼지 잡아먹으며 살고 있지는 않을까 하는 상상을 했다. 쓰레기 소각장에서 라면 박스 같은 종이박스가 눈에 띄면 이 귀한 걸 누가 버렸냐고 하며 주워서 창고 뒤편에 숨겨두었다가 밤에 몰래 라면 끓여 먹을 때 꺼내 쓰곤 했다. 페치카가 있는 겨울을 빼면, 라면을 끓여 먹기 위해선 귀한 고체 연료나 종이 상자들을 구해 숨겨두어야 했다. 한 번은 그 고참이 신기한 걸 보여주겠다고 하더니 라면 상자 한 개로 정확히 라면 한 개를 끓일 수 있다며 박스를 가늘게 줄자 모양으로 자르더니 물 부은 반합에 라면을 넣고 그 잘게 찢은 종이를 천천히 한두 개씩 장작처럼 넣어 끓였는데 정말 라면 박스 하나에서 나온 종이 조각들로 라면 한 개가 맛있게 익었다.

라면 하면 떠오르는 할머니가 있다. 부대 위병소 근처 담벼락 밑 작은 초가에 여중생 손녀랑 살던 말수 적고 자상한 분이었는데, 밭에서 옥수수를 키워 그걸 읍내 장에 내다 팔고 군인들이 좋아하는 라면이나 초코파이를 사서 세숫대야에 담아 머리에 지고 와 밤이나 새벽에 배고파 몰래 담을 넘어 찾아오는 군인들에게 이윤을 조금 남기고 팔았다. 한 번은 라면 귀신 고참과 새벽 경계 근무를 서는데 그 고참이 출출하다며 라면 한 개를 사 오라고 시키며 동전 하나를 건넸다. 왜 두 개도 아니고 한 개만 사 오라고 시킬까 속으로 툴툴거리며 몰래 담을 넘어 그 할머니 댁 작은 창호지 문을 두드렸는데 깊은 잠에 드셨는지 한동안 문이 열리지 않았다. 한참을 세게 더 두드리고 문고리를 흔들고 나서야 간신히 할머니를 깨울 수 있었다. 놀란 얼굴로 잠에서 깨어 정신을 못 차리고 있는 할머니를 보고 급한 마음에 어서 라면 한 개만 달라고 했는데 새벽잠에서 깨어 짜증 날 법도 하셨을 텐데 그 시간에 배고파 라면을 사러 온 군인이 불쌍했는지 아무 말씀도 안 하시고 방 안쪽에서 라면 한 개를 꺼내어 웃으며 건네주셨다. 얼마냐고 물었더니 150원만 주고 가라 하셨다. 가진 게 백 원밖에 없다고 말하고 미안한 표정으로 서 있었더니 웃으며 어여 조심해서 들어가라고 말씀하시며 그냥 주셨다. 그렇게 힘들게 라면을 사다 고참에게 가져다줬더니 봉지를 뜯고 라면을 꺼내자마자 침을 여기저기 골고루 면에 다 바르고는 라면 스프를 면에 뿌려서 먹어보란 말도 안 하고 혼자 말없이 허겁지겁 맛있게 먹었다. 그 일이 있고 얼마 후 새벽 경계 근무를 서는데 초소 근처에 꼬불쳐 둔 라면을 하나 꺼내 온 그 고참은 그날따라 생 라면 말고 냄비에 물 부어 제대로 라면을 끓여 먹고 싶었는지 냄비를 하나 구해 오라고 시켰다. 담을 넘어 그 할머니 댁 창호지 문을 여러 번 두드려보았지만 이번엔 아무 응답이 없었다. 할머니가 아주 깊이 잠이 든 것 같았다. 전기도 안 들어오는 부엌은 문짝 같은 것도 없이 늘 열려 있었는데 어두컴컴한 부엌 안을 더듬거리던 준민은 손에 걸리는 냄비 하나를 구해 고참에게 전해 줬다. 고참은 라면을 맛있게 끓이더니 역시나 먹어보란 말도 없이 또 혼자 맛있게 후루룩 소리를 내며 라면을 먹었다. 며칠 후 냄비를 대충 씻어 할머니에게 갖다 드리러 갔는데, 냄비 들고 오는 준민의 모습을 멀리서 보시더니 그 할머니가 자리에서 일어나 냄비를 보며 준민에게 소리치던 모습이 아직도 눈에 선했다.

"아이고 그게 거기 있었구먼. 내가 그거 찾다 며칠 동안 개밥을 못 줬어. 우리 개 밥그릇은 왜 가져갔어?"

그 순간 처음으로 라면을 나눠 주지 않고 혼자만 먹는 그 야박한 고참이 고맙게 느껴졌다. 고참에겐 그 냄비의 정체를 비밀로 했다. 건빵이나 보급품으로 나오는 캔 주스나 우유 같은 건 먹으라고 잘 나눠줬는데, 유독 라면만큼은 먹어 보란 소리도 하지 않고 절대 나눠 주는 법이 없었던 그 라면 귀신 고참의 유별나고 지독한 라면 사랑이 준민은 지금 다시 생각 해봐도 이해되지 않았다.

근처 계단에 걸터앉아 컵라면에 소주를 마시고 있는 한 노숙자를 보니 갑자기 술 생각이 났다. 외롭고 긴 밤 준민의 가장 친한 친구가 되어주었던 술을 멀리한 지도 꽤 되었다. 여기를 조금만 벗어나 차를 타고 십여 분 달리면 나오는 한강 다리를 건너 조금만 더 가면 예전에 자주 가던 청담동 BAR나 카페가 나타날 것이다. 그곳에서 즐겨 마시던 버본 위스키나 와인, 그리고 멋진 바텐더들과의 별 의미 없는 대화들도 그리웠다. 그러나 그런 것들은 생각만큼 그렇게 간절하지 않았다. 이곳에 온 후 준민의 맘 속에 더욱 더 간절하게 떠오르는 건 뜨끈한 김이 모락모락 피어나는 얼큰한 우거지 해장국이나 순댓국 한 그릇이었다. 먹는 상상을 한다고 힘이 들거나 돈이 드는 건 아니어서 준민은 출출하거나 술 생각이 날 때면 가끔 그것들을 먹으며 소주 한 잔 곁들이는 상상을 하곤 했다. 먹고 마시는 상상만으로 배불러지고 취할 수 있다면 얼마나 좋을까 하는 생각도 했다. 맘만 먹으면 지금이라도 당장 신발 깔창 밑에 숨겨둔 돈을 꺼내 여기서 조금 떨어진 한

적한 식당에 가서 사 먹을 수도 있었지만, 이제는 정말 그런 곳에 들어가 식사할 수 없을 것 같았다. 준민의 지금 모습은 불편한 남의 시선을 감내해가며 음식을 넘길 수 있을 정도의 상태가 아니었다. 비싸고 호사스런 음식들이나 멋진 바텐더 아가씨들보다 더 간절히 생각나는 건 자주 가던 동네 국밥집에서 나이 지긋한 주인아주머니가 퍼주시던 뜨끈한 해장국과 깍두기 한 그릇, 그리고 소주 한 병이었다. 힘든 시절에 진짜 친구를 알게 된다는 말이 있는 것처럼, 춥고 배고파 보니 준민은 정말 자신이 좋아하는 것이 무엇인지 알 수 있게 된 것 같았다.

멍하니 벽에 기대어 뜨끈한 순댓국에서 순대 한 개를 젓가락으로 들고 새우젓에 찍어 입에 넣고 씹는 상상을 하고 있는데, 한 무리의 노숙자 일행이 준민 근처에 자리를 잡고 앉아 술 마실 준비를 하기 시작했다. 비닐봉지에서 커다란 페트병 소주 세 개와 종이컵, 그리고 새우깡 몇 봉지를 꺼내 자리 한 가운데 풀어 놓았다. 그리고는 일행 중 50대 후반으로 보이는 아저씨가 준민에게 다가와 종이컵에 소주를 따라 건네며 말을 건넸다.

"어이. 자네는 언제부터 여기 있었나?"

"네? 저요? 얼마 안 됐습니다."

갑작스런 질문에 놀란 준민은 자리에서 벌떡 일어나 종이
컵으로 소주를 받으며 답했다.

"무슨 사연 때문에 이곳 서울역에 오게 됐는지는 모르겠지
만, 여기 오래 있을 사람 같아 보이진 않아서. 여기 사람들도
오래 있을 사람과 아닌 사람은 금방 알아봐. 고향은 어디인
가?"

"서울입니다."

"그래 서울 사람같이 생겼어."

"네? 서울 사람 같은 외모가 있나요?"

"아니. 자네 말씨가."

"아 네. 아저씨도 서울이 고향인가요?"

준민은 그 아저씨를 따라 앉으며 자연스럽게 술자리에 끼
어 그 아저씨와 대화를 계속 나누게 되었다. 둘을 제외한 다
른 일행은 영등포 사설 경마장에서 큰돈을 땄다는 한 아저
씨 이야기에 한창 빠져 있었다.

"여기서 멀지 않은 해방촌에서 태어나고 자랐지. 지금도 그
근처에 살아. 사실 난 다리 뻗고 누워 잘 집도 있어. 내 집은
아니지만 말이야. 여기서 지낸 지는 일 년 조금 넘었지."

"집도 가까운데 왜 나와 사시죠? 혼자이신가 보죠?"

"아니 같이 살던 애 딸린 여자가 있지. 동네 자주 가던 식
당 아줌마랑 눈이 맞아서 함께 살다가 내 일거리가 줄고 집

에서 빈둥거리며 놀고 벌이도 시원찮고 하니까 밥도 잘 안 해주고 식사도 같이 안 하려고 하고 구박도 심해지고 해서 밖으로 나와 지내기 시작했지. 그런데 어느 순간부턴 집에 아예 잘 안 들어가게 되더라고. 예전에는 가끔이라도 그 집에 들르곤 했는데 요샌 아예 안 가. 그냥 여기가 편해. 몸은 좀 힘들어도 맘이 편하다고. 몸이 좀 아프거나 아주 추운 날은 고개 좀 숙이고 들어가 볼까도 생각해봤는데, 이젠 날 받아줄지도 모르겠어."

"불편하고 속상해도 그냥 참고 같이 사시지 그랬어요."

"그냥 참고 지냈어야 하는 게 아닌가 생각 들 때도 있지만, 결정적으로 그 집에서 뛰쳐나오게 된 일이 있었지. 그래도 처음 식당에서 눈 맞아 같이 살기 시작했을 땐 뜨겁게 사랑도 하고 정말 그 여자가 날 좋아한다고 생각했는데, 어느 순간부터 변하기 시작하더니 내가 허리가 아파 일을 못 나가 집에 누워 있는데 밥도 안 챙겨주더라고. 내가 라면을 아주 좋아하거든. 그래서 나는 거의 주식으로 먹고 그 여편네는 간식으로 아주 가끔 먹는 삼양라면을 가끔 마트에서 할인행사 할 때 다섯 개 묶음 봉지 채로 여러 개 사 와서 포장 봉지 뜯고 부엌 찬장 속에 일렬로 길게 라면들을 재워두곤 했지. 어쩔 땐 한꺼번에 너무 많이 사오거나 밖에서 끼니를 때우는 날이 좀 있으면 유통기한 지난 라면이 생길 때도 있거든. 자네도 유통기한 지난 라면 먹어 봤을 거 아냐. 그 면발 속 기름이 오래돼서 산패된 듯한 그 이상한 맛 나는 라면도 나오곤 하잖아? 난 그래도 라면을 꺼내서 끓여 먹을 때면 그 여자 생각해서 혹시라도 오래된 라면이 나오면 내가 먼저 먹어 없애야지 하는 마음으로 그걸 먼저 꺼내 끓여 먹어. 그렇게 맨 좌측부터 오래된 순으로 라면을 꺼내 먹었지. 새로 사 온 라면은 오른쪽에 채워 넣으니까. 그런데 어느 날 물 마신다고 부엌에 서 있다가 그 여편네가 라면 끓여 먹는다고 찬장에서 라면 꺼내는 모습을 우연히 보게 되었는데, 라면을 막 좌우로 들춰 꺼내고 일일이 유통기한을 확인하더니 가장 최근에 산 맨 우측의 라면을 꺼내어서 끓여 먹더라고. 난 반대로 꺼내 먹는데. 별일도 아닌 것에 내가 좀스럽다고 생각할지도 모르겠지만, 그냥 '이제 나를 별로 생각 안 하는구나.' 하는 서운한 기분이 들었어. 난 하루라도 더 신선한 라면을 그 여자가 먹길 바랐는데, 그 여자는 날 더 이상 그렇게 생각하며 살지 않는구나 하는 생각이 든 거야. 그래서 그냥 나와버렸어. 그놈의 라면 때문에."

"정말이요? 정말 라면 때문에요?"

"조금이라도 신선한 것 먹고 싶은 건 당연한 거죠."라고 말하고 싶었지만 그냥 고개만 끄덕이며 아저씨의 얘기를 계속 들어주었다. 아저씨의 그 맘도 그 방식도 사랑을 표현하는 한 가지 방법일 수도 있다는 생각이 들었다. 예전에 즉석 떡볶이집에서 떡볶이 끓으며 물을 더 넣느냐 마느냐로 싸우다 여자친구와 헤어졌다는 친구가 떠올랐다. 아니 떡볶이가 얼마나 대단한 거라고, 물 조금 더 넣거나 덜 넣는다고 떡볶이 맛이 얼마나 달라진다고, 그게 뭐 그리 중요하다고 얼마 전까지 서로 못 보면 죽을 것 같이 달라붙어 다니던 남녀가 그렇게 쉽게 헤어질 수 있을까 생각했다. 지금 생각해 보면 그냥 헤어지려고 둘 다, 아니면 어느 한 쪽이 이별의 핑계를 찾다가 떡볶이가 그들에게 광명의 탈출구가 되어 주었을 뿐이라는 생각이 들었다. 라면 때문에 집을 나왔다는 아저씨의 이야기도 그렇게 들렸다.

"자네는 사회에서 무슨 일을 했나? 원래 그런 것 잘 안 묻는데 자넨 이곳에 있을 사람 같아 보이지는 않아."

"그러고 보니 저도 처음 그런 질문 받네요. 그런데 이곳에 어울리는 사람과 아닌 사람이 외모로 분간이 되나요? 그냥 깔끔하고 지저분한 성격의 차이겠죠. 저도 이제 다른 분들 못지않게 차림도 남루해지고 몸에서 냄새도 꽤 나는걸요."

"아니, 그런 외모 말고 그냥 관상을 보면 그런 생각이 들 때가 있어. 아무리 지저분하고 거지처럼 억지로 꾸며 놔도 얼굴의 관상, 눈빛, 그리고 목소리가 다른 사람들이 있어. 목소리만 잘 들어봐도 차분하고 똑똑해 보이는 목소리가 있고. 그런 사람들은 여기하고 안 어울려. 그리고 실제로 오래 있지도 않고 금방 사라지지. 그래, 자넨 예전에 무슨 일 했나?"

"저요? 대학 졸업하고 정보통신 회사에서 직장 생활을 하다가 친했던 선배와 뜻이 맞아서 큰돈 벌어볼 생각으로 기업용 애플리케이션을 직접 구매해서 설치하거나 운영하지 않아도 사용할 수 있는 서비스를 만들고 사용한 만큼의 요금만 지불하도록 하는 ASP 사업을 하는 벤처를 만들었죠. 기업들이 필요로 하는 데이터베이스나 미들웨어, 전사적 자원 관리 프로그램, 그리고 서버나 통신장비를 저희 회사 데이터센터에 구축하고 고객은 클라우드 형태로 요금만 내고 접속해서 사용한다고 생각하시면 돼요."

그렇게 대답하고 나서 준민은 순간 자신의 답변이 적절치 못했다는 걸 바로 깨달았다. 잠깐 사회에 살던 때의 자신으로 변했던 것 같았다.

"지금 나한테 말한 거 맞지? 아니 난 또 내 뒤에 누가 있나 해서."

아저씨는 눈을 몇 차례 깜박이더니 옆과 뒤를 한 번 돌아보고 준민에게 말했다.

"죄송합니다. 그냥 정보기술 서비스를 제공하는 작은 벤처 회사에 근무했다고 생각하시면 됩니다."

"그래. 자네 혼자 사나? 가족은 없어?"

"결혼이요? 아니요. 아직이요. 혼자입니다."

"나이도 있는데 무슨 사연이 있었나 보군. 내가 주제넘게 참견할 일은 아니지만."

"네 저도 젊은 시절 많이 사랑했던 사람은 있었죠."

"정말 많이 사랑했나 보군. 그렇다면 지금도 많이 생각나고 그럽지는 않나? 다시 찾아볼 생각은 못 해봤어? 그 여자도 지금 혼자 지내고 있을지 모르잖아? 그렇게 좋아했다면 이별이 많이 힘들었을 텐데. 다시 보고 싶고 막 그립고 그럴 때가 많았을 거야."

"아니요. 헤어지고 단 한 번도 연락하거나 찾아보려고 노력했던 적은 없어요."

"정말? 그게 굉장히 힘든 일일 텐데."

"그렇죠. 그냥 그렇게 생각했어요. 그땐 죽고 싶을 만큼 힘들었지만, 그녀를 위해 헤어지는 거라고. 그녀의 미래를 위해 내가 떠날 수밖에 없었던 거라고. 그렇게 생각하니 참을 수 있었죠. 물론 저는 힘들었지만요. 그래도 그녀의 행복을 위한 선택이라고 생각하니 참을 수 있었죠."

오랜만에 마신 소주 몇 잔 때문에 보통 때 같으면 꺼내지 않았을 이야기까지 준민은 하고 말았다. 예상치 못한 진지한 답변에 노숙자 형님도 잠깐 아무 말 없이 준민을 바라보다 종이컵에 든 소주를 벌컥 들이켰다.

"그래, 그 이야기는 이제 그만 하자고. 내가 좀 주제넘은 질문을 했던 것 같네. 서울에 신세 좀 질만 한 친구나 친척은 없고? 힘들 때 의지할 누군가가 있다는 게 얼마나 든든하고 위안이 되는지 자네는 아직 모를 거야. 자네가 아직 젊고 이곳에 오래 있지 않을 사람 같아 보여 내가 이런 말 하는 거야. 내가 예전에 사고로 두 발목을 다쳐서 요양 병원에 입원한 적이 있는데, 그때 참 내 인생이 비참하다는 걸 처음 느꼈어. 거기 요양원은 여섯이나 일곱 명씩 한 병실에 밀어 넣고 같이 지내게 하는데, 매일같이 아니면 주말마다 가족이나 친척이 찾아오는 사람들도 있지만 나처럼 아무도 찾아오지 않는 사람이 더 많았어. 가족들이 한 달에 한 번씩 찾아와 병원비만 내주고 가는 건지 아니면 병원비만 계좌로 송금하는 건지 모르겠지만, 그냥 침대에 누워서 저녁이나 주말이면 문병 온 다른 환자 가족들을 멀뚱멀뚱 바라보며 어서 죽음이 빨리 찾아와 주길 기다리고 있는 것 같은 노인들 천지였지. 내가 혼자 사는 거에 위축되거나 쓸쓸하단 생각을 한 적이 없었는데, 그때 처음 그런 감정을 느꼈지. 비참하고 쓸쓸하고 자신감도 많이 떨어지더라고. 내가 아프거나 죽어갈 때 아무도 곁에 없고 찾아주는 이가 없을 거란 생각을 하니까 말이야. 자넨 아직 젊으니까 짝을 찾아보라고. 나처럼 되지 않으려면 말이야. 늙어서 제일 서러운 게 아픈 거야. 혼자인데 거

기다 아프기까지 한 거 말이야. 멀쩡한 가정도 가장이 아프면 모아둔 돈 금방 다 날리고, 돈도 더 못 버니 그냥 한 가정이 순식간에 풍비박산 나잖아. 혼자 살아가는 늙은이들은 더 비참하겠지. 여기 노숙자들 중에 의외로 멀쩡한 자기 집 놔두고 여기서 소일하는 사람들도 있어. 좋은 학교 나온 사람, 한때는 잘 나가서 사장님 소리 듣던 사람들도 더러 있지. 그런데 이 무위도식 한량의 삶에 한 번 깊이 빠지면 말이야, 이 안빈낙도의 삶에서 쉽게 헤어날 수가 없어. 오죽하면 그런 말이 있겠어? 이곳 노숙자가 술은 끊어도 서울역은 못 끊는다잖아. 그러니까 주변에 신세 좀 질 곳 있으면 빨리 이곳 떠나서 힘든 일자리라도 좀 알아보라고. 여자들이 분 냄새 풍기고 미소 팔며 술 파는 일에 한 번 빠지면, 그렇게 쉽게 돈 벌기 시작하면 어렵고 힘든 일, 돈 적게 주는 일을 다시는 하기 힘들다잖아. 여기도 그래. 한 번 여기서 지낸 사람들은 맘먹고 여길 벗어나도 적응 못하고 곧 다시 돌아오는 경우가 많아. 꼭 이곳으로 돌아오진 않더라도 말이야. 을지로나 종로 쪽도 노숙자들이 지낼 곳이 많으니까. 여기 서울역이야말로 그들에겐 무위자연인 거야. 서울역 이 광장이 그들에겐 깊은 산 속 오지의 안식처 같은 곳이자 도심 속 자연과 같은 존재인 거라고. 예전에 뉴스에 그런 얘기도 나왔잖아. 지방에 어느 노숙자가 천만 원 현금 든 가방을 잃어버렸대. 경찰에 신

고해서 운 좋게 다시 찾았는데, 경찰이 그 많은 현금이 어디서 났을까 궁금해서 그 사람의 신원과 재산을 조회했는데 부모한테 수십억 물려받아서 사업도 몇 번 하다 재산 많이 날리고 그랬던 사람인데 더 이상 사업 안 하고 재산 다 정리해서 은행에 돈 수십억 넣어 놓고 이자로 살고 있었다잖아. 그런데 그렇게 돈이 많아도 그냥 노숙자들하고 어울려 지내고 역 광장에서 잠을 잤나 봐."

"왜요?"

준민이 물었다.

"이 친구가 정말 신문이나 뉴스를 잘 안 보는 모양이군. 하기야 그 사람 답변이 아주 뜻밖이었어. 나도 전혀 생각지 못한 답변이었지. 적어도 노숙자들은 자기한테 사기는 치지 않는다고 말했다고 하지. 돈은 너무 많이 물려줘도 자식들에게 좋은 게 아닌 것 같아. 열심히 일해서 돈 벌고 빚 갚고 재산 조금씩 늘려나가는 그런 서민들의 살아가는 재미를 뺏는 거잖아. 빚 갚아 나가는 것도 몸 건강해서 열심히 살 땐 돈 쓰는 것만큼 아주 즐겁고 재미있는 일이라고. 그 사람 재산이 수십억인데 고생하고 사업해서 재산 더 늘리고 싶겠어? 여기저기서 그 돈 사기 쳐 빼돌리려고 접근하는 사람들 투성이였을 텐데."

하늘이 조금씩 어두워지더니 갑자기 시커먼 하늘 아래 하얀 눈발이 흩날리기 시작했다. 일행은 눈을 피할 수 있는 곳으로 빠르게 자리를 옮겼다. 다시 헤쳐 모인 일행은 다시 한 번 술잔을 돌리기 시작했다. 경마로 돈을 번 무용담도 끝난 것 같았다.

"내가 한창 때 이 근처에서 오래 직장 생활을 했지."

잠자코 술을 마시고 있던 60대 후반으로 보이는 대머리 아저씨가 말을 꺼냈다.

"지금 내 몰골을 보면 상상이 안 가겠지만, 내가 예전에 대우에서 근무했어. 지금 보이는 저 거대한 대우빌딩 말고 그 옆에 보이는 저 역전 빌딩에 대우가 있었어. 대우가 잘 돼서 지금 보이는 저 큰 건물 짓고 이사했지. 대우가 있던 건물에 럭키 금성이 같이 입주해 있었는데, 그 회사도 또 잘 돼서 여의도에 쌍둥이 빌딩 지어서 나갔잖아. 여기 남산 밑 서울역 주변이 사업 운이 좋아서 돈이 모이는 명당자리인 것 같아. 삼성 본사도 태평로 이 근처에 있었잖아. 대우 나오고 대리점 사업하다 크게 망해서 이곳에 온 지도 오래됐지만, 옛날 이 곳에서 근무하던 시절을 생각하면 나도 이 나라 발전에 많은 기여를 했구나 하는 그런 자부심이 들어. 이 나이 되면 그런 자부심 하나로 살아가는 거야. 재미있는 이야기 하나 해줄까? 저 대우빌딩 완공되고 나서 나도 처음엔 저 으리으리한 건물 외관을 보고 많이 놀랐지. 지날 때마다 올려다보고 그랬어. 그런데 옛날에 깡패 중에 저 대우빌딩으로 먹고 사는 놈들이 있었어. 처음 상경해서 서울역에 내려 저 빌딩 한참 쳐다보는 어수룩해 보이는 시골 사람이 있으면 이 지역 양아 치들이 다가가서 우리나라 최고의 빌딩을 방금 봤으니까 관 람료 내라고 하면서 돈을 뜯었대."

"정말이요?"

"정말이야. 얼마 전 이 근처에서 40년 넘게 식당 했다는 가 게 주인장도 나한테 그 얘기를 해주더라고. 그땐 그런 양아치 들도 많았어."

"그랬을 수도 있겠네요. 하기야 우리 어렸을 때 비행기 처 음 타는 친구들한테 그런 농담도 했잖아요. 계단 올라가서 비행기 탈 때 신발 벗고 타야 된다고. 그런 농담 믿는 사람들 이면 정말 관람료 냈을 수도 있었겠네요."

"그렇지. 그땐 사람들이 순수했잖아."

"우리 같은 노숙자들은 늙으면 돈도 건강도 중요하지만, 무 엇보다 정신적으로 강해져야 해. 은퇴하거나 사업에서 망하 고 나면 그 많던 인간관계가 순식간에 다 떨어져 나가잖아. 결국 남는 건 가족뿐인데, 사회에서 열심히 일할 때는 정작 그 가족의 소중함을 모르지. 결국 망하거나 직장에서 잘리면 서 사회에서 버림받고 가족하고도 멀어지는 사람들이 많아. 그렇게 여기 온 사람들도 많을 거야. 돈이 많건 적건 간에 사람은 늙으면 혼자 사는 힘을 키워야 해. 혼자서도 잘 지낼 수 있어야 된다고. 그런데 그게 정말 어려운 거야. 진짜 강한 사람들은 깊은 산 속에 혼자 들어가서 집 짓고 밭도 일구면서 십 년이고 이십 년이고 그 자연 속에서 사는 사람들이지. 우리 같은 범인들은 절대 그렇게 못 해. 우선 나부터도 그래. 물론 당장은 돈이 한 푼 없어 땅 한 평 살 돈도 없지만, 누가 땅을 그냥 준다고 해도 산 속에 혼자 들어가서 얼마나 지낼 수 있겠어? 외로워서 얼마 못 버티고 내려올 것 같아. 그러니까 노숙하는 친구들이 많은 이곳 서울역에 와서 지나다니는 사람들 쳐다보고 함께 노숙하는 친구들과 서로 어울리며 사는 거지. 그러니까 어쩌면 우리 같은 노숙자들은 혼자 사는 힘이 아직은 없는 사람들일지도 몰라. 외로운 사람들이라고. 아니, 외로움을 많이 타는 사람들이지."

아저씨의 말에 잠시 고요한 침묵이 흘렀다.

"난 말이야. 이렇게 추운 날 술 마시고 있는데 눈이 펑펑 내리면 이 흩날리는 눈이 내가 죽고 나서 내 유골을 태운 하얀 재가 공중에 흩날리는 것 같다고 생각할 때가 있어."

무리 중에서 술을 가장 많이 마신 듯한, 일흔은 넘어 보이는 노숙자가 말을 했다.

"그리고 눈을 보면 떠오르는 영화 장면이 있어. 자네들 영화 '만다라' 봤나? 스님이 술에 취해 눈 내리는 길에서 쉬었다 가잖아. 그러다 아주 머나먼 곳으로 가잖아. 나도 술 취해서 울적해지면 그렇게 가고 싶다는 생각이 들 때가 있어."

"에이, 그런 소리 하지 마세요. 아직 정정하신데 왜 그런 소리를 하세요."

옆에서 소주를 따라 주며 대머리 아저씨가 말했다.

"그렇지. 아직은 걸어 다닐 수 있으니 정정하지. 그렇지만 나처럼 갈 날이 얼마 남지 않은 사람들은 마지막 가는 길에 대해 생각을 안 할 수가 없어. 자네들이야 아직은 어떻게 노력하면 이곳을 벗어날 수 있을지 모르겠지만, 나 같은 늙은 이가 무슨 희망이 있겠나? 돌봐줄 가족도 없고 죽어도 장사 치러줄 친척도 없는데. 요새는 그런 생각이 많이 들어. 아프지 않고 따뜻한 곳에서 잠든 채 조용히 갔으면 좋겠다고. 내가 가족이나 친척이 없어서 갈 때는 비록 외롭겠지만, 그래서 오히려 마음만은 남들보다 더 편하게 갈 수 있을 것 같아. 아내나 자식 두고 먼저 가는 사람들을 보면 쉽게 눈을 못 감더라고. 남겨진 가족 때문에 저승 가는 발길도 천근만근 무거울 거야. 난 외롭게 살았지만, 그래서 갈 때도 그런 걱정 없이 홀가분하게 갈 수 있어 좋아. 세상에 좋은 게 있으면 안 좋은 것도 있고 그런 것 같아. 무조건 좋고 무조건 나쁜 건 없는 것 같아. 나도 태어날 땐 따뜻한 엄마 품에서 태어났을 테니,

갈 때라도 그냥 따뜻하게 이불 많이 덮고 편안하게 갔으면 좋겠어. 그래서 잘 때는 좀 심하다 싶을 정도로 담요를 여러 겹 덮고 자. 이불이 무겁게 느껴질 정도로 말이야. 그러면 잘 때 춥지는 않거든. 갈 때라도 따뜻하게 가고 싶어서 말이야. 내가 종교도 없고 지금 이 나이에 교회나 절 나가기도 그렇고 해서 그냥 예전에 스님한테 들었던 말씀을 의지하며 사는데, 그거 있잖아? 불가에서 하는 인생은 고해라는 말. 그 말을 항상 맘 속에 간직하고 되새기며 아프지 않고 가게 해달라고 기도하지. 인생은 고통의 바다란 말, 그 말이 진리인 것 같아. 그 말을 생각하고 믿으면 인생이 무서울 게 없어. 내가 지금까지 인생을 잘 살아왔던 못 살아왔던 어머니가 내게 주신 이승에서의 인생은 죽음으로 완성되고 끝나는 거니까. 그리고 새로운 세상을 기대해봐야지. 그 새로운 세상에서 어머니가 나를 기다리고 계시면 정말 좋겠지만 말이야. 요샌 이곳저곳 지나다니면서 사람들하고 만나고 헤어지며 인사할 때마다 이게 그 사람과의 마지막 인사가 될 수도 있다는 생각이 드니까 좀 더 애틋한 맘이 들어. 우린 매일 가족과 인사하고 오랜만에 지인을 만나 반가워하고 헤어질 때 아쉬워 작별인사를 하지만, 정말 그 인사가 마지막이 될지도 모른다는 사실은 아무도 생각하지 않잖아."

"에이, 그런 우울한 이야기 좀 그만 하라니까요."

대머리 아저씨가 말했다.

"미안해. 내가 며칠 전에 아주 오랜만에 고향 친구한테 전화를 걸었는데 나랑 어릴 적 아주 가깝게 지냈던 불알친구 하나가 얼마 전 저세상으로 갔다고 하더라고. 그 이후로 계속 그 친구 생각이 나서 그런 것 같아. 나도 얼마 남지 않았다는 생각도 들고."

이야기를 듣고 있던 준민은 예전 TV 방송에서 봤던 어느 왜소증 환자의 이야기가 떠올랐다. 남들에 비해 현저하게 작은 체격을 가진 남자였는데 척추 만곡증까지 있어 허리도 심하게 휘어 있었다. 수술을 받으면 척추가 많이 곧아질 거란 말을 듣고 기쁜 마음으로 병원에 입원해 수술을 받았는데, 안타깝게도 수술 도중 숨을 거두고 말았다. 방송이 끝날 무렵 병원에 입원하기 전 미래에 대한 희망에 가득 차서 자신의 방을 정리하고 꾸미는 주인공의 웃는 모습이 잠시 흘러나왔다.

노인의 말처럼 사람들은 인생을 살면서 많은 사람들을 만나고 헤어지며 인사를 나누지만, 정작 자신의 마지막이 언제일지, 지금 나누는 인사가 혹시 이 사람과의 마지막 인사가 될지도 모른다는 걸 생각하는 사람은 아무도 없는 것 같았다.

"자 단체로 오줌이나 누러 갑시다."

대머리 아저씨가 말하며 일어서자 할아버지와 준민을 제외한 나머지 일행들은 근처 벽 밑에 있는 페인트 통으로 다가가

차례차례 소변을 봤다. 일행들은 순서대로 소변을 통에 갈기고 담배를 피우고 있었다.

"살아오며 가장 좋았던 시절이 언제였어요? 가장 행복했던 순간이요."

준민은 노인에게 물었다.

"행복했던 시절?"

노인은 잠시 생각하더니 이내 답했다.

"얼마 전 아주 추웠던 날 새벽이었는데, 그날따라 대합실에 사람들이 거의 없길래 들어가서 의자에 앉아 TV 보며 졸고 있었지. 그때 텔레비전에 어느 노교수 이야기가 나오더군. 연세가 백 세인 노교수인데 그 교수가 그런 이야기를 하더라고. 서양에서 노인들에게 만약 사별한 아내가 살아 돌아온다면 뭘 같이하고 싶은지 조사했더니 대부분의 노인들이 아내와 춤을 추고 싶다고 그랬다는 거야. 그래서 그 교수가 한국의 노인들에게 같은 질문을 했는데 우리 할아버지들은 대부분 아내가 살아 돌아온다면 맛있는 식사를 같이 하고 싶다고 그랬대. 나도 그래. 오래전 사별한 마누라하고 신혼 때 둘이 같이 밥해서 저녁 먹던 기억. 그 단순하고 별거 아닌 순간이 가장 행복했던 것 같고 가장 많이 떠올라. 그리고 내가 아주 어릴 때 부모님과 형제들하고 반찬도 몇 가지 없어 김치하고 나물 하나 놓고 뜨거운 밥공기만 여러 개 놓인 작은 밥상에 옹기종기 둘러앉아 밥 먹던 그때가 가장 행복했던 순간인 것 같아. 행복이 뭐 거창한 거겠어? 그러니까 자네도 더 늦기 전에 부모님하고 형제 더 자주 찾아가고 만나서 식사라도 같이하라고. 사랑하는 사람들이 이 세상을 떠나기 전에 더 자주 만나라고. 그게 뭐 어려운 것도 아니잖아. 나도 혼자 되고 나선 늘 홀로 밥을 먹었지. 일하고 쪽방이나 여관 달 방에 들어가서 라면 끓여 먹거나 아니면 동네 식당에서 혼자 늘 먹다가, 이곳 서울역에 오고 나서 여기 저 친구들과 무료 배식 얻어먹으면서 그나마 혼자 밥 먹는 외로움에서 벗어난 것 같아. 여기 있으니까 젊었을 때처럼 먹고 살기 위해 아등바등 일 안 해도 돼서 맘 편한 것도 있지만, 무엇보다 같이 얼굴 보며 밥 먹을 수 있는 동료들이 있어서 더 좋은 것 같아."

준민은 아무 말 없이 고개를 끄덕였다. 아주 어릴 때 동네 만화방에서 친구들과 시간 가는 줄 모르고 늦게까지 만화를 보다가 저녁 때를 놓쳤던 기억이 문득 떠올랐다. 주인아저씨가 그만 집에 가라고 해서 억지로 떠밀려 만화방에서 나와 컴컴한 밤길을 한참을 걸어 집에 도착해 어머니한테 혼날까 봐 몰래 문을 열고 집에 들어가 안을 살폈는데, 준민이 돌아올 때까지 한참을 기다리셨는지 어머니는 그때서야 큰 냄비에 가득 끓인 라면을 상 가운데 놓고 형과 동생들 앞에 놓인 그

롯에 퍼 담아 주고 계셨다. 배가 너무 고파 어서 라면을 달라고 해서 먹고 싶은 마음과 들어가면 어머니한테 혼날 것 같다는 마음 사이에서 잠시 갈등하던 준민은 더 이상 참지 못하고 오랜만에 보는 라면이 다 먹어 없어질까 봐 "저도 라면 주세요!"라고 외치며 방 안으로 뛰어 들어가 허겁지겁 어머니가 당신 그릇에서 덜어 주신 라면을 능청스럽게, 맛있게 먹었던 기억이 떠올랐다. 방 안 가득 김 모락모락 피어오르는 라면 그릇에서 퍼져 나오던 그 고소한 소고기 라면의 냄새가 아직도 코끝에 느껴지는 것만 같았다.

"아직도 그 얘기 하고 계신 거에요? 죽는 이야기요? 에이, 그런 우울한 이야기 말고 다른 재미난 얘기 좀 해주세요."

삼십 대 중반으로 보이는, 무리 중 가장 젊은 보육원 출신 친구가 말했다. 이곳에서 유일하게 준민보다 나이 어린 노숙자였다. 보육원 출신은 성인이 되면 얼마 안 되는 정부 지원금을 받고 보육원을 나와 독립해야 하는데, 일하다 잘리거나 사회에 적응하지 못한 젊은이들이 아직은 어린 나이임에도 갈 곳이 없어 이곳에서 노숙을 하게 되는 경우가 종종 있었다.

"옛날에 사업해서 큰돈 벌었다 뭐 그런 신나는 얘기 없어요? 난 그런 얘기가 재미있던데. 누가 그런 이야기 좀 해줘요. 뻥이라도요. 한때 나도 잘 나갔다 그런 이야기요."

아직 젊은 그 친구는 나이 든 다른 일행들과 달리 미래에 대한 희망을 갖고 살아가는 것처럼 보였다. 아무도 그 친구의 질문에 선뜻 답을 하지는 않았다. 그때 대머리 아저씨가 말했다.

"저기 저 지하도 입구 근처에 혼자 벽보고 앉아 있는 저 아저씨 있지? 몸집 작은 아저씨. 그런 얘기 궁금하면 그 아저씨랑 반나절만 같이 지내봐. 자네가 재미있어할 이야기 많이 들을 수 있을 거야."

"네? 저기 등산 모자 쓴 할아버지요?"

"그래. 내가 가끔 말동무해 주는데, 저 아저씨의 모든 이야기가 '내가 옛날에는 말이야.'로 시작돼. 자네가 들으면 아주 재미있어할 거야. 하기야 옛날에 잘 안 나갔던 사람이 어디 있겠어? 말로는 말이야. 자기 말로는 한때 종로에서 한주먹 했다고 하는데 키가 160도 안 되어 보이고 저 순한 얼굴로 어떻게 그렇게 싸움을 잘 했다는 건지 도무지 믿어지지가 않아. 그래도 이야기 듣고 싶으면 가 봐. 재미는 있어. 그런 재미있는 이야기들이 숨 쉴 틈 없이 계속 나오니까 그런 얘기 듣고 싶으면 꼭 한번 찾아가 보라고."

준민도 며칠 전 지하도 입구 근처에서 한 번 잔 적이 있는데, 밤새 혼자 소주를 마시며 벽을 보고 누구와 얘기하듯 중얼거리고 가끔은 크게 팔을 들어 허공을 휘저으며 소리를 지

르기도 하는 그 이상한 노인을 신기하게 바라본 적이 있었
다. 정말 앞에 말 상대가 있는 것처럼 재미있게 웃거나 갑자
기 버럭 화도 내며 쉴 새 없이 혼자 대화를 했다. 새벽 버스
첫차가 도로를 달리며 눌러대는 시끄러운 경적 소리에 잠이
깼을 때도 그 할아버지는 두 팔을 허우적거리며 웃고 있었다.
밤새 지치지도 않는지 친구의 이름을 계속 부르고 뭐라고 소
리를 쳤는데, 가끔은 감정이 격해져 울먹이기도 했다. 그는
그렇게 자기의 눈에만 보이는 누군가와 대화를 나누고 있었
다. 잠이 덜 깬 눈으로 그 모습을 가만히 지켜 보고 있자니
약간 무서운 느낌도 들었다. 그렇지만 그 노인이 조금은 부럽
다는 생각이 들기도 했다. 만약 저 아저씨처럼 보고 싶지만
이제는 볼 수 없는 그리운 사람들을 소주 몇 잔을 제물 삼
아 눈 앞에 불러내 함께 대화를 나눌 수 있다면 남들이 주위
에서 그걸 보고 뭐라고 손가락질하던 말던 간에 아주 행복할
것 같다는 생각이 들었다. 누가 뭐래도, 그 할아버지는 그렇
게 혼자 대화를 하면서도 여기 있는 누구보다 행복해 보였으
니까.

술자리 대화는 새벽까지 계속되었다. 쉴 새 없이 오고 간
이야기 중에서 쭉 일행의 이야기를 듣고만 있던 군복 야상 차
림의 40대 남자가 한 어머니 옷 사드린 이야기가 인상적이었

다. 몇 년 전 오랜만에 고향 집에 갔는데 어머니가 자기가 학생 시절 입고 다니던 다 헤진 얇은 파란색 가을 점퍼를 입고 계셨다고 한다. 그래서 옷도 제대로 사 드리지 못하고 용돈도 충분히 드리지 못했다는 자격지심에 그 남자는 버럭 화를 냈다고 한다.

"아니 집에 겨울 점퍼가 없어요? 추운데 왜 이렇게 낡아빠진 얇은 점퍼를 입고 계세요?"

"그냥 편해서 입었지. 옷이 없긴 왜 없어? 옷이야 많지."

서울에 올라와서도 그 낡은 점퍼가 자꾸 생각이 나서 남자는 다음에 내려갈 때 새 옷 사 갖고 갈 테니 날씨도 추운데 그 점퍼 말고 다른 겨울옷 입고 다니시라고 어머니께 전화를 드렸다고 한다. 그랬더니 어머니는 새 옷 필요 없다고 얘기하시며 절대 옷 사 오지 말라고 몇 번을 당부하셨다고 했다. 다음 해 구정 때 남대문 시장에서 빨간색의 예쁜 점퍼를 사서 고향에 내려갔는데 그 점퍼를 보자마자 어머니가 하셨다는 말씀이 아주 인상적이었다. 옷을 보자마자 어머니는 "왜 옷을 사 왔냐?" 대신에 "아니 왜 빨간색 옷을 사 왔냐? 파란색으로 사 오지."라고 하셨다고 했다. 그래도 마을회관 다닐 때는 새로 사다 드린 그 빨간 점퍼를 꼭 입고 다니시며 아들이 돈 많이 주고 사 온 옷이라고 이웃들 볼 때마다 자랑했다고 한다. 그래서 다음에 고향 내려갈 때는 파란색 점퍼도 하나

사다 드려야겠다고 맘을 먹었는데 가게가 망하고 거리로 내
몰려서 아직도 고향에 내려가지 못하고 있다고 했다.

◦～∽◦

준민은 갑자기 취기가 올라와 화장실을 가는 척 일어서서
슬쩍 그 술자리에서 빠져나왔다. 술도 깰 겸 광장을 천천히
돌아다니며 눈 내리는 하늘을 바라보았다. 주변을 둘러보니
눈 내리는 쌀쌀한 날씨에도 광장 구석진 자리에선 내리는 눈
을 피해 여기저기에서 술판이 벌어지고 있었다.

오래된 서울역 구 역사 건물이 밤이 되어 서울역 광장 건너
편 화려한 빌딩들의 조명과 구 역사 건물 자체의 조명을 받으
니 예전에 가끔 가던 이태원 루프 탑 술집에서 바라보던 남산
타워와 재벌 저택들이 보이는 멋진 야경에 뒤지지 않는 것
같았다. 안주가 부실하고 마주 보고 앉은 술 상대가 씻지 않
아서 기름진 더벅머리를 가진 시커먼 노숙자들이라는 점만
빼면 이곳에서 마시는 술도 나쁘지만은 않았다.

열차가 도착했는지 갑자기 한 무리의 사람들이 신 역사 앞

에스컬레이터를 타고 내려오기 시작했다. 화려한 머플러를 두른 멋진 여성이 가장 먼저 작은 여행용 가방을 끌고 준민의 옆을 스치듯 지나 광장을 가로질러 택시 정류장으로 향했다. 불어오는 바람에 그녀의 향수가 준민의 코끝까지 전해졌다. 익숙한 향수였다. 에스티 로더 뷰티풀. 준민의 첫사랑이 쓰던 향수였다. 함께 즐겨 먹던 음식이나 같이 들었던 노래, 그리고 함께 갔던 장소뿐만 아니라 아무런 형태도 감촉도 없는 바람에 흩날리는 희미한 향수의 향기에도 준민은 첫사랑과의 즐거웠던 추억들을 떠올렸다. 준민은 고개를 들어 눈이 날리는 하늘을 바라보며 첫사랑을 떠올려 보았다. 자주 함께 들었던 노래 '하얀 연인들'이 귓가에 울려 퍼지는 것 같았다. 프란시스 레이의 영화 음악을 같이 듣곤 했던 준민의 첫사랑이 가장 좋아했던 음악은 영화 '러브 스토리'의 'Snow Frolic'과 '하얀 연인들'이었다. 눈이 내리면 그 노래들이 준민의 귓가에 맴돌았고, 그 음악을 첫사랑과 함께 듣던 즐거운 추억이 어제의 일들처럼 생생히 떠올랐다. 문득 그녀와의 첫 만남이 떠올랐다. 그녀의 이름은 주희였다. 주희를 처음 본 건 학교 가는 버스 안에서였다. 하얗고 짧은 모피 코트를 입은 긴 생머리의 그녀가 버스에 탔을 때 바깥은 아직 어둠도 가시지 않은 이른 아침이었는데, 그녀는 등장만으로도 버스 안이 환하게 느껴질 정도로 예쁘고 매력적인 학생이었다. 여대 영문과를 다니던 그녀는 방송인이 되기 위해 당시 언론 고시라 불렀던 방송사와 신문사 아나운서 시험을 준비하고 있었다.

주머니가 가볍던 학생 시절이라 준민과 주희는 주로 도서관에서 만나 함께 공부를 했고 점심은 학생 식당에서 먹었으며 자판기 커피를 뽑아 들고 도서관 옆 숲 속 벤치에 앉아 음악을 들으면서 데이트를 했다. 가끔 저녁을 먹고 술이 마시고 싶을 때는 학교 잔디밭이나 정문 근처, 또는 종로의 포장마차 골목에서 꼼장어나 대합탕에 소주를 마셨다. 날씨 좋은 밤엔 강바람이 시원하게 부는 한강 고수부지에 가서 돗자리를 깔고 밤하늘의 별을 보며 새우깡에 시원한 맥주를 마시기도 했다. 술을 마실 때마다 허름한 포장마차나 야외로 가자고 준민이 말하면 아무 말 없이 따라오던 주희가 딱 한 번 이런 말을 했던 적이 있었다.

"오빠, 우리 언제 한 번 천장 있는 곳에서 술 한잔해요. 다음에 내 친구 소영이 같이 만날 때. 그때는 지붕 있는 실내로 가요. 알았죠?"

"어, 그래. 미안해. 좀 좋은 데도 가보자는 말이지? 그래. 좀 근사한 데도 가보자고. 주희 말처럼 지붕 있는 곳으로 말이야."

준민은 멋쩍은 웃음을 지으며 주희에게 말했다. 그 생각을 하니 갑자기 피식 웃음이 새어 나왔다. 서울역 광장에서 술에 취해 주희와의 추억을 떠올리는 지금 이 순간에도 지붕 없는 거대한 술집 한복판에 서 있는 자신의 초라한 모습을 보니 허탈한 웃음이 절로 새어 나왔다. 주희가 그리웠다.

⁌◦~◦◦~◦⁍

주희는 얼마 전 내놓은 집에 새로운 세입자가 들어온다는 연락을 받고 계약을 위해 오전에 부동산에 다녀왔다. 돌려받는 전세 보증금은 앞으로 몇 년 동안 해외에서 살기 위한 경비로 쓸 계획이다. 그곳 생활에 어느 정도 적응하면 성당 일과 봉사 활동 시간이 끝나고 나서 할 수 있는 돈벌이가 있는지 알아볼 것이다. 엄마와 함께 살던 집을 정리하고 곧 한국을 떠난다고 생각하니 많은 생각이 머릿속에 떠올랐다. 오래전 아버지가 세상을 떠나고 가세가 기울어 외동딸이었던 주희가 엄마를 모시고 여러 아르바이트와 번역 일을 전전하며 이 작은 아파트에서 산 것도 어느새 십 년이 훨씬 넘었다. 엄마가 돌아가시고 이 집을 내놓기까지 주희는 돈을 버느라 바쁘게 살며 엄마와 여행이나 식사 등 함께하는 시간을 좀 더 자주 갖지 못한 걸 많이 후회했다.

주희는 나이가 들어 성당에 나가 기도를 드리고 봉사 활동을 시작하면서, 언젠가 나이가 더 들면 해외 오지를 다니며 봉사하는 삶을 살고 싶다고 생각했다. 그래서 수녀원에 들어갈 생각도 했다. 엄마에게 의지하며 살아왔고 엄마 때문에 그럴 수 없었지만, 혼자가 되고 나니 이 동네에서 계속 살면 엄마와 함께 보냈던 시간과 추억이 자꾸 떠올라 마음을 아프게 하고 더 힘들 것 같아서 가능하면 이곳을 빨리 떠나야겠다고 생각했다. 단 하나 걸리는 게 있다면, 오래전에 헤어진 이후 한 번도 마주친 적 없지만 여전히 같은 하늘 아래 어디선가 같은 공기를 마시며 살고 있을 첫사랑이었다. 그 남자. 나로 인해 상처를 안고 살았을 그 남자. 헤어지고 한 번도 잊은 적이 없는 그 남자의 근황을, 아니 그가 잘 살고 있다는 소식을 듣기라도 할 수 있다면 아무런 미련 없이 이곳을 떠나 남은 인생을 봉사 활동과 기도 속에 살 수 있을 것 같았다. 단 하나 남은 이곳에서의 미련이라면 첫사랑 준민이었고, 그는 아직도 자기를 잊지 못한 채 그리워하며 살고 있을 것만 같았다.

문득 준민과의 마지막 날이 떠올랐다. 서로 얼굴도 보지 못하고 마지막 인사도 제대로 못하고 헤어졌던 그날이. 한창 젊고 아름다웠던 그해 12월 21일. 둘은 서울역에서 오전 8시에 만나 부산으로 여행을 떠나기로 약속했다. 그러나 준민과의 교제를 반대하는 주희 아버지가 그 여행에 대해 알게 되었고, 화가 잔뜩 난 아버지에게 붙잡혀 오후 늦게까지 주희는 방에 갇혀 있어야만 했다. 그날 오전 11시 무렵 준민으로부터 집에 전화가 왔다. 주희 옆을 지키던 아버지가 대신 수화기를 들고 준민에게 했던 차가운 말들. 그리고 잠깐이나마 아버지의 손에서 수화기를 뺏어 2층 계단으로 뛰어 올라가며 나눴던 아주 짧았던 준민과의 마지막 통화. 그렇게 사랑했던 준민의 목소리를 마지막으로 들은 그 순간을 주희는 한 번도 잊은 적이 없었다.

겨울 바다를 함께 보러 가기로 해서 신나고 들뜬 기분으로 세 시간을 추운 서울역 광장에서 나타나지 않는 주희를 기다리던 준민. 뭔가 잘못되어 가고 있다는 불안한 마음에 용기를 내어 집으로 전화를 걸었던 준민. 낙담한 듯 기운 없는 목소리로, 그렇지만 분명하고 강한 어조로 준민은 말했다. 아버지를 피해 급하게 계단을 오르며 전화를 받느라 다른 말은 잘 안 들렸지만 다급하게 외치던 준민의 마지막 외침만은 잊을 수 없었다.

"혹시 우리가 못 만나게 되더라도 매년 이날, 난 이곳에서 널 기다리고 있을 거야! 주희야, 사랑해!"

전화는 그렇게 끊겼고 주회는 그 후로 준민을 다시 만날 수 없었다. 그렇게 준민과 헤어지고 아버지가 원하던 거래처 사장님의 장남과 선을 본 주회는 곧 결혼했다. 얼마 후 아버지의 사업이 부도나고 주회 또한 고된 시집살이와 아이가 생기지 않아 심해진 고부갈등으로 인해 5년 만에 이혼했다. 지병이 있던 아버지가 화병까지 더해져 돌아가시고, 그렇게 십몇 년을 엄마와 둘이서 힘들고 외롭게 살아왔다. 사랑의 감정도 준비도 없이 결혼했던 남자와 헤어져 혼자가 되고 나서 울적하거나 준민이 그리울 때면 주회는 서울역을 찾곤 했다. 거의 매년 준민과 마지막 통화를 했던 12월 21일 서울역을 찾았다. 결혼 초에도 주회는 잠깐이나마 짬을 낼 수 있던 점심 무렵 몰래 서울역에 들러 혹시 그가 나타나지 않을까 한두 시간 정도 그를 기다리며 서울역을 서성이다 돌아간 적도 있었다. 그리고 몇 년 후 서울역이 재개발되면서 구 역사 좌측에 커다란 최신식 민자 역사가 생기자 주회는 신 역사 대합실 의자에 앉아 커피를 마시며 오고 가는 셀 수 없이 많은 사람들을 한없이 쳐다보며 매년 12월 21일을 보내곤 했다.

그렇게 매년 주회는 나타나지 않는 준민을 서울역에서 기다렸다. 만날 수 없는 준민에게 서운한 감정을 느낄 때도 있었고 이젠 자기를 잊고 잘 살고 있는 건 아닌가 하는 생각이 들 때도 있었지만, 막상 12월의 그날이 오면 무엇에라도 홀린 듯 주희는 늘 서울역으로 향했다. 혹시나 하는 기대감에 한참을 기다리다 허탈한 마음으로 돌아설 때면 가끔 서울역 근처 분식집에 들러 준민이 좋아했던 뜨끈한 바지락 칼국수를 먹으면서 추위에 언 몸을 녹였고, 창 밖에 펼쳐진 서울역 광장을 바라보며 준민을 그리워했다. 나중에 나이 들면 서해 한적한 섬 갯벌 마을에 살며 산책 나가듯 갯벌에 나가 바지락을 작은 그릇에 주워 담고 밀가루 반죽으로 칼국수를 만들어 먹으면 행복할 것 같다는 말을 자주 했을 정도로 준민은 바지락 칼국수를 좋아했다. 세월이 약이라는 말과는 반대로 준민과의 추억과 준민을 향한 그리움은 시간이 흐를수록 에스프레소 커피 향처럼 진해졌다. 그럴 때마다 그해 12월 21일 자신의 방 2층 창문으로 뛰어내려서라도 준민을 만나러 서울역으로 달려가지 못했던 용기 없던 자신을 원망하기도 했다.

이혼 후 주변에서 새로운 사람을 만나보라고 권할 때마다 그렇게 아프게 헤어진 준민을 생각하며 혼자 조용히 봉사하며 남은 생을 살기로 마음먹었다. 첫사랑 준민에 대한 미안함과 그리움. 헤어지고 나서야 느끼게 된 전 남편에 대한 미안함. 그리고 엄마라는 말만 떠올려도 눈물이 나는, 그래서 더욱 더 죄송하고 그리운 엄마를 위해 기도하고 봉사하며 남은 인생을 홀로 살기로 결심했다. 주희가 그들에게 주었을 상처와 미처 다 주지 못한 사랑을 이젠 다 잊게 해달라고도 기도했다. 그러나 그렇게 상처를 줬다고 오랜 시간 맘 속에 커다란 생채기 같은 빚을 떠안고 살아온 주희야말로 위로와 보상이 필요한 사람일 수도 있다는 걸, 가장 아린 상처를 버티며 살아온 가여운 인생일 수도 있다는 걸 주희 자신은 알 리 없었다.

이제 어느 누군가를 새롭게 만난다는 것이 두려웠다. 아무리 좋은 남자라도 준민만큼 같이 있으면 따뜻함을 느끼게 해주고 마음을 편안하게 해주며 오래도록 함께 있고 싶은 사람은 없을 것 같았다. 준민은 남달랐다. 몇 벌 안 되는 옷이지만 늘 단정하게 차려입었고, 비싼 향수 대신 은은한 비누 냄새를 풍겼으며 좋은 시계나 지갑을 가지고 다니는 걸 본 적은 없었지만 항상 자신감 가득한 얼굴로 웃었다. 또한 그는 학교 빈 강당이나 교정 벤치, 아니면 학교 앞 가게 파라솔 의자에 앉아 캔 커피를 마시며 다양한 주제의 대화를 끊임없이 나눌 수 있고 누구에게도 쉽게 말하지 못하던 고민을 선뜻 털어놓게 만드는 사람이었다. 차분하게 눈을 맞춰주며 남들의 고민을 들어주던 순수하고 소박한 준민을 주희는 진심으로 사랑했다. 욕심이 하나 있다면 준민이 잘 되어서 행복한 가정을 꾸리며 살고 있다는 소식을 듣는 것 하나였다. 그리고 죽기 전에 우연이라도 꼭 한 번 준민을 보고 싶었다. 행복하게 잘 살고 있는 준민의 모습을. 주희에게 준민은 이젠 손을 뻗어 잡아 볼 수도, 눈을 떠 바라볼 수도 없는 사람이었다. 그래서 더 애틋하고 아련한 기억 속 깊은 곳에 박혀 비틀거리고 허우적대는 나약한 자신을 지탱해 주는 단단한 척추처럼, 결국은 빼낼 수 없는 굵은 가시가 되어 있었다.

주희는 책상에 앉아 창 밖에 비치는 눈에 익은 동네의 밤 풍경을 바라보았다. 책꽂이에 꽂힌 서류 봉투에 눈길이 닿자 이혼 서류를 제출하러 법원에 갔던 오래전 그날이 떠올랐다. 희망과 절망이 동시에 찾아왔던 그날의 기억이. 드디어 이혼을 하게 되는구나 하는 안도의 감정이 더 컸다. 주희에게 아쉬움이나 미련은 전혀 없었다. 아직 젊은 나이였던 주희는 혹시라도 아직 홀로 지내고 있을지 모를 준민을 다시 찾아봐야겠다는 희망을 작게나마 품을 수 있던 순간이었다.

이혼 서류 제출을 위해 강남 가정 법원에 들렀다가 얼마 전에 어머니가 받았던 검진 결과를 들으러 병원에 잠깐 들를 예정이었다. 홀가분한 마음으로 법원을 나와 병원에 도착했는데, 몇 년 전부터 가벼운 이상 증세를 보이던 엄마에게 정신적으로 문제가 있다는 통보를 받았다.

복잡하고 어지러운 마음에 주희가 찾은 곳은 마침 병원과 가까운 선릉역 주변에서 이자카야를 하는 친구의 가게였다. 아직 저녁도 되기 전 이른 시간에 청주 몇 잔을 마시고 취한 그녀는 집으로 가기 위해 선릉역으로 걸어가다 어지러워 커다란 빌딩 앞 화단에 앉아 잠시 넋이 나간 사람처럼 술이 깰 때까지 멍하니 행인들을 바라보다 집으로 향했다. 자신의 손길과 관심이 더 필요하게 된 엄마. 그렇게 이혼하고 혼자가 된 그녀는 더 이상 혼자일 수 없었다. 결국 첫사랑을 다시 잊고 엄마가 사는 작은 아파트로 들어가야 했다. 그때부터 엄마가 다니던 성당에 함께 다니며 열심히 기도하기 시작했다. 엄마가 더 아프지 않게 해달라고 기도를 드리고 봉사 활동도 열심히 따라다녔다. 그렇게 십 년 넘게 힘들게 돈을 벌고 엄마를 정성껏 간호하는 와중에 세월은 정신없이 빠르게, 그리고 속절없이 흘렀다. 어느덧 마흔이 넘어 더 이상 아이를 갖기 어려운 나이가 된 주희는 서서히 준민을 찾는 걸 포기하고 준민을 잊으려 노력하며 살았다. 겨울이 와도 서울역에 나가지 않았다. 그러나 엄마를 간호하고 의지하며 살다 결국 다시 혼자가 된 주희에겐 의지할 대상이 필요했다. 더 열심히 성당에 나가 기도를 드리고 봉사 활동을 했다. 예전부터 가슴 속에 품어왔던 수녀가 되는 꿈, 해외 선교 및 봉사 활동에 대한 꿈도 구체적으로 그려보기 시작했다. 평생 종교에 귀의해 봉사하며 가난한 사람들을 위해 살겠다고 다짐했다. 그런 수녀의 삶이 주희에게 운명처럼 다가왔다.

그렇지만 결혼한 경력이 있는 주희가 수녀가 되기 어렵다는 걸 알게 되기까진 그리 오랜 시간이 걸리지 않았다. 수녀가 될 수 없다는 걸 받아들여야만 했을 때, 그것 역시 하나님의 뜻이라고 받아들이기로 했다. 종신 서원해서 평생을 봉사하며 사는 삶 대신 수녀 신분이 아니더라도 수녀님과 비슷한 삶을 산다면 그것 역시 괜찮을 것이라 생각했다. 그렇게 가족처럼 잘 대해주던 성당 수녀님을 의지하며 함께 봉사를 다니고 기도하며 지내다 수녀님이 해외 봉사의 소임을 맡게 되자 주희도 함께 따라가기로 결심했다. 수녀가 되어 수녀원에서 지낼 수는 없어도 이곳 생활을 정리하고 수녀님이 가시는 곳으로 따라가 함께 봉사하며 살기로.

조금 전까지 함께 술 마시던 노숙인 무리들이 술에 취해 곤히 잠든 새벽. 준민은 종이박스 위에 누워 담요를 덮고 서울역 광장을 환하게 비추고 있는 달을 바라보았다. 둥근 달 위로 주희의 얼굴이 밝게 떠올랐다. 허무하게 흘러버린 지난 세월이 무색하게 달에 비친 주희의 얼굴은 언제나 그대로였다. 주희를 마지막으로 봤던 젊고 예쁜 시절의 얼굴 그대로 준민의 마음 속에서 변함없이, 마치 오래된 흑백 사진처럼 남아 있었다. 잠 못 드는 새벽 주희의 얼굴을 떠올리고 있자니 몇 년 전 우연히 주희와 닮은 여인을 봤던 날이 떠올랐다. 오래전 주희와 헤어지고 나서 준민은 한 번도 주희를 찾으려고 한 적이 없었다. 오히려 잊으려 애쓰며 살았다.

준민의 회사가 기술성과 사업성을 인정받아 선릉역 근처에 있던 투자 회사로부터 거액의 투자금을 유치하는 계약서에 서명하기 위해 준민이 투자 회사를 방문했던 날이었다. 준민은 기대감에 부풀어 떨리는 마음으로 투자사의 임원들이 내려오길 기다리며 고급스런 장식으로 치장된 2층 접견실에서 창 밖을 내다보며 긴장감을 떨쳐 버리려 심호흡을 반복하고 있었다. 순간 창 밖으로 한 여인이 준민의 눈에 들어왔다. 붉게 상기된 얼굴로 어지러움을 느끼는지 조금 비틀거리고 얼굴을 찡그리며 걷던 여인이 준민이 있는 건물 화단에 잠시 앉아 멍하니 지나는 행인들의 모습을 바라보고 있었다. 무릎 위에는 노란 서류 봉투가 놓여 있었고, 추운지 동그랗게 모은 입술로 두 손에 따뜻한 입김을 불며 손을 비비고 있었다. 그때 그녀는 얼굴을 준민 쪽으로 돌려 하늘을 올려다보았는데,

준민은 놀라지 않을 수 없었다. 헤어진 후 한 번도 본 적이 없는 주희의 얼굴과 너무도 닮아 있었다. 순간 준민은 자기도 모르게 그녀를 큰 소리로 부를 뻔했다. 소리를 지르고 창문을 두드려서라도 그녀의 시선을 자기 쪽으로 돌려 다시 한번 그녀의 얼굴을 보고 싶었다. 그래야 그녀도 준민의 얼굴을 볼 수 있을 것 같았다. 하지만 접견실 창문은 환기창 하나 없는 통유리로 되어 있어, 문을 열어 그녀에게 손짓하거나 소리를 지를 수 없었다.

급하게 뛰어 내려가 그녀가 자리를 뜨기 전에 혹시라도 정말 주희가 맞는지 확인하고 싶었다. 그렇지만 곧 투자사의 임원들이 내려와 투자 계약서에 서명을 하고 몇몇 정보기술 신문사 및 잡지사 기자들 앞에서 사진도 찍어야 했기에 그럴 시간적 여유가 없었다. 그렇게 초조하게 시간은 흐르고 맘 속의 갈등은 점점 커져갔다. 순간 잠깐 화장실 다녀왔다고 말하면 되겠지 하는 생각이 들어 준민은 1층으로 향하는 비상구 계단 쪽으로 급히 달려갔다. 하지만 그 순간 비상구 옆 승강기 문이 열리며 기다리던 투자사 임원들이 준민을 향해 환하게 웃고 손을 내밀면서 악수를 청했다. 결국 준민도 반갑게 인사를 나누고 발길을 돌려 접견실 안쪽에 있는 회의실로 향했다.

너무도 아쉬웠던 그날 이후 준민은 그곳을 지날 때마다 만약 다시 그날로 돌아갈 수 있다면 투자 유치를 못 받는 한이 있더라도 기꺼이 그녀에게 달려가 주희가 맞는지 확인하고, 만약 주희가 맞다면 유난히 추위를 잘 타던 주희의 차가운 손을 꼭 잡아 따뜻하게 녹여줄 거라 다짐했다. 만약 다시 한 번 그런 기회가 찾아온다면 절대 후회할 일을 하지 않을 거라 다짐하고 또 다짐했다.

올해도 어김없이 주희의 목소리를 마지막으로 들었던 그날이 다가오고 있었다. 준민은 출장이나 중요한 일정 때문에 부득이하게 올 수 없었던 경우를 빼고는 매년 12월 21일 이곳 서울역에 있었다. 회사가 끝나면 바로 이곳으로 달려와 오래전 그날 그녀를 만나기로 했던 장소인 구 역사 건물 앞에서 한참을 서성이며 혹시나 주희가 나타나지 않을까 기대하며 그녀를 기다렸다. 그렇게 십 년이 넘는 시간이 흘러 여전히 나타나지 않는 주희를 생각하며 가끔은 서운한 마음이 들기도 했다.

그해 12월 21일 오전 8시. 이곳 서울역에서 만나 둘은 처음으로 서울이나 서울 근교가 아닌 부산으로 함께 여행을 가기로 했다. 부산 야경을 내려다보며 주희에게 사랑의 고백도 할 계획이었다. 설레는 마음으로 약속 시간보다 훨씬 일찍 서울 역에 도착해 주희를 기다리던 준민의 기대감은 곧 초조함과 불안감으로 바뀌었다. 한 시간, 그리고 두 시간을 기다려도 주희는 나타나지 않았다. 준민은 뭔가 잘못되었다는 불안감에 세 시간 넘게 주희를 기다리다 초조하고 떨리는 맘을 억누르고 용기를 내어 공중전화 부스에 들어가 그녀의 집으로 전화를 걸었다. 휴대폰이 없던 그 시절, 가족이 모여 있는 주말 오전에 여자친구의 집으로 전화를 건다는 건 전화를 누가 받을지 알 수 없었기에 용기가 필요한 일이었다. 역시나 전화를 받은 건 주희의 아버지였다. 주희가 몸이 안 좋아 누워 있어 나갈 수 없다는 말과 앞으로는 연락을 하지 말라고 말한 뒤 전화를 끊으려 하셨다. 잠시만 통화할 수 있게 해달란 준민의 부탁에도 주희를 위해서, 그리고 자네를 위해서 앞으로 주희 만날 생각은 말고 전화도 하지 말아 달라고 주희 아버지가 단호한 어조로 대답하셨다. 열심히 공부하고 노력해서 성공해 돈도 많이 벌고 주희를 행복하게 해주겠다는 준민의 다짐은 주희 아버지의 귀에 들리지 않았다.

서울역에서 만나기로 한 그날로부터 몇 주 전, 준민은 주희와 함께 주희의 아버지를 만난 적이 있었다. 주희의 아버지 사무실에서였다. 사업을 하는 그녀의 아버지는 인맥을 아주 중요하게 생각했고, 사업을 키워 집안을 더 크게 일으켜 세우겠다는 욕심과 더불어 정치권에도 손을 뻗겠다는 꿈이 있는 분이셨다.

어쩌면 사무실에서 주희의 아버지를 처음 본 그날에 이미 12월 21일 벌어진 가슴 아픈 결말이 정해졌는지도 모른다. 다만 준민이 눈치채지 못했을 뿐일지도 모른다. 그녀의 아버지는 준민이 어떤 사람이고 어떤 꿈을 가졌는지, 그리고 자신의 딸을 얼마나 사랑하는지에 대해서는 관심이 없었다.

"어디 사는가?", "아버지는 뭐 하시나?" 그런 통속적인 질문들이 이어졌고 사무실 분위기는 조용하고 어두웠다. 불편하고 어색한 침묵 속에서 만남은 금방 끝났고, 주희 아버지는 비서가 가져온 차에는 입도 대지 않고 약속이 있다며 먼저 나가셨다. 불편한 침묵이 시작된 건 "아버지는 뭐 하시나?"라는 질문에 "어릴 적에 돌아가셨습니다."라고 준민이 대답한 후부터였다.

﹌

햇볕이 따뜻하게 내리쬐는 오후였다. 어제 오랜만에 술을 마시고 잠이 든 준민은 광장을 찾은 아이들이 비둘기 떼를 쫓으며 노는 소리에 늦잠에서 깼다. 배식을 놓쳐 배는 고팠지만 준민은 자리에 누워 오랜만에 찾아온 따뜻한 햇살을 즐기며 비둘기와 놀고 있는 아이들의 모습을 가만히 바라보았다. 이곳에 온 지도 벌써 한 달이 되어간다. 어색하고 부끄러워 고개를 푹 숙인 채 이곳에 처음 왔던 때의 모습과 비교하면 지금은 누가 봐도 서울역에서 몇 년은 노숙하고 지낸 사람처럼 보였고, 이곳 생활에 적응하는 걸 넘어 즐기는 경지에까지 이르게 된 것 같았다. 우선 맘이 편했다. 그 흔한 스트레스도 없었다. 안락하고 고급스런 사무실에서 일할 때는 늘 수많은 걱정거리와 고민, 스트레스에 시달렸다. 조용하고 편안한 집에서도 층간 소음에 늘 신경이 곤두서고 밤에 잠을 청할 때면 이불을 덮듯이 밀려오는 알 수 없는 고독감과 우울함 때문에 쉽사리 잠에 빠져들 수 없어 수면 유도제나 술의 힘을 빌릴 때가 많았다. 하지만 이곳에 있는 동안은 그런 소모적이고 원치 않는 불필요한 감정들에서 자유로울 수 있었다. 굳이 뭘 하려고 생각하지도 않았고, 더 잘 할 필요도 없었다. 취객들의 고성방가와 차들이 내는 소음 속에서도 더 깊게 잘 수 있었다. 왜 그렇게 사냐고 간섭하거나 잔소리하는 사람도 없었다.

이곳 광장에선 쉴 새 없이 준민의 관심을 끌 만한 일들이 일어났고, 심심치 않게 다양한 집회나 행사가 열렸다. 고향에 내려가거나 여행을 떠나는 단란한 가족의 모습을 바라보면 마음이 흐뭇해졌고, 여행을 떠나는 연인들의 들뜬 모습을 바라보거나 사랑하는 사람을 배웅하고 기운 없는 걸음으로 천천히 지하철이나 버스 정거장으로 향하는 연인들의 뒷모습을 바라보면 더 늦기 전에 사랑을 해보고 싶은 마음이 들기도 했다. 지방 출장을 떠나거나 서울에 회의를 하러 올라온 양복 입은 직장인들의 모습을 보면 열심히 일하고 싶은 마음이 들기도 했다. 그렇게 이곳 서울역을 찾는 수많은 사람들의 모습을 바라보는 것만으로도 하루가 빠르게 지나갔다. 가끔은 그들의 표정을 하나하나 바라보며 그들이 살아온, 그리고 살아갈 인생을 상상해 보기도 했다. 한 달간의 노숙 생활을 통해 이미 자기만의 방식으로 서울역에서의 하루하루를 즐기며 살고 있는 자신을 돌아보며 준민은 새삼 놀랐다.

가끔 깊은 산 속 오지나 무인도에서 홀로 사는 자연인들이 나오는 방송을 보며 나중에 나이 들면 저런 곳에 살아보고 싶다는 생각을 준민도 했다. 하지만 이렇게 다양한 인생을 살아온 사람들과의 교류가 가능하고 사람 냄새 물씬 나는 도심의 빌딩 분지 속 작은 아스팔트 평원인 이곳 서울역 광장이 준민에게는 늘 즐겨보던 야생 다큐멘터리에 나오는 아프리카의 세렝게티나 오카방고처럼 자유를 느낄 수 있는 광활한 야생 벌판같이 느껴졌다. 세속의 권력이 미치지 않아 속인이 저지른 한 때의 실수와 잘못을 눈감아주던 역사 속 성스런 소도 같은 곳이란 생각도 들었다. 서울 어디에도 자기 땅도 아닌데 자리를 차지하고 한 달을 누워 있어도 내쫓지 않고, 가끔은 소란을 피우거나 구걸을 하고 노상 방뇨를 해도 법에 따라 처벌하거나 크게 뭐라 하지 않는 땅은 없을 것이다. 깊은 산 속 오지나 망망대해의 외딴 무인도뿐 아니라, 여러 무리의 노숙 구도자들이 사자 혹은 하이에나 무리나 누 떼처럼 뛰고 먹고 쉬며 살고 있는 서울 도심 한복판의 서울역 광장 벌판에서 무념무상 무소유의 삶을 살아가는 것도 그리 나쁘지만은 않을 것 같다는 생각도 가끔 들었다.

그러나 준민에겐 아직 꿈이 있었다. 죽기 전에 마지막으로 꼭 해보고 싶은 일이 있었다. 독특한 시나리오를 써서 그걸 독립 영화로 만들어 보고 싶었다. 마침 어제 술자리 막판에 무리 중 한 명이 오래전 영화판에서 촬영 스태프 일을 했던 사람이어서 잠시나마 둘은 영화에 대해 이야기를 나눌 수 있었다. 준민의 영화 지식과 관심에 놀란 그 친구는 준민에게 영화 쪽 일을 했는지, 아니면 영화 제작에 대한 꿈이 있었는지 물었다. 이곳에서 노숙하며 가장 큰 관심사인 영화에 대한 질문을 받은 건 처음이라 조금 당황스럽기도 했고 조심스럽기도 해서 준민은 그 예상 밖의 질문을 피해 화제를 여배우 이야기로 돌렸다. 영화를 만들고 싶다는 속 마음을 솔직히 말하고 싶었으나 지금 처지에 그런 답변을 해봐야 웃음거리밖에 안 될 것 같았다.

사실 준민은 오래전부터 시나리오를 써왔다. 이미 여러 편의 시나리오를 완성해 두었다. 어릴 적부터 소문난 영화광이었던 준민은 할리우드 고전 명화나 우리나라 흑백 영화, 예술성 짙은 유럽 영화나 추리, 공포, SF 영화 등 장르를 가리지 않고 다 좋아했다. 그렇게 틈틈이 쓴 여러 편의 시나리오 중에서 가장 작품 가능성이 높은 시나리오를 골라 현재 스토리를 보강 중에 있었다. 그 시나리오의 주 배경이 이곳 서울역이었다. 그 시나리오에서 가장 중요한 신의 세부적인 배경 묘사와 주인공이 노숙을 하며 서울역 광장에서 주변 인물들과 나누는 대사, 그리고 촬영을 위한 콘티를 좀 더 실감 나게 만들기 위해 준민은 영화 속 가장 중요한 무대인 이곳 서울역에서 한 달째 노숙을 경험하고 있는 중이었다. 이곳 서울역에서 정말 노숙을 하게 될 줄은 준민 역시 꿈에도 생각 못했던 일이다. 이 모든 것은 아주 오랜 기간 준민이 맘 속에 품어온 영화 제작에 대한 꿈을 실현하기 위한 과정이기도 했지만, 첫 사랑인 주희를 만나기 위한 일이기도 했다. 이번 시나리오를 제대로 써서 좋은 영화로 만들고 영화 제작자 겸 감독으로 화려하게 영화계에 데뷔하면 주희에게 자신을 알릴 수 있는 좋은 기회가 될 것이고, 주희가 자신을 찾을지도 모를 거라 생각했다. 그렇게 다시 만날 수 있기를 간절히 바랐다.

준민은 얼마 전에 은퇴를 했다. 이곳에 있는 노숙인들은 대개 회사에서 잘리거나 사업하다 망해서 이곳으로 왔지만, 준민은 갑작스럽게 큰돈을 손에 쥐게 되어 돈을 벌어야 하는 일상과 의무감으로부터 일찍 자유로워질 수 있었다. 직장생활을 시작하던 즈음부터 준민은 돈만 벌며 인생을 보내고 싶다는 생각은 일절 하지 않았다. 평생 필요한 돈을 모으게 되면 그때부턴 하루라도 빨리 밥 벌어 먹는 일상에서 벗어나 좀 더 젊고 머리가 맑고 건강할 때 해보고 싶었던 일을 하며 남은 인생을 보내고 싶었다. 그렇게 살다 늙으면 깊은 산 속에 작은 오두막을 짓고 약초를 캐고 버섯을 키우며 고전을 읽는 삶을 살고 싶었다. 대신 일하는 동안은 누구보다 치열하게 하루하루를 살았다. 몇 년 전 기업용 애플리케이션을 클라우드 형태로 서비스하는 벤처를 설립하고 관련 핵심 기반 기술들을 개발하여 투자 회사와 대기업에 회사 지분을 매각하며 큰돈을 벌었다. 어쩌면 멋진 시나리오를 써서 완성도 높은 영화를 만들고 자신의 이름을 알려 주희를 찾겠다는 욕심에 지분 매각과 은퇴를 더 서둘렀는지도 모른다.

회사를 매각하고 한동안은 세계 여행도 많이 다니고 원 없이 쉬기도 했다. 여행 다니고 노는 것에 질릴 무렵, 영화로 만들고 싶었던 시나리오를 보강하기 위해 이곳 서울역에 오게 된 것이다. 각본 속 배경인 서울역 광장의 노숙 생활을 체험해서 좀 더 실감 나는 대사와 배경을 준비하기 위해서였다. 일주일을 예상하고 시작한 노숙 체험도 벌써 한 달이 다 되어 가고 있었다. 처음 이곳에 올 때 했던 걱정과는 달리 이곳 생활을 즐기기 시작해 수십억 자산가이지만 노숙자 생활을 하고 있는 이의 이야기처럼 이곳에 눌러살게 되는 건 아닐까 생각할 정도로 준민은 이곳 생활에 완벽하게 적응했다. 그래도 이곳을 오게 된 목적, 좋은 시나리오를 써서 멋진 영화를 만들겠다는 꿈은 한시도 잊은 적이 없었다.

헤어지고 단 한 번도 만나지 못한 주희. 헤어지고 몇 년 후 그녀가 이사를 갔다는 소식을 지인으로부터 전해 들은 후 더 이상 사는 곳도 연락처도 그녀의 근황에 대해서도 들을 수 없었다. 가끔 술에 취해 허무하게 흘러간 지난 삶을 되돌아볼 때마다, 어쩌면 다른 여자들이 들어올 수 있는 마음 속 작은 자리마저 주희 생각으로 가득 채우고 살다 이렇게 혼자인 건지 모른다고 자책한 적도 있었다. 주희에 대한 소식을 전해 들을 수 있었다면 준민도 일찌감치 마음을 정리하고 다른 여자를 만나 가정을 꾸렸을지도 모른다. 가끔은 자신의 이런 집착이 소설 '폭풍의 언덕'의 주인공 히스클리프가 지닌 캐서린을 향한 편집광적인 집착과도 비슷한 건 아닐까 하는 생각도 했다. 그런 집착이 자신을 파멸로 이끌지도 모른다는 불안한 생각도 들었다. 평생 한 여인만을 사랑하고 잊지 못해 무덤까지 파헤치는 그 히스클리프의 광기 어린 사랑을 보면서도 준민은 다른 많은 감정들보다 연민과 동경의 감정을 더 느꼈다. 그만큼 주희를 향한 지난 십몇 년간의 지독한 그리움과 연모의 감정에 대해 후회한 적은 없었다. 평생 한 여자만 사랑하며 살 수 있는 남자가 얼마나 될까? 그런 인생도 후회스럽지만은 않을 것 같았다.

헤어지고 처음 몇 년 동안은 그녀의 아버지 바람대로, 그리고 주희를 위해서라는 생각에 준민도 그녀를 찾거나 그녀의 근황에 대해 알려 하지 않았다. 하지만 십 년이 넘는 세월이 흐르고 어느덧 준민도 중년이 되어 사회적으로 성공하면서 서서히 그런 생각들이 바뀌기 시작했다. 이젠 주희에 관한 어떤 소식에도 자신이 상처를 받거나 주희를 힘들게 하는 상황은 생기지 않을 거라 생각했다. 주희가 행복한 가정을 이루고 즐겁게 살고 있다면 준민 역시 기쁠 것이고, 만약 주희가 그와 반대로 어떤 이유로든 혼자 쓸쓸히 지내거나 힘들게 살고 있다면 그녀를 찾아가 더 이상 외롭지 않게 행복하게 해줄 수 있다는 사실에 준민은 기쁠 것 같았다. 주희가 건강하게 잘 지내고 있다면 그녀에 대한 어떤 소식도 준민은 받아들일 나이가 됐고, 마음의 준비가 되어 있었다.

주희와의 재회를 위한 멋진 서프라이즈. 그런 희망을 품고 열심히 일했고, 돈을 벌었고, 아낌없이 젊음을 바쳤던 회사를 미련 없이 정리하고 나온 준민은 훌륭한 시나리오를 가진 영화를 만들기 위해 이곳 서울역에 있다. 주희와 헤어지고 나서의 지난 긴 세월이 한 편의 단편 영화처럼 준민의 눈앞을 빠르게 흘러 지나갔다.

⁓

이제 며칠 후면 이곳 서울역에서의 노숙 생활도 끝이 난다. 12월 21일 전에 이곳을 떠나 집으로 돌아가서 깨끗이 씻고,

단정히 이발을 하고, 단정한 옷으로 갈아입은 뒤 그날을 기억하기 위해 이곳을 다시 방문할 것이다. 그리고 천천히 이곳에서의 경험을 토대로 영화 속 대사, 배경 묘사들을 수정하고 보완할 것이다. 머지않아 시나리오가 완성되면 준민은 영화 제작 준비로 또다시 바빠질 것이다. 영화를 사랑해 어려서부터 수많은 영화를 보고 영화를 만드는 상상을 하며 살아왔지만, 영화를 좋아하는 것과 만드는 건 엄연히 다른 일이었다. 그렇지만 전문적인 영화 교육을 받지 못해도 누구든 열정과 여건만 된다면 영화를 만들 수 있을 거라 준민은 생각했다. 영화를 공부했고 영화에 미쳐 살아도 좋은 시나리오를 만나지 못했거나 예산이 없어 영화를 찍지 못하는 똑똑한 감독 지망생들이 있을 거라 생각했다. 그런 숨은 인재를 섭외해서 영화 제작팀을 꾸리고 준민은 감독 뒤에서 보이지 않는 눈이자 손, 입이 되어 자기만의 영화를 만들어 볼 생각이었다. 자신이 쓴 시나리오는 자신이 가장 잘 연출할 수 있을 거란 믿음도 있었다. 영화를 만드는 상상을 할 때마다 준민은 너무 행복해졌다.

성탄절이 얼마 남지 않은 거리에는 크리스마스트리를 비롯 온갖 크리스마스 장식과 네온사인들이 화려한 빛을 뽐내며 거리를 밝히고 사람들의 마음을 따뜻하게 해주고 있었다. 준민은 흘러나오는 크리스마스 캐럴에 맞춰 콧노래를 흥얼거리며 서울역에서 남대문 방향으로 나 있는 거리의 상점 윈도우를 바라보며 걸었다. 이젠 처음 노숙을 하던 그때만큼 남의 시선을 의식하지 않았다. 남대문 근처에 다다랐을 무렵 준민은 잠시 뒤돌아서서 서울역 광장을 바라보았다. 매년 12월 21일. 그곳에 서서 주희를 기다리던 자신의 모습이 영화 속 과거 회상 장면처럼 흐릿하고 아련하게 눈에 들어왔다. 한참을 광장에서 서성이며 기다리다 아쉬움에 돌아서야 했던 그 안타까웠던 날들과 지난 한 달간 서울역에서 보낸 노숙 생활의 추억이 주마등처럼 스쳐 갔다. 그녀와의 마지막 추억이 되어 버린 곳. 매년 나타나지 않은 그녀에게 가끔은 서운함을 느끼면서도 그녀를 늘 그리워하던 곳. 서울역 광장을 그렇게 한참 바라보던 준민은 고개를 돌려 명동 쪽으로 향했다. 남대문 시장과 옛 새로나 백화점 건물을 지나 신세계 백화점 앞 분수대에 다다르니 화려하게 빛나는 명동이 눈에 들어왔다.

문득 주희와 헤어지기 얼마 전 명동에서 만나 지금은 사라진 명동 성당 근처 중앙 극장에서 영화 '바람과 함께 사라지다'를 보고 식사를 함께 했던 마지막 데이트가 떠올랐다. 영화가 끝나고 극장 옆 오래된 상가 건물 2층에 있던 허름하고 작은 분식집에서 주희가 좋아하는 김밥과 떡볶이를 함께 먹었다. 떡볶이를 먹으며 영화 엔딩 신이 너무 멋지다며 스칼렛 오하라의 마지막 대사 "내일은 내일의 태양이 뜬다."를 똑같이 따라 하며 꼭 한 번 더 이 영화를 함께 보자고 한껏 들떠 말하던 주희의 해맑은 얼굴이 떠올랐다.

주희는 레트가 결국엔 스칼렛에게 다시 돌아올 것 같냐고 준민에게 묻곤 답변도 기다리지 않고 말했다.

"그 둘은 분명 다시 만나게 될 거야. 레트는 돌아올 거고, 만약 그렇지 않다면 스칼렛은 그 어떤 수단과 방법을 동원해서라도 분명 그 남자를 찾아가 그 품에 안길 거라고."

강렬한 눈빛으로 그 말을 하고선 굳게 입술을 다물고 잠시 영화 팜플렛 속 스칼렛의 모습을 바라보던 주희의 얼굴이 떠올랐다. 순간 주희의 모습이 영화 속 스칼렛처럼 강하고 굳은 의지의 여인처럼 보였다. 준민도 그렇게 생각했다. 둘은 어떻게든 다시 만나게 될 운명이라고.

'그래. 그 둘은 어떻게든 다시 만나게 될 거야. 우리도 그럴 것이고.'

그때 주희에게 미처 해주지 못했던 답변을 준민은 주희의 얼굴을 떠올리며 자기도 모르게 맘 속으로 중얼거렸다. 그날 영화를 보고 집으로 돌아와서 준민은 주희에게 전해줄 작은 선물을 준비했다. 손바닥만 한 목판에 파스텔로 영화 '바람과 함께 사라지다'의 마지막 장면을 배경으로 커다란 나무 아래 주인공 레트와 스칼렛이 서로 포옹하고 있는 모습을 그려 넣었다. 주희의 바람대로 레트가 다시 스칼렛을 찾아와 그녀를 안고 바라보는 그림이었다. 서울역에서 만나 부산으로 여행을 떠나기로 했던 그날, 부산에 도착해 저녁을 먹고 야경을 바라보며 그 그림을 전해줄 생각이었다. 그 작은 목판 그림은 아직도 준민의 서재 책장에 놓여 있다. 준민은 명동에서의 마지막 데이트를 추억하며 발길을 돌려 다시 서울역으로 향했다.

세간살이가 거의 다 빠져나간 휑한 집 안에 우두커니 서서 주희는 한참을 멍하니 창 밖을 내다 보고 있었다. 지난 몇 주간 틈틈이 집 안 물건을 정리하며 자선 단체에 기부하거나 지인들에게 나눠주고 소용이 다 한 물건이나 낡은 가구들은 폐기물 딱지를 붙여 밖에 내놓았다. 어머니의 중요한 유품과 주희가 아끼는 물건들은 지방에 있는 친척 언니네 집에 맡겼다. 버리지 못해 한가득 쌓여 있던 책과 옷, 그리고 많은 물건들을 정리하고 버리며 주희는 이렇게 쉽게 버리게 될 걸 유행이 다시 오면 또 입을지도 모른다는 미련 때문에, 먼 훗날 다시 그때의 감동을 느끼겠다는 생각 때문에 쌓아 두었던 옷과 책들을 결국 떠나보내며 버리고 비우지 못해 더 힘들고 버겁게 살아온 건 아닌가 싶어 지난 과거가 허무하고 어리석게 느껴지기도 했다. 하지만 다시 볼 수 있을 거란 기대도 없이 늘 주희 마음 속 한 자리를 차지하고 있는 준민에 대한 마음의 정리는 쉽지 않았다. 아마 이 세상에서 주희의 몸과 정신이 사라지는 그날에야 함께 사라질 것 같은 그 질긴 인연은 어떻게 설명할 수 없는 머나먼 하늘에서 영원히 빛나는 별처럼 느껴졌다.

침대는 옆집 아주머니가 가져가기로 했다. 다 큰 딸의 방에 있던 낡고 작은 침대를 치우고 마치 새것 같은 주희의 큰 침대를 넣어줄 생각에 옆집 아주머니는 이별을 서운해하는 척하면서도 즐거운 웃음을 감추지는 못했다. 외로운 주희를 밤마다 따뜻하게 안아 주고 다독여주던 침대와도 이제는 이별이다. 그래서일까? 이른 아침부터 시작된 짐 정리로 피곤했던 주희는 이른 저녁 잠들었지만 금새 잠에서 깨어 침대에서 뒤척이다 일어나 텅 빈 집 안을 둘러보고 창 밖의 풍경을 내다보기를 반복했다. 주희는 커다란 여행용 가방과 배낭 한 개에 짐들을 촘촘히 정리해 넣었다. 침대와 가방만 남은 집 안을 둘러보니 그렇게 텅 빈 모습처럼 최근 복잡하고 혼란스러 웠던 주희의 마음도 어느 정도 정리가 된 듯 가벼워졌다. 한국을 떠나면 당분간은 이곳에서의 지난날들을 되돌아보지 않을 생각이다. 마음 속 추억과 상처들 모두 다 비우고 살고 싶었다. 하지만 아무리 세월이 흐르고 아무리 먼 곳에 있어 도 준민의 자리는 그녀의 마음 깊은 곳에 항상 머물고 있을 것 같았다. 서울에서의 마지막 밤이라 생각하니 만감이 교차 했다. 이곳에서 지내며 울고 웃던 엄마와의 많은 추억들이 떠 올랐다. 내일 오전 서울역 급식 봉사가 끝나면 늦은 밤 공항 에서 수녀님을 만나 멕시코행 비행기를 탈 예정이다.

갑자기 라디오에서 귀에 익은 음악이 흘러나왔다. 준민이 좋아했던 프란시스 레이의 영화 음악이었다. 영화를 좋아하 고 영화 속 음악까지 사랑했던 준민은 이태리에 엔리오 모리 꼬네가 있다면 프랑스엔 프란시스 레이가 있다며 수많은 프 랑스 영화와 할리우드 로맨스 영화에서 흘러나오던 그의 음 악들에 대한 찬사를 아끼지 않았다. 지금 흘러나오는 '사랑의 종말을 위한 콘체르토'는 장 폴 벨몽도가 주연한 영화의 음 악이다. 각자 가정이 있는 두 남녀의 로맨스 영화였는데, 주 희도 몇 년 전 이 음악을 우연히 라디오에서 듣고 영화 제목 을 검색해 인터넷으로 감상했다. 결국은 나타나지 않는 남자를 공항에서 한참 기다리는 여주인공의 쓸쓸한 모습과 허탈해하는 연기가 가슴에 와닿았다. 그 장면에서 흘러나오는 이 음악을 들으며 오래전 서울역에서 자신을 기다리다 쓸쓸히 돌아섰을 준민의 얼굴과 뒷모습이 상상되어 주희는 눈물을 흘리지 않을 수 없었다.

◦∽◦∿◦

내일이 12월 21일이다.

준민은 매년 그랬던 것처럼 내일은 주희를 생각하고 기다리며 이곳 서울역에서 보낼 생각이었다. 지금 이 모습 말고 원래 준민의 모습으로 돌아가서. 준민은 오랜만에 물품 보관함 자판기 앞에 와서 사물함을 열어 이곳 서울역에 처음 왔던 날 넣어 두었던 옷과 개인 물품들을 꺼내 보았다. 지저분해진 얼굴과 헝클어진 머리를 가려줄 후드 티와 새롭게 갈아입을 롱 패딩 점퍼, 그리고 새 운동화 등이 들어 있었다. 내일 새벽, 한 달간 입고 지낸 옷인지 이불인지 정체를 알 수 없게 된 지저분한 점퍼를 벗어 쓰레기통에 던져 버리고 새 옷으로 갈아입고, 새 운동화를 신은 채 집으로 향할 예정이다. 집에 도착하면 먼저 욕조에 따뜻한 물을 받아 씻고 이발소에 가서 이발과 면도를 한 후 저녁에 깔끔한 복장으로 이곳을 다시 찾을 계획이다. 명절 때 가족들이 모여 성묘를 가듯 준민은 이곳을 찾을 것이다.

이곳에서의 생활도 이제 몇 시간밖에 남지 않았다. 마지막이라고 생각하니 평소 잘 어울리지 않았던 근처 노숙자들의 술자리에 끼어 한잔하고 싶은 생각이 들었다. 그들과 다시 어울리게 될 일이 없을 것 같았기 때문이다. 이것도 인연인데 친했던 사람들에게 마지막으로 소주라도 한 잔씩 따라주고 싶었다. 그리고 아무런 말 없이 조용히 이곳을 떠날 생각이었다. 마침 근처에 이곳에 와서 급식을 함께 받아먹으며 처음으로 친해진 서 씨 아저씨가 일행들과 술을 마시고 있었다. 그 술자리에는 마흔 정도 되어 보이는 여인도 한 명 있었다. 서울역 광장에도 가끔 여성 노숙자들이 보였다. 주로 혼자인 경우가 많았지만, 가정 폭력을 피해 어린아이와 함께 도망쳐 나온 여자도 있었다. 남자들처럼 수가 많지는 않았고 서너 명이 가끔 광장에 나와 어울리다 신 역사 안이나 상가 근처의 비바람을 피할 수 있는 곳에서 노숙을 했다. 서울역 광장 노숙자 중에 덩치 크고 힘 좀 쓴다고 해서 왕초 역할을 하는 오십 대 초반의 황 씨가 있었다. 몇 번의 떠들썩한 싸움으로 그

실력이 드러나서 아무도 커다란 흉터 자국이 얼굴에 문신처럼 새겨진 그에게 대들거나 그의 말을 거역하지 못했다. 곱상한 얼굴의 그 여인은 거의 대부분의 시간을 그 황 씨 옆에 붙어 있어 아무도 그녀를 건드리지 못했다. 황 씨는 그 여자를 좋아하는 것 같았지만, 여자는 아프리카 수사자 곁에 붙어 있는 암사자처럼 그 남자의 힘과 권력을 이용하고 있는 것처럼 보였다.

뜻하지 않은 사건은 황 씨가 이른 저녁에 술을 마시고 잠에 곯아떨어지며 시작됐다. 황 씨가 잠이 든 사이 여자는 근처에 있던 서 씨 일행의 꼬임에 술자리에 끼게 되었고, 얼마 지나지 않아 소변이 마려워 잠에서 깨어난 황 씨가 서 씨 아저씨와 다른 일행 한 명 사이에서 다정하게 술을 마시고 있는 그 여인을 보고 화를 참지 못하고 주먹을 휘두르기 시작하며 사달이 났다. 안주로 먹던 새우깡과 생라면, 그리고 막걸리 통과 소주 페트병이 수류탄 터지듯 이리저리 날아가 흩어졌고, 서 씨 아저씨는 황 씨에게 붙잡혀 얼굴을 세게 몇 대맞고 뒤로 자빠졌다. 준민은 얼떨결에 싸움을 말린다고 황씨 팔을 뒤에서 붙잡으려다 뒤로 한껏 뻗은 그의 팔꿈치에 오른쪽 눈을 정통으로 맞고는 아이쿠 하고 비명을 지르고 앞으로 고꾸라졌다. 그 사이 일어서서 도망가려는 서 씨를 붙잡는다고 황 씨가 그 뒤를 쫓았고 준민은 아픈 걸 참고 둘을 쫓아가다 돌부리에 넘어져 얼굴을 아스팔트 바닥에 긁고 말았다. 근처 파출소에서 경찰이 출동하고 서 씨 아저씨가 잽싸게 지하도 인파 속으로 도망치는 것에 성공하며 상황은 종료되었다. 준민은 경찰에게 황 씨에게 맞았다고 신고를 할까 잠시 고민했지만 황 씨가 자기를 일부러 때린 것도 아니었고, 신고하면 자신의 신분도 탄로 나 지난번에 들었던 수십억 자산가 노숙자 아저씨의 이야기처럼 언론에 자기 이름이 나오게 되는 건 아닐까 하는 노파심에 그냥 참기로 했다. 조사를 받으러 계속 경찰서를 들락날락해야 하는 수고를 하기도 싫어서 이미 엎질러진 물인데 어쩌겠냐는 심정으로 준민은 황 씨를 용서하기로 했다. 잠시 인적이 드문 구 역사 계단에 앉아 놀란 가슴을 진정시키고 있는데 갑자기 아래 입술이 부어오르고 왼쪽 발목도 뛰다가 삐끗한 듯 심한 통증이 느껴졌다. 입술이 얼마나 부었는지 준민은 근처 화장실에 가서 거울 속 자기 얼굴을 들여다보았다. 얼굴에 묻은 피를 물에 적신 신문지로 대충 닦아 내고 얼굴의 상처들을 꼼꼼히 살폈다. 예전 학생 시절 극장에서 봤던 실베스타 스탤론 주연의 '록키'라는 영화에 나왔던 주인공의 모습이 떠올랐다. 소련 괴물 복서 드라고에게 무자비하게 두들겨 맞아 여기저기 피멍이 들고 제대로 뜰 수 없을 정도로 두 눈이 부어올라 일그러진 그 처참한 모습 그대로였다. 바지도 무릎 부위가 찢어져 추운 겨울인데도 피딱지가 붙은 무릎이 훤히 보였다. 왼쪽 발목도 삐어서 통증 때문에 절룩거리며 걸을 수밖에 없었다.

잠깐 사이에 준민의 모습은 이곳 서울역에서 노숙 생활을 몇 년은 더 한 것 같은 불쌍하고 처참한 모습으로 변해 있었다. 이 몰골로는 오늘 새벽 도저히 집으로 돌아갈 수 없을 것 같다는 생각이 들었다. 상처가 좀 더 아물고 붓기가 빠지고 정상적으로 걸을 수 있을 때까지 준민은 이곳 서울역에서 며칠 더 머물기로 했다. 결국 준민은 올해 12월 21일도 이곳 서울역에서 보내게 되었다. 여느 해와는 다른 처참한 노숙자의 행색으로.

$\backsim$

버스 맨 뒷자리 구석 창가 자리에 앉은 주희는 한동안 못 보게 될 서울 거리 풍경을 조금이라도 더 눈에 담아두려는 듯 창 밖으로 보이는 거리 풍경과 지나가는 사람들의 모습을 한참 동안 유심히 바라보았다. 오늘은 한국에서의 마지막 날

이자 마지막으로 봉사하는 날이었다. 오늘 밤 공항에 가야 해서 급식 봉사에 빠질까도 생각했지만, 마침 급식 봉사 날짜가 12월 21일이고 장소가 서울역으로 변경되어 주희는 기꺼이 이번 급식 봉사에 나오겠다고 말했다. 한국에서의 마지막 날을 서울역에서 보낸다고 생각하니 며칠 전부터 준민 생각만 났다. 서울역으로 향하는 주희의 마음은 오래전 그날, 새벽 설렘 속에 잠에서 막 깨어났던 그때처럼 흥분되고 즐거웠다.

갑자기 버스 안 여기저기서 작은 탄성 소리와 웅성거리는 소리가 났다. 정신을 차리고 보니 거리에 흰 눈이 펑펑 내리고 있었다. 버스 안의 커플들은 창 밖을 내다 보며 작은 소리와 몸짓으로 환호를 질렀다. 한 커플은 남들 시선을 피해 몰래 키스를 했다. 혼자 창 밖을 내다보던 젊은 남녀는 각자 핸드폰으로 사랑하는 사람과 가족에게 눈이 온다는 소식을 알리려는지 손가락을 바삐 움직이며 메시지를 보내고 있었다. 문득 그런 즐거운 버스 안 승객들 속에서 소외감을 느낀 주희는 아무 말 없이 창 밖을 바라보았다. 눈이 와서 그런지 눈과 관련된 음악이 라디오에서 흘러나왔다. 그때 프란시스 레이의 영화 '하얀 연인들'의 음악이 흘러나오기 시작했다. 이혼하고 엄마와 단둘이 지내며 유선 방송에서 겨울연가 드라마 재방송을 시청할 때, 이 음악이 흘러나오면 주희는 준민과의 추억이 떠올라서 엄마 몰래 눈물을 훔치기도 했다. 주희는 버스 차창에 어리는 변함없는 준민의 얼굴을 응시하며 조용히 그 음악을 감상했다. 특별한 선물처럼 흘러나온 그 음악은 한국을 떠나는 주희와의 이별이 아쉬워 멀리서 배웅하러 나온 오랜 친구처럼 반갑게 느껴졌다.

＊＊＊

오늘도 어김없이 무료 배식은 시작되었다. 멍들고 부은 얼굴 때문에 준민은 오늘 급식을 건너뛸까도 생각했지만 밤새 찾아도 나타나지 않아 걱정되었던 서 씨 아저씨가 급식 시간에 맞춰 갑자기 나타났다. 서 씨 아저씨는 자기가 몇 년만 더 젊었어도 황 씨 같은 인간 서너 명이 덤벼도 끄떡없었을 거라며, 나이가 드니 사람 때리고 경찰서 들락날락하는 게 싫어서 요샌 누가 시비를 걸어도 그냥 참는 게 이기는 거다 생각해 참고 지낸다며 어제 보인 모습과는 전혀 다르게 허풍을 늘어놓기 시작했다. 어제 싸움을 말려줘서 고맙다고 하고는 밥 먹고 캔 커피 한 잔 사겠다며 따라 오라고 하여 준민은 고개를 푹 숙이고 마지못해 배식 장소로 향했다.

준민이 이곳에서 먹을 무료 배식도 이제 몇 끼 안 남았다. 보통 국은 된장국이나 얼갈이 배춧국, 아니면 들깨 미역국이 주로 나오고 반찬으로는 나물이나 미역 무침, 불고기나 제육 볶음, 그리고 가끔 고등어조림이 나오기도 했다. 준민은 그 중에서 미역국과 고등어조림을 좋아했는데, 마침 오늘 미역 국과 고등어조림이 나와서 서 씨 손에 끌려 억지로라도 따라 오길 잘했다고 생각했다. 어제 많은 일을 겪어서 그랬는지 사 실 아침부터 배가 많이 고팠다. 식탐이 없는 준민은 보통 때 와 달리 오늘은 고봉밥처럼 김이 모락모락 나는 따끈한 밥을 식판에 가득 퍼 담았다. 이따 미역국도 많이 퍼 달라고 부탁 할 생각이었다. 나물 반찬을 식판 위에 얹고 다음은 고등어 조림 배식 차례였다. 배식 순서를 기다리며 준민은 오래전 그 날, 이곳에서 주희를 만나 부산으로 여행을 가려고 했던 기억 들이 떠올랐다. 주머니가 넉넉지 않은 학생 신분이라 점심 무 렵 부산에 도착하자마자 태종대 자살바위 밑에서 바다를 바 라보며 해삼, 멍게에 소주 한잔을 하고 고등어구이 골목에 가 서 늦은 점심을 먹고 해운대 해변을 거닐다 저녁에는 자갈 치 시장에서 꼼장어 구이를 먹고 밤 기차로 올라올 계획이었 다. 비싸고 특별한 음식은 아니지만 고등어 백반 식당은 주희 도 가보고 싶어 했던 곳이었고, 그때나 지금이나 고등어 요리 는 준민이 가장 좋아하는 반찬이기도 했다. 긴 줄에 서서 차례를 기다리며 고등어조림 냄새를 맡고 있자니 더욱 더 고등어조림을 먹고 싶은 맘이 간절해졌다. 그렇게 빤히 커다란 대야 모양의 배식 그릇에 가득 담긴 고등어조림을 뚫어지게 바라보고 있는데, 준민은 문득 누군가 그런 자신의 모습을 바라보고 있는 듯한 시선을 느꼈다. 고등어조림을 한 토막씩 노숙자 식판에 담아 주고 있는 배식 봉사자였다. 아마도 피멍이 들고 부은 입술 때문에 자기 얼굴을 쳐다보는 거라 생각한 준민은 창피하고 부끄러워서 순간 고개를 푹 숙였다. 고개를 숙였어도 준민은 고등어조림에서 시선을 뗄 수는 없었다.

드디어 준민의 차례가 왔다. 고등어조림 한 토막이 심하게 떨고 있는 스테인레스 집게에 아슬아슬하게 잠시 매달려 있다가 무심한 듯 툭 소리를 내며 집게에서 떨어져 준민 식판 위로 떨어졌다. 여느 때와 달리 준민은 용기를 내서 고개를 들고 배식 봉사자에게 말을 건넸다.

"저기요, 제가 고등어를 너무 좋아해서 그런데. 미안한데 한 토막만 더 주실 수 있을까요?"

순간 준민은 아주 짧게나마 그녀와 눈이 마주쳤다.

쨍그랑~

둘의 눈이 마주치는 순간 그녀는 쥐고 있던 집게를 바닥에 떨어뜨리더니 고개를 숙이고 몸을 재빠르게 돌려 계단 쪽으로 달아나듯 뛰기 시작했다. 놀란 준민은 멀어지는 그녀의 뒷모습을 멍하니 서서 바라보았다. 어딘가 낯익은 눈빛과 얼굴이었다. 생각날 듯 말 듯 누구인지 바로 떠오르진 않았지만 어디선가 본 듯한 얼굴이었다. 잠깐 스치듯 마주친 얼굴이었지만 그 얼굴 표정이 말하는 여러 복잡한 감정들을 준민은 읽을 수 있었다. 놀라움과 안타까움, 그리고 슬픔과 반가움이 섞인 복잡한 그 표정을.

자원봉사자가 갑자기 사라지자 준민 뒤에서 배식을 기다리던 노숙자들은 웅성대기 시작했고 수녀님 한 분이 급히 달려와 사라진 그녀 대신 배식을 시작했다. 그 순간 그녀가 누구인지 떠올랐다. 몇 년 전 선릉역 투자회사 접견실에서 거리를 내려다보던 준민의 눈에 들어온 주희를 닮은 그 여인이었다. 멍하니 그녀가 사라진 계단 쪽을 바라보다 준민은 쥐고 있던 식판을 그만 바닥에 떨어뜨렸다. 조금 전까지 그렇게 먹고 싶었던 고등어조림도 지저분한 지하도 바닥 위로 떨어졌다. 떨어진 식판을 치울 겨를도 없이 준민은 그녀가 사라진 출구쪽 계단으로 절룩거리며 급히 뛰어 올라갔다. 그러나 그녀의 모습은 더 이상 보이지 않았다.

집으로 돌아온 지 벌써 열흘이 흘렀다. 몇 주간의 노숙 생활의 흔적은 깔끔하게 지워졌다. 나이가 드니 반갑지만은 않은 새해가 올해도 어김없이 준민을 찾아왔다. 그래도 새벽 일찍 일어나 빌라 옥상에 올라가 새해 첫 일출을 감상했다. 아늑한 집 욕조 뜨거운 물 속에 몸을 담근 준민은 오늘 오후 부산으로 여행 갈 생각에 들떠 있었다. 여행에 편한 옷으로 차려입은 준민은 소파에 앉아 푸치니의 오페라를 들으며 오랜만에 가는 부산에서 들를 식당과 카페를 휴대폰으로 검색하고 종이에 메모를 하기 시작했다. 기차에서 읽을 영화 관련 책을 고르느라 서재에 들어온 준민의 눈에 책장 한가운데 걸려 있는 작은 목판 그림이 들어왔다. 주희에게 선물하기 위해 그렸던 '바람과 함께 사라지다' 그림이었다. 준민은 책장 가까이 다가가 한참 그림을 바라보았다. 갑자기 주희의 목소리가 들리는 듯했다. 명동 중앙극장에서 영화를 보고 들렀던 작은 분식집에서 주희가 했던 그 말들이.

"오빠! 오빠! 오늘 영화 너무 멋졌어! 우리 다음에 이 영화 꼭 한 번 더 같이 봐요! 스칼렛이 말한 마지막 대사 있잖

아. 내일은 내일의 태양이 떠오른다는 그 말! 그 말 너무 멋지지 않아? 그 둘은 분명 다시 만날 거야. 레트가 돌아오든, 스칼렛이 지구 끝까지 레트를 쫓아가 찾아내든 둘은 다시 만날 거라고."

그날 주회의 들뜬 목소리가 준민의 귀에 들리는 듯했다. 손목을 들어 시계를 본 준민은 기차 시간에 늦지 않게 서울역에 도착하기 위해 서둘러 짐을 챙겨 문을 나섰다.

장준혁 'Gone With The Wind', 2007, Oil on Canvas

작가의 말

한 번도 그렇게 불러본 적은 없지만, 어쩌면 내 마음과 머릿속에 어른스런 생각이 생겨나기 시작한 오래전부터 영화는 늘 내게 즐거움과 편안한 위로를 주던 가장 친한 친구였는지 모른다. 사랑하는 사람들과의 만남을 더욱 빛나게 해주고 힘들거나 외로울 땐 언제나 부담 없이 찾을 수 있는, 늘 곁에 있는 친구이기도 했다. 내가 좋아하는 음악, 그림, 그리고 많은 이야기들이 담긴 동화나 소설 친구들을 따로 불러 모으지 않아도 영화와 함께라면 모든 친구들을 한꺼번에 만날 수 있어 좋았다.

2017년 겨울, 나만의 영화를 꿈꾸며 몇 편의 시나리오 줄거리를 써두었다. 지난해 거기서 이야기 두 편을 꺼내 첫 소설 『늦은 점심』을 썼다. 이런저런 이유로 한동안 글을 쓰지 않을 것 같았지만 오래전에 다쳤던 왼쪽 발목을 올봄 다시 다치면서 원치 않게 술도 멀리하고 약속도 잡지 않고 혼자 많은 시간을 보내고 있을 무렵, 마치 술을 처음 끊어 보려고 어설픈 결심을 한 알코올 중독자에게 찾아온 금단 현상처럼 글을 다시 써야겠다는 욕구가 문득 내 안에서 꿈틀거리기 시작했다.

늘 유령처럼 내 머리 위에 바싹 달라붙어 나를 따라다니는 영화를 만들어 보고 싶다는 오랜 꿈과 이번 봄 나를 강제로 금주케 하고 혼자 있게 하고 손가락만 까딱거리며 글을 쓰게 해 이번 책을 출간하게 해준 왼쪽 발목이 내게 준 시련에게 감사의 마음을 전한다.

KB112259

직장인을 위한
행동경제학

직장인을 위한

행동경제학

마티아스 수터 지음 ✦ 방현철 옮김

비아북

왜 똑똑한 사람들은 이상한 행동을 할까?

왜 키 큰 사람이 연봉을 많이 받을까? 왜 여성은 연봉 인상 요구를 남성보다 자주 하지 않을까? 돈을 충분히 받는다면 사람들은 도덕적 문제에 대해 완전히 눈을 감을까? 왜 똑똑한 사람들은 이상한 행동을 할까?

이 책은 행동경제학(behavioral economics)의 놀라운 통찰력과 발견을 다룰 것이다. 행동경제학은 상대적으로 새로운 첨단 경제학 분야로, 인간 행동의 동기를 이해하기 위해 실증적인 방법을 사용한다. 직장 생활 중 마주치는 이상하고 놀라운 일들을 이해하기 위해서 과학적 틀을 사용한다는 얘기다. 여기에는 입사 면접 순서가 얼마나 중요한지와 같은 신입 직원과 관련된 주제뿐만 아니라 승진하는 데 사회성이 무엇보다 중요한 이유가 무엇인지와 같은 경영진과 이사회 수준과 관련된 주제들이 포함된다. 또 채용이나 승진에 있어 여성 할당이 정당한지, 연봉은 공개되어야 하는지 같은 논쟁적인 이슈도 다룬다.

행동경제학은 기본적으로 경제 실험에 바탕을 두고 있다. 이 같은 실험은 돈, 명예 또는 무형의 보상 등 실제 성과물이 주어진다는 명확하게 정의된 조건 아래에서 진짜 인간이 결정을 내리는 방식으로 진행된다. 조건을 체계적으로 변화시키면 인간 행동을 추동하는 것이 무엇인지에 대한 좋은 아이디어를 얻을 수 있다. 또 사람들이 자기 행동을 어떻게 설명하는지와는 상관없이, 실제로는 어떤 조건에 어떻게 반응하는지 알 수 있다.

이 책에 소개된 많은 행동경제학의 발견은 '살아 있는' 비즈니스와 회사 조직 내에서 수행된 현장 실험(field experiment)에 바탕을 두고 있다. 예컨대, 뒤에서 콜센터를 리스 형태로 빌려 약 200명의 직원을 고용하는 현장 실험을 소개할 것이다. 현장 실험과 함께 실험실 실험(lab experiment)도 행동경제학에서 중요한 역할을 한다. 실험실 실험에는 전형적으로 컴퓨터 실험실의 학생들이 동원된다. 학생들이 자기가 내린 결정에 따라 보상을 받는 식이다. 현장 실험이 일상생활과 더 가깝겠지만, 실험실 실험 또한 인간 행동 연구에 없어서는 안 되는 보완재다. 이 책의 한 장(25장)에선 여성 할당이 여성의 경쟁심에 미치는 영향에 대해 수행한 (실험실 실험 방식의) 연구도 다룬다.

현장 실험과 실험실 실험은 둘 다 '인간 행동은 어떻게 항상 (화폐적이거나 비화폐적인) 인센티브에 반응하는가'라는 질문과 관련되어 있다. 인센티브에 대한 반응이 우리가 직장에서 겪는 시작부터 끝까지 모든 것이기 때문이다. 이 책에서는 입사부터 최종 커리어에 이르기까지 모든 단계에서 호기심을 불러일으키고 문제를 만드는 인간 행동을 하나하나 확인할 것이다. 그리고 개인과 회사 조직과 관련된 관찰과 통찰을 제시할 것이다.

나는 20년 이상 직장 생활의 각종 단계에 초점을 맞추어 행동경제학 연구를 수행해왔다. 연구 중 종종 예상에서 벗어나는 놀라운 내용을 발견하곤 했는데, 예컨대 여성 할당의 영향이 그랬다. 이것이 내가 이 분야에 애정을 갖는 이유다. 실증 데이터를 따져보고 필요하다면 애초에 가졌던 생각을 수정하기도 하면서, 스스로의 예상이나 편견에 도전할 수 있었다.

25년 전 학생 조교에 지원했을 때 내가 가장 먼저 한 일은 서점에 가서 '자기소개서 쓰는 법', '인터뷰 잘하는 법' 등을 다룬 특별한 책이 있는지 찾아보는 것이었다. 그리고 몇 년 전 100여 명이 일하고 있는 막스플랑크 연구소의 소장을 맡게 되었을 때는 효율적인 직원 관리나 직원 평가에 대한 지침을 다룬 책을 찾기도 했다.

두 경우 모두 시중에 나와 있는 지침서가 어느 정도 도움이 되기는 했다. 하지만 시각이 제한적이었고 때로는 너무 일방적이기도 했다. 직장 생활에서 정말로 중요한 요소가 무엇인지에 대해, 다른 생각을 압도하면서도 멀리 보는 아이디어를 다루는 책은 없었다. 직장 생활은 신입 직원부터 은퇴를 앞둔 직원까지, 또 중간 관리자와 이사회 구성원까지, 남성과 여성, 그리고 다른 모든 역할을 한쪽에 치우치지 않으면서 같은 정도로 살펴봐야 한다. 이 책에서 제시하는 가장 위대한 통찰력은 내가 '인적 요소(human factor)'라고 이름 붙인 것이다. 처음에는 별것 아닌 것 같지만, 우리의 직장 생활은 항상 실수하기 쉽고 복잡한 인간 문제와 관련되어 있다. 이런 문제들이 무엇에 관한 것인지 이해하기 위해서는 자주, 자세하게 들여다볼 필요가 있다.

지난 수십 년간 전 세계 행동경제학자들은 '왜 똑똑한 사람들이 이상한 행동을 하는가'라는 질문에 답을 내놓는 데 초점을 맞추어왔다. 이 책을 통해서 그런 통찰력을 나누고 싶다. 내가 그랬듯이 독자 여러분도 질문에 대한 답을 찾으면서 흥미와 흥분을 느끼기를 바란다. 그 답은 때때로 충격적이지만, 항상 시사해주는 바가 많다.

먼저 이 책을 어떻게 활용해야 하는지 짧게 소개하겠다. 각 장은 독립적으로 읽고 이해할 수 있도록 행동경제학의 주요한 발견들을 설명하고 있다. 대부분은 각 장의 주제를 묘사하는 짧은 이야기로 시작된다(가상 인물과 실제 인물을 구별하기 위해서 실제 인물은 성과 이름을 모두 썼고, 가상 인물은 이름만 사용했다). 그 후에 현재 행동경제학 연구에서 볼 때 어떤 점이 흥미로운지 설명하고 이야기의 핵심이 무엇인지를 요약한다. 그리고 일상생활과 업무에서의 활용 방안도 제시한다.

막 입사한 젊은 직원들부터 CEO(최고경영자)가 되는 길을 밟아 올라가고 있는 경험 많은 직원들까지 모든 독자가 이 책을 읽으면서 멋지고도 유용한 경험을 하기를 바란다.

CONTENTS

CONTENTS

1부

커리어를 위한 행동경제학

01

키가 클수록
연봉이 높다고?

연봉은 교육 수준이나 근무 경력이 어느 정도인지, 그리고 경영상 책임을 얼마나 지는지 등의 다양한 요소에 따라 결정된다. 그중에 서도 키와 연봉은 관계가 없어야 할 것 같다. 그런데 정신 나간 얘기 같겠지만, 실제로는 키가 중요하게 작용하는 듯하다.

독일 상장회사들의 이사회와 감사위원회를 보면, 기본적으로 키가 상대적으로 큰 남성들로 구성되어 있다. 독일 물류회사 도이치 포스트의 전 CEO 프랑크 아펠Frank Appel은 키가 6피트 6인치(약 198 센티미터)다. 보험회사 알리안츠의 전 CEO 미하엘 디에크만Michael Diekmann도 키가 약 6피트 2인치(약 188센티미터)로, 역시 평균보다 크다. 제2차세계대전 이후 미국 대통령은 대부분 평균적인 미국 남성보다 컸다. 군대 장교들 역시 보통은 키가 꽤 큰 편이다. 심지어 단신으로 알려진 나폴레옹 Napoleon 조차 당시 평균적인 군인들보다 는 컸다고 한다.

성공한 남성은 키가 평균보다 큰 것처럼 보인다. 노동시장 연구 에서도 단신 남성들보다 장신 남성들이 평균적으로 돈을 상당히 더 많이 벌었다고 알려져 있다. 전쟁터에서야 키가 큰 것이 실제 로 이점이 된다고 볼 수 있겠지만, 우리는 이런 질문을 할 수밖에 없다. 왜 키가 큰 사람이 어떤 분야에서든지 돈을 더 잘 버는 것일 까? 관리자, IT(정보기술) 전문가, 또는 사업가의 키는 연봉이나 보수 와는 상관이 없어야 할 것 같다. 하지만 데이터를 보면 얘기가 다 르다. 미국과 영국의 연구에서는 평균보다 키가 4인치(약 10센티미터) 더 큰 경우에 한 해 약 10퍼센트를 더 버는 것으로 나타났다. 이 정도 차이가 계속된다고 가정하고 평생 소득 차이를 더해보면, 그 차이는 쉽게 여섯 자리나 일곱 자리(즉, 수십만에서 수백만 달러)까지 벌 어진다.

미국 펜실베이니아대 앤드루 포슬웨이트 Andrew Postlewaite 교수와 그의 동료 연구자들은 왜 키가 소득에 긍정적인 영향을 주는지 조 사했다. 이들은 미국과 영국에서 1950년대 후반~1960년대 초반에 태어난 남성들을 두 표본 그룹으로 나누어 따져보았다. 포슬웨이 트와 동료 연구자들은 남성만을 연구 대상으로 삼았는데, 이 연령 대 여성의 커리어는 남성과 다를 것이기 때문이었다. 이들은 키가 연봉에 미치는 영향을 좀 더 정확하게 추정하기 위해서는 남성을 대상으로 연구를 해야 한다고 생각했다. 하지만 큰 키는 여성의 커 리어에도 긍정적인 역할을 한다. 여성 쌍둥이의 경우, 둘 중 키가 큰 쪽이 작은 쪽보다 몇 퍼센트포인트 더 버는 것으로 나타난다.

키가 연봉에 미치는 영향을 설명하기 위해, 고용주가 키 큰 사람을 선호하기 때문에 장신인 사람에게 임금을 더 주려고 한다는 순진한 가정을 해보는 것부터 시작할 수 있다. 이런 설명은 군대나, 육체 노동이 기계로 대체되기 전의 산업에서는 합리적일 수 있었다. 하지만 고도로 산업화된 현대 경제 사회에서는 통하지 않을 것 같다. 다른 설명이 필요하다. 두 번째로 가능한 추정은, 키가 큰 남성과 작은 남성은 가정(家庭)의 배경이 서로 다르다는 것이다. 실제 단신인 남성은 아이가 많은 가정에서 태어난 경우가 많았다. 또 부모의 교육 수준이 낮은 경우도 많았다. 하지만 이런 가족 배경의 영향을 통계적 분석에서 고려하더라도 키가 4인치 이상 크면 소득이 10퍼센트 정도 차이 나는 것으로 분석되었다. 자녀 수가 같은 가구를 비교하거나, 부모 교육 수준이 같은 경우를 비교해도 키 차이에 따라 연봉 차이가 있다는 결과는 크게 바뀌지 않는다는 것이다. 심지어 건강이나 지능 검사 결과 같은 지적 능력을 감안하는 등 다른 가설에 대해서 점검해보아도 키와 연봉 차이의 상관관계는 유지되었다.

포슬웨이트의 연구에서는 추가 분석을 통해 두 가지 근본적인 발견을 할 수 있었다. 첫째, 중요한 것은 어른이 되었을 때의 키가 아니라 15~16세 시기의 키였다. 몇몇 10대들은 그 나이에 벌써 상대적으로 키가 크다. 물론 그 이후 성장에 속력이 붙는 사람도 있지만 어른이 되었을 때의 키와 상관없이, 10대 때 상대적으로 컸던 사람이 작았던 사람에 비해 나중에 돈을 더 많이 벌었다. 그런데 고용주는 보통 직원들의 10대 때 키에 대해서는 어떠한 정보도 알지 못한다. 그러므로 고용주에게 10대 때 키는 전혀 중요하지 않다. 그리고 10대 때 키는 IQ(지능지수) 검사와도 아무런 관계가 없다.

포슬웨이트의 두 번째 발견은 문제의 핵심에 접근하는 것이었다. 키가 큰 10대들은 키가 작은 10대보다 사회적 활동과 접촉이 더 많았다. 예컨대 그들은 스포츠, 문화 등 다양한 동아리의 회원이거나 학생회 일을 하는 경우가 잦았다. 이는 소위 비인지적 능력을 북돋우고 훈련시켰다. 비인지적 능력이란 팀으로 일하는 능력, 참을성, 체력, 타협하는 능력, 그리고 리더십 등을 가리킨다. 이런 성격은 직장 생활에서 매우 중요하다. 포슬웨이트의 연구가 밝힌 것은 이 분석에서 10대 때 활동을 감안한다면, 키와 연봉 사이에 더는 통계적으로 의미 있는 상관관계가 없다는 것이었다. 키가 큰 것이 인적 자본 형태로서 사회성을 획득하는 데 도움을 주었고, 이렇게 형성된 인적 자본이 성인이 되었을 때 더 높은 연봉을 받을 수 있게 이끌었다.

핵심

연봉에는 사람들의 각종 기량과 과거의 전문적 경험 등이 반영된다고 일반적으로 가정한다. 그러나 적어도 남성의 경우에는 키도 연봉에 중요한 역할을 한다. 키가 큰 사람들은 10대 후반에 사회적 네트워크를 넓히게 되고, 사회성을 획득한다. 그 결과 나중에 더 많은 연봉을 받게 되는 것이다.

참고 자료　Persico, N.; Postlewaite, A.; Silverman, D.: (2004)The effect of adolescent experience on labor market outcomes:The case of height. Journal of Political Economy, 112: 1019-1051

02

여성에게 더 깐깐한 입사 면접

노동시장에서 여성과 남성의 위치는 전혀 평등하지 않다. 입사 면접 때부터 여성은 이미 불이익을 받기 시작한다. 이를 예술, 엔터테인먼트, 학술 세계에 있는 계층 구조의 뒷모습에서 살펴보도록 하자.

한 바이올린 연주자가 무대에 올라와 중앙으로 걸어간다. 바닥에는 두꺼운 카펫이 깔려 있다. 무대 위에는 바이올린 연주자만 홀로 서 있다. 객석 앞 커튼은 내려져 있다. 스피커에서 큰 소리로 연주를 시작하라는 안내가 나온다. 그녀는 작곡가 요한 제바스티안 바흐Johann Sebastian Bach의 작품을 선택했다. 그녀는 집중해서 활을 줄 위에 놓고 마침내 연주를 시작한다. 상쾌한 멜로디가 울려 퍼진다. 그런데 누가 듣고 있는 것일까?

객석 앞 커튼 뒤에서는 다섯 명의 심사위원이 모든 곡조에 귀를 기울이고 있다. 그들은 지금 오디션을 보는 사람이 누구인지 모른다. 남성인지 여성인지, 젊은지 나이가 들었는지, 백인인지 유색인종인지 말이다. 이 오디션은 오케스트라에서 바이올린 연주자를 찾기 위해 연 것이다. 바닥에 깔린 두꺼운 카펫이 걸을 때 나는 소리를 흡수하기 때문에 심사위원들은 하이힐의 달가닥 소리를 듣고 연주자의 성별을 구별할 수 없다. 다섯 심사위원의 임무는 그저 빈자리에 맞는 가장 실력 좋은 연주자를 찾아내는 것이다.

오늘날 전 세계 많은 오케스트라가 오디션을 이런 식으로 진행한다. 성별, 인종 등에 상관없이 동일한 기회를 보장하기 위해서 소위 '블라인드 오디션'을 보는 것이다. 심사위원단은 오직 듣는 것만으로 누가 일자리를 얻을지 결정한다. 블라인드 방식이 여성이 채용될 기회를 늘려주는 것일까?

시카고 교향악단, 뉴욕 필하모닉 등과 같은 미국 최고 오케스트라들의 채용 데이터는 오디션을 블라인드 방식으로 실시하면 여성들이 유의미하게 더 많이 채용된다는 사실을 보여준다. 블라인드 오디션이 아닌 경우와 비교해보면, 오디션을 통과해 다음 채용 단계로 넘어가는 여성의 사례는 약 50퍼센트 증가했고, 마지막 채용 단계로 넘어가는 여성의 사례는 거의 두 배 가까이 증가했다. 다른 말로 하면 블라인드 오디션이 성별 차별을 막아준다는 것이다.

비록 많은 오케스트라가 오디션을 블라인드 방식으로 바꾸고 있지만, 회사들의 채용 과정은 통상적으로 블라인드 방식은 아니다. 오히려 반대다. 보통은 일자리에 지원하면 자기소개서에 쓴 이름이나 대면 면접 등에서 어쩔 수 없이 성별, 나이, 인종 등 개인 속성을 보여줄 수밖에 없다. 물론 공석을 채울 때 전문적인 자질뿐만 아니라 후보자의 개인적인 인상도 중요하다. 대부분은 채용 과정에 관련된 모든 당사자 사이에 '케미스트리(공감대)'가 있어야 한다고 생각한다. 이런 맥락에서 채용 담당자가 지원자의 성별을 무시할 수 있다는 말은 환상일 뿐임을 실증적으로 증명할 수 있다. 학술 선발위원회의 성별 구성이 대학 교수 채용에 미치는 영향에 대한 이탈리아와 스페인의 연구 결과를 그 근거로 들 수 있다.

두 나라에서 공석인 교수 자리의 후보자들은 정부가 조직한 채용 과정을 거쳐야 한다. 다시 말하면, 자신들 분야의 학술 선발위원회에 출석해야 한다. 영국 워릭대의 마누엘 바그 Manuel Bagues 교수와 동료 연구자들은 8,000명 이상의 선발위원회 위원들과 10만 명 이상의 지원자들을 대상으로 위원회의 여성 비율이 여성이 채용될 기회에 영향을 미치는지를 분석했다. 직감적으로는 위원회의 여성 비율이 높을수록 여성 후보자에게 유리하다고 생각할 수 있다. 그런데 이탈리아와 스페인에서는 이런 가설을 확증해주는 결과가 나오지 않았다. 거꾸로 위원회에 여성이 많을수록 여성 후보자가 일자리를 얻을 기회가 줄었다. 다만 차이는 아주 적었다.

그 이유에 대한 설명은 이렇다. 여성 위원들이 여성 후보자를 평균적으로 남성 위원들보다 높게 평가했음에도, 선발위원회에 여성 위원이 있으면 남성 위원들은 여성 후보자들을 상당한 정도로 더 깐깐하게 들여다보았다는 것이다. 이런 결과는 선발위원회의 높은 자리에 여성 위원들이 있다는 것 때문에 남성 위원들이 여성 후보자를 채용하는 데 더 깐깐해졌다는 것처럼 보인다. 선발위원회와 같은 중요한 의사 결정체에 여성의 수를 할당하는 것이 여러 분야에서 의무화되어 있다. 그런데 이런 제도가 일자리를 구하는 여성 후보자들에게 의도하지 않았고 바람직하지도 않은 결과를 낳을 수 있다.

핵심

책임 있는 자리에 여성이 상대적으로 많이 진출해 있다면, 채용 면접에서 남성은 여성에게 상대적으로 부정적인 평가를 내린다. 그러므로 직원 선발위원회에 여성이 늘어나는 것이 여성 지원자에게는 자주 확실한 불이익이 될 수 있다.

참고 자료   Bagues, M.; Sylos-Labini, M.; Zinovyeva, N.: (2017) Does the gender composition of scientific committees matter? American Economic Review: 1207-1238

Golden, C.; Rouse, C.: (2000) Orchestrating impartiality: The impact of "blind" auditions on female musicians. American Economic Review, 90: 715-741

03

재택근무의 효과는 좋지만 당신의 경력을 망칠 수 있다

코로나19 팬데믹은 전례 없는 일터의 변화를 초래했다. 수백만, 수십억 명의 직장인이 어쩔 수 없이 재택근무를 하게 된 것이다. 팬데믹 전에는 대부분 재택근무에 회의적이었지만, 이제는 폭넓게 받아들이고 있다. 재택근무의 장단점도 더 잘 파악하게 되었다. 특히 경력에 있어서 재택근무가 갖는 의미를 이해하기 시작했다.

브라이언Brian은 몇 년간 일류 연구 기관에서 글을 손보는 편집자로 일했다. 코로나19 팬데믹 이전에 그는 보통 일주일에 나흘을 출근했다. 하지만 팬데믹이 터지자 일주일 내내 재택근무를 하는 것으로 근무 형태를 바꾸었다. 그의 상사인 하이디Heidi는 브라이언이 집에서도 사무실에서 일할 때와 마찬가지로 일을 잘 하는지, 생산적으로 하고 있는지 확신하지 못했다. 브라이언이 팬데믹 이

전과 같이 훌륭하게 일을 처리하는 것은 젊은 연구자들의 출판물과 더 나아가 경력 관리 전망에 있어서도 중요했다. 젊은 연구자들은 그의 편집 기술에 상당한 도움을 받고 있었기 때문이다. 지금까지는 브라이언은 물론이고 상사인 하이디와 연구자들까지 새로운 근무 형태에 아주 만족하고 있다.

팬데믹 이전에도 재택근무는 세계적으로 증가하고 있었다. 예컨대 미국에서는 지난 30~40년 동안 일주일에 며칠 동안이나마 원격으로 근무하는 직원들의 비율이 다섯 배 증가했다. 독일과 오스트리아에서도 비록 일주일에 하루 정도였지만 약 50퍼센트의 직원들이 재택근무를 했다. 팬데믹과 함께, 재택근무를 하는 사람들의 숫자는 많은 사람이 불가능하다고 생각했던 수준까지 불어났다. 물론 이는 사회적 거리 두기 규제 탓도 있었지만, 그뿐 아니라 세상이 디지털화되며 점점 더 일하는 장소가 상관없어졌기 때문이기도 했다. 재택근무 트렌드는 환경적 이유로도 환영을 받았다. 집과 직장으로 출퇴근하는 교통량이 줄었기 때문이다.

직원의 관점에서 보면, 재택근무는 일과 가정생활의 균형을 증진시킨다. 고용주의 관점에서는 사무실 공간을 줄여 비용을 줄일 수 있다. 그러나 직원들이 집에서 충분히 잘 일하고 있는지 회의적인 고용주도 많을 수 있다. 직원들의 이해를 대변하는 단체는 재택근무를 너무 많이 하면 직원들이 소외되고 외로움을 느낄 위험이 있다고 보기도 한다. 관점에 따라 재택근무는 고용주나 직원에게 있어 긍정적이거나 부정적이라고 판단될 수 있는 것이다.

'재택근무를 어떻게 평가할 것인가'라는 문제가 존재하는 이유

중 하나는 인과관계를 찾기가 어렵기 때문이다. 거의 모든 연구는 '선별의 문제'에 있어서 결함이 있다. 재택근무를 요청해서 그 기회를 사용한 사람과 재택근무를 요청하지 않은 사람은 동일하지 않다. 선별의 문제를 피하려면 재택근무를 원하는 사람을 대상으로 재택근무를 허용하거나 허용하지 않아야 한다. 또 사무실에서의 활동과 집에서의 활동이 현실적으로 동일해야 재택근무가 생산성에 주는 영향을 측정할 수 있다.

팬데믹 전 스탠퍼드대의 니컬러스 블룸Nicholas Bloom 교수와 공동저자 그룹이 수행한 연구는 이 조건에 맞아떨어졌다. 중국 최대 여행사인 시트립(Ctrip)의 상하이 지점에서 일하는 약 1,000명의 직원은 원하면 일주일에 나흘 재택근무를 할 수 있었다. 연구팀은 재택근무에 관심이 있는 500명의 직원을 무작위로 두 개의 그룹으로 나누었다. 250명은 9개월 동안 일주일에 나흘 재택근무를 했고, 나머지 절반은 닷새 내내 사무실에 출근했다. 두 그룹이 하는 일은 같았다. 전화로 개별여행, 패키지여행, 출장 등의 예약을 받는 것이었다. 급여와 근무 시간은 동일했고, 일하는 장소만 달랐다.

연구 결과에 따르면, 9개월 동안 원격근무를 하는 사람들의 생산성은 13퍼센트 증가했다. 집에서는 일하다 휴식을 하는 횟수와 시간이 줄었고, 그에 따라 전화 통화를 처리하는 횟수가 늘었다. 재택근무를 하는 사람들의 일에 대한 만족도도 대단했다. 더구나 근속 기간도 늘어났다. 여기까지는 좋아 보인다. 그러나 더 상세하게 들여다보니 재택근무가 심각한 불이익을 끼치는 것이 분명해졌다. 회사 사무실에서 일한 직원들에게 팀장 승진 기회가 더 자주 왔던 것이다. 팬데믹 와중에 미국의 한 상위 온라인 소매업체를 대상으로 진행한 하버드대 내털리아 이매뉴얼Natalia Emanuel과 엠마 해링턴Emma Harrington의 연구에서도 비슷한 결과가 나타났다. 재택근무의 생산성은 거의 8퍼센트 증가했다. 하지만 재택근무 때 승진을 할 가능성은 10퍼센트포인트 이상 감소했다.

승진 기회가 적어지는 것이 재택근무의 부작용임을 간과해서는 안 된다. 경력을 확대하기 위한 네트워킹은 집보다 사무실에서 더 쉽게 강화된다. 블룸 등의 연구에서 재택근무를 한 직원 중 대다수는 사무실로 돌아가기를 원했다. 회사 관점에서 보면, 재택근무가 생산성을 높였기 때문에 매우 성공적인 실험이었다.

팬데믹 와중에 얻은 경험으로 미루어 보면 재택근무는 직장 생활에서 필수적인 분야로 남을 것이다. 니컬러스 블룸 등과 이매뉴얼, 해링턴의 연구는 재택근무가 오로지 좋은 것도, 오로지 나쁜 것도 아니라는 것을 보여준다. 중요한 사항은 고용주와 직원들에게 있어 장점과 단점이 균형을 이루어야 한다는 것이다.

> **핵심**
>
> 재택근무는 많은 경우 생산성을 높이고 일에 대한 만족도도 높인다. 하지만 동시에 네트워킹에 방해가 되기 때문에 승진 기회가 적어질 수 있는 리스크를 수반한다.

참고 자료　Bloom, N.; Liang, J.; Roberts, J.: Ying, Z. J.; (2015) Does working from home work? Evidence from a Chinese experiment. Quarterly Journal of Economics, 130; 165-218.

Emanuel, N.: Harrington, E.: (2021) "Working" remotely? Selection, treatment and the market provision of remote work. Working Paper. Harvard University.

04

사회성이 10년 전보다 더 중요해졌다. 그것도 아주 많이

전문적 지식만으로는 평생직장을 찾고 좋은 급여를 받기가 어려워졌다. 기술적, 분석적 기량에 더해 일자리에서 필요한 약간의 사회성(social skill)을 키우는 것이 필요하다. 사회성이란 예컨대 일을 할 때 다른 팀원들과 일을 조율하거나 어려운 상황 속에서도 타협점을 찾아가는 능력 등을 가리킨다. 고용시장에서 이런 기량에 대한 수요가 갈수록 늘고 있다. 급여가 높아지는 데도 확실하게 영향을 미친다.

학계에서 교수 경력을 시작할 때, 나는 성공적인 연구란 온전히 좋은 아이디어에 의존한다고 생각했다. 또 그런 아이디어들은 중장기로 보면 거의 자동으로 확산된다고 생각했다. 그런데 이게 순진한 생각임을 뒤늦게 깨달았다. 그때는 국제 학술계에서 동료들에게 정기적으로 자신의 아이디어를 발표해야 한다는 사실을 알지 못했다. 또 열정적으로 자신의 아이디어를 방어해야 하고, 피드백을 받아 아이디어를 개선해야 한다는 것도 알지 못했다. 성공적으로 최상위 학술지에 논문을 발표하기 위해서는 이 같은 사회적 과정이 적절히 이루어져야 한다는 것이 조금씩 분명해졌다. 내가 (학계 커리어를 시작하던) 25년 전에 배운 또 다른 교훈은, 좋은 연구는 팀워크에서 나오며 몇몇 경우만이 개인의 작업이라는 사실이었다. 다행스럽게도 지금의 나에게는 오스트리아의 노동경제부 장관을 맡고 있는 마르틴 코허 Martin Kocher 라는 멋진 동료가 있다. 우리는 함께 녹차를 마시면서 아이디어를 토론하고 취약한 부분을 비판적이고도 공개적으로 확인하면서 연구 프로젝트를 개선할 수 있었다. 때때로 우리는 서로에게 다른 연구 경로가 좀 더 유리하다는 것을 납득시켜야 했다. 우리는 프로젝트의 여러 개별 연구 단계들을 나누어 수행함으로써 생산성을 엄청나게 높이기도 했고 의견이 다르면 타협해야 한다는 것도 항상 잘 알고 있었다. 차 한잔을 마시며 가지는 아침 미팅은 나에게 오늘날 일터에서 사회성이 얼마나 중요한지를 일찍이 가르쳐주었다.

　최근의 노동경제학 연구들은 사회성의 중요성을 확인시켜준다. 지난 30년 넘는 기간 동안 사회성의 의미가 더 커졌다는 사실 또한 보여준다. 적어도 선진 산업국가에서는 반복적인 일상 업무 비중이 줄어들고 있다. 경직된 계획에 따라 융통성 없이 수행되는 업무가 점점 줄어들면서 사회성이 갈수록 중요해지고 있다. 사회성은 기본적으로 다음과 같은 네 가지 요소로 정의된다.

— 업무 단계를 효율적으로 수행하기 위해 다른 사람들과 활동을 조율
  해야 한다는 생각
— 이해가 어긋날 때 균형과 타협점을 찾는 능력
— 사람들에게 더 나은 해결책을 납득시키는 능력
— 이슈에 대해 남들은 다른 전망을 갖고 있을 것이라고 보는 통찰력과
  그들의 입장에서 생각하려는 의지

하버드대의 데이비드 데밍David Deming 교수는 만 명이 넘는 미
국인의 경력 데이터를 토대로 고용시장에서 사회성이 어떻게, 어
느 정도로 보상받는지를 조사했다. 그가 분석한 데이터에는 관련
된 사람들의 교육 수준에 대한 정보와 사회성에 대한 설문지 데이
터가 포함되어 있었다. 그의 분석에서는 연구 대상이 된 사람들의
교육과 훈련(일반적으로 말하면 인지 역량)이 필수적인 역할을 하는 것
으로 나타났다. 교육 수준이 높으면 정규직 자리를 더 쉽게 얻었으
며, 돈도 더 많이 벌었다. 이런 발견은 놀랍지 않다. 사실상 세계적
으로도 유효한 결과다. 그러나 인지 역량과 별개로, 사회성도 주목
할 만한 효과를 나타냈다. 인지 역량이 동일할 때 사회성 지수상
사회성이 평균인 사람과 상위 20퍼센트인 사람을 비교해보면 후자
가 정규직에 채용될 가능성이 5퍼센트 더 높았고, 4퍼센트 더 많은
돈을 벌었다. 놀라운 사실은 사회성이 교육 수준이 낮은 대상보다
높은 대상에게 더 많은 걸 가져다주었다는 것이다. 즉 교육과 사
회성은 상호 보완적이다. 만약 능력이 뛰어나다면, 더 높은 직위를

제안받을 것이다. 그리고 높은 직위에서 생산적으로 일하기 위해
서는 사람들을 잘 다루어야 할 것이다.

데밍의 연구에서 또 하나 중요한 통찰은 높은 사회성이 지난 몇
십 년 동안 점점 더 많은 금전적 혜택으로 전환되어왔다는 것이다.
1980년대 후반과 2000년대 후반의 24~35세 직원을 비교해보면,
사회성으로 인한 임금 상승 폭은 거의 두 배가 되었다(이 경우 근로자
의 교육 수준과 속해 있는 산업은 같다). 1980년대에 좀 더 나은 사회성은
연봉을 단지 2퍼센트 높이는 효과를 가져왔는데, 20년 후 이 효과
는 4퍼센트가 되었다. 사회성에 대한 보상이 갈수록 더 커짐을 알
수 있다. 이런 트렌드는 계속될 것이고 미래에 더 강해질 것이다.

◎ 핵심

업무의 세계가 복잡해질수록, 사회성의 가치는 더 커진다. 갈수록 팀원들과
효과적으로 조화를 이루는 능력이 요구되기 때문이다. 팀원들의 상이한 욕
구와 아이디어가 실현되도록 하고, 갈등을 해결해야 하는 만큼, 사회성이라
는 기량에 대한 고용시장에서의 보상은 점점 더 커지고 있다. 사회성이 있으
면 더 나은 경력을 쌓을 기회를 얻고 높은 연봉을 받을 수 있다.

참고 자료　Deming, D.; (2017) The growing importance of social skills in the labor market. Quarterly Journal of Economics, 132: 1593-1640.

05

느슨한 연결 관계가
끈끈한 관계보다 중요하다

경력을 쌓는 기간은 삶에 있어 가장 흥미진진한 시기 중 하나다. 교실에 몇 년을 앉아 있다가 배운 것을 실천할 수 있게 되는 것이다. 하지만 모든 사람의 일이 잘 풀리는 것은 아니다. 일자리를 찾는 것은 쉬운 일이 아니다. 그런데 소셜 네트워크 서비스(SNS, 소셜 미디어)가 성공적인 직장 생활을 시작하는 데 결정적인 도움을 줄 수 있다.

물론 모든 성공적인 직업 경력의 바탕에는 '교육'이 있다. 미국 노동통계국이 집계한 소득 자료는 교육 수준이 높은 사람들이 통상적으로 소득이 높고 실직 위험이 적다는 사실을 분명하게 보여 준다. 미국에서 고졸자 평균 연봉은 약 3만 7,000달러이고, 대졸자는 6만 달러다. 박사 학위가 있다면 9만 달러를 받는다. 즉, 교육은 직업 경력에 성공적인 결과를 가져다준다. 물론 이 숫자들은 고용시장 진입이라는 장애물을 넘어 직장에서 활기차게 일하는 사람들을 대상으로 한다. 이 숫자들은 고용시장 진입에 어떻게 성공했는지에 대해서는 아무것도 밝혀주지 않는다. 일자리에 진입하는 것은 성공적인 경력을 쌓는 데 있어 가장 큰 걸림돌이다.

미국에서 인터뷰 응답자의 약 20퍼센트는 일자리를 찾을 때 가족이나 친지에게 조언과 도움을 요청한다고 답했다. 하지만 50퍼센트 이상은 소셜 미디어를 통해 일자리를 찾는다고 했다. 대부분의 미국 기업이 '추천 프로그램(referral program)'을 운영하고 있다는 사실에서 그 이유를 확인할 수 있다. 추천 프로그램은 이미 회사에서 일하고 있는 사람들에게 일자리에 적합한 후보자를 알아보고 추천해달라고 요구하는 제도다. 알맞은 직원을 구하거나 일자리를 찾을 때 소셜 미디어가 필수적인 역할을 하는 것이다. 다음의 흥미로운 두 가지 연구는 소셜 미디어가 어떻게 그런 역할을 하는지 보여준다.

로라 지Laura Gee 터프츠대 교수는 공동저자들과 함께, 일자리를 찾을 때 소셜 미디어의 영향이 있는지, 소셜 미디어라는 네트워크에서 친밀하거나 느슨한 연결 관계를 형성하는 것이 중요한지, 연결이 많거나 적다는 것에는 어떤 의미가 있는지 등을 알아보기 위해 '페이스북(facebook)' 계정을 600만 개 이상 점검했다. 연결 강도는 두 사람이 메시지를 보내는 빈도와 친구 관계를 공유하는 숫자로 측정했다. 지 교수는 연결 강도가 높을수록 두 사람이 같은 회사에서 일할 가능성이 크다는 결과를 낼 수 있었다. 즉, 끈끈하고 친밀한 연결 관계는 특정 회사에서 특정 일자리를 찾는 데 강력한 영향을 준다. 흥미로운 것은, 대부분의 사람이 메시지를 적게 보내거나 공유하는 친구가 적은 상태를 뜻하는 상대적으로 '느슨한 연결 관계(weak contacts)'를 통해서 일자리를 찾았다는 것이다. 끈끈한 연결 관계는 한 가지 경우에서만 강력한 영향력을 갖고, 전반적으로는 느슨한 연결 관계가 더 큰 영향력을 갖는다는 결과가 처음에는 역설적으로 들린다. 이는 다음과 같이 설명할 수 있다. 사람들은 보통 소수의 사람과 매우 친밀하고 끈끈한 관계를 맺고, 그렇지 않은 다수의 사람과는 상대적으로 느슨한 연결 관계를 맺는다. 이 느슨한 연결 관계를 통해서, 사회적 거리가 멀어 평상시에는 접근할 수 없는 정보를 얻는 것이다. 그래서 느슨한 연결 관계는 일자리를 찾는 데 필수적이다.

앨버타대 로럴 휠러Laurel Wheeler 교수와 공동저자들은 최근 연구에서 교육 수준이 낮고 소득이 적은 사람들이 일자리를 찾을 때 대부분의 경우 소셜 미디어가 도움을 준다는 증거를 제시했다. 휠러 교수 팀은 통제된 현장 연구를 진행했다. 남아프리카공화국 도시 지역의 빈곤층 중 일자리를 찾는 사람들을 무작위로 두 그룹으로 나누고, 6~8주 동안 이어지는 취업 프로그램에 참여하도록 했다. 한 그룹에게는 세계 최대의 구인 네트워크이자 소셜 미디어 중 하나인 '링크드인(LinkedIn)'을 4시간 동안 소개했다. 예컨대 계정을 만들고, 다른 사람과 연결 관계를 맺고, 구직 글을 남기고, 자신의 자질을 잘 묘사하고, 이를 다른 사람에게 확인받는 방법 등을 설명했다. 다른 그룹은 비록 그중 절반이 링크드인 계정을 갖고 있었지만, 따로 훈련을 하지 않았다. 프로그램을 마쳤을 때 첫 번째 그룹이 일자리를 구할 가능성은 10퍼센트 더 높아졌다. 두 그룹의 차이는 프로그램을 마친 뒤 거의 1년 동안 그대로 유지되었다. 링크드인 훈련을 했던 첫 번째 그룹이 일자리를 구하는 데 성공한 이유는 다양할 것이다. 이 그룹 사람들은 일자리를 하루 종일 광범위하게 찾았다. 이들은 고용시장에서 경쟁자인 다른 사람들의 소개 글을 더 철저하게 분석했고, 자기소개 글을 좀 더 힘주어 썼으며, 접촉 네트워크가 넓었다. 소셜 미디어가 도움이 되었다. 왜냐하면 빈 일자리의 상당 부분은 이미 그 회사에서 일하고 있는 사람들의 추천을 통해서 채워지기 때문이다.

핵심

소셜 네트워크 서비스는 일자리를 얻는 데 도움을 준다. 왜냐하면 고용시장에서 가치 있는 구인 정보는 소셜 미디어를 통해서 전달되기 때문이다. 친밀한 연결 관계는 도움이 된다. 하지만 느슨한 연결 관계가 훨씬 더 많은 도움이 된다. 따라서 소셜 미디어 다루는 방법을 익힌다면 경력을 가질 기회가 눈에 띄게 증가할 것이다.

참고자료 Gee, L. K.; Jones, J.; Burke, M. (2017): Social networks and labor markets: How strong ties relate to job finding on Facebook's social network, Journal of Labor Economics, 35: 485-518.

Wheeler, L.; Garlick, R.; Johnson, E.; Shaw, P.; Gargono, M.: (2022), LinkedIn (to) job opportunities: Experimental evidence from job readiness training, American Economic Journal: Applied Economics, 14: 101-125.

06

일자리를 찾고 싶은가? 시간표부터 짜라

새로운 일자리를 찾는 것은 쉬운 일이 아니다. 몇몇 국가에서는 행동경제학자들이 공공 직업 소개 기관에서 실업자들이 다시 일을 찾는 데 도움이 되도록 조언하는 일을 한다. 이런 제도는 어떻게 작동할까?

데이비드 캐머런 David Cameron 전 영국 총리는 아마도 '브렉시트 (Brexit, 영국의 EU(유럽연합) 탈퇴)' 국민 투표에 시동을 건 인물로 역사에 기록될 것이다. 그런데 그것 말고도 캐머런이 임기 때 추진했던 중요한 프로젝트 중에는 행동경제학 실험이 있다. 영국 정부에 소위 '넛지팀'을 설치한 것이다. 행동연구팀(Behavioral Insights Team, BIT)이라고 알려진 넛지팀은 일군의 경제학자들과 심리학자들로 구성되어 있었다. 이 팀은 넛지를 활용해 법을 고치지 않으면서 좀 더 효율적이고, 자원을 절약하고, 시민 친화적인 방법으로 정부 정책을 수행하는 방법을 연구했다. 넛지는 사람들을 올바른 방향으로 부드럽게 밀어서 행동을 바꾸도록 한다는 뜻이다.

넛지팀은 세무 행정에서 가장 극적인 성공을 거두었다. 예컨대 '10명 중 9명의 시민이 세금을 제때 낸다'라는 단순한 고지를 한 적이 있다. 비용은 거의 들지 않았지만 사람들 대부분에게 세금을 내야 한다는 생각을 강하게 갖도록 했고, 영국 재무부는 손쉽게 수천만 파운드의 세금을 더 걷을 수 있었다. 넛지팀은 실업자들이 일자리를 찾는 데도 관심이 있었다.

넛지팀은 영국 각지의 정부 고용지원센터가 구직자를 돕는 방식을 바꾸었다. 고용센터는 전통적인 훈련 과정과 구인 정보를 주는 대신 구직자들이 지켜야 하는 세세한 매일의 일과를 제시하기 시작했다. 예를 들면 다음과 같다.

— 오전 7시 30분: 기상
— 오전 8시: 아침 식사, 구인 광고 샅샅이 뒤지기
— 오전 9시: 흥미로운 구인 광고 5개를 좀 더 자세히 분석하기, 인터넷에서 그 회사에 대해 더 자세히 알아보기
— 오전 10시 30분: 자기소개서 표지 작성하기
— 12시: 점심 식사
— 오후 2시: 표지에 덧붙일 상세한 자기소개서 다시 쓰기
— 오후 3시 30분: 가장 눈길을 끄는 구인 광고처 세 곳에 보낼 필요 서류와 지원서 모아 정리하기

　　이런 종류의 상담 뒤에 있는 심리학적 개념을 '실천 의도(implementation intentions)'라고 부른다. 일자리 찾기를 실행할 수 있도록, 원하는 목표에 가까이 갈 수 있는 단계를 설정할 필요가 있다는 것이다. 실업자들이 일자리를 찾기 위해 실제로 시간을 들이도록 만들어야 했다. 실업자들에게 시간이 많다고 생각하기 쉽지만, 놀랍게도 많은 실업자가 일자리를 찾는 데 너무 적은 시간을 쓰고 있었다. '실천 의도'의 경우에 (넛지식으로) 부드럽게 민다는 것은 개인이 올바른 방향으로 갈 수 있도록 작고 관리 가능한 단계를 안내하고, 다음 단계가 무엇인지 그들에게 설명하는 것으로 구성된다. 이 프로그램을 통해 이런 식으로 조언을 받은 사람들이 전통적 방식으로 조언받은 사람들보다 다시 고용될 가능성이 더 높다는 것이 밝혀졌다.

　　남아프리카공화국의 고용시장에 대한 연구는 구직 계획의 그림을 그려주는 것이 새로운 일자리를 찾는 데 도움이 된다는 것을 확인시켜준다. 구직 계획을 세운 구직자들은 지원서를 더 많이 냈다. 또 일자리를 찾는 구체적인 계획이 없었을 때보다 더 많은 업종에 지원서를 보냈다. 이는 왜 이런 사람들이 좀 더 많은 입사 면접 기회를 얻고, 입사 제안을 받는지 설명해준다. 게다가 구직 계획을 세우라고 그들에게 제안한 후에 5~12주가 흘렀을 때 취업에 성공할 가능성이 거의 30퍼센트 높아졌다는 결과도 설명이 된다.

　　목표를 설정하고 지원서를 보내기 전 하루를 계획하는 것은 입사 면접 기회를 얻는 방법 중 하나다. 또 다른 방법은 채용 박람회에 가서 면접 기회를 잡는 것이다. 전 세계 직업 소개 기관들은 보통 실업자들에게 채용 박람회를 소개하고 그들에게 인터뷰 약속까지 잡아준다. 하지만 실업자들은 종종 직업 소개 기관의 안내를 따르지 않는다. 어떻게 하면 이들이 직업 소개 기관이 추천한 채용 박람회에 가서 취업 기회를 잡도록 할 수 있을까? 영국에서 이에 대한 현장 연구가 진행된 적이 있다. 연구팀은 단문 메시지로 구직자들에게 근처에서 열리는 채용 박람회를 상기시켜주었다. 다만 모든 사람에게 똑같은 메시지를 보내지는 않았다. 일반적인 메시지(유형1)는 특정 회사의 인터뷰 일정과 함께 취업 박람회의 장소와 시간을 알려주는 것이었다. 일반적인 메시지와 다르게 메시지를 받는 사람을 개인적으로 언급하거나(유형2), 직업 소개 기관의 서명이 들어가 있는(유형3) 메시지도 대안으로 보내봤다. 구직자들이 면접에 나타날 가능성은 유형1일 때 약 10퍼센트였으나 유형2와 유형3 메시지일 때 거의 20퍼센트로 높아졌다. 네 번째 유형의 단문 메시지가 가장 좋은 효과를 냈다. 이 유형의 메시지에는 직업 소개 기관이 면접 약속을 잡기 위해 정말 노력을 기울였다는 내용을 명시적으로 담고, 구직자가 면접에서 좋은 성공을 거두기를 바라는 내용을 넣었다. 또 면접이 끝난 후에 피드백을 보내달라고 했다. 이 문자 메시지를 받은 구직자들이 면접에 참가할 가능성은 거의 30퍼센트까지 높아졌다. 일반적인 유형1의 메시지보다 세 배나 높았다.

　이렇게 개선된 이유가 무엇일까? 가장 큰 성공을 거둔 유형4 메시지는 받는 사람과의 상호성에 호소한 것이었다. 단순하게 얘기하면, 상호성은 '주고받기'를 뜻한다. 그래서 만약 직업 소개 기관이 면접 약속을 잡기 위해 노력한다면, 이는 구직자에게 그 기관의 노력에 답하고 면접에 나가야 하는 도덕적 의무가 있다는 암시와 도 같다.

🎯 **핵심**

구직자에 대한 직업 소개의 통상적인 접근법은 특정한 직업 기술 훈련을 제공하는 것이다. 그런데 행동경제학을 활용한 대안적인 접근법이 있다. 하루 계획을 잘 짜는 것, 그리고 소개 기관과 구직자의 상호성이 중요하다는 지식에 바탕을 두는 것이다. 구직자는 새로운 일자리를 찾을 때 이런 것을 마음에 새겨야 할 것이다.

참고 자료   Able, M.; Burger, R.; Carranza, E.; Piraino, P.: (2019) Bridging the intention-behavior gap? The effect of plan-making prompts on job search and employment. American Economic Journal: Applied Economics, 11: 284-301.

'Zappa'가 'Adams'보다 좋다

취업의 첫 번째 단계는 입사 면접을 보러 오라는 연락을 받는 것이다. 그런데 면접 과정에서 아주 작은 부분이 큰 역할을 할 수 있다. 예컨대 이름과 같은 것 말이다.

나는 수터 Sutter 란 성(姓)을 갖고 50년 이상 살아왔다. 수터라는 성은 내 정체성의 한 부분이다. 나는 이 이름을 좋아한다. 그렇다고 해서 어렸을 때부터 S로 시작하는 성을 좋아한 것은 아니었다. 학급 출석부는 알파벳순 이름으로 정리되어 있었고 나는 항상 끝에 가까웠다. 뒤에서 세 번째나 네 번째 정도였다. 선생님이 성적표를 나누어줄 때면 나는 항상 늦게 받았다. 나보다 앞선 알파벳 친구들보다 불편한 긴장감을 더 오래 견뎌야 했다. 대학에서는 알파벳 순서로 된 대기 줄을 견뎌야 했고, 군대에 가서도 마찬가지였다. 어른이 되어서도 성 때문에 이익보다는 불이익을 받은 적이 더 많다고 생각했다. 학계에 들어와서 논문 저자의 이름이 통상 알파벳순으로 기재된다는 사실을 알았을 때, 이런 생각은 더욱 강해졌다. 수터는 논문 저자 이름들 끝에 들어가야 했다. 공동저자인 술 앨런Sule Alan과 게리 차네스Gary Charness의 이름이 먼저였다.

몇 년 동안 면접에서도 성으로 인한 불이익이 존재한다고 생각했다. 여러 대학의 교수 자리에 지원했을 때, 면접 순서는 대부분 알파벳 순서로 결정되었다. 인사위원회의 결정이었다. 학계 밖 분야에서도 다른 분명한 시스템이 없었기에 순서를 결정할 때 알파벳순이 일반적으로 사용되었다. 그런데 알고 보니 면접에서 순서가 나중이거나 맨 마지막이었던 것이 내가 기회를 잡는 데는 긍정적인 영향을 미쳤다. 나는 경력을 쌓아가는 중에 자리 제안이 부족했다고 불평할 수가 없었다. 스스로는 지원 과정에서 거둔 성공이 나의 학문적인 성취와 관계있다고 자랑스럽게 생각하지만, 성의 알파벳 순서도 조금이나마 기여를 했던 것이다. 여기에는 과학적인 증거가 있다. 나는 클래식 음악의 팬이기 때문에 콩쿠르를 예로 들어 설명하려고 한다. 벨기에에서 열린 퀸 엘리자베스 콩쿠르 피아노 부문의 사례다. 이 콩쿠르의 이전 수상자들을 보면, 블라디미르 아시케나지Vladimir Ashkenazy, 발레리 아파나시예프Valery Afanassiev와 같은 피아니스트 거장들의 이름이 포함되어 있다.

이 콩쿠르는 여러 단계로 구성된다. 결선 마지막 단계에서 열두 명의 피아니스트들이 우승을 위해 경쟁한다. 우승자는 상금을 받을 뿐만 아니라 경력에 귀중한 디딤돌이 될 콘서트 공연을 약속받는다. 결선 마지막 단계의 참가자들은 엿새 밤 동안 피아노를 연주한다. 하룻밤에 두 명씩 야간 연주회를 갖는 것이다. 학계의 인사위원회나 회사의 선발위원회와 비슷한 콩쿠르의 심사위원회는 이 분야 전문가들로 구성된다. 심사위원들은 각자 독립적으로 점수를 매기고, 이 점수로 우승자가 결정된다. 결선 단계에서 연주 순서는 무작위로 뽑힌 알파벳 중 하나를 시작으로 해서 알파벳 순서대로 진행된다. 만약 M이 뽑혔다면, 결선 진출자들은 M부터 Z까지 순서대로 연주하고 나서 A부터 L의 순서대로 연주한다.

콩쿠르 결선에 오른 연주자들은 자기 연령대에서 가장 연주를 잘하는 피아니스트에 속한다. 연주하는 순서가 무작위로 결정되기 때문에 연주자들의 성은 그들의 연주 실력과 관계가 없을 것이다. 더구나 연주 순서는 실제로 경쟁에 아무런 영향도 미치지 않아야 한다. 하지만 빅터 긴즈버그Victor Ginsburgh와 얀 반 아우르스Jan van Ours의 연구에 따르면, 같은 날 연주한 두 명의 결선 진출자 중 나중에 연주한 사람이 평균적으로 한 단계 더 높은 순위를 차지했다. 어떤 날이든지 나중에 연주를 하거나 면접을 보는 경우에 분명히 이득을 보는 셈이다. 만약 선발 과정이 피아노 콩쿠르와 같이 며칠에 걸쳐서 진행된다면, 첫날은 가장 등장하기에 좋지 않은 날이다. 피아노 콩쿠르의 경우, 첫날 연주한 두 명의 결선 진출자는 다음 날 이후에 연주한 결선 진출자들에 비해 평균적으로 세 순위 낮은 평가를 받았다. 이탈리아에서 열린 페루초 부소니 국제 피아노 콩쿠르에 대해 내가 진행한 연구에서도 이런 결과를 확인할 수 있었다. '문제의' 마지막 날 연주 무대에 설 때, 세 단계로 구성된 결선에서 다음 단계로 넘어갈 가능성이 항상 가장 높았다.

만약 채용 면접이나 콩쿠르 결선이 알파벳순으로도 무작위로 진행된다면 이름은 결과에 아무런 영향이 없겠지만, 어쨌든 순서가 나중인 것이 좋다. 학계에서 채용 후보자들은 앞에서 얘기했듯이 종종 알파벳 순서로 면접을 본다. 이 경우 성이 알파벳 순서상 나중에 온다면 이점이 있다. 왜냐하면 전문가나 심사위원은 처음 나오는 사람에게 가장 좋은 점수를 주지 않는 경향이 있기 때문이다. 남은 후보자가 적을수록, 심사위원들은 최상위 실력을 보여주는 사람에게 높은 점수를 주려는 경향이 있다. 학계에서 벌어진 일에서 찾은 통찰력은 좀 더 일반적인 관련성을 보여준다. 왜냐하면 회사에서 면접 순서는 알파벳 순서로 결정되었든 다른 기준에 따라서 결정되었든, 이에 상관없이 중요하기 때문이다.

좋은 성적에 더해서, 성공하려면 '악명 높은' 운도 필요하다. 때때로 운은 단순하게 성이 알파벳 순서로 뒤에 오는 것일 수도 있고, 가장 나중에 면접을 보게 되는 것일 수도 있다.

◎ 핵심

> 면접 지원 과정에서, 선발위원회 위원들은 후보자들을 비교하게 된다. 이때 면접에 등장하는 순서가 필수적인 역할을 한다. 왜냐하면 일찍 등장하는 후보자는 나중에 나오는 후보자보다 좋은 점수를 받을 가능성이 낮기 때문이다. 면접에서는 끝날 무렵이 더 유리하다.

참고 자료 Ginsburgh, V.; van Ours, J.: (2003) Expert opinion and compensation: Evidence from a musical competition. American Economic Review, 93: 289-296.

ⓞ⑧

인내심이 구직에 미치는 영향

경력 단절이 길어지면 고용시장에 다시 돌아오기 어려워진다. 실직을 했다면 재빨리 다시 일자리를 찾는 것이 중요하다. 이때 인내심은 도움이 될 것인가, 아니면 방해물이 될 것인가.

일자리를 찾기 위해 고용센터 앞에 길게 줄을 선 실업자들 사이에 끼는 것은 즐겁지 않지만 정신이 번쩍 드는 경험이다. 내가 학계 경력을 시작할 때, 오스트리아 정부는 긴축 정책으로 모든 대학의 구인 자리를 동결했다. 그래서 나도 고용센터를 두 번 왔다 갔다 해야 했다. 다행히 실업 기간은 짧았다. 고용시장 통계에 따르면, 고학력 인력은 새로운 일자리를 쉽게 찾는다. 그래서 실업 기간이 늘어나는 일이 자주 생기지 않았다. 놀랍게도 일자리를 잃기 전에 높은 연봉을 받았던 것도 새 일자리를 찾는 데 도움을 준다.

구직자가 앞서 책임 있고 높은 자리에 있었다면, 이 사람은 경험과 전문 지식이 있다고 판단하는 것이다. 그리고 이런 자질들은 고용시장에서 매력적이다.

몇몇 개인적인 자질도 일자리로 돌아가는 데 도움을 준다. 그중 하나는 인내심이다. 목표를 향해 나아가면서 그 노력이 무엇이든 간에 굴하지 않고 계속하는 능력 말이다. 그런데 고용시장 연구자들은 일자리를 찾을 때 인내심이 미덕으로 작용하는지 오랫동안 확신하지 못했다.

일부 연구자들은 인내심 많은 사람이 고용시장에서 유리한 점을 갖고 있다고 이론화했다. 인내심은 당장 성공을 낳지는 못할지라도, 스트레스와 번거로움을 줄이는 데 도움을 주기 때문이었다. 이에 반해 조급한 사람들은 노력을 기울이다가 곧 그만두는 경향이 있다고 보았다. 그들은 구직 실패를 미래를 위한 투자로 보는 것이 아니라 단기적으로 실패한 시도로 보았다. 게다가 조급한 사람들은 일자리를 찾는 데 시간과 에너지를 적게 투자했다. 그래서 그들은 매력적인 자리를 제안받는 일이 적었다. 이런 관점에서 보면 인내심 많은 사람들이 더 쉽게 일자리를 찾았다.

그렇지만 어떤 고용시장 연구자들은 인내심이 적은 사람들이 상대적으로 더 빨리 일자리를 찾는다고 주장했다. 인내심이 적으면 특히 연봉 등에 있어서 형편없는 조건도 받아들이게 되므로 구직 기간이 길어지는 것을 피할 수 있다는 것이었다. 이 가설에서는 인내심이 적은 사람들이, 보수가 좋고 매력적인 일을 찾기 위해 시간을 쓰는 인내심 있는 사람들보다 새로운 일자리를 더 빨리 찾는

다. 보수가 적은 일을 받아들임으로써 고용시장에 더 빨리 복귀하는 것이다.

두 관점 중 어떤 것이 현실을 더 잘 반영하고 있을까? UC버클리대의 스테파노 델라 비냐Stefano della Vigna 교수와 예루살렘 헤브루대의 다니엘 파세르만Daniele Paserman 교수는 실업 기간과 실업자의 인내심 간의 상관관계를 살펴보았다. 그들은 설문을 통해 수집한 정보를 바탕으로 근로자가 가진 인내심의 정도를 분류했다.

인내심의 첫 번째 지표는 흡연 여부다. 흡연자는 비흡연자보다 조급해 보인다. 흡연자가 현재와 미래를 저울질하는 데 있어서 인내심이 적다는 증거는 매우 많다. 델라 비냐와 파세르만은 저축액에 대한 데이터를 추가적으로 모았다. 빚을 지는 대신 저축을 하는 것은 인내심을 나타내는 또 하나의 지표다. 저축을 하면 당장은 소비를 제한해야 하지만, 장기적으로 더 많은 소비를 할 수 있다. 그래서 저축을 한다는 것은 인내심이 많음을 의미한다. 흡연과 저축 여부에 대한 정보에 더해 연구자들은 수많은 다른 지표들을 사용했다. 예를 들어 생명보험을 해지했는지의 여부나 실업자 설문에서 면접관의 평가 등과 같은 것이다. 이런 모든 지표는 밀접하게 연관되어 있었고, 델라 비냐와 파세르만에 의해 한 개인이 발휘할 수 있는 인내심의 측정 지표로 결합되었다. 이 인내심 측정 지표는 대상자의 고용시장 데이터와 상관관계가 있었다.

연구 결과는 인내심이 적고 조급한 사람이 새로운 일자리를 찾는 데 시간이 더 걸린다는 것을 분명하게 보여주었다. 중요한 이유 중 하나는 구직 활동에 시간과 에너지를 적게 투자하기 때문에 보수가 낮은 제안도 받지 못한다는 것이다. 그들은 실업 상태에서도 일주일에 몇 시간만을 일자리를 찾는 데 썼다. 구직 활동에 적은 시간만 들이는 것은, 인내심이 적은 사람이 지원서에 대한 부정적인 피드백을 소화하는 데 어려움을 느끼고 더 많은 거절 통보를 받을 위험에 직면하기 때문에 쉽게 의지가 꺾인다고 설명할 수 있다. 이는 또한 그들이 다시 정신을 추스르고 일자리를 찾아 나서는 것을 어렵게 생각할 수도 있다는 얘기가 된다. 그렇게 악순환이 시작된다. 인내심이 부족한 사람들은 직장과 특정 직업을 견디는 시간이 더 짧고, 일자리를 잃었을 때 새로운 일자리를 찾는 속도가 더디다. 이는 장기 실업과 고용시장에서 퇴출되는 결과로 이어질 수 있다. 일자리를 찾을 때는 인내하면서 자기소개서를 제출할 체력이 중요하다. 6장에서 살펴본 것처럼 고용센터 등에 있는 전문가들과 자신의 상태에 대해 얘기해보는 것이 큰 도움이 될 수 있다.

◉ 핵심

새로운 일자리를 찾을 때는 엄청나게 많은 시간을 투자해야 하고, 많은 거절을 감내해야 한다. 조급한 사람들은 이에 대응하는 것에 어려움을 느낀다. 그래서 인내심이 많고 미래를 내다보는 사람들보다 새로운 일자리를 찾는 데 더 오랜 시간이 걸린다.

참고 자료   DellaVigna, S.: Paserman, M.: (2005) Job search and impatience. Journal of Labor Economics, 23: 527-588.

2부

채용과
인재 확보를
위한
행동경제학

여성 비율이 높은
스타트업이 오래 간다

현대 조직은 보통 다양한 직원들로 구성되어 있다. 젊은 직원과 나이 든 직원, 오래 다닌 사람들과 신참들, 그리고 다양한 언어를 쓰는 사람과 다양한 인종이 있다. 성별도 그렇다. 그중에서 스타트업 회사의 남성과 여성 비율이 우리에게 얘기해주는 것은 무엇일까?

아버지는 젊었을 때 오스트리아 서부의 한 작은 회사에서 일했다. 아버지의 동료들은 인근 지역에서 왔고, 같은 사투리를 사용했고, 대부분 남성이었다. 당시 여성 고용 비율은 아주 낮았다. 제2차 세계대전 직후였지만 '다양성'이라는 단어는 여전히 거의 알려지지 않은 때였다. 오늘날에는 언어, 인종, 성별에 있어 다양한 배경을 가진 직원들이 있을 때 기업의 수익성이 더 높다는 사실이 널리 알려져 있지만, 당시에는 아무도 그런 생각을 이해하지 못했다. 근로자들의 이동성이 아주 낮았기 때문에 높은 수준의 다양성을 상상할 수 없었고 심각하게 고려할 사항도 아니었다.

오늘날에는 완전히 달라졌다. 내가 20년 이상 몸담고 있는 학계에서도 다양한 그룹의 구성원으로 연구팀을 만드는 것을 당연히 여기게 되었다. 내가 2018년 독일 본에 있는 막스플랑크(Max Planck) 연구소에서 이끌었던 실무 연구 그룹은 이탈리아 여성 세 명, 오스트리아 남성 두 명, 벨기에 여성 한 명, 독일 남성 한 명, 남아프리카 여성 한 명, 미국 남성 한 명, 노르웨이 남성 한 명, 크로아티아 남성 한 명, 인도 여성 한 명으로 구성되어 있었다. 나는 채용 과정에서 성별 균형을 잡으려고 노력했다. 하지만 다양성이, 특히 이 경우 성별 측면에서의 다양성이 성과를 낼지에 대해서는 많이 생각해보지 않았다. 연구 그룹의 대표로서 이를 측정하는 것은 매우 어려워 보였기 때문이다.

다양성은 널리 권장되고 있다. 하지만 다양성이 기업에 실제로 가치가 있다는 증거는 무엇일까? 서로 다른 배경이 갈등으로 이어질 수 있지 않을까? 비록 다양성이 성별이라는 하나의 요소 이상의 더 큰 것을 의미하기는 하지만, 비엔나대 경제학과의 안드레아 베버Andrea Weber 교수와 크리스틴 줄레너Christine Zulehner 교수가 진행한 성별에 대한 연구는 귀중한 통찰력을 준다. 이 연구는 여성 비율이 스타트업의 수명에 주는 영향을 분석한 것이다. 베버와 줄레너는 인력 구성 중 성별에 대한 정확한 데이터를 갖고 있으며 창업 시기가 1978~2006년인 스타트업 약 3만 개를 대상으로 연구를 진행했다. 업종은 기계 엔지니어링에서 외식 공급까지 다양했다.

베버와 줄레너는 회사가 세워진 시점부터 시작해서 만약 설문 시점에 회사가 없어졌다면 폐업했을 때까지의 전체 인력 중 여성 비율을 분기별, 연도별로 측정했다.

분석 대상 기업들은 평균 둘 중 하나꼴로 6년 후에 운영을 중단하거나 파산했다. 그런데 여기서 중요한 발견을 얻을 수 있었다. '얼마나 많은 여성이 그 기업에서 일하고 있었나'에 기업 생존이 달려 있었다. 베버와 줄레너는 이를 보여주기 위해 우선 업종 평균을 이용해서 각 기업의 여성 비율을 표준화했다. 업종 간 차이가 상당했기 때문에, 업종 평균을 표준으로 삼고 각 기업에 상대적으로 많거나 적은 수의 여성이 일하고 있는지 파악했다. 그러고 나서 여성 고용 비율이 최하위 25퍼센트에 든 회사들과 여성의 수가 업종 평균에 가까운 회사들을 비교했다. 그 결과 여성의 수가 비교적 적은 회사들은 업종 내에서 여성을 평균 수준으로 고용한 회사들보다 1.5년 먼저 파산한 것으로 나타났다. 창업 때 여성 고용 비율이 최하위권이었던 회사 중에서 체계적으로 여성 비율을 업종 평균 수준으로 늘려간 회사들은 생존 기간이 길어졌다. 성별 구성과 이에 따른 인력 개발이 기업의 생존과 성공에 지속적으로 영향을 준 것이다.

이런 결과를 어떻게 설명할 수 있을까? 업종 평균보다 현저하게 낮은 여성 비율은 성차별을 보여준다. 기본적으로 특정 직종에 대한 재능은 남성과 여성에게 똑같이 분포되어 있다고 보기 때문이다. 이 말이 특정 분야에 대한 여성과 남성의 관심도까지 정확하게 같다는 뜻은 아니다. 하지만 같은 업종 내에서는 남성과 여성이 동일한 정도로 일에 적합하다고 볼 수 있다. 그러므로 인력 구성에서 여성 비율이 가장 낮은 회사의 경우, 채용 과정에 왜곡이 있다고 추정할 수 있다. 채용 결정에 있어 지원자의 자질이나 적합성에 비중을 덜 둔다는 뜻이다. 평균보다 현저히 낮은 여성 비율처럼 성별 간 직위 분할이 극단적인 경우는 직원 선발 과정이 기업에 최적화되어 있지 않다는 것을 보여준다. 변화를 원하지 않는 기업들은 그런 고집에 대한 대가를 분명하게 치른다. 즉, 문을 더 빨리 닫게 되는 것이다. 그러므로 채용 다양성과 같은 인사 결정은 회사의 경쟁력에 중요하다.

핵심

많은 신생 기업이 몇 년 후 시장에서 사라진다. 그런데 기업의 생존은 인력 구성과 관련이 있다. 여성 비율이 업종 평균보다 현저하게 낮은 스타트업의 경우, 기업의 생존 기간이 짧아진다. 여성 비율이 평균보다 낮다는 것은 인사 결정 과정에 왜곡과 편견이 있다는 신호다.

참고 자료 Weber, A.; Zulehner, C.: (2010) Female hires and success of startups, American Economic Review, Papers and Proceedings, 100: 358-361.

⑩

직원 추천 프로그램의
뜻하지 않은 효과

기존 직원의 추천을 받아 신규 직원을 채용하는 '직원 추천 프로그램(employee referral program)'은 정실주의라는 비판을 받곤 한다. 하지만 회사에 근무하는 직원이 추천한 사람을 채용하는 것이 기업에게는 경제적으로 이득이다. 몇몇 기업은 심지어 추천한 직원에게 보너스를 주기도 한다. 이 모든 것은 어떤 의미가 있을까?

대형마트 계산대에서 일하는 메리Mary는 직원 탈의실에 들어갔다가 게시판에 새로운 공지가 붙어 있는 것을 봤다. 공지에는 큰 글씨로 '신규 직원을 추천하면 100달러의 보너스를 지급한다'라고 씌어 있었다. 작은 글씨로는 '보너스는 추천 직원과 신규 직원 모두 회사에 최소 5개월간 근무한 경우 지급된다'라고 적혀 있었다. 메리는 공지를 읽은 후 마트 계산대에 가서 하루 일과를 시작했다.

계산대에 작업 개시 등록을 하고, 금전 출납기에 동전 묶음을 풀어 넣고, 지폐 액수를 다시 점검하는 동안 첫 손님이 왔다. 아직 긴 하루가 남아 있지만, 메리는 밤에 실직 상태인 친구 샐리Sally에게 전화를 걸어 마트에 빈자리가 있다고 얘기할까 생각했다. 만약 샐리가 관심이 있다면, 다음 날 지점 관리자에게 샐리를 추천할 수 있을 것이었다. 모든 일이 잘 풀리면 두 사람 모두에게 도움이 될 것이다. 샐리는 일자리를 얻고, 메리는 보너스도 받고 새로운 좋은 동료도 얻는다. 메리는 마트 체인이 왜 갑자기 새로운 직원을 추천하면 보너스를 주겠다고 하는지에 대해서는 많이 생각해보지 않았다. 소매 유통업체가 그렇게 하는 데는 이유가 있을 것이다.

기업 입장에서 빈자리를 채우는 것은 엄청난 도전이다. 신규 직원 채용은 시간과 비용이 많이 든다. 구인 광고를 하고, 지원자를 받고, 면접을 진행하고, 근로계약서를 작성하고, 신규 인력을 훈련하고, 기존 직원과 융화시키는 일은 채용 과정의 몇 가지 단계에 불과하다. 이런 모든 과정은 기존 직원들의 시간을 빼앗고, 기업으로서는 비용이 발생하는 일이다. 그래서 기업들은 직원을 채용할 때 가능하면 비용을 낮추면서 적합한 사람을 찾으려고 노력한다.

몇몇 기업은 인력 선발에 도움을 받기 위해 컴퓨터 알고리즘을 이용하기도 한다(이에 대해서는 11장에서 설명할 것이다). 또 다른 접근법은 기존 직원들에게 빈자리에 누구를 채용하면 좋을지 추천을 받는 것이다. 여러 설문 조사에 따르면, 미국 기업의 70퍼센트가 이른바 '직원 추천 프로그램'을 운영하는 것으로 나타났다.

이런 프로그램의 잠재적인 이점은 다양하다. 현직 직원은 빈 일자리에 필요한 역량이 무엇인지 잘 알고 있으며, 그 자리를 채우기에 적합한 사람을 추릴 수 있다. 추가로 현직 직원은 그들과 잘 지내고 있는 사람들만 추천할 것으로 기대된다. 이는 기업의 근무 환경에서 중요한 요소 중 하나다.

실증적인 연구에 따르면, 현직 직원의 추천을 통해서 일자리를 찾은 사람은 그렇지 않은 경우에 비해 좀 더 빨리 채용되고, 자질도 더 좋을뿐더러, 근속 기간도 길다. 연구의 근거는 트럭 운전사, 콜센터 직원, 첨단 기술 기업 등을 대상으로 한 설문 조사에 바탕을 두고 있다. 하지만 전체로 보면 이 모든 업종에서 기존 직원의 추천으로 채용된 직원의 비중이 상대적으로 낮았기 때문에 처음에는 추천 프로그램이 회사에 긍정적 영향을 주는지 불분명했다. 또 회사는 신규 직원과 추천 직원이 특정 기간 동안 근속하면 보너스를 주는 정책을 펴기 때문에 결국 비용이 발생한다.

캐나다 토론토대의 미첼 호프먼Mitchell Hoffman 교수와 독일의 쾰른, 프랑크푸르트, 콘스탄츠에 있는 동료 연구자들은 비용이 상당히 많이 드는 추천 프로그램에 대해 자세히 분석했다. 그 대상은 발틱(Baltic) 지역의 슈퍼마켓 체인이었다. 그곳에서는 매년 직원의 약 80퍼센트가 일을 그만둔다. 이는 곧 회사가 새로운 직원을 채용하는 데 계속해서 시간과 비용을 많이 들여야 한다는 뜻이 된다. 이 회사는 이 문제를 해결하기 위해 5,000명 이상을 고용하고 있는 238개 체인 점포에서 추천 프로그램을 시작하기로 했다. 만약 직원 추천으로 들어온 새로운 직원이 5개월 이상 근무하면 추천자에게는 지역에 따라 50유로, 90유로, 120유로가 지급되었다.

보너스가 클수록 추천이 더 많이 들어왔다. 하지만 추천을 통해 회사에 입사한 신규 직원 중 일을 계속한 사람은 5퍼센트 미만이었다. 신규 직원 중 추천으로 채용된 사람의 비중은 아주 작았다.

그럼에도 불구하고 추천 프로그램은 예상하지 못했던 큰 영향을 주었다. 앞서 언급한 연구에서 추천으로 들어온 직원들은 회사를 더 오래 다녔고 병가를 적게 썼다. 하지만 추천 프로그램의 중요한 영향은 다른 데 있었다. 추천했던 직원들도 추천 프로그램이 시행된 이후에 회사를 더 오래 다녔고, 회사를 그만둘 가능성이 15퍼센트나 줄었던 것이다. 이는 추천 프로그램을 시행하지 않은 점포들과 비교한 것이다. 직원들은 추천 프로그램을 통해 회사가 자신들을 진지하게 여기고 있다는 느낌을 강하게 받았고, 자기에게 새로운 직원 채용에 대한 발언권이 있다는 점을 높게 평가했다. 직원들은 회사에 더 오래 다닐 뿐 아니라 직업 만족도도 높아졌다.

추천 프로그램의 부수 효과가 회사에 성과를 가져온 것이다. 고용주와 직원들이 모두 '윈윈(win-win)'하는 상황이 되었다.

> 🎯 **핵심**
>
> 빈 일자리를 채우려면 비용이 많이 든다. 많은 기업이 현직 직원들에게 그 자리에 잘 맞고 팀에 합류하기에 적합한 사람을 추천해달라고 한다. 추천 프로그램에 현직 직원들이 참여하면 그들의 직업 만족도가 높아지고 회사에 다니는 근속 기간도 늘어나는 효과를 얻게 된다.

참고 자료　Friebel, G.; Heinz, M.; Hoffman, Zubanov, N.: (2022) What do employee referral programs do? Journal of Political Economy, in press.

⑪

인사 담당자보다
컴퓨터가 좋은 인재를 뽑는다

인간의 의사 결정 행동은 체계적 오류를 품고 있기 마련이다. 이는 신규 직원 모집과 채용에도 적용되는 얘기다. 그렇다면 컴퓨터 알고리즘이 인사 담당자들의 오류를 줄일 수 있을까? 아니면 인사 담당자들이 단독으로 재량권을 갖는 것이 회사에 더 도움이 될까?

캐나다 토론토대의 미첼 호프먼 교수는 15개 북미 기업에서 9만 명의 직원을 채용해온 445명의 인사 담당자들의 데이터를 활용해 이 문제를 연구했다. 이 기업들은 인사 담당자들의 채용 결정을 지원자들에 대한 분류 테스트와 인사 컨설팅 회사에서 개발한 알고리즘으로 지원했다. 알고리즘은 지원자를 높은 잠재력(녹색), 중간 정도 잠재력(노란색), 낮은 잠재력(빨간색)으로 나누었다. 지원자는 테스트에서 그들의 사무 역량, 컴퓨터 지식, 성격, 인지 능력 등을 묻는 상세한 질문지에 답을 해야 했고, 다양한 직장 내 시나리오에 대해 평가를 내려야 했다. 이런 과정을 통해 인사 컨설턴트들은 지원자를 녹색, 노란색, 빨간색의 범주로 분류했다(이를 '색깔 추천'이라고 부를 수 있다). 평가 알고리즘은 과거에 진행했던 테스트들과 이전 후보자들이 회사에서 수행한 업무 성과에 바탕을 두고 만들어졌다. 여기서 업무 성과는 생산성이 좋은지, 회사에 얼마나 오래 다니는지와 관련되어 있었다. 인사 컨설턴트들은 고용시장에서 데이터 입력, 콜센터 근무나 단순 데이터 분석 등 저숙련 부문 일자리 분석에 특화되어 있었다. 과거 몇 년간 결과를 보면, 평균 48 퍼센트의 지원자가 녹색, 32퍼센트가 노란색, 20퍼센트가 빨간색으로 분류되었다. 15개 기업의 인사 담당자들은 이렇게 색깔로 구분된 지원서에 주의를 기울이도록 독려를 받았다. 하지만 결국 누구를 채용할지는 인사 담당자의 재량이었다.

미첼 호프먼과 그의 동료 연구자들은 인사 담당자가 '녹색' 지원자를 뽑을 수 있었지만 '노란색' 지원자를 선택한 경우 나중에 긍정적이거나 부정적인 영향이 있는지 가려내기를 원했다. 기본적으로 그 효과는 양방향이었다. 관리자들에게 큰 재량권이 주어지면, 그들은 컴퓨터 알고리즘보다 자신들의 경험에 바탕을 두고 어떤 사람이 회사와 업무팀에 잘 맞는지 평가했다. 이는 동시에 어떤 지원자가 유망한지에 대해 통계적으로 계산된 가능성보다는 개인적 편견에 따라서 결정을 내리는 결과로 이어질 수도 있었다.

호프먼과 그의 팀의 연구 결과는 채용 과정에서 결정을 내리는 인간의 능력이라는 측면에서 정신을 번쩍 들게 했다. 재량권을 가진 인사 담당자가 수년간의 경험을 바탕으로 테스트 결과와 알고리즘 추천과 다르게 선택한 경우, 즉 테스트와 알고리즘에서 높은 점수로 받은 사람 대신 순위가 낮게 나온 사람을 채용했을 경우에, 신규 채용된 사람들이 회사에 근무하는 기간은 인사 담당자가 색깔 추천을 따랐을 때보다 짧았다. 생산성도 더 낮은 경향을 보였다.

분명한 결론은 인사 담당자들에게 테스트와 알고리즘을 넘어서는 큰 재량권을 주는 것은 회사 입장에서 보면 신규 직원의 자질과 근속 기간이라는 측면에서 손해를 초래할 수 있다는 것이다. 적어도 이 테스트와 고용시장의 이 부문에서는 말이다. 좋은 채용 결정을 내리려면 컴퓨터의 도움을 받아야 한다. 심지어 인사 담당자들이 항상 데이터에서 나온 추천을 따르지 않더라도 그래야 한다. 데이터에서 나온 채용 추천을 아예 받지 않은 회사는 인사 담당자가 (반드시 따를 필요는 없는) 색깔 추천을 받은 회사보다 신규 직원의 평균 근속 기간이 떨어졌다. 컴퓨터 추천이 존재하기만 해도 채용 결정은 긍정적인 방향으로 이루어진다.

핵심

인간의 의사 결정 행동은 오류와 왜곡에 영향을 받는다. 컴퓨터 알고리즘은 입사 지원자의 홍수 속에서 가장 좋은 후보자를 찾아내는 데 도움을 준다. 컴퓨터 추천을 받는 것을 고려하면 직원 선발과 직원의 근속 기간 면에서 더 나은 결과를 얻을 수 있다.

참고 자료   Hoffman, M.; Kahn, L.; Li, D.: (2018) Discretion in hiring. Quarterly Journal of Economics, 133: 765-800.

12

왜 사장은 직장 메뚜기족을 좋아하지 않나

근로자의 평균 근속 기간은 점점 짧아지고 있다. 사람들이 점점 더 자주 직장을 옮기고 있는 것이다. 동시에 고용주들은 채용 후보자의 이력서를 평가할 때 충성도에 높은 가치를 둔다. 이런 사실이 사람들이 일자리를 찾을 때 어떤 영향을 미칠까?

잦은 이직은 때때로 장점이 된다. 기회를 활용하는 방법을 알고, 많은 회사에서 경험을 쌓은 사람들은 역동적으로 보인다. 반대로 수십 년 이상 한 회사를 향해 충성심을 유지하는 것은 오늘날 고용 시장의 요구와 부합하지 않는 철 지난 태도처럼 보인다. 서로 다른 업무 루틴, 다른 조직, 다른 상사와 동료, 혹은 또 다른 회사에서 다른 일을 하는 데 익숙해지는 과정은 의심할 바 없이 당신의 경험을 풍부하게 해준다.

그러나 회사 관점에서 보면, 직원들의 빈번한 이직은 많은 비용을 수반한다. 신규 직원은 훈련이 필요하다. 또 많은 갈등을 빚지 않으면서 기존 조직에 융화되어야 하고, 자기 부서의 성공에 기여하도록 자신의 업무 루틴을 만들어야 한다. 이렇게 되기까지는 시간이 필요할 뿐만 아니라 비용도 많이 든다. 어떤 사람을 채용할 때, 회사는 필수적으로 그 사람이 새로운 업무 환경과 회사의 가치에 적응하도록 도와야 한다. 그래서 일자리 지원자에 대한 공식 훈련과 더불어, 신뢰성, 신용, 팀으로 일하는 능력, 충성심, 인내심과 같은 연성(soft) 요소들이 아주 중요한 역할을 한다. 이런 연성 요소는 채용할 때는 평가하기 어려운 요소다.

스위스에서 진행된 연구는 인사 담당자들이 이 같은 연성 요소를 평가할 때 이력서에서 어떤 데이터를 중요하게 보는지를 알려준다. 그것은 후보자가 직장을 바꾸는 빈도다. 직장을 너무 자주 바꾸면 나쁜 인상을 줄 수 있고, 무엇보다 면접 제안이 줄어들 수 있다.

취리히대 로베르토 베버Roberto Weber 교수의 지도 아래 스위스 연구자들은 현장 실험 연구를 진행했다. 연구자들은 스위스의 독일어 사용 지역에서 구인 광고가 나온 800개 이상의 일자리에 각각 두 명의 지원서를 넣었다. 가상으로 꾸며낸 지원서였다. 이 가상의 지원자는 둘 다 26세이며, 경영대를 아주 좋은 성적으로 마치고 8년의 직장 경력을 가지고 있었다. 둘은 같은 수준의 외국어 몇 개를 구사하며, 비슷한 이름을 갖고 있고, 외모에 특이한 점이 없었다. 두 지원서에는 다른 점이 단 한 가지 있었다. 과거에 다녔던 직장의 수였다. 한쪽은 졸업 후 같은 회사에서 8년간 근무했고, 다른 쪽은 평균 2년마다 직장을 바꾸어서 모두 네 명의 고용주를 경험했다. 이때, 직장 네 곳에서 한 업무는 한 곳에서 일했던 후보자가 한 업무와 정확하게 비슷했다.

첫 번째로 베버와 그의 팀은 두 가상의 지원자가 얼마나 자주 면접 요청을 받는지 조사했다. 이 단계에서 이미 큰 차이가 났다. 한 직장에서만 일했던 지원자는 네 곳에서 일했던 지원자에 비해 약 40퍼센트 이상 더 많은 면접 제안을 받았다. 두 번째로 연구 저자들은 면접 요청 비율이 어떤 이유로 달라졌는지를 파악하고 싶었다. 그들은 스위스 기업들의 인사 담당자 83명을 인터뷰했다. 연구자들은 인사 담당자들에게 한 직장에서 계속 일한 사람과 네 곳에서 일한 사람의 이력서를 제시하고, 각 지원자를 평가해달라고 했다. 예상할 수 있듯이, 지원자들은 '기술'과 '교육' 항목에서 동일하게 성공적인 평가를 받았다. 이런 항목에 있어서는 두 후보자가 완전히 비슷하게 보이도록 의도적으로 이력서를 구성했다. 그런데 '팀으로 일하는 능력', '인내심', '신뢰성' 등의 항목에서는 인사 담당자들의 평가가 상이했다. 8년 동안 오직 한 직장에서 일한 지원자는 이런 항목에서 일관되게 좋은 평가를 받았다. 이 지원자는 팀에 효과적으로 협력하고, 또 비록 달성하기 어려울지라도 목표를 향해 참을성 있고 지속적으로 일할 사람이라는 평가를 받았다. 그리고 직무를 완수하는 데 있어서 믿을 만하다는 평가를 받았다.

이런 성격은 분명 고용주에게는 중요하다. 그러나 직접적으로 측정할 수 없고 일상 업무 속에서만 분명해지는 요소이기 때문에,

고용주들은 과거 직장의 수를 지원자가 연성 요소의 측면에서 얼마나 역량을 잘 갖추었는지 따지는 지표로 삼은 것이다.

한 직장에서 오래 근무하는 능력은 몇몇 사람들에게는 철 지난 행동처럼 보일 수 있다. 하지만 새로운 일자리를 두고 경쟁할 때 남들은 갖지 못한 '엣지(개성 있는 장점)'를 줄 수 있다. 그리고 아마 취업 제안을 받거나 거절당하는 것 사이의 차이를 만들 수도 있을 것이다.

> **핵심**
>
> 회사에 대한 충성심은 그 자체로 중요하다. 인사 담당자들은 잦은 이직을 충성심이 적고 신뢰하기 어려운 행동으로 연결 지어 생각한다. 따라서 누군가 직장을 바꾸고자 할 때, 과거에 많은 다른 직장에서 일했다는 것은 새로운 자리를 얻을 기회를 축소시킬 것이다.

참고 자료   Cohn, A.; Marechal, M.; Schneider, F.; Weber, R. A.: (2021) Frequent job changes can signal poor work attitude and reduce employability, Journal of the European Economic Association, 19: 475-508.

⑬

인내심과 장기적 사고를
보여주는 지원자를 찾아라

직원 이직률은 최근 몇 년 사이 증가하고 있고, 이는 고용주들에게 현실적인 문제가 되고 있다. 어떻게 스트레스가 많은 환경에서 떠나지 않고 머무를 수 있을까? 트럭 운전사 세계에서 그 대답을 찾을 수 있다.

어떤 사람들에게 트럭을 운전하는 일은 매력적이다. 왜냐하면 대륙의 구석구석을 여행할 수 있기 때문이다. 몇 년 전 나는 이탈리아 피렌체의 유럽대학연구소에서 독일의 쾰른대로 직장을 옮기면서 이사 업체를 통해 가구들을 보내야 했다. 당시 만난 이삿짐 트럭 운전사는 이미 포르투갈 남부에서 노르웨이 북부까지 갔다 왔다고 하면서, 유럽의 오지 대부분까지 운전해서 갈 수 있다는 것이 얼마나 좋은지에 대해 열정적으로 얘기했다. 그렇지만 트럭 운전사는 격렬한 경쟁, 꽉 짜인 스케줄, 짧은 휴식 시간, 국경 간 휴게소에서 보내는 가족 친화적이지 않은 주말, 휴식 칸에서의 쪽잠 등이 특징인 상당히 고된 직업이다. 이삿짐 트럭 운전사는 만성적인 척추 디스크 문제로 고생하고 있다는 얘기도 했다. 그런데 그는 30년 이상 트럭 운전을 해왔다. 금세 그만둔 동료들과 그의 다른 점은 무엇일까.

미네소타대의 스티븐 벅스Steven Burks는 몇몇 동료 연구자들과 이런 문제에 체계적으로 접근했다. 1,066명의 트럭 운전사들을 대상으로 연구를 수행했는데, 이들은 미국 대형 화물 운송회사에서 수습 운전사로 교육훈련을 받으며 일하는 사람들이었다. 훈련생들은 교육용 운전 코스에서 숙련된 운전사들에게 교육을 받았다. 회사는 훈련생당 5,000달러에서 1만 달러에 달하는 훈련비용을 모두 부담했다. 하지만 입사 후 1년 이내에 훈련생이 퇴사하면, 모든 훈련비용을 토해낸다는 조항이 계약서에 적혀 있다.

벅스와 그의 팀은 훈련생 1,066명을 대상으로 2주의 훈련 기간 동안 경제적인 의사 결정 실험을 수행했다. 이 실험에서 훈련생들은 두 가지 선택을 할 수 있었다. 첫 번째 선택 조건은 45달러에서 75달러를 즉시 받는 것이었다. 다른 선택 조건은 다음 날이나 나흘 뒤, 또는 4주 후 등 나중에 80달러를 받는 것이었다. 선택에 따라서 적은 보상을 즉시 받거나 나중에 많은 보상을 받았다. 이를 근거로 연구팀은 훈련생들을 (금전 선택 측면에서) 참을성이 많은 쪽과 적은 쪽으로 분류했다.

화물 운송회사는 벅스와 그 팀에게 트럭 운전사들 전부의 신상 데이터도 제공했다. 그래서 벅스 팀은 참을성에 대한 측정 지표인 실험적인 결정을 제공된 개별 인사 정보와 연결해볼 수 있었다. 이 연구에 참여한 회사는 어떤 요소가 훈련생을 회사에 남게 하는지 파악할 수 있게 된다는 이점이 있었다. 회사는 직원들이 오랜 기간 일해야 이익을 얻을 수 있고, 초기 훈련비용을 회수할 수 있다. 연구자들은 인사 데이터를 통해 운전사가 훈련을 완료했는지, 그렇지 않다면 얼마나 훈련을 받다가 그만두었는지 알 수 있었다. 훈련 기간을 마친 후 운전사들은 회사로부터 고용 여부를 통보받았다. 통상 훈련을 완수한 운전사들은 채용되었다. 하지만 징계 문제가 있는 운전사들은 그렇지 못했다. 연구자들은 고용 계약을 맺은 운전자들에게서도 그들이 회사에 얼마나 근무했는지, 연구가 끝날 때까지 여전히 근무하고 있는지 등을 파악할 수 있었다.

나중에 더 많은 돈을 받는 쪽을 선택해서 참을성이 더 있는 것으로 분류된 훈련생들은 훈련 과정을 마칠 가능성이 높았고 이후에 채용될 가능성도 높았다. 또 80달러를 받겠다는 선택을 해서 미래를 내다보는 결정을 한 훈련생들은 채용이 된 후 더 오랜 기간 회사에 머무르는 경우가 많았다.

훈련비용을 물어내지 않으려면 최소 1년을 일해야 했지만, 대체로 절반보다 적은 수의 운전사들만 그 기간 동안 회사에 머물렀다. 1년이라는 마감 기간에 도달한 운전사들은 조기에 계약을 종료했거나 회사에 훈련비용을 물어낸 사람들보다 평균적으로 실험 결정에서 훨씬 더 참을성이 있는 사람들이었다. 실험 결정에서 참을성을 더 보였던 트럭 운전사들이 더 오래 회사를 다닌 것은 타당한 결과다. 이들은 훈련비용을 물어낼 필요가 없었기 때문이다. 조급한 운전사들은 훈련비용을 물어냈을 뿐 아니라 이후 직장 생활에서 불리해졌다. 앞서 8장에서 살펴봤듯이, 인내심이 약하면 새로운 일자리를 찾을 때 불이익이 있기 때문이다.

◎ 핵심

일상 업무에서는 스트레스가 쌓이고, 불쑥 새로운 도전 과제가 나타나곤 한다. 특정한 성격은 도전을 마주쳤을 때 쉽게 포기하지 않고 그것과 씨름을 하고 견뎌내게 해준다. 참을성과 장기적인 사고는 귀중한 개성이다.

참고 자료　Burks, S.; Carpenter, J.; Goette, L.; Rustichini, A.: (2009) Cognitive Skills affect economic preferences, strategic behavior, and job attachment, Proceedings of the National Academy of Sciences, 106: 7745-7750.

⑭

연봉 공개의 부정적인 결과

스칸디나비아에서는 사실상 모든 시민이 이웃의 소득세 신고를 들여다볼 수 있고 따라서 남들의 소득을 알 수 있다. 반면에 스칸디나비아 국가들을 제외한 세계 대부분 국가에서 소득은 극비에 부쳐지는 정보 중 하나다. 연봉을 공개해야 하는지에 대해서는 주기적으로 열띤 토론이 열린다. 그런데 연봉 공개가 불러올 원하든 원하지 않든 생기는 부수 효과는 거의 토론되지 않는다.

몇 년 전 독일에서는 언론의 많은 조명을 받으며 소위 '연봉 공개법'이 시행되었다. 이 법에 따라 일정 수의 직원을 고용한 회사는 요청이 있으면 연봉 등급 분류 기준을 공개하고 특정 직위의 평균 연봉이 얼마나 높은지에 대한 정보를 제공해야 했다. 법 시행 초기에는 남성과 여성의 보수 차이를 줄이는 데 도움이 될 것이라는 기대가 있었다. 어쨌거나 이 법이 이런 초기의 목적을 달성했는지 최종 평가를 하기에는 이르다. 아직 그런 데이터를 활용할 수 없기 때문이다. 그러나 연봉의 투명성을 높였을 때 생기는 효과와 부작용에 대해서 자세히 살펴볼 필요는 있어 보인다. 종종 당파적이고 아집에 빠져 있는 정치적인 토론에 사실을 더해서 논의를 확장시켜보기 위해서다.

투명한 연봉 공개의 효과와 부작용을 분석하기는 쉽지 않다. 연봉 투명성이 있는 상황과 없는 상황을 비교할 수 있어야 한다. 또 두 가지 상황이 가능한 한 모든 측면에서 차이가 거의 없어야 한다. 2010년 미국 캘리포니아주에서 생긴 변화는 그런 비교를 가능하게 했다. 캘리포니아에서 공무원의 개별 연봉이 반드시 공개되어야 한다는 결정이 나온 것이다. 그런 법 개정은 캘리포니아의 언론이 일부 시와 군에서 최고 직위의 공무원들이 과도하게 높은 연봉을 받고 있는 몇몇 경우를 보도하면서 촉발되었다.

2010년 캘리포니아 법 개정은 연봉 공개의 영향을 연구하는 데 적합했다. 왜냐하면 2010년 이전에도 많은 시와 군이 공무원 연봉을 공시해왔기 때문이었다. 이는 2010년 이전에 어떤 지자체가 이미 연봉을 공개했는지 또는 안 했는지에 따라, 2010년 이후 공공부문 연봉의 변화를 분석할 수 있다는 뜻이었다. 두 부류의 지자체 사이의 차이를 이용하면 연봉 공개의 영향을 수치화할 수 있었다.

프린스턴대의 알렉산드레 마스Alexandre Mas 교수는 이런 영향을 상세하게 들여다봤다. 특히, 최고위 시정 책임자들의 연봉이 어떻게 변했는지 탐구했다. 172개 시에서 최고위직들의 연봉은 2010

년부터 공개되기 시작했다. 296개 시에서는 2010년 이전부터 이미 공개되고 있었다. 알렉산드레 마스는 이 두 그룹의 연봉 변화를 법 시행 전인 2009년부터 공개법이 도입된 후인 2012년까지 비교했다. 172개 시의 첫 연봉 공개는 결과적으로 최고위직 공무원들의 연봉을 7퍼센트 낮췄다. 이는 2010년 이전에 이미 연봉을 공개했던 지역과 비교한 것이다. 연봉 공개 의무는 낮은 직위의 연봉에는 영향을 주지 않았다. 이 법은 연봉 피라미드를 위에서 누르는 것과 같은 결과를 가져왔다. 달리 얘기하면 최고와 최저 연봉 간 차이가 줄었다. 미국과 달리 연봉 격차를 잘 인정하지 않는 유럽의 관점에서 보면, 이런 결과는 원하던 바였다. 바람직하다고 간주될 것이다. 하지만 그런 관점은 캘리포니아 법이 보여준 원하지 않던 두 가지 부작용을 간과한 것이었다.

첫째, 최고위 공무원들이 연봉 공개 이후 두 배나 많이 일을 그만두었다. 이는 이전에 이미 연봉을 공개했던 지역과 비교한 결과다. 얼핏 보면, 이 법이 너무 높은 연봉에 제동을 걸었기 때문에 최고위 공무원들이 퇴직을 했다고 생각할 수 있다. 하지만 알렉산드레 마스는 이 공무원들이 2010년 이전부터 연봉을 공개했던 지역과 비교했을 때 연봉을 과도하게 받았다는 통계적 증거를 발견할 수 없었다. 따라서 이는 기본적으로 언론의 압력이 연봉 감축을 불러왔고, 그 결과 더 많은 고위직 공무원이 자발적으로 사무실을 떠났음을 의미한다.

둘째, 최고위 공무원들의 빈자리를 채우는 데 이전보다 훨씬 더 긴 기간이 걸렸다. 예전에는 공석을 채우는 데 3개월이 걸렸는데,

2010년 이후에는 평균 5개월이 걸렸다. 게다가 새로 채용된 공직자들은 전임자들보다 현저하게 자질이 떨어졌고, 이는 장기적으로 이들 지역의 재정적 손실로 귀결되었다.

이 사례는 연봉 투명성에 대한 토론에서 단순히 연봉을 공개하는 것보다 더 많은 측면을 고려해야 한다는 사실을 분명히 보여준다. 처방전이 으레 그렇듯이, 연봉 공개는 원하지 않는 부수 효과를 불러왔다. 경쟁자 성과에 따라 임금이 달라지는 '상대적 임금 체계(relative salary scheme)'는 또 다른 형태의 부작용을 갖고 있는데, 이는 앞으로 37장에서 보여줄 생각이다.

> **◎ 핵심**
>
> 연봉은 비밀스러운 정보다. 많은 사람이 이 때문에 성별 임금 차이가 생긴다고 본다. 그리고 이는 일부 직원들이 연봉의 투명성을 요구하는 이유가 되기도 한다. 만약 연봉 투명성이 최고위직에 도입되면 이는 실제로 최고위직의 임금 축소 압박으로 이어진다. 그와 동시에 고위직을 채우는 것이 더 어려워진다.

참고 자료   Mas, A.: (2017) Does transparency lead to pay compression? Journal of Political Economy, 125: 1683-1721.

3부

관리자를 위한 행동경제학

15

관리자의 태도가
생산성에 영향을 준다

일터에서의 차별은 여성이나 인종 또는 고령자와 같은 특정 집단에 대한 차별 등 여러 형태로 나타날 수 있다. 이런 차별은 그 정도가 미묘해서 감지하기 어렵고, 범죄라 하기 어려울지라도 직원들의 생산성에 부정적인 영향을 준다. 그 이유가 깜짝 놀랄 만하다.

사회심리학자들은 고정관념, 편견, 차별 경향 등을 측정하는 테스트를 개발해왔다. '내재적 연관성 검사(Implicit Association Test, IAT)'라고 부르는 이 검사는 인간의 뇌가 특정 단어 두 개를 다른 단어들보다 서로 자주 연관 짓는다는 사실에 바탕을 두고 있다. 예를 들어 사람들은 '여성'과 '가족'이란 단어 쌍을 '남성'과 '가족'이라는 쌍보다 더 빨리 연관시킨다. 이런 연관성에 대한 데이터는 사람들에게 용어들의 특정 조합을 확인하면 컴퓨터에서 특정한 자판을 누르게 하는 방법으로 수집한다. 정확한 자판을 더 빠르게 누르면, 두 용어의 연관성이 더 강력하다고 볼 수 있다. 예컨대 '여성'과 '가족'의 조합은 '여성'과 '커리어'의 조합보다 훨씬 빠르게 연결된다. 이는 우리 사회의 여성에 대한 관점에 대해서 엄청나게 많은 것을 얘기해준다.

　내재적 연관성 검사는 직장 생활과 고용시장에 특정 그룹에 대한 고정관념이 퍼져 있는지를 점검하는 데도 활용할 수 있다. 하버드대의 아만다 팔레Amanda Pallais 교수가 관여한 연구에서는 프랑스 슈퍼마켓 체인 한 곳의 관리자들을 대상으로, 슈퍼마켓에서 일하는 이민자의 업무 실적을 어떻게 평가하는지 내재적 연관성 검사를 실시했다. 이 슈퍼마켓 체인에서 일하는 약 120명의 관리자들은 '직원 이름이 프랑스식인지 북아프리카식인지에 따라 직원들의 특성을 긍정적이거나 부정적으로 생각하게 되는지'라는 질문을 받았다. 만약 내재적 연관성 검사 결과 이들이 계속 프랑스식 이름과 긍정적인 특성을 더 빠르게 연관시킨다면, 이는 관리자가 특정 배경을 가진 직원들의 성과에 일정한 기대를 갖는다는 의미가 된다. 실제 관리자들은 좋은 업무 성과를 프랑스식 이름과 더 빠르게 연관시켰다. 이런 결과를 북아프리카 노동자에 대한 편견, 고정관념, 심지어 차별 때문으로 볼 것인지는 처음에 사용된 개념의 문제라고 할 수 있다. 그런데 경제적 관점에서 볼 때는 관리자가 좋은 업무 성과를 프랑스식이나 북아프리카식 이름과 얼마나 빨리 연관시키는지, 그리고 그것이 직원들의 업무 성과에 어떤 영향을 미치는지가 더 큰 문제다. 관리자의 태도가 직원들의 생산성, 더 나아가 기업의 수익성에 영향을 미칠 수 있는지 알아보는 것이다.

이를 측정하기 위해서, 팔레와 동료들은 프랑스 슈퍼마켓 체인의 수납직원 200명 이상의 업무 성과를 조사했다. 수납직원의 약 4분의 1은 (대부분 여성이었고) 이름이 북아프리카식이었다. 그들은 소수자 그룹이었다. 수납직원은 6개월 단위로 계약하는 계약직이었다. 첫 6개월 동안의 근무 시간에는 그들의 의견이 반영되지 않았고, 업무 시간 중 어떤 관리자가 감독자가 될지는 대체로 무작위로 정해졌다. 그런데 내재적 연관성 검사에서 북아프리카식 이름을 나쁜 업무 성과와 연관시켰던 관리자들은 이들 소수자 그룹의 생산성에 의미 있는 영향을 주었다. 편견이 좀 더 강한 관리자 아래 있을 때 북아프리카식 이름을 가진 수납직원들은 프랑스식 이름의 직원들보다 출근하지 않을 확률이 50퍼센트나 높았다. 또 같은 상황에 처한 수납직원들은 분당 약 2퍼센트 더 적은 상품을 스캔하고 계산했으며, 다음 고객의 상품으로 넘어가 스캔하는 데 시간이 4퍼센트 더 많이 걸렸다. 초기 반응은 이런 데이터를 '소수자 집단의 수납직원들은 생산성이 낮다'라는 지표로 해석할 수 있었다. 하지만 내재적 연관성 검사에서 아무런 편견을 보여주지 않았거나 편견이 아주 적었던 관리자 밑에서 일한 경우에는 소수자 그룹이 오히려 프랑스식 이름을 가진 동료들보다 생산성이 더 높았다(즉, 더 빠르게 일했고 결근이 드물었다).

그러므로 관리자의 태도는 업무 생산성에 영향을 준다. 그런데 왜일까? 여러분은 아마도 강한 편견을 가진 관리자가 소수자 그룹을 불친절하게 대하고, 초과 근무를 요구하고, 청소 업무를 더 할

당했다고 생각할 수 있다. 그렇지만 수납직원들을 면접한 결과로
는 이런 측면에서는 프랑스식 이름의 직원과 북아프리카식 이름의
직원 사이에서 차이를 발견할 수 없었다. 두 그룹은 관리자가 자신
들을 100퍼센트 동일하게 대우한다고 생각했다. 그렇다면 성과 차
이는 어디에서 생겨났을까? 연구 중에 중요한 차이점 하나가 불쑥
튀어나왔다. 내재적 연관성 검사에서 편견이 강하다고 나온 관리
자들은 소수자 그룹과 눈에 띄게 교류가 적었다. 다시 말해, 소수
자 그룹과 훨씬 더 적게 얘기했고, 작업 지시를 덜 내렸고, 피드백
을 적게 받고 거리를 더 두었다. 이런 이유로 북아프리카식 이름의
수납직원들에게는 초과 근무 요구를 적게 했고, 청소 업무도 적게
할당했다.

관리자와 직원들의 거리는 소수자 그룹뿐만 아니라 전반적으로
도 생산성에 부정적인 영향을 미쳤다. 직원들과 적게 소통하는 관
리자들은 근무조의 생산성을 낮추는 원인이 되었다. 회사로 볼 때
이는 비용이 많이 드는 문제다. 앞으로 20장에서 보여줄 다른 측면
에서도 경영 관리는 기업 생산성에 강력한 영향력을 미친다.

> ◎ 핵심
>
> 관리자와 직원들의 관계는 업무 환경뿐만 아니라 생산성에도 영향을 미친
> 다. 관리자가 단지 특정 직원들과 덜 교류하는 것만으로도 업무 실적을 낮추
> 는 결과를 가져온다.

참고 자료 Glober, D.; Pallais, A.; Pariente, W.: (2017) Discrimination as self-fulfilling prophecy: Evidence from French Grocery Stores. Quarterly Journal of Economics, 132: 1219-1260.

16

날씨가 더울 때 위험을 회피하고 나쁜 결정을 내린다

사람들은 중대한 결정을 내리기 전에 '하룻밤 자고 나서 생각하라' 라는 말을 한다. 하지만 '밖이 더울 때 중요한 결정을 내리지 말라' 라는 말은 지금까지 들어본 적이 없다. 그러나 앞으로는 자주 듣게 될 것 같다. 지구 온난화 시대에 더위는 중요한 의사 결정 요소가 되어갈 것이다. 아주 중요한 결정을 내릴 때 더위를 고려하는 것이 현명할 수 있다.

지구 기온은 상승하고 있다. 우리는 기록적인 여름을 지낸 다음 해에 다시 기록적인 여름을 보내고 있다. 지구 온난화는 의문의 여지없이 인간과 환경에 극적인 영향을 미쳐왔고, 미래에도 미칠 것이다. 온난화를 막기 위한 중요한 결정들이 나와야 한다. 국제 수준, 국가 수준, 소비에 영향을 주는 개인 수준을 포함한 모든 수준에서 보장되어야 하는 결정들이다. 예컨대 국제 수준에서는 기후 협약 형태로, 국가 수준에서는 기후 보호 정책으로 보장될 수 있다. 개인 수준에서의 노력은 인간이 하는 모든 행동의 생태 발자국에 기여한다. 심각해지는 지구 온난화를 막기 위해, 인간은 다양하고 중대한 결정을 내려야 한다. 그런데 역설적이게도, 더위 그 자체가 인간의 결정에 의미 있는 영향력을 미칠 수 있다.

전통적인 의사 결정 행동 모델들은 더위라는 요소를 완전히 무시했다. 이런 모델들은 경제 이론의 신고전학파와 관련이 있는데, 이 이론에서는 오직 결정의 비용과 수익, 그리고 그에 바탕을 둔 선택만이 중요하다. 반면 더위, 지루함이나 기분 등은 중요하지 않은 요소로 간주한다. 그러나 심리학 연구는 더위가 전반적인 행복, 기분, 그리고 활동하려는 의지 등을 낮춘다는 사실을 보여준다. 기온이 올라가면 사람들은 위험을 피하고, 이전에 소비했던 제품과 평소 습관을 더 신뢰한다.

행동경제학 연구는 최근 몇 년 사이에 들어서야 더위와 같이 사소해 보이는 요소들이 직무상 중요한 의사 결정에 영향을 미치는지에 대한 질문을 다루기 시작했다. 어쩌면 고도로 산업화된 국가에서는 더위가 의사 결정에 거의 영향을 끼치지 않을 것이라고 생각할 수 있다. 왜냐하면 밖이 아무리 더워도 이런 나라들에서는 사무실에 냉방을 가동하고, 직장인들은 쾌적한 온도에서 일을 하기 때문이다. 캐나다 오타와대의 앤서니 헤이즈Anthony Heyes 교수와 수데 사베리언Soodeh Saberian이 수행한 최근 연구는 이런 가정에 오류가 있다는 것을 보여주었다.

헤이즈와 사베리언은 외부 기온이 미국 판사들의 판결에 측정 가능한 영향을 주는지 따져보았다. 그들은 거의 20만 7,000건의 미국 이민 신청에 대한 판결과 2만 건에 가까운 보호 관찰을 받기 위한 집행유예 판결을 점검했다. 두 경우 모두 판사들의 판결은 신청인에게 매우 중요하고 즉각적인 영향을 미쳤다. 판사들이 판결을 내리는 법정은 모두 냉방이 되었고, 판사들은 일하는 동안 외부 더위로부터 보호를 받았다. 헤이즈와 사베리언은 오전 6시부터 오후 4시까지 한 시간 간격으로 외부 기온을 확인하고, 그 외부 기온이 법정 결정에 영향을 주었는지 점검했다.

그 결과는 완전하게 '그렇다'였다. 외부 기온이 화씨 10도 올라가면, 이민 절차에 긍정적인 결정이 내려질 확률은 16.4퍼센트에서 15.3퍼센트로 약 6퍼센트 떨어졌고, 보호 관찰 신청에 대해서는 16.5퍼센트에서 14.9퍼센트로 약 10퍼센트 떨어졌다. 통계적인 분석은 판사의 평상시 의사 결정 행동, 신청자의 국적, 징역형의 경우에는 범죄의 심각성 등 다른 요소도 반영된 것이었다. 하지만 그렇다고 해서 기온이 올라간 것의 영향이 사라지지는 않았다.

해당 달의 평년 기온과 그날의 기온을 비교해도 같은 결과가 나타났다. 기온이 올라가면 다른 결정이 내려졌다.

이런 판결의 대다수는 원래 부정적으로 나오기 때문에, 긍정적인 판결이 감소하는 것은 위험을 낮추고자 하는 행동으로 간주할 수 있다. 이런 패턴은 심리학 연구의 발견과 꽤 잘 맞아떨어진다. 심리학 연구에 따르면, 기온이 오르면 사람들은 좀 더 위험 회피적이 되고 '파도에 맞서 헤엄을 치는' 식으로 시류에 역행하는 성향이 줄어든다. 가장 큰 영향을 미치는 요인 중 하나인 '평년 기온에 비해 비정상적으로 높은 기온'은 전반적으로 기분이 나빠지게 만든다. 바깥의 더위로 인해 판사들의 판결이 부정적으로 기우는 경향 또한 이같이 더위가 기분을 악화시키는 것으로 설명할 수 있다. 더위는 또 인지 능력을 감소시키는 역할을 할 가능성이 높다.

판사들의 판결에 영향을 미치는 또 다른 놀라운 요소들이 몇 가지 있다. 예컨대 만약 지역 축구팀이 크게 이기면, 판사들의 판결이 피고에게 유리해진다. 이는 다시 스포츠 경기 이후의 전반적인 기분에 따른 영향이기도 하다. 다만 스포츠 경기 결과는 좋을 수도 나쁠 수도 있지만, 기온의 변화는 오직 한 방향, 즉 상승 쪽으로만 가고 있다. 따라서 기후 변화와 싸워가며 판결을 내는 일은 점점 더 어려워지고만 있다.

🎯 핵심

이미 내려진 결정을 옹호할지 반대할지를 저울질할 때, 전통적인 관점에서 보면 더위, 습도와 같은 외부 요인들은 아무런 영향을 미치지 못한다. 하지만 실제로는 그런 요소들이 인간 결정에 측정 가능한 영향을 준다. 왜냐하면 사람들의 기분과 위험 성향에 영향을 미치는 요소들이기 때문이다.

참고 자료   Heyes, A.; Saberian, S.: (2019) Temperature and decision: Evidence from 207,000 court cases. American Economic Journal: Applied Economics, 11: 238-265.

17

관리자의 리더십이
직원 만족도를 높이고
이직을 줄인다

인력 관리 능력은 경영서적에 새로이 등장하기 시작한 용어다. 직원들을 잘 관리하는 관리감독자의 능력은 직원, 관리자, 그리고 회사 전체에 도움이 된다. 그러나 정말 중요한 것은 무엇일까? 그런 역량과 능력은 어떻게 측정할 수 있을까?

오늘날 주요 기업들은 직원들의 직업 만족도와 그들이 관리감독자, 동료, 부하 직원을 어떻게 평가하는지를 정기적으로 조사한다. 때때로 사람들은 이런 조사가 시간 낭비이고 지루하다고 생각한다. 하지만 미국의 한 하이테크 기업의 사례 연구에 따르면, 이런 조사에서 중요한 발견을 할 수 있다.

이 하이테크 기업은 1만 명이 넘는 직원들에게 정기적으로 일터의 다양한 측면에 대한 설문 조사를 실시했다. 이 설문 조사의 항목 중 중요한 부분은 관리감독자들의 리더십 수준을 평가하는 것이었다. 직원들은 다음 여섯 가지 질문에 대해 동의의 정도에 따라 '강하게 동의하지 않음'에서 '강하게 동의함'까지 순위를 매겨 답변했다.

— 자신들이 기대하는 업무 성과가 무엇인지 분명하게 소통하는가?
— 누군가가 업무를 증진시키는 데 대한 팁과 정기적인 코칭을 제공하는가?
— 직원들의 경력을 적극적으로 북돋우는가?
— 중요한 결정을 할 때 다른 사람을 참여시키는가?
— 팀에서 긍정적 분위기를 만드는가, 심지어 어려운 조건에서도 그렇게 하는가?
— 당신이 신뢰할 수 있는 사람인가?

이 여섯 가지 질문에 대한 직원들의 대답을 토대로, 기업은 해당 관리자의 인력 관리 능력을 평가했다. 여기서 초점은 앞서 4장에서 설명했던 일반적인 사회성이 아니라 명확히 직원들을 이끄는 능력에 관한 것이었다.

이 데이터를 활용해 토론토대의 미첼 호프먼 교수와 UC버클리대의 스티븐 타델리스Steven Tadelis 교수는 관리자들의 리더십 역량이 어떻게 직원들의 행동에 영향을 미치고, 얼마나 관리자들 스스로와 회사 전체의 성과로 이어지는지 분석했다. 이를 위해 그들은 1,000명 이상의 관리자들을 대상으로 리더십 성과 점수표를 만들었다. 각각의 관리자는 평균 열 명의 직원을 거느리고 있었다. 점수는 부하 직원들이 6개 질문에 대해 '동의함'이나 '강하게 동의함'이라는 대답을 많이 할수록 높아졌다. 그런 다음 호프먼과 타델리스는 이 점수표와 부하 직원들의 성과, 활동 사이의 상관관계를 찾았다. 결과적으로 리더십 점수가 회사에서 관리자들의 커리어를 보여주는 지표가 되는지 따져본 것이다.

이 분석에서 관리자의 리더십 수준은 직원들의 직무 만족도에 강한 영향을 미치는 것으로 나타났다. 직원들의 근속 기간에도 강한 영향을 미쳤다. 직원 조사 결과에 따르면, 관리자의 리더십이 더 나은 경우 직원들은 자신의 업무에 훨씬 더 만족스러워했고 회사에 더 헌신하고 싶어 했다. 근속 기간도 길어졌다. 이 하이테크 기업에서는 매년 평균 16퍼센트의 인력이 회사를 떠났는데, 리더십 능력이 최상위인 관리자들 아래에서는 그 비율이 14퍼센트로 떨어졌다. 헌신도가 10퍼센트 정도 향상될 것이었다.

호프먼과 타델리스의 연구에서는 학계 최초로 상세하게 조사한 세부 항목이 있었는데, 이는 학계가 특별히 주목할 만했다. 직원들이 회사를 그만두면, 기업 입장에서는 좋을 수도 있고 나쁠 수도 있다. 모든 기업은 좋은 직원과는 오랫동안 함께 일하려고 하지만, 나쁜 직원은 떠나주기를 바란다. 그런데 이 하이테크 기업은 인사 파일에 체계적으로 직원의 퇴직에 대해서 회사를 위해 '좋음'이거나 '유감스러움'이라고 표기해왔다. 호프먼과 타델리스는 최초로 훌륭한 리더십 수준을 가진 관리자들은 좋은 직원들이 회사를 떠나는 것을 막는다는 사실을 보여주었다. 리더십이 뛰어난 관리자들은 '유감스러움'이라고 표기된 퇴직을 줄였다. 게다가 훌륭한 리더십 수준을 가진 관리자들을 위해 일할 때는 직원들의 사내 부서 이동 빈도도 낮았다. 직원들의 회사 근속 기간이 늘어나고 부서 이동 요청이 줄어들면, 회사로서는 새로운 직원을 채용하거나 사내 인사이동에 따르는 비용을 줄일 수 있다. 이런 절차에는 상당한 비용이 든다.

좋은 리더십은 즉시 관리자들에 대한 보상으로 이어졌다. 상위 10퍼센트의 관리자는 하위 10퍼센트의 관리자보다 평균 세 배 더 자주 승진했고, 연봉도 더 많이 받았다. 관리자들의 급여 증가 폭은 매년 4~8퍼센트였는데, 리더십 수준에서 가장 좋은 점수를 받았던 관리자들은 추가로 한 해 1.5퍼센트를 더 받았다. 결국 인력 관리 능력은 가치가 있으며, 앞으로 더욱더 그럴 것이다.

핵심

오늘날 관리자들에게는 직원들의 업무 성과에서 기대하는 바를 투명한 태도로 소통하는 태도가 요구된다. 또 정기적인 피드백, 직원들을 북돋우는 지도와 충고를 해주는 것도 필요하다. 이런 역량을 가진 사람들은 인력을 더 잘 관리하고, 그에 따라 직원 이동을 줄이면서 직원들의 직무 만족도도 높인다.

참고 자료 Hoffman, M.; Tadelis, S.: (2021) People management skills, employee attrition, and manager rewards; An emprical analysis. Journal of Political Economy, 129: 243-285.

⑱

금융업이 신뢰도가 낮은 이유

평판이 좋은 산업들이 있는 한편, 그렇지 않은 산업들도 있다. 그렇게 나뉘는 이유는 특정 산업에 퍼져 있는 문화 때문일 수도 있고, 직원들을 채용하는 방법 때문일 수 있다. 금융업의 사례를 통해서 이를 손에 잡히는 단어들로 이해해보자.

프랑크푸르트대 학사 과정의 마지막 학기 학생인 피터 Peter 는 신뢰성을 어떻게 측정할 수 있는지를 다루는 실험 연구에 참가했다. 이 실험의 규칙은 다음과 같다. 첫 번째 사람이 8달러를 받고, 그중 일부를 두 번째 사람에게 줄지를 반드시 결정해야 한다. 두 번째 사람은 첫 번째 사람이 결정한 금액의 세 배를 받는다. 두 번째 사람은 받은 금액의 일부를 첫 번째 사람에게 돌려줄 수 있다 (그렇지만, 이때 다시 세 배가 되는 것은 아니다). 피터가 24달러를 받았다면, 이는 첫 번째 사람이 8달러 전부를 주겠다고 결정했다는 뜻이다. 이제 피터는 24달러 중 상당 부분을 첫 번째 사람에게 돌려주어 그의 신뢰에 보답해야 할지, 아니면 자기 이익에만 집중해서 (거의) 모든 돈을 챙길지 고민해야 한다. 실험에서 첫 번째 사람은 익명이기 때문에 피터는 그 사람이 누구인지 알 수 없다. 따라서 이실험에서는 피터를 남에게 받은 만큼 돌려주는 사람이라고 신뢰할수 있는지가 중요하다. 피터는 얼마를 돌려줄지 결정을 내리고 나서, 그가 프랑크푸르트대에 다니면서 어떤 종류의 인턴을 해봤는지, 졸업 후 어디에서 일하기를 원하는지 등 그의 삶에 관한 몇 가지 질문에 답을 해야 했다.

피터는 내가 독일 프랑크푸르트에서 수행한 연구에 참여한 268명의 학생 중 한 명이다. 프랑크푸르트는 유럽의 금융 허브이기도하다. 나는 연구 공동저자인 안드레이 길Andrej Gill, 마티아스 하인즈Matthias Heinz, 하이너 슈마허Heiner Schumacher와 함께 실험 참가자들이 신뢰할 수 있는 사람인지 알아보기 위한 질문의 답과 졸업후에 그들이 어떤 분야에서 일하고 싶어 하는지에 대한 답이 연관되어 있는지 조사했다. 좀 더 구체적으로는, 금융업에 종사하고 싶어 하는 참가자들이 다른 분야에 종사하고 싶어 하는 참가자들보다 신뢰도가 낮은지를 조사했다. 금융위기와 위기 와중에 많은 은행이 보인 의심스러운 비즈니스 관행의 여파로 인해 금융업은 이미지 손상과 신뢰 문제로 홍역을 치르고 있다. 46장에서 나는 이질문이 금융업의 지배적인 기업 문화와 관련이 있는지 자세히 들여다볼 생각이다. 하지만 이번 장에서는 신뢰도가 떨어지는 사람들이 주로 금융업에서 일을 찾는 경향이 있는지를 알아보려 한다. 그렇다면 금융업이 겪는 신뢰 문제들은 아마도 부정적인 자기 선택에서 기인한다고 볼 수 있을 것이다.

금융업에서 신뢰는 왜 필수적일까? 소액 저축 고객부터 투자 자금을 마련해야 하는 기업에 이르기까지, 금융업 고객들은 일반적으로 투자 전문가들보다 최적의 투자 전략과 다양한 금융 상품의 장단점에 대해서 아는 것이 훨씬 적다. 그 결과 고객들은 그들에게 조언을 주는 은행원 등 컨설턴트의 신뢰도에 크게 의존한다.

앞에서 설명한 실험은 연구 참가자들의 신뢰도를 측정하려는 목적을 갖고 있다. 측정 후에 참가자들의 신뢰도가 참가자들이 졸업 후에 일하고 싶어 하는 업종과 연관이 있는지 따져보았다. 연구진은 참가자들을 두 그룹으로 나누었다. 첫 번째 그룹은 금융업 커리어에 굉장히 관심이 많은 사람들로, 두 번째 그룹은 금융업에 대해 관심이 아예 없거나 아주 적은 사람들로 구성되었다. 연구 결과에 따르면, 금융업에 평균적으로 높은 관심을 가진 참가자들은 그렇지 않은 참가자들보다 피터 역할(두 번째 사람)을 맡았을 때 25퍼센트 더 적은 돈을 돌려주었다.

실험 참가자들이 연구 중에 어떤 분야에서 일하고 싶은지 답하기는 했지만 그것이 학위를 받은 후에 실제 일하게 될 산업에 대한 지표는 아니기 때문에, 연구진은 약 6년 후 모든 실험 참가자와 다시 접촉해서 이들의 실제 직업을 조사했다. 놀랍게도 연구진은 6년 전 실험에서와 동일한 패턴을 발견했다. 졸업 후 실제 금융업에 종사한 사람들은 실험에서 두 번째 사람 역할을 했을 때 다른 산업에서 경력을 시작한 사람들보다 약 20퍼센트 더 적은 돈을 돌려주었다.

이런 결과는 금융업에 진출하려는 학생들에게 자기 선택 경향이 있음을 보여준다. 이는 두 번째 연구에서도 확인되었다. 연구진이 수행한 협력 실험에서 금융업에 관심이 많은 학생들은 덜 협동적이고 더 자기중심적이었다. 그런데 또 다른 연구에서는 다른 사람들이 이런 행동을 놀랍지 않게 받아들인다는 결과가 나타났다. 연구진은 프랑크푸르트의 다른 학생들에게 앞서 묘사한 실험에서 만약 8달러를 받는 첫 번째 사람이 된다면 다음 참가자에게 얼마를 줄 것인지 물어보며, 다음 참가자가 금융업에서 일하기를 원하는 사람이거나 아니면 다른 경제 분야에서 경력을 쌓을 목적이 있는 사람이라는 각기 다른 두 가지 조건을 제시했다. 그러자 금융업에서 일하기를 원하는 참가자들에 대한 신뢰가 떨어진다는 것이 명백히 드러났다. 금융업에서 일하기를 원하는 사람들은 첫 번째 사람에게서 평균적으로 10퍼센트 더 적은 돈을 받았다. 이는 미래 금융업에 종사할 사람들에 대한 신뢰도가 낮다는 사실과 잘 부합한다.

연구진은 금융업 구인 광고에 적힌 채용 조건도 조사했다. 연구진은 구인 광고를 조사하고 인사 관리자들과 인터뷰를 진행했다. 그 결과 금융업 채용에서는 분석적 역량이 아주 중요하고, 협력과 신뢰성은 사실상 상관이 없었다. 채용 기준에 협력과 신뢰성이 적혀 있지도 않았고, 재검토되지도 않았다. 이런 기준이나 조건은 확실히 금융업에 대한 대중의 신뢰에 도움이 되지 않으며, 대중의 신뢰를 얻으려면 장기적으로 다른 채용 전략이 더 도움이 될 수 있다.

⊚ 핵심

많은 산업에서 고객들은 판매되는 제품과 질에 대해 그것을 판매하는 기업보다 잘 알지 못한다. 이런 이유로 직원의 신뢰성은 한 산업에 대한 대중 인식에 결정적인 역할을 한다. 기업은 채용 과정에서 이런 점을 반드시 고려해야 한다.

참고 자료   Gill, A.; Heinz, M.; Schumacher, H.; Sutter, M.: (2022) Trustworthiness in the financial industry. Management Science, in press.

19

우리는 동료의 생산성에
영향을 받는다

기업이 성공하려면 직원들이 일을 빠르고도 철저하게 처리하려는 동기가 있어야 한다. 사람들은 편안하게 직장 생활을 하고 싶어 하므로 임금이 고정되어 있는 경우에는 더 노력할 동기가 부족하다. 그런데 그런 경우에도 사회적인 규범은 생산성을 높게 유지하는 데 도움을 줄 수 있다.

"드디어, 주말이다!" 캐럴라인 Caroline 은 주말에 마트에 가서 쇼핑을 좀 할 것이다. 오후에는 친구들과 밖에 나가 즐길 계획이다. 그녀는 우선 마트에 가서 필요한 물건을 모두 쇼핑 카트에 담고, 계산대로 간다. 토요일에는 계산 줄이 매우 길다. 그녀는 어린 계산원이 있는, 짧아 보이는 줄을 선택한다. 그런데 줄이 주는 속도가 꽤 느리다. 다른 계산대의 줄이 훨씬 빠르게 줄어든다. 이런 일이 캐럴라인에게 처음은 아니다. 그녀는 또 줄을 잘못 선 것에 짜증이 난다. 그녀는 자신이 운이 없다고 생각하지 않고, 왜 계산원들이 동일한 속도로 일하지 않는지 궁금해한다. 또 일하는 속도를 빠르게 할 수는 없는지 생각한다.

마트의 관리자도 캐럴라인과 같은 질문을 던질 것이다. 어떻게 업무 생산성을 끌어 올리릴 수 있을지를 고민하는 것은 비즈니스의 기본이다. 모든 직원이 동일한 생산성을 보이지 않는 것은 당연한 일이지만, 개별 직원의 생산성을 증가시킬 방법들이 있을 것이다. 생산성을 올리는 것과 생산성이 향상되는 이유를 밝히는 것은 조직에 대한 행동경제학 연구의 주요한 주제이기도 하다.

UC버클리대의 알렉산드레 마스 교수와 엔리코 모레티Enrico Moretti 교수는 이탈리아의 한 주요 대형마트 체인에서 일하는 계산원들의 업무 성과 데이터를 분석했다. 그들은 연구를 위해 2003~2006년 대형마트 계산대에서 394명의 계산원들이 스캔한 상품의 개수를 10분 간격으로 확인했다. 각 시간 간격마다 어떤 계산원이 특정 계산대에서 작업하고 있는지는 정확하게 파악이 되었다. 많은 대형마트에서 그렇듯이, 계산원들은 상품이 지나가는 벨트 컨베이어와 고객들이 지나가는 방향의 직각 방향으로 앉아 있다. 가장 왼쪽에 있는 계산대1에 앉아 있는 계산원은 앞에 보이는 직선 방향으로 계산대2, 계산대3에 앉아 있는 사람의 등을 볼 수 있다는 뜻이다. 비록 계산대1에 앉아 있는 사람에게 보이는 것은 뒷모습이지만, 그 계산원이 얼마나 빠르게 일하는지 볼 수 있다. 계산대2에 앉아 있는 계산원은 계산대1을 등지고 있으므로 뒤를 돌아보지 않는 한 계산대1을 볼 수 없다. 더구나 앞에 고객들이 대기하고 있는데 뒤를 돌아보기는 어렵다. 하지만 계산대3, 계산대 4에 앉아 있는 계산원의 등을 볼 수 있다. 마지막 계산대의 계산원 은 모든 계산원에게 등을 보이며 앉으므로 다른 계산원들이 일하 는 속도를 볼 수 없다.

 이렇게 앉아 있는 작업 환경이 생산성과 관련이 있을까? 언뜻 보기에는 누가 뒤나 앞에 앉아 있는지 상관없이 모두가 가능한 한 빠르게 일할 것이라고 생각할 수 있다. 하지만 마스와 모레티의 연 구는 계산원들이 앉아 있는 순서와 그들 시야에 누가 들어오는지 가 생산성에 영향을 미친다는 사실을 확연하게 보여주었다. 이런 작업 환경이 어떤 영향을 주는지 알아보기 위해 우선 모든 계산원 이 같은 속도로 일하지는 않는다고 가정했다. 즉, 모두가 분당 같 은 개수의 상품을 스캔하는 것은 아니다. 상위 10퍼센트의 계산원 은 하위 10퍼센트의 계산원보다 작업 속도가 평균적으로 30퍼센 트 더 빨랐다. 그런데 계산원들의 생산성은 누가 앞에 앉아 있는가 보다 누가 뒤에 앉아 있는가에 강한 영향을 받았다. 예컨대 가장 빠른 계산원이 계산대1에 앉아 있고, 그 앞에 계산원2가 등을 지 고 앉아 있다고 가정하자. 계산원2는 자신의 속도를 계산원1이 직 접적으로 관찰할 수 있다는 것을 안다. 마스와 모레티의 연구에 따 르면 만약 계산원1이 계산원2보다 10퍼센트 빠르게 일하는 사람일 때, 계산원2는 평소보다 약 2퍼센트 더 빠르게 일한다. 생산적인 직원이 뒤에 있으면 일을 더 빨리 하게 된다는 뜻이다. 두 사람 간 에 차이가 있으므로 똑같은 정도로 빨라지지는 않지만 일하는 속도 자체는 빨라지고, 그에 따라 생산성도 올라간다. 흥미롭게도 계산원3과 계산원4의 속도는 계산원2의 생산성에 아무런 영향을 미치지 않았다. 두 사람은 계산원2를 관찰할 수 없기 때문이다. 하지만 거꾸로 계산원3과 계산원4의 생산성은 계산원2의 영향을 받았다. 이런 영향은 계산원 사이의 거리가 멀어질수록 감소했다. 예를 들어, 계산원1은 계산원10을 볼 수 있지만, 계산원10의 생산성은 더 이상 계산원1의 속도에 영향을 받지 않았다.

이런 상관관계는 무엇을 의미할까? 생산적인 직원이 당신을 관찰할 수 있는 위치에 있다면, 이는 사회적인 통제력이 발휘되는 것과 같다. 그렇게 되면 노력을 게을리하고 다른 사람에게 일의 부담을 떠넘기는 것이 어려워진다. 생산적인 직원들은 직접적으로 그런 행동을 알아챌 것이고, 그런 사람이 지켜보고 있다는 것을 아는 계산원들은 일을 더 열심히 하게 된다. 마스와 모레티의 연구에서, 이런 영향은 그들이 관찰한 기간 동안 일정하게 나타났다. 단점이라면 생산성이 떨어지는 계산원이 지켜보고 있을 때는 생산성이 감소했다는 것이다. 그런 경우에는 평소 같은 노력을 기울이지 않는 것이 사람들에게 용인될 수 있는 것처럼 보였다. 이런 환경에서는 직원들의 배치가 회사의 생산성에 있어 엄청난 의미를 가진다.

경제학에서는 이런 현상을 '동료 효과(peer effect)'라고 부른다. 즉, 친밀하고 (사회적으로) 근접한 사람들이 다른 사람의 행동에 미치는 영향을 가리킨다. 이 효과는 회사에서만 일어나는 것이 아니라 학교에서도 일어난다. 같은 학급 학우나 동료 학생들의 성적이 좋을수록 자신의 성적도 높아진다. 좋은 성적은 성공적인 경력을 위한 디딤돌이 된다. 그렇기 때문에 숙련되고 생산성이 높은 동료들과 함께하는 것이 좋다.

핵심

사회 규범은 인생의 모든 순간에서 인간의 의사 결정에 영향을 미친다. 어떤 행동이 남들에게 적절한 행동으로 인식되는지 여부가 스스로 하는 행동에 영향을 미치는 것이다. 이는 직장 생활에서도 마찬가지다. 자신의 행동을 누군가 지켜본다면, 지켜보고 있는 동료들의 수준에 맞추어 업무 성과가 조정될 것이다.

참고 자료　Mas, A.; Moretti, E.: (2009) Peers at work. American Economic Review, 99: 112-145.

회사의 목표에
공감하지 못하는 직원은
생산성이 50% 낮다

오늘날 거의 모든 기업이 '비전 선언문', 즉 회사의 목표를 써놓은 글을 대내외적으로 제시하고 있다. 비전 선언문은 회사가 무엇을 위해 존재하고, 회사가 구현하려는 가치가 무엇인지 회사 안팎에 알리는 것이다. 만약 직원들이 이런 목표와 가치에 공감한다면 일을 더 잘하게 될까?

독일의 철도회사 도이체반(Deutsche Bahn)은 편안함과 시간 엄수에 높은 가치를 두는 선도적인 글로벌 모빌리티 서비스 회사라는 점을 자랑스럽게 생각한다. 나는 도이체반의 오랜 고객으로서 이 철도회사의 약간은 과장된 표준에 대해 항상 웃음 짓게 된다. 나는 매주 이 회사의 기차를 타고 오스트리아와 독일 사이를 오가는데, 기차가 목적지에 제때 도착하는 것 말고는 다른 바람이 없다(다만, 지난 몇 년간 이 같은 경우는 점점 줄어들고 있다). 이 회사의 목표는 고객들의 인식과 완전히 따로 논다. 도이체반의 직원들도 같은 생각을 하고 있을 것이다. 회사의 공식 목표가 반복적으로 현실과 부딪힐 때, 직원들은 점차 개인적으로 회사의 목표에 공감하기가 어려워질 것이다. 물론 이는 단지 도이체반뿐만 아니라 모든 기업에 해당하는 얘기다.

기업 입장에서는 직원들이 기업의 목표와 가치에 긍정적인 태도를 가지게 할 정당한 이해관계가 있다. 왜냐하면 이는 책임감을 불러오고 좋은 성과로 이어지기 때문이다. 우선 기업들은 직원 만족도가 향상되기를 바란다. 그리고 그것에 힘입어 생산성이 증진되리라고 믿는다.

직원들이 인정하고 지지하는 기업의 목표는 고객들에게 회사가 무엇을 위해 존재한다는 신호를 보내는 데서 그치지 않는다. 이는 즉각적인 경제적 이익도 가져다준다. 이런 이익을 왜곡되지 않은 조건에서 측정하고 정량화하는 것은 연구자들에게 중요하면서 실제적인 의미를 갖는 과제다. 기업들은 그들의 목표가 직원들에게 인정받는지 여부가 중요하다는 것을 알 필요가 있다. 왜냐하면 이는 기업의 인력 채용에 직접적 영향을 미칠 수 있기 때문이다.

미국 버몬트주 미들베리대의 제프리 카펜터Jeffrey Carpenter 교수는 직원들이 회사의 목표를 인정하는 것이 실제로 생산성에 영향을 주는지 측정하는 현명한 아이디어를 찾았다. 측정을 위해 카펜터는 2012년 미국 대통령 선거 2개월 전에 다음과 같은 연구를 수행했다. 연구 설계자들은 아르바이트 자리를 찾고 있는 학생들에게 두 명의 대통령 후보에 대한 정치적인 태도와 견해를 물었다. 한 명은 현직 대통령인 민주당의 버락 오바마Barak Obama였고, 다른 한 명은 공화당의 도전자인 밋 롬니Mitt Romney였다. 학생들은 두 후보의 선거 운동에서 누구의 입장이 좀 더 눈길을 끄는지, 누구에게 표를 던질 것인지, 양당 중 한쪽에 투표자로 등록을 할 것인지 등의 질문에 답변해야 했다.

선거 몇 주 전, 학생들에게 짧은 기간 동안 일자리가 제공되었다. 가장 경합이 치열했던 오하이오주의 유권자들에게 두 후보 중 한 명의 지지를 호소하는 편지를 보내는 일이었다. 어떤 후보자를 위해 편지를 쓰고 보낼지는 무작위로 배정되었다. 어떤 참가자들은 그들이 지지하는 후보자를 위해 일하겠지만, 그렇지 않은 다른 참가자들은 그들이 반대하는 후보자의 선거 운동을 하게 될 것이었다. 즉, 일부는 자신의 고용주에 공감할 수 있지만, 일부는 반대 관점을 갖게 된다.

카펜터는 만약 연구 참가자가 자신이 선호하는 후보자를 위해 일하게 된 경우, 즉 후보자의 (정치적) 목표를 인정한 경우에는 업무 성과가 약 70퍼센트 더 높았다는 것을 보여줄 수 있었다. 여기서 높은 생산성은 일을 빠르게 하고, 실수가 주는 것을 포괄한다. 자신이 좋아하지 않는 후보자를 위해 일한 일부 참가자는 두 후보자에 대해 완전히 중립적인 입장인 경우보다 40퍼센트 이상 일을 더 적게 했다. 롬니를 위해 편지를 보냈던 오바마 지지자들은 오바마를 위해 편지를 송부했던 오바마 지지자들에 비해 약 50퍼센트 낮은 생산성을 보였다. 롬니 지지자들도 마찬가지였다. 이들은 오바마가 아니라 롬니를 위해 일했을 때 두 배 높은 생산성을 나타냈다.

고용주의 목표에 공감하는 것은 직원의 동기 부여와 아주 높은 연관성을 갖고 있다. 이와 대조적으로 상업적인 목적과 직원의 태도가 크게 어긋나 있다면 생산성이 낮아질 것이다.

카펜터는 또한 직원들이 고용주의 목표에 동의하지 않는 경우에 어느 정도까지 동기 부여를 돈으로 살 수 있는지에 대한 질문에도 초점을 맞추었다. 그의 연구에서 일부 참가자는 그들의 생산성과 관계없이 고정적인 보수를 받았다. 이 경우에는 앞서 기술한 것과 같은 결과가 나왔다. 다른 참가자 그룹에는 일을 많이 하면 돈을 더 지불했다. 그들이 지지하는 후보자를 위해 일한 학생들의 성과는 추가 보상을 했을 때 아주 조금 증가하는 데 그쳤다. 후보자의 목표에 공감하는 것 자체가 열심히 일하는 동기가 되기에 충분했다는 점이 명확했다. 반대하는 후보자들을 위해 일하게 된 학생들에게는 상황이 완전히 다르게 나타났다. 성과에 따라 추가 보수를 지불하자, 그들의 업무 결과물은 눈에 띄게 향상했다. 이 경우 자신이 반대하는 후보자를 위해 일한 학생들과 자신이 동의하는 후보자를 위해 일한 학생들의 성과 차이는 고정 보수를 준 경우와 비교하면 약 50퍼센트 감소했다.

금전적인 인센티브가 회사와 직원들 사이의 목표와 태도 차이로 인한 동기 부여 부족분을 완전히 없애지는 못해도 적어도 줄였다는 것이다. 직원들이 고용주의 비전 선언문에 동의할 때는 일이 훨씬 덜 힘든 것 같아 보이고, 생산성도 측정할 수 있을 정도로 높

아진다. 이 같은 발견으로 우리는 직원이 회사의 목표에 공감한다
면 성과가 나온다는 것을 확인하고, 직원 채용이 얼마나 중요한지
다시 한번 알 수 있다.

◎ 핵심

점점 더 많은 회사가 기업의 목표를 정의해서 달성하려 하고, 스스로 지킬 것
을 약속하는 가치들의 목록을 만들고 있다. 그러나 회사에서 일하는 사람들
이 목표에 공감하지 못하면 동기 부여가 되지 않고 업무를 수행하는 데 방해
가 된다.

참고 자료　Carpenter, J.; Gong, E.: (2016) Motivating agents: How much does the mission matter? Journal of Labor Economics, 34: 211-236.

㉑

협력이 잘될수록 성공률과 생산성을 높인다

구인 광고에서 원하는 지원자 자격 중 하나로 가장 자주 언급되는 것이 팀워크 역량이다. 왜냐하면 많은 기업에서 직원들은 팀으로 묶여 일하기 때문이다. 그런데 협력의 정도를 측정할 수 있을까?

바다는 거칠었다. 하지만 60세 먹은 일본인 키잡이 신지 しんじ 는 한 치의 실수도 없이 최적의 낚시 장소로 배를 몰고 갔다. 항상 그렇듯이, 그날 목표는 일본 서부 해안에 있는 도야마(富山) 만에서 가능한 한 많은 물고기를 잡는 것이었다. 잡은 물고기는 지역 시장 이나 대형 유통 체인으로 팔려 나갔다. 신지는 동료 여덟 명과 함께 일한다. 다섯은 대형 어선에서 그물을 담당하고 물고기를 나른다. 셋은 배가 바다로 나갔을 때 뭍에서 그물을 수선하고 유통망과 접촉한다. 신지 팀의 한 가지 특징은 모든 어획량을 팀원들이 똑같

이 나누어 가진다는 것이다. 신지는 어선 항로를 홀로 결정하는 키잡이로서 팀에서 제일 중요한 역할을 맡고 있지만 신지까지 여덟 명은 모두가 동등한 파트너다. 도야마 만에서 일하는 많은 팀이 여럿이 함께 일하면서 잡은 물고기를 같은 비중으로 나눈다. 신지는 팀 동료들과 꽤 잘 지내고 있으며, 수년간 그들과 지내왔다. 모두가 서로를 돕고, 동료 한 명의 상태가 안 좋으면 그를 도우려 한다. 그렇지만 신지는 모든 팀이 이런 상황은 아니라는 것도 안다. 다른 어선에서는 전체 어획량을 달성하는 데에 각자 공정한 몫을 했는지를 두고 다툼이 빈번하게 일어난다.

팀워크에 대한 경제적 연구에서, 연구자들은 꽤 일찍부터 팀워크에 밝은 면과 어두운 면이 있다는 사실을 알아차렸다. 팀워크의 핵심적인 이점은 서로 다른 기술과 역량을 가진 사람들이 함께 일하면서 각자 월등하게 잘하는 일에 집중할 수 있다는 것이다. 이는 '분업으로 인한 효율성 획득'으로 불리며, 19세기 초 경제학자로 활동했던 데이비드 리카도David Ricardo 까지 거슬러 올라가는 아이디어다.

특정한 업무를 혼자 수행하는 개인과 비교해서, 팀워크의 주요한 단점은 팀이 '무임승차자(freeloader)'를 끌어들이는 경향이 있다는 것이다. 한 팀원이 다른 사람들의 수고에 기대서 게으르게 행동할 수 있다. 무임승차자는 일을 덜 하면서 최선을 다하지도 않는다. 예컨대 하루 동안의 어획량과 같은 팀워크의 수익을 모든 팀원이 공평하게 나누어 가질 때, 불행하게도 개인은 저마다 일을 덜 하려는 마음을 지닐 수 있다. '나는 편하게 있고, 다른 사람들이 개처럼 일하게 하자.' 이런 심리로 게으른 사람도 다른 사람들이 한 일의 결실을 즐기려고 할 수 있다. 그리고 모두가 이런 식으로 생각한다면 더는 아무에게도 동기 부여가 일어나지 않을 것이다. 그결과 팀의 생산성은 하락하고, 결국 모두가 가난해진다. 예를 들어신지의 어선에서 어망을 점검하는 일꾼들이 시장과 유통망을 담당하는 동료들에게 불만을 품고 노력을 덜할 수도 있다. 그런데 그렇게 하면 어부 그룹 전체에 손해를 끼치게 된다. 팀워크에는 팀원 모두가 팀을 위해서 일한다는 믿음이 중요하다. 그러지 않으면개개인이 노력을 줄이게 될 것이기 때문이다. 이를 '조건부 협력(conditional cooperation)'이라고 부른다. 누구나 다른 팀원들이 자신과똑같이 할 것이라 기대하고 실제로 인식해야지 팀에 헌신하게 된다는 것이다.

버몬트주 미들베리대의 제프리 카펜터 교수는 팀의 조건부 협업 수준이 생산성 증가로 이어지는지를 조사했다. 이를 위해 일본어부들과 현장 연구를 진행했다. 먼저 그는 개별 어부들의 협력 의지를 측정했다. 어부 네 명을 한 그룹으로 묶고 각 사람에게 돈을나누어 준 다음, 돈을 그냥 혼자 갖거나 그룹의 공용 항아리에 넣을 수 있도록 했다. 연구자들은 그룹의 항아리에 돈이 있으면 그액수를 배로 늘린 후 네 사람에게 똑같이 나누어 주었다. 이는 한단위의 돈을 항아리에 넣으면, 두 단위가 그룹에게 배분된다는 것을 뜻한다. 결국 네 사람이 한 사람당 절반 단위를 받게 된다. 만약한 단위의 돈을 혼자 가지면 그에게는 한 단위가 그대로 남으므로,개인 관점에서 보면 이 방법이 항아리에 돈을 넣는 것보다 남는 장

사다. 돈을 그대로 갖고 있으면 인센티브를 받는 셈이다. 그렇다면 사람들은 항아리에 한 푼도 넣지 않을 수 있다.

이 연구에 참가한 어부들은 평균적으로, 상대적으로 높은 협력 정도를 보여주었다. 즉, 돈을 그룹 항아리에 넣으려는 의지가 있었다. 그러나 팀원들 간의 협력 수준은 팀마다 상당한 차이가 있었다. 이런 차이는 실제 어획량에도 반영되었는데, 평균적으로 팀원들의 협력 의지가 강한 팀이 물고기를 더 많이 잡았다.

협력은 생산성을 높인다. 왜냐하면 자신의 이익만을 생각해서 행동할 때에 비해 협력해서 행동하면 공동선에 관심을 갖는 데 동기가 부여되기 때문이다. 이는 많은 구인 공고가 핵심 채용 요구 조건으로 팀워크와 협력 역량을 강조하고, 신지가 팀원들에 만족하면서 일하는 이유이기도 하다.

🎯 핵심

업무를 위한 팀의 성공은 팀원들의 노력에 달려 있다. 사람들은 다른 사람도 협력할 것이라 기대하고 생각할 때 더 자주 협력한다. 이런 조건부 협력은 협력적인 팀원이 많을 때 더 성공적이고 생산적이라는 것을 의미한다.

참고 자료　Carpenter, J., Seki, E.: (2011) Do social preferences increase productivity? Field experimental evidence from fishermen in Toyama Bay. Economic Inquiry, 49: 612-630.

직원이 결정에 참여하면
동기 부여가 되고 협력이 증진된다

팀 단위 공동 작업은 모든 회사에서 중요하다. 다만, 불행하게도 팀 작업은 무임승차 행위를 무심코 쉽게 불러온다. 좋은 조직은 이를 막을 수 있다. 특히 팀원들이 공동으로 의사 결정에 참여한다면 더욱 그렇다.

미국 주요 도시 중 한 곳의 새벽 3시를 떠올려보자. 이 시간에도 종합병원 응급실은 바쁘게 돌아간다. 접수원은 새로 도착한 환자의 증상과 고통이 어떤 유형인지 기록한다. 그리고 재빨리 환자를 응급실 의사 두 명에게 배정한다. 초기에는 접수원이 두 명의 의사 중 누가 환자를 담당해야 하는지 결정해야 했다. 오늘날 접수원은 그런 결정을 할 필요가 없다. 환자 배정 업무는 이제 완전히 달라졌다. 환자는 코너를 돌면 바로 있는 응급실 의료팀으로 이송

된다. 그러고 나서 두 명의 의사 중 한 명이 누가 응급 환자를 치료할지 결정한다. 이 새로운 배정 방법은 환자에게 엄청난 혜택을 가져왔다. 환자들은 치료의 질이 떨어지는 걸 감수하면서까지 치료를 받기 위해 오랫동안 기다릴 필요가 없어졌다. 이는 스탠퍼드대의 데이비드 챈David Chan 교수의 연구 결과다. 이유가 무엇일까? 이 사례에서 일 처리의 순서가 생산성을 높이는 데 왜 중요한 역할을 했을까?

회사의 업무 프로세스는 협력을 키울 수도 있고, 무임승차 행동을 조장할 수도 있다. 무임승차자가 생기면 팀의 성공에 헌신하지 않는 몇 명의 팀원들 때문에 팀 전체의 실적이 휘청거릴 수 있다. 앞서 얘기한 주요 도심 병원의 응급실 사례는 프로세스의 구성이 어떻게 팀의 생산성에 영향을 미치는지 보여준다.

챈은 6년 이상의 기간에 걸쳐 38만 명이 넘는 응급실 환자의 치료 기록을 분석했다. 병원 응급실에서는 처음에 두 개의 시스템을 병행해 환자들을 의사에게 배정했다. 한 시스템은 접수원을 통하는 것이고, 다른 시스템은 의료팀의 의사 두 명이 직접 배정하는 것이다. 이 두 가지 시스템을 동시에 사용하면서 병원은 어떤 방법이 환자와 병원에 더 좋은지 알아내고 싶었다. 어떤 의미에서 병원은 핵심 프로세스의 구성을 실험한 것이다.

접수원이 아닌 의료팀 의사들이 배정했을 때의 결과가 더 좋았다. 치료 시간은 평균적으로 30분 정도 줄었다. 치료 시간이 줄면서 다른 응급 환자들의 대기 시간도 거의 같은 정도로 줄었다. 설문 조사 결과, 환자들의 만족도도 더 올라갔다. 그런데 두 배정 시스템을 비교했더니 치료 시간이 줄어들었다고 해서 치료의 질이 떨어지지는 않는 것으로 나타났다. 여기서는 다음 세 가지 요소를 치료의 질을 판단하는 기준으로 고려했다. 치료 이후 30일 이내에 응급 환자가 사망할 가능성은 배정 시스템에 상관없이 2퍼센트였다. 퇴원 후 14일 이내에 환자가 다시 병원으로 돌아올 가능성과 치료비용도 따져보았다. 어떤 기준으로 보아도 두 배정 시스템은 차이가 없었다. 그렇다면 왜 치료 시간이 줄었을까? 구성 프로세스의 두 가지 다른 요소가 결정적이었다.

의료팀이 환자를 배정하면 접수원이 배정할 때보다 특정 질병에 대한 의사의 전문 지식을 환자에게 도움이 되게 사용할 수 있었다. 두 명의 의사는 통상 특정 사례에 대해 둘 중에 누가 더 경험이 많은지, 누가 더 특정 질병에 대해 특별한 훈련을 받았는지 알고 있다. 그러나 챈이 보여준 데이터에는 이와 비슷하게 중요한 놀라운 요소가 하나 더 있었다. 접수원이 배정했을 때는 응급 환자가 대기실에 더 많이 앉아 있을수록 의사들의 치료 시간이 길어졌다. 다시 말하면 의사들은 응급실에 그들이 매우 바쁘다는 신호를 주기 위해 오히려 치료 속도를 늦추었고, 환자가 자신에게 더 배정되지 않기를 바랐다. 이는 앞선 장에서 논의했던 무임승차자 문제의 한 사례가 된다. 흥미롭게도 대기실의 환자 숫자가 늘어날수록 치료 시간이 늘어나는 현상은 의사들이 스스로 환자들을 배정하자 일어나지 않았다.

팀에서 팀원들이 업무 배분을 공동으로 결정하면 무임승차의 가능성이 줄고 팀의 성공 가능성은 커진다.

　　공동 결정이 팀워크를 증가시킨다는 통찰은 응급실뿐만 아니라 다른 데도 적용할 수 있다. 마르틴 코허, 슈테판 하이그너Stefan Haigner 그리고 내가 참여한 공동 연구 프로젝트에서 그런 결과가 나왔다. 이 연구 프로젝트에서는 협력 과제를 하는 팀원들에게 협력적인 행위가 보상받아야 하는지를 공동 결정하도록 했고, 무임승차 행위는 벌을 받도록 했다. 공동 결정을 통해 규칙을 정했을 때 협력의 수준은 규칙이 이미 정해져 있는 상황과 비교했을 때 약 30퍼센트 증가했다. 팀원들이 팀의 구성과 규칙에 대해 얘기하고 참여하면 무임승차는 놀라울 정도로 감소했다. 우리는 이를 협력 증진을 위한 '공동 결정의 보너스(co-determination bonus)'라고 부르고 싶다.

> ◎ **핵심**
>
> 팀으로서 성공하기 위해서는 다양한 과제들이 가능한 한 효율적으로 개별 팀원들에게 배정되어야 한다. 모든 팀원이 과제의 배분 과정에 참여할 수 있을 때, 동기 부여가 일어나고 협력의 수준도 개선된다.

참고 자료　　Chan, D.: (2016) Teamwork and moral hazard: Evidence from the emergency department. Journal of Political Economy, 124: 734-770.

Sutter, M.; Haigner, S.; Kocher, M.: (2010) Choosing the stick or the carrot?- Endogenous institutional choice in social dilemma situations. Review of Economic Studies, 77: 1540-1566.

23

모범을 보이는 게 리더십이다

상명하복(上命下服, 위에서 명령하면 아래에서는 복종한다) 구조의 조직에서는 종종 직원들의 행동을 명확하게 지시하고 요구하는 것이 가장 좋다고 여겨진다. 그런데 관리감독자들의 행동은 그런 지시보다 훨씬 더 큰 영향력을 지닌다. 왜냐하면 인간 행동은 자주 모방에 바탕을 두기 때문이다.

어렸을 때, 여름이 되면 나는 작은아버지네 유리 가게에 가서 일하곤 했다. 그곳에서 유리를 설치하는 법을 포함해 여러 실용적인 지식을 많이 쌓았을 뿐만 아니라, 작은아버지가 직원들을 어떻게 이끄는지도 배웠다. 작은아버지는 보통 가장 먼저 회사 작업장에 도착했다. 그리고 다른 일꾼들이 할 수 있는 일이라도 어려운 작업을 마무리하는 데 도움을 주었다. 회사 설립자이자 주인으로

서, 작은아버지는 권위가 있었다. 직원들에게 귀감이 되었을 뿐 아니라, 중요한 결정을 할 때는 가장 중요한 발언을 했다. 회사에 대한 헌신과 동료들 사이의 협력에도 본보기가 되었다. 때때로 나는 작은아버지와 자전거 여행을 길게 갔는데, 그때 작은아버지가 해준 이야기는 여전히 가슴속에 남아 있다. "그래, 정확히 무엇을 해야 하는지 몇 번이고 말해줘야 하는 사람이 있지. 그들은 아마도 내가 직접 손을 보태거나 기계나 조립 작업을 도와주는 것이 이제 능숙하지 않다고 생각되면 나를 기꺼이 도와줄 거야."

　좋은 리더라면 직원들이 기꺼이 따를 만한 모범 사례를 보여주어야 한다. 역사적으로 유명한 인물들은 이를 알고 있었다. 노벨 평화상 수상자인 알베르트 슈바이처Albert Schweitzer는 이를 다음과 같이 요약했다. '모범을 보이는 것이 리더십이다.' 이런 원칙은 현대 조직에서도 중요하다. 왜냐하면 리더의 모범은 쉽게 명령하거나 지시할 수 없는 일에 대해 어떻게 행동해야 하는지를 직원들에게 다양하게 알려주는 도구가 될 수 있기 때문이다.

　역할 모델이 되어서 직원들을 이끄는 모습은 상황에 따라 다양하게 나타날 수 있다. 유리 가게에서는 주인이 뛰어들어 도움을 주는 모습일 수 있고, 연구소에서는 소장이 성탄절 파티를 위해 사무실을 꾸미거나 음식을 가져오는 모습일 수 있다. 경찰 업무에서의 역할 모델은 오하이오주 털리도대의 리처드 존슨Richard Johnson이 수행한 연구에서 찾을 수 있다.

　존슨은 순찰 업무를 하는 경찰들의 행동을 관찰했다. 그는 전자적 방식으로 경찰관의 순찰 업무 데이터를 수집하는 미국 경찰 관할구 두 곳에서 나온 데이터를 분석했다. 분석을 위한 결정적인 요소는 이 방식으로 업무 활동이 수집되면 하위직 경찰들이 직속상관의 행동도 알게 된다는 것이었다. 서열상 상관도 (비록 빈도는 낮지만) 순찰을 다녔다. 순찰 임무 시간에 하는 일은 다양했다. 존슨은 일반 경찰이 그들 상관의 행동을 거울처럼 따라 하는지 알고 싶었다. 순찰 임무는 ('공공질서 유지', '의심스러운 경우에는 개입' 등) 상대적으로 모호하게 규정되어 있었기 때문에 꼭 상관의 행동을 따라해야 하는 것은 아니었다. 경찰들은 중대한 과실이나 오류가 발생한 경우에만 경고를 받았으므로 이들에게 일상적인 활동을 지시하는 것은 쉬운 일이 아니었다. 하지만 문제 지역을 더 자주 점검하고, 시민들과 접촉점을 찾는 등 사전 예방적인 순찰은 많은 관리감독자의 눈에 바람직스러워 보였다. 하위직 경찰도 관리감독자의 활동 기록에 전산상 접근할 수 있었기 때문에, 존슨은 관리감독자의 행위가 하위직 경관의 활동에 영향을 주는지 점검할 수 있었다.

존슨은 두 곳의 미국 경찰 관할구에서 이루어진 약 1,400건의 순찰 활동을 조사했고, 상관의 활동이 하위직 경찰의 활동에 의미 있는 영향을 미친다는 사실을 발견했다. 직속 관리감독자가 임무에 있어서 사전 예방적이라면, 부하 경찰들이 같은 방식으로 행동할 확률이 두 배였다. 이는 주목할 만한 결과였다. 왜냐하면 직속 관리감독자들은 하위직 경찰들을 제재하고 그들의 행동을 지시할 방법이 거의 없었기 때문이다. 순찰 활동 시 무슨 일을 할지는 경찰들에게 많은 재량권이 있었다. 이런 재량권은 관리감독자들에게도 적용되었다. 만약 관리감독자들이 이런 재량권을 사전 예방적인 순찰 등과 같이 특정 방식으로 사용한다면, 부하 직원 역시 이런 활동 패턴을 기꺼이 따르려고 했다.

근본적인 행동 패턴은 광범위하게 퍼져 있다. 사람들은 종종 사회적인 맥락에서 다른 사람들의 행동을 상황에 맞추어 적용한다. 역할 모델을 갖고 사람들을 이끌 수 있는 것은 이런 행동 패턴 때문이다. 그러나 이는 또한 관리감독자들이 팀 내의 다른 사람들에게 기대하는 행동을 스스로 보여줄 것도 요구한다.

그러므로 작은아버지가 작업장에서 조립을 돕거나 아침 일찍 가장 먼저 사무실에 나가는 것은 역할 모델 리더십을 의미하는 것이었다. 그리고 작은아버지의 직원들은 기꺼이 그를 따라 했다. 이 같은 지식은 부정적인 측면도 알려준다. 하찮은 일은 하지 않는 등 나쁜 모범을 만드는 것은 부하 직원의 일하려는 헌신과 동기에 부정적인 영향을 미친다는 것이다.

◎ 핵심

사람들은 자신의 인생에 있어서 중요한 사람들의 행동을 모방한다. 이런 모방 경향은 한 회사의 리더십에 있어서 결정적이다. 만약 경영진이 말뿐만 아니라 행동으로 옮긴다면 직원들도 똑같이 행동할 것이다.

참고 자료　Johnson, R.: (2015) Leading by example: Supervisor modeling and officer-initiated activities. Police Quarterly, 18: 223-243.

이기적인 리더는
결국 이기적인 추종자를 낳는다

인간은 낯선 사람과도 협력할 수 있는 잠재력과 능력을 지닌 사회
적 존재다. 즉, 상호 이익을 위해 힘을 합쳐 함께 일할 수 있다는
것이다. 동물의 왕국에서는 오직 유전적으로 연관된 동물 사이에
서만 이런 협력이 일어난다. 인간은 동물보다 더 잘 협력할 수 있
다. 그렇지만 누군가가 먼저 나서서 좋은 모범을 보여주는 것이 매
우 중요하다.

나는 협력의 가치에 대해 얘기하고 이 주제에 대한 나의 연구를
소개할 때, 협력이 무엇인지 보여주는 중국의 고전 우화로 시작하
는 것을 좋아한다. 우화는 다음과 같다.

한 남자와 한 여자가 결혼하기로 했다. 두 사람은 돈이 많지 않았지만,

결혼식에 손님을 많이 초대하고 싶었다. 기쁨은 나누면 배가 된다고 생각했기 때문이다. 많은 손님을 초대해 성대한 결혼식을 열기로 한 두 사람은 하객들에게 술을 한 병씩 갖고 와달라고 부탁했다. 그런 다음 식장 입구에 큰 나무통을 준비해 하객들이 가져온 술을 붓도록 했다. 그렇게 하면 하객들은 다른 손님이 선물로 준비한 술을 함께 마실 수 있을 것이고, 모두가 즐기면서 둘의 결혼을 축하할 수 있을 것이었다. 결혼 피로연이 시작되자 종업원이 큰 나무통으로 달려가서 술을 한 잔씩 떴다. 그런데 나무통은 물로 가득차 있었다. 무슨 일이 벌어졌는지 알게 된 하객들은 소름이 끼쳐 앉거나 선자리에서 돌처럼 굳었다. 모든 하객이 '나 하나쯤 물을 부어도 아무도 눈치채지 못하겠지'라고 생각했던 것이다. 이제 모든 하객이 서로 똑같은 생각을 했다는 것을 알게 되었다. '남의 돈으로 결혼 피로연을 즐겨야겠다'라고 생각했던 것이다.

이 우화는 그룹으로 협력할 경우에 생기는 문제를 강조한다. 그룹 구성원은 가능한 한 자신은 그룹에 대한 기여를 줄이고(비싼 술 대신 물을 가져오는 행동), 다른 사람들은 가능한 만큼 최대한으로 기여하기를 바란다(물 대신 술을 가져오는 행동). 모든 사람이 이런 식으로 행동하면 공유물은 넘쳐날 수 없으니 꽤나 슬픈 축제가 되어버린다. 하지만 모든 참가자가 기여하면 모두 이익을 누릴 수 있다. 술과 함께하는 좋은 축제가 될 것이다(오늘날에는 이런 축제를 상상할 수 없을 것 같다. 만일 모든 참석자가 서로 다른 종류의 와인을 가져와서 큰 나무통에 붓는다면, 와인 품평 전문가 입장에서는 악몽이 따로 없을 것이다).

이 결혼식 우화는 삶의 많은 분야에 적용된다. 축구의 경우, 다른 선수의 실수를 바로잡으려면 각 선수가 다음 선수를 위해 어느 정도 차단과 수비를 해야 더 성공적이라는 사실이 이미 입증되어 있다. 연구팀의 프로젝트는 모든 구성원이 적극적으로 참여하고, 다른 구성원에게 의존하지 않으며 어려운 작업 단계를 수행할 때 성공적으로 마무리된다. 협력적인 비즈니스 프로젝트는 R&D(연구개발) 노력이 조화를 이룰 때 더 잘 풀린다. 많은 팀에서 중요한 정보가 적시에 공유될 때 모든 일이 부드럽게 진행된다. 이런 목록은 끝이 없다. 관련된 모든 사람은 협력의 이익을 쉽게 눈으로 볼 수 있다. 그렇지만 여전히 개개인에게는 무임승차자로 행동할 유인이 있고, 또 공유물에 기여를 적게 하거나 아예 하지 않을 유인이 있다. 이런 유인이 있을 때, 성공적인 협력을 위해서는 무엇이 필요할까?

나는 몇몇 연구 프로젝트에서 한 가지 특정 요소를 조사해왔다. 특히, 그룹의 한 구성원이 모범을 보이는지 아닌지가 협력과 관련이 있는지 주의 깊게 살펴보았다. 방법론의 관점에서 이런 연구들은 소위 '죄수의 딜레마(prisoner dilemma)' 개념을 사용한다. 간단히 얘기하자면, 죄수의 딜레마는 여러 명으로 구성된 그룹에서 각 개인이 서로 협력하지 않으면 경제적으로 (또는 다른 면에서) 나아지는 상황을 뜻한다. 동시에, 그룹원 모두가 100퍼센트 협력할 때 가장 좋은 상황이 된다. 중국 우화에서, 모두가 술을 한 병씩 가져왔다면 가장 좋은 대접을 받고 함께 축하할 수 있었다. 그러나 모두가 나무통에 물을 부었으니 개인은 그저 술 한 병의 비용만을 아꼈을 뿐이다.

한 구성원이 먼저 자신의 기여도(즉, 협력의 정도)를 결정하고, 다른 구성원들은 이 구성원의 기여도를 본 후에 자신들의 기여도를 결정한다면 협력하려는 의지가 증가할까? 다시 우화로 돌아가보자. 모든 하객은 첫 번째 손님이 자신의 병을 나무통에 붓고 나서 그것이 진짜 물인지 술인지 확인될 때까지 기다린다. 그 후에 나머지 하객들도 물을 넣을 것인지 술을 넣을 것인지를 결정한다고 생각해보자.

나의 모든 연구에서, 만약 한 사람 또는 몇몇 사람이 모범을 보일 경우 협력의 정도가 훨씬 더 높아진다는 사실이 나타났다. 그룹 구성원들은 다른 사람들의 협력 행동에 맞추어 자신의 행동을 조정한다는 것이다. 이런 '조건부 협력'은 이미 21장에서 소개한 바 있다. 이는 사람들이 다른 사람들이 실제로 협력하는 모습을 볼 때 자신들도 협력하려고 한다는 것을 뜻한다.

긍정적인 모범은 자발적으로 나타날 때 특히 효과적이다. 누군가에게 강요받은 협력은 효과가 없다.

나쁜 모범을 만드는 것은 팀의 협력을 갉아먹는 일로 이어질 것이다. 왜냐하면 누구도 무임승차자 때문에 희생하기를 원하지 않기 때문이다. 특히 여기에서 관리감독자들은 좋은 모범을 보여야 한다. 그들이 협조적인 행동을 하면 모든 팀원이 모방하려고 할 것이다. 반면 관리감독자들이 무임승차자이고 이기적인 태도를 보인다면 이들이 다른 사람에게서 협력을 얻기는 어렵다. 왜냐하면 팀 구성원들 또한 팀의 성공에 가능한 한 적게 기여하려 할 것이기 때문이다.

리더십은 오직 모범을 보이는 것으로 작동한다. 마하트마 간디 Mahatma Gandhi의 말을 인용하자면, "당신이 세상에서 보고 싶은 변화가 되어라."

◎ 핵심

많은 사람은 다른 구성원들이 서로 협력할 때 자신도 팀에 협력한다. 이런 인간의 조건부 협력이라는 특성 때문에 모범을 보이는 것은 업무팀들의 생산성을 증진시키는 중요한 도구가 된다.

참고 자료 Güth, W.; Levati, M.V.; Sutter, M., van der Heijden, E.: (2007) Leading by example with and without exclusion power in voluntary contribution experiment, Journal of Public Economics, 91: 1023-1042.

Sutter, M., Rivas, F.: (2014) Leadership, reward, and punishment in sequential public goods experiments. In: van Lange, P., Rockenbach, B.; Yamagishi, T.(Eds): Reward and Punishment in Social Dilemmas. Oxford University Press, Oxford, 133-160.

4부

성별 차이와 임금 불평등에 관한 행동경제학

여성은 위험 회피적이고
남성은 자신을 과대평가한다

행동경제학 연구에 따르면, 남성과 여성은 다른 사람과 경쟁하려는 의지에 있어서 큰 차이를 보인다. 왜 그럴까? 이런 차이는 고용 시장에서 얼마나 중요할까? 또 성별 고용 할당을 두고 벌어지는 논쟁에서 어떤 의미가 있을까?

레베카 Rebecca 는 그녀가 다니는 대학 컴퓨터실의 한 모니터 앞에 앉아 있다. 그녀는 경쟁에 대한 남녀의 태도를 조사하는 연구에 참여한 수백 명의 참가자 중 한 명이다. 레베카가 수행해야 하는 과제는 두 자리 수 5개를 더하는 것이다. 그녀는 3분 동안 가능한 한 많은 덧셈(두 자리 수 5개를 더하는 것)을 해야 한다. 연필과 종이 외에는 어떤 도구도 없고, 외부 도움도 없다. 레베카는 과제를 시작하기 전에 어떤 성공 보상을 받을지 정해야 한다. 연구자들은 두 가지 선택지를 제시했다. 첫 번째는 정답을 맞힐 때마다 0.5달러씩 받는 것이다. 두 번째는 정답을 맞힐 때마다 1.5달러씩 받는데, 조건이 하나 있다. 그녀가 여섯 명으로 묶인 그룹에서 가장 정답을 많이 맞힌 상위 두 명에 들어야 한다는 것이다. 그룹은 남성 세 명과 여성 세 명으로 구성되어 있고, 레베카는 여성이다. 만약 두 번째 보상을 선택했는데 상위 두 명에 들지 못하면, 얼마나 많이 맞혔든 한 푼도 받을 수 없다. 두 번째 보상을 선택하면 돈을 못 받을 위험이 크지만, 레베카가 최상위권 학생이라면 여기에 금전적으로 관심이 더 갈 것이다. 레베카는 평소 수학 점수가 좋았고, 암산도 쉽다고 생각했다. 하지만 그녀는 잠시 생각한 후에 첫 번째 선택안을 고른다. 적어도 계산당 0.5달러를 받는 것이 확실하다고 생각한 것이다. 그녀는 3분 동안 11개의 덧셈을 정확하게 풀고, 모두 5.5달러를 받았다.

방금 설명한 사례는 내가 학술지 『사이언스』에 동료 연구자인 루카스 발라푸타스Loukas Balafoutas와 함께 발표한 연구에서 나온 상황이다. 우리는 인스브루크대에서 연구를 수행했다. 이 연구의 결과는 스탠퍼드대의 뮤리얼 니덜Muriel Niederle이 공동저자들과 함께 하버드대에서 진행한 연구와 놀랍게도 잘 맞아떨어졌다. 우리는 우선 보상받는 방법을 선택할 때 남성과 여성 사이에 차이가 있는지 조사했다. 남성과 여성은 덧셈을 할 때 통계적으로 실력이 거의 같았다. 남성은 문제를 3분 동안 평균 7.5개 풀었고, 여성은 7.41개 풀었다. 그런데 남성의 63퍼센트는 두 번째 선택안을 골랐고, 여성은 30퍼센트만 두 번째를 선택했다. 남성은 거의 3분의

2가 다른 사람과 경쟁하기를 원했지만, 여성은 명확하게 경쟁을 꺼리는 모습을 보였다.

다른 사람과 경쟁하려는 의지에 있어 남성과 여성 사이에 엄청난 차이가 있다는 것은 셀 수 없이 많은 연구에서 확인되어왔다. 그 차이를 여성이 좀 더 위험 회피적인 경향이 있고 남성은 스스로를 과대평가하는 경향이 있기 때문이라고 설명할 수 있다. 하지만 이런 중요한 요소를 감안해도, 여전히 설명되지 않는 무엇인가가 남는다. 이를 학술 문헌에서는 '순수한' 성별 차이라고 언급하고 있다. 일반적으로 여성은 남성보다 경쟁 상황을 훨씬 싫어한다. 경쟁 압력 아래에서 남녀가 모두 똑같이 좋은 성과를 거두는데도 말이다.

왜 이것이 중요할까? 고용시장에서 여성이 더 적게 번다는 것은 여전히 사실이다. 또 여성이 최고경영층으로 승진하거나 이사회에 참여하는 경우가 남성보다 적다는 것도 사실이다. 지난 수십 년간 이를 여성에 대한 차별, (임신에 따른) 경력 단절, 일과 생활의 균형을 유지하는 데 여성이 겪는 어려움 등으로 설명해왔다. 그런데 지난 약 15년 동안 행동경제학에서는 또 하나의 요소를 많이 논의해왔다. 바로 남성과 여성의 경쟁하고자 하는 의욕의 차이다. 현대 고용시장에서 기회를 먼저 잡으려면 남들이 선호하는 지위에 대한 경쟁을 받아들여야 한다. 그러나 두 성별 중 하나, 즉 여성이 다른 한 성별보다 위험을 감수하는 데 덜 적극적이고 그래서 경쟁을 꺼린다면, 심지어 그들의 실적이 객관적으로 동일하더라도 남성이 더 쉽게 승진한다.

모든 기업의 관심사는 성별에 관계없이 비어 있는 자리에 맞는 최선의 후보자를 찾는 것이다. 사회 전체로서도 그렇다. 이 목적을 달성하기 위한 이상적인 방법은 없다. 하지만 할당 정책이 어느 정도 도움을 줄 수 있다. 『사이언스』에 발표한 연구에서 우리는 할당 정책이 줄 수 있는 영향도 조사하기 위해 앞선 연구 사례의 두 번째 선택 조건에 약간의 변화를 주었다. 이번에는 여섯 명으로 구성된 그룹에서 세 명의 여성 중 가장 많이 맞힌 사람이 승자 중 한 명이 되고, 나머지 다섯 명 중 가장 많이 맞힌 한 명이 두 번째 승자가 되었다. 승자는 수학 문제당 1.5달러를 받을 수 있었다. 두 명의 승자 중 한 명은 반드시 여성이기 때문에 이런 규칙은 할당 시스템에 해당한다.

이렇게 조건을 바꾸어 제시했더니 연구를 시작하기 전 내가 예상했던 것보다 훨씬 더 긍정적인 영향이 나타났다(그리고 그 결과는 내 생각도 바꾸게 했다). 이 같은 할당 시스템에서 여성의 53퍼센트가 두 번째 선택 조건을 골랐다(남성은 여전히 약 60퍼센트가 두 번째를 선택했다). 여기서 중요한 것은, 이전 사례에 나왔던 레베카와 같이 최상위권의 여성들이 경쟁을 선택했다는 것이다. 약자 우대 정책 때문에 고용된 사람들의 성과가 좋지 않다는 (정보가 없는) 책상물림식의 주장은 우리의 연구 결과, 그리고 많은 다른 연구 결과와 어떤 식으로든 어긋난다. 이제는 여성 할당과 같은 정치적으로 논쟁적인 이슈들을 토론하기 시작해야 할 때다. 여기에는 대학이나 직업에서 전공을 선택할 때 다른 사람들과 경쟁하려는 의지가 왜 중요한지, 가족과 주변 문화가 어떤 역할을 하는지, 성별 차이가 영향을 미치는 지점은 어디인지 등에 대한 더 많은 지식이 포함된다. 다음 장들에서 이러한 주제를 다룰 것이다.

⊙ 핵심

행동경제학자들은 여성이 남성과 비교해서 다른 사람과 경쟁할 때 통상적으로 좀 더 주저한다는 것을 발견했다. 이는 두 성별의 경력에 영향을 준다. 할당 정책은 최고의 자격을 갖춘 여성이 경쟁하는 데 동기를 줄 수 있고, 결과적으로 그들의 승진 기회를 늘릴 수 있다. 자격이 부족한 '할당받은 여성'에 대한 우려는 실증과 부합하지 않는다.

참고 자료 Balafoutas, L; Sutter, M.: (2012) Affirmative action policies promote women and do not harm efficiency in the lab, Science, 335: 579-582.

Niederle, M., Segal C., Vesterlund, L.: (2013) How Costly is Diversity? Affirmative Action in Light of Gender Differences in Competitiveness, Management Science, 59: 1-16.

26

경쟁심이 강한 사람의
소득이 높다

다른 사람과 경쟁하려는 의지는 그들이 선택하는 직업 훈련과 대학 전공에 영향을 준다. 이는 또 특정 일자리에 지원할지의 여부에도 영향을 준다. 그러므로 다른 사람과 경쟁하려는 의지에서 나타나는 성별 차이는 직업 선택과 미래 소득에 영향이 있다.

스탠퍼드대에서 교편을 잡고 있는 경제학자 뮤리얼 니덜과 피츠버그대의 리스 페스터룬드Lise Vesterlund 교수는 경쟁에 대한 태도를 측정하는 데 있어 선구적인 연구자다. 그들은 단순한 실험 상황에서(25장, 그리고 할당 정책의 효과 연구에서 사용했던 것과 같은 실험 상황이다) 평균적으로 여성이 남성보다 경쟁적으로 얽히는 것에 대한 준비가 덜 되어 있다는 사실을 명확하게 보여주었다. 15년 전 연구가 시작되었을 때는 100퍼센트 실험실 연구로 진행되었다. 참가자들은 1시간 정도 진행되는 실험에서 컴퓨터에 결정한 내용을 입력했다. 그들은 특정 과제를 수행하고 답을 맞히면 어떤 보상을 받을지 결정해야 했다. 특정 과제의 예로는 두 자리 수의 덧셈을 하는 것이 있었는데, 참가자들은 테스트에 참가한 다른 사람들의 성적과 독립적으로 보상을 받을지, 다른 사람들과 경쟁해서 보상을 받을지 선택해야 했다. 만약 그들이 경쟁을 통해 보상받는 쪽을 선택하면 가장 잘한 사람만 돈을 받고 나머지는 한 푼도 받지 못했다.

이런 실험실 조사는 필연적으로 '외적 타당성(external validity)'이라는 문제를 지녔다. 즉, 실험실에서 짧게 진행한 실험이라는 맥락에서 나온 행동이 실험실 밖의 행동에도 의미가 있을까 하는 것이었다. 이 경우에는 뮤리얼 니덜, 리스 페스터룬드가 실험실 연구에서 발견한 성별 차이가 실제 생활 속 많은 사람과도 연관이 있을까 궁금해진다. 최근 연구들은 그들의 연구가 실제 생활에서도 의미가 있다는 증거를 제공해주고 있다. 경쟁할 준비가 되어 있으면 직업 훈련과 대학 전공을 결정하는 데 영향을 준다는 것이다. 또 고용시장에서 구인 자리에 지원할 때도 영향을 준다.

네덜란드 중·고등학교 학생들을 대상으로 한 대규모 조사에서, 뮤리얼 니덜과 공동연구자들은 우선 15세 남학생과 여학생의 경쟁에 대한 태도를 실험을 통해서 측정했다. 그러고 난 다음, 청년들의 초기 경력을 추적 조사했다. 네덜란드의 10대들은 중·고등학교 졸업 3년 전에 반드시 마지막 3년 동안 받을 진로 훈련 프로그램을 결정해야 한다(네덜란드는 중·고등학교가 통합되어 있으며, 졸업 후 진로에 따라 4~6년을 다녀야 한다-옮긴이). 선택할 수 있는 진로 훈련 프로그램은 '자연과 기술', '자연과 건강', '경제와 사회', 그리고 '문화와 사회' 네 가지다. 각각의 진로 훈련 프로그램은 과학 과목(즉, 수학, 물리학, 화학)과 관련된 난도가 서로 달랐다. 학생들이 선택한 영역은 고등학교를 졸업한 후에 대학에서 배울 과목에 대한 훌륭한 지표였다. 과학 쪽으로 더 경도된 진로 훈련 프로그램은 자연스럽게 대학에서 이공계 전공자를 더 많이 배출했다. 이들은 과학에 관심이 적었던 졸업생들보다 평균적으로 더 많은 돈을 벌게 될 것이다.

니덜과 동료 연구자들은 경쟁하고자 하는 의지가 진로 훈련 프로그램을 선택할 때나 이후 대학 전공을 선택할 때 유용한 지표가 된다는 것을 보여주었다. 경쟁심이 강한 청년들은 확연하게 더 자주 과학 중심의 진로 훈련 프로그램을 선택했다. 이런 상관관계는 실험적 측정에서 나타난 10대들의 학교 성적, 위험 회피성, 능력 등을 감안하더라도 여전히 존재했다.

경쟁하고자 하는 의지는 학력뿐만 아니라 고용시장에서 특정한 구인 자리에 지원할지의 여부에 있어서도 중요했다. 시카고대의 존 A. 리스트John A. List 교수가 이끄는 연구팀은 미국 16개 주요 도시에서 9,000명 이상의 구직자를 대상으로 한 연구에서 이를 확인했다. 연구자들은 관리 업무에 대한 구인 광고를 내면서, 구직자들이 먼저 관심이 있다고 밝혀야 그다음으로 정확하게 수행할 업무와 보수를 상세히 알려주겠다고 했다. 반드시 그렇게 하고 나서야 그들은 공식적으로 일자리에 지원할 수 있었다. 이런 절차적인 속임수를 통해 연구자들은 관심을 보인 사람 중 실제로 보수의 상세 내용에 따라 일자리에 지원하는 사람이 몇 명이나 되는지 파악할 수 있었다. 첫 번째 상황에서는 보수가 고정 시급으로 제시되었다. 두 번째 상황에서는, 처음에는 낮은 시급만을 주지만 만약 그 일자리에 있는 사람 중에서 업무 성과가 가장 좋으면 보너스를 지급했다. 이런 형식의 보수는 강한 경쟁적 요소를 포함하고 있다.

리스트와 공동연구자들은 보수의 형태가 여성과 남성이 일자리에 지원할 가능성에 강한 영향을 미친다는 것을 발견했다. 잠재적인 보너스 없이 고정 시급을 받는 상황과 비교해서, 남성들은 경쟁과 더불어 보너스가 있는 상황일 때 여성보다 55퍼센트 이상 더 자주 일자리에 지원했다. 여성의 경쟁 회피 성향이 고용시장의 구직 지원 행동에 강한 영향을 미치는 것이다. 경쟁 상황을 괜찮다고 느끼는 성향은 진로 훈련 프로그램을 결정할 때 그리고 고용시장에서 여성에 대한 남성의 경쟁 우위로 간주할 수 있다. 여기에 미치는 가족의 역할에 대해서는 다음 장에서 들여다볼 것이다.

> ### 핵심
>
> 다른 사람과 경쟁하려는 의지는 인생 초기의 직업 훈련과 경력 결정에 중요한 영향을 준다. 경쟁심이 강한 사람들은 나중에 더 많은 돈을 벌 수 있는 직업을 선택하는 경향이 있고, 경쟁이 중요한 역할을 하는 일자리에 지원하는 경향도 있다.

참고 자료   Buser, T.; Niederle, M.; Oosterbeek, H.: (2014) Gender, competitiveness, and career choices. Quarterly Journal of Economics, 129: 1409-1447.

Flory, J.; Leibbrandt, A.; List, J.: (2015) Do competitive workplaces deter female workers? A large-scale natural field experiment on job entry decisions. Review of Economic Studies, 82: 122-155.

Niederle, M.; Vesterlund, L.: (2007) Do women shy away from competition? do men compete too much? Quarterly Journal of Economics, 122: 1067-1101.

㉗

경쟁심은 가정에서 시작된다

수많은 연구에서 여성은 남성보다 경쟁하려는 의지가 적다는 것이 드러났다. 그 결과는 경력의 선택과 소득에 영향을 주었다. 그런데 그런 차이는 어떻게 생기고, 몇 살 때 처음으로 명백해질까? 여기 에는 가족이 매우 중요한 역할을 한다.

소피 Sophie 는 유치원에 가는 것을 좋아한다. 5세인데 이미 유치 원을 3년이나 다녔다. 소피는 또래 모임에 있을 때 집에 있는 것과 같은 느낌을 받으며, 많은 아이와 가깝게 지낸다. 오늘, 인스브루 크대의 다니엘라 그레츨-뤼츨러 Daniela Glätzle-Rützler 와 내가 이끄는 몇몇 연구자들이 소피 앞에 나타났다. 소피는 아주 신이 났다. 왜 냐하면 우리는 소피뿐 아니라 다른 아이들과 게임을 했기 때문이 다. 우리에게 있어 이는 경제 연구 프로젝트였지만, 아이들에게는 그저 재미있는 놀이였다. 아이들은 큰 바구니에서 별 모양 물건을 모두 찾아 상자 안에 담는 게임을 했다. 바구니 안에는 다른 모양의 물건도 많아서 별 모양만 찾는 것은 쉽지 않았다. 게임 시간은 단 1분이었다. 아이들은 1분 동안 바구니에서 찾은 별의 개수에 따라 우리가 만든 실험용 가게에서 선물을 고를 수 있었다. 연습 게임을 먼저 했기 때문에 아이들은 자기가 할 일을 잘 이해하고 있었으며, 연구자들은 소피가 별을 찾는 데 꽤 소질이 있다는 것을 알게 되었다.

그러고 나서 우리는 소피와 아이들에게 게임을 두 가지 방법으로 할 수 있다는 것을 알려주었다. 첫 번째 방법은 바구니에서 별을 꺼내면 꺼낸 별의 개수만큼 선물을 받는 것이었다. 이는 보상이 다른 아이들의 성과와 독립적으로 결정된다는 뜻이었다. 두 번째 방법은 (다른 유치원에서 온) 또 다른 아이들보다 별을 많이 찾으면 선물을 두 배로 받는 것이었다. 이제 보상은 다른 아이들을 앞서 나가는지에 달렸다. 우리가 정확하게 측정한 바에 따르면 소피는 대부분의 남자아이들보다 더 솜씨가 좋았다. 하지만 소피는 경쟁이 없는 첫 번째 게임 방법을 선택했다. 그리고 다른 대부분의 여자아이들도 소피와 같은 선택을 했다. 반면 남자아이들 다수는 경쟁이 있는 두 번째 게임 방법을 선택했다. 남자아이들이 평균적으로 여자아이들보다 별을 더 적게 찾았는데도 말이다.

게다가 여자아이들과 남자아이들은 자신들의 선택에 꽤 만족감을 나타냈다. 실제 질문해보았을 때, 차라리 다른 선택을 할걸 그랬다고 대답한 아이는 없었다.

다니엘라 그레츨-뤼츨러와 나는 남자아이들과 여자아이들의 경쟁 행동에 대한 차이가 얼마나 이른 시기에 나타나는지를 보고 깜짝 놀랐다. 우리는 3~18세까지의 남녀 아이 1,500명 이상을 대상으로 한 대규모 연구를 통해 유치원에 다니는 나이일 때부터 여자아이들은 남자아이들보다 경쟁을 훨씬 꺼린다는 것을 발견했다. 많은 연구에서 이 같은 (경쟁에 대한) 성별 차이는 어른이 되어서도 존재하는 것으로 나타났다. 우리의 연구는 그런 차이가 유아기부터 이미 존재하고 이후에도 사라지지 않는다는 것을 보여준다.

그렇다면 이런 차이는 어디에서 생성되는지에 대한 질문이 나올 수밖에 없다. 한 가지 가능한 설명은 유전적 영향이다. 28장에서 나는 이런 설명이 의심스럽다는 것을 보여줄 생각이지만, 그럼에도 불구하고 유전적 요인을 완전히 배제할 수는 없다. 또 한 가지 가능한 설명은 가족에 초점을 맞추는 것이다. 아버지와 어머니가 성격 형성에 있어 중요한 역할 모델이 된다는 것이다. 베르겐에 있는 노르웨이 경제학교의 베르틸 퉁오덴 Bertil Tungodden 교수가 이끄는 일군의 노르웨이 경제학자들은 남자아이와 여자아이의 경쟁 의지에 가족 배경이 영향을 미치는지를 조사했다. 그들은 14~15세의 500명이 넘는 대표 그룹을 대상으로 전형적인 경쟁 실험을 진행했다. 두 번째 단계에서 그들은 남자아이들과 여자아이들의 행동과 그들 부모의 소득, 교육 수준, 가치 등의 연관관계를 찾았다.

경쟁 실험은 우리가 유치원생들을 대상으로 진행한 연구와 비슷했다. 노르웨이 10대들은 두 자리 수의 덧셈을 계산하는 과제를 수행했다. 그들은 다른 학생의 성과와 관계없이 계산당 1노르웨이

크로네를 받는 것과 모든 참가자의 평균보다 성과가 좋으면 3노르웨이크로네를 받는 것 중에서 선택할 수 있었다. 퉁오덴과 그의 동료 연구자들은 보상 방법을 선택하는 데 있어서 성별에 따른 차이가 나타남을 발견할 수 있었다. 52퍼센트의 남자아이들과 32퍼센트의 여자아이들이 경쟁을 하는 조건을 선택했다. 그런데 이들의 연구는 가족 배경이 이런 차이에 상당히 강력한 영향을 준다는 것을 보여주었다. 중간소득이나 고소득 가정의 경우, 성별에 따른 차이가 꽤 강하게 나타났다. 부모의 교육 수준이 낮고 저소득층인 가정에서는 차이가 없었다. 다만, 저소득 가정 출신 남자아이와 여자아이는 모두 경쟁 방식을 훨씬 적게 선택했다.

　퉁오덴 그룹의 발견 중에서 가장 흥미로운 내용은 부유한 가정을 자세히 분석했을 때 나왔다. 아버지의 교육 수준과 직업상 지위가 결정적인 영향을 주었던 것이다. 아버지의 교육 수준, 직업상 직위, 그리고 소득이 높을수록 그들의 아들은 더 경쟁적이었다. 그러나 아버지는 딸의 경쟁 의지에는 영향을 미치지 못했다. 어머니도 마찬가지였다. 어머니의 교육 수준과 직업상 지위는 딸은 물론이고 아들의 경쟁 의지에도 아무런 영향을 미치지 못했다.

　이런 발견은, 직업적으로 성공한 아버지가 아들의 아버지를 닮고자 하는 마음을 촉발하고, 그 결과 아들이 매우 경쟁적이게 된다는 것을 보여준다. 비록 노르웨이는 성 평등 측면에서 상당히 높은 의식을 지닌 국가이지만, 경쟁심을 통해 경력 계단을 오른 아버지의 역할이 남성과 여성 사이의 경쟁심 차이에 중요한 영향력을 미치는 것처럼 보인다. 이런 현상은 남성이 강력한 영향력을 보여주는 경향이 있는 문화에서도 똑같이 나타난다. 그러나 다른 경향을 가진 문화에서는 그렇지 않았다. 이런 내용은 다음 장에서 다룰 것이다.

핵심

경쟁심에 있어서 성별 차이는 고용시장에 존재하는 성별 차이를 설명하는 데 도움을 준다. 그러나 남성과 여성의 경쟁심 차이가 어른에게만 나타나는 것은 아니다. 그 차이는 이미 유아기 때 나타나고, 가족 배경과 연관되어 매우 장기적으로 영향을 받는다.

참고 자료 Sutter, M.; Glätzle-Rützler, D.: (2015) Gender differences in the willingness to compete emerge early in life and persist. Management Science, 61: 2339-2354.

Almas, I.; Cappelen, A.; Salvanes, K.G. et al.: (2016) Willingness to compete: Family matters. Management Science, 62: 2149-2162.

㉘

문화가 경쟁적 행동에 영향을 미친다

경쟁은 직장 생활의 한 부분이다. 남성은 통상적으로 경쟁하려는 의지가 더 강하다. 여기에는 가족 배경이 중요한 역할을 하지만, 주변을 둘러싼 문화도 중요하다. 때로는 문화가 아주 놀라운 역할을 하기도 한다.

문화가 경쟁적 행동에 미치는 영향에 대한 중요한 논문(샌디에이고대의 유리 그니지Uri Gneezy가 쓴 논문) 하나가 나오기 전까지, 남성과 여성의 경쟁심에 대한 거의 모든 연구에서 남성이 여성보다 경쟁을 더 자주 선택한다는 결과가 나타났다. 일부는 그 차이가 유전에서 비롯된다고 생각했다. 하지만 여전히 유전자가 경쟁심에 어떻게 영향을 주는지에 대한 신뢰할 만한 연구는 전혀 없다. 다른 연구자들은 문화가 경쟁적인 행위를 추동할 수 있을 것이라고 생각했다. 대부분의 문화에서 남성은 여전히 주도적인 역할을 맡고 있다. 따라서 경쟁 상황에 맞닥뜨렸을 때 남성은 자신이 더 자격이 있다고 느낄 수 있으며, 문화에 따라 그런 태도를 요구받을 가능성이 더 높다.

만약 사회에서 여성이 더 중요하고 주도적인 역할을 하고 성 역할에 대한 이해가 이와 반대인 문화를 찾을 수 있다면, 그런 사회에서는 여성이 남성보다 좀 더 경쟁적인지를 검증해볼 수 있을 것이다. 그니지와 그의 동료 연구자들은 여성이 더 중요한 역할을 하는 문화를 찾아 나섰다. 100퍼센트 완전한 모계 사회는 존재하지 않는 듯하다. 다만 인도 북동부에 약 100만 명의 카시족(Khasi 族)이 사는 곳과 같은 모계 중심의 사회는 있다. 이 부족에서는 항상 가장 어린 딸이 (어머니로부터) 가족의 부와 재산을 물려받는다. 그리고 부족원은 남성이 아니라 여성을 기준으로 정의된다. 결혼을 하면 남편은 아내 쪽으로 옮겨온다고 표현된다(그가 여전히 원래 가족과 많은 시간을 보낼지라도 말이다). 그리고 결혼 과정을 통해 얻게 된 부와 재산은 아내에게 속한다. 이 사회에서 여성의 역할은 남성보다 주도적이며, 이는 서구 사회와 상당히 다른 모습이다.

그니지와 그의 동료들은 카시족 여성들이 카시족 남성들보다 더 경쟁적일 것이라고 기대했다. 경쟁심에 대한 연구에서 항상 그렇듯이, 참가자들은 보상받는 방법을 두 가지 중에서 선택할 수 있다. 하나는 다른 사람의 성과와 상관없이 돈을 받는 것이고, 또 하나는 그룹의 다른 사람들보다 성과가 좋을 때만 돈을 받는 것이다. 이번 실험의 과제는 3야드(약 2.7미터) 거리에 있는 바구니에 테니스

공을 튀어나오지 않게 던져 넣는 것이었다. 각 참가자에게는 열 번의 기회가 주어졌다. 경쟁 없이 상금을 받는 경우, 참가자들은 성공할 때마다 20인도루피를 받았다. 경쟁이 있는 상태에서 상금을 받는 경우, 무작위로 지목된 사람보다 더 성과가 좋으면 60인도루피를 받을 수 있었다. 평균적으로 80명의 카시족 사람들은 2.4회 성공했다. 즉, 네 번에 한 번꼴로 바구니에 테니스공을 튀어나오지 않게 넣었다. 앞서 있었던 많은 연구와 달리 이번에는 깜짝 놀랄 결과가 나타났다. 그러나 과거 연구들을 의심했던 유리 그니지와 동료 연구자들에게는 놀랄 일이 아니었다. 카시족 여성들은 뚜렷하게 경쟁을 하려는 의지를 보였다. 카시족 여성의 54퍼센트가 경쟁이 있는 보상 조건을 선택한 반면, 경쟁을 선택한 남성은 39퍼센트뿐이었다.

이 연구는 탄자니아의 마사이족(Masai 族)을 비교 그룹으로 선정했다. 마사이족은 여성이 남성보다 훨씬 권리가 적고 영향력도 아주 적은, 상대적으로 낡은 부계 사회 속에서 살고 있다. 75명의 마사이족이 실험에 참여했는데, 방법은 카시족과 같았다. 이 부계 사회에서는 이미 우리가 익히 아는 모습이 나타났다. 즉, 남성이 여성보다 훨씬 더 경쟁적이었다. 50퍼센트의 남성, 그리고 고작 26퍼센트의 여성이 경쟁이 있는 보상 조건을 선택했다. 카시족과는 거의 정반대의 비율이 나왔다. 그러므로 문화가 영향을 주고 있는 것이었다.

이는 중요한 연구다. 왜냐하면 문화가 경쟁과 같은 중요한 경제적 선택에 영향을 주고 있기 때문이다. 즉, 문화는 경제적 결정을 특정 방향으로 몰고 갈 수 있다. 이는 다시 남성과 여성의 직장에서의 성공에 영향을 줄 수 있다.

핵심

우리의 행동은 우리가 자라고 일하는 문화에 의해 형성된다. 남성과 여성의 행동에 대한 기대도 문화적으로 조건화되어 있다. 이는 고용시장에서 나타나는 결과에 중요한 영향을 미친다.

참고 자료   Gneezy, U.; Leonard, K.; List, J.: (2009) Gender differences in competition: Evidence from a matrilineal and a patriarchal society. Econometrica, 77: 1637-1664.

29

남성과 여성의 임금 격차를
줄이는 넛지

세계 각국에서 남성은 평균적으로 여성보다 임금을 많이 받는다. 이에 대한 전통적인 설명은 교육 차이와 경력 단절이다. 새로운 연구에서는 연봉 협상을 할 때 남녀 성별 간의 행동 차이가 보수 차이를 일으키는 것으로 나타났다.

매년 통상 이른 가을이 되면 언론들은 '동일 임금의 날(Equal Pay Day)'에 대해 보도한다. 동일 임금의 날이란 남녀 성별에 따른 임금 격차에 대한 인식을 높이는 특별한 날로, 각 나라에서 남성 임금과 비교하여 여성 임금이 어느 수준인지를 퍼센트로 나타냈을 때 그 숫자에 따라 날짜가 정해진다. 이 비율은 그해 남녀 임금이 동일해지는 날까지의 날수를 한 해의 날수, 즉 365일로 나눈 값과 같다. 미국에서는 여성의 평균 연봉이 남성의 평균 연봉의 80퍼센트보다 아주 조금 더 높은 수준이다. 이런 연봉 차이는 교육, 경력 기간, (전일제인지 반일제인지 등) 주간 노동 시간, 또는 (자녀 양육을 위한) 경력 단절 기간 등에 따른 차이를 충분히 반영하지 못한다. 그러나 이런 요소를 감안하더라도 여성은 여전히 동일한 자격 요건을 갖추고 같은 일을 하면서 남성보다 적게 번다. 이는 더 말할 필요도 없이 정의라는 사상과 충돌한다. 이런 상황을 바꾸려면 성별 간 임금을 차이 나게 만드는 요인이 무엇인지 더 많이 알아야 한다.

카네기멜론대의 린다 배브콕 Linda Babcock 교수와 사라 라셰버 Sara Laschever 는 2003년 이런 주제로 매우 영향력 있는 책을 썼다. 제목은 『여성은 요구하지 않는다: 협상과 성별 격차(Women Don't Ask: Negotiation and the Gender Divide)』였다. 이 책의 핵심 내용은 남자는 새로운 일자리를 잡을 때 연봉을 협상하고, 여성은 고용주가 제시하는 연봉을 그대로 받아들인다는 것이다. 배브콕과 라셰버는 구인 기업과 구직자에 대한 인터뷰를 바탕으로 남성은 채용 면접 때 여성보다 네 배 더 자주 연봉 협상을 원한다는 결론에 도달했다. 그런데 첫 번째 직장에서 연봉 협상을 원하지 않았던 사람들은 평생에 걸쳐 50만 달러 이상의 소득을 포기하는 셈이다. 왜냐하면 첫 번째 직장의 연봉이 이후 연봉의 판단 기준이 되기 때문이다. 그래서 만약 첫 번째 일자리에서 적게 받는다면, 평생 불리해진다. 미래의 모든 연봉이 평균적으로 낮아지기 때문이다.

배브콕과 라셰버의 책은 그들의 발견만큼 중요한 부수적인 효과를 낳았다. 남성과 여성 간 임금이 차이 나는 이유가 어느 정도는 여성에게 있었기 때문이다. 여성은 더 많이 요구하지 않았다.

여기에서 두 가지 질문에 대한 대답이 필요해졌다. 여성이 요구하지 않는다는 것이 사실인가. 그리고 채용 과정에 특정한 규칙이 있으면 성별 간 협상 행동 차이를 줄이는 데 도움이 되는가.

오스트레일리아 모내시대의 안드레아스 라이브란트Andreas Leibbrandt 교수와 미국 시카고대의 존 리스트 교수는 이 두 질문에 대한 대답을 제시했다. 두 연구자는 몇몇 미국 도시에서 관리직 구인 공고를 냈다. 관심 있는 구직자들은 그들의 연락처를 제시해야 일자리의 상세 내용을 안내받을 수 있고, 그 후에야 공식적으로 지원할 수 있었다. 일자리의 상세 내역은 두 종류였고, 각 지원자는 그중 한 종류만 안내받았다. 두 경우 모두 연구자들은 일단 시간당 17.6달러의 임금을 제시했다. 첫 번째 선택 조건에서 연구자들은 임금을 협상하여 정할 수 있다는 사실을 명확하게 설명했다. 두 번째 경우에 연구자들은 일자리에 대한 추가적인 설명을 제공하면서 임금 협상 가능 여부에 대해서는 명확하게 하지 않고 질문을 열어두었다. 연구자들은 두 가지 측면에 관심을 갖고 있었다. 첫째, 임금을 협의하여 정할 수 있다고 설명했는지에 따라 남성과 여성의 지원자 수가 달라질 것인가? 둘째, 남성과 여성이 두 가지 선택 조건에 있어 임금 요구라는 측면에서 서로 다르게 반응할 것인가?

차이는 분명했다. 임금 협상이 가능함을 명확하게 하지 않았을 때, 남성이 여성보다 더 많이 지원했다. 임금 협상이 가능하다고 제시했을 때 둘의 차이는 훨씬 줄었다. 임금 협상이 가능하다고 명시하자, 남성만큼 많은 여성이 더 높은 임금을 요구했다. 예컨대 여성들은 시간당 20달러를 요구하거나, 직전 직장에서 받았던 시급을 밝히면서 같은 수준을 요구했다. 이런 상황에서 더 높은 임금을 요구하려는 의지에 있어서 성별 차이는 나타나지 않았다. 배브콕과 라셰버가 "여성은 더 많이 요구하지 않았다"라고 쓴 문장은 "여성들이 사실은 요구했다"로 다시 쓰여야 한다. 다만 라이브란트와 리스트는 사전에 얘기한 17.6달러라는 임금이 협상 가능하다는 추가적인 정보를 제시하지 않았을 때 남성과 여성 사이에서 큰 차이를 발견했다. 이 경우 남성은 여성보다 더 자주 임금을 높여달라고 요구했다. 그런데 여성은 남성보다 더 쉽게 시간당 17.6달러보다 덜 받으면서 일할 수 있다고 했다.

이런 결과에서 단순한 결론을 낼 수 있다. 만약 특정 노동시장에서 임금이 (한도 내에서) 협상 가능하다는 것이 분명하면, 남성과 여성이 (더 높은) 임금을 협상하는 빈도에는 차이가 없다. 이는 임금 평등을 향한 첫 단추가 될 수 있다. 다만 남성과 여성이 협상에서 똑같은 정도로 성공적인지는 또 다른 문제다.

◎ 핵심

남성이 여성보다 돈을 더 받는다는 사실에 대해서는 수많은 설명이 존재한다. 성별 차이 중 일부는 남성이 여성보다 연봉 협상에서 더 적극적이고 더 자주 높은 연봉을 요구한다는 점에 기인한다. 그러나 임금 협상이 가능하다는 점을 분명히 하면, 연봉 협상에 있어서 이 같은 성별 차이는 사라진다.

참고 자료   Leibbrandt, A.; List, J.: (2015) Do women avoid salary negotiations? Evidence from a large-scale natural field experiment. Management Science, 61: 2016-2024.

Babcock, L.; Laschever, S.: (2003) Women Don't Ask: Negotiation and the Gender Divide. Princeton University Press.

㉚

여성이 경영진에 있으면
생산성과 매출이 올라간다

전 세계 대다수 기업의 이사들과 CEO들은 여전히 남성이다. 미국의 대표적 주가지수 중 하나로 상위 1,000대 기업으로 구성되어 있는 러셀1000지수에 들어가는 기업들의 경우, 이사회 구성원 중 약 20퍼센트만이 여성이다. 여기에서는 이사회 구성원 중 여성의 수가 임금 범위와 직원들의 생산성에 영향을 미치는지 알아보고자 한다.

이사회의 구성원이 되면 회사 내 경력에서 오를 수 있는 가장 높은 곳까지 올랐다고 할 수 있다. 왜냐하면 이사가 되면 '당신이 해냈다(You've made it.)'는 말을 듣기 때문이다. 이 목적을 달성하는 데는 48장에서 묘사하는 자질이 도움이 될 것이다. 평균적으로 이사회 구성원들은 이사회 바로 아래 단계에 있는 직원들에 비해 (지성이나 사회성에 있어서) 더 나은 능력을 갖고 있으며, 일을 잘 마무리 하고, 카리스마가 있고, 보다 전략적으로 업무에 접근한다. 그런데 이사회 구성원들은 남성일 가능성이 훨씬 더 높다. 심지어 같은 자질이 있어도 여성들은 이사회 구성원에 더 적게 임명된다. 하지만 이사회 구성원, 특히 CEO들은 회사의 성공에 영향을 미치는 것으로 증명되어왔다. 그렇다면 이사회에 여성이 있는지 없는지가 중요한 문제일까?

노스캐롤라이나대의 루카 플라비Luca Flabbi 교수는 바로 이 문제를 연구했다. 그는 동료 연구자들과 함께 이탈리아 제조업체 1,000곳 이상의 데이터를 수집했다. 데이터에는 모든 직원의 직위, 임금, 성별 등에 대한 정보가 포함되어 있었다. 추가로, 회사의 직원당 매출액 등 생산성에 대한 정보도 들어 있었다.

이탈리아의 전체 제조업 부문의 인력 중 여성 비율은 25퍼센트를 겨우 넘었다. 전체 이사회 구성원의 3퍼센트, 전체 CEO의 2퍼센트만이 여성이었다. 플라비와 동료들은 이사회 중 여성의 비율이 어떻게 해당 기업의 생산성뿐만 아니라 임금 분포에 영향을 미치는지 알고 싶었다. 그들은 이사회가 모두 남성으로 구성된 회사보다 이사회에 여성이 포함된 회사가 평균적으로 고용 인원이 적고 매출도 적다는 사실을 고려 사항에 넣었다. 여성이 이사회에 미치는 영향은 실제로 명확하게 정의된 방법으로 조사할 수 있다. 특히 어떤 기간에는 이사회에 남성만 있었고 어떤 기간에는 여성도 있었던 회사의 성장 경과를 분석하면 더 그렇다.

플라비의 발견에 따르면, 여성이 이사회에서 활동적인 경우에 임금 범위가 변했는데, 특히 여성이 이사회 의장, 즉 CEO인 경우에 그런 결과가 나왔다. 이전까지 연구에서는 여성이 이사회에 있다는 것이 회사의 남성과 여성의 평균 임금에 거의 아무런 영향을 미치지 않는 것으로 나타났었다. 하지만 플라비와 그의 동료 연구자들은 한 회사의 평균 임금뿐 아니라 성별에 따른 전체 임금 분포를 처음으로 고려했다. 그들은 이사회에 여성이 있다는 것으로부터 자격이 충분한 여성들이 혜택을 본다는 것을 발견했다. 특히, 이사회에 적어도 한 명의 여성이 있을 때, 오로지 남성만으로 구성된 이사회와 비교해서 연봉 상위 25퍼센트에 속하는 여성의 임금이 약 10퍼센트 증가했다. 그리고 적어도 한 명의 여성이 이사회에 있을 때, 이사회 바로 아래 단계에 있는 남성들은 몇 퍼센트포인트 적은 임금을 받았다.

플라비와 그의 동료 연구자들은 임금 분포에 변화가 생긴 이유를 두 가지 경로에서 찾았다. 첫째, 이사회 구성원으로서 여성들은 남성보다 여성의 능력을 평가하는 데 좀 더 유능하다고 추정했다. 그래서 그들은 이사회 단계 바로 아래의 자격을 갖춘 여성에게 (생산성과 관련해서) 좀 더 적절한 임금을 책정할 수 있었다는 것이다. 둘째로 보완적인 가설은, 이사회 구성원으로서 여성들은 회사 내에서 유망한 여성들에게 멘토링을 제공하는 데 더 많이 관여한다는 것이다. 그 결과 회사 지휘 계통에서 여성이 승진 기회들에 더 쉽게 접근할 수 있었고, 이는 결국 더 높은 임금을 받는 결과로 이어졌다.

플라비가 보여준 두 번째 핵심적인 발견은 이사회에 여성이 있는 회사들의 생산성이 높았다는 것이다. 수치로 제시하자면, 여성이 이사회에 있을 때 직원당 매출이 3퍼센트 증가했다. 하나의 흥미로운 결과는, 이런 생산성에 대한 긍정적인 효과는 이미 회사의 여성 비중이 높을수록 강력했다는 것이다. 이로부터 플라비와 그의 동료 연구자들은 매우 놀라운 사실을 추론해냈다. 많은 국가에서 논의되고 있으며 이미 일부 국가에서 도입된 이사회 내 여성 비율 할당 시스템이 여성 비율이 높은 회사의 생산성에 가장 강력한 영향을 미쳤다는 것이다.

우리가 2장에서부터 알고 있었듯이 여성은 입사할 때부터 CEO가 될 때까지 그 과정에서 종종 불이익을 겪는다. 사회적인 관점에서 보면, 이는 불공정하다. 경제적인 관점에서 보면 이는 훌륭한 능력의 낭비다. 비즈니스의 관점에서 보면 이는 생산성 등 주요 지표나 스타트업의 생존에 해를 끼친다.

⊚ 핵심

회사 최고위층 여성의 숫자가 비록 느리게 증가하고 있지만, 최고경영진 중에 여성의 숫자가 늘어나는 것은 인상적인 결과를 만들어내고 있다. 이사나 CEO로서의 여성은 회사 내의 임금 분포와 생산성에 영향을 준다.

참고 자료   Flabbi, L.; Macis, M.; Moro, A.; Schivardi, F.: (2019) Do female executives make a difference? The impact of female leadership on gender gaps and firm performance. Economic Journal, 129: 2390-2423.

5부

공정과 신뢰에 관한 행동경제학

㉛

신뢰는 경제적 자산이다

신뢰는 대인관계뿐 아니라 기업의 생산성과 경제 성장에 중요한 자산이다. 신뢰의 경제적 중요성은 대부분의 계약이 불완전한 데다 모든 것을 다 규정할 수는 없다는 사실에서 나온다.

여러분은 다음과 같은 질문에 어떻게 대답할 것인가? "일반적으로 대부분의 사람들을 신뢰할 수 있다거나, 다른 사람들을 대할 때 크게 조심할 필요는 없다고 얘기할 수 있는가?" 질문이 다소 모호하게 표현되기는 했다. 그럼에도 불구하고 대부분의 사람들은 이 질문이 무엇을 물어보는지 이해할 것이다. 그리고 이에 대한 대답은 경제, 그리고 번영과 엄청나게 관련되어 있다.

그런데 알아야 할 것을 먼저 알고 가자. 바로 앞에 나온 이 질문은 수많은 국가의 사회적, 윤리적, 정치적 가치에 대한 태도를 조사하는 '세계 가치관 조사(World Value Survey)'에서 나온 것이다. 약 25년 전 세계은행의 스티븐 낵 Stephen Knack과 필립 키퍼 Philipp Keefer는 신뢰가 연성 생산 요소로서 중요하다는 것을 보여주는 논문을 학술지에 게재했다. 저자들은 산업화된 29개국의 데이터를 바탕으로, 일반적으로 대부분의 사람들을 신뢰할 수 있다는 데 동의하는 국민들이 많은 나라의 평균 경제 성장률이 더 높다는 결과를 발표했다. 이런 결과는 교육 수준이나 인플레이션 등 다른 중요한 변수들을 고려했을 때도 여전히 유효했다. 그렇다면 왜 신뢰가 경제 성장과 번영을 위해서 중요할까?

몇 가지 일상적인 상황을 고려해보자. 청년 시절 작은아버지와 자전거 여행을 할 때, 작은아버지는 사업 파트너들과 나눈 악수의 의미에 대해서 얘기한 적이 있다. 사업 파트너들과 거래를 시작할 때 그들의 말이나 악수를 믿었다고 했다. 다른 말로 하면, 작은아버지는 계약서를 작성하지 않고도 그들이 약속대로 일할 것이라고 신뢰했다. 그는 (거의) 항상 이런 원칙을 지켰고, 여러 차례의 협상이나 법률적인 서류 작업을 줄일 수 있었다. 상업적 측면에서 보면, 거래 비용은 낮았고 거래는 효율적으로 성사되었다.

고용 계약은 신뢰가 얼마나 중요한지에 대한 또 하나의 사례다. 이 말은 언뜻 이상하게 들릴지도 모른다. 왜냐하면 고용 계약은 양측의 권리와 의무를 규정하는 것이고, 여기에 추가적으로 신뢰가 필요해 보이지는 않기 때문이다. 그러나 경제학자들은 대부분의 고용 계약은 불완전한 계약이라고 얘기한다. 통상적으로 고용 계약은 어디에서 일하고, 임금은 얼마나 되는지 등 기본적인 정보를 포함한다. 하지만 상세한 내용은 빠져 있다. 예를 들어 대학과 같은 학계의 고용 계약을 보면 어떤 내용을 연구해야 하고, 개별 프로젝트를 위해 얼마나 많은 일을 해야 하며, 콘퍼런스에서는 보고서를 발표해야 하는지에 대해서는 정확하게 특정되어 있지 않다. 그런데 이런 요소들은 연구 프로젝트의 출간과 관련해서 가장 중요한 역할을 한다. 게다가 연구 프로젝트에 따라 대학의 평판이 영향을 받을 수도 있다. 대학은 고용 계약에 세밀하게 적지 않아도 교수들이 충실하게, 그리고 학술적으로 세련된 연구를 수행할 것이라고 믿는것이다.

불완전한 고용 계약은 다른 산업에서도 나타난다. 예를 들어 고용 계약서에 한 부서의 업무를 정확히 구분하거나 정의하는 것은 어렵거나 불가능하다. 여기에는 매우 복잡하고 다양한 측면이 있다. 고용 관계가 상세하게 규정되지 않는다는 사실은 첫째, 신규 직원이 자신의 직무를 정확하게 수행할 것이라는 신뢰가 사전에 있다는 것을 의미한다. 둘째로는 더 넓은 자유와 느슨한 규제로 업무 동기를 높이려는 것이다.

신뢰는 중요하고, 회사에서 일할 때를 포함해서 서로를 대할 때 좀 더 효율성을 발휘하게 한다. 인생을 살아가면서 어떻게 신뢰가 생기는지에 대해 우리는 무엇을 알고 있을까? 몇 년 전으로 거슬러 올라가보자. 나는 마르틴 코허와 함께 이 주제에 대한 연구를 저술했다. 우리는 오스트리아의 포어아를베르크, 티롤, 잘츠부르크 등에서 8~88세 600명에게 신뢰 게임에 참가하도록 했다. 이 게임에서 첫 번째 사람에게는 10달러가 주어졌다. 그리고 그는 그 돈을 두 번째 사람에게 얼마든지 (조건 없이) 줄 수 있으며, 건네어진 돈은 세 배로 불어난다. 그 후 두 번째 사람은 세 배로 불어난 돈의 일부를 첫 번째 사람에게 줄지 결정해야 한다. 그러나 이때 돌려주는 돈은 세 배가 되지 않는다. 예를 들어 첫 번째 사람이 10달러를 준다면, 두 번째 사람은 30달러를 받게 되고, 다시 15달러를 돌려준다면, 둘 다 결과적으로 15달러를 갖게 된다. 첫 번째 사람의 입장에서는 두 번째 사람이 얼마일지는 모르지만 돈을 돌려준다는 신뢰가 있어야 한다. 만약 첫 번째 사람이 두 번째 사람을 신뢰하지 못한다면, 첫 번째 사람은 10달러를 그대로 갖고 있는 것이 유리하므로, 두 번째 사람은 한 푼도 못 받게 된다. 건네는 돈의 평균이 신뢰를 측정하는 지표가 되는 것이다. 마르틴 코허와 나는 8세에서 약 20세까지 이 금액이 거의 선형으로 증가하는 것을 발견했다. 가장 어린 참가자들이 건네는 돈은 평균 2달러에 불과했으나, 이 금액은 어른이 될 때까지 계속해서 증가했고, 약 6.6달러까지 늘어났다. 그리고 어른이 된 후에는 일정하게 유지되다가, 다시 조금씩 감소하기 시작했다. 은퇴자들이 건네는 돈은 5달러를 약간 넘는 수준이었다.

그러므로 신뢰는 유소년기를 거치며 증가하고 어른이 되기 시작했을 때 정점에 도달한다. 그리고 장기간 일정하게 유지된다. 모든 경제학 연구는 이것이 좋은 소식임을 보여주었다. 왜냐하면 높은 수준의 신뢰는 대인관계 영역뿐만 아니라, 회사와 한 사회의 경제적 번영에도 긍정적이기 때문이다. 또 두 번째 사람이 얼마나 돌려주느냐에 달려 있는 신뢰도도 나이가 들면서 증가했다. 이러한

신뢰는 회사 내에서는 물론이고 고객을 상대하는 데도 매우 중요
하다.

◎ 핵심

회사 안에서 모든 업무 단계나 모든 직원의 결정을 지켜볼 수는 없다. 따라서
효율적인 협업을 위해서는 신뢰가 매우 중요하다. 한 사회의 신뢰 수준은 그
사회의 경제적 번영과 상호 연관되어 있다.

참고 자료   Sutter, M.; Kocher, M.: (2007) Trust and trustworhiness across different age groups. Games and Ecnomic
Behavior, 59: 364-382.

Knack, S.; Keefer, P.: (1997) Does social capital have an economic payoff? A cross-country investigation. Quarterly
Journal of Economics, 112: 1251-1288.

③②

최소한의 감독이
회사의 실적을 높인다

회사의 많은 업무에는 포괄적인 계약이 적용된다. 업무의 모든 단
계를 규율하고 모니터링하는 것은 어렵고, 비용도 많이 든다. 그래
서 직원들이 회사의 이해에 맞추어 그들의 의무를 수행할 것이라
고 신뢰할 필요가 있다. 그럼에도 모니터링은 상당히 중요한데, 의
외로 놀라운 방식으로 효과를 발휘한다.

나는 운이 좋게도 연구 경력을 거쳐오는 동안에 고용주들, 즉
인스브루크대, 쾰른대, 막스플랑크협회 등에게 큰 신뢰를 받았다.
고용주들은 고용 계약을 맺을 때 얼마나 많은 연구 결과물을 내야
하는지 정확하게 규정하지 않았다. 단지 가르쳐야 하는 수업의 분
량만 분명하게 특정했다. 그러나 이것도 분량뿐이었지, 수업의 질
에 대한 규정은 없었다. 또 수업 준비를 위해 얼마나 시간을 쏟아

야 하는지, 학생들의 질문에 얼마나 빨리 응답해야 하는지 등도 규정하지 않았다. 나의 고용 계약은, 나에게 요구되는 활동을 어떻게 수행할지 스스로 결정하는 데 있어서 엄청난 자유를 부여했다. 물론 아무 모니터링 없이 이 같은 자유가 주어지지는 않았다. 나는 연구와 수업 활동을 다양하게 평가받기 위해 과거 경력을 설명해야 했다. 그러나 나는 이것을 감독으로 생각하지 않았다. 오히려 고용주 측이 나에게 부여한 자유를 내가 의미 있는 방식으로 사용하는지에 정당한 관심을 두는 것으로 인식했다(그래서 이상적으로, 연구 기관의 평판에 도움이 될 것이라고 보았다). 고용주가 나를 신뢰한다는 사실은 거꾸로 크게 동기 부여가 되었다. 고용주를 위해서 최선을 다하고 무언가를 돌려주어야 한다고 생각했다. 특히 일하는 조건에 대해서는 대부분 감독을 받지 않았기 때문에 더욱 그랬다.

　만약 고용주가 지속적으로 직원을 감독하고 모니터링한다면, 이는 동기 부여에 심각한 방해가 될 수 있다. 하지만 모니터링 자체는 신뢰와 결과물을 낳을 때 중요한 역할을 한다. 이는 행동경제학의 두 글로벌 선구자인 취리히대의 에른스트 페르Ernst Fehr 교수와 시카고대의 존 리스트 교수가 보여주었다.

　페르와 리스트는 고용주의 감독 가능성이 직원들의 동기 부여에 영향을 주는지 조사했다. 그들은 코스타리카의 학생들과 (커피 산업의) CEO들을 대상으로 연구를 진행했다. 실험 참가자들은 실험실 연구에서 고용주나 직원으로 역할극을 했다. 고용주 한 명은 직원 한 명에게 특정 임금을 제안할 수 있고, 직원은 돈에 상응해서 일을 더 하거나 덜 할 수 있었다. 우선 고용주들은 보수 제안서를 만들었고, 최소 기대 작업량으로 이해할 수 있는 바람직한 업무량을 특정했다. 그러고 나서 직원들은 임금과 기대 작업량에 대한 정보를 얻었다. 이에 바탕을 두고 스스로의 작업량을 선택할 수 있었다.

페르와 리스트는 두 가지 다른 조건을 제안했다. 첫 번째 조건은 '기초 조건'이라고 부를 것이다. 이는 바로 앞 문장에서 묘사된 과정과 정확하게 일치한다. 두 번째 조건은 작지만 중요한 세부 사항이 더해진 것이다. 이 조건을 '모니터링 조건'이라고 부를 텐데, 만약 직원이 기대 작업량보다 적게 일하면 고용주가 임금에서 일정 금액을 공제할 수 있다고 명시하는 것이다. 직원들은 고용주의 이런 가능성을 알고 있으며, 늘 고용주가 임금을 삭감할 수 있다는 것을 주지시킨다. 따라서 모니터링 조건은 고용주의 감독을 허용하는 조건이다. 하지만 고용주는 이 조건을 반드시 사용할 필요는 없다. 만약 고용주가 감독을 하지 않고 실제로는 임금을 삭감하지 않는다면, 이는 직원을 신뢰하고, 감독을 강조하지는 않는 것으로 해석할 수 있다.

연구 결과는 명백하게 신뢰가 필수적이라는 사실을 보여준다. 그런데 고용주의 모니터링 가능성은 추가적으로 긍정적인 효과를 가져왔다. 특히, 이 연구에서 직원들은 고용주가 임금 삭감을 처음부터 하지 않은 모니터링 조건 아래에서 가장 좋은 성적을 보였다. 모니터링을 할 수 있지만 하지 않은 경우에 가장 강력한 효과가 나타났던 것이다. 실적이 가장 낮은 것은 고용주가 임금 삭감을 계속 주장하는 상황에서였다. 감독을 실시해서 신뢰 수준이 낮아지면 직원들의 동기 부여에 부정적인 영향을 미쳤다. 감독도 없고 임금 삭감도 없는 기초 조건 아래에서의 실적은 정확히 두 경우의 중간이었다.

신뢰가 좋은지 감독이 더 나은지에 대한 쉬운 답은 없다. 감독의 가능성은 직원들에게 부정적인 신호를 보내지 않도록 조심스럽게 사용된다면 도움을 주는 것처럼 보인다.

현실의 CEO들은 페르와 리스트의 연구에 참여한 학생들보다 이 연관관계를 더 잘 알고 있었다. CEO들은 학생들보다 실제 모니터링을 자주 하지 않았다. CEO들은 직원들이 빡빡한 모니터링에 동기 부여를 방해받는다는 것을 학생들보다 더 잘 인식하고 있는 것처럼 보였다. 그들은 또 일정 정도의 모니터링이 필요하다는 것도 잘 알고 있었다. 게다가 CEO들은 직원들을 신뢰해야 한다는 것도 더 잘 이해하고 있었다. 이 실험에서 CEO들은 학생들보다 꽤 높은 임금을 제안했고, 각각의 직원들의 실적은 더 좋았다. 사전적으로 직원들에게 신뢰를 보여주면 통상 보상을 받게 된다.

◎ 핵심

감독의 수준은 고용 관계에 있어서 해가 되지 않는다. 모니터링 구조는 항구적으로 적용되는 경우에만 신뢰를 파괴한다. 만약 모니터링의 가능성이 존재하지만 고용주들이 모니터링을 덜 하고 직원들에 사전인인 신뢰를 보여준다면, 상호 신뢰 관계는 강화된다.

참고 자료　Fehr, E.; List, J.: (2004) The hidden costs and returns of incentives – Trust and trustworthiness among CEOs. Journal of the European Economic Associations, 2: 743-771.

㉝

공정이 무너지면
막대한 비용이 발생한다

직원들의 생산성은 회사의 성공에 핵심적인 요소다. 회사는 임금 시스템에서 보너스 지급이나 임금 인상을 통해 생산성을 높이려고 하지만, 생산성은 직원들을 어떻게 대우하는지에 따라 좌우된다는 것을 자주 묵과한다. 이는 회사가 저지르는 값비싼 실수 중 하나다.

수잰 Suzanne 은 자신의 책상에 앉아 있다. 앞에는 끝이 없어 보이는 전화번호 목록이 놓여 있고, 귀에는 수화기가 꽂혀 있다. 그녀는 상대방이 인터뷰에 응하도록 설득하고 있다. 콜센터 일은 그다지 재미있지 않아도, 보수가 꽤 괜찮았다. 수잰은 그녀가 얼마나 많은 인터뷰를 하느냐에 상관없이 고정급을 받는다. 이것이 좋은 점이었다. 왜냐하면 업무 강도를 낮추기 때문이었다. 업무시간은 유연하고, 사무실은 도시 중심부에 위치해 있다. 수잰은 콜센터 일을 계속하고 싶어 한다. 왜냐하면 공부를 계속하는 동안에 조금이라도 돈을 벌 수 있기 때문이다. 불행하게도 그녀는 이틀 동안만 일할 수 있다. 인터뷰가 그때까지는 완전히 마무리될 예정이었다.

최근 연구 프로젝트에서 나와 더불어 마티아스 하인즈, 사브리나 제워렉Sabrina Jeworrek, 바네사 메르틴스Vanessa Mertins, 그리고 하이너 슈마허는 실제로 콜센터 한 곳을 빌려서 약 200명을 반일씩 이틀 동안 고용했다. 그리고 그들에게 전화 인터뷰를 수행하도록 했다. 이 연구에서는 직원들의 업무 생산성에 영향을 미치는 요소들에 초점을 맞추었다. 특히 우리는 고용주의 공정하거나 불공정한 행동이 어떻게 업무 생산성에 영향을 주는지에 관심을 갖고 있었다. 그런데 '공정하거나 불공정한 행동이 어떻게 한 직원에게 영향을 미치는가'가 초점은 아니었다. 이는 상대적으로 사소했다. 고용주가 한 직원을 불공정하게 다룰 때, 그 직원의 업무 생산성은 감소하고 본질적인 업무에 대한 동기 부여도 더는 일어나지 않는다. 이는 꽤 분명하다. 우리 연구자들은 동료가 고용주에게 불공정한 대우를 받았을 때 다른 직원의 생산성도 떨어지는지에 더 관심이 있었다. 이는 흥미로운 문제였다. 왜냐하면 한 그룹의 사람들에 대한 공정한 행동이 다른 그룹 사람들의 업무 성과에 영향을 미치는지를 조사하는 것이었기 때문이다.

다시 콜센터 얘기로 돌아가보자. 수잰은 두 번째 반일 근무 전에 고용주로부터 메시지를 받았다. 예산 때문에 현재 직원 중 20퍼센트를 무작위로 골라 해고한다는 내용이었다. 수잰에게는 이 메시지가 전혀 영향이 없었다. 수잰의 (두 번째 반일 근무에 대한) 임금은 고정되어 있었다. 업무 조건은 동일하게 유지되었다. 그녀는 해고 되는 직원 중 누구도 알지 못했다. 왜냐하면 모든 직원에게는 각자 편안한 사무실이 제공되었기 때문이다. 그리고 두 번째 반일 업무 후에 그녀는 콜센터에서 더는 일하지 않을 것이었다. 다른 말로 하면, 다른 직원들에 대한 무작위 해고는 수잰에게 물질적으로는 아무런 불이익을 가져오지 못했다. 그런데 다른 직원들에 대한 불공정해 보이는 해고가 수잰의 생산성에 영향을 주었을까? 다른 사람의 해고 소식을 들은 후에 그녀는 맡고 있는 인터뷰를 더 적게 수행하게 될까? 그녀는 통화에 더 적은 시간을 쓰게 될까?

우리는 의도적으로 작업을 종료하게 했다. 만약 객관적으로 이해할 수 있는 이유로 일을 못 하게 되었다면, 이때는 이해와 소통이 가능할 것이었다. 예를 들어 대부분의 사람들은 일을 가장 못하는 직원이 해고되는 것이 공정하다고 생각할 것이다(이는 주로 성과를 어느 정도 명확하게 측정할 수 있는 업무에 적용된다. 콜센터라면 통화와 인터뷰 건수로 측정할 수 있을 것이다). 그러나 무작위 해고는 불공정해 보인다. 콜센터 직원들을 인터뷰하면 이런 평가는 확인이 된다. 그러므로 무작위 해고를 통해서 우리는 고용주의 불공정한 행위가 남아 있는 다른 직원들에게 영향을 미치는지 조사할 수 있게 되었다. 실제로 우리는 명확하게 측정 가능한 효과를 발견했다.

해고가 없었던 비교 그룹에 견주면, 두 번째 반일에 근무한 그룹 직원들의 생산성은 평균 11퍼센트 감소했다. 이들은 직원 20퍼센트가 무작위로 해고된 그룹과 첫 번째 날에 같이 근무했던 그룹이었다. 두 번째 비교 그룹은 20퍼센트가 해고 통보를 받기는 했지만 불공정하다고 여겨지지 않는 식으로 통보를 받았다. 이 그룹은 해고가 없었던 비교 그룹과 생산성을 동일하게 유지했다. 이는 다른 직원에 대한 불공정한 해고는 생산성의 급격한 하락을 가져오지만, 공정하다고 여길 수 있는 해고는 그렇지 않다는 것을 뜻한다. 직원들은 다른 사람에 대해 불공정해 보이는 행동에 반응했다.

다른 연구에서는 임금이 삭감될 때 한 직원의 업무 생산성은 약 10퍼센트 떨어지는 것으로 나타났다. 즉, 고용주의 행위가 직접적으로 직원들에게 영향을 미치면 생산성이 떨어졌다. 우리의 연구 결과는 만약 직원이 직접 영향을 받지 않아도 고용주가 동료에게 행한 불공정한 행위를 알게 된다면 비슷한 정도로 생산성이 손실된다는 것을 보여준다.

일터에서 공정함은 중요하다. 그리고 이를 무시하면 고용주에게 막대한 비용이 발생할 수 있다.

◎ 핵심

사람들은 자기 자신만 신경 쓰지 않는다. 회사에서 다른 사람들이 어떻게 대우받는지에 따라 개인의 행동과 업무 성과가 달라질 수 있다. 고용주가 불공정한 행위를 하는 것은 직원들의 동기 부여와 생산성에 부정적인 영향을 미친다. 심지어 그들이 불공정한 행위에 직접적으로 충격을 받지 않는다고 해도 그렇다.

참고 자료 Heinz, M.; Jeworrek, S.; Mertins, V.; Schumacher, H., Sutter, M.: (2020) Measuring indirect effects of unfair employer behavior on worker productivity – A field experiment. Economic Journal, 130(632): 2546-2568.

③④

공정에 호소하는 넛지

많은 기업과 공공기관은 고객들이 제시간에 요금을 내지 않으면 고통을 받는다. 모니터링을 하는 노력과 지출뿐만 아니라 관리비 용이 엄청날 수 있다. 그래서 사람들은 고객들의 요금 지불 의욕을 향상시키면서 비용면에서도 효율적인 방법을 찾는다. 그중 하나는 공정함에 호소하는 '넛지'다.

볼프람 로젠베르거 Wolfram Rosenberger 는 그 자신이 뛰어난 음악 가이면서 인스브루크 음악학교의 학장이다. 이 학교는 3,000명의 어린이와 청소년에게 그들의 여유 시간을 이용하여 사실상 모든 장르의 악기와 합창, 그리고 민요 등을 포함한 다양한 주제를 교육 한다. 이 학교는 기본적으로 인스브루크시의 재정으로 운영된다. 하지만 부모들은 비용 부담을 위한 재정적 기여를 요구받는다. 왜냐하면 개별 수업이 음악 교육의 큰 부분을 차지하고 있으며, 직원과 비용 측면에서 상당한 자원이 필요하기 때문이다. 부모들은 한 해에 두 번 학교비용에 대해 재정 기여를 해달라는 청구서를 받는다. 이는 2주 안에 납부해야 한다. 통상적으로, 40~50퍼센트의 학부모가 정해진 기한 내에 비용을 납부한다. 2주 동안에 납부하지 않은 사람들을 대상으로는 독촉 편지가 송부된다. 독촉 편지에 대해 응답이 없으면, 납부 기한이 넘었다는 청구서가 학부모에게 간다. 만약 반복되는 통보에도 납부하지 않으면, 학생은 수업에서 퇴출된다. 독촉 편지와 납기 후 청구서를 보내는 데는 상당한 관리 비용이 지출된다. 그리고 퇴학 조치는 최후의 수단이기 때문에 실제 조치는 상당히 지체되는 경향이 있다. 왜냐하면 음악학교의 목적은 가능한 한 많은 어린이와 10대에게 음악을 친숙하게 만들고 악기를 배우도록 하는 데 있기 때문이다. 가혹한 조치를 취해서 납부 기한을 강제하는 것은 음악학교의 관심사가 아니다. 동시에 즉각적으로 비용을 납부하는 경우가 늘어나면 학교로서는 상당한 경제적 이득이 된다. 하지만 어떻게 학부모들에게 지체요금을 내라고 강제하거나, 자녀들을 학교에서 퇴출시킨다고 경고하거나, 늦은 납부에 대해 실제로 위협하지 않으면서 기한에 맞추어 자발적으로 돈을 내도록 할 수 있을까.

회사들도 요금을 늦게 내는 고객들과 맞닥뜨릴 때 비슷한 문제를 해결해야 한다. 납부 지연에 대해 험하게 접근하면 고객과의 관계가 영원히 손상될 수 있다. 정기적으로 고객들이 특정 상품을 구매해야 하는 업종이라면, 특히 더 그렇다. 단지 요금 지불 의욕을 향상시키기 위해 영업 직원과 고객 사이의 좋은 관계를 위험에 빠뜨리고 말지, 조심스럽게 고려해야 한다. 이와 대조적으로, 발급된 청구서에 대해 기한 내 결제하는 것은 민간 기업과 공공기관에게는 (특히 현금 흐름에 있어서) 필수적이다. 예를 들어 한 국가의 세무 당국은 시민들에게 부과된 세금을 받아야 할 필요가 있다. 전 세계 세무 당국은 '넛지' 방법을 통해 납부 의욕을 증진시키려고 노력하고 있다.

넛지는 사람들에게 특정 방향으로 조금 밀기만 해도 그들의 행동을 바꿀 수 있는 것을 뜻한다(6장을 참고하라). 예를 들어 영국의 세무 당국은 세금 고지서에 다음과 같은 공지를 추가했다. "우리는 10명의 시민 중 9명이 제때 세금을 납부했다는 것을 알려드리고 싶습니다." 이 짧은 문장이 들어간 고지서를 받은 사람들은 이 문장이 없는 고지서를 받은 시민들보다 더 많이 제때 납부했다. 왜 그랬을까? 첫째, 첨가된 문장은 얼마나 많은 시민이 세금을 제때 납부했는지에 대한 약간의 정보를 준다. 둘째, 이는 사회적인 규범에 호소한다. 즉, 세금은 제때 납부하는 것이 '정상적'이고 공정하다. 사회 규범에 대한 호소가 넛지를 구성하는 것이다. 사람들은 자주 자신을 둘러싼 대부분의 사람들이 선택하는 행위를 선택하고 싶어 한다.

내 딸 샤를로테 수터 Charlotte Sutter 는 인스브루크 음악학교의 여러 수업에 참여했었는데, 볼프람 로젠베르거와 함께 학교를 위한 다른 형태의 넛지를 개발하기도 했다. 목적은 학부모들에게 학습비를 납부하는 것은 자녀들을 위해서 긍정적인 무엇인가를 하는 것임을 더 잘 인식하게 만드는 것이었다. 결국 학습비는 자녀들이 음악 교육을 받을 수 있게 하는 것이다. 그러므로 제때 재정 기여를 하는 것이 공정하다. 일부 학부모들에게 음악학교는 통상의 청구서에 샤를로테 수터가 디자인한 노란색의 작은 메모(그림)를 첨부했다.

그림 "존경하는 부모님, 아이가 음악 교육을 받게 해주셔서 감사합니다."

이 작은 메모를 동봉하자 학습비를 제때 납부하는 비율이 그렇게 하지 않았을 때와 비교해 48퍼센트에서 54퍼센트로 올라갔다. 제때 납부하는 경우가 약 12퍼센트 증가한 것이다. 긍정적인 반응은 6개월 후까지 유지되었다. 6개월 후에 다음번 청구서를 보낼 때는 노란색 메모를 첨부하지 않았는데, 이전에 노란색 메모를 받은 그룹의 납부 의욕(정시 납부 비율이 52퍼센트였다)은 앞서 메모를 받지 않았던 그룹(47퍼센트)보다 여전히 높았다. 공정함에 바탕을 둔 고객 관계는 장기적으로 긍정적인 효과를 낳는다.

> **핵심**
>
> 공정함에 호소하는 넛지는 기업과 고객 사이의 안정적인 관계 유지에 도움을 줄 수 있다. 만약 적절하게 소통이 된다면, 이 같은 호소는 요금 납부 의욕을 증진시키며 긍정적으로 '주고받는' 정신을 만들어낸다.

참고 자료   Sutter, C.; Rosenberger, W.; Sutter, M.: (2020) Nudging with your child's education. A field experiment on collecting municipal dues when enforcement is scant. Economics Letters, 191: 109-116.

35

보상이 좋으면
더 나은 결정을 내릴까?

경제 이론은 일반적으로 인센티브를 높이면 일에 대한 책임감이
높아지고 성과도 좋아진다고 가정한다. 충분한 보상을 주면 최선
의 결과를 만들어낸다고 보는 것이다. 하지만 너무 많은 보상이 걸
려 있다면, 압박감이 역효과를 불러올 수도 있다.

독일 뮌헨의 알리안츠 축구장에서 6만 2,500명의 관중들은 흥
분 속에 다음 승부차기 선수를 기다리고 있었다. 전 세계 약 3
억 명 시청자들도 텔레비전 앞에 앉아 그 장면을 지켜보고 있
었다. 홈팀인 바이에른 뮌헨의 바스티안 슈바인슈타이거Bastian
Schweinsteiger가 경기장 중앙 센터서클에서 승부차기 지점으로 걸
어 나왔다. 그는 축구공을 내려놓고, 골대 오른쪽 구석을 향해 슛
을 날렸다. 원정팀인 첼시의 골키퍼 페트르 체흐Petr Čech가 손가락

끝으로 공을 골대 오른쪽을 향해 쳐냈다. 공은 튀어 나갔다. 노골이었다. 바이에른 뮌헨은 2012년 챔피언스 리그(유럽축구연맹이 주최하는 유럽 최강의 축구 클럽을 결정하는 축구 대회—옮긴이)의 홈경기 최종전에서 패배할 위기에 처했다. 모든 것이 걸린, 전체 경기장과 도시를 기분 좋게 만들 수 있었던 그 순간에 독일의 가장 뛰어난 축구선수가 냉정함을 잃었던 것이다. 그리고 다음 승부차기 선수인 디디에 드로그바 Didier Drogba 가 골을 넣으면서 FC 바이에른 뮌헨을 상대로 한 첼시의 승리를 확정 지었다. 한 해 뒤 FC 바이에른 뮌헨이 챔피언스 리그 우승을 차지하기는 했지만, 이날 FC 첼시를 상대로 한 승부차기는 이들에게 큰 상처로 남았다.

독일 본대학교 교수이자 나의 동료 연구자인 토마스 도멘 Thomas Dohmen 은 이 일이 있기 전에 홈팀이 원정팀보다 자주 승부차기에서 실패한다는 실증 연구를 제시했다. 바스티안 슈바인슈타이거의 실패는 예외가 아니었다. 도멘은 이런 현상을 심리적 압박감으로 설명했다. 홈 팬들이 갖는 긍정적인 기대 때문에 홈팀 선수들이 골을 넣는 것을 더 중요하게 생각한다는 것이다. 심리적 부담과 실패에 대한 두려움은 더 커진다. 그 결과 심지어 고연봉을 받는 일류 프로 선수들도 실패할 수 있다. 그들이 (골대에 공을 넣는 것을) 수백 번 성공적으로 훈련하고 실행했음에도 말이다. 많은 것이 걸려 있다고 해서 항상 성과가 좋은 것은 아니다.

전통적 경제 이론은 오랫동안 보상이 좋을수록 성과가 좋고, 결과와 결정도 좋게 나온다고 가정해왔다. 좋은 결정은 회사에 매우 중요하다. 예컨대 신제품을 개발하고, 신규 시장에 진출하고, 기존 제품의 가격을 다시 매길 때 말이다. 전통적으로 결정권자들이 노력을 많이 기울여서 더 나은 결정을 내릴수록 (그래서 수익이 좋아지고) 그런 결정에 대한 대가로 더 많은 혜택이 주어진다. 만약 관리자와 임원 들이 보수 중 상당 부분을 보너스나 분배급 등 성과급으로 받는다면 오로지 고정급을 받을 때와 비교해서 그들이 내리는 결정은 그들 자신에게 미치는 영향이 클 것이다. 결정은 단순한 결정 그 이상이다.

보상이 좋으면 더 나은 결정을 내릴까? 이 질문에 대해서 방법론적으로 현장 데이터만 갖고 명백하게 대답하기는 어렵다. 하지만 실험실 실험으로는 가능하다.

『상식 밖의 경제학』의 저자인 댄 애리얼리Dan Ariely는 인도에서 그의 동료 연구자들과 함께 실험실 실험을 수행했다. 실험에서 참가자들은 논리적이고 창의적인 사고 그리고 인지적이고 육체적인 능력을 사용하는 여섯 가지 다른 과제를 수행했다. 과제 중 하나는 과제 도우미가 숫자들을 순서대로 낭독하다가 갑자기 멈추면 참가자들이 바로 직전 마지막 세 숫자를 말하는 것이었다. 또 다른 과제에서는 참가자들에게 상자에 9개의 정육면체 큐브를 쌓게 해서 공간적 사고를 테스트했다.

참가자들은 각각의 과제를 성공적으로 수행하면 보상을 얻을 수 있었다. 우선 그들은 세 그룹으로 나뉘었다. 첫 번째 그룹은 최대 24루피를 받을 수 있었다(과제당 4루피씩이다). 두 번째 그룹은 최대 240루피를 받을 수 있었다(과제당 40루피씩이다). 세 번째 그룹은 최대 2,400루피를 받을 수 있었다(과제당 400루피씩이다). 인도의 물가를 고려했을 때, 이 액수들은 대략 다음과 같은 의미를 갖는다. 2,400루피가 있으면 평균적으로 5개월 동안 쓸 상품과 서비스를 구입할 수 있다. 중간 정도 보상인 240루피로는 약 15일간의 비용을 충당할 수 있다. 마지막으로 24루피는 하루나 이틀 동안 쓸 수 있는 돈이다. 당연히 과제당 2,400루피를 제안하는 조건은 엄청난 보상이고, 이는 성과를 높이고 좋은 결정을 내리게 할 것이었다(1시간 동안의 실험실 실험으로 그 정도 돈을 버는 기회를 누가 마다할 것인가). 누구나 보상을 가장 많이 받는 그룹의 성과가 가장 좋을 것이라고 기대할 수 있었다.

하지만 결과는 예상과 다르게 나왔다. 세 그룹에서 각각 최대로 보상받은 사람들의 비율로 따져보니, 상대적으로 낮은 보상을 받는 두 그룹(즉, 최대 24루피와 240루피를 받는 그룹)에서는 그 비율이 3분의 1보다 약간 높았다(구체적으론 36퍼센트였다). 하지만 보상이 가장 높은 그룹(최대 2,400루피를 받는 그룹)에서는 이 비율이 단지 5분의 1(20퍼센트)이었다. 가장 높은 보상을 받을 때 성과가 안 좋아지는 이 같은 패턴은 각 그룹에서 과제를 얼마나 자주 성공적으로 마쳤는지를 살펴보면 입증이 된다. 이 연구에서는 아주 높은 보상 때문에 실수를 더 많이 하게 된다는 결과로 연결되었다. 낮거나 중간 정도의 보상에서는 차이가 생기지 않았다.

이는 적당한(중간의) 보상이 좋은 결정을 내리는 데 부정적인 영향을 미칠 정도로 강력한 압력을 초래하지 않는다는 것을 시사한다. 반면 매우 높은 보상은 실수에 대한 민감성을 아주 높인다. 후자의 발견은 그런 상황에서는 결정을 누군가에게 위임하는 것이

유리할 수 있음을 나타낸다. 왜냐하면 제삼자는 결정의 결과에 그 렇게 강한 영향을 받지 않을 수 있기 때문이다. 다만 바스티안 슈 바인슈타이거에게는 자신의 승부차기 킥을 남에게 위임할 수 있는 선택 방법이 없었다.

◎ 핵심

과거에는 임금을 높여주면 직원들이 더 나은 결정을 내릴 것이라는 생각이 널리 퍼져 있었다. 하지만 많은 임금은 부담이 될 수 있고, 심지어 인지 과정 을 방해할 수 있다. 좋은 결정을 얻기 위해 돈을 더 준다고 해서 의사 결정이 자동적으로 나아지지는 않는다.

참고 자료   Ariely, D.; Gneezy, U.; Loewenstein, G.; Mazar, N.: (2009) Large stakes and big mistakes. Review of Economic Studies, 76: 451-469.

Dohmen, T.: (2008) Do professionals choke under pressure. Journal of Economic Behavior and Organization, 65: 636-653.

36

팀 보너스가 직원들을
더 열심히 일하게 한다

개별 업무 성과를 측정하는 것이 불가능하거나 성과 측정에 너무 많은 노력이 들어가는 경우, 기업들은 팀 전체를 대상으로 보너스를 지급할 때가 있다. 모든 팀원이 일을 더 많이 잘하도록 인센티브를 제공하려는 것이다. 이런 팀 보너스가 효과가 있을까? 제과점 체인의 사례는 이 질문에 대한 답을 준다.

독일 프랑크푸르트의 은행원 피터 Peter 는 어느 날 출근길에 점심으로 먹을 샌드위치를 사려고 했다. 시간은 많지 않았다. 그는 제과점의 계산 대기 줄이 짧은 것을 보고는 빨리 살 수 있겠다 싶어서 기분이 좋았다. 그는 직속 팀장이 도착하기 전에 사무실에 도착해야 한다. 직속 팀장이 자기가 일을 시작하기 전에 자기 팀도 일을 시작해야 한다고 강조하기 때문이다. 피터는 불현듯 지난 몇

주 동안 제과점의 줄이 예전보다 훨씬 더 짧아졌다는 사실을 알아
챘다. 여전히 매일 같은 얼굴들을 마주치고 있으니, 손님이 줄어든
것은 아닐 것이었다. 그렇다고 제과점 점원이 더 늘어난 것도 아
니었다. 점원들이 손이 빠른 새로운 직원들로 교체된 것도 아니었
다. 그는 1년도 더 전부터 지금 일하는 은행에 재직 중이기 때문에
이 제과점의 점원들을 대부분 다 안다. 대기 시간이 짧아진 이유를
더 깊이 생각하기도 전에 그는 샌드위치를 받아 들었다. 그리고 계
산을 하고, 은행으로 급하게 발길을 옮겼다. 그는 팀장이 도착하기
전에 사무실에 도착할 수 있을 것이다.

　독일 쾰른대 교수로 일하는 나의 동료 연구자인 마티아스 하인
즈는 공동저자들과 함께 '제과점 체인의 인센티브 시스템이 생산
성에 미친 영향에 대한 연구'의 결과를 발표했다. 그의 연구는 인
적 자원 문제에 초점을 맞추고 있다. 독일의 식료품 유통업체인 알
디(Aldi)와 리들(Lidl)이 자체 제과 코너의 문을 열고 나서, 이 제과점
체인은 헤센주의 점포들에서 눈에 띄게 나타난 매출 손실을 고민
해야 했다. 개별 지점의 생산성을 높이기 위해서는 새로운 인센티
브가 필요했다. 하인즈와 동료 연구자들의 제안에 따라, 이 제과점
체인은 전체 193개 지점 중 절반 지점의 모든 직원에게 팀 보너스
를 도입했다. 처음에는 3개월의 기한을 두고 시작되었다.

　이 제과점 체인에서 개별 직원에 대한 보너스 지급은 얘기해봐
야 소용없는 것이었다. 왜냐하면 개별 직원의 업무 성과를 따로 계
량화하기가 쉽지 않았기 때문이다. 그래서 점포에 설정된 특정한
매출 목표가 달성되면 팀 보너스를 지급하기로 했다. 매달 매출 목

표를 달성하거나 1퍼센트까지 목표를 넘는 경우에 점포당 100달러의 보너스를 지급했다. 만약 1~2퍼센트 구간 정도로 목표를 넘으면 150달러, 2~3퍼센트 넘으면 200달러, 3~4퍼센트 넘으면 250달러, 그리고 4퍼센트를 넘으면 300달러가 지급되었다. 이 보너스는 점포의 모든 직원이 업무시간의 비율에 따라 나누어 받았다.

이 업체는 처음에는 팀 보너스의 효과에 회의적이었다. 팀 보너스는 무임승차 행동을 조장할 수 있었다. 특히 게으른 직원들이 열심히 일한 동료들의 희생 대가로 이익을 얻을 수 있다는 점에서 반대 의견이 제기되었다. 팀 보너스는 업무 환경을 더 나쁘게 만들수도 있었다. 매출 목표를 넘어서는 데 기여하고 더 열심히 노력한 직원들이 게으른 동료들에게 착취당한다는 느낌을 받게 되면 업무 결과물을 줄일 것이기 때문이었다.

이런 우려는 현실화되지 않았다. 팀 보너스 시스템이 도입되지 않은 96개 지점과 비교해서 팀 보너스가 도입된 97개 지점은 매출이 평균적으로 3퍼센트 더 늘었다. 비록 보너스 지급으로 인해 업체는 총 고용 비용을 2.3퍼센트 더 지출했지만, 보너스로 지급된 1달러당으로 따지면, 점포당 매출이 3.8달러, 이익은 약 2.1달러 더 늘었다. 팀 보너스 시스템 도입이 상업적으로 성공하자, 이 업체의 CEO는 3개월의 시험 기간이 끝난 후 이 제도를 193개 모든 지점으로 확대하여 실시했다.

팀 보너스가 이처럼 긍정적인 영향을 주었던 이유는 무엇일까? 직원들을 대상으로 한 설문 조사에서 팀 보너스가 있던 점포와 없던 점포 사이의 업무 만족도는 차이가 없었다. 손님을 가장해서 매장을 방문하는 직원인 '미스터리 쇼퍼'들도 점포 직원들의 친절도 나 직원들이 나중에 고객들에게 더 필요한 것은 없는지 물어보는 빈도 등에서 차이를 발견하지 못했다. 하지만 좀 더 상세한 설문 조사에 따르면, 직원들이 서로 협력하는 경우가 늘면서 생산성이 높아진 것으로 드러났다. 팀 보너스를 도입한 후에 한 직원이 도넛 과 식빵을 내주면 다른 동료가 계산기를 작동하는 일이 더 자주 일 어났고, 그 결과 업무 처리에 속도가 붙었다. 손님이 뜸한 시간이 되면, 팀원들은 커피 머신과 오븐을 청소했다. 또 그런 시간을 이 용해서 점심때와 같이 고객들이 몰려오는 다음 시간대를 대비해 샌드위치를 더 많이 준비했다.

팀 보너스 덕분에 모든 팀원이 좀 더 손을 맞추어가며 일했고, 업무 단계를 효율적으로 조정했다. 이는 직원들에게 보상으로 돌 아왔다. 왜냐하면 모두 보너스를 받을 수 있었기 때문이다. 또 대 기 시간이 줄어 고객들에게도 도움이 되었다. 회사로서도 이익을 높일 수 있었으니 성공이었다.

> **핵심**
>
> 만약 개별 팀원의 전체 팀 성과물에 대한 기여를 측정하기 어렵다면, 회사는 팀 보너스를 도입할 수 있다. 이는 전체 팀의 성과를 증진시킨다. 왜냐하면 업 무 과정이 더 잘 조정되고 생산성이 늘어나기 때문이다.

참고 자료   Friebel, G.; Heinz, M.; Krüger, M.; Zubanov, N.: (2017) Team incentives and performance: Evidence from a retail chain. American Economic Review, 107: 2168-2203.

누구도 평균 이하가
되고 싶지 않다

많은 기업이 수행한 업무에 대한 보상이나 향후 업무에 대한 인센티브로 직원들에게 보너스를 준다. 그런데 보너스 시스템을 설계할 때, 생각지도 못하게 일이 잘못될 수 있다.

전 세계 500대 기업의 절반 이상이 상대적 보상 시스템을 사용하고 있다. 즉, 직원들은 기본급여를 받되, 그에 더해서 성과에 따라 보너스를 받는 시스템이다. 보너스 액수는 한 근로자의 성과와 다른 직원들의 성과를 비교해서 정해지므로 그때마다 달라진다. 보너스는 성과가 좋은 직원들에게 보상하려는 목적이 있다. 동시에 향후 높은 수준의 업무 헌신에 대한 인센티브를 제공하는 것이기도 하다.

하지만 나의 동료 연구자 중 독일 쾰른에서 일하고 있는 악셀

오켄펠스Axel Ockenfels, 디르크 슬리프카Dirk Sliwka, 페터 베르너Peter Werner는 연구를 통해 상대적인 보상 시스템을 설계할 때 꽤 많은 일이 잘못될 수 있다는 것을 밝혀냈다. 세 연구자들은 미국과 독일에 위치해 있는 다국적 기업들의 보너스 지불 데이터를 분석할 기회를 갖게 되었다. 두 나라에서 중간 관리자들은 보너스 시스템으로 보상을 받는데, 보너스 액수는 상위 관리감독자들이 성과를 어떻게 평가하느냐에 따라 달라졌다. 보너스 제도의 구조는 두 나라가 동일했고, 보너스 액수를 결정하는 마지막 단계와 관련해서 중요한 한 가지 상세 내용만 달랐다.

첫 번째 단계에서 중간 관리자들은 한 부서의 직원들을 다섯 가지 척도, 즉 '탁월', '평균 이상', '기대 충족', '평균 이하', '부적절'로 평가한다. 기업은 관리자들이 줄 수 있는 각 범주의 비율을 특정해서 제시한다. 최고 범주인 '탁월'은 5퍼센트 이하, 차상위는 25퍼센트 이하, '기대 충족' 범주는 약 60퍼센트, 그리고 '부적절' 등급은 10퍼센트 이하 등이다.

이런 평가를 바탕으로, 보너스는 다음과 같은 규칙에 따라 두 번째 단계를 거쳐 배분된다. 개별 상위 관리감독자는 보너스로 배분할 고정된 총액을 받는다. 그는 이를 각 부서의 중간 관리자들에게 남김없이 모두 나누어주게 된다. 개별 보너스 액수는 각자가 얼마나 많은 보너스 포인트를 얻느냐에 따라 달라진다. '%'로 표시되는 보너스 포인트는 첫 번째 단계의 성과 평가에 따라 달라진다. 즉, 다음과 같다.

탁월: 140~160%

평균 이상: 110~140%

기대 충족: 80~110%

평균 이하: 30~80%

부적절: 0%

그런데 부서 내 보너스 배분은 '제로섬(zero-sum)' 게임이다. 부서에 있는 모든 중간 관리자를 평가하여 이를 평균 내면 반드시 100퍼센트가 되어야 한다. 만약 한 사람에게 추가 보너스 포인트를 주었다면, 반드시 다른 누구한테서 그만큼을 빼야 한다.

여기까지 두 나라의 보수 시스템은 동일하다. 이제 차이가 나온다. 투명해야 한다는 이유로, 독일에서는 중간 관리자들에게 그들에게 주어진 보너스 포인트를 알려준다. 하지만 미국의 중간 관리자들은 보너스의 절대 액수만 알 수 있다. 미국도 독일도 보너스로 배분되는 전체 고정 액수는 비공개다. 따라서 미국에서는 누구도 자신의 보너스 포인트를 알 수 없다(독일에서는 개별 관리자들이 전체 보너스 액수를 역산해서 구할 수 있다).

두 나라에서 모두 보너스는 연봉의 중요한 부분으로 여겨진다. 즉, 연간 기본급여의 거의 20퍼센트가 보너스다. 하지만 이 연구를 하는 동안 독일에서는 이런 시스템이 업무 만족도와 다음 해 업무 성과에 중대하게 부정적인 영향을 준다는 사실이 발견되었다. 왜일까? 부정적인 영향이 나타난 것은 주요하게는 '기대 충족'으로 평가된 약 60퍼센트의 중간 관리자들 때문이었다. 이들은 80~110

퍼센트의 보너스 포인트를 받았다. 관리자들이 보너스 포인트를 100퍼센트 넘게 받았을 때는 이것이 업무 만족도에 영향을 주지 않았다. 그런데 만약 보너스 포인트가 미미하게나마 100퍼센트 밑일 때는 업무 만족도가 급격하게 떨어졌다. 같은 효과가 다음 해의 성과와 관련해서도 관찰되었다. 심지어 조금이라도 100퍼센트보다 적은 보너스 포인트를 받은 관리자들은 업무 성과가 극적으로 감소했다. 반면 100퍼센트가 넘는 경우는 아무런 영향을 미치지 않았다. 보너스 포인트가 공개되지 않는 미국에서는 이와 대조적으로 절대적인 보너스 액수와 업무 만족도, 업무 성과 사이에 상관관계가 나타나지 않았다.

독일 기업들에서는 무엇이 어긋나버린 것일까? 관리자들이 지적한 한두 가지 사항에서 무엇이 문제인지 알 수 있었다.

"좋은 관리자들은 '기대 충족' 범주에서 보너스 포인트가 100퍼센트보다 떨어짐으로써 몇백 달러를 덜 받게 되었다는 것은 크게 신경 쓰지 않았지만, 100퍼센트를 받지 못했다는 것 자체에서 자기를 '저성과자'와 같이 느껴 마음 상해 했다."

"'기대 충족' 범주에 있는 관리자라면 모두 100퍼센트를 기대한다. 이보다 조금이라도 낮으면 크게 실망한다."

'기대 충족'으로 평가된 사람들은 100퍼센트라는 평균보다 낮게 평가받고 싶지 않았던 것이다. 100퍼센트가 기준선이었다. 기준선에서 벗어나는 것이 업무 만족도와 성과 둘 다에 강력한 영향을 주었다. 기준선은 독일에서 보너스 포인트가 공개된 후에 생겨났다. 이는 예기치 못했던 부작용이었다. 그러므로 만약 상대적인 보상 시스템을 활용하고자 한다면, '악마는 디테일에 있다(The devil is in the details.)'는 격언을 기억하라.

핵심

보너스 지급 시스템은 사람들을 격려해서 성과를 높이기 위해 설계되었다. 하지만 보너스 지급이 보너스의 정당한 할당으로 간주되는 기준선에서 벗어나는 경우, 역효과가 나타날 수도 있다. 이때는 업무 만족도와 생산성에 부정적인 영향을 줄 수 있다.

참고 자료　Ockenfels, A.; Sliwka, D.;Werner, P.: (2015) Bonus payments and reference point violations. Management Science, 61: 1496-1513.

내 성과 보너스로 동료 보너스가
깎이면 전체 성과는 떨어진다

고전 경제학은 동료들보다 더 나은 성과를 냈을 때 더 많은 보수를
받게 된다면 직원들이 더 열심히 일할 것이라고 가정한다. 하지만
현대 행동경제학은 공정성에 대한 고려가 작동할 때 상대적 급여
의 효과에 대해 믿음을 갖는 것은 큰 손실을 불러올 수 있는 실수
임을 보여준다.

프란시스코 Francisco 는 이른 아침부터 사과를 따고 있다. 사과
농장에서 8시간 일하고 난 후, 그는 허리가 아팠다. 그가 담당한 사
과나무 줄의 바로 옆줄에서는 안토니오 Antonio 가 일하고 있다. 안
토니오는 몇 주 전부터 이 넓은 농장에서 수확철 노동자로 일하고
있지만 프란시스코는 그를 오늘 처음 보았다. 안토니오는 일하는
속도가 빠르다. 그다음 줄에는 프란시스코의 친구 페트로 Petro 가

있다. 페트로는 프란시스코와 숙소를 같이 쓰고 있다. 그런데 심한 감기에 걸려 오늘은 그다지 빠르게 일할 수 없다. 페트로 다음 줄에 있는 얼굴들은 프란시스코가 모르는 사람들이다. 각각의 근로자는 다른 사람들이 얼마나 빠르게 바구니를 사과로 채우고 있는지 볼 수 있다. 또 하루에 얼마나 자주 사과로 다 채운 바구니를 수집 지점에 갖고 가는지도 볼 수 있다. 그곳에서 근로자들은 수확한 사과의 무게를 잰다.

농장에서 일당은 그날 근로자들이 수확한 사과의 총무게에 따라 결정된다. 사과 농장을 경영하는 회사는 근로자들에게 상대적 성과에 따라 일당을 지급하고 있다. 한 근로자의 수확량을 사과 농장에서 일하는 모든 근로자의 평균 수확량으로 나눈 계수 값을 우선 계산한다. 그 계수 값이 낮으면, 그날 한 근로자가 받는 킬로그램당 금액은 적어진다. 그래서 아주 생산적인 근로자는 다른 근로자들의 킬로그램당 평균 보수를 낮춘다. 왜냐하면 아주 생산적인 근로자는 평균 수확량을 높이고, 다른 모든 근로자의 (한 근로자의 수확량을 평균 수확량으로 나눈 것을 뜻하는) 계수 값을 낮추기 때문이다. 그래서 나머지 근로자들은 킬로그램당 더 적은 돈을 받을 수밖에 없다.

따라서 프란시스코와 그의 동료들은 사과를 딸 때 다른 근로자들이 얼마나 빠르게 일하는지를 아주 면밀하게 관찰해야 한다.

고전 경제학은 동료들보다 더 많이 생산했을 때 더 많은 보수를 받게 된다면 근로자들이 더 열심히 일할 것이라고 가정한다. 전통적인 가정은 이런 형태의 상대적인 보수가 더 많이 노력하도록 유도하고 생산도 늘어나게 할 것이라고 본다. 왜냐하면 모두가 평균 이상으로 성과를 내려는 동기를 갖게 되고, 이는 결과적으로 생산성 증가로 이어질 것이기 때문이다.

사과 농장을 경영하는 회사는 수확철 일꾼들에 대한 상대적 지불 방식을 고안할 때 이런 맥락을 고려했을 것이다. 이 회사는 다른 근로자들의 수확량과 관계없이 단순하게 하루 동안 수확한 사과를 킬로그램당 얼마씩 정해서 지불할 수도 있었다.

현대 행동경제학은 급여 체계를 고전 경제학보다 좀 더 구분 지어 이해하고 있다. 앞서 37장에서 다루었듯이, 상대적 보수 체계는 바람직하지 않은 부작용을 가져올 수 있다. 왜냐하면 상대적 보상은 한 사람의 성과가 일터의 동료들에게 부정적인 영향을 줄 수 있음을 뜻하기 때문이다. 고전 경제학에서는 이런 부정적인 영향을 고려하지 않고, 근로자들이 단지 자기 자신만을 생각한다고 가정한다. 이런 가정대로라면 상대적 보수 체계는 정말로 생산성을 증가시킬 것이다. 하지만 많은 사람이 이런 고전 경제학의 예측대로 움직이지 않는다.

그 이유는 사람들이 자기 행동이 다른 사람에게 영향을 미치는 것에 대해 신경을 쓰기 때문이다. 농장 사례를 보면, 개별 근로자는 자신이 수확하는 사과의 양이 증가하면 평균 수확량이 늘고, 동시에 다른 수확 근로자들의 임금이 낮아진다는 것을 잘 안다. 만약 근로자들이 이 같은 부정적인 영향을 공정하지 않다고 여긴다면, 그들은 자신의 수확량을 줄일 것이다. 그 결과 그날의 수확량, 즉 생산성이 킬로그램당 일정액을 주는 경우와 비교해서 상대적 보상을 받을 때 오히려 줄어들 수 있음을 보여준다. 고전 경제학에서 가정했던 것처럼 증가하지 않는다는 것이다.

런던정경대의 오리아나 반디에라Oriana Bandiera 교수는 동료 연구자들과 함께 영국의 농장에서 나온 데이터를 사용하여 상대적 보상이 킬로그램당 일정액을 줄 때와 비교해 수확을 늘리는지 줄이는지 조사했다. 그 농업 회사는 상대적 보수 체계를 킬로그램당 일정액을 주는 것으로 바꾸었는데, 기대와 달리 근로자들의 생산성이 떨어졌기 때문이었다. 보수 체계 전환 후에 생산성은 시간당 5킬로그램에서 시간당 거의 8킬로그램으로 늘었다. 이런 맥락에서 주목해야 할 점은 두 보수 체계에서 근로자당 평균 보수와 킬로그램당 평균 보수는 근본적으로는 변하지 않았다는 것이다. 임금이 고정되어 있기 때문에 근로자들은 평균적으로 킬로그램당 더 많은 돈을 받지는 못했다.

상대적 임금을 적용한 경우에 나타난 낮은 성과를 어떻게 설명할 수 있을까? 지금까지 밝혀진 바에 따르면, 매일 아침 수확 근로자들이 무작위로 사과 농장에 모이기는 하지만 근로자들의 시야에 들어오는 곳, 즉 작업장에 친구들과 지인이 많을수록 수확량이 떨어졌다. 친구 숫자에 따른 부정적인 효과는 근로자들이 킬로그램당 일정액을 받을 때는 나타나지 않았다. 따라서 생산성에 영향을 미치는 것은 단순히 친구가 가까이에 있을 때가 아니라 친구가 근처에 있고 상대적 급여가 적용되는 경우에 자신의 성과가 다른 사람에게 부정적인 영향을 미칠 때다.

이 연구에서는 사회적 선호가 업무 생산성에 미치는 영향을 실험했다. 즉, 상대적 보상 체계가 회사의 기대보다 상당히 낮은 생산성을 불러오는 이유는 다른 사람을 배려하기 때문이라는 것이다.

사과 농장의 사례에서 보자면, 이는 상대적 보상 체계에서 프란시스코는 만약 자신이 업무량을 늘리면 그의 친구인 페드로가 돈을 적게 가져가게 됨을 아는 것이다. 자신의 업무가 불러올 결과를 생각해서 프란시스코는 업무 속도를 늦추게 된다. 프란시스코와 그의 동료들이 킬로그램당 일정액을 받는 고정급을 제안받자마자, 그들의 업무는 더 이상 다른 사람의 소득에 영향을 미칠 수 없게 되었고 모두가 자신의 업무 속도와 능력에 따라서 일할 수 있게 되었다. 고전 경제학은 공정성에 대한 고려가 근로자의 생산량에 미치는 영향을 일관되게 간과하고 있다.

> **◎ 핵심**
>
> 대부분의 주요 기업들은 상대적 임금 체계를 갖고 있다. 생산량을 늘리면 더 많은 금액으로 보상하는 것이다. 그런 체계에서 공정성에 대한 개념이 훼손되면, 생산량은 증가하는 대신 감소할 수 있다.

참고 자료   Bandiera, O.; Barankay, I., Rasul, I.: (2005) Social preferences and the response to incentives: Evidence from personnel data. Quartarly Journal of Economics, 100: 917-961.

39

인센티브는 기업 리스크를
높일 수 있다

보너스를 주는 것은 직원들이 더 많은 노력을 하도록 동기를 부여
하기 위해서다. 하지만 성과에 기반을 두는 임금 체계는 의도하지
않은 부작용을 낳을 수 있다. 근로자들이 과하게 위험한 결정을 하
는 것으로 보너스를 받을 수 있게 되면 의사 결정 행동에 변화가
생기기 때문이다.

나쁜 평판이기는 하지만, 제롬 케르비엘Jerome Kerviel과 닉 리
슨Nick Leeson은 금융 부문에서 위험한 결정을 내려 이름을 널리 알
린 사람들이다. 리슨은 과도한 투기로 약 14억 달러에 달하는 손실
을 내고 1717년에 설립된 영국의 베어링스 은행을 파산시킨 인물
이다. 이와 비교하면 제롬 케르비엘의 위험한 투기 거래로 2008년
약 48억 유로를 손실한 프랑스 대형 은행 소시에테 제네랄은 '운이

좋았다'라고 할 수 있다. 은행 파산까지는 가지 않았으니 말이다. 두 사건은 대중의 엄청난 관심을 받았다. 이들은 개별 투자 은행가의 위험한 투자 전략이 어떻게 엄청난 손실을 불러오고, 심지어 유명한 금융 회사의 몰락까지 가져오는지를 보여주었다. 그런데 그다지 주목받지 못하는 사실은 이렇게 막대한 손실이 발각되기 전까지만 해도 이 두 은행가는 그들 분야에서 엄청난 성공을 거두었다고 여겨졌다는 것이다. 그들은 막대한 보너스도 받았다. 위험한 투자 행위와 보너스 지급에는 연결 고리가 있을까?

금융 분야는 직원들이 고정 급여에 더해서 보너스를 받는 산업이며 많은 경우 보너스는 개인 성과뿐만 아니라 기업의 성공에도 영향을 받는다. 통상적으로 개인 성과는 다른 직원들의 성과와 비교된다. 그리고 보너스 액수는 상대적 성과에 따라서 평가된다. 보너스 지급은 많은 산업에서 보편적이다. 대부분의 스포츠 선수들은 소속팀이 리그에서 우승을 하면 보너스를 받는다. 자동차 딜러들은 차를 많이 팔면 보너스를 받는다. 제과점 체인에 근무하는 직원들은 36장에서 소개한 것처럼 매출 목표를 달성했을 때 팀 보너스를 받는다.

보너스 지급은 개인의 성과와, 나아가 기업의 최종 결산 결과를 높이기 위한 것이다. 그런데 '교체 골키퍼의 챔피언십 우승 기여도는 얼마나 될까', 'CEO 때문에 추가적으로 팔리는 자동차는 얼마나 될까' 등의 사례를 보면 개인의 성과를 측정하는 것이 아주 쉽지만은 않을 수 있다. 그런데 우리가 여기에서 이런 주제에 초점을 맞추려는 것은 아니다. 대신 보너스 시스템이 어떻게 인간 행동에 영향을 미치는지에 대해 논의하려고 한다. 특히 투자은행업 등의 금융 분야처럼 개인행동이 아주 큰 지렛대 효과를 갖고 다른 사람에게 큰 영향을 미치는 경우에 말이다. 종종 막대한 돈이 매우 복잡한 최신 금융 상품을 통해서 이리저리 이동하는 때가 있다. 만약 얼마나 많은 액수가 움직이느냐에 따라 보너스가 달라진다면, 사람들은 더 거대한 위험을 감수하려고도 할 것이다. 이것이 여기에서 들여다보려는 이슈다. 독일 인스브루크에서 일하는 나의 동료 연구자 미히엘 키르흘러Michael Kirchler 인스브루크대 교수와 플로리안 린드너Florian Lindner, 그리고 네덜란드 네이메헌의 위츠 베이첼Utz Weitzel 라드바우드대 교수가 진행한 보너스 지급에 대한 연구가 이 이슈를 다루었다.

키르흘러와 동료 연구자들은 전문적인 은행가들을 실험에 참가시켰다. 처음에 은행가들에게는 8라운드에 걸쳐 위험이 없는 채권에 투자하거나 위험 투자에 넣을 수 있는 종잣돈이 주어졌다. 위험 투자는 평균적으로는 높은 수익을 창출하지만 개별 라운드에서는 수익이 날 수도 있고 손실이 날 수도 있다. 연구의 기본적인 조건에 따라 은행가들은 8라운드가 끝난 후 종잣돈으로 창출해낸 금액에 따른 보상을 받았다. 두 번째 조건에서는 8라운드가 끝난 후 번 액수에 따라 순위가 매겨졌다. 가장 많은 수익을 창출해낸 개별 은행가는 큰 보너스를 받았다. 2위와 3위도 상당한 보너스를 받았다. 그러나 나머지는 보너스를 한 푼도 받지 못하고, 단지 참가비만 받았다. 두 번째 조건은 개인의 성과에 따라 상대적으로 보너스를 지급하는 시스템이 반영된 것이었다.

이 실험에서 은행가들은 두 번째 조건에서 일관되게 위험 투자에 많은 돈을 쏟아부었다. 특히, 진행되고 있는 투자에서 나온 수익이 비교 그룹에 있는 다른 은행가들에 비해 뒤처져 있는 은행가들도 그랬다. 한번 뒤처지면, 오직 높은 위험을 감수해야만 다른 참가자들을 앞서고 보너스를 받는 기회를 잡을 수 있기 때문이었다. 비슷한 이유로, 손실을 보면 높은 위험을 감수해야만 손실에서 빠르게 탈출할 수 있었다. 이는 위험을 축적하는 결과를 낳았고, 제롬 케르비엘과 닉 리슨의 경우가 극적으로 증명했듯이 더 큰 손실로 이어졌다.

상대적 성과에 기반을 둔 보너스 지급 체계는 보너스를 받기 위해 위험을 감수하는 경향을 증폭시켰다. 이는 개별 중개인에게 매우 위험할 뿐만 아니라 전체 회사와 산업에도 위험하다. 제어 시스템이 필요할 것이다. 그러나 보너스를 없애는 것만으로는 과도한 위험을 감수하는 경향을 막을 수 없음을 키르흘러와 동료 연구자들의 연구가 보여주었다. 세 번째 조건에서는 8라운드의 마지막에 은행가들이 투자 수익으로 달성한 순위가 발표되었다. 하지만 보상은 순위에 따라 결정되지 않았고, (기본적인 조건에서와 같이) 창출해낸 이익에 따라 결정되었다. 놀랍게도, 세 번째 조건에서 위험 투자를 하는 경우는 사실상 두 번째 조건과 동일하게 나타났다. 아마 누구도 실력 없는 나쁜 투자자처럼 보이고 싶지 않았기 때문일 것이다. 순위를 발표하는 것 자체가 위험 감수 행위에 영향을 준 것이다.

누구든지 최고가 되기를 원하는 한, 순위 발표는 높은 위험을 감수하는 행위를 이끌어낸다. 이런 교훈이 금융 분야에만 적용되는 것 같아 보이지는 않는다.

핵심

기업들이 상대적 임금 체계를 사용할 때, 직원들은 다른 사람보다 좋은 성과를 내기 위해 자신들의 업무에서 더 큰 위험을 감수하려고 한다. 극단적인 경우에 이는 전체 기업을 몰락하게 만들 수도 있다.

참고 자료   Kirchler, M.; Lindner, F.; Weitzel, U.: (2018) Ranking and risk-taking in the finance industry. Journal of Finance, 73: 2271-2302.

40

동료를 방해하는 직원에게 인센티브를 주지 마라

만약 오직 한 명만 승리할 수 있다면, 2등을 한 사람도 이미 첫 번째 패자다. 많은 기업이 상대적 인센티브 체계에 의존하고 있다. 이 체계에서 승자는 패자들보다 훨씬 큰 파이 조각을 차지한다. 세계적으로 유명한 스포츠 세계에서 이런 상대적인 인센티브 체계는 경쟁자들을 방해하는 결과를 낳기도 했다. 비즈니스에서는 인센티브 체계에 대해 이와 같은 반응이 생기면 꽤 많은 비용을 지불하게 될 수도 있다.

미국의 장편 영화 「아이, 토냐(I, Tonya Harding)」(2018)는 두 명의 피겨 스케이팅 선수인 토냐 하딩Tonya Harding과 낸시 케리건Nancy Kerrigan 사이의 갈등을 다룬다. 둘은 (1994년) 노르웨이 릴레함메르에서 열린 동계올림픽에 미국 대표로 출전하기 위해 치열하게 경쟁한다. 전국 챔피언십 대회에서 우승한 선수 한 명만이 대표 선수로 출전할 수 있었다. 전국 대회 직전 토냐 하딩의 전남편은 폭력배를 고용해 낸시 케리건의 다리를 쇠막대기로 때려 다치게 했다. 케리건은 전국 대회에 출전할 수 없게 되었다. 케리건에 대한 공격이 하딩과 모종의 관계가 있다는 사실이 밝혀졌지만, 하딩은 전국 대회에서 우승하고 동계올림픽에 출전했다. 하딩은 실력이 있어 우승한 것이 아니라 경쟁자가 누군가에게 의도적인 부상을 당한 후에 우승했다.

널리 알려진 이 슬픈 이야기는 현실과 동떨어진 다른 세상의 사건도 아니고 스포츠에만 한정된 사건도 아니다. 만약 우승자에게 아주 높은 보상이 주어진다면, 경쟁자에게 해를 입히는 것이 자신의 성과를 높이는 것만큼 승리하는 데 도움이 될 수 있다. 승리 트로피를 얻기 위해 뛰어난 경쟁자에게 해를 입히는 것은 도덕적으로 피해야 할 일이기도 하지만 전반적인 성과 수준에도 부정적인 영향을 미칠 수 있다.

기업들은 승자에게 많은 인센티브를 주는 문제로 골머리를 싸매고 있다. 전 세계의 많은 비즈니스는 상대적 인센티브 체계에 과도하게 의존하고 있다. 이는 승진, 임금 인상, 보너스 지급 등이 같은 회사 내에서 일하는 동료들과 비교한 상대적 성과에 따라 달라진다는 것을 뜻한다. 직원들 사이에서는 회사 내에서 가장 실익이 많은 지위를 향한 의도적인 경쟁 구도가 만들어진다. 상대적 인센티브 체계 뒤에 있는 아이디어는 이 체계가 현직에 있는 직원들의 성과를 최고조로 몰아간다는 것이다.

업무에 많은 노력을 기울이는 것은 꽤 지루할 수 있고 모든 사람의 능력은 어느 순간에는 결국 한계에 도달한다. 그렇기 때문에 경쟁에서 더 나은 점수를 얻을 수 있는 확실한 가능성은 경쟁자에게 피해를 주는 것이다. 동료들에게 중요한 정보를 숨기고, 경쟁자의 성과에 대해 허위나 오해의 소지가 있는 정보를 유포하고, 필요한 도구나 문서를 '엉뚱하게 배치'하는 등의 일이다. 그런데 이런 행동은 회사의 전반적인 성과를 저하시키므로 기업에 해를 끼친다. 한편 훼방꾼의 관점에서 보면, 다음 승진이나 급여 인상 가능성이 높은 사람에게 이는 매력적인 작전 방식이다.

나의 친구이자 쾰른대의 동료 연구자인 베른트 이를렌부슈Bernd Irlenbusch 교수는 상대적 인센티브 체계가 얼마나 강하게 승자를 우대하는지가 경쟁자 파괴적인 행위의 정도 여부에 영향을 주는지에 대해 조사했다. 다른 말로 하면, '보너스 지급액 등 승자에 대한 보상이 점점 높아진다면 방해 행위 시도가 늘어날까?'라는 질문이 된다.

이런 질문에 실제 기업이 대답하는 것은 사실상 불가능하다. 전 세계 어떤 경영진도 인센티브 체계에 대응해서 나타나는 방해 행위에 대한 데이터를 내놓으려 하지 않을 것이다. 그래서 이를렌부슈는 336명이 참가한 실험실 실험을 진행했다. 참가자들은 한 명의 상사와 세 명의 직원 등 네 명으로 구성된 그룹으로 나뉘었다. 직원들은 보너스를 위해서 경쟁했는데, 가장 생산적인 직원이 보너스 경쟁에서 승자가 되었다. 직원들은 자신의 생산성에 투자하는 대신 다른 두 명의 업무 일부를 망가뜨려서 그들의 성과를 줄이는 선택을 할 수 있었다. 이를렌부슈는 이를 '사보타주' 또는 방해 행위라고 불렀다. 연구에서 사보타주의 수준은 승자가 받는 보너스가 커질수록 높아짐이 드러났다. 그러므로 상대적 인센티브 체계는 자기 스스로의 성과를 높이는 대신 다른 사람들의 업무 결과물을 망가뜨리는 행위에 인센티브를 제공한다고 할 수 있다.

이런 결과에 근거해서 이를렌부슈는 더 나아가 승자에게 많은 보너스를 주는 시스템이 있다고 하더라도 어떤 조건에서 사보타주의 정도가 줄어드는지 찾아내기를 원했다. 직원들 사이의 소통은 분명 사보타주의 수준을 낮추는 것으로 나타났다. 사회적 친밀감이 커질수록 방해 행동은 감소했다. 서로를 더 잘 알 때, 사람들은 방해하는 방식의 행동을 줄였다. 이를렌부슈는 또 방해 행동을 분명하게 '사보타주'라고 명명하는 것이 이를 줄인다는 사실도 발견했다. 그는 이런 행동을 바람직하지 않다고 명시적으로 규정하는 윤리적 가이드라인이나 컴플라이언스 규범이 상대적 인센티브 체계로 인해 생기는 방해 행위를 줄이는 데 긍정적인 기여를 한다고 결론 내렸다.

◎ 핵심

기업들은 함께 일하는 직원들에게 달려 있다. 만약 개별 직원이 다른 직원들보다 더 생산적이라고 여겨지면 돈을 더 벌게 되는 상대적 인센티브 체계는 누군가에게 다른 사람의 노력을 방해하는 사보타주 행동을 하게 만든다.

참고 자료   Harbring, C.; Irlenbusch, B.: (2011) Sabotage in tournaments: Evidence from a laboratory experiment. Management Science, 57: 611-627.

7부

기업과
시장 윤리에
관한
행동경제학

41

시장이 도덕성을 망가뜨린다

엔론 사태와 폭스바겐 '디젤 게이트' 등의 기업 추문이나 스캔들은 시장 경제가 경쟁을 통해서 기업 윤리를 파괴하는 것이 아니냐는 질문을 반복적으로 던지게 만든다. 정말 그럴까?

나는 전 세계 연구자들이 하는 수많은 강의를 들었다. 통상 강의를 듣는 데는 내 감정을 많이 쏟지 않아도 된다. 하지만 2012년 가을에 들었던 한 강의는 완전히 달랐다. 나는 독일 본대학교의 아르민 팔크Armin Falk 교수를 오스트리아 인스브루크에 초청해서 강의를 부탁했다. 그는 노라 세치Nora Szech 교수와 진행했던 윤리적 행동에 대한 연구 프로젝트를 설명했다. 첫 번째 실험 조건에서 연구 참가자들은 생쥐 한 마리를 살리는 대신 10달러를 포기할지, 아니면 그 생쥐가 안락사되게 두고 10달러를 받을지 선택해야 했다.

이때 생쥐가 안락사되는 것을 괜찮다고 인식할 수 있도록, 참가자들에게는 안락사 과정에 대한 비디오를 보여주었다(그 비디오는 팔크 자신이 찍은 것은 아니었다).

두 번째 실험 조건에서 참가자들은 생쥐의 죽음으로 10달러를 받을지를 직접 결정하지 않았다. 대신 시장에 맡겼다. 판매자 9명은 각각 생쥐를 갖고 있었다(문자 그대로는 아니지만, 그들의 결정이 생쥐와 연관되어 있었다). 구매자 7명은 생쥐를 갖고 있지 않았다. 이제 시장에서 양측은 20달러를 어떻게 배분할지 제안할 수 있었다. 양측이 동의하면 생쥐는 죽고, 판매자와 구매자가 사전에 나누기로 동의한 액수를 각각 받는다. 만약 양측이 생쥐의 죽음을 받아들일 의사가 있으면 개별 참가자는 평균적으로 10달러를 받을 수 있었다.

이 연구는 전 세계 학계의 주목을 받았고, 학술지 『사이언스』에 게재되었다. 첫 번째 실험 조건에서는 거의 50퍼센트 이하의 참가자가 10달러를 받는 것을 선택했다. 하지만 시장에 의존하는 두 번째 조건에서는 양측이 20달러를 배분하기로 동의한 비율이 거의 80퍼센트였다. 두 번째 조건에서는 상당히 적은 수의 생쥐만 살아남았다. 팔크는 이 결과를 두고 시장에 결정을 맡기면 홀로 결정을 내릴 때와 비교해서 도덕적인 행동이 방해받는다고 해석했다.

가능한 이유와 다양한 반론을 검토하기 전에, 우선 이 생쥐들에 대해 설명하겠다. 그래야 독자들이 동물구호협회에 연락하지 않을 것이다. 생쥐들은 대학 병원의 실험실에서 왔다. 전 세계 실험실에 수백만 마리의 그런 생쥐가 있다. 어떤 생쥐들은 유전적 문제 때문에 일부 실험에서 더는 활용할 수 없다. 이런 생쥐들은 야생에 풀어놓을 수 없기 때문에, 통상적으로 안락사를 시킨다. 팔크는 다음과 같은 처리 방식을 마련했다. 연구 참가자가 돈을 받지 않기로 선택할 때, 생쥐는 구조되어 안락사를 피한다. 생쥐는 실험실에서 팔크가 내는 비용으로 자연사할 때까지 살아남을 수 있다. 즉 현실에서는 참가자가 생쥐의 안락사를 결정하지 않을뿐더러, 반대로 원래는 안락사를 당하게 되어 있는 생쥐를 살릴지 결정하는 셈이다. 물론 참가자들은 이를 알지 못한다.

다시 질문으로 돌아가자. 왜 도덕적으로 행동하는 경향이 개인이 결정할 때보다 시장에서 결정할 때 덜 나타날까? 첫째, 우리 자신의 행동에 대한 책임감이 시장에서는 흐려진다. 개인이 결정할 때는 모든 사람이 자신의 결정에 책임을 져야 한다. 하지만 시장에는 수요와 공급이 있기 때문에 거래가 성사되려면 두 번째 사람이 있어야 한다. 즉, 개인의 책임이 가벼워진다. 둘째, 시장에서 벌어지는 행동은 싸게 사려는 욕구가 가장 우선이고, 거래되는 상품에 대한 관심은 배경으로 밀어내는 것처럼 보인다. 만약 티셔츠 한 벌을 4달러에 샀다면, 많은 사람이 엄청나게 싼 가격에 산 것을 기뻐할 것이다. 티셔츠가 아동 노동으로 인해 싸게 생산되었기 때문에 그렇게 저렴하다는 배경은 잊는다.

판매자와 구매자가 자신들의 책임감을 더 잘 인식하게 하면 시장에서 도덕적으로 행동하는 경향이 강화될까? 이 질문을 나는 동료 연구자인 위르겐 후버Jürgen Huber, 미하엘 키르흘러, 마티아스 슈테판Matthias Stefan과 들여다보았다. 팔크와 같이, 우리는 시장에서 연구 참가자들이 특정한 금액의 분배를 두고 협상하도록 했다.

만약 합의가 이루어지지 않으면, 우리는 일정 금액을 홍역 백신 기금으로 유니세프에 기부했다. 매년 전 세계에서 10만 명의 어린이가 홍역으로 사망한다. 우리가 기부하는 금액으로는 2,150명의 어린이에게 백신을 접종할 수 있었다. 하지만 판매자와 구매자 사이에 거래가 이루어지면 기부는 없던 일이 되었다.

참가자들의 책임감을 자극하기 위해, 연구자들은 의사를 초빙해서 홍역과 백신 예방접종에 대해 강의하도록 했다. 거래가 성사되기 전에 연구자들은 구매자와 판매자에게 그들의 책임감을 상기시켰고, 만약 거래가 성사되면 아이들을 위한 기부는 없다는 사실도 다시 알려주었다. 하지만 이 같은 두 가지 개입은 연구자들이 백신 기부금을 내는 빈도에 아무런 영향을 미치지 않았다. 나의 연구에서도 개인의 개별적인 결정에 비해 시장은 도덕적인 행동을 방해하는 경향을 보였다. 연구에서는 또, 사람들이 기부를 하는 대신 돈을 갖는 쪽을 선택하는 경우 금전적인 벌칙을 내렸을 때 도덕적인 행동이 더 자주 발생하는 것으로 나타났다. 42장에서 보게 될 테지만 도덕성은 비용 및 편익과 관련되어 있는 것처럼 보인다.

◎ 핵심

시장에 기반을 둔 행동은 사람들을 혼자 행동할 때보다 덜 윤리적이게 만든다. 이런 내용은 개별 기업과 사회 전체를 위해 고려되어야 한다.

참고 자료 Falk, A.; Szech, N.: (2013) Morals and markets. Science, 340: 707-711.

Kirchler, M.; Huber, J.; Stefan, M.; Sutter, M.; (2016) Market design and moral behavior. Management Science, 62: 2615-2625.

42

인센티브에 따른
비윤리적 행동의 증감

성 아우구스티누스가 말하기를 모든 거짓말은 그 범위나 결과에 관계없이 큰 죄라고 했다. 하지만 경제학자들이 흑백 논리로 생각하는 경향은 이보다는 덜하다. 경제학자들은 의도적인 속임수와 같은 특정 행동의 비용과 편익을 따진다.

한 비즈니스 컨설턴트가 직업상 알게 된 얘기를 들려준 적이 있다. 그는 한 중소기업을 위해 일하고 있었다. 그런데 그 중소기업은 좀 더 큰 기업 그룹에 인수되기 위한 협상 중에 있었다. 기업 경영진은 인수가 성공적이고 빠르게 완료되기를 절실하게 원하고 있었다. 하지만 협상은 계속해서 교착 상태에 빠졌다. 기업 경영진은 모든 구성원의 결정을 기다리며 안절부절못했다. 모든 과정은 꽤 늘어졌고, 이는 누구도 예상하지 못했던 일이었다. 그 기업은 협상 과정에 변화를 주기 위해 결국은 마지막 남은 힘까지 써서 절박하고 비도덕적인 일을 하기로 결정했다. 중국 출신 배우들을 고용해서는, 그 배우들이 잠재적인 인수자처럼 보이도록 고급 차를 타고 회사에 나타나도록 했다. '빅 쇼'를 하기에 편리한 시간은 사전에 정해졌는데, 상대방 회사 협상팀이 그 장면을 볼 수 있도록 하기 위해서였다. 이런 속임수 때문에 그 중소기업에 유리한 쪽으로 비교적 빠른 결정이 내려졌다. 그리고 경영진은 이어서 나온 구속력 있는 인수 제안을 기꺼이 승인했다.

이런 일화는 엄청나게 많은 돈이 걸렸을 때 도덕 기준이 위험에 처할 수 있다는 것을 보여준다. 이 일화에서 중소기업은 분명히 속임수를 썼다. 이는 도덕적인 관점에서 부끄러운 일이다. 하지만 이득을 얻을 수 있는 상황에서 비도덕적인 행동에 대한 유혹을 완전히 떨칠 수 있다고 누가 주장할 수 있을까? 여기에서 다음과 같은 질문이 나온다. 얻을 수 있는 이득 규모가 커지면 비도덕적인 행동을 하게 될까. 즉, 사람들이 얻을 것이 많으면 거짓말과 음모에 의지하게 되는지, 그리고 '피해자'에게 발생할 수 있는 비용과 불이익도 중요한 역할을 하는지 등을 알고 싶은 것이다. 이 질문에 대한 대답은 어떤 상황에서 부도덕한 행동 문제가 발생할 가능성이 더 높은지 알려주기 때문에, 기업들과 관련이 있다.

UC샌디에이고의 유리 그니지 교수는 이 이슈를 체계적으로 다룬 최초의 행동경제학자다. 그니지의 실험은 사람들의 거짓말을 들여다보는 전형적인 방법처럼 보인다. 그의 실험에서 두 사람은 서로 거래를 해야 한다. 두 가지 결과가 나올 가능성이 있는데, 오직 첫 번째 사람만 어떤 결과가 각자에게 얼마나 혜택이 있는지 알 수 있다. 예를 들어 결과A와 결과B가 있다고 하자. 결과A는 첫 번째 사람이 50달러를 받고, 두 번째 사람은 60달러를 받는 것이다. 결과B는 첫 번째 사람이 60달러를 받고, 두 번째 사람은 50달러를 받는 것으로, 둘은 완전히 반대다. 이제 첫 번째 사람은 두 번째 사람에게 메시지를 보낼 수 있다. 메시지는 어떤 결과가 두 번째 사람에게 더 이득이 되는지 알려주는 내용이다. 예를 들어, 첫 번째 사람은 '결과A가 당신에게 더 좋다'라는 진실을 알리는 내용을 보낼 수 있다. 하지만 '결과B가 당신에게 더 좋다'라고 보낼 수도 있다. 이는 거짓말이다. 이제 중요한 것은, 두 번째 사람이 실제 두 사람이 얼마를 받을지 모르는 상태에서 첫 번째 사람의 메시지를 받은 후에 어떤 결정을 내리는가다. 그 결정으로 두 사람이 받는 돈의 액수가 결정된다. 만약 두 번째 사람이 결과B를 선택하면, 첫 번째 사람은 60달러를 받고, 자신은 50달러를 받는다. 그런데 선택 후에도 두 번째 사람은 다른 선택을 하면 어떤 결과가 나오는지, 실제로 첫 번째 사람이 얼마를 받았는지를 알지 못한다.

그니지의 실험에서는 두 가지 결과 모두에서 받는 돈이 어떻게 되는지 다양하게 바뀌며 제시되었다. 어떤 경우에는 첫 번째 사람이 거짓말을 하고 훨씬 많은 이득을 얻었다. 또 다른 경우에는 두 번째 사람이 거짓말 때문에 훨씬 많은 돈을 잃었다. 결과를 체계적으로 변화시키면 (상대방에게 나타나는) 거짓말의 비용과 (자신에게 나타나는) 이익에 따라 거짓말을 할 가능성이 달라지는지 알 수 있다.

그니지 연구는 여러 차례에 걸쳐 다른 연구에서도 반복되었다.

그니지의 연구 결과는 다음과 같이 정리할 수 있다. 사람들은 잠재적인 이득이 생기자마자 바로 거짓말을 했다. 하지만 거짓말한 사람의 이득은 그대로이고 상대방의 손해가 커지는 쪽으로 가정을 바꾸어갔을 때, 거짓말을 당한 사람의 손해가 상당해지면 사람들은 거짓말을 자제했다. 그러나 압박이 가해지면, 자신의 이익을 상대방의 잠재적인 불이익보다 훨씬 더 중요하게 여겼다.

전체적으로 보면, 이는 도덕적이거나 비도덕적인 행동이 그런 행동으로 인한 비용과 편익에 바탕을 둔다는 것을 의미한다. 비즈니스의 맥락에서 이는 만약 윤리적인 행동에 대한 가이드라인이 정해진다면, 사람들은 규칙을 위반했을 때 생기는 리스크가 개인에게 더 이익이 될지, 비도덕적인 행동을 하면 보상을 받게 될지에 주의를 기울이게 된다는 것을 의미한다. 비즈니스 과정의 위험 분석을 통해서 비윤리적인 행동에 대한 인센티브를 찾아내고, 가능한 한 빨리 그런 행동에 대응한다는 것이다.

◎ 핵심

일상 업무의 많은 경우에 도덕적 차원이 존재한다. 윤리와 재무적 이익 사이에서 균형을 잡을 때 사람들은 그들의 행동이 자신과 다른 사람들에게 미치는 결과에 영향을 받는다. 비도덕적인 행동의 빈도는 그런 행동의 비용과 편익에 영향을 받는다.

참고 자료   Gneezy, U.: (2005) Deception: The role of consequences. American Economic Review, 95: 384-394.

43

리더는 사소한 윤리 위반도
참아선 안 된다

폭스바겐의 '디젤게이트'나 엔론의 회계 부정 사건에서처럼, 기업의 범죄 행위는 종종 뒤늦게 드러난다. 그에 따른 손해는 때로 너무나 커서 엄청난 비용을 지불하고 나서야 바로잡을 수 있거나 심지어는 즉각적인 파산으로 이어진다. 왜 잘못된 행동은 자주 그렇게 늦게 발견될까? 그에 대한 한 가지 답을 사람들의 근본적인 심리에서 찾을 수 있다.

클레어 Claire 는 명문 대학에서 경영학을 전공했다. 그녀는 자신이 다니는 회계법인이 회계감사를 맡은 기업의 회계를 샅샅이 뒤지는 중이다. 그녀는 20대 후반에 유명 회계법인 겸 로펌에서 자리를 잡은 사실을 자랑스럽게 생각한다. 그녀의 고용주는 그녀가 주당 40시간 이상 일해야 하는 것에 신경질적으로 반응하지 않기를 기대하고 있기는 하지만 말이다. 물론 회계법인 최고위직으로 가는 길은 주당 평균 80시간이나 그 이상 일하는 직원에게 열려 있는 것처럼 보인다. 하지만 그녀가 받는 수십만 달러의 연봉을 고려하면, 클레어가 많은 일을 하고 많은 돈을 받는 것은 정당한 교환처럼 보인다. 지금 클레어는 문제가 될 법한 일을 두고 고민하고 있다. 그녀는 회계감리 대상 기업에서 최근 몇 년간 선도 거래가 꾸준하게 늘고 있는 것을 발견했다. 하지만 동일 산업 내 경쟁 기업들은 선도 거래의 증감액이 더 많이 출렁거린다. 선도 거래는 현시점에서 거래는 맺지만 거래 실행은 나중에 이루어지는 것이다. 재무상태표를 보면 이렇게 거래되었을 때 수익은 좋아 보인다. 클레어가 발견한 이상 신호는 이런 유형의 거래가 계속해서, 그것도 선형으로 증가하는 것이 통상적이지 않은 일이라는 점이다. 심지어 최근에 사업이 그렇게 좋았던 것도 아니었다. 모든 것이 순조로운지 고민한 끝에 클레어는 이번 회계년도에 있었던 일들이 이전해에 있었던 일과 비슷하다고 스스로에게 얘기했다. 그리고 재무제표가 정확한 것을 확인했고, 적정하다는 회계감사 의견을 제출했다. 올해가 작년과 너무나 비슷하기 때문에 모든 것이 아마도 정확할 것이라는 얘기였다.

클레어는 가상의 인물이지만, 현실에서 회계법인들도 클레어가 그런 것과 같이 기업 장부가 정확하고 법적 요건과 부합한다고 회계감사 의견을 내는 것으로 엄청나게 많은 돈을 번다. 주요 기업과 다국적 기업의 재무제표가 복잡하다는 것을 감안할 때, 이런 일이 쉬운 것은 아니다. 회계감사 중, 전년과 비교해서 주요하게 큰 차이가 나면 몇 년에 걸쳐 일정하게 작은 변화가 있는 것보다 좀 더 주목을 받는다. 왜냐하면 사람들은 지속적인 작은 변화보다는 큰 차이를 더 주목하기 때문이다. 사람들은 과거 상황과 지금을 비교해서 판단하려는 경향이 있다. 과거와 비교했을 때 작은 변화는 큰 변화보다 좀 더 정상적인 것으로 인식된다. 이는 또 현재 행동이 이미 인정받은 과거 행동과 비슷할수록 인정받을 가능성이 더 높다는 사실로 설명할 수 있다. 바로 이런 경향 때문에 잘못된 행동이 조금씩 스며들면 이를 식별하기가 어렵다. 누군가 사기를 칠 의도가 있는 사람은 옳고 그른 행동을 평가할 때 이런 경향을 악용할 수 있다.

하버드 경영대학원의 프란체스카 지노Francesca Gino 교수와 맥스 베이저먼Max Bazerman 교수는 널리 호평받은 연구를 통해 이를 보여주었다. 비도덕적이거나 속이는 행위가 너무 늦게 발견되거나 아예 발각되지 않도록 하는 '미끄러운 비탈길(slippery slope)'이라는 개념이다. 연구자들은 동전으로 채워진 항아리 안의 돈의 액수를 추정하는 실험을 했다. 참가자들은 항아리 안에 들어 있는 돈의 추정액에 대한 의견을 내는 회계감사인의 역할을 맡았다. 만약 감사인이 정확한 추정을 하면 추정액의 일정 부분을 받을 수 있다. 여기에서 정확한 추정은 실제 액수와 최대 10퍼센트의 오차 정도를 가리킨다. 이로써 감사인들은 더 높은 추정액을 제시할 유인을 갖는다. 왜냐하면 높은 추정액을 제시하고 그 금액이 맞는다면 더 많은 돈을 받을 수 있기 때문이다. 정확할 것이라고 보는 추정액이 실제 맞는지는 10회 중 1회만 점검한다. 그리고 추정액이 틀린 것으로 판명되면 벌금을 내야 한다. 만약 감사인이 시작부터 틀리게 추정한다면, 감사인은 한 푼도 받을 수 없을 것이다.

항아리에는 항상 10달러에서 몇 센트 정도 많거나 적은 돈이 들어 있다. 감사인들은 그와 같은 항아리 전부를 평가하고 관련된 추정액을 따져야 했다. 지노와 베이저먼은 감사인을 두 그룹으로 나누었다. 첫 번째 그룹에서는 각 항아리의 추정액이 평균 40센트씩 증가했다. 두 번째 그룹에서는 추정액이 초기에는 항상 10달러쯤이었다가 갑자기 14달러 정도로 확 늘었다. 실제 액수의 10퍼센트 범위 안에서 맞히면 정확한 추정액으로 본다는 규칙에 따라 처음에는 11달러를 넘어서는 모든 추정액은 정확하지 않다고 판단될 것이었다. 지노와 베이저먼은 추정액이 처음으로 14달러에 도달했을 때 얼마나 자주 정확하다고 판단되는지 지켜보았다. 10달러에서 14달러로 갑자기 뛰는 그룹에서는 3퍼센트보다도 적은 감사인이 14달러라고 추정했다. 이와 대조적으로 추정액이 점진적으로 증가하는 그룹에서는 25퍼센트 이상의 감사인이 14달러로 추정액이 넘어갔을 때 정확하다고 추정했다. 이를 다시 반복하는 경우에, 긍정적으로 확인하는 빈도가 50퍼센트 이상으로 올라갔다. 왜냐하면 앞서 보았던 숫자들과 비슷했기 때문이다.

이 연구는, 어떤 것이 정확하다거나 틀렸다거나 하는 판단은 필수적으로 과거에 상황이 어떻게 진전되었는지에 따라 달라진다는 것을 보여준다. 어제 괜찮았던 일들은 종종 오늘도 괜찮다고 여겨진다. 이것이 앞선 가상 사례에서 클레어가 회계 장부를 정확하다고 판단했던 이유다. 왜냐하면 그녀가 본 장부들은 이전 해의 것과 비슷해 보였기 때문이다. 그러나 이러한 유사성은 사기 의도를 가진 경우에 악용될 수 있다. 엔론의 가짜 대차대조표 스캔들처럼 말이다. 엔론 회계 부정 사건의 경우, 회계법인인 아서앤더슨도 증거 인멸과 사법 방해 혐의로 유죄 판결을 받았다. 윤리가 미끄러운 비탈길 위에서 아래로 미끄러져갈 때, 이를 인식하기는 때때로 매우 어렵다.

> ### ◎ 핵심
>
> 기업의 추문이 드러난 이후 많은 사람이 어떻게 그런 불법행위가 그렇게 오래 발각되지 않았느냐고 묻는다. 인간의 인식은 대부분 현재와 과거의 경험을 비교하는 데 바탕을 두고 있다. 비도덕적인 행동이 매우 오랜 시간에 걸쳐 점진적으로 증가하면 눈에 잘 띄지 않기 때문에 발견하는 것이 특히나 어렵다.

참고 자료   Gino, F.; Bazerman, M.: (2009) When misconduct goes unnoticed: The acceptability of gradual erosion in others' unethical behavior. Journal of Experimental Social Psychology, 45: 708-719.

단순한 참견과 피드백이 변화를 이끌 수 있다

상품과 서비스 생산은 종종 환경오염을 불러온다. 기업들은 이런 부정적인 영향을 피해야 한다는 사회적 압력을 받는다. 버진 애틀랜틱 항공(Virgin Atlantic Airways)의 사례는 환경보호주의자들이 강하게 비판하는 산업인 항공업에서 어떻게 환경보호를 실천할 수 있었는지 보여준다. 핵심은 조종사들에 있었다.

캐럴라인 Caroline 은 주요 항공사 한 곳의 항공기 기장으로 일하고 있다. 그녀는 자신의 일을 자랑스럽게 생각한다. 그녀는 매주 수백 명의 승객들을 목적지로 실어 나른다. 그런데 얼마 전부터 환경운동을 하는 친구와 지인 들에게서 비판받는 날이 늘었다. 왜냐하면 항공업은 어떤 방식으로든, 어떤 모양으로든, 어떤 형태로든 환경 중립적으로 보이지 않기 때문이다. 항공업의 이산화탄소 배출량은 연간 이산화탄소 배출량의 약 3퍼센트를 차지한다. 항공산업이 세계 무역량의 약 35퍼센트를 담당하며 엄청난 부를 창출하고 있다는 사실은 그녀의 친구들에게 아무런 영향을 주지 못한다. 하지만 몇 주 동안 캐럴라인은 연료 절감을 통해 이산화탄소 배출을 줄이는 데 조금이나마 기여했다고 얘기할 수 있다. 다니는 항공사가 연료 절감 프로젝트를 시작했는데, 그 프로젝트에 캐럴라인도 참여하고 있기 때문이다.

　캐럴라인 기장의 가상 사례는 존 리스트 시카고대 교수의 최근 연구와 들어맞는다. 리스트는 공동저자들과 함께 버진 애틀랜틱 항공과 협력하여 연구를 진행했다. 연구 프로젝트는 항공사 기장들의 환경보호 인식을 높이기 위한 해법을 찾는 것이었다. 항공산업을 넘어 일반적으로 질문을 던진다면, 직원들이 환경에 해를 주지 않는 방식으로 행동하게끔 기업이 유도할 수 있느냐는 것이다. 물론 기업이 점검을 하고 불이익을 주는 방법이 있지만, 기업 입장에서는 감시를 늘릴수록 비용이 많이 든다. 직원들이 환경에 부정적인 영향을 덜 끼치도록 만드는 좀 더 단순한 방법이 있을까.

　이는 심지어 회사로서는 재무적 가치가 있을 수 있다. 항공산업에 있어서 이는 분명하다. 왜냐하면 연료 절감은 이산화탄소 배출을 줄일 뿐 아니라 항공사의 가장 중요한 비용인 연료 비용을 감소시키기 때문이다. 항공사의 영업비용 중 약 3분의 1이 연료비용이다.

　2014년 버진 애틀랜틱 항공은 연료 절감 프로젝트를 시작했다. 이는 온전히 항공사 기장들에게 달린 프로젝트였다. 이륙 전에 실을 최적의 연료량은 이미 계산되어 있다. 그러나 여기에 연료를 추가할지 여부와 추가할 연료의 양은 기장에게 달려 있다. 연료를 추가하면 무게가 더 나가고, 더 많은 연료를 소비해야 한다. 비행 중에는 경제적인 운항과 기류를 타는 방법으로 연료를 절감하는 것이 가능하다(이는 자동차를 운전할 때 운전 습관에 따라 기름을 더 쓰거나 덜 쓰는 것과 비슷하다). 착륙한 후에도 연료를 절감할 수 있다. 활주로에서 계류장까지 갈 때 엔진 두 개 중 하나를 끄면 연료 소비를 줄일 수 있다.

버진 애틀랜틱 항공은 2014년 335명의 모든 기장에게 8개월 동안 연료 효율성을 기장별로 세 구간에서 측정할 것이라고 알렸다. 즉, 연료 주입, 비행 중, 착륙 후 계류장까지 등 세 구간으로 나누어 측정한다는 것이었다. 한 기장 그룹에게는 얼마나 자주 각각의 절감 목표가 달성되었는지, 매달 분석 내용을 제공했다. 두 번째 기장 그룹에게는 매달 목표 할당을 제시했다. 세 번째 그룹에게는 목표를 달성했을 때 그들이 (항공사의 기부처에) 돈을 기부할 수 있는 선택 기회를 제공했다. 이때 연료의 효율성은 단지 측정만 하고, 그룹 구성원들에게 측정 결과 정보는 제공하지 않았다.

이 프로젝트의 2014년 수치와 그 이전 해 같은 기간의 수치를 비교했더니, 비교 그룹의 기장들은 세 구간에서 이미 상당히 효율적인 연료 소비 결과를 달성했음이 나타났다. 이를 '호손(Hawthorne) 효과'라고도 부른다. 관찰되고 있음을 아는 것이 이미 행동의 변화를 이끌어냈다는 의미다. 비교 그룹은 연료 효율성에 대한 데이터가 수집되고 있다는 사실을 알기는 했지만, 그와 관련한 자신들의 데이터를 통보받지는 않았다. 그럼에도 불구하고 연료 효율성이 증진되었다. (개입이라는 첫 번째 형태로의) 정보 제공은 단지 아주 적은 추가 효과를 낳았다. 개인 목표 할당이 추가되자 효율성은 좀 더 개선되었다. 즉, 만약 기장들이 좀 더 효율적으로 비행을 하면 적은 돈을 기부할 수 있도록 한 것 정도로 효율성이 개선되었다. 전체적으로 이 프로젝트는 약 1,000톤의 이산화탄소와 약 500톤의 연료를 줄이는 결과를 가져왔다. 이는 상대적으로 적은 양이었지만, 단순한 참견과 피드백을 통해 실제적으로 비용을 지출하지 않고도 달성한 결과였다.

> **◎ 핵심**
>
> 기업들은 적절한 인센티브를 통해서 직원들이 내리는 결정을 원하는 방향으로 이끌 수 있다. 목표 합의와 사회적 인센티브가 기업이 원하는 대로 직원들이 행동하도록 하는 데 도움이 될 수 있다.

참고 자료 Gosnell, G.; List, J.; Metcalfe, R.: (2020) The impact of management practices on employee productivity: A field experiment with airline captains. Journal of Political Economy, 128: 1195-1233.

45

왜 기업 내 위법행위를
폭로하는 게 어려울까?

기업 스캔들과 추문 리스트는 주목을 끌 뿐만 아니라 끝없이 이어
진다. 윤리적 행동을 지원, 강화하는 방법으로 기업들은 윤리 규범
을 채택하고, 범죄나 비윤리적 행위를 적발하기 위한 '내부고발자
시스템'을 만든다. 이 같은 시스템이 종종 바람직한 효과를 나타내
지 못하는 것은 인간들의 전형적인 행동 패턴 때문이다.

돌이켜보면 비윤리적 행동을 은폐하기는 쉽다. 폭스바겐의 디젤
스캔들에는 현실에 없는 유리한 배출값을 거짓으로 만들어내는 데
사용된, 조작된 소프트웨어가 얽혀 있다. 비밀이 밝혀진 뒤, 언론
보도와 토크쇼, 그리고 정치 성명서에서 사람들은 추문이 좀 더 일
찍 밝혀지지 않았다는 사실에 놀라움을 표했다. 그리고 폭스바겐
의 직원들이 충분히 주의를 기울여 범죄 행위를 조기에 막지 못했

다는 사실에도 깜짝 놀랐다고 했다. 그렇게 했다면 기업인 폭스바겐과 회사 직원들, 그리고 고객들의 상황이 크게 악화되는 사태를 모면할 수 있었을 것이다. 심지어 아직도 누가 무엇을 언제부터 알고 있었는지, 상세한 내용이 명확하게 드러나지 않았다. 아마 내부의 수많은 사람이 조작이 진행되고 있다는 사실을 알고 있었다고 가정할 수 있다. 그럼에도 불구하고 미국 환경보호국이 테스트를 진행했을 때에서야 추문이 드러난 것이다.

폭스바겐, 엔론, 웰스파고 등 많은 주요 기업의 스캔들이 종종 뒤늦게서야 드러나는 이유는 무엇일까? 여기에서는 재정적인 측면이 중요하다. 만약 조작을 통해서 막대한 이익이 생겼다면, 기업들은 발각되는 것을 막기 위해서 힘닿는 데까지 모든 일을 할 것이다. 하지만 조작에 대해 알고 있고 조작에 노출되어 있는 직원의 경우라면 회사에 대한 충성심이 중요한 역할을 할 것이다.

직원들이 비윤리적인 행위나 범죄 행위를 (회사 소통 통로를 통해서) 내부적으로나 (예컨대 미디어를 통해서) 외부적으로 폭로하지 않는 이유에는 또 하나의 매우 중요한 측면이 있다. 이는 소위 내부고발자로 불리는, 비윤리적인 행위나 범죄 행위를 폭로하는 사람들이 사실상 관련 업계에서는 미래가 없다는 사실과 연관되어 있다. 같은 회사 내에서뿐만 아니라 다른 회사에서 커리어를 찾는다고 해도 비슷할 것이다. 내부고발자는 업계에서 환영받지 못한다.

뉴욕대의 어네스토 루번Ernesto Reuben 교수와 컬럼비아 경영대학원의 맷 스티븐슨Matt Stephenson은 몇 년 전 「누구도 쥐를 좋아하지 않는다(Nobody likes a rat.)」라는 제목의 논문을 발표했다. 폭스바겐의 디젤게이트 이전에 이미, 기업에서 부정행위가 종종 묵인되고, 그 결과 부정행위를 막지 못하거나 너무 늦게 막게 되는 이유를 조사한 것이다. 그들의 연구는 모두에게 윤리적인 행동을 독려하고 위법행위를 폭로하게 하는 것이 왜 쉽지 않은지에 대해 통찰력을 준다.

실험실 실험 연구에서 루번과 스티븐슨은 실험 참가자들을 세 명씩 묶어 마치 업무 그룹처럼 한 그룹으로 만들었다. 그룹 구성원은 잘못된 정보를 제공해서 그들의 소득을 높일 수 있었는데, 이는 조작 행위를 통해서 혜택을 얻는 것과 같았다. 그룹 구성원은 각자 그렇게 만든 거짓 보고서를 본부에 보고할 수도 있었는데, 그 경우 본부는 부정행위자에게 금전적인 벌칙을 매길 수 있다. 세 명의 구성원 중 한 명은 자신이 속한 업무 그룹을 떠나서 다른 그룹으로의 이동을 지원해야 한다. 이것이 실험 조건 중 하나다. 지원 신청을 받은 그룹에서는 모든 구성원의 만장일치로 합류를 승인하는데, 이때 구성원들에게 제공되는 정보를 바탕으로 투표가 이루어진다. 그 정보는 지원자가 이전 그룹에서 얼마나 자주 위법행위를 신고했고, 얼마나 자주 거짓 보고서를 냈는지에 대한 것이다.

루번의 실험 연구는 위법행위를 자주 신고한 지원자일수록 새로운 그룹에서 이동 지원 승인을 못 받을 가능성이 크다는 것을 확실하게 보여주었다. 정직은 보상받지 못했다. 반대로 거짓 보고서를 자주 올렸던 구성원들은 이동 지원 승인을 받을 가능성이 컸다. 다른 말로 하면, 다른 그룹에서 일자리를 찾을 기회는 정직하게 행동하고 위반행위를 신고했던 이력으로 인해 줄어들었다.

적어도 이 실험에서는 내부고발 행동이 경력을 망치는 것으로 나타났다. 위법행위를 신고하면 일자리와 생계가 왜 위태로워지는지, 많은 주요 기업에서 스캔들과 추문들이 왜 늦게 폭로되는지 훨씬 더 잘 이해할 수 있는 결과다.

루번과 스티븐슨의 연구는 또한 다른 업무 그룹의 구성원들이 과거에 빈번하게 거짓 보고서를 만든 경우 더 자주 정직한 지원자를 거부한다는 사실도 보여주었다. 그들이 실험실 실험에서 찾아낸 결과가 현실에서 확인된다는 것도 주목할 만하다. 하버드 경영대학원의 마크 이건Mark Egan 교수와 공동연구 저자들은 재무 컨설턴트들의 시장에 상당한 (부정직한) 말썽꾼들이 있다는 것을 보여주었다. 컨설턴트들은 불법행위가 발각되면 통상 해고되기는 했다. 하지만 그들은 쉽게 새로운 일자리를 찾았다. 그들이 새로 찾은 기업은 이미 위법행위가 보고된 컨설턴트들의 비율이 꽤 높은 곳이기 일쑤였다. 이미 고객들에게 잘못된 조언이나 속임수를 쓰는 등 위법행위를 보여주었던 기업들은 이런 말썽꾼들을 불러 모았다.

내부고발자들은 사실상 그들이 누구인지 알려진 기업 내에서 미래를 기대하지 못하므로, 많은 기업에서는 최근 익명으로 이루어지는 내부고발 프로그램을 도입하고 있다. 몇몇 경우에 익명 신고는 로펌과 같은 제삼자에게 한다. 이 방법은 내부고발자가 누구인지 알려질 가능성을 더 낮춘다. 익명 신고 시스템은 불법행위에 대한 신고가 더 많이 들어오게 할 것처럼 보인다. 하지만 익명 신고 시스템의 도입 역시 의도하지 않은 부작용을 불러온다. 예컨대 많은 경우에 그런 익명 신고 계획은 다음 승진에서 경쟁자가 될 수 있는 동료의 평판에 흠집을 내기 위해 사용된다. 그런 경우가 통상 예상한 것보다 많았다. 이는 기업들이 정당한 비리 신고와 정당하지 않은 비난을 구분하는 데 엄청난 시간과 비용을 써야 하는 결과를 초래한다.

◎ 핵심

내부고발자는 종종 언론에서 칭송을 받고 실제로 비윤리적인 행위나 범죄 행위를 밝혀내는 데 없어서는 안 될 기여를 한다. 하지만 전형적인 인간 행동 패턴 때문에 내부고발 프로그램은 종종 제대로 작동하지 않는다. 왜냐하면 사람들은 비윤리적인 행동을 신고하는 사람을 배신자라고 생각하기 때문이다.

참고 자료　Reuben, E.; Stevenson, M.: (2013) Nobody likes a rat: On the willingness to report lies and the consequences thereof. Journal of Economic Behavior and Organizations, 93: 384-391.

Egan, M.; Matvos, G.; Seru, A.: (2019) The market for financial advisor misconduct. Journal of Political Economy, 127: 233-295.

나쁜 기업 문화는
정직한 직원도
거짓말쟁이로 만든다

2007년에 시작되어 오늘날까지 영향을 끼치고 있는 금융위기는 금융산업과 금융업 종사자들에 대한 신뢰를 산산조각냈다. 통제되지 않는 리스크를 감수하고, 금융 상품을 불투명하게 설계하고, 고객들에게 의심스러운 조언을 했던 일들은 금융 부문이 무엇인가 심하게 잘못되어 있었다는 사실을 드러낸다. 이런 것들이 금융산업의 기업 문화와 관련이 있을까?

안네 홀트 Anne Holt 와 에벤 홀트 Even Holt 의 독일 범죄 스릴러 『심실세동(Ventricular Fibrillation)』에서 오토 슐츠 Otto Schultz 는 인공 심실세동기를 생산하는 한 회사의 고위 관리자다. 오토는 리먼브라더스 붕괴로 절정에 달했던 글로벌 금융위기 초기에 주식 시장에서 1억 달러 이상을 잃는다. 그는 소위 CDO(Collateralized Debt Obligat ion, 부채담보부증권)에 전 재산을 투자했는데, CDO가 위기 때 갑자기 휴지 조각이 되어버렸기 때문이다. 오토는 재기를 위해 범죄 행위와 투기로 손실을 만회하려고 노력한다. 심장박동기를 달았던 사람들의 죽음은 그에게 부수적인 피해일 뿐이었다(오토 때문에 발생한 죽음을 조사하는 것이 실제 범죄 스릴러의 내용이다). 이는 소설 속 얘기다.

현실에서 CDO로 인해 생겼던 부수적인 피해도 엄청났다. CDO는, 단순화해서 말하자면 본질적으로 거래될 수 없거나 거래되기 어려운 주식으로 만든 증권이다. 판매된 것은 기초 증권이 아니라 증권에서 발생하는 현금 흐름이었다. 이는 예컨대 미국 중서부의 일반 주택 소유자가 대출금의 원리금을 되갚는 데서 나왔다. 만약 엄청나게 많은 주택 소유자가 금리 상승, 채무불이행(디폴트) 등으로 원리금 상환을 할 수 없게 되면, CDO는 가치를 잃거나 완전히 쓸모없어진다. 리스크가 높은 CDO에 대한 대출 채권이 안전한 투자처로 팔렸기 때문에 많은 사람이 금융위기로 엄청난 규모의 돈을 잃고 생계를 위협받았다.

그러므로 CDO와 비슷한 증권들은 2007년 시작된 금융위기의 주요 원인 중 하나로 꼽혀왔다. 더 추악한 사실은, 은행가들이 내부적으로는 CDO가 매우 리스크가 큰 쓰레기 증권이라고 선언하며 직원들에게 포트폴리오에서 CDO를 제거하라고 지시하면서도 고객들에게는 계속 많은 양의 CDO를 팔았다는 것이다. 내부 정보를 아는 은행 직원들이 정보력이 떨어지는 고객들에게 투자의 장점에 대해 거짓말을 한 것이다.

오늘날 대중이 직업별 정직성에 대해 어떻게 생각하는지 조사한 결과를 보면, 순위 목록의 상위에는 의사와 성직자가 있다. 반면 은행가들은 변함없이 하위에 머무른다. 은행가들이 부정직한 것일까, 아니면 기업 문화와 같은 또 다른 요소들이 여기에 영향을 미쳤을까? 취리히대의 에른스트 페르 교수와 동료 연구자들은 이 문제의 본질을 파헤쳤다.

그들 연구의 출발점은 모든 사람이 자기 삶에서 여러 역할을 수행한다는 사회학과 심리학적 지식이다. 누군가는 집의 가정적인 구성원이면서, 마을 조기축구회에 자발적으로 참여하는 회원이자, 은행에서 고객 상담을 하는 은행원이기도 하다. 이런 다양한 역할들은 특정 역할에 적합한 행동에 대한 서로 다른 사회적 규범에 의해서 정의된다. 아버지로서는 때때로 아이들에게 용돈을 주어야 하지만, 은행원은 보통 자기 돈을 고객에게 절대 그냥 주는 일이 없다. 이는 한 명의 사람이어도 특정 순간에 어떤 역할을 맡느냐에 따라 다르게 행동해야 함을 뜻한다.

페르와 동료 연구자들은 정직하거나 부정직한 행동에 대한 역할 정체성의 영향을 조사했다. 주요 스위스 은행의 직원 128명이 이 연구에 참여했다. 참가자들은 무작위로 두 그룹으로 나뉘었다. 첫 번째 그룹은 처음에 가족 상황과 여가 활동에 대한 몇 가지 질문에 대답해야 했다. 반면 두 번째 그룹은 은행에서 맡고 있는 직무 활동에 대한 질문을 받았다. 이렇게 서로 다른 질문을 한 것은 다른 역할을 활성화시켜서 그에 따른 각각의 규범을 생각하게 하려는 것이었다. 다음과 같은 방법으로 활성화 여부를 측정했다. 참가자들은 빈자리에 알파벳 글자를 적어 넣어서 단어를 완성해야 했다. 예를 들어, 'cap_ _ _ _'과 '_ _ney'가 제시되는 경우 'captain(선장)', 'honey(꿀)'로 완성하는 식이다. 아니면 돈과 관련된 단어인 'capital(자본)'과 'money(돈)'일 수도 있다. 그런데 두 그룹의 참가자들은 돈과 관련된 단어를 선택한 빈도에서 차이를 보였다. 가족과 여가 활동에 대한 질문을 받았던 그룹은 25퍼센트가 돈과 관련된 단어를 선택했다. 은행에서의 직무와 관련된 질문을 받았던 그룹은 약 40퍼센트가 돈에 관련된 단어를 선택했다. '가족 대 은행'이라는 다른 역할에 집중하게 했더니, 서로 다른 연관성이 나타났다. 역할의 영향력은 이 같은 연관성으로만 끝나지 않았다.

연구 마지막 단계에서 연구자들은 참가자들에게 공중에 동전을 열 번 던져보라고 했다. 그리고 그 동전을 잡은 후 뒷면이 몇 번 나왔는지 알려달라고 했다. 참가자들은 뒷면이 나올 때마다 20달러를 받았다. 연구자들은 동전을 던졌을 때 앞면이 나왔는지 뒷면이 나왔는지 결과를 볼 수 없었다. 즉, 참가자들은 결과를 정직하게 알려야 한다는 강제력을 받지 않았다. 뒷면이 나왔다고 하는 경우는, 은행 직무에 대한 질문을 받았던 그룹이 가족과 여가에 대한 정보를 밝혀야 했던 그룹보다 현저히 많았다. 뒷면이 나오는 확률은 두 그룹에서 같아야 한다. 따라서 이런 결과는 은행에서의 역할에 대한 질문을 받았던 참가자들이 그들의 직업 규범이 활성화되어 더 자주 거짓말했다는 것을 의미한다.

페르는 금융 분야의 기업 문화에서 우세한 사회 규범이 근로자들의 정직성의 기반을 약화시킨다고 결론지었다. 기업 문화가 사람들의 행동에 명백히 영향을 준다. 이런 통찰력은 금융 분야에만 적용되는 것이 아니라 모든 산업 분야에 적용된다.

 핵심

기업 문화가 회사 내 행동을 형성한다. 직원들은 기업 문화에 따라 어떤 행동
이 기대되는지에 대한 암묵적인 규칙을 회사 내에서 소통하기 때문이다. 직
원들이 고객을 대할 때 어떤 행동이 도덕적인지 규범으로 알리는 기업 문화
가 매우 중요하다.

참고 자료　　Cohn, A.; Fehr, E.; Marechal, M.: (2014) Business culture and dishonesty in the banking industry. Nature, 516: 86-89.

CEO와 리더십에 관한 행동경제학

관리형 CEO와 리더형 CEO

대기업 CEO는 세상의 주목을 받는다. 이들은 엄청난 돈을 벌고, 막대한 힘을 행사한다. 물론 일도 많이 한다. 그런데 정확히 CEO들은 무슨 일을 하는 데 시간을 쓸까? 앞으로 우리가 보게 되듯이, CEO라고 모두가 똑같은 일을 하는 것은 아니다. 기본적으로 두 가지 유형의 CEO가 있다. 과연 어떤 유형의 CEO가 기업을 성공으로 이끌까?

내가 인스브루크대에 재직할 때, 동료 연구자였던 고트프리트 타파이너Gottfried Tappeiner 교수가 한번은 열 살짜리 아들이 자신에게 '보스(boss)'가 실제로 하루 종일 하는 일이 무엇이냐고 물었다는 얘기를 했다. 그 아이는 보스라는 명칭이 흥미로웠기 때문에 그런 질문을 했던 것이다. 인간관계가 넓었던 고트프리트는 사우스티롤

(South Tyrol) 지역의 한 기업 사장에게 얘기해서 자기 아들이 하루 종일 그 사장과 시간을 보내며 보스가 하는 일이 무엇인지를 알 수 있게 했다. 나는 고트프리트의 아들이 보였던 관심과 그에 응답하기 위해 아버지가 했던 일이 상당히 인상적이었다. 사람들은 보스를 종종 비행기를 타고 있는 고귀한 사람으로, 거의 만날 수 없는 사람으로, 그리고 무슨 일을 하는지 매우 알기 어려운 사람으로 생각한다. 사우스티롤의 한 기업 사장과 하루를 지내고 난 후, 고트프리트의 아들은 보스가 여러 가지 일을 한다는 것을 알게 되었다. 보스는 직원들과 대화를 나누고, 공급처나 은행과 협상을 하고, 회의를 준비하고, 회사 여기저기를 돌아다니고, 외부 비즈니스 만찬에 참석하고, (그들이 답변해야만 하는) 이메일에 답장을 쓰고, 이 외에도 아주 많은 일을 했다. 아이에게 보스와 보낸 하루는 하나의 모험이었고, 보스의 일상 업무에 대해 상세한 지식을 쌓을 수 있는 날이었다.

탐구심이 많은 아이만 CEO들이 보스로서 무슨 일을 하는지에 관심이 있는 것은 아니다. 왜 CEO가 기업에서 핵심적인 인물이고, 그들의 어떤 행동이 기업의 성공과 연관되는지 알고 싶은 연구자들도 이 문제에 똑같은 관심이 있다. 런던정경대의 오리아나 반디에라 교수는 동료 연구자들과 함께 (브라질, 독일, 프랑스, 영국, 인도, 미국 등) 6개국의 1,100명이 넘는 CEO들의 일상 업무를 들여다보았다. 그리고 그들의 행동 패턴을 전례 없이 상세하게 확인하고 분석해서 CEO들의 행동과 그 기업의 성공 사이에 있는 연관관계를 찾으려고 했다.

분석 대상이 된 CEO들의 업종은 제조업이었고, 이들의 나이는 평균 51세였다. 그리고 평균 1,000명이 조금 넘는 직원들을 고용하고 있었다. 한 해 평균 매출은 2억 달러 이상이었다. 연구팀의 연구보조원들은 일주일 동안 CEO 본인이나 비서에게 매일 아침저녁으로 전화를 걸어 각 CEO의 일정을 기록했다. 아침에는 15분 단위로 나누어서 그날 계획된 일상 업무를 적었고, 저녁에는 15분 단위로 실제 수행한 일상 업무를 점검했다. 그 결과 다음과 같은 정보가 수집되었다.

— 업무의 유형(회의, 비즈니스 오찬, 회사 돌아보기, 회의 준비를 위해 사용하는 시간 등)
— 일정의 지속 시간
— 참석자들의 수와 직위(사내에서 특정 분야 파트너들과 대화 시간을 가졌는지, 아니면 컨설턴트, 공급처, 고객 등 외부 인사와 만났는지 등)

CEO들은 평균적으로 주당 업무시간인 50시간 중 70퍼센트를 다른 사람과 대화하는 데 사용했다(대화는 대면, 영상 회의, 심지어 전화 통화도 포함했다). 나머지 30퍼센트는 준비와 이동을 위해 사용했다. 그런데 이런 평균적인 수치는 CEO 사이에 있는 큰 차이를 드러내지 못한다. 특히 회의 빈도나 회의에 출석하는 사람 숫자 등에 있어서 말이다. 연구자들은 통계적인 방법을 사용하여 엄청나게 많은 데이터 속에서 두 가지 유형의 CEO를 식별해냈다. 그 유형을 각각 '관리형(managers)'과 '리더형(leaders)'이라고 명명했다. 관리형 CEO

는 두 사람이 만나는 양자 회의를 상대적으로 자주 가졌다. 그리고 생산과 관련된 측면에 좀 더 관심을 두었다. 또 다양한 부서들을 상대적으로 자주 방문했다. 이와 달리 리더형 CEO는 두 명 이상의 사람들이 연관된 회의에 더 많은 시간을 썼다. 참석자들도 통상 회사의 서로 다른 부서들의 경영 간부들이었다. 그들은 일상 운영과 관련된 결정에는 관심이 적었고, 회사와 관련된 전략적 결정에 더 관심이 많았다.

두 유형의 CEO를 만날 가능성은 업계에 따라 달라졌다. 리더형은 다국적 기업과 같은 주요 기업의 본사에 있었다. 그리고 R&D 지출이 높은 산업에 더 많이 있었다. 기업을 이끄는 사람이 관리형이냐 리더형이냐 하는 것은 현재 CEO가 임명되기 전 회사의 (재무적) 성공과는 관련이 없었다. 하지만 CEO들이 취임한 후에 기업의 핵심 업무 수행 결과에는 영향을 주었다. 리더형 CEO는 전형적으로 비즈니스를 좀 더 생산적이고 이익이 많이 나도록 이끌었다. 핵심 수치들은 평균적으로 약 3년 후에 더 나아졌다. 이는 CEO의 리더십 스타일이 회사의 성공에 중기적으로 영향을 끼친다는 것을 뜻한다.

반디에라와 동료 연구자들은 이런 발견을 모든 기업이 리더형 CEO를 갖게 되면 더 성공할 것이라는 뜻으로 이해해서는 안 된다고도 강조했다. CEO 유형은 기업 자체, 그리고 기업 문화와 특히 직원들과 잘 맞아야 했다. 신규 CEO가 임명되었을 때 종종 갈등이 생기고 일치성이 부족하다는 사실은 데이터에서 알 수 있듯이 리더형 CEO의 공급이 관리형 CEO보다 적다는 사실로도 설명된다.

그 결과 리더형 CEO와 함께 좋은 성과를 냈던 기업들이 종종 결국은 관리형 CEO와 함께하는 모습을 보게 된다. 기업의 최상위에 있는 CEO 유형은 기업의 성공에 영향을 준다.

> **◎ 핵심**
>
> CEO들은 서로 다른 리더십과 경영 스타일을 갖고 있다. 일부는 전략적인 리더형이라고 부를 수 있고, 다른 유형은 관리형이라고 부를 수 있다. 두 유형은 장점과 단점을 갖고 있는데, 둘 다 기업의 성공에 측정 가능한 영향을 준다.

참고 자료 Bandiera, O.; Prat, A.; Hansen, S.; Sadun, R.: (2020) CEO behavior and firm performance. Journal of Political Economy, 128: 1325-1369.

48

CEO가 관리자와
다른 네 가지 특성

누구도 CEO가 더 나은 사람이라고 주장하고 싶지는 않을 것이다. 그러나 CEO들이 다른 사람들과 다르다는 것은 사실이다. 한 회사 내의 초급 관리자에서 CEO 직위까지 오르는 길에는 특정한 개인적 특성과 역량이 도움이 된다. 그것은 무엇일까?

조너선Jonathan은 들떠 있다. 그는 지금 주요 상장 기업의 CEO 후보자로 거론되고 있다. 회사의 경영진을 선발하는 감독이사회와의 첫 만남은 잘 진행되었다. 이제 그는 경영 컨설팅 회사가 진행하는 평가 과정을 거쳐야 한다. 전체 평가 과정은 4시간 정도 걸리고, 매우 구조화된 질문을 바탕으로 평가가 이뤄진다. 조너선의 개인 특성과 지적 능력 그리고 사회성이 면접에서 확연하게 드러날 것이다. 만약 모든 것이 회사가 요구하는 프로필과 잘 맞는다면, CEO 자리에 임명될 것이다. 그렇다면 그의 다음 경력은 CEO 가 될 것이고, 유명세와 영향력, 그리고 많은 돈이 따라올 것이다. 조너선은 면접에서 어떻게 하면 자신을 가장 잘 표현할지 고민하고 있다. 실행력 있는 사람으로 보여야 할까? 아니면 전략가, 창의적인 사람, 지식인 등으로 비쳐야 할까? 그는 잠시 숙고한 후에, 그런 전략적 생각은 옆으로 밀어놓기로 했다. 지금까지 그가 모든 경력을 거쳐오는 동안, 가능한 한 진실하게 행동했을 때 가장 잘했기 때문이다. 그는 이번에도 그렇게 할 것이다.

CEO를 선발하는 것은 어떤 기업에서든 어마어마하게 중요한 문제다. 왜냐하면 CEO는 기업 방향을 결정하고, 회사의 발전에 중요한 영향력을 행사하기 때문이다. 주요 기업들은 CEO를 찾기 위해 많은 시간과 자금을 투자한다. 또 자주 도움을 받기 위해 컨설턴트들에게 의지한다. 컨설턴트들은 개인 특성과 능력 프로필 분석에 대한 전문성을 갖고 있기 때문이다. ghSMART라는 곳은 오로지 그런 컨설팅만 제공하는 회사다. 정기적으로 이사회 수준의 고위 관리자들이나 그 바로 아래 단계의 관리자들을 대상으로 평가를 수행한다. 평가 비용은 후보자당 2만 달러나 그 이상이다. 평가 컨설팅은 반나절 동안 진행하는 면접에 더해 면접 결과와 후보자에 대한 20~40페이지의 서면 보고서로 구성된다. 질문지는 다섯 가지 서로 다른 영역과 연관된 서른 가지 다른 성격에 대한 것으로, 다섯 영역은 리더십 역량, 개인 성격 특성, 지적 능력, 동기 부여, 그리고 사회성이다.

리더십 역량과 관련해서는 후보자들이 직원들을 잘 육성할 수

있는지 묻는다. 예컨대 폭넓은 전문 네트워크를 갖고 있는지, 고위
직이나 중간 관리직을 채용해본 적이 있는지 등의 질문이다. 개인
성격 특성은 성실성, 조직화 기술, 결단력 등을 중심으로 다룬다.
동기 부여는 인내, 열정, 자기 자신의 일의 기준 등에 관한 것이다.
사회성에는 자기 자신을 말과 글로 표현하는 능력, 비난에 대처하
는 능력, 갈등을 해결하는 능력, 그리고 팀 내 업무를 잘 배분하는
능력 등이 중요한 역할을 한다. 지적 능력에서는 분석력과 창의력
뿐만 아니라 성적과 이수한 교육의 종류도 중요하다.

시카고대의 스티븐 캐플런 Steven Kaplan 교수와 코펜하겐 경영
대학원의 모르텐 쇠렌센 Morten Sorensen 교수는 ghSMART가 수행
한 2,600건의 평가 자료에 접근할 수 있었다. 그리고 그 자료를 이
용해서 누군가가 이사회의 일원이나 더 나아가 이사회의 의장이
되는 데 어떤 자질이 가장 도움이 될지 판단할 수 있었다. 평가는
2001년에서 2013년 사이에 이루어졌다. 평가의 약 3분의 1이 CEO
자리를 위해 수행된 것이었고, 나머지는 다른 이사회 자리나 이사
회 바로 아래 단계의 경영 직위를 위한 것이었다. 캐플런과 쇠렌센
은 ghSMART가 평가를 위해 질문한 30개 성격 특성 중에서 일반
적 역량, 일 처리 능력, 카리스마, 전략적 사고 등 네 가지 특성을
유형화했다.

2,600명 후보자 그룹은 그 자체로 이미 매우 까다롭게 선별된
사람들이었다. 평균 이상의 교육을 받았고, 특출 나게 성공적인
사람들의 그룹이었다. 그럼에도 불구하고 실제로 CEO가 되거나
CEO 자격이 있는 사람들은 다른 사람들과 분명히 달랐다. CEO

자리에 갈 수 있다고 여겨지는 사람들은 다음 네 가지 요소에서 다른 사람들보다 점수가 꽤 높았다. 지적이고 사회적 역량을 갖고 있었고, 일이 처리되게 만들었으며, 카리스마가 대단했고, 업무에 전략적으로 접근했다. 기업에서는 실제 CEO에 임명할 사람들로 실력과 카리스마, 전략적 사고방식을 갖춘 후보자들을 주로 찾았다. 일 처리 역량은 중요하게 고려되지 않았다. 이와 대조적으로 대인관계 역량이 중요성을 가졌다. 대인관계 역량은 그 사람의 자질뿐만 아니라 다른 사람을 대할 때의 신중함, 존중, 공감 등을 가리킨다.

캐플런과 쇠렌센의 연구에서 또 하나 상대적으로 논쟁을 부를 수 있는 내용은 네 가지 요소에서 남성만큼 높은 점수를 받은 여성이 여전히 CEO로 임명될 가능성이 남성보다 낮다는 것이다. 최고위층에서도 여성에 대한 차별은 고려되어야 하는 요소다. 이러한 발견은 주요 기업 최고경영진에도 성별 할당이 있어야 한다는 주장을 지지한다.

> **◎ 핵심**
>
> 기업의 최상층으로 올라가는 길은 매우 긴 여정이다. 특정 역량이나 성격 특성이 핵심적이다. CEO들은 통상 일 처리 능력, 카리스마, 높은 인지 역량, 그리고 전략적 사고방식 등의 특징을 갖는다.

참고 자료　Kaplan, S.; Sorensen, M.: (2020) Are CEOs different? Characteristics of top managers. Journal of Finace, 76, 1773-1811.

49

미래 지향적이고 절제력 있는 CEO의 기업이 더 혁신적이고 수익성도 높다

기업의 성공은 장기적인 전망을 필요로 한다. 장기 전망은 경영층 부터 시작해야 한다. 그러나 경영진에게만 인내가 중요한 것은 아니다.

오스트리아 티롤(Tyrol) 지역 텔프스(Telfs)에 있는 한 컨퍼런스 홀의 밝은 조명 아래 500명의 기업가들이 앉아 있다. 이들은 오스트리아 인스브루크대의 쿠르트 마츨러 Kurt Matzler 교수의 강의를 귀 기울여 듣고 있다. 강의의 주제는 '티롤 지역 기업가들은 인내심이 있고 자기 절제가 강한 성격인가'였다. 청중들은 넋을 잃고 강의를 들었다. 그런데 그는 왜 이런 주제를 선택했을까? 기업가들은 인내심과 자기 절제보다 더 흥미로운 주제들이 많다고 생각했을 것이다. 쿠르트 마츨러는 그 자리에서 2014년 티롤 지역의 259개 기업에서 진행된 (미발표) 설문 조사를 언급했다. 그 조사는 다음과 같은 문장에 얼마나 강하게 동의하는지를 기업 지배주주, 이사회 구성 원들, 그리고 사장들에게 질문한 것이었다.

"나는 자기 절제를 더 하기를 원한다."
"나는 유혹을 참는 데 능숙하다."
"나는 장기 목표를 향해 일하는 데 익숙하다."

질문에 대한 대답은 '강하게 동의한다'부터 '강하게 동의하지 않 는다'까지 다섯 가지 척도의 범주 안에서 이루어졌다. 설문 조사에 서는 이런 개인적인 자질에 대한 질문들과 함께 창의적인 활동과 수익성에 대한 데이터도 수집했다. 조사 목적은 최고경영진의 개 인적인 태도와 그들 기업의 성공 사이에 어떤 관계가 있는지 찾는 것이었다.

티롤 지역 기업들에 대한 설문 조사는 내가 수행했던 개인 차원 의 인내심과 성공 사이의 연결 고리에 대한 연구의 핵심 메시지에 서 동기를 얻은 것이다. 나의 핵심 메시지는 단순하면서 간결했다. 인내심과 자기 절제가 교육 훈련, 직업상 성공, 그리고 개인 건강 에 어마어마하게 중요하다는 것이었다. 이런 요소들은 IQ나 가족 배경만큼이나 중요했다.

나는 이 같은 개인 차원의 인내심과 성공 사이의 인과관계를 마르틴 코허, 다니엘라 그레츨-뤼츨러, 그리고 슈테판 트라우트 만Stefan Trautmann과 함께 한 연구에서 알게 되었다. 이 연구에서는

티롤 지역 10세에서 18세까지의 청소년 약 700명에게 다소 적은
액수를 즉시 받는 것과 몇 주 후에 더 많은 금액을 받는 것 중에서
하나를 선택하라고 했다. 예를 들어 그들은 즉시 10.1달러를 받거
나 3주 후에 11.5달러를 받을 수 있었다. 이런 의사 결정 상황은 행
동경제학에서 실험 참가자의 인내심과 자제력의 수준을 측정하기
위해 종종 사용된다. 미래에 더 나은 보상을 얻기 위해 당장 얻을
수 있는 좋지 않은 보상을 포기하는지 알아보는 것이다(13장에서 이
같은 연구 중 하나를 언급했다). 미래에 더 많이 받기 위해 기다릴 의지가
있는 청소년들은 성적이 좋았고, (징계 회부로 측정한) 품행 문제가 적
었으며, 담배를 피우고 술을 마실 가능성이 낮았고, 대부분 용돈의
일부를 저축했다.

뉴질랜드, 미국, 스웨덴 등에서 수행한 다른 연구들도 비슷한 결
론에 도달했다. 인내심이 강하고 자기 절제력이 높은 사람들은 평
균적으로 (심지어 IQ를 감안해도) 교육을 더 받고, 돈을 더 벌고, 더 건
강했다. 여기서 건강하다는 것은 과체중인 경우가 적고, 흡연과 음
주를 덜 하며, 운동을 많이 한다는 것을 가리킨다. 그리고 범죄자
가 될 가능성이 현저하게 낮았다.

미래의 장기 목표를 위해 단기 유혹에 저항하는 능력을 뜻하는
자기 절제가 개인 차원에서 성공의 가능성을 높인다는 사실을 수
많은 연구에서 확인했다. 그렇다면 기업 차원에서는 어떨까? 이 질
문에 대답하려면 앞서 언급했던 쿠르트 마츨러의 연구 프로젝트로
돌아가야 한다. 티롤 지역 259개 기업 중에서 경영자들이 자신을
자기 절제력이 높고 미래 지향적이라고 답한 곳은 평균적으로 더

혁신적이었고, (투자 자본 수익률 측면에서) 수익성도 높았다. 자기 절제와 개인 차원의 성공 사이의 연관성을 조사한 수많은 연구를 고려할 때 그런 결과는 타당하다. 물론, 쿠르트 마츨러의 연구에서는 수익성이 높고 혁신적인 기업이 인내심 강한 경영자들을 채용한 것인지, 아니면 인내심 강한 경영자들이 수익성 높고 혁신적인 기업을 만든 것인지에 대한 의문점은 남는다. 하지만 그와 같은 관계는 경영자들의 인내심과 미래 지향적인 사고가 기업에 도움이 됨을 시사한다.

◎ 핵심

기업의 성공은 모든 직원에게 달려 있다. 이사회 구성원과 임원의 개인적인 자질은 기업의 혁신과 수익성에 중요한 역할을 한다. 이런 자질은 핵심적인 전략적 결정에 영향을 미치기 때문이다. 인내심이 강한 이사회 구성원과 임원이 많은 기업들이 더 성공적이다.

참고 자료　Sutter, M.; Kocher, M.; Grätzle-Rützler, D.; Trautmann, S.: (2013) Impatience and uncertainty: Experimental decisions predict adolescents' field behavior. American Economic Review, 103: 501-531.

Moffitt, T. E.; Arseneault, L; Belsky, D., et al: (2011) A Gradient of Childhood Self-Control Predicts Health, Wealth, and Public Safety. Proceedings of the National Academy of Sciences of the USA, 108: 2693-2698.

50

CEO의 카리스마가
회사에 미치는 영향

스티브 잡스 Steve Jobs 는 아마도 가장 널리 알려진 카리스마 넘치는 리더일 것이다. 그는 비전을 제시했고, 설득력이 있었으며, 사람들의 마음을 사로잡았고, 동기를 부여했다. 애플의 성공은 잡스의 카리스마 덕분인 것으로 널리 알려져 있다. 하지만 정말로 카리스마가 가치 있는 생산 요소일까? 카리스마가 생산성에 미치는 영향을 측정할 수 있을까? 스위스의 연구자들이 이를 시도했다.

스티브 잡스가 보여준 카리스마의 힘에 일반적으로 동의하고 있음에도, 어떻게 특정 회사가 카리스마가 덜한 리더와 함께 발전했는지 평가하는 데 리더에 대한 사례 연구를 활용하는 것은 사실상 불가능하다. 현실 속에서 반대되는 상황을 찾아 비교할 수가 없기 때문이다. 한편 실험 연구에서는 카리스마의 강도를 바꾸어가면서 직원들의 업무 성과에 어떤 영향을 주는지 따져볼 수 있다. 이것이 바로 로잔대의 크리스티안 젠더 Christian Zehnder 교수가 이끄는 스위스의 연구자들이 과제를 수행한 방식이다.

젠더와 동료 연구자들은 카리스마 있는 연설이 직원들의 생산성에 주는 영향력에 관심이 있었다. 연구자들은 실험을 위해서 직원들에게 아동 병원에 기부를 당부하는 편지를 쓰도록 요청했다. 직원들에게 주어진 과제는 다양한 물품들을 큰 봉투에 담고, 편지를 봉투와 함께 큰 상자에 넣는 것이었다. 과제를 수행하기 전에, 연구자들은 어떻게 편지를 써야 하는지를 잘 훈련된 배우가 두 가지 다른 방식으로 설명하게 했다. 직원들에게는 그가 배우라는 것을 알려주지 않았다. 첫 번째 방식에서 배우는 직원들이 수행해야 하는 모든 단계를 평이한 목소리로 설명하면서 기부가 중요한 목적임을 강조했다. 이 방식을 '평이한 연설' 조건이라고 부르겠다. 두 번째 방식에서는 똑같은 내용을 같은 배우가 설명하되, 카리스마 있는 연설이 되도록 비언어적 소통을 추가하고, 비유와 일화를 들거나 미사여구를 섞은 질문을 하고, 핵심 항목을 세 가지로 정리해서 강조하는 등 몇 가지 연설 기술을 사용하게 했다. 윤리적인 맥락은 똑같이 유지되었지만, 전반적으로 과제가 보다 생생하고 설득력 있는 방식으로 제시되었다. 이를 '카리스마 연설' 조건이라고 하겠다.

연구에서는 기부 캠페인을 위해 약 3만 통의 편지를 쓰는 데 100명 이상의 직원이 고용되었다. (약 3분의 1에 해당하는) 첫 번째 그룹은 과제를 설명하는 평이한 연설을 들었고, 3시간 동안의 업무에 대해 그들이 완성한 편지 숫자에 상관없이 약 25달러의 고정 보수를 받았다. (역시 약 3분의 1에 해당하는) 두 번째 그룹도 평이한 연설을 들었다. 하지만 참가자들은 고정급으로 보수를 받다가 완성한 봉투가 220통 이상 넘어가면 그 후에는 봉투당 약 0.15달러를 추가로 받았다. 마지막 그룹은 카리스마 연설을 들었고, 보수는 첫 번째 그룹과 같이 고정급으로 약 25달러를 받았다. 역시 액수는 완성한 봉투 숫자와 관계없었다. (평이한 연설을 들은) 첫 번째 그룹과 (카리스마 연설을 들은) 세 번째 그룹의 결과물을 비교하면 카리스마 연설이 생산성에 미치는 영향을 측정할 수 있었다. 그리고 이 영향은 높은 업무 성과에 대해 추가 보수를 받는 두 번째 그룹과도 비교할 수 있었다.

결과는 의심할 여지가 거의 없이 확실했다. 카리스마 연설은 (첫 번째 그룹의 결과물과 비교했을 때) 업무 결과물을 약 17퍼센트 증가시켰다. 이는 완성된 편지당 비용을 거의 같은 정도로 낮췄으며, 이 경우 비용이 18퍼센트 줄었다. 비용 하락은 아동 병원의 관점에서 유익한 결과다. 추가 보수가 있었던 두 번째 그룹의 성과는 첫 번째 그룹과 비교해서 약 20퍼센트 증가했다. 비록 성과가 늘어날 것이라고 예상하기는 했지만, 세 번째 그룹과 비교하면 분명 놀라운 결과였다. 성과가 카리스마 방법으로 인해 17퍼센트 증가한 것과 (평이한 연설에) 추가 보수로 20퍼센트 증가한 것은 통계적으로는 구분이 되지 않는 정도였다. 이는 카리스마 연설이 진정한 의미에서 금전적인 가치가 있음을 의미한다. 다른 말로 하면, 과제에 대한 카리스마 넘치는 설명이 과제를 달성하는 데 추가 보수를 주는 것과 똑같이 동기를 부여하는 영향력이 있었다는 뜻이다.

크리스티안 젠더와 동료 연구자들은 학계에서 처음으로 이런 효과를 적절하게 보여주었다. 이 연구에서 카리스마 연설이 생산성에 주는 효과가 장기적으로도 유지될 수 있는지에 대해서는 결론이 열려 있다. 결국 이 연구는 3만 통의 기부 편지가 모두 발송된 후 종료되었기 때문이다. 그렇지만 여전히 카리스마는 기업에 있어서 가치가 있는 능력임을 보여준다.

> ◎ 핵심
>
> 사람 관리는 경영자의 가장 중요한 업무 중 하나다. 카리스마 있는 리더십은 직원들이 (비록 같은 임금을 받더라도) 생산성을 높이도록 동기를 부여한다.

참고 자료 Antonakis, J.; d'Adda, G.; Weber, R.; Zehnder, C.: (2022) Just words? Just speeches? On the economic value of charismatic leadership. Management Science, in press.

직장인을 위한 '알쓸' 행동경제학

　이 책에는 행동경제학자들이 진행한 여러 가지 실험이 나온다. 학자들은 콜센터를 이틀간 임시로 빌려서 근로자들이 동료들의 불공정한 해고 소식에 영향을 받는지 측정했다. 유치원에 가서 아이들과 상자에서 별 모양의 물건을 찾는 게임을 하기도 한다. 아이들은 경제학 실험인지 모르지만, 학자들은 아이들과 게임을 통해 남녀 간의 경쟁에 대한 태도 차이를 측정했다. 그런가 하면, 대학에서는 학생들을 대상으로 컴퓨터 랩(실험실)에서 가상의 선택 실험을 진행하기도 했다. 수학 문제를 풀면 보상을 주면서 보상 조건을 달리하면 어떤 선택을 하는지 따져보는 실험이었다. 이 책에도 여러 차례 소개된 존 리스트 시카고대 교수는 2014년 『조선일보』 인터뷰에서 "행동경제학은 살아 있는 사람들을 대상으로 실험의 일부라는 사실을 숨긴 채 가설을 테스트한다. 내겐 현실이 '실험실'이다"라고 말하기도 했다.

　행동경제학자들은 왜 이런 실험을 하는 것일까? 행동경제학에 앞선 전통적인 주류 경제학자들은 '인간은 언제나 주어진 모든 정보를 합리적으로 처리한다'라는 가정을 하고 이론을 펼쳤다. 물론 주류 경제학자들도 이런 가정이 완벽하지는 않다는 사실을 알고 있었다. 하지만 경제 모형을 만들고 이론을 펴기 위해서는 이런 가정이 필요하다고 생각했으며, 또 현실과 완전히 동떨어진 엉뚱한 이야기가 아니라 진실에 가까운 가정이라고 생각했다. 하지만 행동경제학자들은 그렇게 생각하지 않는다. 현실에서 맞닥뜨리는 인간은 합리적이라는 가정과 다르게 행동한다는 것이다. 행동경제학자들은 인간들이 현실에서 어떻게 행동하는지 관찰하고, 또 실험을 해서 데이터를 수집한다.

만약 행동경제학자들이 '인간의 행동은 비합리적이다'라고 전통 주류 경제학에 대해 반론만 제기했다면 이들의 주장은 크게 주목을 받지 못했을 수도 있다. 행동경제학자들이 주목받은 이유는 인간의 비이성적인 행동이 일정한 패턴을 갖고 있다고 주장하면서, 왜 그런 패턴이 나타나는지 설명하는 이론을 정립했고, 이를 토대로 나름의 해법을 제시했기 때문이다. 가장 대표적인 예가 '넛지'일 것이다. 행동경제학의 선구자이자 2017년 노벨경제학상 수상자인 리처드 탈러 시카고대 교수가 주장한 넛지는 '팔꿈치로 슬쩍 찌르다'라는 뜻의 단어다. 탈러 교수는 정책 설계자가 팔꿈치로 슬쩍 찌르듯이 가볍게 개입해서 개인들이 바람직한 선택을 할 수 있도록 유도할 수 있고, 이를 통해 경제적 효용을 높일 수 있다고 주장했다. 인간이 완전하게 합리적이지 않기 때문에 '이상 행동'을 하게 되는데, 이를 약간의 개입을 통해 원하는 방향으로 유도할 수 있다는 얘기다. 영국 정부는 탈러 교수의 이론에 입각해서 '행동연구팀'

이라는 소위 '넛지팀'을 만들고 넛지 이론을 정부 정책에 활용하기도 했다. 책에서는 이와 관련하여 영국의 고용·센터에서 실업자에게 매일 지켜야 할 일과를 세세하게 세우고 지키도록 조언했더니 취업 가능성이 30% 정도 높아졌다는 사례를 소개하기도 한다.

경제학이란 학문이 다른 인문학과 사회학에 비해선 최신 학문이기는 하지만, 행동경제학은 경제학 내에서도 신생 분야다. 경제학 내 신생 분야로 알려진 게임이론이 1940년대에 탄생했는데, 행동경제학은 1980년대 후반에야 모습을 드러내기 시작했다. 탈러 교수는 2016년 출간한 『행동경제학(Misbehaving: The Making of Behavioral Economics)』이라는 책에서 1980년대에 스스로를 행동경제학자라고 생각했던 학자들은 자신을 포함해 세 명 정도라고 말하기도 했다. 그럼에도 불구하고 행동경제학자들의 전통 경제학에 대한 문제 제기는 변방에서 주류의 일부로 합류할 정도로 주목을 받았다. 처음엔 사람들의 '이상 행동'에 대한 연구였을지 몰라도, 이제는 각국 정부와 기업들, 그리고 개인이 직면한 경제 난제들을 해결하는 해법을 제시하는 수준에까지 도달한 것이다. 지난 40~50년간 행동경제학 분야에서는 수많은 연구 결과가 발표되었다. 그중 많은 연구가 이 책에서 소개했듯이 경제학적 실험에 기반을 두고 있다.

이 책은 주로 2010년대와 2020년대에 나온 행동경제학의 최신 논문들에 바탕을 두고 있다. 논문에 바탕을 두고 있다고 해서 딱딱한 경제 이론을 소개하는 책은 아니다. 우리가 일상 생활, 특히 직장 생활을 하면서 경험하는 이해하기 힘든 수많은 상황을 행동경제학의 눈으로 설명을 해주는 책이다. 그런 만큼, 책을 읽어가다 보면 왜 원서의 부제가 '사람들이 직장에서 겪는 이상하고도(weird) 비합리적이며(irrational) 놀라운(wonderful) 행동들에 대한 연구에서 발견한 통찰력'인지 이해가 된다. '왜 키가 큰 사람들의 연봉이 많을까', '왜 면접 순서가 나중이면 취업 성공 가능성이 높을까', '왜 재택근무를 많이 하면 승진 기회가 적을까', '왜 능력 있는 여성이 과감하게 남성과 경쟁에 나서는 걸 꺼릴까'와 같은 질문들에 이해할 수 있는 대답을 내놓는다. 거기서 멈추지 않고 실현 가능한 해법도 제시한다. 어떻게 보면, 직장인을 위한 '알쓸(알아두면 쓸모 많은)' 행동경제학이라고 해도 될 것 같다.

이 책에는 취업 준비를 하는 취업 준비생부터, 회사의 신입 직원, 중간관리자, 그리고 CEO까지 같이 읽을 수 있는 내용이 들어 있다. 직장과 일터에서 토론 주제를 찾고 있는 사람들이라면 누구나 이 책의 한 장을 펼쳐서 아이디어를 얻을 수 있을 것이라고 생각한다. 고용 관련 정책 담당자도 마찬가지다. 그리고 행동경제학의 최신 트렌드에 궁금한 사람들에게도 도움이 될 것이다.

옮긴이 **방현철**

핵심 다시 보기

참을성 없는 독자를 위해 각 장의 핵심을 모두 모았다. 관련 상황과 연구를 자세히 확인하고 싶다면 해당하는 장으로 이동하시라.

1장 _____

연봉에는 사람들의 각종 기량과 과거의 전문적 경험 등이 반영된다고 일반적으로 가정한다. 그러나 적어도 남성의 경우에는 키도 연봉에 중요한 역할을 한다. 키가 큰 사람들은 10대 후반에 사회적 네트워크를 넓히게 되고, 사회성을 획득한다. 그 결과 나중에 더 많은 연봉을 받게 되는 것이다.

2장 _____

책임 있는 자리에 여성이 상대적으로 많이 진출해 있다면, 채용 면접에서 남성은 여성에게 상대적으로 부정적인 평가를 내린다. 그러므로 직원 선발위원회에 여성이 늘어나는 것이 여성 지원자에게는 자주 확실한 불이익이 될 수 있다.

3장 _____

재택근무는 많은 경우 생산성을 높이고 일에 대한 만족도도 높인다. 하지만 동시에 네트워킹에 방해가 되기 때문에 승진 기회가 적어질 수 있는 리스크를 수반한다.

4장 _____

업무의 세계가 복잡해질수록, 사회성의 가치는 더 커진다. 갈수록 팀원들과 효과적으로 조화를 이루는 능력이 요구되기 때문이다. 팀원들의 상이한 욕구와 아이디어가 실현되도록 하고, 갈등을 해결해야 하는 만큼, 사회성이라는 기량에 대한 고용시장에서의 보상은 점점 더 커지고 있다. 사회성이 있으면 더 나은 경력을 쌓을 기회를 얻고 높은 연봉을 받을 수 있다.

5장 _____

소셜 네트워크 서비스는 일자리를 얻는 데 도움을 준다. 왜냐하면 고용시장에서 가치 있는 구인 정보는 소셜 미디어를 통해서 전달되기 때문이다. 친밀한 연결 관계는 도움이 된다. 하지만 느슨한 연결 관계가 훨씬 더 많은 도움이 된다. 따라서 소셜 미디어 다루는 방법을 익힌다면 경력을 가질 기회가 눈에 띄게 증가할 것이다.

6장 _____

구직자에 대한 직업 소개의 통상적인 접근법은 특정한 직업 기술 훈련을 제공하는 것이다. 그런데 행동경제학을 활용한 대안적인 접근법이 있다. 하루 계획을 잘 짜는 것, 그리고 소개 기관과 구직자의 상호성이 중요하다는 지식에 바탕을 두는 것이다. 구직자는 새로운 일자리를 찾을 때 이런 것을 마음에 새겨야 할 것이다.

7장 _____

면접 지원 과정에서, 선발위원회 위원들은 후보자들을 비교하게 된다. 이때 면접에 등장하는 순서가 필수적인 역할을 한다. 왜냐하면 일찍 등장하는 후보자는 나중에 나오는 후보자보다 좋은 점수를 받을 가능성이 낮기 때문이다. 면접에서는 끝날 무렵이 더 유리하다.

8장 _____

새로운 일자리를 찾을 때는 엄청나게 많은 시간을 투자해야 하고, 많은 거절을 감내해야 한다. 조급한 사람들은 이에 대응하는 것에 어려움을 느낀다. 그래서 인내심이 많고 미래를 내다보는 사람들보다 새로운 일자리를 찾는 데 더 오랜 시간이 걸린다.

9장 _____

많은 신생 기업이 몇 년 후 시장에서 사라진다. 그런데 기업의 생존은 인력 구성과 관련이 있다. 여성 비율이 업종 평균보다 현저하게 낮은 스타트업의 경우, 기업의 생존 기간이 짧아진다. 여성 비율이 평균보다 낮다는 것은 인사 결정 과정에 왜곡과 편견이 있다는 신호다

10장 _____

빈 일자리를 채우려면 비용이 많이 든다. 많은 기업이 현직 직원들에게 그 자리에 잘 맞고 팀에 합류하기에 적합한 사람을 추천해달라고 한다. 추천 프로그램에 현직 직원들이 참여하면 그들의 직업 만족도가 높아지고 회사에 다니는 근속 기간도 늘어나는 효과를 얻게 된다

11장 _____

인간의 의사 결정 행동은 오류와 왜곡에 영향을 받는다. 컴퓨터 알고리즘은 입사 지원자의 홍수 속에서 가장 좋은 후보자를 찾아내는 데 도움을 준다. 컴퓨터 추천을 받는 것을 고려하면 직원 선발과 직원의 근속 기간 면에서 더나은 결과를 얻을 수 있다.

12장 _____

회사에 대한 충성심은 그 자체로 중요하다. 인사 담당자들은 잦은 이직을 충성심이 적고 신뢰하기 어려운 행동으로 연결 지어 생각한다. 따라서 누군가 직장을 바꾸고자 할 때, 과거에 많은 다른 직장에서 일했다는 것은 새로운 자리를 얻을 기회를 축소시킬 것이다.

13장 _____

일상 업무에서는 스트레스가 쌓이고, 불쑥 새로운 도전 과제가 나타나곤 한다. 특정한 성격은 도전을 마주쳤을 때 쉽게 포기하지 않고 그것과 씨름을 하고 견뎌내게 해

준다. 참을성과 장기적인 사고는 귀중한 개성이다.

14장 _____

연봉은 비밀스러운 정보다. 많은 사람이 이 때문에 성별 임금 차이가 생긴다고 본다. 그리고 이는 일부 직원들이 연봉의 투명성을 요구하는 이유가 되기도 한다. 만약 연봉 투명성이 최고위직에 도입되면 이는 실제로 최고위직의 임금 축소 압박으로 이어진다. 그와 동시에 고위직을 채우는 것이 더 어려워진다.

15장 _____

관리자와 직원들의 관계는 업무 환경뿐만 아니라 생산성에도 영향을 미친다. 관리자가 단지 특정 직원들과 덜 교류하는 것만으로도 업무 실적을 낮추는 결과를 가져온다.

16장 _____

이미 내려진 결정을 옹호할지 반대할지를 저울질할 때, 전통적인 관점에서 보면 더위, 습도와 같은 외부 요인들은 아무런 영향을 미치지 못한다. 하지만 실제로는 그런 요소들이 인간 결정에 측정 가능한 영향을 준다. 왜냐하면 사람들의 기분과 위험 성향에 영향을 미치는 요소들이기 때문이다.

17장 _____

오늘날 관리자들에게는 직원들의 업무 성과에서 기대하는 바를 투명한 태도로 소통하는 태도가 요구된다. 또 정기적인 피드백, 직원들을 북돋우는 지도와 충고를 해주는 것도 필요하다. 이런 역량을 가진 사람들은 인력을 더 잘 관리하고, 그에 따라 직원 이동을 줄이면서 직원들의 직무 만족도도 높인다.

18장 _____

많은 산업에서 고객들은 판매되는 제품과 질에 대해 그것을 판매하는 기업보다 잘 알지 못한다. 이런 이유로 직원의 신뢰성은 한 산업에 대한 대중 인식에 결정적인 역할을 한다. 기업은 채용 과정에서 이런 점을 반드시 고려해야 한다.

19장 _____

사회 규범은 인생의 모든 순간에서 인간의 의사 결정에 영향을 미친다. 어떤 행동이 남들에게 적절한 행동으로 인식되는지 여부가 스스로 하는 행동에 영향을 미치는 것이다. 이는 직장 생활에서도 마찬가지다. 자신의 행동을 누군가 지켜본다면, 지켜보고 있는 동료들의 수준에 맞추어 업무 성과가 조정 될 것이다.

20장 _____

점점 더 많은 회사가 기업의 목표를 정의해서 달성하려 하고, 스스로 지킬 것을 약속하는 가치들의 목록을 만들고 있다. 그러나 회사에서 일하는 사람들이 목표에 공감하지 못하면 동기 부여가 되지 않고 업무를 수행하는 데 방해가 된다.

21장 _____

업무를 위한 팀의 성공은 팀원들의 노력에 달려 있다. 사람들은 다른 사람도 협력할 것이라 기대하고 생각할 때 더 자주 협력한다. 이런 조건부 협력은 협력적인 팀원이 많을 때 더 성공적이고 생산적이라는 것을 의미한다.

22장 _____

팀으로서 성공하기 위해서는 다양한 과제들이 가능한 한 효율적으로 개별 팀원들에게 배정되어야 한다. 모든 팀원이 과제의 배분 과정에 참여할 수 있을 때, 동기 부여가 일어나고 협력의 수준도 개선된다.

23장 _____

사람들은 자신의 인생에 있어서 중요한 사람들의 행동을 모방한다. 이런 모방 경향은 한 회사의 리더십에 있어서 결정적이다. 만약 경영진이 말뿐만 아니라 행동으로 옮긴다면 직원들도 똑같이 행동할 것이다.

24장 _____

많은 사람은 다른 구성원들이 서로 협력할 때 자신도 팀에 협력한다. 이런 인간의 조건부 협력이라는 특성 때문에 모범을 보이는 것은 업무팀들의 생산성을 증진시키는 중요한 도구가 된다.

25장 _____

행동경제학자들은 여성이 남성과 비교해서 다른 사람과 경쟁할 때 통상적으로 좀 더 주저한다는 것을 발견했다. 이는 두 성별의 경력에 영향을 준다. 할당 정책은 최고의 자격을 갖춘 여성이 경쟁하는 데 동기를 줄 수 있고, 결과적으로 그들의 승진 기회를 늘릴 수 있다. 자격이 부족한 '할당받은 여성'에 대한 우려는 실증과 부합하지 않는다.

26장 _____

다른 사람과 경쟁하려는 의지는 인생 초기의 직업 훈련과 경력 결정에 중요한 영향을 준다. 경쟁심이 강한 사람들은 나중에 더 많은 돈을 벌 수 있는 직업을 선택하는 경향이 있고, 경쟁이 중요한 역할을 하는 일자리에 지원하는 경향도 있다.

27장 _____

경쟁심에 있어서 성별 차이는 고용시장에 존재하는 성별 차이를 설명하는 데 도움을 준다. 그러나 남성과 여성의 경쟁심 차이가 어른에게만 나타나는 것은 아니다. 그 차이는 이미 유아기 때 나타나고, 가족 배경과 연관되어 매우 장기적으로 영향을 받는다.

28장 _____

우리의 행동은 우리가 자라고 일하는 문화에 의해 형성된다. 남성과 여성의 행동에 대한 기대도 문화적으로 조건화되어 있다. 이는 고용시장에서 나타나는 결과에 중요한 영향을 미친다.

29장 _____

남성이 여성보다 돈을 더 받는다는 사실에 대해서는 수많은 설명이 존재한다. 성별 차이 중 일부는 남성이 여성보다 연봉 협상에서 더 적극적이고 더 자주 높은 연봉을 요구한다는 점에 기인한다. 그러나 임금 협상이 가능하다는 점을 분명히 하면, 연봉 협상에 있어서 이 같은 성별 차이는 사라진다.

30장 _____

회사 최고위층 여성의 숫자가 비록 느리게 증가하고 있지만, 최고경영진 중에 여성의 숫자가 늘어나는 것은 인상적인 결과를 만들어내고 있다. 이사나 CEO로서의 여성은 회사 내의 임금 분포와 생산성에 영향을 준다.

31장 _____

회사 안에서 모든 업무 단계나 모든 직원의 결정을 지켜볼 수는 없다. 따라서 효율적인 협업을 위해서는 신뢰가 매우 중요하다. 한 사회의 신뢰 수준은 그 사회의 경제적 번영과 상호 연관되어 있다.

32장 _____

감독의 수준은 고용 관계에 있어서 해가 되지 않는다. 모니터링 구조는 항구적으로 적용되는 경우에만 신뢰를 파괴한다. 만약 모니터링의 가능성이 존재 하지만 고용주들이 모니터링을 덜 하고 직원들에 사전적인 신뢰를 보여준다면, 상호 신뢰 관계는 강화된다.

33장 _____

사람들은 자기 자신만 신경 쓰지 않는다. 회사에서 다른 사람들이 어떻게 대우받는지에 따라 개인의 행동과 업무 성과가 달라질 수 있다. 고용주가 불공정한 행위를 하는 것은 직원들의 동기 부여와 생산성에 부정적인 영향을 미친다. 심지어 그들이 불공정한 행위에 직접적으로 충격을 받지 않는다고 해도 그렇다.

34장 _____

공정함에 호소하는 넛지는 기업과 고객 사이의 안정적인 관계 유지에 도움을 줄 수 있다. 만약 적절하게 소통이 된다면, 이 같은 호소는 요금 납부 의욕을 증진시키며 긍정적으로 '주고받는' 정신을 만들어낸다.

35장 _____

과거에는 임금을 높여주면 직원들이 더 나은 결정을 내릴 것이라는 생각이 널리 퍼져 있었다. 하지만 많은 임금은 부담이 될 수 있고, 심지어 인지 과정을 방해할 수 있다. 좋은 결정을 얻기 위해 돈을 더 준다고 해서 의사 결정이 자동적으로 나아지지는 않는다.

36장 _____

만약 개별 팀원의 전체 팀 성과물에 대한 기여를 측정하기 어렵다면, 회사는 팀 보너스를 도입할 수 있다. 이는 전체 팀의 성과를 증진시킨다. 왜냐하면 업무 과정이 더 잘 조정되고 생산성이 늘어나기 때문이다.

37장 _____

보너스 지급 시스템은 사람들을 격려해서 성과를 높이기 위해 설계되었다. 하지만 보너스 지급이 보너스의 정당한 할당으로 간주되는 기준선에서 벗어 나는 경우, 역효과가 나타날 수도 있다. 이때는 업무 만족도와 생산성에 부정
적인 영향을 줄 수 있다.

38장 _____

대부분의 주요 기업들은 상대적 임금 체계를 갖고 있다. 생산량을 늘리면 더 많은 금액으로 보상하는 것이다. 그런 체계에서 공정성에 대한 개념이 훼손되면, 생산량은 증가하는 대신 감소할 수 있다.

39장 _____

기업들이 상대적 임금 체계를 사용할 때, 직원들은 다른 사람보다 좋은 성과를 내기 위해 자신들의 업무에서 더 큰 위험을 감수하려고 한다. 극단적인 경우에 이는 전체 기업을 몰락하게 만들 수도 있다.

40장 _____

기업들은 함께 일하는 직원들에게 달려 있다. 만약 개별 직원이 다른 직원들 보다 더 생산적이라고 여겨지면 돈을 더 벌게 되는 상대적 인센티브 체계는 누군가에게 다른 사람의 노력을 방해하는 사보타주 행동을 하게 만든다.

41장 ___

시장에 기반을 둔 행동은 사람들을 혼자 행동할 때보다 덜 윤리적이게 만든다. 이런 내용은 개별 기업과 사회 전체를 위해 고려되어야 한다.

42장 ___

일상 업무의 많은 경우에 도덕적 차원이 존재한다. 윤리와 재무적 이익 사이에서 균형을 잡을 때 사람들은 그들의 행동이 자신과 다른 사람들에게 미치는 결과에 영향을 받는다. 비도덕적인 행동의 빈도는 그런 행동의 비용과 편익에 영향을 받는다.

43장 ___

기업의 추문이 드러난 이후 많은 사람이 어떻게 그런 불법행위가 그렇게 오래 발각되지 않았느냐고 묻는다. 인간의 인식은 대부분 현재와 과거의 경험을 비교하는 데 바탕을 두고 있다. 비도덕적인 행동이 매우 오랜 시간에 걸쳐 점진적으로 증가하면 눈에 잘 띄지 않기 때문에 발견하는 것이 특히나 어렵다.

44장 ___

기업들은 적절한 인센티브를 통해서 직원들이 내리는 결정을 원하는 방향으로 이끌 수 있다. 목표 합의와 사회적 인센티브가 기업이 원하는 대로 직원들이 행동하도록 하는 데 도움이 될 수 있다.

45장 ___

내부고발자는 종종 언론에서 칭송을 받고 실제로 비윤리적인 행위나 범죄 행위를 밝혀내는 데 없어서는 안 될 기여를 한다. 하지만 전형적인 인간 행동 패턴 때문에 내부고발 프로그램은 종종 제대로 작동하지 않는다. 왜냐하면 사람들은 비윤리적인 행동을 신고하는 사람을 배신자라고 생각하기 때문이다.

46장 ___

기업 문화가 회사 내 행동을 형성한다. 직원들은 기업 문화에 따라 어떤 행동이 기대되는지에 대한 암묵적인 규칙을 회사 내에서 소통하기 때문이다. 직원들이 고객을 대할 때 어떤 행동이 도덕적인지 규범으로 알리는 기업 문화가 매우 중요하다.

47장 ____

CEO들은 서로 다른 리더십과 경영 스타일을 갖고 있다. 일부는 전략적인 리더형이라고 부를 수 있고, 다른 유형은 관리형이라고 부를 수 있다. 두 유형은 장점과 단점을 갖고 있는데, 둘 다 기업의 성공에 측정 가능한 영향을 준다.

48장 ____

기업의 최상층으로 올라가는 길은 매우 긴 여정이다. 특정 역량이나 성격 특성이 핵심적이다. CEO들은 통상 일 처리 능력, 카리스마, 높은 인지 역량, 그리고 전략적 사고방식 등의 특징을 갖는다.

49장 ____

기업의 성공은 모든 직원에게 달려 있다. 이사회 구성원과 임원의 개인적인 자질은 기업의 혁신과 수익성에 중요한 역할을 한다. 이런 자질은 핵심적인 전략적 결정에 영향을 미치기 때문이다. 인내심이 강한 이사회 구성원과 임원이 많은 기업들이 더 성공적이다.

50장 ____

사람 관리는 경영자의 가장 중요한 업무 중 하나다. 카리스마 있는 리더십은 직원들이 (비록 같은 임금을 받더라도) 생산성을 높이도록 동기를 부여한다.

직장인을 위한
행동경제학

마티아스 수터 지음
방현철 옮김

초판 1쇄 발행일 2024년 4월 19일

발행인 | 한상준
편집 | 김민정·강탁준·손지원·최정휴·김영범
디자인 | 문지현·김경희
마케팅 | 이상민·주영상
관리 | 양은진

발행처 | 비아북(ViaBook Publisher)
출판등록 | 제313-2007-218호.(2007년 11월 2일)
주소 | 서울시 마포구 월드컵북로 6길 97(연남동 567-40)
전화 | 02-334-6123 전자우편 | crm@viabook.kr
홈페이지 | viabook.kr

korean translation copyright ⓒ 2024 by ViaBook Publisher
ISBN 979-11-92904-66-5